古典文獻研究輯刊

五 編

潘美月・杜潔祥 主編

第 16 冊

清末民初《詩經》學史論

陳文采 著

國家圖書館出版品預行編目資料

清末民初《詩經》學史論／陳文采著 — 初版 — 台北縣永和市：
花木蘭文化出版社，2007〔民 96〕

目 2+318 面：19×26 公分（古典文獻研究輯刊 五編：第 16 冊）

ISBN：978-986-6831-45-4（全套精裝）
ISBN：978-986-6831-61-4（精裝）
1. 詩經　2. 研究考訂
831.18　　　　　　　　　　　　　　　　96017578

ISBN - 978-986-6831-61-4

9 789866 831614

古典文獻研究輯刊
五 編 第十六冊　　　　　　　ISBN：978-986-6831-61-4

清末民初《詩經》學史論

作　　者　陳文采
主　　編　潘美月　杜潔祥
企劃出版　北京大學文化資源研究中心
出　　版　花木蘭文化出版社
發 行 所　花木蘭文化出版社
發 行 人　高小娟
聯絡地址　台北縣永和市中正路五九五號七樓之三
　　　　　電話：02-2923-1455／傳眞：02-2923-1452
電子信箱　sut81518@ms59.hinet.net
初　　版　2007 年 9 月
定　　價　五編 30 冊（精裝）新台幣 46,500 元

清末民初《詩經》學史論

陳文采　著

作者簡介

陳文采，福建省連江縣人，1962 年生於台南，東吳大學中文研究所博士。曾任漢學研究中心助理研究員、台南女子技術學院圖書館主任。現任台南科技大學通識教育中心副教授。著有：《兩宋詩經著述考》、《清末民初詩經學史論》及〈顧頡剛疑古辨偽的思考與方法〉、〈黃節及其對《三百篇》詩旨的闡述〉、〈民初《詩經》研究的通俗化思考——以《國風》婚戀詩的新解與翻譯為例〉、〈黃遵憲在日本的觀察與思考〉、〈台籍作家在大陸——論許地山的故鄉情結與多元文化思考〉等學術論文十餘篇。

提　　要

　　八〇年代起由於《詩經》研究風氣的開展，更多研究焦點投向近、現代，其間累積了不少相關的《詩經》學史料，另方面也促使在《詩經》研究議題與方法上的反省意識逐漸浮現。唯大部分的研究工作多限於一隅，且相較於二千年《詩經》學史的研究，「清末民初」的部分仍相對顯得薄弱。本論文從康有為的《毛詩》辨偽學，到傅斯年歷史語言學觀點的《詩經》研究，總共討論了五十五位學者，在一八八八至一九三八年的五十年間，所完成的一百三十餘種《詩經》研究著作，凡二十五萬字。主要的工作包括：文獻上的清理，和對這一斷代《詩經》學在學術意義及歷史意義上的探究。企圖梳理出清末民初《詩經》學的淵源、主要成績和影響，以呈現符合現代精神特質的《詩經》學史的論述。

　　第一章、清末今古文之爭與《詩經》研究的近代化：在清末今古文論爭下的《詩經》研究，最初的成果就是否定《毛序》的神聖性，創造直接涵泳經文的可能；再則「經本的真偽」與「方法的長短」，作為兩派對立的旗幟，正是雙方面對舊傳統的新思維。本章從辨偽的角度，重新審視清末今文家的《詩經》學；將章太炎、劉師培、黃節的《詩經》學著作，統整在「國粹派」的脈絡中陳述，以見出乾嘉古文《毛詩》學在清末的演變，並藉以對應今文家的《毛詩》辨偽工作，突出清末今古文之爭對《詩經》研究近代化的意義。

　　第二章、「整理國故」運動與民初《詩經》學的發展：《詩經》議題在與「整理國故」相關的理論與實踐中，不斷被援引作為範例，主要是因為民初「整理國故」一派學者，企圖為舊的學術傳統找尋出路，而《詩經》正好提供了適切的素材，影響所及也促成《詩經》研究的新發展。本章從《詩序》問題的討論、歌謠的《詩經》、《詩經》的通讀與概說三大範疇，剖析胡適、顧頡剛、陳延傑、鄭振鐸、俞平伯、朱自清、郭沫若、蔣善國、陳漱琴……等主要學者的論著，大抵可見三項積極性的成績：（1）是《毛詩》傳箋傳統的崩潰，及經典的史料化；（2）經書與民間文學的結合，特別是在找回《詩經》失落的文學性上有所創獲；（3）在國學教育和經典整理普及化的思考下，實踐為《詩經》算總賬的工作。

　　第三章、新材料的出現與《詩經》考證學的更新：民初由於材料意識的提高，和龜甲、鐘鼎彝器的大量出土，為《詩經》考證學的更新提供了適切的環境。主要著作的路向、觀點儘管各自不同，卻都是在國際漢學交流的氛圍下，結合新材料和實證科學方法論的成績。本章主要討論：（1）王國維二重證據法在《詩經》研究上的應用，（2）林義光、聞一多、于省吾等人，在《詩經》訓詁上的創發，以見出古文字學在《詩經》古義考釋上的支援；（3）傅斯年「歷史語言學」《詩經》研究觀點的提出與運用。

　　經由上述的考察，約可歸納出：實證科學方法論對《詩經》研究中「經學」組成部分的分解、《詩經》文學性質的確認、以白話文為通譯媒介與《詩經》研究的普遍性發展，及從研究觀點的提出向多元學科《詩經》學的過渡等，四項清末民初《詩經》學的主要脈絡。

目

錄

緒　論

一、相關研究成果的回顧

　　《詩經》學發展到了清末民初，正逢十九世紀末到二十世紀初，中國社會出現結構性變革之際，學者在面對古老的經典和遽變的世代時，許多觀點的提出自有其突破傳統的勇氣，和大氣淋漓的格局，並且直接地支配了近百年的《詩經》研究工作。在台灣、大陸兩地，雖然因為不同的政治、教育背景，呈現研究方向上的歧異，卻相同地對部分民初《詩經》研究觀點，作未經檢驗的繼承，甚至成為研究的前提，規定了基本的研究方法。就台灣地區而言，林慶彰師指出：台灣的經學研究主要是由大陸傳入的經學傳統，特別是自一九四五年台灣光復後，大陸來的學者，如屈萬里、林尹、高明、王靜芝等人，在大學裏授課，奠下台灣地區經學研究的基礎。〔註1〕楊晉龍則明確地提出：台灣近五十年（1949～1998）《詩經》學的思想，淵源於民國《詩經》學的主流思想，並且以胡適為例說：

　　　　他在《詩經》學上三個主要論點：一是對傳統《詩經》學強調倫理教
　　　化功能的「詩教」觀點之解消；二是對《詩序》早期來源之否定，及過度

〔註1〕 參見林慶彰師〈臺灣近四十年《詩經》研究概況〉，《1993 詩經國際學術研討會論文集》（保定：河北大學出版社，1994 年）頁 27。另外楊晉龍在〈臺灣近五十年《詩經》研究概況 1949～1998〉，《漢學研究通訊》20：3，2001 年 8 月。也提出：「影響臺灣《詩經》學的發展比較直接的因素，應該是中文相關研究所的設立，培養博碩士研究《詩經》相關論題」。而「教授對《詩經》學的態度，及在《詩經》學專業上的成就，影響到研究生的選擇」。根據楊氏的統計共有 26 位指導教授，在臺灣《詩經》學的傳播與發展上，具有比較重要的貢獻。雖然其中除了第一代《詩經》學者外，多數與五四運動並無直接關聯，「但由於授課老師、啟蒙參考書、學術風氣等交織下的無形影響，不少學者表現的態度，不是『胡適式』的視傳統為遺孽的『凡古皆非』；就是受胡適影響的『顧頡剛式』的視古文為笨伯的『凡疑皆好』」。

－1－

情緒性的對《詩序》帶有強烈政治與倫理意涵解說的抨擊謾罵；三是以文學眼光讀《詩》的觀點等，至今猶被不少學者當成《詩經》學上，不證自明的唯一「典範」之事實。〔註2〕

就大陸地區而言，許志剛觀察了四○至五○年代《詩經》研究著作，發現由於民國以來的研究觀點，至少產生了「對文學性質的誤解」、「理論上的盲目性」、「以主觀臆斷代替對《詩經》的客觀研究」等三項有礙《詩經》研究的積弊。以影響深遠的「平民文學觀點」的提出為例，當時白話文運動方興未艾，從歷史上為白話文學找出證據，原具有不容置疑的意義，但「除了白話文學、古文學、活文學、死文學的提法，隨著白話文運動的結束而不再使用以外，這部書（胡適《白話文學史》）中認識問題、論證問題的方法，關於平民文學與廟堂文學對立的觀點等，都被承襲下來」，以取代文學史研究的科學總結，則顯然是一種過當的繼承。〔註3〕

上述情形，一如趙沛霖對一九五○至一九九○年《詩經》研究概況的分析說：五、六十年代簡單化的研究傾向，到了八○年代，才由於《詩經》研究者放棄了偏狹的文學觀點，和片面的批評原則，而有了改變。〔註4〕八○年代起隨著兩地《詩經》研究風氣的開展，更多的研究焦點投向近、現代，開始自覺或不經意地對學術淵源的尋根與展望。其間累積了不少近、現代《詩經》學史料，另方面也促使在《詩經》研究議題與方法上的反省意識逐漸浮現。根據林慶彰師主編的《經學研究論著目錄（1912～1987）（1988～1992）》，及寇淑慧編，收錄一九○一至二○○○年大陸香港地區發表的《詩經》學研究文獻的《二十世紀詩經研究文獻目錄》，也都呈現了兩地

〔註2〕 見楊晉龍〈臺灣《詩經》研究的反思：淵源與議題析論〉，《第三屆臺灣儒學研究國際學術研討會論文》2002年9月，頁10。

〔註3〕 參見許志剛《詩經論略》（瀋陽：遼寧大學出版社，2000年）頁4～11。對此陳平原也有同樣的觀察說：「將民間文學作為中國文學發展的原動力，這一頗有新意的假設，到50年代演變成為『民間文學主流論』，越來越暴露其理論缺失。時至今日，過分貶低『文人文學』，而高揚『民間文學』，仍是研究者必須面對的五四遺產」。見氏著《中國現代學術之建立—以章太炎、胡適之為中心》（北京：北京大學出版社，1998年）頁202。而這個影響對《詩經》研究最大的傷害，便是將《國風》從三百篇中抽離出來，在一定程度上破壞了《詩經》的完整性。

〔註4〕 根據趙氏觀察1950～1990年大陸地區的《詩經》研究存在三項不足：1 研究起點低，低水平的重複多，缺乏當代理論思維的光輝。2 厚此薄彼以部分代全體，對多數作品棄而不論。3 忽略文學藝術特徵和複雜性的庸俗社會學傾向。其間觀點的偏差，大抵淵源自五四時期的《詩經》研究。參見趙沛霖〈近四十年中國大陸《詩經》研究概況〉，《1993詩經國際學術研討會論文集》（保定：河北大學出版社，1994年）頁14～25。

對民國《詩經》學的關注起於八○年代，〔註5〕研究成果主要涵蓋三大範圍：

（一）《詩經》學史的論述而兼及民初領域者，主要著作有：

1. 夏傳才　《詩經研究史概要》，鄭州：中州書畫社，1982 年。

2. 張啓成　〈詩經研究概況〉，《黔南民族師專學報》，1985 年 1 期。

3. 向　熹　〈清以後的《詩經》研究〉，《詩經語言研究》，成都：四川人民出版社，1987 年。

4. 韓明安　《詩經研究概觀》，哈爾濱：黑龍江教育出版社，1988 年。

5. 趙沛霖　《詩經研究反思》，天津：天津人民出版社，1989 年。

6. 檀作文　〈二十世紀《詩經》研究史略〉，《天中學刊》15 卷 1 期，2000 年。

7. 林祥徵　〈二十世紀中國《詩經》研究述略〉，《第四屆詩經國際學術討論會論文集》，北京：學苑出版社，2000 年。

8. 戴　維　《詩經研究史》，長沙：湖南教育出版社，2001 年。

9. 洪湛侯　《詩經學史》，北京：中華書局，2002 年。

　　其中夏傳才以分析特定學者《詩經》研究成果的方式，對魯迅、胡適和古史辨派、郭沫若、聞一多等人的《詩經》學著作進行評述，雖然欠缺背景討論、及《詩經》學發展脈絡的掌握，仍爲《詩經》學史的建構向民國延伸跨出第一步。韓明安在書中「歷代《詩經》研究述略」、「《詩經》研究中的主要爭議」、「《詩經》研究資料編目」三部分，都對五四以後的範圍有相對比重的陳述，呈現「民國《詩經》學」作爲研究課題的主題價值，可惜限於全書篇幅，論述太過簡略；檀作文將二十世紀《詩經》研究分爲四大時期，因篇幅所限，僅簡介部份學者的《詩經》學著作，大抵述而不論；林祥徵以時間爲主軸，將一九○○年起百年間的《詩經》學分割成「1900～1949 年引進西方相關學科的起步期、及發展期」及「1950～1997 年《詩經》研究的普及期、低潮期、繁盛期」兩大部分陳述，大抵時代發展的脈絡清晰，但分期仍待商榷，做爲支撐史論的史料掌握與分析，也不夠全面。洪湛侯《詩經學史》根據

〔註 5〕　大陸地區：據《二十世紀詩經研究文獻目錄》「《詩經》解釋學史」項下，綜論而兼及民國的專著有 3 本，最早的是 1982 年夏傳才《詩經研究史概要》；有關民初《詩經》學的論文 8 篇，最早的一篇是 1987 年許志剛〈詩經研究的反思〉；有關民初學者《詩經》學的論文 48 篇，除了有關聞一多的 2 篇、羅次隆的 1 篇、陳蘭甫的 1 篇外，都作於 1980 年以後。臺灣地區：據《經學研究論著目錄（1912～1987）（1988～1992）》「《詩經》研究史」項下，關於民初《詩經》學的共 8 條，1980 年以前的只有張學波〈六十年之詩學〉。關於民初學者《詩經》學的論文共 22 篇，最早的一篇是 1980 年洪國樑的《王國維之詩、書學》。

《詩經》學派的盛衰消長作為分期的標準，以史料學為基礎，採取史論結合的寫法，其中第五編現代《詩》學，分述：「五四以後《詩經》討論熱潮的興起」、「《詩經》研究從經學到文學的重大轉變」、「重新進行詩篇分類」、「探討《詩經》的藝術手法」、「對《詩經》基本問題的認識」、「以《詩經》為史料展開多學科的研究」、「《詩經》文學研究的深入和普及」、「《詩經》典籍的整理和編印」、「近當代影響較大的《詩經》學者及其著作」、「《詩經》研究的反思與展望」，整體架構堪稱健全，但因主要論述及於當代，清末民初的部分相對顯得薄弱。

（二）清末民初《詩經》專門議題的研究，主要的論文有

1. 程俊英　〈詩經譯注四十年回顧〉，《古籍整理研究學刊》1989 年 5 期。

2. 吳　鳴　〈五四時期的民歌採集與《詩經》研究〉，《五四文學與文化變遷》，台北：台灣學生書局，1990 年。

3. 夏傳才　〈詩經四大公案的現代進展〉，《中國文哲研究通訊》7：3，1997 年。

4. 林慶彰　〈民國初年反《詩序》運動〉，《第三屆詩經國際學術研討會論文集》，香港：天馬圖書公司，1998 年。

5. 季旭昇　〈近代《詩經》研究觀點的剖析〉，《第三屆詩經國際學術研討會論文集》。

6. 郜積意　〈歷史與倫理——古史辨《詩經》學的理論問題〉，《人文雜誌》2002 年 1 期。

7. 李家樹　〈五四「疑古學派」《詩經》研究述評〉，《第五屆詩經國際學術研討會論文集》，北京：學苑出版社，2002 年。

上述除了「譯注」一篇，是篇幅短小的概說外，其餘各文均對所論議題有深刻的闡述，只是選題仍較多集中於「疑古學派」的反傳統觀點。至於「整理國故」運動下對經典通讀的思考、新材料出現後實證考據的發展、反傳統思潮下經學觀點的延續、現代專門學科支援下的各種《詩經》分析詮釋觀點……等，都還是仍待開發的新議題。

（三）清末民初《詩經》學者的專門研究

誠如胡適所說，一切學術史的工作，必須先做到「述學」的基本工夫，才能達到明變、求因、評判的目的。〔註 6〕當論者將對《詩經》學史的關注移向近代，首

〔註 6〕　胡適說：「述學是用正確的手段、科學的方法、精密的心思，從所有的史料裏面，求出各位哲學家的一生行事、思想淵源沿革，和學說的真面目。」以為這是做哲學史的根本工夫。同理也可運用在各種分科的學術史中。參見胡適《中國古代哲學史》（臺北：臺灣商務印書館，1979 年）導言，頁 9。

先突出的成績便是「述學」，大抵七〇年代以前，只能見到零星的書評，〔註7〕較具體的研究僅：黃承燊〈論《詩經語譯》（陳子展）〉《勤勤大學師範學院月刊》十五、十六期（一九三五年）；夏宗禹〈聞一多先生與《詩經》〉《新建設》（一九五八年十期）；廖元華〈聞一多與《詩經》研究〉（新加坡）《中國語文學報》三期（一九七〇年）；費振剛〈聞一多先生的《詩經》研究──爲紀念聞一多先生八十誕辰作〉《北京大學學報》（一九七九年五期）等四篇論文。八〇年代以後，研究的風氣有了顯著的開展，所發表的相關論著在百篇之數，台灣地區的研究對象主要集中在王國維、胡適、顧頡剛、俞平伯、傅斯年等人，大陸地區則以魯迅、郭沫若、聞一多爲焦點。其中又以台灣的幾篇碩博士論文，成績最爲顯著：

1.　袁乃瑛　《餘杭章氏之經學》，師範大學，國文研究所碩士論文，1961 年。

2.　洪國樑　《王國維之《詩》《書》學》，台灣大學，中文研究所碩士論文，1981 年。

3.　陳慶煌　《劉申叔先生之經學》，政治大學，中文研究所博士論文，1982 年。

4.　洪國樑　《王國維之經史學》，台灣大學，中文研究所博士論文，1987 年。

5.　陳文豪　《廖平經學思想研究》，政治大學，中文研究所碩士論文，1992 年。

6.　丁亞傑　《康有爲經學述評》，中央大學，中文研究所碩士論文，1992 年。

7.　王靜芳　《胡適《詩經》論著研究》，中正大學，中文研究所碩士論文，1994 年。

8.　江永川　《顧頡剛《詩經》樂歌文學史觀》，中正大學，中文研究所碩士論文，1994 年。

9.　侯美珍　《聞一多《詩經》學研究》，政治大學，中文研究所碩士論文，1995 年。

10.　胡幸玟　《顧頡剛詮釋《詩經》的淵源及其意義之研究》，暨南國際大學，中國語文學系碩士論文，2000 年。

　　大抵通論經、史學的，多著重爬梳學術思想的淵源，也兼及《詩經》相關著作的評述，專門論述《詩經》學的，以對「疑古學派」學者的探討爲重，這與台灣地區《詩經》的傳授多淵源自胡適、傅斯年的一支有關。另外關於《古史辨》的史學論著如：施耐德（Laurence A Schneider）《顧頡剛與中國新史學》（一九八四年）、彭

〔註 7〕這類書評多半是因著作的出版，所做的介紹文字，或對某一觀點的質疑，通常簡短不做深入的論述，如：辛素〈讀〈詩經之傳出〉（張壽林）〉，（北平）晨報副刊，1926 年 11 月 18 日：北江（吳闓生）〈于思泊（于省吾）《毛詩新證》序〉，《國立北平圖書館館刊》9：6，1931 年 11 月；龔書輝《詩經語譯》質疑〉，《夏大圖書館報》1：7，1936 年 4 月：張維思：〈讀《詩經新義》（聞一多）〉，《責善半月刊》1：5，1940 年 5 月。懷：〈讀詩四論〉（朱東潤），《圖書月刊》1：2，1942 年 2 月，都屬於這一類。

　　　　　　　　　　　　　　　　　　　－5－

明輝《疑古思想與現代中國史學的發展》（一九九一年），主要探討顧頡剛《詩經》學中「歌謠」概念的淵源與內容；王汎森《古史辨運動的興起》（一九八七年），則著重顧頡剛《詩經》學中的反《序》思想和史料意義。侯美珍《聞一多《詩經》學研究》（一九九五年），除了探求聞一多《詩經》學中對佛洛伊德學說的運用及治《詩》方法外，也對大陸地區的諸多研究中，〔註 8〕因論述過程爲特定思想意識所籠罩，導致評價上的偏頗提出省思。此外有趙制陽長期關注近現代《詩經》學，對聞一多、傅斯年、顧頡剛及古史辨學者、魯迅、郭沫若、錢穆、俞平伯等人的《詩經》論著均有長篇評介。〔註 9〕原本對各家的學術探源，及著述研評，都是構築一時代學術史最基本的工程，上述的研究成果，雖各自拓植一隅，難免有一定的缺失，卻是未來全面清理近、現代《詩經》學的重要立足點。

二、本題研究範圍

過去對於經學史，乃至《詩經》學史的研究，大抵採用歷史朝代，或學術演變的分期方式。因此做爲封建王朝更遞及儒學傳統終結的晚清，便成爲許多論述的終點。如此則對跨越兩代的清末學者有一定的忽略；而民初，也相對呈現出是「另一個起點」的位階，論者往往在切斷學術內在發展臍帶的思維上，著意凸出反傳統的特質，而不是從全面且深入的研究中，說明一時代的學術脈絡與成就。像這樣太輕易地做出民初是「走出經學時代」的結論，對近代以來《詩經》學的進程而言，至少容易產生幾項迷思：

（1）抹殺了學術發展的連續性

畢竟傳統的糟粕，並非一夕而突遭疑難，在今古文論爭下的清末《詩經》研究，做爲雙方旗幟的「經本的眞僞」和「方法的長短」，正是一種面對舊傳統的新思維，所展現的具體成果是：否定《毛序》的神聖性，和創造直接涵泳經文的可能，在精神上已經是「要求新義」的近代的努力，特別是與對民國以後《詩經》學影響深遠的古史辨運動，在思考的聯繫上更是脈絡清晰。然而現有的關於近、現代的《詩經》學研究，多從五四談起，造成了學術史論上的斷層現象。

〔註 8〕 在近現代的《詩經》學者中，聞一多是最受大陸地區研究者所關注的一個，據寇淑慧編《二十世紀詩經研究文獻目錄》關於聞一多《詩經》學的研究有 26 篇之多，遠超出同時期其他《詩經》學者甚多。

〔註 9〕 〈聞家驊《詩經》論文評介〉收入《詩經名著評介》（臺北：學生書局，1983 年）〈傅斯年詩經論文評介〉、〈古史辨《詩經》論文評介〉二文收入《詩經名著評介第二集》（臺北：五南圖書出版公司，1993 年）；〈魯迅論《詩經》評介〉、〈郭沫若《詩經》論文評介〉、〈錢穆《讀詩經》評介〉、〈俞平伯《讀詩札記》評介〉四文收入《詩經名著評介第三集》（臺北：萬卷樓圖書公司，1999 年）。

（2）輕忽了經典研究與社會對話時的質變

《詩經》學到了民初的發展，雖然諸多相關的研究都能敏銳地掌握到「疑古思潮」、「反《序》運動」、「歌謠觀點」等民初《詩經》學的主流。但對於這些觀點的解讀和探究，總疏於外部環境的著墨，特別是近代學者與國際漢學接軌，所造成的學風變革，進一步牽動《詩經》研究的結構性變化。如「公開討論學術的風氣」，不僅突破了家派的保守，也改變了著作型態，《古史辨》第三冊收錄有關《詩經》的討論共五十一篇，凝聚出的反《序》觀點、歌謠觀點，是典型的例子。又「學術分科的思考」，特別是民國以來各大學的國學研究所，多按近代西學分類設科，促使受傳統學術格局制約的經典研究，得以依西學的分科相繼獨立，並進行各學科間的互動與整合，以《詩經》做為上古史料的分科研究，所締造的成績有：古史學的、民俗學的、社會學的、文學人類學的、歷史語言學的、曆法的、動植物學的……。又「實證科學的方法和學術工作的組織化」，這是材料視野的革命，使經典研究得以跨越文籍考辨的範疇，也是民初仿歐美成制，以爭取「學術獨立」的一條出路。對《詩經》研究而言，北大國學門的歌謠採集工作，帶動了平民文學觀點的《詩經》研究；王國維利用二重材料的比較，闡述禮樂觀點的《詩經》研究；中研院史語所的各項工作，發展出歷史語言學觀點的《詩經》研究。可見這個影響是不分家派與立場，普遍地存在各種觀點的《詩經》研究中。

（3）孤立且片面誇大研究對象的功過

思潮轉變期，由於新典範尚未建立，學術的研究呈現百家爭鳴的型態，學者的成績也往往是多面相的，任何標舉單一觀點的陳述，都難免失之片斷。雖然八〇年代以來眾多的研究報告對近代《詩經》學領域的拓殖，有一定的貢獻，卻也有一定的局限和偏離，譬如：「用固定的意識型態框架來解讀研究對象的觀點及功過」，這不僅難得各家學說的真相，也因為對主題有預設性的選擇，而失落了時代的全部面貌。再則是，「將研究對象孤立起來，而不是把它擺在歷史的脈絡中來考量，好像《詩經》的研究可以自外於時代思潮、經濟、社會和政治環境似的」。〔註 10〕這對於強調社會參與，並且熱衷梳理學術史，及撰寫「學者自述」，借以獲得方向感的近代學者而言，這個方法上的漏洞，必然產生結論上的重大失誤。

如果綜觀清末民初《詩經》學，是經典與環境對話的產物，大抵是一條研究觀

〔註10〕 這是林慶彰師對近四十年臺灣地區《詩經》研究概況，在研究方法上的批判。事實上，這個現象，無論臺灣、大陸地區，均普遍存在於有關清末民初時期《詩經》研究的論述上。參見〈臺灣近四十年《詩經》學研究概況〉，《1993 詩經國際學術研討會論文集》（保定：河北大學出版社，1994 年）頁 38。

點創發與演變的脈絡，從康有爲的《毛詩》辨僞學，到傅斯年歷史語言學觀點的提出，呈現的是對經傳傳統的從疑僞到重建，以及更多對應時代的思考，〔註11〕實非用學術上新、舊的對立表述所能涵蓋，而用傳統和反傳統來批判近代《詩經》研究觀點的進化與保守，不僅太過粗糙，也不符合歷史的事實。

基於上述的思考，本論文以「清末民初」爲範圍，主要的是將清末學者納入論述的主體，而不只視之爲前代《詩經》學史的餘波。一如錢玄同將康有爲作《禮運注》的一八八四年，作爲「國故研究之新運動」的起點；〔註12〕周予同將中國史學演變的第四期（從清末民初到現在）稱爲「新史學」，並且說：「如果沒有康氏的《孔子改制考》決不會有現在的新史學派」；〔註13〕賀麟說：「要敘述最近五十年來從舊傳統發展出來的哲學思潮，似乎不能不從康有爲開始」。〔註14〕大抵而言，近代哲學、文學的變革，及考古學、心理學、社會學等新學科的建設，都適合「戊戌生根，五四開花」的論述。〔註15〕本題以「康有爲的《毛詩》辨僞學」作爲論述的上限，正是取徑於對學術史整體的思考，並藉以確立《毛詩》證僞工作在近代《詩經》學史中的關鍵位置。

至於民國以後的經學更新運動，又與「整理國故」的提出息息相關。運動的發展到了一九二八年，首先有胡適對前此三百年的學術總結說：「從梅鷟的《古文尚書考異》，到顧頡剛的《古史辨》，從陳第的《毛詩古音考》到章炳麟的《文始》，方法雖是科學的，材料卻始終是文字的」，所以都只不過是「文字的學術」、「故紙堆的火燄」而已。（〈治學的方法與材料〉，《胡適文存》第三集，頁 111）再有中央研究院史語所成立，並開始安陽考古發掘的進行，這象徵國學研究在學科範疇和材料運用上的超越，與「整理國故」運動，不僅在工作內容上有明顯的區隔，更是精神意涵上的差異。從此屬於「整理國故」運動中提高的一支開始降溫，剩下的是，肇因於

〔註11〕關於五四時期新舊文化的論爭，近來論者的評價漸趨持平，原因是有更多的研究者願意回到那個時代，去思考當時學者與環境的對應關係，如歐陽軍喜說：「五四時期的文化論爭，決不是什麼進步與反對，激進與保守的鬥爭。反對派的觀點，並不表明他們多麼落後於時代，而僅僅表明，他們對中國文化及其出路的特殊理解。這些論爭的背後隱藏著對西方文化的不同選擇，實際上也是對中國文化現代化出路的不同選擇。」見氏著《五四新文化運動與儒學》（西安：陝西人民出版社，2001 年）頁 178。

〔註12〕見錢玄同《劉申叔遺書・錢序》（南京：江蘇古籍出版社，1997 年）頁 28。

〔註13〕見周予同〈五十年來中國之新史學〉，《周予同經學史論著選集》（上海：上海人民出版社，1996 年）頁 519。

〔註14〕見賀麟《五十年來的中國哲學》（瀋陽：遼寧教育出版社，1989 年）頁 3。

〔註15〕參見陳平原《中國現代學術之建立～以章太炎、胡適之爲中心》（北京：北京大學出版社，1998 年）頁 8。

一九三四年的「讀經問題」大論戰，〔註16〕「新經學」的概念被提出，使經書整理工作，出現了朝淺易通讀發展的路向，以及從教育出發的普及性思維。而這一脈國學運動的餘波，因一九三七年抗日戰爭的爆發，不僅研究環境、出版環境遭重創，經典研究與民族、社會的對應思考，也起了根本的變化，學術的發展正式邁進另一階段，因此本題以一九三八年爲下限，分作：清末今古文之爭與《詩經》研究的近代化、「整理國故」運動與民初《詩經》學的發展、新材料的出現與《詩經》考證學的更新，三大主題論述。對文獻的取捨，則基於清末民初特殊的著作型態，除了自一八八八年（康有爲《毛詩禮徵》完成年）至一九三八年的五十年間，發表的《詩經》學相關專著、論文外，幾個重要刊物如：《國粹學報》、《國故月刊》、《小說月報》、《古史辨》、《中央研究院史語所集刊》……等的討論性文章、學者間往來的信札、日記、讀書筆記、授課講義，還有以《詩經》爲材料的跨學科專著，均一并納入分析討論的範圍。

三、本題研究方法與目標

　　就前人的研究成果看，無論是對專門學者的《詩經》學研究，或放在二千年《詩經》學史的框架中，探討其歷史地位，「清末民初」都是《詩經》研究總體成績中較薄弱的一環。主要原因是，這一時期的著作型態多片斷零散，難以掌握全貌；再則著作的內容「破壞重於建設」，並且作爲傳統與現代的接軌，許多方法論仍在嘗試階段，難有典範以作爲研究的指標。因此就《詩經》的學術史研究而言，在「清末民初」的這一段，一方面有大量史料輯集的工作要做，另方面則存在更複雜的如何鑒別學術性質的思考。

　　誠如顧頡剛所說：「董仲舒時代之治經，爲開創經學，我輩生於今日，其任務則爲結束經學。」〔註17〕「經學」研究在五四以後逐漸邊緣化，但「經學史」的研究卻同步開展。關於《詩經》學史的論述，在民初有顧頡剛的《詩經在春秋戰國間的地位》，是以孟子爲下限的先秦《詩經》學史；白之藩的〈詩經學史目錄說明書〉，

〔註16〕1934 年 10 月 5 日，國民黨中央執委會第 123 次常會決議恢復紀念孔子，隨後讀經風氣大起，使新文化運動學者大感不悅。1935 年 4 月 7 日的天津《大公報》刊出傅斯年的〈論學校讀經〉一文，引起社會輿論的關注，當時主持《教育雜誌》的何炳松有意將此一問題作總結，乃廣徵各方意見，匯編成 1935 年 5 月的《讀經問題》專號，參與撰文者約 70 餘人。由於當日新經學的提倡已成共識，但內憂外患，擾攘不安的政局，也令人覺得道德教育的刻不容緩。所以至此對於經學的發展，大概日漸趨向分爲專家研究和普通閱讀兩部分。參見陳美錦《反孔廢經運動之興起（1894～1937）》（臺灣大學史學研究所碩士論文，1991 年），頁 269～275。

〔註17〕見顧洪編《顧頡剛讀書筆記》（臺北：聯經出版公司，1990 年）卷 5 上，頁 2788。

是有系統的《詩經》學史的構想，另外胡樸安《詩經學》、蔣善國《三百篇演論》、徐英《詩經學纂要》都是對《詩經》學的概述而含納《詩經》學史的內容。〔註18〕據胡樸安的定義，《詩經》學是「關於《詩經》之本身、及歷代治《詩經》者之派別，並據各家之著作，而成一有系統之學也」。其內容主要有三個部分：（1）關於《詩經》之種種問題的一種「學」，（2）是《詩經》一切之學的思想研究，（3）是一種整理《詩經》的方法，按學術之分類而求其有系統之學。〔註19〕就傳統《詩經》學而言，這是充分而切當的陳述。然而近現代《詩經》學既擺脫經學觀點的侷限，進而從事真正的文學研究，無疑是《詩經》研究史上一次「質」的變革，使用傳統的框架及陳述視域，顯然無法含納這一時代《詩經》學的特質。所以晚近學者對此有更周密的界定，如楊晉龍在訂定「《詩經》學」內涵時，特別強調應當同時重視「傳統經學」意義的「詩經」和「現代經學」意義的「詩經學」。〔註20〕洪湛侯則說明：

> 《詩經》學是研究《詩經》的內容、性質、特點、源流、派別的一門學問，在封建社會裏，《詩經》以經學研究為主體，但也存在著關於文學特點的探討。現代《詩經》學，則以《詩經》文學研究為核心，各類專題研究同時也是它的重要組成部分。〔註21〕

本論文在上述思考基礎上展佈章節，期望呈現符合現代精神特質的《詩經》學史的陳述，在方法上主要有史料和史論兩個層次的結合，也就是在充分的基礎實施支援下，作上層結構的經營，是以史料學為基礎的學術史論。〔註22〕

（一）史料的蒐集與呈現

現階段有關近現代《詩經》學史料的整理，雖然仍較多隸屬於二千年《詩經》學史，甚或是經學史範疇下的工作。但隨著眾多工具書陸續編纂完成，也為這一時

〔註18〕上述各書的主要內容評述，詳見本論文第二章第四節二、《詩經》概論性著述（一）《詩經》學與《詩經》學史。

〔註19〕見胡樸安《詩經學》（臺北：臺灣商務印書館，1970年）緒論，頁2～3。

〔註20〕見楊晉龍〈臺灣近五十年《詩經》研究概述〉，《漢學研究通訊》2：23，頁29。

〔註21〕見洪湛侯《詩經學史》上冊，頁9。

〔註22〕據傅璇琮、倪其心、沈玉成對「古典文學研究的結構問題」的思考，以為古典文學研究的結構，大體如同建築工程，可分為基礎實施和上層結構兩方面，所謂「基礎實施」包括：（1）古典文學基本資料整理。（2）作家、作品基本史料的整理研究。（3）基本工具書的編纂。「上層結構」包括：（1）作家、作品的專題研究。（2）作品的批評鑑賞。（3）古典文學和其他學科的交叉研究。（4）古典文學的比較研究。（5）新分支學科的開闢。（6）方法論的研究。（7）學科史研究。見同上注，〈傅序〉，頁2～3。

代《詩經》學各專題研究提供重要的支援。林慶彰師在編纂《經學研究論著目錄（1912〜1987）（1988〜1992）》的基礎上，做《詩經》學史研究的回顧與前瞻；洪湛侯在撰寫《中國大百科全書》、《詩學大辭典》、《續修四庫全書》等大型工具書有關《詩經》的條目之餘，完成《詩經學史》，〔註23〕都說明了有效掌握史料，是還原學術真相的必要課題。本論文在構思之初，即以能充分呈現「清末民初」大部分《詩經》學著作，為基本目標，也就是以「著述考」作為述史的鋪墊。只是基於「清末民初」的學風特質和著作型態，並且在企圖彰顯：學者與時代的互動、學術內部的脈絡、重要觀點的提出與影響……等考量下，放棄「以書類人」的模式，而以學術運動、流派、乃至方法論為主軸，來部勒群書，例如：章太炎、劉師培、黃節的《詩經》研究著作，統整在「國粹派」的脈流中陳述，以見出乾嘉古文《毛詩》學在清末的演變，是訓詁方法的系統化、《詩經》研究的史料化和以《序》說為依歸的詩旨闡述，並藉以對應今文派的《毛詩》辨偽工作，突出清末今古文之爭對《詩經》研究近代化的意義；再如「整理國故」運動下：有對《詩序》的討論、有歌謠觀點的著作、有史料觀點的著作、有通讀與概論的著作，因為運動中色調鮮明的主題，不僅身處思潮洪流的學者難以置身其外，其間論點激化的痕跡更有助於一時代學術性質的判讀。另外《詩經》考證學在民初有突破性的發展，主要著作儘管路向、觀點各自不同，卻都是在國際漢學交流的氛圍下，結合新材料和實證科學方法論的成績。至於各類著作的創作背景、主要內容、得失評騭，均個別標目繫於著作下，以呈現作品的完整的面貌。

　　在其他史料的掌握上，由於晚近對近現代學者的全集、日記、手稿、讀書筆記，均有大規模的整理、刊行；再有關於社會思潮、教育、出版……等各類資料，也多有系統的刊佈，為研究工作提供必要的幫助，只是史料愈近愈繁，加上故實激增、語境複雜，在無法充分把握下，反而造成史實的內在聯繫被割裂支解，因此在論述上，主張以簡馭繁，盡量不涉入繁瑣的糾纏，而以史料素材直接呈現歷史發展的大脈絡。

（二）史論的撰述

　　所謂《詩經》學史論，是對於一時代《詩經》學領域的學術史研究，大體上說：「學術史必須研究『學術』，而『學術』的載體主要是學術著作」，因此學術史的要求是「研究並評論有代表性的學術成果，以闡明其學術意義和歷史意義」。其間內容包括：著作的分析評估、對理論基礎作哲學層次的掌握，和社會效益的估量。〔註24〕

〔註23〕有關《詩經學史》一書的撰寫過程，參見洪湛侯《詩經學史》，自序，頁1〜3。
〔註24〕關於「學術史」的界定有各種不同的說法，本論文主要參考張豈之主編《中國近代史學學術史》的思考架構。見《中國近代史學學術史》（北京：社會科學出版社，1996

這部分的工作，必須具備足夠跨度的觀察視野，和客觀、敏銳的史料處理能力，是一項困難的挑戰，遠非筆者薄弱的能力所能當之，戒慎恐懼之餘，將方法的思考，主要地放在對以下兩方面作有效的掌握：

（1）透過對學術傳統的觀照，以鑒別學術性質、建立完整的文化視野

雖然五四以來，抉取西方研究方法「整理國故」，是學術的主流，特別是實證科學方法論的普遍使用，「如何使傳統現代化」？始終是主要的思考路向，只是從詮釋學的觀點看，一切古代經典，必然與其文化傳統血脈相連，也就是「解釋」本身存在：「A（現在）向 B（未來）中介 C（過去）的意見」的三元關係，而這種三元中介過程，保證著知識的歷史的連續性。由於歷史先於理解者而存在，由歷史所形成的傳統，也必然成為理解的一部分，而每個時代對古典作品詮釋的歷程，正是其文化發展的歷程，唯有持續對「理解的歷史」的觀照，才得以洞見方法論的限制，有效地建立文化視野。〔註25〕以歌謠觀點的《詩經》研究在民初被提出為例，自然有方法論上操作的一面，但主張這一觀點的，如胡適說：

> 《詩經》並不是一部聖經，確實是一部古代歌謠的總集，可以做社會史的材料，可以做政治史的材料，可以做文化史的材料。（〈談談詩經〉，《胡適文存》第四集，頁 557）

聞一多也說：

> 中國代…在他開宗第一聲歌裏，便預告了他以後數千年間文學發展的路線。《三百篇》的時代，確乎是一個偉大的時代，我們的文化大體上是從這一剛開端的時期就定型了。文化定型了，文學也定型了，從此以後二千年間，詩——抒情詩，始終是我國文學的正統類型。（〈文學的歷史動向〉，《聞一多全集》第 10 冊，頁 17）

都是從《詩經》的「文學性」透視歷史的文化關懷，今日我們對於民初《詩經》學的理解，如果只框限在階級對立的論述，或反經學觀點的一意擯棄《序》說，所造成的文化視野的偏離，將進一步傷害經典的完整性。

再則如《詩經》研究由經學觀點轉向文學觀點，是民初《詩經》學發展的質變，識別這一時代的學術性質，才不致因枝節的議題而模糊焦點，以民初反《序》運動

年）〈張序〉。

〔註25〕以上三元中介的關係，參見（德）卡爾－奧托・阿佩爾（Karl－Otto Apel）著，洪漢鼎譯〈科學主義、詮釋學和意識形態批判〉，《理解與解釋》（北京：東方出版社，2001 年）頁 367。另外有關詮釋觀點與古典作品的對照關係，主要參考張汝倫《意義的探究》（臺北：谷風出版社，1988 年）。沈清松主編《詮釋與創造》（臺北：聯合報系文化基金會，1995 年）。

爲例，在許多論題上形似以往廢《序》觀點的重複，唯有在學術性質確立後，才能釐清其精神意涵，實不同於宋學反《序》運動的義理之爭，甚且有別於清末今文派反《序》觀點的眞僞之爭。

（2）釐清社會思潮與學術間的參互影響

任何對古代經典的理解，都有面對當代的問題。誠如西方詮釋學者漢斯──格奧爾格・迦達默爾（Hans-Georg・Gadamer）說：「應用（Applikation）乃是理解本身的一個要素」，「理解本身中包含著歷史和現在的溝通」，因此「歷史解釋的對象，不是由事件而是由它們的意義（significance）構成，也就是由它們對於現在的意義所構成」。〔註26〕儘管部分學者認爲：「已達到認識理解歷史性的歷史學家，將更謙虛並避免任何『應用的努力』。任何承擔歷史研究的人將認識到，對歷史文獻的確實性、眞實性和可靠性的考證，乃屬於一種完全不同的向度」。〔註27〕但對從傳統向現代過渡的世代，特別是清末民初學者的強調「社會參與」，使政治的更迭、教育制度的變革、中西文化的交流，乃至種種的社區運動，都一一地滲入學術的深層結構，因此評估學術成果的歷史意義，也就成了討論這一斷代學術史的重要課題。就《詩經》學而言，如果將著作從維新運動、整理國故運動、新文化運動的南移、圖書館運動、學術獨立運動、歌謠採集工作、考古發掘工作……中剝離，則「清末民初《詩經》學史」的命題，將無以成立。因此著力於社會運動的爬梳，並非一意地將學術與環境掛鉤，而是將應用、實踐、傳播、影響納入「古代經典解釋史」的範疇裏思考。

〔註26〕參見迦達默爾（Hans－Georg・Gadamer）著・洪漢鼎譯《眞理與方法》第2版〈序言〉，同上注，頁169～182。對此洪漢鼎說：「應用」這一要素在詮釋學的發展過程中得到普遍強調。什麼是應用呢？就是把普遍的原則、道理或觀點，即眞理內容運用於詮釋者當前具體情況。或者說，在普遍眞理與詮釋者所面臨的具體情況之間進行中介，它與一般日常或科學所說的應用不同。大體詮釋學傳統從詞源上至少包括「理解、解釋（含翻譯）和應用」的統一。見洪漢鼎《理解與解釋》編者引言。

〔註27〕見（義）埃米里奧・貝蒂（Emilio Betti）著，洪漢鼎譯〈作爲精神科學一般方法論的詮釋學〉，《理解與解釋》頁159。

第一章　清末今古文之爭與《詩經》研究的近代化

　　道咸以降，今文經學隨著時代對經世思想的要求而復蘇，他們不滿脫離現實的繁瑣考據學風，並且帶動晚清經學研究的訓詁與義理之爭。關於這一時期的學術，梁啟超（1873～1929）稱作是清學「入於第二思潮之啟蒙期」，整體呈現的面相是：儘管條理仍未確立、研究方法棄取未定、著作駁而不純，但「在淆亂粗糙之中，自有一種元氣淋漓之象」。﹝註1﹞然而學術的發展，卻未能如多數清末民初今文學家所期望的在復古中得解放，反而是束縛於經傳傳統，重新反覆了一次今古文之爭，且在同時也暴露了，傳統經學思維已落後於時代。所以清末一代學者，在經學上突出的今古文之爭，其意義常被視為是傳統儒學的終結，甚而是造成中國學術思想近代化難產的原因。﹝註2﹞而「經學」觀點的《詩經》研究，在民國以後更因顯得太陳腐，而成為最不可信，最不受歡迎的詮釋方法。﹝註3﹞只是兩千年的傳注傳統，絕非一夕而突遭疑難，重新檢視仍舊框限在「經學」架構下的晚清今古文學《詩》說，將有助我們釐清《詩經》研究近代化過程中，千頭萬緒的種種議題，進而為這場經學時代結束前最後的論爭，尋一個適切的定位，找出清末、民初兩代人的聯繫。

﹝註1﹞見梁啟超《清代學術概論》（臺北：臺灣中華書局，1989年）頁2～3。
﹝註2﹞侯外廬雖然認為清學要求近代化的內容，大體上和歐西步趨相似，但對晚清的今古文之爭，卻以為其中透著中國近代思想難產的消息。也因此他稱章太炎是「為歷史而學經的最後古文學家」。見氏著《近代中國思想學說史》（上海：生活書店，1947年）頁585～592。另外周予同〈中國經學史講義〉中編第八章，《周予同經學史論著選集》（上海：上海人民出版社，1996年）也斷言康、章是「今古文經學最後的大師，作為經學，至此完結。」錢穆《國史新論》（自印本，1975年）更以晚清學風之「非怪誕，即狂放」，未能為即將到來的新時代，「預作一些準備與基礎」。
﹝註3﹞見季旭昇〈近代《詩經》研究觀點的剖析〉，《第三屆詩經國際學術研討會論文集》（香港：天馬圖書有限公司，1998年）頁469。

一、今古文《詩》說在晚清的發展

今文《詩經》學重出於晚清的原因，一則固然是考據家的三家詩輯佚工作，首先在文獻上奠定基礎；再則更由於社會遽變，使學者急於衝破經傳傳統，和繁瑣考據的桎梏。龔自珍（1792～1841）、魏源（1794～1857）在傳統秩序即將崩潰之際，選擇了今文經傳的內容和形式來議論時政。而以《三百篇》為諫書，本是漢儒通經致用的方法，又《詩經》兼具三代史料的特質，正好用以依託「復古改制」的政治理想。至於上復西漢的方法，一在辨東漢古文之偽，一在擺脫傳注，直求經文。所以晚清今文家《詩》說，便循著：「以經議政」→「闡發今文《詩》義」→「引三家證偽《毛詩》」的徑路，到康有為（1859～1937）而集大成。其中一個具革命色彩的意圖也逐步成形，那就是藉由對古文經典的辨偽工作，在二千年的儒學傳統外，另尋一種道統，以因應世變。但古文經書既遭否定，而今文經書又寥寥無幾，且經闡發大義後，已非原來面貌，等於否定了全部經書。

古文經學家，在清末學術思潮的激變中，則結合一群革命派知識份子，形成國粹派的經學思想，主要學者包括：章太炎（1868～1936）、黃節（1873～1935）、劉師培（1884～1919）等，他們多以皖派樸學為基礎，在肯定《毛傳》是較古而可信的訓詁專書的前提下，以宗《毛傳》為探求《詩經》本義的重要法門。並且對乾嘉考據學做有效的繼承，其方向主要有兩方面：（1）是訓詁、考證法則的推求，原本乾嘉考據學已發展到極限，且日益陷入毫無意義的繁瑣考證。清末古文家除在方法上益求縝密，並予以系統化的呈現外，還不同程度的吸收西方近代科學，形成新的知識體系。（2）是視《六經》為上古史料，藉以還原上古社會的實況；並援史以證經，進而還原經典原貌。只是一九○六至一九○七年間《國粹學報》開始對今文經學全面的抨擊，此後兩派學者對儒學的批判，也基本上框限在「今古文之爭」的模式中，著重家派的意氣之爭，而趨向保守。所以他們只能是學術革新的過渡，而不會是新經學的建立者。

二、維新派學者的民間文學觀點對《詩經》研究的啟發

晚清維新派學者，在經學上的立場多屬經今文學派，在文學上為桐城變體，多數人則懷抱著改革文學的志願。因此一場新文學運動伴隨維新政變而起，並影響新一代知識份子的文化意識。又桐城派承朱熹之緒，是清代調合漢宋的一支，宗旨在直接涵泳經文，主張「簡要清新，詁釋明白，句讀通暢」，是「由文章家轉而釋經」，〔註4〕這樣的風格，加上白話文的助力，形成從晚清到民初，在經學研究上要求「通

〔註4〕 見劉起釪《尚書源流及傳本》（瀋陽：遼寧大學出版社，1987年）頁112～113。劉氏以為，桐城派是古文章家的經學新派，以異於漢學的精神，酌采宋儒之說，直接

讀」的趨勢。《詩經》本具文學特質，受此啓發尤爲深切，下述維新派學者對民間文學見解的主要內容：

（一）白話報與白話文的提倡

　　報刊輿論宣傳，是維新運動的主要內容之一，發展至戊戌前後，造成報刊文風的改革和報章文體的興起，從而推動了白話文運動。〔註 5〕與之相應的是白話報的大量出現，截至辛亥年前，白話報刊的數量已達到一百種左右。〔註 6〕而辦報的目的除了傳播政治思想外，更兼及文化、文學的層面，例如一九〇四年陳獨秀（1879～1942）主編《安徽俗話報》，以「開通民智、救亡圖存、發展實業、改革教育、廢除惡習、反對封建倫理道德」爲宗旨。〔註 7〕梁啓超的宣傳範圍則廣泛地涵蓋「批判封建專制；剖析國民性的弱點，倡新民說；傳播西方近代思想文化；倡導史界革命、詩界革命、小說界革命」。在文化批判上，以爲中國積貧積弱的原因，在於國民意識不發達，數千年專制統治者一意獨尊儒術，造成奴性盛行。所以主張擯棄舊史那種「王公年代記」的舊觀，寫成一部「國民發達史」。〔註 8〕這種著眼於民間的新史學觀，牽動維新派學者對民間文學的見解，最明顯的例子是夏曾佑（1861～1924）《中國歷史教科書》將太古、三代視爲「傳疑時代」，他說：

　　　　由開闢至周初，爲傳疑期，因此期之事，并無信史，均從群經、諸子
　　中見之，往往寓言、事實兩不可分，讀者各信其所習慣而已。

原本神話傳說，與古史關係的議題，是史學界的老問題，在晚清因不同的文化視域，而有了新的見解及處理態度。大體而言，他們既反對把神話當作狹義的古史事實，又往往借神話傳說的材料論證古史。上述內容，與五四時期：白話文運動將貴族文學與國民文學對舉的提法〔註9〕、《古史辨》運動中「看史蹟的整理還輕，看傳說的經歷卻

　　涵泳經文本義，分章分句析文辨義遂益趨妥貼。
〔註 5〕據譚嗣同〈報章文體說〉所列舉的近代報章文體，除了傳統文章的三類十體外，在篇幅紆餘，又及于「詩賦、詞曲、駢聯、儷句、歌謠、戲劇、輿誦、農諺、里談、兒語、告白、帖招之屬」，可見晚清報刊文體，除了往淺近、應用的方面推展外，同時也把民間文學作品視爲一部分內容予以著錄。參見鍾敬文〈晚清改良學者的民間文學見解〉，《紀念顧頡剛學術論文集》下冊（成都：巴蜀書社，1990 年）頁 874。
〔註 6〕清末民初白話報的興起，經歷了三個時期：1895 年以前，主辦者多爲外國人。戊戌時期以維新派主辦的報刊爲主。戊戌以後維新派、革命派均倡辦白話報，其中 19 世紀末 20 世紀初數年間創辦的白話報達 50 餘種，維新派主辦者，約占 4 分之 3。參見徐松榮《維新派與近代報刊》（太原：山西古籍出版社，1998 年）頁 178～192。
〔註 7〕見同上注，頁 191。
〔註 8〕以上梁氏主張，參見〈中國積弱溯源論〉〈三十自述〉，《飲冰室合集》文集之五、十一。
〔註 9〕見陳獨秀〈文學革命論〉，轉引自《胡適文存》第一集附錄，頁 18。

重」的態度（顧頡剛〈與錢玄同論古史書〉，《古史辨》第一冊，頁59）、和「整理國故」運動中的歌謠采集工作，雖不必然有直接關聯，卻呈現相同的文化關懷。

（二）詩界革命

　　「詩界革命」的觀點，最早由夏曾佑、譚嗣同（1866～1897）等人在一八九六年間提出，只是這個新詩運動，在當時並未成功。〔註10〕戊戌政變失敗後，梁啓超在日本發表〈汗漫錄〉，爲「詩界革命」重新訂定目標和標準，文中特別標舉黃遵憲（1842～1905）的詩作和詩學理論。其中的〈雜感〉五篇之二說：

　　　　我手寫我口，古豈能拘牽？即今流俗語，我若登簡編，五千年後人，

　　驚爲古斕斑。（黃遵憲《人境廬詩草箋注》卷一）

幾乎是「詩界革命」的一種宣言。在這段詩句中，不僅觸及了言文合一的思考，胡適還從他的《山歌》自序和〈己亥雜詩〉中分析說，他所以能有這樣大膽的主張，必定是他少年時代「受了他本鄉平民文學的影響」。（〈五十年來中國之文學〉，《胡適文存》第二集，頁 210）而對民間口頭文學的認識和嚮往，其實是「詩界革命」的共同主張。黃遵憲除了著力對歌謠的輯錄工作，立意編纂《新國風》外，也發表了不少關於歌謠價值的意見，如〈山歌〉題記中說：

　　　　十五《國風》，絕妙古今，正以婦人女子，矢口而成。使學士大夫操

　　筆爲之，反不能爾。以人籟易爲，天籟難學也。〔註11〕

梁啓超也說到：

　　　　古者婦女謠詠，編爲詩章，士夫問答，著爲辭令，後人以爲極文家之

　　美，而不知皆當時之語言也。（〈沈氏音書序〉，《時務報》第四期）

這種直接將《風》詩等同歌謠的見解，對民初以歌謠觀點詮釋《詩經》的工作，具有一定啓示作用。

三、晚清《詩》說的近代意涵

　　清儒對經書的箋注訓詁，延續兩漢以來的傳統，依舊是繁瑣的，但在舊的形式下，卻含有新的因素，侯外廬以爲那是在「注解上要求新義的近代精神」。〔註12〕

〔註10〕據朱自清說：「清末夏曾佑、譚嗣同諸人已經有『詩界革命』的志願……這回『革命』雖然失敗了，但對於民初的新詩運動，在觀念上，在方法上，卻給了很大影響。」見《中國新文學大系》詩集，導言。

〔註11〕黃遵憲《人境廬詩草箋注》卷一，〈山歌〉一題，共收歌詞九首，是他輯錄山歌的一部分。或以爲是他創作，但從他給胡曦的信和底稿題記，可證他所做的只是筆錄、和改動一些方言爲普通文字而已。

〔註12〕見侯外廬《近代中國思想學說史》同注1，頁585。

所謂近代的努力，通常是站在「傳統」的對立面與之對話。從廣義上說，是指某一文化的歷史中，出現結構性的變化，而這些變化，又促使產生它們的社會提高有效性、加強整體性、增加可預見性。更重要的是具有重新審視問題的能力，和對差異性的起碼開放態度。〔註13〕在今古文論爭下的《詩經》研究，其最初的成果，就是否定了《毛序》的神聖性，創造直接涵泳經文的可能。再有進者是將「經本的眞僞」和「方法的長短」，作爲兩派的旗幟對立起來，而這兩部分恰是晚清今古文學者，面對舊傳統時的新思維，具體的表現，就是在注解上對新義的要求。以今文家而言，魏源《詩古微》對《毛傳》、《毛序》多置疑難，梁啓超說：

> 其言博辯，比於閻氏之《書》疏證，且亦時有新理解，其論《詩》不爲美刺而作，謂「美刺固《毛詩》一家之例……作詩者自道其情，情達而止……豈有懽愉哀樂，專爲無病代呻者耶……」，此深合「爲文藝而作文藝」之旨，直破二千年來文家之束縛。又論詩樂合一，謂「古者樂以詩爲體，孔子正樂即正詩」，皆能自創新見，使古書頓帶活氣。（《清代學術概論》頁54）

又康有爲《新學僞經考》著力於考辨群經，梁啓超亦肯定他的影響，使「一切古書皆須從新檢查估價」（同上，頁56）明白地突出今文家在經本的考辨和詮釋上，突破傳統追求新義的傾向。

就古文家而言，乾嘉時期的古文大師們，最有功於經學者，是一人治一經，且諸經皆有「新疏」。傅斯年以爲「論近代：顧炎武搜求直接史料訂文史，以因時因地的音變觀念爲語學，閻若璩以實在地理訂古記載，以一切比核辯證僞孔，不注經而提出經的題目，並解決了它，不著史而成就了可以永遠爲法式的辯史料法。亭林、百詩這樣對付歷史學和語言學，是最近代的：這樣的立點便是不朽的遺訓。」而乾嘉樸學便是循這遺訓的形跡而出的好成就。〔註14〕章太炎則進一步引申，分近世經師爲五等，而其上者是「研精故訓而不支，博考事實而不亂，文理密察，發前修所未見，每下一義，泰山不移。」〔註15〕如此便不難理解，何以章太炎會把義大利的文藝復興解釋爲「文學復古」，〔註16〕並以《國粹學報》專意提倡「古學復興」，其

〔註13〕參見（法）魏丕信著，劉和平、吳旻譯〈近代中國與漢學〉，《法國漢學》第三輯（北京：清華大學出版社，1998年）頁7～14。
〔註14〕見傅斯年〈歷史語言研究所之工作旨趣〉，《中央研究院歷史語言研究所集刊》第一本第一分，1928年10月，頁4。
〔註15〕見章太炎《太炎文錄初編》卷一，（臺北：世界書局，1958年）頁117～118。
〔註16〕見章太炎〈革命之道德〉，原載《民報》第八號，1906年10月。此處轉引自《章太炎選集》（上海：上海人民出版社，1981年）頁291～295。

意義其實已經很接近胡適所說的：「用證據作基礎，考訂一切古文化」。〔註17〕

從上述可見，清末經學家們本可以在經學研究上邁出一大步，而終究沒有實現，原因是他們「都把經學上的門戶之見，同政治上的黨派分野糾纏在一起，因而實用的需要蒙蔽了求真的精神。」〔註18〕在方法上，又都只重視傳世典籍的價值，而拒絕實物材料，所以始終走不出經師文籍考辨的格局。〔註19〕誠然，作爲今古文經學最後的大師們，在辛亥以後，都退居一切學術進步意涵的反對面，一如顧頡剛批評章太炎是一個「從經師改裝的學者」、「看家派重於真理，看書本重於實物」；批評康有爲是「拿辨僞做手段，把改制做目的，是爲運用政策，而非研究學問。」〔註20〕但整個五四一代的學者，似乎更願意在具體學問的傳承上，討論與這前一世代人的聯繫。甚且將他們從清學傳統中獨立出來討論，如錢玄同將「國故研究之新運動」分兩期，第一期始於一八八四年，第二期始於一九一七年，並以第一期爲「黎明運動」說：

> 所謂「天地閉，賢人隱」之時也，於是好學深思之碩彥，慷慨倜儻之奇才，嫉政治之腐敗，痛學術之將淪，皆思出其邃密之舊學，與夫深沉之新知，以啓牖顓蒙，拯救危亡。在此黎明運動中最爲卓特者，以余所論，得十二人。〔註21〕

顯然地將「清末」與「民初」，作爲文化更新過程中相連結的紐帶。其中涵蓋了經今古文論爭的代表性學者，如康有爲、梁啓超、章太炎、劉師培等，而「舊學邃密」和「新知深沉」，也就是傳統與西學，一向是近代學者思考文化出路的兩大主題。

〔註17〕胡適以十八世紀至十九世紀中葉，是中國古文化的新研究，可算是中國的「文藝復興」（Renaissance）時代。因爲「樸學」是做「實事求是」的工夫，用證據作基礎，考訂一切古文化。參見〈幾個反理學的思想家〉，《胡適文存》第三集，（上海：亞東圖書館，1930年）頁69。又1960年7月他以〈中國傳統與未來〉爲題演講，將五四之前區分爲三次文藝復興，第三次是第十七、十八世紀的「學術復興」，那時人文學者開始使用「科學方法」大規模研究古籍與史籍。參見余英時〈文藝復興乎？啓蒙運動乎？〉，《五四新論》（臺北：聯經出版事業公司，1999年）頁10～11。

〔註18〕見朱維錚〈中國經學史研究五十年——《周予同經學史論著選集》後記〉，《周予同經學史論著選集》（上海：上海人民出版社，1996年）頁954。

〔註19〕對於實物材料的輕忽與拒絕，康、章均然。如梁啓超批評《新學僞經考》說：「乃至謂《史記》《楚辭》經劉歆竄入者數千條，出土之鐘鼎彝器，皆劉歆私鑄埋藏以欺後世，此實事理之萬不可通者！」見同注1，頁56。又傅斯年批評章太炎說：「章氏在文字學以外是個文人，在文字學以內，作了一部《文始》，一步倒退過孫詒讓，再步倒退過吳大澂，三步倒退過阮元，不特自己不能用新材料，即是別人已經開頭用了的新材料，他還抹殺著。」見同注6。皆已見出二人的武斷和局限。

〔註20〕見顧頡剛《古史辨》第一冊〈自序〉（臺北：明倫出版社，1970年）頁27；頁43。

〔註21〕見錢玄同《劉申叔遺書・錢序》（南京：江蘇古籍出版社，1997年）上冊，頁28。

實際上，如果從五四上溯找尋傳統學術與現代的接軌，都不能避開晚清今古文之爭。而尋出它在思潮轉變之際，為經學研究提供多少進步的影響，更是探索民初經學研究的重要課題。

第一節　今文學派與《毛詩》辨偽學

一、晚清《毛詩》疑偽學風的興起

清代今文經學興起於乾嘉年間，在經說的發展上以恢復西漢今文學，和辨東漢古文學之偽為特徵。梁啟超說，這是在漢學「本派中有異軍突起，而本派之命運，遂根本動搖」。造成學風興替的原因，除了環境變化，促成對漢學「於世何濟」的質疑，及在學術上強調「通經致用」的要求外。清學自身「既教人以尊古，又教人以善疑，既尊古矣，則有更古焉者，固在所當尊。既善疑矣，則當時諸人所共信者，吾何為不可疑之。」〔註22〕這樣的學術內在發展，塑造了清代今文經學「復古」、「存真」兩個明顯的特質。〔註23〕表現於經說則在於：

（1）祛除東漢以降一切訓詁經說，目的雖在推求聖人本意。但在邏輯上，卻造就了進一步回歸原典的可能，也就是直接涵泳經文的要求。

（2）前人經說既不可信，為了存真，自然在辨偽工作上特別著力，這便突出了清代今文經學在疑古辨偽上的成績。對此錢玄同分析說：

> 我以為近代今文學者的解經，其價值和漢、唐、宋、明以來各派的解經是同等的。……至于他們考辨古文經的著作，規模宏大、論證精確，比得上它的唯有崔東壁的《考信錄》而已。關於幾部經的詮解，將來甲骨刻辭及鐘鼎欵識之學發達以後，一定有大變動的；近代今文學者所解，與漢唐以來之舊解，總不免要推翻許多，甚至根本推翻也說不定。（他們「託古改制」的經說本與解經無關，當在思想史上佔得一個重要的地位。）但是他們考辨偽經的成績，將來決不會完全推翻的（部分修正，當然會有）豈獨不會推翻，將來一定還會更進一步，再推翻許多偽史料，這是

〔註22〕見梁啟超《清代學術概論》（臺北：中華書局，1989年）頁51～52。又關於道咸以後，清學分裂的原因，書中多有論述。

〔註23〕有關清代學術發展的特質，梁啟超著重於「復古」一項，以為「綜觀二百餘年之學史，其影響及於全思想界者，一言蔽之曰『以復古為解放』。」見同上注，頁6。周予同則云：「不過我以為清儒復古，其解放是消極的自然結果，積極的目的在於『求真』。」見氏著〈經今古文學〉，《周予同經學史論著選集》（上海：上海人民出版社，1996年）頁18。實則二者互為因果，故當並列。

我敢斷言的。〔註24〕

因此總結清末民初近百年「今文學運動」的成績,當在「以復古爲解放」,和僞經、僞史料的考辨。

在各專經經說中,《詩經》的表現向來較樸素純正,沒有太多「改制說經」的空間,所以就清代今文《詩》說而言,上述兩項學術的內在特質,要比「經世致用」的、「非常異議可怪」的色彩更爲重要,甚且可以說是清代今文《詩》說的重要成績之一。又乾嘉漢學家在輯佚上的工夫,也爲今文《詩經》學的再興奠定基礎。據《續修四庫全書總目提要》所載三家詩輯佚之作共有三十八種,其中范家相《三家詩拾遺》、馮登府《三家詩異文疏證》、丁晏《三家詩補注》、陳喬樅《三家詩遺說考》……等相繼傳世,〔註25〕轉爲今文家所據,以爲闡述今文《詩》說及《毛詩》辨僞的材料。如龔橙《詩本誼》「以三家之序與《毛》所傳序義比觀之,始知三家多說本誼,《毛》義多說采詩、諷詩、用詩之誼。」唯三家既亡,本義益晦,「因用諸家所輯三家遺說,正其世次,爲《詩本誼》,涵泳詩詞,以補其闕。」〔註26〕便是一例。魏源《詩古微》更是對於東漢以後學者「矯誣三家」,說「齊、魯、韓皆未見古序」、「《毛詩》與經傳諸子合,而三家無證」、「《毛序》出子夏、孟、荀,而三家無考」,一一破其疑,起其墜。既闡發三家微言大義,又辨「《衛序》、《鄭箋》專泥《序》以爲傳」。〔註27〕可見清代今文經說對乾嘉漢學,雖在經說立場上是對立的,但在內容、方法上卻是有所取的,是「大抵菲薄考據,而仍以考據爲業。」〔註28〕

因此從清代今文家所累積的辨僞資料出發,當有助釐清晚清經書辨僞工作的本質,及在經學發展史中的意涵。又民初學者爲何會對清代以來的《毛詩》辨僞工作,做選擇性的繼承,以及《詩經》研究在民初出現了「得以剝去聖人外衣,而僅爲歌謠文學」的契機,對此清代今文派學者又做了多少奠基的工作。

(一)清代經書辨僞的發展與特色

古籍辨僞工作起源甚早,但自胡應麟《四部正譌》專以辨僞爲業,才獨立成學,影響所及,使有清一代學者,在一定的學術水平上努力,而有突破前人的成績,成爲清末民初學術更新運動的重要面相。對此梁啓超在論述「清代學者整理舊學之總成績」時說:

〔註24〕見錢玄同〈《左氏春秋考證》書後〉,《古史辨》第五冊(臺北:明倫出版社,1970年)頁1。

〔註25〕見《續修四庫全書總目提要》(北京:中華書局,1993年)頁437~452。

〔註26〕同上注,頁404~405。

〔註27〕見魏源〈齊魯韓毛異同論上、中〉,《詩古微》卷一,《續皇清經解》本,頁1~10。

〔註28〕見錢穆《中國近三百年學術史》下冊(臺北:臺灣商務印書館,1996年)頁590。

辨偽書的風氣，清初很盛，清末也很盛，獨乾嘉全盛時代做這種工作
的人較少。乾嘉諸老好古甚篤，不肯輕易懷疑，他們專用綿密工夫在一部
書中，不甚提起眼光超覽一部書之外。

又說：

清儒辨偽工作之可貴者，不在其所辨出之成績，而在其能發明辨偽方
法而善於運用。對於古書發生問題，清儒不如宋儒之多而勇。然而解決問
題宋儒不如清儒之慎而密。宋儒多輕蔑古書，其辨偽動機往往由主觀的一
時衝動，清儒多尊重古書，其辨偽程序常用客觀的細密檢查。〔註29〕

然而全從文籍考辨的工夫著眼，實在難以說明，何以清代的辨偽學會盛出於清初、
和清末兩個時期？也不易釐清晚清經書辨偽與民初新經學的關係。

在清初，是一個對理學加以批評、修正的時代。但這樣的反省活動，為何會藉
辨偽呈現出來？林慶彰師以為這是「學術思想史上所說的『回歸原典』（return to
sources）的現象」，因為宋學內部爭論日劇，「取證經書」成了唯一可行的判準，清
初學者的辨偽工作，便是在文獻上對宋學釜底抽薪。〔註30〕相較於此，晚清今文家
的辨偽，則是在「探求聖人本意」、和「上復西漢」的前提下，對古文經典作全面的
考辨。論其淵源，錢穆說：

治《公羊》者，始於常州。刊落訓詁名物，而專求其所謂「微言大義」
者，顯與皖派戴、段之徒，取徑不同。蓋其淵源所自，亦蘇州惠氏尊古而
守家法之遺，而又不甘為名物訓詁，遂遁而至此也。其後以信《公羊》而
信今文，又以信今文而疑及古文，於是漢學家之以尊古始者，乃遂以疑古
終焉。〔註31〕

所以表面上的漢學今古文之爭，其實可視為清學的再一次回歸原典運動。只是先秦
傳下的儒家典籍殘缺已甚，又漢人通經致用的治經方法，使漢學傳統中，本就存在
對經典改造的現象。〔註32〕再則這些真偽互見的經書，出現在古籍未凝固的時代，

〔註29〕見梁啟超《中國近三百年學術史》（臺北：臺灣中華書局，1989年）頁276～279。
〔註30〕關於「回歸原典」現象在清代學術中的意義，林慶彰師用以說明「為何清初群經辨
　　　偽學，就在學者一切是非以孔門為正的口號中展開」及「明末興起的經書研究，何
　　　以會從辨偽入手」見氏著《清初群經辨偽學》第二章第三節，〈新舊傳統競爭中的回
　　　歸原典運動〉（臺北：文津出版社，1990年）頁39～51。
〔註31〕見錢穆《國學概論》（臺北：臺灣商務印書館，1998年）頁304～307。
〔註32〕林慶彰師以為：「漢人用章句和訓詁的方法來為孔門經學尋回真面目，而形成一種『漢
　　　學傳統』，但是細究這一傳統，可議的地方不少。」其中有二項涉及經書的真偽（1）
　　　他們為恢復經書的本來面目，極力徵求經書的本子，可說來者不拒，因此顧不得當
　　　中是否真偽夾雜。（2）他們相信經書傳自聖人，乃將各經作者全歸於古聖人，如以

作者所用的材料有許多已看不見，有許多古籍的本身已受竄亂，須一條條地剔出，而剔出時又舉不出積極的證據。致使晚清的辨偽工作，存在著一定的複雜性，和進一步對經書全面否定的導向。

今文家的辨偽到康有為是集大成，也產生了質變。其中一項重要元素，是朱次琦的漢宋調合之學。支偉成在《清代樸學大師列傳》中專為「浙粵派漢宋兼采經學家」闢列傳一章，有陳澧、朱次琦……等十一人入傳，〔註33〕可見其對學風的影響。康有為一八七三年起從朱氏問學，至一八七八年決裂，時間不長，卻有深刻的影響。日後康有為《長興學記》列義理之學、經世之學、考據之學、詞章之學為通學者所不能遺者，〔註34〕便是明顯的例子。只是康有為重新解釋了漢宋調合論，將漢學回復到漢代的意義，專指經世之學（含今文經學），將宋學解釋為義理之學。又說：「孔子之教何在？在六經；內之窮理盡性以至于命，外之修身以至家國天下，及于鬼神山川草木咸得其所，故學者莫不宜為經學。」〔註35〕並且視考據學的「無徵不信，則當有據，不知無作，則當有考」為一切學術的態度與家法。這樣的解釋，其實已融進了近代精神，也就是在重新發現經典的同時，也發現了中國舊學走向近代的道路。〔註36〕也唯有如此將宋儒思辨學風的因子列入考量，才能解釋，為何屬於朱子一脈的乾嘉辨偽學者崔述（1740～1816），在辨偽議題的思考上，會和晚清今文家有部分的契合，而民初《古史辨》學者，選擇對崔述、康有為疑偽思考的同時並採時，又不至出現明顯的扞格不容。以下敘述晚清今文家在經書辨偽議題上的特色：

1. 為尊孔而辨偽

將尊孔與經書辨偽相結合的意圖，在晚清今文家尤為顯著。所謂「清儒以尊經崇聖，而發疑古辨偽之思，在晚近今文家而大盛」〔註37〕就是這層意思。龔自珍早年有「寫定群經」之志，原因即在感嘆聖人所雅言益微，雖經十稔，終不能成書。〔註38〕但仍以存真與孔子之道相聯繫，所以他在〈六經正名〉中說：「後世稱為經，

《易傳》、百篇《書序》為孔子作；《詩序》為子夏作；《周禮》為周公作；《左傳》為左丘明作等皆是。且為各經建立傳授源流表。見同註9，頁18。

〔註33〕見支偉成《清代樸學大師列傳》（湖南：岳麓書社，1998）頁153～156。

〔註34〕見〈長興學記〉，《康有為全集》第一集（上海：上海古籍出版社，1987年）頁555～556。

〔註35〕見康有為〈重刻新學偽經考後序〉，《新學偽經考》（臺北：世界書局，1979年）頁378。

〔註36〕有關康有為的新漢宋調合論，參見董士偉《康有為評傳》（南昌：百花洲文藝出版社，1997年）頁10～12。

〔註37〕見同註10，頁328。

〔註38〕見龔自珍〈古史鉤沉論三〉，《龔自珍全集》第一輯（臺北：河洛出版社，1975年）頁25～26。

是爲述劉歆，非述孔氏。」〔註39〕魏源《書古微》以爲西漢今古文《尚書》厄於東漢馬、鄭之臆說，所以一面據《史記》、《漢書》及伏生《大傳》殘本、《汲冢周書》佚本，以申張舊說。另一面以爲既黜東晉梅賾之僞，還應辨「馬、鄭古文之臆造，無師授，以返于伏生、歐陽、夏侯及馬遷，孔安國問學之故」。〔註40〕重點在闡述東漢諸經鑿空師傳，不具聖人大義。〔註41〕

　　大抵常州學由《公羊》一家，而至尊今文疑古文，始於龔、魏。他們對古文經置疑，仍在今文家重師承、守家法的思考，到康有爲才論證「古文經皆劉歆僞造」、「六經爲孔子託古改制之作」，進一步將尊孔、辨僞、經世理想相結合，於是辨僞的本意在推倒古文經，進而擁有經典解釋權，也就是因辨僞而達到尊孔的目的，標「尊孔」以完成經世的理想。

　　分析康有爲的論證邏輯，是利用今文經學論證古文經典爲僞經，以達到否定原有經學傳統的合法性，據此他很快的完成《新學僞經考》。後來又撰《孔子改制考》說：「孔子之爲教主，爲神明聖王，何在？曰：在六經，六經皆孔子所作也，漢以前之說莫不然也。」（〈孔子改制考‧六經皆孔子改制所作考〉，《康有爲全集》第三冊，頁 284）但古文家將孔子的地位，從先聖轉爲先師，原因是劉歆「欲奪孔子之聖而改其聖法，故以周公易孔子也」。這與《新學僞經考》先發「今之談經者，浩浩如溟海，茫茫如沙漠，迷亂如八陣圖，乖迕無所從……于是弱者中廢，疑者徒居，悍者反攻；至于今，並二千年教主之孔子而攻之，何有于所作之經！」的慨嘆，再推「經學所以迷亂乖迕之由，蓋出于劉歆僞爲古學以亂眞經之故。」（〈重刻新學僞經考後序〉，《新學僞經考》頁 378）的思辨邏輯相同，如此便將複雜的經學史問題，轉化爲劉歆個人的造僞問題，所以宣稱：

　　　　凡後世所指目爲「漢學」者，皆賈、馬、許、鄭之學，乃新學，非漢
　　學也；即宋人所尊述之經，乃多僞經，非孔子之經也。新學之名立，學者
　　皆可進而求之孔子，漢、宋二家退而自頌，當自咎其夙昔之眯妄，無爲謬
　　訟者矣。（《新學僞經考》頁 3）

如此因尊孔而辨僞的結果，是《新學僞經考》出，而古文經爲僞；《孔子改制考》出，

〔註39〕見〈六經正名〉，《定盦文集‧補篇》卷一。
〔註40〕以上《書古微》的辨僞觀，參見〈書古微序〉〈書古微例言上、下〉，《古微堂外集》
　　　　卷一（永和：文海出版社，1969 年）
〔註41〕劉逢祿也說：今學之師承，遠勝古學之鑿空。非若《左氏》不傳《春秋》，《逸書》、
　　　　《逸禮》絕無師說，《費氏易》無章句，《毛詩》晚出，自言出自子夏，而《序》多
　　　　空言，罕傳大義，非親見古序之有師法之言。見劉逢祿〈詩古微序〉，《劉禮部集》
　　　　清刊本（台大文圖藏）卷九，頁 4。

而孔子等同諸子。終究演成今文家始料未及的「本意尊聖，乃至疑經，因並疑及傳經諸儒」〔註42〕，乃至顛覆一切儒學傳統。〔註43〕

2. 從疑唐宋傳注到對漢儒的全面不信任

對漢儒的不信任，是民初疑古派學者的普遍認定，如錢玄同說：「二千年中底學者，對於六經的研究，以漢儒為最糟，他們不但沒有把真偽辨別清楚，他們自己還要作偽。」〔註44〕顧頡剛說：「今文家與古文家，不但本子不同，即經文的解釋和所說的古代制度也都不同，東漢時，許慎為了分別今古文的異同，特作了《五經異義》一書。在這裡，我們可以看出，經書的內容是給漢人有意播弄得這樣分歧了。」〔註45〕這樣斷然將二千年經說系統紛紜的原因，歸罪於漢儒有意的造偽，其實是對康有為《新學偽經考》的繼承，據劉節說：

> 至於他的《新學偽經考》，對古文家的陣地下一場總攻擊，更有價值，於是乎我們才知道：自孔子以下直到劉歆，其間學者，很少有幾個人沒有造過謠的。〔註46〕

便可見一斑。而《新學偽經考》的論證漢儒遍偽群經，則又是晚清今文家辨偽成績累積的結果，其路向是從對唐宋傳注的懷疑，趨向對漢代經典的證偽。

龔自珍在〈與人箋〉中，以改偽經是：「東晉偽《尚書》，宜遂削之，其妄析之篇，宜遂復并之」，改妄改是：「唐宋君臣，往往有妄改經籍者，如衛包受詔改《尚書》之類；宋元學者，尤多恣改，以不誤為誤，今宜改之如舊。」所以辨偽的對象，主要是東晉以來是造偽，及唐宋人的疑經改經。至於有不可改者，如：「周末漢初，不著竹帛，經師異字，不能擇於一以定，此不可改也，漢世今文、古文異家法，則異字不能擇於一以定，此又不可改也。」〔註47〕可見對於漢人只有家法不同，未及真偽問題。

相較於龔自珍從家法不同，和僅以翻譯的不同，來比喻今、古文不同。〔註48〕

〔註42〕見〈兩廣總督查覆奏摺〉，《翼教叢編》卷2，收入沈雲龍編《近代中國史料叢刊》（臺北：文海出版社，1966年），頁2。

〔註43〕據康有為1891年7月28日致朱蓉生（朱一新）書說：「若慮攻經之後，它日并今文而攻之。則今文即孔子之文，不患攻今文學也。遺文具在，考據至確，不能翻空出奇也。」可知對視尊孔如宗教的康有為而言，孔子是不可能被推翻的。見〈與朱一新論學書牘〉同註34，第一集，頁1021。

〔註44〕見錢玄同〈答顧頡剛先生書〉，《古史辨》第一冊，頁80。

〔註45〕見顧頡剛《秦漢的方士與儒生》（臺北：里仁書局，1995年）頁72。

〔註46〕見劉節《古史辨》第五冊〈劉序〉，頁5。

〔註47〕見龔自珍〈與人箋〉，《龔自珍全集》第五輯，頁343。

〔註48〕龔自珍將今古文的差異，比喻為翻譯的不同說：「今文、古文同出孔子之手，一為伏

魏源則進一步，將復古和辨偽結合，至於上復西漢的方法，一在辨東漢古文之偽，一在直求經文。他揭出東漢人的造偽說：

> 國朝諸儒，知攻東晉晚出古文之偽，遂以馬、鄭本爲眞孔安國本，以馬、鄭說爲眞孔安國說，而不知如同馬牛不可相及……予尋繹有年，深悉東漢杜林、馬、鄭之古文，依託無稽，實先東晉梅傳而作偽，不惟背伏生、背孔安國，而又鄭背馬，馬背鄭，無一師傳之可信。〔註49〕

康有爲在前人的基礎上，開始逐一的遍攻偽經。〔註50〕論證古文諸經「出於孔壁，寫以古文也；夫孔壁既虛，古文亦贋，偽而已矣」。又劉歆既「飾經佐篡，身爲新臣，則經爲新學」，儘管從學術的角度衡量，其中的考辨確有武斷處。錢穆也說：

> 無論政治和學說，在我看來，從漢武到王莽，從董仲舒到劉歆，也只是一線的演進和生長，而今文家的見解，則認爲其間定有一番盛大的偽造和突異的改換。〔註51〕

主張用歷史演進的原則，和傳說的流變來說明古文經中的上古史料，以取代今文家的把大規模的作偽，和急劇的改換來歸罪於劉歆。只是漢人造偽的事蹟，終如「鐵案如山搖不動，萬牛回首丘山重」般地影響民初疑古派學者。

3. 既辨偽書又辨偽史

如果說對東漢人的不信任，促使清代今文家從事辨偽，那麼「通經致用」的理想，則敦使他們趨向復古，因爲黃金古代是儒家的傳統，這種思想使得歷代的變法運動，不斷以古爲師，王莽、王安石如此，康有爲的近代變法運動更是如此，於是研經又進於考史。

清儒首先著力於考辨偽史的學者是崔述，錢玄同說：

> 我以爲推倒漢人迂謬不通的經說，是宋儒；推倒秦漢以來〈傳〉、〈記〉中靠不住的事實，是崔述；推倒劉歆以來偽造的古文經，是康有爲。〔註52〕

生之徒讀之，一爲孔安國讀之。未讀之先，皆古文矣。既讀之後，皆今文矣。惟讀者人不同，故其說不同，源一流二，漸至源一流百。此如後世翻譯一語言也，而兩譯之，三譯之，或至七譯之，譯主不同，則有一本至七本之異。」見〈大誓答問第二十四〉，《龔自珍全集》第二輯，頁75。

〔註49〕見〈書古微序〉，同註40。

〔註50〕據康有爲自云在《新學偽經考》完成前，已著有：《毛詩偽證》、《古文尚書偽證》、《古文禮偽證》、《周官偽證》、《明堂、月令偽證》、《費氏易偽證》、《左氏傳偽證》、《國語偽證》、《古文論語偽證》、《古文孝經偽證》、《爾雅偽證》、《小爾雅偽證》《說文偽證》。見同註35，頁4。

〔註51〕見錢穆〈評顧頡剛五德終始說下的政治和歷史〉，《古史辨》第五冊，頁621。

〔註52〕見胡適〈轉致玄同先生論崔述書〉，《古史辨》第一冊，頁27。

而崔述所以考信古史的原因，實本於「尊經崇聖」的觀念，據崔述自云：

> 余年三十，始知究心六經，覺傳、記所載，與注疏所釋，往往與經互異。然猶未敢決其是非，乃取經書之文，類而輯之，比而察之。久之，而後曉然知傳記注疏之失。〔註53〕

又說：

> 唐虞三代之事，見於經者皆醇粹無可議，至於戰國秦漢以後所述，則多雜以權術詐謀之習，與聖人不相類。無他，彼固以當日之風氣度之也。故《考信錄》但取信於經，而不敢以戰國魏晉以來度聖人者，遂據以為實也。〔註54〕

傳記既不可信，遂以六經為標準，以正群書之失。而六經所載皆古史，於是正群書就涉及全部古史史料的真偽問題。今文家為尊孔而辨偽已見前述，發展到康有為《新學偽經考》、《孔子改制考》，也已顯見「既辨偽書又辨偽史」的特性。如《新學偽經考》為了說明劉歆「助莽篡」和「造偽經」之間的關聯性，除辨古文經皆偽，且「旁及天文、圖讖、鍾律、月令、兵法，莫不偽篡，作為《爾雅》，八體六技之書，以及鐘鼎，以輔其古文之體」外，又著意於突出古文經所載三皇五帝的古史系統中，有明顯竄入的痕跡說：「《左傳》、〈月令〉、〈律曆志〉大行，於是三皇之說興，少昊之事出，五帝之號變。」（〈漢書劉歆王莽辨偽〉，《新學偽經考》頁157～158）指出黃帝、顓頊間沒有少昊一代，目的在瓦解五德終始的古史系統。在康有為的理解：五德終始系統的完成，是劉歆為了證成「漢為堯後」、「王莽以土德舜後，受火德堯後禪讓」所偽造，而載於古文經傳中。因書偽所以所載古史亦偽，又因事偽所以古書中凡少昊的記載，皆劉歆所竄入，如此將書偽與事偽作為互證，所涉及的便不再是單純的史料考證，而是更複雜的今古文問題。顧頡剛說：

> 我們研究古史，實不得不以漢代的今古文問題作為先決問題，先打破了這一重關，然後再往上去打戰國和春秋的關。〔註55〕

如此也才能解釋，何以《古史辨》討論上古史，需花費巨大的篇幅來處理劉歆與《左傳》作者、五德終始、經今古文之爭等表面看來不相干的問題。誠如上述，「尊經崇聖」促使今文家辨偽史，而對古人的不信任，則使他們認定書偽則事偽，所以後來康有為撰《孔子改制考》，不僅懷疑漢人，連諸子、孔子都成了託古改制的造偽者，遂并今文經所載上古史也不可信。也就是經典史料化後，又將上古史全部證偽，傳

〔註53〕見〈考信錄‧提要〉卷上，《崔東壁遺書》（臺北：世界書局，1963年）。

〔註54〕同上注，頁7～8。

〔註55〕見《古史辨》第五冊〈顧序〉，頁20。

統的經學研究因此走入死胡同，如何轉機，勢必有待新的材料、新的學科思維，和新的研究法。

（二）《毛詩》疑偽議題的提出

從學說發展的進程而言，今文《詩經》學的建構，基本上是從家法依託到具體證偽的走向。《詩經》因具三代史料的特質，符合託言《公羊》三世說的條件，所以很快就被喜言經世者襲用。如龔自珍〈五經大義終始問答二〉說：

> 若夫徵之《詩》，后稷春榆肇祀，據亂者也；〈公劉〉筵几而立宗，升平也；《周頌》有〈般〉、有〈我將〉，〈般〉主封禪，〈我將〉言宗祀，太平也。

便是利用《大雅》、《周頌》中記述周人歷史的詩歌，託言治亂改制的政治理想。又魏源《詩古微》中編的逐篇疑難答問中，重在發揮三家詩的微言大義，以求「上明乎禮樂，下明乎《春秋》」，明禮樂就是治平防亂，明《春秋》就是撥亂反治，則《詩古微》的中心思想仍在通經致用。〔註56〕劉逢祿替《詩古微》作序，更是明白的覼之以《春秋》義法說：

> 《詩》何以《風》先《雅》，著《詩》《春秋》之相終始也。風者，王者之跡所存也，王者之迹息而采風之使缺，《詩》于是終，《春秋》于是始。《春秋》宗文王，《詩》之四始莫不本于文王，首基之以《二南》，《春秋》之大一統也。……則所謂子夏傳之者不足據矣。〔註57〕

以上劉氏純就家法依託的角度出發，所以視《毛序》、《毛傳》的不足據，不在內容的真偽，而在《毛詩》不傳孔子刪述之微言大義；再用此標準來看顧炎武、閻若璩、胡渭、戴震……等對《毛詩》的懷疑，就不免會有「尚不知據三家古義以正源流」的批評，而以《詩古微》所以能使經學幽而復明，則在「申先師敗績失據之謗，箴後漢好異矯誣之疾」。〔註58〕至於對經典真偽的態度，據龔自珍〈資政大夫禮部侍郎武進莊公神道碑銘〉引莊存與的話說：

〔註56〕夏傳才以爲魏源發揮三家詩微言大義的主要方法仍在附會引申，主要是宣傳改良派的社會政治改革觀點。詳見氏著《詩經研究史概要》（臺北：萬卷樓圖書公司，1993年）頁226～227。

〔註57〕見劉逢祿〈詩古微序〉，《劉禮部集》卷九，清刊本（台大文學院圖書館藏），頁4～5。

〔註58〕同上注。此序爲劉逢祿替《詩古微》初刻本所作，二刻時已不用，原因是此時魏源對《毛詩》的態度已有轉變，以爲「《毛詩》自不可廢，當以齊魯韓與毛並行，頒諸學宮。」然此序仍可視爲劉逢祿對《毛詩》的意見。有關《詩古微》初、二刻的轉變，詳見李漢武〈魏源的經學思想〉，《中國經學史論文選集》下冊（臺北：文史哲出版社，1993年），頁668～671。賀廣如《魏默深思想探究》（臺北：臺大出版委員會，1999年）頁156～162。

　　　辨古籍眞僞，爲術淺且近，且天下學童盡明之矣，魁碩當勿復言。古
　　籍墜湮十之八，頗藉僞書存者十之二。帝胄天孫，不能旁覽雜氏，唯賴幼
　　習五經之簡，長以通於治天下。……昔者〈大禹謨〉廢，「人心道心」之
　　旨、「殺不辜寧失不經」之誡亡矣。……今數言倖而存，皆聖人之眞言，
　　言尤痌癢關後世，宜眕須史之道，以授肄業者。〔註59〕

知清代今文家初期治經以家法異同爲重，尚未著力於眞僞問題。〔註60〕但今文經論
的精神在闡述孔子的微言大義，以爲經典都是孔子所作，傳、記是孔門弟子所述，
所以研究經學的路向，是由秦漢經生上溯孔門弟子，再由孔門弟子直探孔子本身所
創發的微言大義。〔註61〕而《毛詩》的内容與今文經說系統多有牴觸，又《毛詩》
較三家晚出，故學者多置疑難，如魏源說：

　　　《齊詩》先〈采蘋〉而後〈草蟲〉，與《儀禮》合；《小雅》四始五際
　　次第與樂章合；《魯》、《韓》說〈碩人〉〈二子乘舟〉〈載馳〉〈黃鳥〉與左
　　氏合；說〈抑〉〈昊天有成命〉與《國語》合；說〈騶虞〉樂官備與〈射
　　儀〉合；說〈凱風〉〈小弁〉與《孟子》合……其不合諸書者安在？而《毛
　　詩》則動與牴牾，其合諸書者又安在？（《詩古微》）

清代今文經說既重孔子大義，因此經說眞僞與經典眞僞相涉，形成一種非客觀文獻
意涵的《毛詩》辨僞學。大體而言，清代今文家的經書辨僞工作，始於劉逢祿《左
氏春秋考證》，此後考辨古文經書的著作相繼而起，至康有爲《新學僞經考》而底定，
此即梁啓超所說：

　　　初時諸家不過各取一書爲局部的研究而已，既而尋其系統，則此諸
　　書者，同爲西漢末出現；其傳授端緒，俱不可深考；同爲劉歆所主持爭
　　立，質言之，則所謂古文諸經傳者，皆有連帶關係，眞則俱眞，僞則俱
　　僞，於是將兩漢今古文之全案，重提覆勘，康有爲其人也。（《清代學術
　　概論》頁55）

在這一漸進且環環相扣的群經辨僞系統中，其間有兩大發展主軸：

　　（1）是各專經辨僞的成績，逐步完成論證古文經典皆僞的工作。其過程大抵
是：自有劉逢祿《左氏春秋考證》，及龔自珍《左氏決疣》，而揭破《春秋左傳》

〔註59〕見龔自珍《龔自珍全集》第二輯，同注38，頁141～143。

〔註60〕梁啓超即執此看法。見同注1，頁54～55。大抵常州學在莊存與時只是治《公羊》，
　　　　並未爭辨今古文之眞僞。到劉逢祿時才辨《左傳》不傳《春秋》，雖未嚴斥古文，卻
　　　　漸露今古文經界限，迨弟子魏源乃主張「上復西漢今文家法」。

〔註61〕上述今文家在闡述微言大義的思考路向，參見丁亞傑〈蘇輿《翼教叢編》與晚清今
　　　　古文之爭〉，《第四屆近代中國學術研討會論文》1998年3月，頁52～54。

為偽古文；自有《書古微》《詩古微》，及龔橙《尚書寫定本》《詩本誼》，而揭破《毛詩》及古文《尚書》為偽古文；自有邵懿辰《禮經通論》而揭破《逸禮》為偽古文。五經中唯《易》之古文無存可以不辨外，其餘四經古文皆被證偽。〔註62〕

（2）是突出劉歆造偽的事實。從劉逢祿以《左傳》君子曰，及孔壁《佚書》十六篇為歆所偽，到康有為《新學偽經考》以《古文尚書》、《費氏易》、《古文論語》、《古文孝經》、《爾雅》、《左傳》、《周官》、《毛詩》、《逸禮》率皆劉歆所偽。今文家的結論是，古文經作偽始於劉歆，傳於通學，成於鄭玄。劉歆之作偽則源於《左傳》，成於《周官》，又遍偽群經為之佐證。《毛詩》的辨偽工作，便是這群經辨偽系統中的一環。因此從師承、家法的角度，懷疑《毛詩》鑿空師說、來歷不明，是今文家《毛詩》辨偽的起點，這與宋儒或民初學者，從對《詩序》解釋詩篇的不滿，來體現辨偽精神，有所不同。下列乾嘉以降，從今文學的角度，對《毛詩》所提出的議題和討論，以見晚清今文《詩》說再興，對《詩經》研究的發展所產生的影響。

1. 論四家異同

晚清今文學肇端於常州公羊學，但初期學者，如莊存與治《詩》從古文經說，著有《毛詩說》，劉逢祿雖治《公羊》，而不斥《毛詩》，龔自珍著有《詩非序》、《非毛》、《非鄭》各一卷，惜皆亡佚，不詳內容，但據〈己亥雜詩〉自注說：

> 序說《詩》以涵泳經文為主，于古文《毛》、今文三家，無所尊，無
>
> 所廢。〔註63〕

又〈乙丙之際塾議第二十五〉說：

> 入人國其士大夫多，則朝廷之文必備矣；其士大夫之家久，則朝廷之
>
> 情必深矣。豪傑入山澤，責人主之文也，勞人怨士之憔悴，觸人主之情也。
>
> 故士氣申則朝廷益尊，士業世則祖宗益高，《詩》、《書》則民聽益美，其
>
> 言如是，是善觀國哉。〔註64〕

正是體現今文經說「擺脫傳注」和「以經議政」的兩大特色，至於對《毛詩》的態度，據〈六經正名答問五〉說：

> 若夫《詩小序》不能得《詩》之最初義，往往取賦詩斷章者之義以為

〔註62〕同註24，頁7。
〔註63〕見〈己亥雜詩〉六十三首自注，《龔自珍全集》第十輯，頁515。
〔註64〕見《龔自珍全集》第一輯，頁12。

義，豈《書序》之倫哉，故不得爲《詩》之配。〔註65〕
則是對《毛詩》雖無所廢，但對《小序》已不能滿意，甚至比於《書序》之僞。

　　魏源《詩古微》是清代今文家第一本全力考辨《詩》四家異同的著作，故對《毛詩》之僞多有指陳，然而並非如梁啓超所說「《詩》主齊、魯、韓，而排斥毛、鄭不遺餘力」，甚至「《詩古微》不特反對《毛序》，而且根本反對《毛傳》，說全是僞作」。〔註66〕例如〈齊魯韓毛異同論〉中，徵引歷代諸家的引錄或評論，目的在證明三家也有古序，所以要明古義、古訓當於三家求之，不可獨信《毛序》。〈詩序集義〉中且將各家《詩序》臚列，并比較異同得失，其精神一如二刻本補序中所說：「以漢人分立博士之制，則《毛詩》自不可廢，當以《齊》、《魯》、《韓》與《毛》並行，頒諸學官」。〔註67〕所以平論四家異同的立場，大於執三家以破《毛》。

　　「四始」的概念最早見於《史記·孔子世家》，爲《魯詩》說，亦是今文《詩》說的重要綱領，但因「漢儒以『四始』之說媲之，《魯詩》一說，《韓詩》一說，《毛詩》一說，《齊詩》一說，後人無一能析之」。所以對「四始」的解讀，可視爲觀察今文家對四家《詩》說異同，在態度上遞進的指標。魏源於四家義各有闡明，如以三篇連奏說《魯詩》四始，是「夫子反魯正樂，正《雅》《頌》，特取周公述文德者各三篇，冠於四部之首，固全詩之裵領，禮樂之綱紀焉。」（〈四始義例篇一、二〉《詩古微》）又引成伯璵「正始說」解《毛詩》四始，（〈正始篇下〉《詩古微》）其說雖未必正確。〔註68〕卻體現了論述四家義會通的標的，因經排比分析，魏源所呈現的結論是：

　　　　四始之義，《魯》《韓》說同，《詩緯》之說乃《齊詩》異義，而《齊》說四始本義，與《魯》《韓》究爲一家。《毛詩》說是「因《魯》說而推廣之」，「要皆以樂章爲表裏」，因此與三家說大同小異，殊途同歸。〔註69〕

〔註65〕同上注，頁40。
〔註66〕見梁啓超《中國近三百年學術史》同注7，頁206。除梁啓超外，認爲《詩古微》專主三家而斥《毛》的尚有「劉師培謂『魏源作《詩古微》，斥《毛詩》而宗三家詩』（《經學教科書》）章太炎謂『魏源作《詩古微》全主三家』（《經學略說》）馬宗霍謂魏源『說《詩》斥《毛傳》，宗三家』（《中國經學史》）周予同謂魏源『著《詩古微》攻擊《毛傳》及大、小《序》，而專主《齊》、《魯》、《韓》三家』（《經今古文學》）」。參見何慎怡〈魏源論《齊》、《魯》、《韓》與《毛詩》的異同〉，《1993 詩經國際學術研討會論文集》（保定：河北大學出版社，1994年）頁651。
〔註67〕見魏源《詩古微·目錄書後》，楊守敬重刊本。
〔註68〕關於《魯詩》四始義的解釋，陳桐生以爲魏源說有可取處，但有未可盡信處，列 5 項以駁之。詳見氏著《《魯詩》「四始」的再解讀》，《第三屆詩經國際學術研討會論文集》（香港：天馬圖書出版有限公司，1998年）頁82～84。
〔註69〕上述結論爲何慎怡據《詩古微》各篇歸納所得，詳見〈魏源論《齊》《魯》《韓》與

雖然《毛序》改變《魯詩》斷〈關雎〉為刺詩的作法，但《毛序》開頭便明白指出〈關雎〉為《風》始，這是先秦學者都不曾提出的觀點，因此可以確定《毛詩》詩教系統中部分重要命題借鑒自《魯詩》，魏源跳脫美刺的差異，而見出二者的聯繫。[註70] 此外魏源還對四家詩在篇名、章句、文句的異同，予以比較分析，各論得失，平論四家的立意明顯，所以胡承珙讀《詩古微》後說：

> 前承大著《詩古微》一冊，發難釋滯，迴出意表，所評四家異同，亦多持平，不愧通人之論。[註71]

而皮錫瑞從學派立場出發卻深責說：

> 魏源作《詩古微》意在發明三家，而不知四始定自孔子，非自周公。〈關雎〉雖屬刺詩，孔子不妨以為正風，取冠篇首。六經皆孔子手定，並非依傍前人，魏氏惟不知此義，故雖明引三家之說，而與三家全相反對。[註72]

評價雖不同，所指卻都是《詩古微》「宗三家而右《毛傳》」「一切混合言之」的現象。[註73] 再看康有為對四始的說法是：

> 其他以《風》《小雅》《大雅》《頌》為「四始」，與《韓詩外傳》及《史記》「〈關雎〉為《風》始，〈鹿鳴〉為《小雅》始，〈文王〉為《大雅》始，〈清廟〉為《頌》始」不同，其偽八。（〈漢書藝文志辨偽〉，《新學偽經考》頁64）

《毛詩》四始說與三家不同，已成為論證《毛詩》為偽的證據。事實上全部《毛詩

《毛詩》的異同〉，《1993詩經國際學術研討會論文集》，頁657。

[註70] 有關《魯詩》四始說和《毛序》的關聯性，陳桐生以為「《毛詩序》以《風》、《小雅》、《大雅》、《頌》來解說四始，實際上暗含了《魯詩》以四類詩始題篇旨，概括四類詩主題的思想。」只是古文經勃興後，六義說取代了四始說，後人遂逐漸模糊了二者的聯繫性。詳見氏著〈從《魯詩》四始說到《毛詩序》〉，《第四屆詩經國際學術研討會論文集》（北京：學苑出版社，2000年）頁249～301。

[註71] 見胡承珙〈與魏默深書〉，《求是堂集》卷三。轉引自何慎怡〈魏源論齊魯韓與毛詩的異同〉，《1993詩經國際學術研討會論文集》頁658。

[註72] 見皮錫瑞〈論魏源以〈關雎〉〈鹿鳴〉為刺紂王臆說不可信，三家初無此義〉，《經學通論》（臺北：臺灣商務印書館，1980年）頁13。

[註73] 章太炎對魏源會通今古的作法頗有譏諷，以為「思沿今文為名高，然素不知師法略例，又不識字，作《詩》、《書古微》，凡《詩》今文有齊、魯、韓，《書》今文有歐陽、大小夏侯，故不一致，而齊、魯、大小夏侯，尤相攻擊如仇讎，源一切混合之，所不能通，即歸之古文，尤亂越無條理。」見章太炎〈檢論‧清儒〉，《章氏叢書》（臺北：世界書局，1958年）頁563。

《偽證》的證據基礎，就在「說義、徵禮與今文顯悖者凡百千條」（〈漢書藝文志辨偽上〉，《新學偽經考》頁 66）對此錢玄同說：

> 前乎他的魏源，雖也不信任《毛詩》，但見解遠不及他，惟宋之鄭樵、朱熹，清之牟庭、崔述，其攻擊《毛詩》堪與康氏相伯仲。（〈重論今古文學問題〉，《新學偽經考》頁 395）

從考論四家異同，以闡發今文《詩》說，到引三家說證偽古文，可見晚清今文家派色彩，在《毛詩》辨偽工作中愈趨顯著。

2. 駁《毛傳》、《毛序》的偽誤

關於《毛詩序》的爭論，是一個古老的問題，由於《毛詩》晚出，典籍中對《序》說來源的記載又語多分歧，所以歷代無論守《序》或廢《序》的學者，多以辨明《毛序》作者，及形成年代，作為立論基礎。另外《毛序》在詩旨的闡釋上採教化觀點，妄生美刺，主張廢《序》學者，也多有批駁。就上述兩項議題而言，在作者及形成年代上，晚清今文家的立場，與宋儒的反《序》運動相近，目的在否定《毛詩》的正統性。但在《詩》旨上，因漢代是個通經致用的時代，以《三百篇》為諫書，《詩》四家說均然，如何觀會通、別異同，今文家的討論要較宋儒一意擺脫美刺複雜許多。

（1）傳授淵源與作者

今文家說經特重師承家法，但詩學一門，卻在師承淵源上屢遭質疑。如程大昌說：「三家不見《古序》，故無以總測篇意；《毛》惟有《古序》，以賅括章旨，故訓詁所及會全詩以歸一貫。」姜炳章說：「漢四家詩，惟毛公出自子夏，淵源最古……，故《毛傳》多用荀子之言，非三家所及。」對此魏源說：

> 然考〈新唐書藝文志〉，《韓詩》二卷，卜商序，韓嬰注。《韓詩》如〈關雎〉刺時也……皆與《毛序》首語一例：則《韓詩》有序明矣！《齊詩》最殘缺，而張揖魏人，習《齊詩》，其〈上林賦〉注曰：「〈伐檀〉刺賢者不遇賢王也。」其為《齊詩》之序明矣。劉向，楚元王孫，世傳《魯詩》，其《列女傳》以〈芣苢〉為蔡人妻作……視《毛序》之空衍者，尤鑿鑿不誣。（〈齊魯韓毛異同論上〉，《詩古微》卷一，頁 1）

目的在證明三家亦皆有《古序》，且據《漢書·楚元王傳》：「浮邱伯傳《魯詩》於荀卿」；《唐書》載「《韓詩外傳》卜商序」；《韓詩外傳》載高子問〈載馳〉之詩於孟子。對於《毛序》的淵源，魏源則是有所懷疑，他說：

> 故《漢書》曰：「又有毛公之學，自言子夏所傳。」自言云者，人不取信之詞也。至《釋文》引徐整（三國吳人）云：「子夏授高行子，高行子授薛倉子，薛倉子授帛妙子，帛妙子授河間人大毛公。毛公為《詩》敘

訓傳於其家，以授趙人小毛公，小毛公爲河間獻王博士。」一云：「子夏
授曾申，申傳魏人李克，克傳魯人孟仲子，孟仲子傳根牟子，根牟子傳趙
人孫卿子，孫卿子傳魯人大毛公。」夫同一《毛詩》傳授源流，而姓名無
一同；且一爲出荀卿，一以爲不出荀卿；一以爲河間人，一以爲魯人；輾
轉傳會，安所據依？（《詩古微》）

分別舉《漢書》和《經典釋文》有關《毛詩》傳授的記載，說明其間的矛盾和附會。
就以上引述兩段內容而言，魏源的用意，一在起三家之墜，一在破《毛序》之疑。

康有爲〈漢書藝文志辨僞上〉列《毛詩》之僞十五項，其中關涉傳授淵源者六
項。除有取於《詩古微》的內容之外，又有「傳授與年代不符」、「名字妄增」兩項，
以爲「若如陸璣說，自孫卿至徐敖，凡五傳閱三百年，亦不足信」，且「陸璣《疏》、
〈後漢書儒林傳〉以爲毛亨、毛萇矣。夫劉、班、鄭、徐之不知，吳、宋人如何知
之？襲僞成眞，歧中又歧。」從荀子和大毛公的年代著眼，二人確實無直接師承的
可能。只是魏源重在疑師承之不明，而康有爲利用傳授淵源證僞《毛傳》的意圖，
則更爲明確。

關於《毛序》的作者，宋代以來主張廢《序》的學者，大都本《後漢書・衛宏
傳》以爲衛宏所作。如鄭樵《詩辨妄》說「《小序》是宏誦詩說而爲之」；朱熹《詩
序辨說》說「《序》乃宏作明矣。」元陳櫟《詩經句解序》、清姚際恒《詩經通論》、
崔述《讀風偶識》均主此說。〔註74〕魏源則分《毛序》爲二；首句爲《古序》，較
可信，至於其下文句爲《衛宏序》，或稱《續序》，係衛宏所附益，多不足信，如舉
〈關雎序〉爲例說：

自衛宏因《毛傳》中「不淫其色」，以傳會於《論語》哀樂之云，而
於〈大序〉中增入「〈關雎〉樂得淑女以配君子，憂在進賢，不淫其色，
哀窈窕，思賢才，而無傷善之心」……《毛傳》既不得夫子之意……《續
序》又不得《毛傳》之意……鄭、孔又不得《續序》之意……烏焉三寫，
屢變離宗。（〈毛詩序解說義〉，《詩古微》）

〔註74〕有關《毛序》作者，歷代學者說法紛紜，其中衛宏所作一說影響深遠，爲宋代至民
初反《序》運動的主要論證。馮浩菲採《陸疏》與《後漢書・衛宏傳》詳加比對，
以爲「傳世《詩序》是否爲子夏作，當然還可以繼續討論，但《詩序》成於毛亨之
前，亦即秦漢之前，史有明文不應再懷疑。」詳見〈論《毛詩序》的形成及其作者〉，
《第三屆詩經國際學術研討會論文集》，頁 144～147。另王承略〈從傳序的關係論
《詩序》的寫作年代〉，《第四屆詩經國際學術研討會論文集》（北京：學苑出版社，
2000 年）頁 302～311。所得結論亦肯定 90% 以上的詩篇先有傳後有序，換言之序
的主體部分寫定於《毛傳》之前。

又在論三家與《毛序》得失說：

> 三家之得者在原詩人之本旨，其失者在兼美刺之旁義。《毛詩》之得
> 者，在《傳》與《序》各不相謀，其失者在《衛序》、《鄭箋》專泥《序》
> 以爲《傳》，是故執采詩者之意，爲作詩者之意。（〈齊魯韓毛異同論中〉，
> 《詩古微》卷一，頁6～10）

是在《小序》爲衛宏所作，成於《毛傳》之後的前提下，論證《傳》、《序》、《箋》
離本彌甚，是導致《毛詩》不得詩人本意的原因。康有爲也主張《小序》作於衛宏，
但說法又有不同，他說：

> 《毛詩》僞作於劉歆，付囑於徐敖、陳俠，傳授於謝曼卿、衛宏。《序》
> 作於宏，此傳最爲實錄。然首句實爲歆作，以其與《左傳》相合也。宏序
> 蓋續廣歆意，然亦有時相矛盾者。……《鄭箋》以衛爲主，則今日詩學，
> 宏爲大宗矣。僞古經《詩》《書》俱出衛宏，傳馬、鄭而大盛，其流別猶
> 可溯也。（〈後漢書儒林傳糾謬〉，《新學僞經考》頁193～194）

重點在分析《毛詩》傳授系統中東漢的部分，進一步將師承和《詩序》作者相涉，
於衛宏之前，多出劉歆爲序首一句的作者，這又與康有爲一切歸罪於劉歆的態度有
關，不免失之武斷。

（2）關於美刺言《詩》的討論

「通經致用」原本是晚清今文經再起的時代需要，以《三百篇》爲諫書，則是
漢儒通經致用的方法，四家《詩》說皆然。因此面對《毛序》的美刺說詩，對今文
家而言，便是複雜且矛盾的問題。魏源在說明《詩古微》著述大旨等說：

> 《詩古微》何以名？曰：所以發揮《齊》《魯》《韓》三家詩之微言大
> 誼，補苴其罅漏，張皇其幽渺，以豁除《毛詩》美刺正變之滯例，而揭周
> 公、孔子制禮正樂之用心於來世也。（《詩古微》初稿自序）

因此梁啓超從破除美刺的角度肯定《詩古微》說：

> 其論詩不爲美刺而作，謂「美刺固《毛詩》一家之例……豈有懽愉哀
> 樂，專爲無病代呻者耶…」此深合「爲文藝而作文藝」之旨，直破二千年
> 來文家之束縛。（《清代學術概論》頁55）

似乎在「美刺」的問題上，魏源是持單一明確的反對立場，實則，在魏源的經學思
想裏有濃厚的教化色彩，仍是經學家的《詩》說，且三家義兼美刺，如何與《毛詩》
美刺有所釐清，魏源頗有一番精闢的分析：

> 甚哉！美刺固《毛詩》一家之例，而說者又多歧之，以與三家燕越也。
> 夫《詩》有作詩者之心，而又有采詩、編詩者之心焉：有說詩者之義，而

又有賦詩、引詩者之義焉……今所存《韓詩序》自〈關雎〉、〈蝃蝀〉、〈雨
无正〉、〈那〉頌四篇爲美刺外，餘皆自作之詞。《新序》《列女傳》載《魯
詩》諸序，亦無一篇爲美刺……是三家特主於作詩之意，而《毛序》主於
采詩、編詩之意……作詩者意盡於篇中，序詩者事徵於篇外。是《毛傳》
仍同三家，不以序詩爲作詩，似相牴而非相牴也。本三例以讀全詩，則知
〈芣苢〉、〈兔罝〉、〈摽有梅〉、〈漢廣〉皆男女民俗之詩，而推其止乎禮義，
則以爲文王后妃之化焉。……雖非詩人言志之初心，適符國史美刺之通
例。（〈齊魯韓毛異同論中〉，《詩古微》頁 6～10）

論述中將三家與《毛序》區隔在「作詩之意」與「采詩、編詩之意」的不同，但魏源
既然將說詩的目的定位在「揭周公、孔子制禮正樂之用心」，所以儘管《詩序》者事
徵於篇外，非詩人言志之初心，卻「符合國史美刺之通例」，而男女民俗之詩，是可
以推止乎禮義的，可知他所置疑的不是「美刺說詩」的方法，而是《毛詩》一家的義
例。〔註75〕也就是《毛詩》將詩篇框限在正變的世次架構下，並且落實「正變」與「美
刺」間因果關係，所發展而成的「以史證詩」的詮釋法，在這個井然的系統裏，往往
「政治盛衰」、「道德優劣」、「時代先後」、「篇第先後」納於一軌，爲了符合正變說的
劃期論世，於是《詩序》的解釋被詩篇的位置縛死了，遂「妄生美刺」。所以《詩古
微》對後人「誤信《毛詩》變《雅》終於幽王，而謂西周無《風》，東周無《雅》」；「誤
信《續序》以《王風》有桓王、莊王之詩，而謂《王風》始於平不終於平」；「誤信《毛
詩》以《王》廁《衛》《鄭》之間，而謂夷於列國，且以〈黍離〉作於王朝大夫，亦
不得爲《雅》」（〈王風義例篇下〉，《詩古微》頁 38～42）也提出異議。

　　這些美刺之說，不僅不是作詩者的初意，又往往與三家說不符，所以後來的康有
爲便針對《序》說詩旨中的「望文生義」和「妄生美刺」，以定《毛詩》之僞，他說：

又〈漢廣〉「德廣所及」，〈白華〉「孝子之潔白」，〈崇丘〉「萬物得極
其高大」，〈雨无正〉「眾多如雨，而非所以爲正」之類，皆望文生義，一
味空衍。非如《魯》、《韓》逸說以〈芣苢〉爲「蔡人妻作」、〈行露〉爲「召
南申女作」、〈柏舟〉爲「衛宣夫人作」、〈燕燕〉爲「定姜送歸婦作」、〈式
微〉爲「黎莊夫人及傅母作」、〈碩人〉爲「莊姜傅母作」之皆有實人實事

〔註75〕有關魏源對美刺說的態度，趙制陽分析了魏氏在〈詩序集義〉中所編列的序義，有
全取《毛序》美刺之說的，有取《毛序》與三家美刺同義的，有僅取三家美刺之說
的，也有魏氏自訂美刺之義的，可見魏氏不僅不能擺脫美刺之說，而且有爲之強化
的現象。詳見氏著〈魏源詩古微評介〉，《詩經名著評介》第二集（臺北：五南圖書
出版公司，1991 年）頁 376～381。

也。(〈經典釋文糾謬〉,《新學偽經考》頁 218)

又說:

> 若《小雅》自〈節南山〉以下四十四篇皆爲刺幽王之詩,刺幽王何其
> 多,而諸王何絕無一篇也?已與三家大異。〈楚茨〉等篇爲祭祀樂歌,而
> 亦以爲刺幽王,朱子已先疑之。(同上)

雖是駁《毛序》美刺說,卻又處處著眼於今古文家派之爭,仍未跨越經生說《詩》
的立場,自然難以還詩篇以作詩人之本意,就辨偽的角度而言,從家派的立場出發,
終究難得事實之眞。難怪錢玄同要說:「我們今天,該用古文家的話來批評今文家,
又該用今文家的話來批評古文家,把他們的假面目一齊撕破,方好顯露出他們的眞
相」。〔註76〕

(3) 孔子與《詩經》的編定

《詩經》的編定和孔子的關係,孔子只說:「吾自衛返魯,然後樂正,《雅》、《頌》
各得其所」(《論語‧子罕》)《史記‧孔子世家》首先提出刪詩之說,此後《漢書藝
文志》、《經典釋文》、《文獻通考》都據《史記》的說法加以引申說明,是二千年來
《詩經》學正統派說法。另鄭玄〈詩譜序〉說:「本之由此《風》《雅》而來,謂之
《詩》之正經。」認爲《風》、《雅》之篇是國史所錄,非孔子有去取,孔穎達《疏》
則明確的提出質疑說:「《書傳》所引之詩,見在者多,亡逸者少,則孔子所錄,不
容十分去九,馬遷言古詩三千餘篇,未可信也。」繼之者有鄭樵、朱熹、崔述。到
民初《古史辨》學者甚至主張孔子和《詩經》的編定全不相干,是反傳統思辨學風
下的一脈。〔註77〕魏源的看法是屬於反傳統的一派,但並不否認孔子和《詩經》編
定的關係,他說:「夫子有正樂之功,無刪詩之事。」並列舉刪詩說不可通的原因有
三點,他說:

> 夫刪詩之說自周秦諸子、《齊》、《魯》、《韓》、《毛》四家,及董仲舒、
> 劉向、揚雄、班固之著述皆未嘗及……使古詩果三千有餘,則自后稷以及
> 殷周之盛,幽厲之衰,家絃戶誦,所稱引宜十倍於今,以是推之,其不可
> 通一也。……且季札觀樂何以無出十五國耶?其不可通二也。至宋歐陽氏
> 刪章刪句刪字之云者,姑無論素絢尚絢,未爲聖論所非;〈唐棣〉懷人,

〔註76〕見《秦漢的方士與儒生》,〈顧序〉(臺北:里仁書局,1995 年)頁 5。

〔註77〕關於孔子刪詩說,正反兩派說法,張壽林臚列甚詳,見氏著《詩經》是不是孔子所
刪定的?〉,《論詩六稿》(北平:文化學社,1929 年)頁 31~44。另夏傳才〈詩
經和孔子的關係〉,《詩經研究史概要》(臺北:萬卷樓圖書公司,1993 年)頁 41~
44。對五四以後的情形,亦有分析討論。

> 本是斷章取義：彼室邇人遠，曷嘗不存於詩？〈雲漢〉〈小弁〉何嘗不煩
> 逆志？翄夫助語單文，三引三異，盡謂害詞害志，毋乃高叟復生，其不可
> 通三也。(〈夫子正樂論〉，《詩古微》)

是從現存典籍記錄的實際狀況，說明刪詩的不可能。並又以今文家立場說明逸詩存
在的現象，是「但據《毛詩》之蔽也」。因為許多所謂逸詩，是《毛詩》所無，而為
三家所有。所以相對《毛詩》所無的逸詩，實在不足以證明孔子曾經刪詩。

康有為對刪詩問題，以為「《詩》舊名。有三千餘篇，今三百五篇，為孔子作，
《齊》《魯》《韓》三家所傳是也。」(〈孔子改制考〉卷 10，《康有為全集》第三集，
頁 286) 而孔子作《詩》之旨在『六經』同條，《詩》《春秋》表裏，一字一義，皆
大道所託。」純然是今文家孔子作六經以改制的立場。所以將孔子正樂的工作定位
得更明確，他說《詩》本樂章，而「正樂」即「正詩」也，因此論證《詩經》全部
入樂，並駁《毛詩》「於《小雅・楚茨》諸篇及《大雅》諸詩，皆以空衍，不能言其
為樂章。」(〈漢書藝文志辨偽上〉，《新學偽經考》頁 65) 更因《毛詩》不能詳正樂
之義，才造成詩有入樂、不入樂之訟。及《毛詩》篇次的淆亂，他說：

> 毛公定樂，而《毛詩》乃不知《詩》之為樂章，以〈草蟲〉入於〈采
> 蘋〉、〈采繁〉之中，又以〈楚茨〉、〈甫田〉為刺幽王，投壺雅歌詩有〈伐
> 檀〉、〈白駒〉，而毛公不知，惡在其傳詩乎？(〈漢書儒林傳辨偽〉，《新
> 學偽經考》頁 139)

大體而言，晚清今文家對孔子與《詩經》編定的關係，是肯定孔子曾經正樂章，也
就是認為《詩經》篇次是經孔子釐定的，所以三頌暗寓「王魯、新周、故宋」的大
義。(〈漢書藝文志辨偽上〉，《新學偽經考》頁 64) 但對刪詩說卻又承襲宋學反傳統
的思辨學風，抱持質疑的態度。實則綜觀上述許多議題的討論，便可發現今文家《詩》
說中，普遍存在尊孔與反傳統並存的矛盾思維。

二、康有為的《毛詩》辨偽學

晚清今文家的辨偽工作，意涵強烈的經世目的，和復古思維，已如前述。所以
辨偽目的並不在回復經典的「客觀」真相，而在發掘經義，以面對當代。康有為《新
學偽經考・序目》敘述著作的原由說：

> 六經顛倒，亂於非種，聖制埋瘞，淪於雰霧，天地反常，日月變色。
> 以孔子天命大聖，歲載四百，地猶中夏，蒙難遘閔，乃至此極，豈不異哉！
> 且後世大禍不單行……而皆自劉歆開之，是上為聖經之篡賊，下為國家之
> 鴆毒者也。(《新學偽經考》頁 3)

明白地將辨僞作爲「翼聖制」的手段，也就是想在二千年的儒學傳統之外，另尋一種道統，以因應世變。這個具革命色彩的意圖，令《新學僞經考》歷經甲午（1894年）、戊戌（1898年）、庚子（1900年）三次奉旨燬版。〔註78〕還引起湖南仕紳群起攻擊。據光緒二十四年（1898）編輯完成的《翼教叢編》序言說：

> 邪說橫溢，人心浮動，其禍實肇於南海康有爲，康爲人不足道，其學則足以惑世……其言以康之《新學僞經考》、《孔子改制考》爲主，而平等民權、孔子紀年諸謬說輔之。僞六籍，滅聖經也；託改制，亂成憲也；倡平等，墮綱常也；伸民權，無君上也；孔子紀年，欲人不知有本朝也。〔註79〕

何以辨十數篇僞書，竟引起如此的驚愕？實肇因於康有爲自覺地將學術研究，和現實的變法主張相結合。儘管《新學僞經考》未涉及當時政治制度，而論者卻往往著眼於政治批判，乃至現代學者仍多以此立論，如李澤厚說：「然而，使我們今日感到興趣和需要在這裏論證的，已遠不是這些『早已僵化了的廢物』（范文瀾語）的今古文學經典本身的內容、價值以及其長期爭論、聚論紛紜的眞僞問題……與其說是《新學僞經考》等書本身的學術內容，和價值，遠不如說是它的實際社會政治內容和作用，更是今日所必需注意和研究的要點。」〔註80〕然而康有爲的政治變革，終究只影響那一代人，若從學術發展的歷程著眼，《新學僞經考》所激發的疑古思想，卻在五四以後得到進一步的發展：五四運動的倡導者，一方面受到前一代學人所鼓吹的進化論、變法、革命等等，源於西方的社會政治思想的深刻刺激；但另一方面也在不知不覺中接受了他們對於中國傳統的解釋。所以梁啓超論《新學僞經考》的價值說：

> 要之此說一出，而所生影響有二：第一、清學正統派之立腳點，根本動搖。第二、一切古書皆需從新檢查估價。（《清代學術概論》頁56）

又說：

> 《僞經考》既以諸經中，一大部分爲劉歆所僞託，《改制考》以眞經之全部分爲孔子託古之作，則數千年來共認爲神聖不可侵犯之經典，根本發生疑問，引起學者懷疑批評的態度。（《清代學術概論》頁58）

〔註78〕《新學僞經考》三次燬版經過，見〈重刻新學僞經考後序〉，《新學僞經考》頁381。另湯志鈞對第一次燬版經過有詳細論述。詳見氏著《近代經學與政治》（北京：中華書局，1995年）頁204。

〔註79〕見蘇輿〈翼教叢編序〉同注42，頁1～3。

〔註80〕見李澤厚〈康有爲思想研究〉，《中國近代思想史論》（臺北：三民書局，1996年）頁168。

儘管這一部分，並不是康有爲的主要目的，甚至是他學術宗旨的反面，但如侯外廬所說：「在南海的學術中，由『客觀的分析』而言，不一定全爲有價值的部分，而有價值的部分，則亦在其中。」〔註81〕影響所及，除了梁啓超「上至學術思想史的背面檢討，下至制度沿革的背面尋求」外，顧頡剛也肯定說：

> 康有爲爲適應時代需要而提倡孔教，以爲自己的變法說的護符，是一件事；他站在學術史的立場上，打破新代出現的僞經傳，又是一件事，我們不能從他們的兩件政治性的工作——篡位與變法——上面，否定他們的兩件學術性工作——表章古史和打破僞書。〔註82〕

另一位民初學者錢玄同，將《新學僞經考》定位在「是一部極重要，極精審的『辨僞』專著」，並說在康有爲的時代，「讀這書的人雖多，然懂得它的眞價值的一定是極少極少」，「至於這書在考證上的價值，他們是不理會的」。（〈重論經今古文學問題〉，《新學僞經考》頁 383）明白地突出《新學僞經考》在學術上的意義，至於諸多的考證內容，錢玄同以爲「康氏之辨《毛詩》，議論最爲透徹，吾無間然」，又說「我覺得他辨諸經的僞古文，以辨《毛詩》爲最好」（同上，頁 395），大抵對康有爲的辨僞工作，避開變法的目的，家派的偏頗。在內容上作選擇性的繼承，是五四學者自覺的作法，顧頡剛說「譬如《僞經考》《史記考源》等書，黨爭是目的，辨僞是手段；我們則只有辨僞一個目的，並沒有假借利用之心，所以成績一定比他們好。」（〈論辨僞工作書〉，《古史辨》第一冊，頁 26）對五四以後學者而言，辨僞具有反傳統的背景需求，是「爲學術而學術」的專門之學。這雖然明顯背離康有爲的宗旨，卻不可不謂是他對近代學術史的關鍵性影響，從歷史發展的著眼，更能勾勒出康有爲在儒學近代化過程的位置。故本小節期能透過五四學者強調「文獻考證」的視角，重新審視康有爲的《毛詩》辨僞學。

（一）學術歷程與《詩經》相關著作

康有爲與《詩經》相關的主要著作有：《毛詩禮徵》、《詩經說義》、《新學僞經考》。據梁啓超的說法：「有爲早年，酷好《周禮》，嘗貫穴之，著《政學通義》，後見廖平所著書，乃盡棄其舊說。」（《清代學術概論》頁 56）據廖平《經話甲編一》說：

〔註81〕侯外廬以爲在康有爲的學說中：「中國古代學術便成爲兩個假託改制，一個是孔子的託古改制，一個是劉歆的託古改制，其間固然有道理上的區別，而假託僞託之不爲眞正事實則一。」「因而他的宗教觀亦建立在假設之上」，「由這裏，我們就透過了他的正面思想的頑固主張，達到他的反作用的背面影響了。這影響即後來梁任公認爲平生學問所得力者。」見氏著《中國近代思想學說史》下冊，頁 702～703。

〔註82〕見顧頡剛〈五德終始下的政治和歷史〉，《古史辨》第五冊，頁 552。

戊、己間，從沈君子豐處得《學考》，謬引爲知己。及還羊城，同黃
季度過廣雅書局相訪，余以《知聖篇》示之。馳書相戒，近萬餘言，斥爲
好名驚外，輕變前說，急當焚燬。當時答以面談再決，後訪之城南安徽會
館，兩心相協，談論移晷。明年，聞江叔海得俞蔭老書，而《新學僞經考》
成矣。〔註83〕

可見廖平關於劉歆造僞的系統學術觀點形成較早，且明顯啓發康有爲確信：「借口今
古文之爭，用今文觀點否定現存經學」的可能性。

《毛詩禮徵》寫作於一八八七至一八八八年間，《新學僞經考》則是一八九一年
在陳千秋、梁啓超的協助下完成，二書可視作康有爲學術立場轉變前後的著作。《詩
經說義》一書所論劉歆與《毛詩》的關係，立場與《新學僞經考》一貫，〔註84〕或
是《新學僞經考》立論成形前的文獻摘抄稿本。

1. 《毛詩禮徵》

據康有爲《自編年譜》〔註85〕追述《孔子改制考》的編纂源起說「自丙戌年（1887）
與陳慶笙（樹鏞）議修改《五禮通考》始屬稿。」陳樹鏞是陳澧晚年任菊坡精舍山
長時的學生，康有爲與他結交於一八八○年，曾說他「於三禮特別精通。」〔註86〕
今存康有爲遺稿《毛詩禮徵》，分類抄摘《毛傳》及《大、小序》中有關古禮的材料，
除分類小題外，沒有按語，純屬史料摘抄。朱維錚據另一篇可能寫作於一八八七至
一八八八年間的遺稿《民功篇》的內容分析說：

這二稿是否康有爲與陳樹鏞合作修改《五禮通考》計劃中的部分初
稿，雖無從確定，但康有爲同專心「考禮」的陳樹鏞的切磋議論，對他日
後以發明孔孟原教旨自命，無疑大有影響。〔註87〕

至於《毛詩禮徵》雖然通篇沒有按語，但據卷首「特抄」十四則，全數與周王朝禮

〔註83〕據錢穆的推算：季平己丑（1889）在粵，庚寅（1890）至鄂，二人初晤，應在己、
庚冬春之際。見同注28，頁715。又據《廖季平年譜》（成都：巴蜀書社，1985年）
頁 35、45。當時廖平出示《知聖篇》、《闢劉篇》。對比其他相關資料，出示《知聖
篇》可確定，《闢劉篇》則待考。

〔註84〕《詩經說義》中有關劉歆與《毛詩》關係的論述，主要見於〈邶鄘衛・七〉（臺北：
文史哲出版社，1979年）頁 26～32，共舉四例說明劉歆造僞竄亂之跡。

〔註85〕《康南海自編年譜》刊於中國史學會編《戊戌變法》史料叢刊（神州國光社，1953
年），1958年康同璧爲《南海康先生年譜續編》作序，才指出它原名《我史》，是康
有爲作於百日維新失敗後。此處所引在光緒18年（1892）條下。

〔註86〕見〈祭陳慶笙秀才文〉佚稿抄件，轉引自朱維錚《求索眞文明》（上海：上海古籍出
版社，1997年）頁 178。

〔註87〕同上注，頁179。

制相關，其中美周公者五則、述文武之治者四則、明《周禮》者二則。尤其首則引〈蓲葭〉序：「刺襄公也。未能用《周禮》，將無以固其國焉。」（〈毛詩禮徵〉，《康有爲全集》第一集，頁 204～205）顯然注目於經古文學《毛詩》和《周禮》的關係。又據《康南海自編年譜》光緒四年（1878）條下說：

> 在九江禮山草堂從九江先生學，大肆力於群書，攻《周禮》《儀禮》《爾雅》《說文》《水經》之學。

光緒五年（1879）條下說：

> 於是舍棄考據帖括之學，專意養心，既念民生艱難，天與我聰明才力拯救之，乃哀物悼世，以經營天下爲志，則時時取《周禮》《王制》《太平經國書》《文獻通考》《經世文編》《天下郡國利病書》《讀史方輿紀要》緯劃之，俯讀仰思，筆記皆經緯世宙之言。

此時康有爲以經營天下爲志，所讀書則首列《周禮》，又以《周禮》《王制》並列，可見康有爲確實早年酷好《周禮》，只是卻非純古文家觀點的《周禮》研究。據他貫穴《周禮》後著的《教學通義》〔註88〕說：

> 今復周公教學之舊，則官守畢舉……外王之治也。誦《詩》《書》，行禮樂，法《論語》，一道德，以孔子之義學爲主，內聖之教也。（〈教學通義·六經第九〉，《康有爲全集》第一集，頁 122）

將周、孔並列，治世教人合一，是康有爲政教合一的理想，然而卻有歷史現實的困難，他說：

> 實則三古異時，周孔異制，諸經乖互，理不可從，後師附會，益加駁雜，若定新制以宜民，則不假於是，若以古文爲可據，則經義各殊，以何爲依歸乎？（〈教學通義·六藝上第十八〉，《康有爲全集》第一集，頁 145）

因此「從禮從孔」、「尊今尊古」的選擇，又與解決當代困境相涉。原本經學家研究典制，不僅是客觀歷史眞實的呈現，更是立論的根據，本之以面對當代，規劃未來。這也才能理解，何以「徵禮」在康有爲的經學研究中，始終是重要的課題。而《毛詩禮徵》著眼於《周禮》，則是他在確立「尊今抑古」「創制變法」的態度前，在「師古」的努力所作的預備工作。另〈漢書藝文志辨僞上〉說：「其他說義、徵禮，與今

〔註88〕據《康南海自編年譜》，此書完成於 1886 年。手稿原藏上海圖書館特藏部，從手稿封面原署《教學通義》知梁啓超作《政學通義》爲誤。此稿首刊於《中國文化研究集刊》第三輯。據編者朱維錚案語：內容可證康有爲早年的確酷好《周禮》，但涉及經學，前宗劉歆，后斥劉歆，必非同時所撰，可能是見廖平《今古學考》後曾加修改，但無法克服今古文矛盾，最終只好棄其舊說，另撰《新學僞經考》。

文顯悖者凡百千條。」則《毛詩禮徵》的內容亦有可能轉作與三家詩引禮資料交叉比對，以辨《毛詩》之僞的材料。

2. 《詩經說義》

　　《詩經說義》是康有爲《詩》說的未刊遺稿，1979 年才由其門人蔣貴麟據中央研究院近代史研究所庋藏康有爲未刊遺稿微捲，重新編次付印。〔註89〕原稿爲手抄本，其中筆跡非出一人之手，是否爲康氏所著，亦無確證，僅就文理脈絡爬梳，聊備一說。行列間有許多改動校正的文字，通篇無標題，僅末二小節是未完殘稿，有標題爲：〈毛傳有興無比賦破太師六義之例〉、〈毛序多笙詩有聲無辭之謬〉；另有〈燕毛〉一節是蔣氏據康保延所藏遺稿補入，旨在以《詩》補禮，內容性質異於前，當不隸屬同一著作。

　　據蔣氏對此書內容的爬梳鑑別，以爲：

> 　　所著《新學僞經考》已言及著有「毛詩僞證」，而僞證一書，未見刊行。
> 微捲中所載先生說《詩》之作，張三家而攻《毛序》，取徑略同魏默深，而
> 引證之博，辨析之精，察其情之隱，發其理之微，暢通經恉，則遠過魏氏，
> 由此稿或可略窺先生「毛詩僞證」之一斑。（《詩經說義‧序》頁 1）

所論《詩經說義》與魏源、《新學僞經考》間的關聯性，爲此書的解讀提供了重要的線索，今人賀廣如在仔細比勘了《詩經說義》、《詩古微》二刻本及《新學僞經考》後，發現：

> 　　康有爲《詩經說義》一書，幾乎全自魏源《詩古微》抄錄而來。然依
> 書中對《詩古微》的取捨、損益來看，康、魏二人的《詩》學立場卻不盡
> 相同，在論毛、鄭異義時，儘管二人均以三家《詩》爲依歸，但魏源力求
> 持平；而康有爲則盡斥毛說，且對《詩古微》中肯定《毛詩》之處全部略
> 而不選，其斥責《毛詩》之用心昭然若揭。而是書中所論劉歆與《毛詩》
> 之關係，似與《新學僞經考》有相當的關聯，故研究康氏《詩》學，是書
> 頗具重要意義。〔註90〕

所以此書可能是康有爲經學立場轉向今文《詩》說的過渡期著述，一方面摘錄魏源「宗三家」的論述，闡明三家優於《毛傳》；另方面引伸劉逢祿、魏源主張的「劉歆竄改《左傳》」之說，論證〈新臺〉〈二子乘舟〉〈牆有茨〉〈載馳〉等詩，左氏原本

〔註89〕相關編纂始末，參見蔣貴麟《康南海先生未刊遺稿——詩經說義‧序》（臺北：文史哲出版社，1979 年）頁 1。

〔註90〕見賀廣如〈《詩經說義》與《詩古微》——論康有爲的《詩經》學〉，《大陸雜誌》104卷 2 期，頁 84。

與《魯詩》同，劉歆因見與毛不同，故陰竄左氏，以難今文博士。雖未明言劉歆僞造《毛傳》，但已將《毛詩》、《左傳》與劉歆作進一步的聯繫，可見日後《新學僞經考》明白指出「《毛詩》僞作於歆，付囑於徐敖、陳俠，傳授於謝曼卿、衛宏。《序》作於宏，此傳最爲實錄；然首句實爲歆作，以其與《左傳》相合也。」（《新學僞經考·後漢書儒林傳糾謬》頁193）其論證思考實淵源於此。

3. 《新學僞經考》

　　《新學僞經考》是康有爲經歷學術轉折後，標示自我學術體系建構完成的關鍵性著作，完成於一八九一年四月。〔註91〕據康有爲《自編年譜》一八九○年條記：「是歲既與世絕，專意著述，著《毛詩僞證》《周禮僞證》《說文僞證》《爾雅僞證》。」則在前一年已完成了部分專經的辨證工作，爲《新學僞經考》的成書奠定基礎。其中《毛詩僞證》一種，未刊行。今中央研究院近代史研究所度藏康有爲未刊遺稿，有「說詩」一種，或即《毛詩僞證》稿本。有關《新學僞經考》撰述的因緣有二：

　　（1）一八九○年的羊城之會，也就是梁啓超所說的「後見廖平所著書，乃盡棄其舊說」，但這層影響卻爲康有爲所深諱，所以他在〈重刻僞經考後序〉說：

> 吾鄉亦受古文經說，然自劉申受、魏默深、龔定庵以來，疑攻劉歆之作僞者多矣。吾蓄疑於心久矣。吾居西樵山之北銀塘之鄉，讀書澹如之樓，臥七檜之下，碧陰茂對，籐床偃息，藏書連屋，拾取《史記》，聊以遮目，非以考古也。偶得〈河間獻王傳〉〈魯共王傳〉讀之，乃無「得古文經」一事，大驚疑……吾憂天下學者窮經之迷途而苦難也，乃先撰《僞經考》，粗發其大端，俾學者明辨之，舍古文而今文，辨僞經而得真經。（《新學僞經考》頁379～380）

將啓發影響上推到乾嘉以後的今文家，今據《新學僞經考》中對魏源《詩古微》、劉逢祿《左氏春秋考證》屢有徵引。又據《自編年譜》一八八八年條記，上書不達後，「既不談政事，復事經說，發古文經之僞，明今學之正」，知所言不誣。但全書不及廖平所著書，顯見他在面對「羊城之會」這一因緣時，確實有「進退未能自安」的地方。

〔註91〕此書序於4月，刊於7月，現有版本有：（1）1891年（廣州）萬木草堂初刻本。（2）1918年（北京）萬木草堂重刊本。（更名《僞經考》）（3）1931年北平文化學社排印本。（方國瑜標點，錢玄同序）（4）1936年商務印書館國學叢書本。（5）1956年古籍出版社重排本。（以文化學社爲底本，據初刻、重刻本校正，附錄《重論經今古文問題》）（6）1987年上海古籍出版社《康有爲全集》本。（7）1996年中國近代學術經典叢書本。

（2）一八九一年長興講學，「長興」是羊城里名，康有爲因陳千秋、梁啓超所請，講學於該里的萬木草堂，著《長興學記》爲學規。講學規模承襲朱次琦禮山草堂，爲「調合漢宋」的架構。但講經學的宗旨，卻是要變易乾嘉以來學風，據〈說經下〉說：

> 國朝經學最盛，顧、閻、惠、戴、段、王盛言「漢學」，天下風靡。然日盤旋許、鄭肘下而不自知。於是二千年皆爲歆學，孔子之經雖存而實亡矣。……今掃除歆之僞學，由西漢諸博士考先秦傳、記、子、史，以證「六經」之本義，先通《春秋》，以知孔子之改制，於是禮學咸有條理，不至若鄭康成之言「八禘」、「六天」，而《禮》可得而治矣。禮學既治，《詩》《書》亦歸軌道矣。（〈長興學記〉，《康有爲全集》第一集，頁 564～565）

顯見《新學僞經考》《孔子改制考》的思考在此時已具有雛形，再二月《新學僞經考》完成，成書之速，又得力於長興學子的襄助。其中參與編檢的有陳千秋、梁啓超。雖然一九一八年重刻本序目中刪去梁啓超的名字，但據〈僞經傳授表十二上〉釋題按語：「屬門人新會梁啓超搜集群書，表之如左」，（《新學僞經考》頁 246）〈劉向經說足證僞經考第十四〉釋題按語：「今採〈向傳〉及〈五行志〉《說苑》《新序》《列女傳》，屬門人新會梁啓超，刺取經說與歆僞經顯相違忤者，錄著於篇。」（《新學僞經考》頁 352）則這兩篇是得梁啓超之助以成篇。另〈書序辨僞第十三《尚書》篇目異同眞僞表附〉則成於陳千秋之手。參與校讎的，初刻本有：韓文舉、陳千秋、林奎、梁啓超。重刻本有：梁啓超、徐勤、韓文舉、陳千秋、林奎、張伯楨。足見《新學僞經考》的完成，與長興講學的淵源。

雖然這一時期康有爲的論學宗旨是，斥乾嘉以來漢學的「專尚考據」「瑣碎破道」，但《新學僞經考》卻是採用「考證」的形式，以達到辨僞的目的，全書十四篇，大抵依歷史順序編次，第一到第六篇利用《史記》《漢書》對校，論證《漢書》中對古文經的記載爲僞，是立論的基礎，後八篇則根據這個基礎引申發揮。以完成對全數古文經典的證僞，其中與《毛詩》相關的部分，主要集中在《漢書藝文志辨僞第三上下》、《漢書河間獻王、魯共王傳辨僞第四》、《後漢書儒林傳糾謬第九》、《經典釋文糾謬第十》《劉向經說足證僞經考第十四》等篇。內容則主要環遶在《毛詩》傳授淵源、篇章次第，《毛序》作者及《毛詩》說義等主題，反復論辨。

（二）辨僞的方法

錢玄同說康有爲辨僞的方法，是「全用清儒的考證方法，這考證方法是科學的方法」（《新學僞經考》頁 388）所謂科學的方法，據民初學者的定義：「程朱的歸納手續，經過陸王一派的解放，是中國學術史的一大轉機。解放後的思想，重新又採

取程朱的歸納精神，重新經過一番「樸學」的訓練，於是有清代學者的科學方法出現，這又是中國學術史的一大轉機。」〔註92〕而「樸學」是「做實事求是的工夫，用證據做基礎，考訂一切古文化。」〔註93〕這樣的解讀，原則上很切近康有爲的思考。在一八九一年〈與朱一新論學書牘〉中，康有爲對考據之學有一番釐清說：

> 惟區區此心，公尚未達之，似以爲有類於乾嘉學者，獵瑣文單義，沾沾自喜，且事謏聞而敂其論，果有關於風俗人心者則無有。若是，則爲君子之擯斥也固宜。

又說：

> 昔朱子有云：「每讀古人書，輒覺古人罅漏百出。」僕不幸與朱子同病……朱子教人以持敬之學最美矣。而於經義何嘗不反覆辨論？即《詩序》之偏，亦諄諄日與呂伯恭、陳止齋言之，豈亦得責朱子捨義利、身心、時務，而談此《詩序》乎？（〈與朱一新論學書牘〉，《康有爲全集》第一集，頁 1019～1020）

對康有爲而言，考據當是「道器兼包，本末俱舉」，是爲學的大宗，因爲「無徵不信，則當有據；不知無作，則當有考；百學皆然。經學、史學、掌故之學，其大者也。」至於乾嘉學者中「瑣者爲之，務碎義逃難，便辭巧說，則博而寡要，勞而鮮功。」（〈長興學記〉，《康有爲全集》第一集，頁 556）這種「相率於無用」之學，恰正是康有爲所反對的。所以錢玄同對康有爲的考證方法，話分兩頭說：一是「證據之充分，論斷之精覈」與顧炎武、閻若璩、戴震、錢大昕…等相比，絕無遜色。一是「眼光之敏銳」求諸前代，惟宋之鄭樵、朱熹、清之姚際恒、崔述，堪與抗衡耳。因此《新學僞經考》表面上類似傳統的文獻考辨之學，卻又有截斷眾流之勢，若從思想的內在理路看，是一種漢、宋學調合的新考據學，從考辨的外在程序看，則又有以下數端：

1. 鎔取材料證成理論

　　《新學僞經考》的內容極爲龐雜，而立論的基礎，又如前述，是一個融合漢宋的思想體系，在這個體系中有個大膽的假設是：古文經都是劉歆僞造的，而東漢以後二千年的學術，都跟從僞經而湮沒了聖制。康有爲的爲人，誠如梁啓超所說：「萬事純任主觀，自信力極強，而持之極毅，其對於客觀的事實或竟蔑視，或必欲強之以從我。」（《清代學術概論》頁 56）因此往往鎔取材料以佐其主義，《新學僞經考》

〔註92〕見胡適〈清代學者的治學方法〉，《胡適文存》第一集（亞東圖書館第十三版）頁 390。
〔註93〕見胡適〈幾個反理學的思想家〉同上註，第三集，頁 69。

一書即是把兩漢文獻拆散開來，作爲立論的注腳。而鎔取材料的規模則是，「有清代學者細小點滴之流，而匯合一條大河的趨勢，由阮元學海堂，經過朱次琦禮山講舍，而至康有爲長興學舍，便是這一趨勢的流變所在。」但康有爲既處乾嘉以後，不可能走向朱子的方向，而豁然貫通，所以不能不從鎔取事物入手。〔註 94〕

　　既然康有爲的本意不在考證辨僞，瑣碎的考證文字，也無助於闡發新思，因此在具體的論述中，《新學僞經考》每一篇都旗幟鮮明，力避繁瑣，甚至不顧武斷之嫌，將複雜的考證問題簡單化。如第一篇論述秦焚六經未嘗亡缺，首先抽掉古文經存在的基礎。第四篇論證「獻王得書、共王壞壁」爲子虛烏有。如此古文經便失去存在的眞實性，連同二千年的傳注研究，也一併成了僞經的殉葬品，這對經學傳注確實是痛快淋漓的一擊。但反觀舉證內容卻禁不起細細審視，因爲考據如果只是爲了證成某一理論，對資料必然產生有目的的選擇，和武斷的認定，曾經參與編檢工作的梁啓超，便「時時病其師之武斷」，認爲「其主張之要點，並不必借重於此等枝辭強辯而始成立，而有爲以好博好異之故，往往不惜抹殺證據或曲解證據，以犯科學家之大忌。」（《清代學術概論》頁 56～57）此外爲了證成己說，書中隨處可見對資料有目的的選擇，最大問題是部分引文貌似首尾完整，如不與原文對勘，很難發現康有爲在資料上的刪節、割裂、或修改。更有甚者，是任意進退材料，以《新學僞經考》據爲基礎的《史記》爲例，朱一新就曾批駁說：

　　　　且足下不用《史記》則已，用《史記》而忽引之爲證，忽斥之爲僞，
　　意爲進退，初無證據，是則足下之《史記》，非古來相傳之《史記》矣。（〈朱
　　侍御答長孺第三書〉，《康有爲全集》第一集，頁 1032）

這樣的考據特質，使康有爲能自成家數，崛起一時，也使《新學僞經考》在反傳統的內在思維上具革命性的意義。讓日後的新文化運動能迅速得到回應，但就考據的方法而言，卻立下極壞的示範，並深深影響民初疑古派的學者，胡適、錢玄同如此，顧頡剛也如此。

2. 史漢互校法

　　《新學僞經考》的目的是證明古文經皆僞。所運用的邏輯主要立足於兩點：（1）是秦焚六經未嘗亡缺，六經既然不亡，則釜底抽薪地除去古文經出世的空間。（2）是《史記》無古文經，古文經既然晚出，則爲劉歆造僞留下伏筆。而證成兩說的主

〔註 94〕錢穆曾說康有爲是「考證學中之陸王」，常先立一見，然後攬援群書以就我，見氏著《近三百年學術史》頁 723。侯外廬則從清學的發展看問題，認爲康有爲承襲清學中漢宋調合的一支，所以他的考證非純然思辨之學，遂不得不采鎔取事物的方法，見氏著《近代中國思想學說史》下冊，頁 700。

要材料，是兩漢史料。康有爲對這番辨證邏輯詳細說道：

> 偶得《河間獻王傳》《魯共王傳》讀之，乃無「得古文經」一事，大驚疑；乃取《漢書河間獻王傳》《魯共王傳》對較《史記》讀之，又取《史記》、《漢書》兩儒林傳對讀之，則《漢書》詳言古文事，與《史記》大反，乃益大驚大疑。又取〈太史公自序〉讀之……乃知古文之全爲僞，驟然以解矣。於是以《史記》爲主，遍考周、秦、西漢群書，無不合者，雖間有竄亂，或儒家以外雜史有之，則劉歆採擷之所自出也。(〈重刻新學僞經考後序〉，《新學僞經考》頁 380)

這個《新學僞經考》辨僞的根本大法，看似客觀的文獻校勘工作，還需透過一套專用的法則來運作：首先是「《史記》可信，《漢書》可疑」的大前提，在這個大前提下，又有兩個小前提，(1) 是《漢書》所載古文經，若《史記》不載則爲僞，《史記》有載則是造僞者竄入。(2) 六經既不亡缺，則今文經爲眞，凡古文經不同於今文經者皆僞。辨證的邏輯確立後，再臚列相關資料，證成假設。通過如此縝密的三段論法，則《新學僞經考》儼然是言之有據的洋洋大著。問題是證據的呈現，框限在未經論證的前提下，則所有的立論不免有「丐辭」的嫌疑，也爲康有爲的武斷，立下方便法門，不僅古文經出於劉歆造僞，古文字也是劉歆僞造，甚至「歆既盡竄僞經，遍布其中矣，無如僞書突出，師授無人，將皆疑而莫之信也，於是分授私人，依附大儒，僞造師傳，假託名字，彌縫其隙，密之又密」，更引《漢書王莽傳》「莽徵天下通逸禮、古文書、《毛詩》、《周官》、《爾雅》、天文、圖讖、鍾律、月令、兵法者，詣公車，至者千數」，則劉歆不但工於作僞，還徵召貴顯之，以愚惑天下。如此無限擴大《史記》權威，主觀進退材料，實在不符考據的準則與要求，難怪朱一新要說：「欲加之罪，何患無辭」。(〈朱侍御答長孺第三書〉，《康有爲全集》第一集，頁 1031) 就史漢互校法而言，康有爲確實發現了不少過去未曾留意的僞誤，給二千年因襲成性的儒學新啓發，也爲傳統的辨僞工作加上一個批判的態度，和反傳統的結論。這是康有爲對儒學近代化的貢獻。但當考據爲一個更大的目的服務時，則不可不愼，朱一新說：

> 凡古今學術偏駁者，莫不持之有故，言之成理，不然，聰明之士安肯湛溺乎其中，愈聰明則愈湛溺？差之毫釐，謬以千里，故君子愼微。(〈朱侍御答長孺第三書〉，《康有爲全集》第一集，頁 1032)

可算是深知康有爲者。

3. 歷史考證法

歷史考證法是一種考辨僞史的方法，也就是釐清歷史事實的源起和和變遷，以見出其中造僞的痕跡。這其間常意含著反傳統的思考。所以學者從疑古的角度出發，

往往刻意將演變的痕跡，看作有意的造偽，而非自然累積的結果。如崔述說：

> 大抵古人多貴精，後人多尚博，世益古則其取舍益慎，世益晚則其采
> 擇益雜。故孔子序《書》，斷自唐虞，而司馬遷作《史記》乃始於黃帝……
> 近世以來，所作《綱目前編》、《綱鑑捷錄》等書，乃始於庖犧氏、或天皇
> 氏，甚至有始於開闢之初盤古氏者。〔註95〕

在崔述的分析裏，造成時代愈晚，上古歷史的記載愈長的原因是，「後人之著述，必
欲求勝古人」，而託古立說就成了習見的造偽手法，因此書偽與事偽相涉，考辨偽史
成了辨偽之外的另一項重要法則。雖然康有為從今文家派的立場，批駁崔述想從六
經中整理出上古信史的作法是「豈不謬哉！」（〈孔子改制考〉，《康有為全集》第三
集，頁 2）但典籍中存在託古立說的概念卻是一致的，對於歷史考證的方法也就有
所取法，例如考辨《毛傳》的作者時說：

> 《史記》無《毛詩》，前書〈藝文志〉〈儒林傳〉但言「毛公」無名，
> 鄭康成《詩譜》有「大小毛公」，陸璣《毛詩草木鳥獸蟲魚疏》有「毛亨、
> 毛萇」名，此則由「萇」加「艸」為「萇」展轉誣增，後世遂以為事實，
> 而竊兩廡之祀。（〈後漢書儒林傳糾謬〉，《新學偽經考》頁 193）

經過這一排比，所呈現的一如顧頡剛所說的「新鬼大，故鬼小」（《古史辨》第一冊
〈自序〉，頁 63），造偽之跡不言而喻。

　　歷史考證法在康有為還有一種逆向的使用，就是先尋出歷史演進的法則，再
用以檢覈現況，如果現況與法則相背逆，則其中定有造偽的成份，這個方法主要
用來解決文字音韻的問題。在康有為的論證中，古今文字的演變，主要有兩大法
則：（1）是始於繁而終於簡。（2）文字流變皆因自然，由地域的殊音而變化為同
文，在中國春秋時已發展到「書同文」的階段。而這兩大法則，適足以證明所謂
壁中古文為偽，他說：

> 凡文字之先必繁，其變也必簡：故篆繁而隸簡，楷真繁而行草簡。人
> 事趨於巧便，此天智之自然也。……今古文反簡，籀文乃繁……益以知其
> 偽也。（〈漢書藝文志辨偽下〉，《新學偽經考》頁 104～105）

又說：

> 子思謂「今天下書同文」，則許慎「諸侯力政，不統於王，分為七國，
> 文字異形」，江式表謂「其後七國殊軌，文字乖別，暨秦兼天下，丞相李
> 斯乃奏蠲罷不合秦文者」，衛恆《四體書勢》謂「及秦用篆書，焚燒先典，

〔註95〕〈考信錄‧提要〉，《崔東壁遺書》同注53，頁31～32。

而古文絕」，皆用歆之僞說而誕妄之響言也。……歆既好博多通，多搜鐘
鼎奇文以自異，稍加竄僞增強，號稱「古文」，日作僞鐘鼎，以其古文刻
之，宣於天下以爲徵應。……許愼謂「鼎彝即前代之古文」，古文既僞，
則鼎彝之僞，雖有蘇、張之舌不能爲辨也。（同上，頁106～110）

這樣的論證實在難辭以偏概全的嫌疑，尤其文字演變的兩個大前提，根基於康有爲
的主觀認定，其中包含太多假設性的推論。民國六年（1917）王國維便重新考定先
秦古文的兩個系統說：

故古文、籀文者，乃戰國時東西二土文字之異名，其源皆出於殷周古
文，而秦居宗周故地，其文字猶有豐鎬之遺，故籀文與自籀文出之篆文，
其去殷周古文，反較東方文字爲近。〔註96〕

又說：

余謂治壁中古文，不當繩以殷周古文；而當於同時之兵器、陶器、璽
印、貨幣求之。（〈桐城徐氏印譜序〉，《王國維學術經典集》頁88）

首先推翻了康有爲的第一個前提，也凸顯了整個立論架構的鬆散和武斷。所以錢玄
同說：「康氏對於文字之學太不講求，並無心得」，「王氏最精於古代文字，以其研究
所得，證明壁中古文經爲用六國僞別簡率之字體所寫，適足以補康氏之闕。」（〈重
論經今古文學問題〉，《新學僞經考》頁450～451）但康有爲的目的在推倒古文經學，
而古文經典和古文字是古文經學的兩大支柱，自然是《新學僞經考》力辨的主題，
至謂鐘鼎彝器皆劉歆私鑄埋藏以欺後世，連梁啓超也說是「實爲事理之萬不可通
者」，而康有爲必力持之，可見絕非不相干的枝節問題，因爲周代吉金是與《詩》《書》
相證最可靠的文物，若不推斷古器皆劉歆所僞造，則《孔子改制考》便失去了立論
基礎無法成篇。

（三）《毛詩》辨僞的內容

對《毛詩》解經傳統的全面反省起於宋代，原先由於經世致用的需求，使宋初學
者開始以己意說經，進而發展成充滿懷疑精神的思辨學風，而宋學的《詩經》研究，
便在保守與革新的抗衡中，形成了主張廢《序》的一派。綜觀整個宋人的反《詩序》
運動，其實就是對漢學《毛詩》體系的破壞。康有爲的《毛詩》辨僞工作，除承襲宋
人的義理之學與思辨學風外，還有一個今文家派的立場，所以可分爲「破《毛詩》之

〔註96〕見王國維〈戰國時秦用籀文六國用古文說〉，《觀堂集林》卷七，引自《王國維學術
經典集》下冊（南昌：江西人民出版社，1997年）頁91。據洪國樑說：王國維在民
國六年作〈漢代古文考〉九篇，係針對康有爲《新學僞經考》而作。見氏著《王國
維之經史學》（台大中文研究所博士論文，1987年）頁317。

偽」、「立三家之真」兩個層次來看。而利用原始經典的權威，質疑以往的經典詮釋，本是從龔自珍、魏源到戴望、廖平等今文家一貫的思維。在此康有爲更接近魏源，因爲魏源不反宋學而反漢學，宣稱清代漢學是背離「經世致用」的禍源，并把孔子當作「爲漢制法」的先知。而他所撰的《詩古微》，徵引賅博，是今文家反擊《毛詩》的重要著作。康有爲在宗三家駁《毛傳》的立場，比魏源更明確，對部分議題的討論亦有見解上的出入，已詳前一小節《毛詩》疑偽議題的提出，但從《新學偽經考》中接續魏源思辨議題的發揮，並大量引用《詩古微》的例證，正所以說明康有爲的《毛詩》辨偽學是晚清今文家《詩》說成果的累積。〔註97〕

1. 破《毛詩》之偽

在《毛詩》的詮釋系統中，傳授淵源、篇章次第、《詩序》，是維繫《毛詩》居正統位置的重要支撐，也是康有爲批駁的重點。所以錢玄同說：

> 他不相信徐整和陸璣說的兩種傳授源流，他不相信有〈南陔〉、〈白華〉、〈華黍〉、〈由庚〉、〈崇丘〉、〈由儀〉這六篇笙詩，他不相信《商頌》是商代的詩，他不相信有毛亨、毛萇兩個「毛公」，他并且根本懷疑「毛公」之有無其人，他不相信河間獻王有得《毛詩》立博士這回事，他確認《毛詩序》爲衛宏所作，這都是極精當的見解。（〈重論經今古文學問題〉，《新學偽經考》頁395）

據〈漢書藝文志辨偽上〉共列《毛詩》的偽誤十五項，（《新學偽經考》頁61～64）其中證偽的原因有四：

（1）傳授淵源可疑：主要是根據徐整、陸璣所述兩種傳授支派，姓名無一相同，顯見到三國時，《毛詩》的傳授尚無定論。且「毛公」之稱始見於《漢書》，鄭玄才以大毛公、小毛公別爲二人，陸《疏》才定毛亨、毛萇名字，偽託杜撰的現象明顯。

（2）竄亂依託：在康有爲看來，《毛詩》的竄亂無所不在，而主要內容可分兩大類：一是河間獻王得《毛詩》立博士事，是史籍的竄偽。一是《毛序》所言詩旨多空言依託，如說笙詩六篇皆空辭敷衍；如說《小雅·節南山》以下四十四篇皆刺幽王，多依託，非事實。

（3）與三家詩說相悖逆：康有爲以「三家譜系至詳，說義歸一」，故同出孔

〔註97〕不僅是《毛詩》辨偽的部分，整部《新學偽經考》中累積了大量清代今文家的研究成果。除了書中〈漢書河間獻王、魯共王傳辨偽第四〉明白指出的魏源《詩古微》、劉逢祿《左氏春秋考證》外，朱維錚在覆按《新學偽經考》全書的引證後，發現它們不是襲自龔自珍、魏源、廖平，便是襲自劉逢祿、陳壽祺、陳喬樅、顧懷三、侯康等的著作。見〈重評《新學偽經考》〉，《求索真文明》同注86，頁221。這種現象可解讀爲蹈襲前人，但亦不妨視爲整個學派研究成果的積累和延續。

門，是爲「眞」。又劉向校中祕書，所引詩說多與《毛》異，且未見稱引《毛詩》，故爲「僞」。至於《毛》說與三家異者主要有：以《風》《大、小雅》《頌》爲「四始」，與三家不同；以《商頌》爲商之遺詩，與三家「正考父美宋襄公」說不同；多笙詩六篇，妄增篇目；說義、徵禮顯悖者凡百千條。

　　（4）明顯背離孔子正樂而《雅》《頌》得所之義：今文家以「正樂」解釋孔子的正詩，故三百五篇不僅全爲樂章，且具孔子大義，自《毛詩》不能詳其義，乃有後人「入樂」、「不入樂」之訟。

　　〈經典釋文糾謬〉則針對《毛序》辨僞。其中考〈大序〉四始之說，與三家不合；《小序》說義方面，除對《大雅》正篇不能詳其樂章之所用外，國風《小序》於史有世家者，皆傅之惡謚，至魏、檜之史無世家者，則但以爲「刺其君」、「刺其夫人」，六笙詩《序》說更是望文生義。

　　康有爲對《毛傳》、《毛序》的妄生美刺，一味空衍，舉證精詳，可謂集清代今文家考辨《毛詩》的大成。然而斷定〈大序〉及〈小序〉初句爲劉歆所僞，其餘則衛宏所潤飾，則不免意氣武斷。

2. 立三家之真

　　康有爲以爲：「考孔子眞經之學，必自董子爲入門，考劉歆僞經之學，必以劉向爲親證。」原因是向、歆同任校書，所見書歆不能自向外，所以取〈向傳〉及〈五行志〉、《說苑》、《新序》、《列女傳》，刺取經說與劉歆經說相比勘，結果是：

　　　　向《魯詩》《穀梁》之外兼引《韓詩》《公羊》，而不及《毛詩》《左傳》，
　　　　則《毛》《左》爲向時未有，斷斷矣。（〈劉向說經足證僞經考〉，《新學僞
　　　　經考》頁 377）

所以歆之古文《毛詩》說爲僞，而向之今文《詩》說爲眞。基於這層原因，康有爲每依三家說爲判準以駁《毛》。如〈漢書藝文志辨僞上〉說：

　　　　編詩移《檜》於《陳》後，移《王》於《衛》後，與《韓詩》《王》
　　　　在《豳》後，《檜》在《鄭》前不同。（同上，頁 64）

案《詩經》篇次最早記載於《左傳》襄公二十九年，季札聘魯，遍觀周樂，其次第自《齊》以下與今本《毛詩》不同，孔穎達以爲那是孔子刪定的結果，所以《詩經》篇次在經學家眼中，具有特殊意義。然而鄭玄《詩譜》取《韓詩》「進檜退王」之序，又與《毛詩》不同。康有爲《詩經說義》比對二者異同後，舉《毛詩》可疑之處有三：〔註98〕

〔註98〕見康有爲著、蔣貴麟編《康南海先生未刊遺稿——詩經說義》（臺北：文史哲出版社，

（1）《王風‧黍離》，三家皆在《衛》，若如《毛序》所言爲憫宗周詩，則當入變雅，所以是《毛詩》錯入《王風》篇首。

（2）〈丘中有麻〉，《毛詩》列在《王風》末篇，但「陳留本非畿內之邑，毛入之《王風》，而傳之子虛烏有之人」，且「留與鄶鄰，寄奴託處，小惠要結，檜民說而歌之」，所以當如三家列《檜》末，以著檜所由亡。

（3）《毛詩》列〈匪風〉於《檜》末，「檜滅於西周之末，其時周未東遷，不應遽有懷西歸之詩」，不若三家以爲「鄗京遺民，從王東遷，故懷西歸不置」，而列於《王風》之末。

據上述三項疑點，康有爲的推論是，《毛詩》晚出，所以在「進王退檜」移易篇次時，二國更互，竹簡推移，所以前《檜》與《王》之末篇，彼此異處，而上錯《衛風‧黍離》於《王風》之首，而三家優於《毛詩》，正在得孔子刪述之旨，所以說：

> 「吾自衛反魯，然後樂正，《雅》《頌》各得其所」，未嘗言增于外，未嘗言刪于其內也，正之而已，正之如何？曰後《王》於《豳》，後《豳》于諸國，先《魏》于《唐》，先《檜》于《鄭》，及《雅》《頌》樂章，毋失所而已。（《詩經說義》頁3）

本來《國風》次第，在西漢以前並不固定，從後代出土文獻可以證明，《詩經》在流傳過程中，不僅有各諸侯國間次第的變化，還存在一些篇章間前後位置的調整，鄭玄《詩譜》也說有「漢興之初，師移其第耳」的現象。〔註99〕康有爲釐清了《毛詩》篇次的不合理性，確實有效地從客觀分析，肯定三家次第的可靠性，較優於《毛詩》。但要再進一步比附是孔子刪定的微言大旨，則落入經師之見，未得秦、漢之際《詩經》文本流傳，與經師改易篇次的實際狀況。

《詩經說義》是康有爲說《詩》的稿本，蔣貴鱗以爲「由此稿可略窺先生《毛詩僞證》之一斑」，〔註100〕今取《詩經說義》和《新學僞經考》部分內容相較，可見兩書觀點的一貫性，但論述的精神，《新學僞經考》主要在破《毛詩》之僞，《詩經說義》雖在劉歆僞造《毛傳》的立場上，尚未確立，但孤立《毛傳》維護三家的意圖卻極明顯，如說《召南‧行露》引《列女傳》以爲「召南申女許嫁于酆，夫家禮不備而迎之，女不行，夫家訟之于理，女終以一物不具，一禮不備，守節持義，必死不往而作詩曰，雖速我獄，室家不足。言夫家之禮不備也。」又以〈桃夭〉、〈摽

1979年）頁1～3。

〔註99〕詳見許志剛〈考古發現與《詩經》傳本〉，《詩經論略》（瀋陽：遼寧大學出版社，2000年）頁353～358。

〔註100〕同注98，頁1。

有梅〉、〈綢繆〉、〈東門之楊〉、〈鵲巢〉之詩，反覆申述「婚姻常時備禮」之事，引
《韓詩》「使臣勤勞之詩者」，以說《召南‧小星》。……所論多是《毛詩》義不同三
家，而特於三家義反覆闡明，以見今文《詩》說之眞。

　　《毛傳》、《毛序》是經學角度《詩經》研究中最主要的，也是最難以突破的部
分，雖然康有爲仍有個今文家派的立場，其論證也還有許多疑點，但在《毛詩》的
清理工作上，算是有個總結，這個鮮明的標誌意義，給予民初學者在打破作爲經學
組成部分的《詩經》研究時，一個心理上的與論證上的基礎。

第二節　國粹派的古文《毛詩》學

　　古文經學家，在清末民初的學術革新思潮中，雖多少受今文經學觀點影響。〔註
101〕但在方法論與具體學術問題的研判上，卻有與今文經學截然不同的思考角度。
以章太炎、劉師培爲例，二人在學術的目標上，多著力於歷史事實的內部源流；在
方法上則以乾嘉樸學爲基礎。這樣的思維，在清末學術思潮的激變中，結合了一群
革命派的知識份子，形成國粹派的文化思想。他們努力於將古文經學自身發展的探
索與時代相結合，並予以系統化的呈現。所以儘管當時「國內的文化仍未脫離經學
的羈絆，而國外輸入的科學又僅限於物質文明；所以學術思想界雖有心轉變，而憑
藉不豐，轉變的路線仍無法脫離二千年經典中心的宗派。」〔註102〕學派仍爲古文經
學賦予近代的意涵。誠如錢穆對章太炎《國故論衡》的分析說：

　　　　此國故二字乃爲此下提倡新文化運動者所激賞。論衡者，乃慕王充之
　　　書。太炎對中國已往二千年學術思想、文化傳統，一以批評爲務。所謂「國
　　　故論衡」，猶云批評這些老東西而已。故太炎此書即是一種新文化運動，

〔註101〕以章太炎、劉師培爲例：章氏23歲入詁經精舍，光緒21年（1895年）28歲，受
　　　　甲午戰爭刺激，寄會銀入「強學會」。次年離開詁經精舍任《時務報》職務，其間
　　　　撰文沾染不少今文經說。至光緒25年（1899年）《訄書》刊行，乃與康、梁正式
　　　　分途。詳見王汎森《章太炎的思想（1868～1919）及其對儒學傳統的衝擊》（臺北：
　　　　時報文化出版事業公司，1985年）頁1～7。另湯志鈞對章氏在維新變法期間，一
　　　　度援用今文經說的原因亦有剖析。詳見〈辛亥革命前章炳麟學術思想評價〉，《經學
　　　　史論集》（臺北：大安出版社，1995年）頁191～194。劉師培在1903～1905年間
　　　　的學術傾向有兩個方面：一是對漢代古文家學的傳承有較深的研究。二是在經今、
　　　　古學的問題上，他比較認同今文經學對於學術精神的發揮，並試圖使他的先輩之
　　　　學也具有晚清今文經學家的眼光。詳見方光華《劉師培評傳》（南昌：百花洲文藝
　　　　出版社，1996年）頁11～12。
〔註102〕見周予同〈五十年來中國之新史學〉，《周予同經學史論著選集》（上海：人民
　　　　出版社，1996年）頁517。

惟此下新文化運動之一意西化有不同而已。〔註103〕

可以說，晚清今古文之爭所激發出來的批判精神及學術方法，在五四以後得到進一步的發展。也使中國傳統在兩千年中逐漸形成的光環，有了被一齊撕破的可能。雖然歷史的發展是，一九一九年初由國粹派學者編輯的《國故》月刊，以「昌明中國故有學術」為宗旨，著意與《新青年》、《新潮》分庭抗禮，而對新文化運動多抱牴觸和反對的意見，卻無礙於他曾有過的進步的影響。因此國粹派古文經學形成的過程、思想特質及研究成果，便成為探索傳統經學與民初新經學如何接軌的必要材料。《詩經》並非清末今古文之爭的重要議題，國粹派的《詩經》研究，基本上也保有較多乾嘉漢學的學派特質，而缺少時代的批判性，但仍不難從其中尋出高出傳統的思考與成績。本節以《國粹學報》所載有關《詩經》研究論著（見附表1：1《國粹學報》刊載《詩經》研究著作一覽表，頁79～80），及章太炎、劉師培、黃節等國粹派學者的相關著作為材料，加以歸納分析。期能就《詩經》學史的角度，進一步釐清民初《詩經》學與傳統接軌時，屬於古文《毛詩》學部分的轉折。

一、古文經學在清末的發展與貢獻

光緒三十一年（1905）初，以中國教育會為樞紐的國學保存會在上海成立，二月二十三日，其機關刊物《國粹學報》正式發行。以「發明國學，保存國粹」為宗旨，至一九一二年止，共出版八十二期，是清末革命派中唯一的學術性刊物。主要撰稿人有鄧實（1877～？）、黃節（1873～1935）、陳去病（1874～1933）、劉師培（1884～1919）、馬敘倫（1884～1930）、章太炎（1868～1936）、黃侃、王國維（1877～1927）、羅振玉（1866～1939）……等五十多人。原本標榜不存門戶之見，但仍可看見明顯的古文經學派色彩，如一九〇五年第一期所刊出的章太炎致劉師培兩封信的內容：

> 上海市井叢雜，文學猥鄙，數歲居此，未見經生，每念疇者，心輒惘惘。仁君家世舊傳賈服之學，亦有雅言微旨，匡我不逮者乎？……
>
> 學術萬端，不如說經之樂，心所繫者，已成染相，不得不為君子道之。他日保存國粹，較諸東方神道，必當差勝也。
>
> 漢世儒者，墨守一先生之說，須以發策決科，此專持家法者也。向、歆本好博覽，左右采獲，自在鴻儒通人之列，與墨守者有異。……
>
> 至夫古義無徵，而新說未鑿者，無妨於疏中特下己意，乃不為家法所困。陳碩甫之疏《毛》，惠定宇之述《易》，皆因執守師傳，以故拘摯少味，

〔註103〕見錢穆〈太炎論學述〉，《中央研究院成立五十週年紀念論文集》第二輯，頁128。

僕竊以爲過矣。〔註 104〕

主要從學術發展的進程思考，以爲古文經學優於今文經學，並且觸及了古文經學未來研究方向的問題。一九○六至一九○七年間《國粹學報》對今文經學展開全面的抨擊。〔註 105〕雖然日後對儒學的批判工作，也基本上框限在「今古文之爭」的模式中。但在論辯中，國粹派學者提出了中國特色的學術理論、學術方法的建設問題，卻有助於傳統學術的科學化。而將孔子與六經通俗化、文獻化的主張，則更具摧毀儒學權威的作用。

（一）傳統學術的系統化

國粹派的學術淵源，具體的說，是集揚州學派（劉師培）、浙江學派（章太炎）和嶺南學派（鄧實、黃節）於一體，而以皖派樸學爲基礎的古文經學派，並且不同程度的吸納近代西方自然科學和社會科學，形成新的知識系統。〔註 106〕其中無論新、舊元素，均具有傳統向近代轉化的特質，即是傳統學術的系統化和科學化。乾嘉樸學在方法上的運用，曾在五四時期被認爲是具科學精神的。如胡適以爲「三百年來的音韻學，所以能成一種有系統、有價值的科學，正因爲那些研究音韻的人，自顧炎武到章太炎，都能用這種科學的方法，都能有這種科學的精神。」〔註 107〕至於「保存國粹」的路徑，據〈國粹學報敘〉說：

　　　夫國學者，明吾國界以定吾學界者也。痛吾國之不國，痛吾學之不學。

　　　凡欲舉東西諸國之學以爲客觀，而吾爲主觀以研究之，期光復吾巴克之

〔註 104〕　見〈章太炎致劉申叔書〉、〈章太炎再與劉申叔書〉，《國粹學報》第一年第一期，1905年 2 月，〈撰錄〉頁 4～5。又依兩人經歷推算，兩封信的寫作時間當爲，1903 年劉師培參加開封貢院會試，路過上海，初見章太炎時。見姚奠中、董國炎《章太炎學術年譜》（太原：山西古籍出版社，1996 年）頁 80～83。

〔註 105〕　《國粹學報》在學術立場上的轉變，導因於章太炎對廖平經說的反感，並於 1906年 8 月致書劉師培。《國粹學報》自 9 月份的第二年第八期起，刊落一切今文經說，並於第十二期中刊出該信，明確宣示批駁今文經說的立場。鄭師渠在論述章太炎與國粹派關係時，說章氏儼然是國粹派的精神領袖，足見其影響力。詳見《國粹、國學、國魂—晚清國粹派文化思想研究》（臺北：文津出版社，1992 年）頁 21～25。至於章太炎的古文經說，除學術的執著外，更有其政治因素，即周予同所說：「所以當時的青年界，在學術上是經古文經學與經今文經學之爭；在政治上是革命黨與保皇黨之爭。」見〈康有爲與章太炎〉，《周予同經學史論著選集》（上海：上海人民出版社，1996 年）頁 110。

〔註 106〕　有關國粹派的新學知識系統，鄭師渠在《國粹、國學、國魂—晚清國粹派文化思想研究》有詳細的臚列分析。同上注，頁 59～106。

〔註 107〕　見胡適〈清代學者的治學方法〉，《胡適文存》第一集（上海：亞東圖書館，1930年）頁 399。

族，黃帝、堯、舜、禹、湯、文武、周公、孔子之學而已。然又慕乎科學之用宏，意將以研究爲實施之因，而以保存爲將來之果，懸界說以定公例。〔註108〕

這樣的內容可以解釋爲：所謂「保存國粹」，其實是科學研究的過程與結果，與胡適〈新思潮的意義〉中「輸入學理」一項，在精神上也有相通的地方。劉師培也主張學術研究應採用新的方法，例如他撰寫〈周末學術史序〉，採用西方學科分類，將周末學術史分爲：心理學史、倫理學史、論理學史、社會學史、宗教學史、政法學史、計學史、兵學史、教育學史、理科學史、哲理學史、術數學史、文字學史、工藝學史、法律學史、文章學史等十六大類；《兩漢學術發微》則分政治學、種族學、倫理學三項論述。〔註109〕因爲他認爲有必要根據近代知識水平，對古代學術思想進行分類整理、詮釋和評價。

（二）對儒學的批判

國粹派對儒學的批判有兩個層面：一是以鄧實、黃節爲代表，重在批判歷代君主藉孔子行思想專制；一是以章太炎、劉師培爲代表，進而批評作爲先秦學派的儒家學說自身的弊端。對此黃節撰寫〈孔學君學辯〉，通過秦代前後儒家學說的對比，力證君學「非孔學之眞」，強調漢代獨尊儒術，使原本裁抑君權的孔子學說，「一變其面目，務張君權爲主」。〔註110〕這一點與新文化運動學者，從政治文化上著眼的反孔思潮極爲相似。

另外，在視君主專制和儒學獨尊互爲表裏的辯證邏輯中，「古學」是指儒學獨尊前的中國學術。因此諸子學的地位被提高了。更重要的是「六經皆史」的觀念得到進一步的詮釋。「六經皆史」原非古文家言，據錢玄同的考辨說：「始於宋之陳傅良（徐得之〈左氏國紀序〉），其後明之王守仁（《傳習錄》）、清之袁枚（〈史學例議序〉）、章學誠（《文史通義》）、龔自珍（〈古史鉤沉論二〉）及章太炎師（《國故論衡》的〈原經〉）皆主此說。」〔註111〕其中章太炎的經史論，雖說直接源自黃宗羲，而不經過章學誠，但卻稱道章學誠的「六經皆史」說，並且以爲「言六經皆史者，賢於《春秋》制作之論」。〔註112〕事實上，經古文學發展到清末，已經有和浙東史學派混合

〔註108〕見黃節〈國粹學報敘〉，《國粹學報》第一年第一期，1905年2月，頁10。
〔註109〕見劉師培《劉申叔遺書》（南京：江蘇古籍出版社，1997年3月）上冊，頁503～523：529～539。
〔註110〕見《政藝通報》1907年第3號。
〔註111〕見錢玄同〈重論今古文問題〉，《新學僞經考》（臺北：世界書局，1979年）頁459。
〔註112〕有關「六經皆史」說，周予同認爲「章太炎的史學，以及他的反清的民主主義思想，

的可能，章學誠「六經皆史」說，也爲古文學張目助臂不小。只是章學誠所謂六經皆史的「史」，並不是通常所謂歷史，更不是史料，而是有特殊意涵的「先王政典」。〔註113〕相對而言，章太炎以「經字原意只是一經一緯的經，即是一根線，所謂經書只是一種線裝書罷了！」〔註114〕劉師培則稱「蓋經字之義取象治絲。從絲爲經，衡絲爲緯，引申之則爲組織之義」、「古人見經文之多文言也，於是假借治絲之義而錫以六經之名。」〔註115〕兩人只在突出古代書籍的形體，和語言文字結構外在特徵的直觀描摹，刊落後人尊經的意涵，進而「夷六藝于古史，徒料簡事類」〔註116〕如此經書便只是古史資料，而治經也只在考跡異同，而不在尋求義理，研經等同考史，六經才可能眞正的文獻化。

二、《毛詩》訓詁方法上的推求與系統化

「訓詁聲音明而小學明，小學明而經學明」是乾嘉時期漢學家治經的方法。這種由文字音訓以明經達道的主張，在學術上具有客觀的積極意義。不僅有助廓清長期附加在古書上的誤解、扭曲，還原古籍本有的面貌。也使小學由以往分散、零碎的經驗形態，往理論系統上進一步提昇。章太炎、劉師培皆文字音韻學專家，小學在他們手上已脫離經學附庸獨立成學，論其成績，侯外廬說：

> 古文家僅言「由辭以通道」，而太炎則建立由文字孳乳以明歷史發展
> 的根據，又建立文字起源以明思維發展的理論，故他的文字學已經跳出了
> 古文家的範圍。〔註117〕

錢玄同則從考古、應用兩方面說：

> 劉君（師培）于聲音訓詁最能觀其會通，前期研究小學，揭櫫三義：
> 一就字音推求字義，其說出于黃扶孟、石臞伯申父子、焦里堂、阮伯元、
> 黃春谷諸先生而益加恢廓……二用中國文字證明社會學者所闡發古代社
> 會之狀況……三用古語明今言，亦用今言通古語……此三義皆極精卓。以

　　直接來源於黃宗羲，他對章學誠並不看重。」見〈中國經學史講義〉，《周予同經學史論著選集》同註 102，頁 911。有關章太炎經史論，另可參見《近代中國思想學說史》第三編第三節〈太炎的經史論〉（上海：生活書店，1947 年）下冊，頁 789～800。

〔註113〕見章學誠〈易教上〉，《文史通義》（臺北：世界書局，1984 年）頁 1。
〔註114〕見章太炎講、曹聚仁整理《國學概論》（上海：上海古籍出版社，1998 年）頁 4。
〔註115〕見〈經學教科書〉，《劉申叔遺書》同註 109。下冊，頁 2074。
〔註116〕見〈檢論·清儒〉，《章氏叢書》（臺北：世界書局，1958 年）頁 563。
〔註117〕見《近代中國思想學說史》第三編第十五章〈章太炎的科學成就及對於公羊學派的批判〉同註 112，頁 813～814。

上爲關于考古者，其關于應用者，劉君以爲宜減省漢字點畫，宜添造新字，宜改易不適用之舊訓，宜提倡白話文，宜改用拼音字，宜統一國語。凡此數端，甚爲切要，近二十年來均次第著手進行，劉君于三十年前已能見到，可謂先知先覺矣。〔註 118〕

二人在《詩經》研究上亦可見與小學相發明處，其間思考脈絡可以從三方面分析。

（一）從訓詁的功能看《毛傳》的價值

章太炎《毛公說字述》討論到《毛傳》的價值說：

毛公與李斯同師孫卿，知後王之成名，諸夏之成俗，曲期每說一字，滰汋隨理，聲均馯穩，地動鈴鈴。〈倉頡篇〉所不具，宜以《故訓傳》紩縫其闕。〔註 119〕

又舉《說文解字》不能用《毛傳》以致大義乖舛的例子說：

〈大雅〉:「行道兑矣」……傳曰：三單相襲也。

王肅已不能瞭，故其言曰:「三單相襲，止居則婦女在內，老弱次之，強壯在外。」不悟其爲禪襲也。王肅已上，鄭君猶在疑眩感忽之間，是故改易《傳》訓，自爲之説曰:「單者，無羨卒也。」鄭君已上，許君故已恇惑，弗能憲章，以形從吅，以義訓大，訓大者，直繟之假借，其於本義縣矣！自爾隧字無文可徵，兑之爲譯，亦且失其乖株，説單者愈益誣罔。（同上）

對此章太炎不免有「曩令許君堅守《傳》說，示之典常，安得此詑者之言乎」的慨歎，所以在肯定《毛傳》是較古而可信的訓詁專著的前提下，守《傳》便成爲探求《詩經》本義的重要法門，自然不能滿意後人的疑《傳》改《傳》。劉師培也尊從《毛傳》訓詁，對後人申毛說而致僞誤者，多有辨正，撰寫成《毛詩札記》。〔註 120〕其中有：

（1）歸納詞例以駁《鄭箋》、《孔疏》者：如《邶風・谷風》，《毛傳》:「育長，鞫窮也。」《鄭箋》:「昔育，育稚也。」劉師培舉《小雅・蓼莪》、《大雅・生民》相應詞例，以明《鄭箋》誤解《傳》文；又「《疏》以《箋》申毛，近陳奐《傳疏》又以《傳》文爲長久之長，均失毛旨」。

〔註 118〕見錢玄同〈劉申叔遺書序〉，《劉申叔遺書》上冊，頁 29。

〔註 119〕見〈太炎文錄〉，《章氏叢書》（臺北：世界書局，1958 年）頁 15～16。

〔註 120〕《毛詩札記》的寫作年代，據錢玄同〈左盦著述繫年〉繫於作年不詳者（多爲民國以後作）。今收在《劉申叔遺書》中。詳見《劉申叔遺書》上冊，頁 12～13；頁 43～51。

（2）駁後人以實字爲助詞者：如《小雅・十月之交》「居憂」一詞，「近陳奐《傳疏》誤據王引之《釋詞》說，以居爲語助，非也。」又《大雅・江漢》「王引之以亹亹、勉勉、明明一聲之轉，明明天子令聞不已，猶言亹亹文王令聞不已，說雖巧合，究非《傳》意所有。」指出執著於因音求義之法，不免有隨意通轉之弊。全文主旨在發明《毛傳》訓詁上的價值，而後人每破《傳》立說，反而導致本義日晦，不可復求。

　　一九二二年章太炎講國學於上海，講辭中於宋儒治學多有駁斥，以爲「朱文公好講古書，不明小學，以致大錯。」〔註121〕又「以歐（歐陽脩）視《詩經》爲男女調戲之書，致黃緗素雜記本是以爲說，此其病在以臆想講經，不知古今人情變遷，不明小學故也。」〔註122〕可見章太炎把「通小學」視爲治《詩經》的必要手段。

（二）音訓法則的提昇與應用

　　文字訓詁的法則，前人多「即形求義」，以爲文字起源於形體。自從顧炎武提出「讀九經自考文始，考文自知音始」，清儒開始逐步建構音韻學，其途徑是「始則徒言聲音，繼以聲音貫串訓詁」。因音求義的方法，自清初開展，至王念孫、王引之父子而極其用。這便是胡適說的：「歸納和演繹同時並用的科學方法」〔註123〕。章太炎更從聲韻訓詁以求文字推演之跡，撰寫《文始》進一步推闡轉注假借說。劉師培論字義起於字音，肯定「就聲求義，而隱誼畢呈」，對清人的功夫則有補正的地方，他說：

>　　近儒於古字音訓之例，詮發至詳，然諧聲之字音所由起，由於所從之聲。則本字與訓詞音近者，由於所從得聲之字與訓詞音近也。古字音近義通，恆相爲用，故字從與訓詞音近之字得聲，猶之以訓詞之字爲聲，此則近儒言音訓者所未晰也。〔註124〕

又專論「因音求義」的〈正名隅論〉一文中說：

>　　于同部之字，音義相近之說，宜於每部之中，擇一字以爲眾聲之綱，以音近之字爲緯，立爲一表參互而觀，以證其字義之相同，則明于此字之

〔註121〕章氏的講學記錄，共有三種文本：一是《申報》于講學次日所發的報導。一是曹聚仁整理的《國學概論》。一是張冥飛整理的《章太炎先生國學演講集》。此處所引爲湯志鈞據《申報》整理的講辭，轉引自《章太炎學術年譜》（太原：山西古籍出版社，1996年）頁326。

〔註122〕見同上注，頁332。又文中「致黃緗素雜記本是以爲說」，當爲黃朝英《緗素雜記》之誤省。

〔註123〕見胡適〈清代學者的治學方法〉同注107，頁394。

〔註124〕見〈字義起於字音下〉，《劉申叔遺書》下冊，頁1240。

聲義。凡彼聲之字同於此聲者，其義亦可遞推，即中國之音母亦可援此而
酌定矣。〔註 125〕

是在方法上益求縝密。至於音訓方法在《詩經》研究上的運用，章太炎用來解釋「二
雅」字，以爲「稱雅者，放自周」，也就是《二雅》所收都是周詩，詳細論證的理由，
見〈小疋大疋說下〉說：

周秦同地，李斯曰：擊甕叩缶，彈箏博髀，而呼烏烏快耳者，眞秦聲
也。楊惲曰：家本秦也，能爲秦聲，酒後耳熱，仰天拊缶乎，呼烏烏。

《說文》：雅，楚烏也，雅、烏古同聲。（徐鉉切雅字，一作烏加，古
在魚模，則正如烏）若雁與鴈、鼇與鷔矣，大小疋者，其初秦聲烏烏，雖
文以節族，不變其名，作疋者非其本也。……

疋爲足跡，聲近雅，故爲烏烏，聲近夏，故爲夏聲。〔註 126〕

在章太炎：「由雅而訓爲烏／烏烏秦聲／周秦同地／故雅，周詩也」的邏輯中，以秦漢
時文獻記載，引申說明先秦的雅名，雖難免迂曲，故遭受「舊式文字學家的蔽於一曲
之談，不足奉爲典要」〔註 127〕的批評，但所提出的「同聲假借」與「地域關聯」的雙
重思考，卻是創新的。尤其在文末提到「聲近夏，故爲夏聲」，可惜章氏沒有進一步說
明。後來，孫作雲〈說雅〉從「說雅爲夏的同音假借字」及「西周王畿原來爲夏人的
故地」，論證雅是指周樂，在方法上及結論上都有相通的地方。正如朱東潤所說：

至若政之大小之說，則昔人儘有疑之者，《毛序》之不可信，明矣。

然後之賢者，於《毛序》之說，又不敢盡廢。以昌言改毛之鄭樵，其《通
志・昆蟲草木略》亦云：「風土之音曰風，朝廷之音曰雅，宗廟之音曰頌。」
朱子〈詩集傳序〉亦云：「凡詩之所謂風者，多出於里巷歌謠之作，所謂
男女相與詠歌，各言其情者也。」又云：「若夫雅頌之篇，則皆成周之世，
朝廷郊廟樂歌之辭」，其言皆本《毛序》未見能辭而闢之也。〔註 128〕

甚至梁啓超〈釋四詩名義〉仍然延續舊說，並舉《儀禮・鄉飲酒》爲證明，相較而
言，章太炎的說法已有較大的跨越。

（三）《毛傳》詞例的歸納

劉師培從訓詁功能肯定《毛傳》的價值，已見前文敘述。另外撰有《毛傳詞例

〔註 125〕同上注，頁 1424。
〔註 126〕同注 119，卷一，頁 2～3。
〔註 127〕見孫作雲〈說雅〉，《詩經與周代社會研究》（出版年、地不詳）頁 335。
〔註 128〕見朱東潤〈詩大小雅說臆〉，《讀詩四論》（臺北：東昇出版事業公司，1980 年）頁
147～148。

舉要》、《毛傳詞例舉要略本》。〔註 129〕是對《毛傳》解釋詞義的內容做條例式的歸納。秦漢舊注是經籍傳注的源頭，是研究中國訓詁學的原始材料。《毛詩詁訓傳》成書較早，體例賅備，其中「故、訓、傳」三字，代表三種不同的訓詁體式。《毛傳》將三者有機的結合在一起，相互為用，這種方式與先秦詩解，乃至後人的經解關係密切。因此發明、建立《毛傳》的訓詁體系，將有助於準確理解經文和舊注。對此清人的研究已有了初步成績，如王筠《毛詩重言》共輯重言三五三例，當重而不重者二〇八例，不必重而重者十五例。王筠《毛詩雙聲疊韻說》分正例、變例，分別繫之。陳奐《毛傳傳義類》依《爾雅》體例編排《毛傳》訓詁資料、陳奐《毛詩說》於解詩條例多有創發、又有陳澧《東塾讀書記》、俞樾《古書疑義舉例》等。劉師培在前人的研究基礎上，對《毛詩》詞例有創發條例者、有據前人所言演繹成例者、有後出轉密者，以下分別敘述：

1. 創發條例

如「增字為釋例」，是指給單音節的被訓詞增加一個字，用作訓詞，以完成解釋，所增字與原字，或義有兼括、或義同義近、或分別確指、或緣經作解。前人對這種現象，大多視為同義衍字而輕忽了。如《小雅‧六月》「有嚴有翼」，《傳》云：「嚴，威嚴」，「陳奐疏以此嚴為衍字，疑非」。〔註 130〕又《鄘風‧相鼠》「相鼠有體」，《傳》云：「體，支體也」。「《疏》申毛說，有皮有齒，已指體言，明此言體非遍體，故為支體，其說深許毛義」。〔註 131〕因此劉師培特別標明此例，並且條列說明，以發明《毛傳》增字為釋的方法與內容。

又譬如《毛傳》聲訓，陳奐有「本字借字同訓說」、馬瑞辰撰有《毛詩古文多假借考》，可惜都未能條例化、有系統的說明，劉師培立有「據本義為釋例」、「以正字釋經文假字例」，專門論述《毛傳》聲訓，創發條例，且材料匯集完備，使《毛傳》聲訓這個重要的訓詁法則，眉目清晰，有助後人研究。

2. 演繹前人所言，立為通則

《毛傳》訓詁，有在不同的《傳》文中，出現被訓詞與訓詞全同的例子，但其

〔註 129〕據錢玄同〈左盦著述繫年〉詳本作年不詳，略本繫於民國八年，即《國故月刊》第
　　　　　1、2 期，1919 年 4 月。二文均收入《劉申叔遺書》中。大抵原刊入《國故》者，
　　　　　全文 24 例，為略本。1935 年校刊《劉申叔遺書》，得稿本於劉家，全書 31 例，與
　　　　　略本不盡相同，文字增至 10 倍，原稿斜行密字，經劉氏弟子彭作楨考核寫正，約
　　　　　35000 字，為詳本。參見洪湛侯《詩經學史》（北京：中華書局，2002 年）下冊，
　　　　　788～789。
〔註 130〕見〈毛詩詞例舉要〉，《劉申叔遺書》上冊，頁 372。
〔註 131〕同上注，頁 373。

訓義各別，這類用例陳奐歸入「轉注說」，劉師培別立「訓同而義實別例」以統之，內容更爲完整賅備。像這種前人有言，但沒有系統化，劉師培取來類推而成例的情形，又見於《周南・漢廣》陳奐疏云：「《傳》言蔞草中之翹翹，則楚亦草中之翹翹」，劉師培以爲「互詞見意，其說是也」，據此類推則《王風・黍苗》二章、《召南・羔羊》首章、《鄭風・山有扶蘇》首章、《周南・麟趾》三章、《鄭風・揚之水》首章、《周南・兔罝》三章、《小雅・菁菁者莪》……皆同，於是有「舉此見彼例」，〔註132〕爲《毛傳》中重要的詞例。

　　上述章太炎、劉師培《毛詩》訓詁的成績，其間得失梁啓超曾經判分說：

　　　　其精義多乾嘉諸老所未發明，應用正統派之研究法，而廓大其內容，
　　延闢其新徑，實炳麟一大成功也。

　　　　炳麟謹守家法之結習甚深，故門戶之見時不能免，如治小學排斥鐘鼎
　　文、龜甲文，治經學排斥「今文派」，其言常不免過當。〔註133〕

劉師培雖不像章太炎深限門戶之見，但思考的進步與保守也有前、後期的差別。錢玄同對他的論小學諸篇最爲佩服，認爲「前期所揭三義，今後治小學者皆宜奉爲埻臬」。〔註134〕後期的主張多和前期相反，拘泥於《說文》，一意墨守，淡化了在學術方法上革新的意識，而逐漸消逝在民初學術革命的浪潮中。

三、《詩經》研究的史料化

　　清代考證學發展到了乾嘉時期，「經」、「史」兩科的研究材料與方法漸趨混同，學者因不再著力於「因經見道」的理想，乾嘉學風遂呈「從研經到考史」的趨向，誠如柳詒徵所說：

　　　　吾謂乾、嘉諸儒所獨到者，實非經學，而爲考史之學。……諸儒治經，
　　實皆考史。或輯一代之學說（如惠棟《易漢學》之類），或明一師之家法
　　（如張惠言《周易虞氏義》之類）於經義亦未有大發明……其於三禮，尤
　　屬古史之制度，諸儒反覆研究，或著通例、或著專例、或爲總圖、或專釋
　　一書、或博考諸制，皆可謂研究古史之專書……。〔註135〕

章太炎傳承乾嘉學統，侯外廬稱他是「爲歷史而學經的最後古文學家」。〔註136〕事實上，他以歷史學、邏輯學而治經學的努力，已超出古文經學的格局，而逼進於動

〔註132〕見同上注，頁373～374。
〔註133〕見梁啓超《清代學術概論》（臺北：臺灣中華書局，1989年）頁70。
〔註134〕見同注118，頁31。
〔註135〕見柳詒徵《中國文化史》第三編第十章（臺北：正中書局，1970年）頁378～379。
〔註136〕見侯外廬《近代中國思想學說史》，頁592。

搖傳統經學。首先他以爲「經者所以存古，非以是適今也」，而存古的作用只在考跡異同，以「灌漑吾民」，因此：

> 《毛詩》、《春秋》、《論語》荀卿之錄，經紀人倫，平章百姓，訓辭深厚，宜爲典常。然人事百端，變易未艾，或非或韙，積久漸明，豈可定一尊於先聖。〔註137〕

其次是失去神聖特質的六經，便只是上古文獻，所以解經當以世俗、素樸的社會人情爲基礎。這樣的思考，影響所及，表現在單經的研究上，就呈現出兩種結果：一是以經典爲史料，還原上古社會的實況；一是援史以證經，還原經典的原始面貌。

（一）以《詩經》為研究古代社會的材料

關於謀經學進步的思考，章太炎主張「比類求原」，所謂比類求原就是「把經看作古代歷史，用以參考後世種種的變遷，于其中看明古今變遷的中心」〔註138〕這樣經典不再是「經天緯地」的經，不具神秘色彩，於是極小部分的神秘記載，便有合理解釋的可能，他舉《詩經》爲例說：

> 《詩經》記后稷的誕生，頗似可怪。因據《爾雅》所釋「履帝武敏」，說是他的母親，足蹈了上帝的拇指得孕的。但經毛公注釋，訓帝爲皇帝就等于平常的事實。〔註139〕

毛公素樸的解釋，顯然要較今文家非常異議可怪的言論，更接近古代社會的眞實。至於《訄書》三訂本的《檢論》，〔註140〕則是據《六經》以究古史的更全面實踐，《檢論》卷二收文十篇，均以研究《六經》爲旨要，關於《詩經》的有：〈六詩說〉、〈關雎故言〉、〈詩終始論〉三篇。因爲其中除了〈六詩說〉，曾在一九〇九年發表於《國粹學報》外，其餘六篇及附錄兩篇均系新作，所以論者經常以這卷，證明章太炎後期學術已經喪失了改造社會文化的積極思想，而向古代經典尋求寄託，變反孔爲尊孔。但就內容篇次尋繹，《訄書》的體系是先秦諸子百家的學術流派史；《檢論》的體系，第一卷是民族起源及演變發展，第二卷是上古社會生活研究。以《六經》爲材料，正是章太炎「比類求原」的用心，如〈詩終始論〉說：

> 《書》始〈唐典〉道北方文化所由基，《詩》始〈周〉、〈召〉以爲復

〔註137〕見章太炎〈與人論樸學報書〉，《國粹學報》1906 年 11 期。

〔註138〕見章太炎講、曹聚仁整理《國學概論》（上海：上海古籍出版社，1998 年）頁 68。

〔註139〕同上注，頁 2。

〔註140〕《訄書》從問世到《檢論》定稿，經三次刪訂，即《訄書》初刻本（1899 年）不久章太炎又補佚兩篇、《訄書》重訂本（1904 年東京翔鸞社鉛印本）、《檢論》（1915 年）。詳見《章太炎學術年譜》同注 121，頁 57～60、頁 74～77、頁 219～240。

　　犧、農、頊、譽南方文化，而桃之也。〔註141〕

從《二南》爲荊楚風樂分析政治上的南北相競：

　　　　然《詩》國風終于陳靈，以其淫泆致亂，齊晉諸國弗能董正，獨賴楚
　　莊討而存之，《詩》之張楚，聖人之情見乎辭矣。四始以《周南》、《召南》
　　前導，殿以〈殷武〉，殷之奮伐荊楚，則河朔與楚自古相競也。

風俗上的吳楚爲隆：

　　　　江河派別，而民異性，寒煖異俗。仲尼魯產也，裔介兩方嘗至吳楚而
　　不宜，北適燕晉，以周班則燕晉迭爲方伯，民俗節概，其惟吳楚爲隆。吳、
　　晉爭盟，《春秋》終於黃池，亦猶殷人與荊楚已。

音樂上的雅樂獨存江表：

　　　　由是楚漢之音興，而鄭聲廢矣，自安室房中以外，雖不純雅，猶愈桑
　　間濮上之聲。後有枚乘、嚴夫子嚴安之屬，復以吳士被屈原風……

　　　　自晉之東，中原糜亂，詩樂皆起江左，如河北者幾無一篇也。是時雅
　　樂雖失其序，清商爲楚漢遺聲，獨存江表。

　　如此運用《詩經》爲材料，目的在考察古代社會狀況，不僅是經典的文獻化，
也凸顯出考跡異同、以古鑑今的色彩。

　　一九○五至一九○八年間，劉師培花了巨大的精力研究儒家經典所反映的上古
歷史，並意識到新史學，首先要突破舊史學的史料觀，對西周歷史則「取裁以六經
爲最多，又以三禮爲最」，至於提出上古歷史發展爲禮制文化的觀點，〔註142〕又與
王國維運用二重證據法，考索殷商社會制度和生活，提出古今變革莫劇於商周，突
出周公制禮在中國歷史發展的作用，頗有相契的地方。

　　又劉師培對於歷史研究的方法，主張吸收西方各學科的研究方法，其中比較重
要的有：歷史語言研究法、民俗學方法、地理學方法，這與日後以傅斯年爲首的歷
史語言學的《詩經》研究，有著在方法及思考上極相近的地方。一九一三年傅斯年
入北大預科乙部，深受「古文經學派」影響，視語言文字學爲國學研究入門，也被
劉師培、黃侃等人視爲傳人，雖然他很快便衝出前人樊籬，然而「以六經爲史料」
的觀念，及以西方科學的比較作爲學術研究的手段，卻是他後來對傳統學術研究的
重要依據。

（二）援史以證經

〔註141〕見《檢論・詩終始論》同註116，頁6〜9。
〔註142〕見劉師培〈典禮爲一切政治學術之總稱考〉，《劉申叔遺書・左盦外集》同註109，
　　　　頁1543〜1545。

有關《詩經》與周代歷史文化的關聯，章太炎以爲：

> 經學二字，前旣言之，無特殊意味，蓋經本史耳。史與經無甚區別。
> 吾人所共知之六經，如《尚書》、《春秋》，紀事書，即歷史也。《詩》似與
> 紀事無關，然不少爲國事而作者，《國風》略少，《大雅》、《小雅》俱談國
> 事，則亦史也。〔註143〕

在〈小疋大疋說〉一文中，則對《二雅》主記事有更詳細的說明，首先從文字發展
的方面探索，根據《說文》：「疋，足也」。章太炎案說：

> 黃帝之史倉頡，見鳥獸蹏迒之迹，知分理之可相別異也，初造書契。
> 是故記錄稱疋，取義於足跡。〔註144〕

再則從《詩經》成篇的時代看，《孟子》曰：「王者之迹熄，而《詩》亡，《詩》亡然
後《春秋》作」。章太炎說「范寧以爲雅則是，然《雅》亡在孔子《春秋》前四十八
年，復不相直」，所以對「《詩》亡然後《春秋》作」的解釋應當是：

> 《春秋》編年，因史之錄，蓋始造于宣王之世，《詩序》所謂《小雅》
> 盡廢時也。故大史錄年，序始于共和，明前此無編年。書迹息者，謂正雅
> 之治不用，《詩》亡者，謂自是正《風》、正《雅》不復用，故夫疋之爲迹
> 矣。〔註145〕

既然肯定了《二雅》主記事的本質，自然容易進一步引申出《詩序》在解《詩》上的
功能，因爲「三家篇義存者幾何？而毛《小序》猶全，正使聖人復起，舍毛氏亦何所
據」，〔註146〕所以對於宋代以來反《詩序》學者的去《序》言詩，便有許多批評：

> 以歐（歐陽脩）視《詩經》爲男女調戲之書，致黃湘素雜記本是以爲
> 說，此其病在以臆想講經……
> 朱（熹）于《詩》則大過，詩中之注說《小序》也，朱有稱此刺淫奔
> 之詩也云云，陳傅良大罵之，朱注「城闕爲偷期之所，彤管爲行淫之具」
> 二語，眞可謂荒謬絕倫。〔註147〕

事實上，去《序》言詩的結果，是讓詩句的解釋造成許多的歧異，原因正是對詩篇
中的文字和歷史掌握不足。以〈關雎〉爲例，《大序》說：

〔註143〕見 1992 年 4 月 22 日章太炎國學演講第四講「講國學之派別」，轉引自《章太炎學
　　　　術年譜》同注 121，頁 52。
〔註144〕見〈小疋大疋說〉，《太炎文錄初編》同注 119，頁 1。
〔註145〕同上注。
〔註146〕見 1935 年 3 月 15 日章太炎致吳承仕書，轉引自《章太炎學術年譜》同注 121，頁
　　　　485。
〔註147〕見同上注，頁 332〜333。

〈關雎〉樂得淑女以配君子，憂在進賢，不淫其色，哀窈窕，思賢才，而無傷善之心焉。

《孔疏》對「樂得淑女以配君子」一句的疏解是「言求美德善女，使爲夫嬪御，與之共事文王」，可見《序》說並沒有指文王后妃事，後代疏解說得太確鑿，反而生出許多迂曲，就連朱熹《詩集傳》，雖然反《序》說，也仍然無法跳脫成說，以爲：

周之文王有聖德，又得聖女姒氏以爲之配。宮中之人，於其始至，見其有幽閒貞靜之德，故作是詩。〔註148〕

民國以來文學觀點的解釋，大多以爲是祝賀新婚的詩，也仍有許多問題，因爲據今人考訂的結果，「周代婚禮確實不用樂」。〔註149〕章太炎〈關雎故言〉認爲「苟有大姒之德，則佳淑自致，無爲深憂至於展轉反側也。」既不贊成文王后妃之說，也認爲「近人或言空設其事，落漠無所據，復違言志之本」。因此純就史事的角度著眼，認爲如果《國風》始陳文王與紂之事，則「后妃淑女非鬼侯女莫之任」，他所依據的理由有二：一是據魯連書及〈殷本紀〉上說：「鬼侯有女而好，鬼侯女不喜淫，紂以爲惡，醢鬼侯，鄂侯爭之彊辯之疾，故脯鄂侯，文王聞之而竊嘆，故拘之羑里之庫。」這段史實與《序》說有相符合處，章太炎說：

夫不喜淫者，《傳》所謂不淫其色，慎固幽深，若〈關雎〉摯而有別也。當是時鬼侯與鄂侯、文王同爲三公，紂淫妲己爲長夜之歡，政治日嫚，鬼侯知其好內，冀妃以淑女修其閨門，輔之仁義，正家而天下定，詩人以爲樂得淑女用配君子，此之謂也。

二是此詩錄在《周南》，從地理位置上看，也有合宜處：

南國無河，岐周去河亦三四百里，今詩人舉河州，是爲被及殷域，不越其望，且師摯殷之神瞽，殷無風不采詩，而摯猶治〈關雎〉之亂，明其事涉殷，所以錄在《周南》者，其地南瀕江漢，鬼方之所馮依，北至雒陽，與紂都分河聲聞相及。

這樣說法顯然是據襄公二十九年《左傳》載季札觀樂的內容立論，據《正義》云：「《周南》、《召南》皆文王之樂，《詩序》云：治世之音安以樂，亂世之音怨以怒，此作周召之詩，其時猶有紂存，音雖不安樂，已得不怨怒矣！」然而《二南》之詩年代多不可考，季札一概定在紂與文王之世，是否確實，仍有可議處。又〈關雎〉的詩文中，固然不見文王之化、后妃之德的意義，欲以比附「鬼侯女」，也還須要更多新的

〔註148〕見朱熹《詩集傳》（臺北：學海出版社，1992年）頁1。

〔註149〕見季旭昇〈近代《詩經》研究觀點剖析〉，《第三屆詩經國際學術研討會論文集》（香港：天馬圖書有限公司，1998年）頁472。

材料及證據。〔註150〕但從方法論的角度看，卻對後來歷史語言學觀點的《詩經》研究不無啓發。

四、以《詩序》爲依歸的詩旨闡述

國粹派學者對《三百篇》詩旨的闡述，以黃節《詩旨纂辭》一書最賅備，檢閱黃節的著作，自《詩經》、漢魏樂府而下至顧炎武詩，取各家詩作，皆爲箋注，作爲詩學教授之本。其間隱然有一條以時代爲序，採總集、別集以爲解說的思路。《詩旨纂辭》述《三百篇》詩旨，居這一系列著作之首，似爲民初歌謠文學角度的《詩經》研究。其實不然，在這冊書中吸納了豐富的歷代《詩經》學專著，尤以清人著作爲多，內容涉及博物學、史地學、小學、辭章學……等。誠如胡樸安《詩經學·緒論》說：

> 《詩經》一書，溯其原始，只是文章。但經歷代學者之研究，《詩經》
> 範圍日愈擴大。如陸璣之《毛詩草木鳥獸蟲魚疏》等，則爲《詩經》博物
> 學……《詩經》既包有各類之學術，已非詩之一字所能該。〔註151〕

黃節也自云：「夫作詩者必盡求之三百，則經學所說詩亦已足矣。雖然詩之義存乎三百，而辭則與世而移。」〔註152〕則是經學的《詩經》研究意旨明確，另又兼及辭章之美，示人以作詩之法。

（一）《詩旨纂辭》解詩的方法與內容

1. 詩學角度的結構

關於《詩旨纂辭》一書的內容架構，《續修四庫全書總目提要》說：

> 意主《毛傳》，《毛傳》缺者以《鄭箋》補之，低一格次經文下。案語
> 低兩格次《傳》、《箋》下。……又次引詩，蓋采經子史中引經語文；次詩
> 辭，蓋采漢魏六朝詩賦中用經字；末附重言、雙聲、疊韻等。……然引詩
> 一類，無所考證，詩辭一類，徒獵華藻，俱於說經無與，不作可也。

對於全書的結構安排可謂犖然明確，只是從經說的角度批判，以爲「引詩」、「詩辭」兩項不作可也，卻是對黃節的用心未見其全。黃節《詩旨纂辭》書前雖無序例，但在《詩學》一書說：「夫詩三百篇，學者童而習之，然聞其義而忽其辭，則不能引諸

〔註150〕有關《左傳》季札觀樂的內容，自清以來學者多有疑爲劉歆竄入者。趙制陽通過對《左傳》內容的比對分析，認爲這段內容，有的該敘不敘、有的前後自相矛盾、有的所敘不合情理，所以有可能出於後人附益。詳見趙制陽〈《左傳》季札觀樂有關問題的討論〉，《1993 詩經國際學術討論會論文集》（保定：河北大學出版社，1994年）頁 478～507。

〔註151〕見胡樸安《詩經學》（臺北：臺灣商務印書館，1978 年 12 月）頁 1。

〔註152〕見黃節《詩學》（臺北：學海出版社，1974 年 1 月）頁 1。

吾身，以稱情而出，其失在不學作詩」，可見「義辭並重」才是得《三百篇》詩學之全。有關「義」、「辭」的定義有明確的說明：

> 《詩序》自〈鹿鳴〉以至〈菁菁者莪〉，述文武成康之治，治之以生人之道，所謂義者而已。《記》曰：詩以理性情，人之情時藉詩以伸其義，義寄於詩，而俗行之國，故義廢則國微。〔註153〕

又：

> 天下方毀經，又強告而難入。故余於《三百篇》既纂其辭旨，以文章之美曲道學者，斳其進闡大義，不如是，不足以存詩也。〔註154〕

黃節以說詩為職責，「義」是目的，「辭」為手段，其中「引詩」一項，因「降及春秋諸侯卿大夫，交接鄰國，當揖讓之時，必稱詩以論其志，故孔子曰：不學詩無以言也。」〔註155〕「詩言志」原為孔門詩教綱領，勞孝輿（1697～1746）《春秋詩話》以為：

> 若夫《詩》，則橫口之所出，觸目之所見，沛然決江河而出之者，皆其肺腑中物，夢寐間所呻吟也。豈非《詩》之為教，所以浸淫人之心志而厭飫之者，至深遠而無涯哉！〔註156〕

所以列「引詩」以存詩教，是為「義」的部分。至於舉《楚辭》以下至漢魏樂府援用《詩三百》者，則可見後世詩體的變化，及詩歌源於《三百篇》的脈絡。所謂「其流雖分，而其源則合，學詩者可以深觀矣」，是為「辭」的部分。二者都是《詩旨纂辭》不可分割的部分。

2. 列「引詩」以見詩教之旨，又助蒐羅存佚之功

朱自清從詩、樂關係，和教化觀點看詮釋《詩經》的歷史，以為春秋時，《詩》被記載下來，是因為音樂的因素。方其時，詩和樂合一、樂和禮合一。音樂的作用往往不脫政治教化，所以詩句的諷諫意義，是「用詩人之意」而非「作詩人之意」。故雖取斷章而無損於《詩》之本義。詩、樂分離之後，原屬「用詩」的教化綱領，逐一變而為解詩的系統，說《詩》變成了「證史」，詩意的附會扭曲才開始。〔註157〕《詩旨纂辭》另立「引詩」一項與解詩分別，是將「用詩人之意」與「作詩人之意」

〔註153〕見同上注。

〔註154〕見〈阮步兵詠懷詩注序〉，《學衡》第57期，1926年7月。頁4。

〔註155〕同註152。頁2。

〔註156〕見勞孝輿《春秋詩話》（廣東：廣東高等教育出版社，1997年4月）頁66。

〔註157〕見朱自清〈詩言志辨〉，《朱自清古典文學專集》（臺北：宏業書局，1983年2月）上冊，頁193～234。相關論述亦可見顧頡剛〈《詩經》在春秋戰國間的地位〉，《古史辨》（臺北：明倫出版社，1970年）第三冊，頁309～366。

明白區隔，以表明並非欲以「用詩人」之意解詩，卻又「欲使學者緜詩以明志，而理其性情，於人之為人庶有裨也。」〔註158〕根據所錄引詩，考察當時的詩學活動，多屬君臣、同僚間的對答，內容則在議論政事、闡述德義、發揮為國治事的理念，歸納其類又有：「引詩以言人倫綱紀」、「引詩以品評人物風範得失」、「引詩以見治亂之道」、「引詩以說地理風俗」……等。

又總計全書，引群經諸子者九十一條，以《左傳》四十七條、《禮記》十六條為多；引兩漢子史雜著者二一五條，以《韓詩外傳》六十五條、《列女傳》四十八條、《漢書》十八條為多。如此龐大的文獻資料，除見編輯纂述用功之勤外，對先秦兩漢《詩》說更有存佚的功用。尤其在瞭解三家《詩》義，和苴補佚文上，都可見黃節細密的功夫。如卷五頁四十三《新序・節士篇》引〈碩鼠〉，黃節案說：

> 石經《魯詩》殘石，樂郊下仍接樂郊，《呂氏春秋・舉難篇》高誘注引樂土樂土、樂郊樂郊俱重句，與《毛》同。劉氏治《魯詩》，而《新序》兩引適彼樂園、適彼樂郊重句，又與石經異。自當據石經，魯毛文同，《新序》兩引詩文，蓋傳寫誤也。

再引石經以證引詩之誤，知非《續修四庫全書總目提要》所說的「無所考證」、「不作可也」。同為嶺南學者的勞孝輿，從《左傳》中將有關詩和韻語的故事匯編成《春秋詩話》五卷，《四庫提要》評定：「編葺雖勤，殊無所取也」。這類著作在熟讀經書的年代裏，似乎都難得積學之士的肯定，但近代以來，儒家經典已非必讀書籍。這類著作則日益顯其價值和學術意義。〔註159〕

3. 解詩推本《毛傳》兼及補正

《詩旨纂辭》於解詩的部分採《毛詩》說，故於經文下列《毛傳》，《毛傳》缺者以《鄭箋》補，如此的安排，可解釋為具有兩層含義：一是《詩》古文經說的立場，這與黃節的學術淵源，及撰述的時代背景有關。〔註160〕一是從訓詁入手的解詩方法。雖然近代以來，學者對漢儒說經存在著一定的不信任。但不可否認的，嚴謹的訓詁方法，在解釋詩旨上具有一定的可信度。有關《三百篇》的解釋，在春秋中期以前是附帶在引詩、賦詩中進行，具有零散性和隨意性。到了戰國末期，才有專門的訓解。由於漢四家詩只有《毛詩》完整流傳，《毛傳》遂成為離詩歌創作時代最

〔註158〕見同注152。
〔註159〕見同注156。毛慶耆前言。此處引其言借以說明《詩旨纂辭》引詩部分的時代價值。正因二者有相同的著述宗旨，及遭否定的命運。
〔註160〕有關黃節的生平及學術淵源，詳見拙著〈黃節及其對《三百篇》詩旨的闡述〉，《經學研究論叢》第九輯（臺北：臺灣學生書局，2001年）頁121～131。

近的一部全面性訓詁著作。〔註161〕雖然宋代及民初反《序》的《詩經》研究，因有感於漢儒加在《詩經》上的神聖外衣，造成詩篇解讀的僵化和不合理，而主張以「涵泳本文」的方法，重新解詩。但畢竟《三百篇》創作的時代遙遠，難以今日之事揣度，所以周作人就曾提出警告說：「守舊的固然是武斷，過於求新的也容易流為別的武斷。」〔註162〕而嚴謹的學者，仍多借重前代訓詁，逐一比較釐清，才下斷語，如俞平伯。〔註163〕反觀黃節選擇以《毛傳》作為解詩的基礎，實在不可僅視為不加考辨的家法傳承。這一點從大部分的《毛傳》解釋下均有作者案語，可見一斑。

在黃節的案語中，臚列了大量的前人著作，其中尤以清人的考據成果為多。其目的主要是對《毛傳》進行補正的工作，除了求更貼近詩的本意外，也是文獻整理的工夫。茲分述其成果如下：

（1）引諸家注疏以為補正：黃節引諸家說詩，原是備參，非據以駁毛，然有《毛傳》缺文，及訓詁上明顯的錯誤，亦不左祖《毛傳》，據以補正之。如卷二頁八《毛傳》「飛而上曰頡，飛而下曰頏」，案說：

> 陳奐曰：《傳》文當是頡頏二字之互偽。凡鳥飛必仰上而盡往下，故《傳》先釋頏之，飛而上曰頏；再釋頡之，飛而下曰頡。

陳奐《詩毛氏傳疏》為皖派毛詩校勘的代表作，黃節對其校勘成果多有所取。又如卷四頁四十七「維子之故」句下，案說：

> 故字《傳》、《箋》無釋，馬瑞辰曰：故當讀如〈式微〉詩「維君之故」，故猶難也。昭公屢遭放逐之難，故言維子之故。此可補《傳》、《箋》矣！

又卷五頁五，〈著〉詩下，案說：

> 陳喬樅曰：《正義》謂毛以首章言士親迎，二章言卿大夫親迎，卒章言人君親迎。鄭以為三章共述人臣親迎之禮。偃師武億據《公羊》隱二年注，禮所以親迎者，所以示男先女也。夏后氏逆於庭，殷人逆於堂，周人逆於戶，以釋此詩……較毛鄭說為允。

（2）引諸家注疏以存異義：黃節主《毛詩》說，於三家詩有異義者，往往附見並存。如卷一頁三十四，〈小星〉詩下，案說：

〔註161〕有關《毛詩詁訓傳》的訓詁方法，及在訓釋上的全面性、系統性、正確性、簡要性，詳見馮浩菲〈論《毛傳》的貢獻和影響〉，《1993 詩經國際學術研討會論文集》（保定：河北大學出版社，1994 年 6 月）頁 417～430。

〔註162〕見周作人〈談〈談談詩經〉〉，《古史辨》第三冊，頁 589。

〔註163〕見林慶彰〈民國初年的反《詩序》運動〉，《第三屆詩經國際學術研討會論文集》（香港：天馬圖書有限公司，1998 年）頁 260～282。

> 魏源曰:〈小星〉之詩,王質謂婦人逆君子以夜行,章俊卿、程大昌
> 皆謂爲使臣勤勞之詩,此《韓詩》說也。……蓋唐宋《韓詩》尚存是爲諸
> 家說之所本。……《文選》魏文帝雜詩注曰……嘒彼小星,喻小人在朝也,
> 亦用《韓詩》說,以易《毛詩》眾妄之喻……魏源從《韓詩》說附於此。

（3）引諸家注疏以校《傳》文:此針對《毛傳》傳本作文獻上的考訂。如卷四
頁三十,〈清人〉詩下,案說:

> 何楷曰:〈清人〉作於鄭文公時,《傳》有明證,毛編在〈有女同車〉、
> 〈扶蘇〉、〈蘀兮〉諸篇之前,皆序所指爲刺忽者。按昭公忽、厲公突,皆
> 莊公子,而文公即厲公之子也,詩猶之史,必以世代爲次,豈宜越次如此,
> 知《毛詩》之錯簡多矣。

又卷二頁二十六,《毛傳》:「慉,養也。」下,案說:

> 馬瑞辰曰:《釋文》:慉,毛興也。王肅:養也。據此知注疏本作養者,
> 從王肅本,非毛傳之舊也。

綜合以上材料,可知黃節在解釋《三百篇》之餘,也對《毛傳》作了整理研究的工
作。

4. 善得典章制度、博物史地之學以闡發《詩》旨

在《詩旨纂辭》的內容中,採用典章制度、博物史地的角度以解釋詩旨的比例,
占全書內容的相對多數。可見黃節對這部分材料的珍視,也展現了阮元在揚州學派
中發展而成的實學精神。〔註164〕對典章制度嫻熟的運用,原是訓詁家們在中國古代
史上的卓越貢獻,在《詩經》學中亦是一門大學問,瞭解《詩經》中典章制度之文,
固然有助中國上古社會狀況的研究,對釐清《詩》旨又往往有關鍵性的作用。如卷
三頁十,《毛傳》:「定,營室也。」下,案說:

> 定星名,《爾雅・釋天》營室謂之定。定星昏見,正居四方之中,《毛》
> 以視定星而正南北,遂以營宮室。《鄭》以定星昏中,小雪之時,可以營
> 宮室。胡承珙曰……辨方記時,義未始不可相通。惟營建宮室而定四方,
> 既有揆之以日矣,故以此詩首句爲記時,於義更順,於文亦不複。

至於博物之學,因《詩經》中草木鳥獸蟲魚,皆由觀察實驗所得,故可視爲博
物學之祖。而「因物求義」,正是探求詩句中比興之旨的重要方法。如卷二頁十七,
《毛傳》「棘心難長養者。」下,案說:

〔註164〕有關阮元實學研究的成果與方法,參見楊向奎〈阮元《儀徵學案》〉,《清儒學案新
編》（濟南:齊魯書社,1994 年 3 月）第五卷,頁 378～406。

《埤雅》云：棘性堅彊費風之長養者，其心之生更難於幹，凡木心堅
者最難長，自萌芽而至於盛大，其久可知，故以爲母氏劬勞之興矣。

因《毛傳》釋棘只有二處，一作棗木、一作赤心，皆因文見義。至於其他詩之棘心
均無《傳》。黃節爲使此詩（〈凱風〉）的興義更明，乃引《埤雅》說明之，甚契詩意。
至若因疏於名物考辨，而致誤例，書中亦列舉以爲提醒。如「流離」是鳥名，少好
長醜。原作「留離」，今本作「流離」，乃後人所改，卻造成宋人自王安石以後，以
「漂散」解「流離」，正是失之毫厘，謬以千里。儘管如此，但如解〈羔羊〉一詩，
因感學者如陳奐、胡承珙等糾纏於裘制之用絲多寡、皮革表裏，而說「說詩當釋名
物，然亦不可因名物而失詩旨，此類是也。」〔註165〕可見善用而不偏執的態度。

（二）對《詩序》的態度

如果黃節解《詩》的態度，是民初經學的《詩經》研究，《詩序》便是他要保守
的重要依據。所以他集眾家說以闡明《詩序》非衛宏所作，〔註166〕是對民初反《序》
學者普遍認同「《詩序》爲衛宏所作」的防禦工作。〔註167〕他以爲雖然〈漢書儒林
傳〉指衛宏作《序》，但最多應該只是潤色、集錄的工作。衛宏作《毛詩序》的記載，
最早見三國吳陸璣《毛詩草木鳥獸蟲魚疏》，後爲南朝宋范曄《後漢書》移錄至〈衛
宏傳〉中，但直到南宋鄭樵才被據以爲懷疑《詩序》的思考，清代今文家進一步引
作辨僞角度取證，民初學者基於「若《詩序》爲衛宏所作，便非聖人本意」的思維，
更積極的想證成此說。可能因秉受嶺學在文字訓詁上的訓練，黃節於列舉歷代學者
論證，仍無以解《後漢書·衛宏傳》所言：「宏從曼卿受學，因作《毛詩序》」的說
法之餘，特別著意於胡元玉說：「宏傳言善得風雅之旨，善字乃義字之僞」。並進一
步考得「《說文》善字下云，此與義、美同意，又《大雅·文王》昭宣義問，《毛傳》
曰：義，善也。《禮記·緇衣》章義癉惡，《釋文》云：義《尚書》作善，是證此二
字古來互訓互用」。《續修四庫全書總目提要》以爲「千古疑團，一朝冰釋，誠快事
也。」〔註168〕這樣的說法，其實並不具絕對的說服力，至少不足以撼動民初的反《序》

〔註165〕見《詩旨纂辭》1936 年北京大學鉛印本。卷 1 頁 30。

〔註166〕黃節撰有〈《詩序》非衛宏所作說〉刊載於《清華中國文學月刊》1 卷 2 期，1931
年 5 月。另有 1930 年北京跂民書局線裝本。

〔註167〕有關民初反《詩序》學者，對《詩序》作者的考辨，林慶彰師在〈民國初年的反《詩
序》運動〉一文有詳細的論說。見同注 163。他說：「從民國 12 年（1923）鄭振鐸
的〈讀毛詩序〉起，連續有二十多篇論辨《詩序》的文字，幾乎都以爲《詩序》是
東漢衛宏所作。」

〔註168〕見中國科學院圖書館整理《續修四庫全書總目提要》（北京：中華書局，1993 年）
頁 432。

思潮，反而凸顯爲舊學所圈的困境。儘管後來學者，提出更多的論證，使《詩序》非衛宏所作的可能，得到更合理的說明，並無助於挽救民初舊材料、舊方法在學術研究上所呈現的疲弱現象。

黃節在《詩序》的議題上，較令人可喜的論點，反而是《詩旨纂辭》中漢宋兼採、調合今古的多重視角。《詩旨纂辭》前三卷沒有明標《序》說，唯有第四卷於各詩篇前列《小序》，《序》下雙行列《鄭箋》，不加案語。眞正解詩的內容都在《毛傳》後的案語。其中博採歷代《詩經》學著作，內容涵蓋：文字訓詁、名物考據、版本校勘……等。不一定與《詩序》有關，較明顯的意圖是：凸顯經辯證精確的訓詁，是正確了解詩意的方法。至於是否要鞏固《詩序》不可懷疑的神聖性卻顯得模糊。如大量採用姚濟（按當爲「際」的誤字）恆的說法，姚際恆去《序》言詩的主張是民初反《序》運動的思想根源之一。〔註169〕黃節不但採用他的考證文字，且部分地贊成他對《序》說的懷疑。如卷二頁十四，〈擊鼓〉一詩，《小序》謂：怨州吁。姚際恆列舉六點以證明隱四年州吁伐鄭之事與本詩經文不合。黃節照錄全文，且案說：

> 此詩乃衛穆公背清丘之盟救陳，爲宋所伐。平陳、宋之難，數興軍旅，
>
> 其下怒之，而作此詩也。

另於其他著作中，對《序》說的質疑，亦頗有所取。如卷二頁二十一〈匏有苦葉〉一詩魏源博採群籍，以證「衛宣公與夫人初無烝淫之說，何容誣以刺詩。」黃節案說：

> 此辨《序》說刺衛宣公與夫人爲淫亂，而申明詩義，至爲可從。

至於《傳》因《序》生義的現象，是《傳》對《序》說的過分引申，也是造成古文經說扭曲的原因之一。黃節對此也能有所說明，如卷一頁九〈樛木〉詩，案說：

> 宋劉克曰：樛木之義，他不見於傳記，其歧雍之所產歟？毛氏之訓其
>
> 以《詩序》而生此義耳。竊詳詩辭……：劉氏此說與諸家從《序》「后妃
>
> 逮下說」異，然其說始安、中大、終成，則自來諸家說此詩所未及者，蓋
>
> 可採也。

劉克所說是否較《序》說爲佳，姑且不論，然而歷來說詩者不敢稍違《序》說所造成的扭曲，卻是黃節所確知的。

至於宋代廢《序》派學者，如朱熹、王質、劉克等的說法，亦頗有採取，甚至有將《朱傳》與《毛傳》同列者。唯一較明顯的反駁《朱傳》，都集中在卷四的《鄭風》。如卷四頁二十三〈將仲子〉詩，案說：

〔註169〕見林慶彰師〈姚際恆與顧頡剛〉，《中國文哲研究集刊》15期，1999年9月，頁454。

至朱子據鄭樵之說，以此爲淫奔者之辭，嚴虞惇駁之謂：〈將仲子〉、〈野有蔓草〉、〈褰裳〉、〈風雨〉、〈有女同車〉、〈蘀兮〉此六詩，朱子皆以爲淫奔之詩。而見於《左傳》列國大夫所賦詩，當時皆見美於叔向、趙孟、韓宣子，而伯有賦〈鶉之奔奔〉，則趙孟譏之，以爲床第之言不踰閾，則知淫詩固不可賦於宴饗之時，而此六詩非淫奔之詩也，然則《小序》之言信矣。

又頁五十三〈風雨〉詩，案說：

朱子以此詩爲淫奔之女，言當此之時，見所期之人而心悅之，則大謬不可從，楊大可、魏源、胡承珙諸人，嘗舉史傳中引用此詩有合《序》義者，痛駁之。

又頁五十五〈子衿〉詩，案說：

朱子以爲淫奔之詩，王柏《詩疑》至欲以此詩附於重刪之列，不知朱子後日作〈白鹿洞賦〉云：廣青衿之遺問，樂菁莪之長育，蓋仍從《序》說也。

可見對朱子淫詩說，及王柏刪淫詩說，直欲痛駁之的情感，只是反駁的思路仍繞回《序》說的框架。綜上所述則黃節基本上是守《序》的主張，只是對《序》說抱有可質疑的彈性，非僵化固守。可惜的是仍在前代經說中打轉，未能提出較明確的新主張。

黃節的《詩經》學著作，不可諱言的，它依舊是經學的《詩經》研究。〔註170〕這個視角是黃節對於《三百篇》自覺的選擇，一如他所說的：「夫作詩者必盡求之三百篇，則經學所說詩亦已足矣。」〔註171〕這個妨礙進步的視角，決定了它非主流的命運。今日從時代性和《詩經》研究的內涵而言，希望能藉由一些觀念的釐清，以達到對作品有較好的「同情的理解」。

（1）黃節這兩冊書對《詩序》作者的討論，和《詩》旨的詮釋，基本上是回應那個時代的學者所關心的議題，亦即民初反《詩序》運動的核心，儘管意見相左，卻不可視爲是與時代脫節的著述，而一意抹殺，理當回歸作品本身評判其內容與方法。

〔註170〕李旭昇〈近代《詩經》研究觀點的剖析〉，《第三屆詩經國際學術研討會論文集》（香港：天馬圖書有限公司，1998年6月）頁469。將近代《詩經》研究分爲經學的、文學的、歷史語言學的三種觀點。其中經學的觀點太陳腐，最不可信，也最不受歡迎。

〔註171〕見黃節《詩學》（臺北：東海出版社，1974年1月）頁1～2。

（2）黃節以治詩講學自負，論其用心，則一如他的〈桑柔〉：

　　卒讀〈桑柔〉十六章，廢書三日尚徬徨。驚心事事無今古，貪亂人人有肺腸。吾亦作歌哀不及，國猶靡止去何鄉？始知騷賦追三百，輕舉游仙乃變常。

句中可見將國事身謀，以及出處之道，一一寓於詩，家國夷夏之辨，亦在字裏行間，尤其民元以後，世事愈紛，黃節以爲「人心風俗何以亂？不在政治與軍旅；始於學說終暴行，世乃一亂亂無度」（〈丙寅歲暮吟〉）因此十年內惟治詩講學，企圖用以遏止禍亂，達到以詩爲教的用意。〔註172〕詩教原是孔門之學，漢儒擴大以爲諫書，成爲書中不可取的糟粕。黃節雖標舉詩教，卻不等同於欲以舊倫理框限近代獨立思考的自我意識，而是察覺到「道德失範」這個令近代中國人，無論激進或溫和，均感困擾的大問題，並積極思索解決之道，這是黃節詩學的精神骨幹。

（3）「國故整理」原是國粹派提出的時代命題，新文化運動者，如胡適，重新提出，並賦予批判的精神，其中許多的議題是具進步意義的，但有些論點的提出，並非是對問題深入研究而得的結果，造成學術思想與意識形態顯然的分離。〔註173〕如今反傳統的階段性任務已完成，在肯定新文化運動的貢獻之餘，似乎有必要回歸經典的眞象，平心論斷是非，如《詩經》爲衛宏所作是否那麼不容懷疑？《詩序》是否全不可信？涵泳本文是否爲推求《詩》旨唯一可信可行的辦法？

上述國粹派學者在《詩經》研究上的成績，其中不乏高出傳統的思考。但整體而言，卻很難說他們的研究著述是進步的、具新義的。尤其到了辛亥前後，明顯呈現出考據文章日多，在態度上趨向消極保守；在著述上大多堅持使用艱深古奧的文言文，而學者也因難以脫去經生色彩，而逐漸與社會脫節。據一九〇九年〈國粹學報明年之特色〉所提出的撰述大旨說：

　　力避浮華而趨于樸學，務使文有其質，博而旨要。非關於學述源流有

〔註172〕參見梁冠國〈嶺南詩人黃晦聞傳〉，《東方雜誌》第 43 卷第 2 號，1947 年，頁 52 ～55。

〔註173〕余英時〈意識形態與學術思想〉，《中國思想傳統的現代詮釋》（臺北：聯經出版事業公司，1987 年 3 月）頁 53～73。曾對中國近代思想史的狀況加以分析說：「中國近代思想史基本上只是一部意識形態史。」並且說：「在一個社會從傳統轉向現代化的過程中，意識形態尤其具有指示方向，和激起社會行動的重要功能，但意識形態不應與學術研究完全脫節。」另許志剛《詩經論略》（瀋陽：遼寧大學出版社，2000 年 1 月）對近、現代許多範疇的《詩經》研究亦提出同樣的批判，以爲「如果把爲了推動當時的運動，而概括出某些提法，誤認爲是對文學史的科學種總結，和正確論斷，則未免過當。

　　資考古者不錄。庶幾韓子所云：惟陳言之務去。至於保存古物，不遺故聞，

　　訓釋周秦諸子之書，使盡可讀，引申乾嘉諸儒之學，不絕其緒，詮明小學，

　　以爲求學之門徑，謹守古誼，以毋越先民之訓，五年于茲。〔註174〕

因此大多數學者完成於後期的經學專著，便陷入僅僅滿足於「研術古學，刷垢磨光，勾玄提要」〔註175〕的狹小範圍。其中還有兩個最基本，且可避免的限制：

1. 未能有效的使用新材料和新方法

　　大體而言，在傳統學術研究的範疇裏，民初大部分具進步意義的研究成果，均不得不對新材料、新方法有所倚重。章太炎雖也曾研究上古器物的演變史，編纂過《新方言》，但到了後期，他否定了由石器而銅器、鐵器的演變歷程。對於古文字，包括甲骨文、金文更是明確的反對，只強調傳世典籍的價值。在學術方法上，辛亥以後，國粹派學者都已逐漸淡化革新意識，如文字語言之事，是講習《詩經》最宜致力的事。〔註176〕也是清代樸學家極爲突出的成就，誠如楊向奎所說：

　　漢學家的哲學思維是通過語義分析，以求文字本義，而推闡其理論。

　　戴震長于此道，段（玉裁）、王（王念孫、王引之）兩大家，由此發展了

　　我國文法學科。阮元繼承了戴氏，于此有比較突出的成就。〔註177〕

其中歷史分析和統計歸納兩項，是阮元重要的治學方法。黃節的舊學根柢源自阮元，對此應當別有心得，卻未見發揮。如《詩旨纂辭》卷一頁六，《毛傳》「言，我也」下，黃節案說：

　　陳奐曰：全詩言字，有在句首者，爲發聲，若〈漢廣〉言刈其楚之類

　　是也。有在句中者，爲語助，若〈柏舟〉靜言思之之類是也。言皆不作我

　　解。唯此詩之「言告」、〈泉水〉之「言邁」、〈彤弓〉之「受言」、〈文王〉

　　之「永言」訓爲我者。當是相傳詁訓如此。

以「當是相傳詁訓如此」作爲問題的結論，顯然是難以讓人信服的。反觀胡適於一九一二年寫成的〈詩三百篇言字解〉便是樸學歸納方法的延伸，其論證雖然仍存在著瑕疵，卻是個方法上的示範。而在民初許多擁有豐富舊學識的人，正是苦於找不到一個系統，可以將這些知識貫穿起來，以表現其現代意義，胡適的新觀點、新方

〔註174〕見《國粹學報》1909 年第 13 期（總 62 期）。

〔註175〕見鄧實〈古學復興〉，《國粹學報》1905 年 9 期。

〔註176〕傅斯年對《詩經》研究即執此看法。見傅斯年〈詩經講義稿·敘語〉，《傅斯年全集》

　　　　（臺北：聯經出版事業公司，1980 年）第二冊。

〔註177〕見同註 164，頁 397～898。

法，便恰好發揮了決定性的轉化作用，〔註178〕這也正是國粹派學者所欠缺的。

2. 固守傳統的寫作形式

雖然不少文化保守主義學者，已看到中國文字自身的弱點。如劉師培便主張漢文的改革要從「俗語」和白話文入手，使文體平易近人，智愚悉解。〔註179〕但大多數的國粹派學者仍堅持用艱深古奧的文言文寫作。再則由於民族主義情緒，而過度誇大古學的歷史地位，且因此自足於埋首古籍之中，使他們大多數的研究成果，難以被大眾明白接受。例如黃節用《毛傳》的原始格式，作為《詩旨纂辭》的基本架構，又以集解的模式臚列引據的歷代《詩經》學著作，使全書包裝在傳統注疏的格式中。這不僅使思考受到束縛，難以容納新元素。再則未加標點的內容中又有因疏於校對產生的錯誤，使讀者望而卻步。這是使作品在時代中失卻光彩的重要因素。

從國粹派發展的歷程上看，他們提出了一些方向，也有一些努力的成績，卻沒有具體建立起一條清晰可循的方法程序。所以他們只能是傳統學術向近代過渡的中介，卻不會是新經學的建立者。

附表1：1　《國粹學報》刊載《詩經》研究著作一覽表

作　　者	篇　　名	卷　　期	日　　期	備　注
劉師培	群經大義相通論——公羊齊詩相通考〔註180〕	第一年第 11 號	光緒 31 年 11 月	2〔註181〕
劉師培	群經大義相通論——毛詩荀子相通考	第一年第 12 號	光緒 31 年 12 月	2
薛蟄龍	毛詩動植物今釋	總 38 期　總 39 期　總 40 期　總 41 期　總 42 期　總 44 期　總 45 期	光緒 34 年 1〜5 月　　　　　　　　　　　　光緒 34 年 8〜11 月	7　　　　8

〔註178〕關於胡適在近代學術上的這一層意義，詳見余英時〈中國近代思想史上的胡適〉，《中國思想傳統的現代詮釋》（臺北：聯經出版事業公司，1995 年）頁 519〜574。
〔註179〕見劉師培〈中國文字流弊論〉，《劉申叔遺書・左盦外集》下冊。頁 1440〜1441。
〔註180〕劉師培有關《詩經》的著述，除上表所列，另有《劉申叔遺書》收錄〈毛詩札記〉、〈毛詩詞例舉要詳本〉、〈毛詩詞例舉要略本〉；《劉申叔遺書・左盦集》卷一收錄〈詩分四家說〉、〈廣釋頌〉、〈韓詩外傳書後〉；《劉申叔遺書・左盦外集》收錄〈齊詩國風分主八節說〉、〈詩緯星象說〉、〈齊詩大小雅分主八節說〉。
〔註181〕備注欄所標數字，為臺北：文海出版社影印本分冊冊數。

		總 47 期		
		總 48 期		9
		總 55 期		10
		總 56 期	宣統元年 5、6、7 月	
		總 57 期		
沈維鍾	騶虞考	總 39 期	光緒 34 年 2 月	7
鄧　實	毛詩申成（藏書介紹）	總 50 期	宣統元年 1 月	9
章太炎	六詩說 [註 182]	總 51 期	宣統元年 2 月	9
章太炎	小疋大疋說（上下）	總 51 期	宣統元年 2 月	9
章太炎	毛公說字述	總 51 期	宣統元年 2 月	9
李　詳	韓詩證選	總 53 期　總 54 期　總 56 期	宣統元年 3、4、6 月	
孫仲容（遺著）	釋周成王元年正月朔日廟祭補正鄭君書注詩箋義　詩不殄不瑕義　毛詩魯頌駉傳誌侯馬種物義	總 57 期	宣統元年 7 月	10
劉師培	邶鄘衛考	總 60 期	宣統元年 10 月	10
江慎中	費易毛詩非古文說	總 68 期	宣統 2 年 6 月	11
劉師培	毛詩中之狀物字	總 69 期	宣統 2 年 7 月	11
丁以此	毛詩韻例	總 71 期	宣統 2 年 9 月	12
江慎中	釋毛傳龍和之訓	總 73 期	宣統 2 年 11 月	12
劉師培	敦煌新出唐寫本提要－毛詩詁訓傳國風殘卷　毛詩詁訓傳鄌風殘卷	總 75 期	宣統 3 年元月	13
李　詳	詩	總 81 期	宣統 3 年 5 月	13
陳　潮	東之文鈔－跋毛詩	總 81 期	宣統 3 年 5 月	13

〔註 182〕文前有記者識：章君絳出示近著 4 篇－〈六詩說〉、二〈小疋大疋說〉（上下）、三〈八卦釋名〉、四〈毛詩說字述〉，義皆塙，當為前人所未言，屬草七月至九月，凡三閱月而成，其精審可知，錄以代社說。

章太炎有關《詩經》的著述，除上表所列，另有：〈關雎故言〉、〈詩終始論〉收在《檢論》，1915 年。〈大雅韓奕義〉《華國》1 卷 1 期，1924 年 7 月。

第二章　「整理國故」運動與民初《詩經》學的發展

　　在民初，對於傳統學術的思考，以新文化運動爲主流，而所謂新文化運動的意涵，大抵可從兩方面理解：一是政治文化上的，尤其在經過二次革命到張勳復辟期間（1913～1917 年）的醞釀，使曾投身國粹運動的魯迅（1881～1936）、周作人（1885～1976）、錢玄同（1887～1939）……等章太炎的學生，開始明確宣稱摧毀儒家思想的必要性，〔註 1〕陳獨秀（1879～1942）更嚴厲批評康有爲散佈尊孔論以爲復辟奠定思想基礎，〔註 2〕如此則反帝制與反儒學傳統相結合，非儒學化的傾向終於發展成爲主流的選擇。一是倫理學術上的，自一九一七年起，《新青年》成爲北京大學革新力量的言論陣地。主要撰稿人幾盡是北大的教員與學生，包括：陳獨秀、胡適（1891～1962）、李大釗（1888～1927）、錢玄同、魯迅、俞平伯（1900～1990）、傅斯年（1896～1949）……等。〔註 3〕尤其從第二卷起至一九二〇年間，出現了反儒學傳統和文學革命兩大具體內容，部分地反映了新文化運動學者，對儒學的議題在學術層面的思考。在這樣的背景下，一九一九年胡適撰寫〈新思潮的意義〉一文，明白表示：「我們對於舊有的學術思想，有三種態度。第一反對盲從；第二反對調合；第三主張整

〔註 1〕　見錢理群《周作人傳》（北京：北京十月文藝出版社，2001 年）頁 193。

〔註 2〕　見陳獨秀〈復辟與尊孔〉，《新青年》3 卷 6 期，1917 年 8 月，頁 1～4。另有關新文化運動與民初政治文化的相關論證，參見歐陽哲生〈在傳統與現代性之間——以「五四」新文化運動與儒學關係爲中心〉《五四新論：既非文藝復興，亦非啓蒙運動》（臺北：聯經出版事業公司，1999 年 5 月）頁 145～182。（美）魏定熙著，金安平、張毅譯《北京大學與中國政治文化》（北京：北京大學出版社，1998 年 5 月）第四章舊文化與新文化，頁 138～172。

〔註 3〕　有關《新青年》的出版狀況及作者，參見陳萬雄《五四新文化的源流》（香港：三聯書店，1992 年 5 月）第一章《新青年》及其作者，頁 1～20。

理國故」，於是「整理國故」作爲一種運動的積極主張被正式的提出。〔註4〕往後的數年間，學者們對於這個議題的精神意涵和理論架構，作了許多討論與修正，使整個運動呈現階段性的發展，並逐步匯集成一種思潮。

再則，由於受到歐美學術的高度發展，與專門研究機構廣設具有關聯性的啓發，民初學者對於傳統學術研究形態的省察，有了幾項突破性的思維：

1. 開放的學術研究態度

也就是認識到「凡一學術之發達，必須爲公開的且趣味的研究」，對此梁啓超進一步說：

> 科學上之發明，亦何代無之，然皆帶秘密的性質，故終不能光大，或不旋踵而絕，即如醫學上證治與藥劑，其因秘而失傳者蓋不少矣。凡發明之業，往往出於偶然，發明者或不能言其所以然，或言之而非其眞，及以其發明之結果公之於世，多數人用各種方法向各種方面研究之，然後偶然之事實，變爲必然之法則，此其事非賴有種種公開研究機關──若學校若學會若報館者，則不足以收互助之效而光大其業。〔註5〕

這種將學術視爲是可被公開討論的智慧的風氣，對謹守家派傳統的經學研究，產生的衝擊尤其重大，自然也改變了經學研究的形態，所以顧頡剛（1893～1982）對《古史辨》類似《昭代名人尺牘》的不謹嚴體例提出解釋說：

> 我實在想改變學術界的不動思想，和「曖曖姝姝於一先生之説」的舊習慣，另造成一個討論學術的風氣，造成學者們的容受商榷的度量，更造成學者們的自己感到煩悶而要求解決的慾望。（《古史辨》第三冊〈自序〉，頁3）

也因此「民初」對經學研究者而言是：「我們所處的時代太好，它給予我們以自由批評的勇氣，許我們比宋代學者作進一步的探索，──解除了道統的束縛；也許我們比清代學者作進一步的探索，──解除了學派的束縛。」（《古史辨》第三冊〈自序〉，頁1）

2. 學術分科的再思考

中國的學問向來只有一尊的觀念，而沒有分科的觀念。（《古史辨》第一冊〈自序〉，頁29）清末因逐步廢除八股取士的科舉制度，不僅改變了學校教育的形式，也改變了學科類目的思考。一九○三年清廷命張之洞、張百熙修訂國家教育體制的

〔註4〕見胡適〈新思潮的意義〉，《胡適文存》第一集（亞東圖書館第十三版）頁734～735。
〔註5〕見梁啓超《清代學術概論》（臺北：華正書局，1989年）頁77。

相關規章，及重建京師大學堂。修訂後的《奏定大學堂章程》規定：大學分科除原有七科外，增設經科，下分《周易》、《尙書》、《毛詩》、《春秋左傳》、《春秋三傳》、《周禮》、《儀禮》、《禮記》、《論語》、《孟子》、理學等十一門。〔註6〕對這樣的分科思考，一九○二年王國維首先在〈奏定經學科大學文學科大學章程書後〉提出反對把經學置於各分科大學之首，〔註7〕民國以後，蔡元培（1868～1940）任教育總長提出新的思維說：

> 清季學制，大學中仿各國神學科的例，於文科外，又設經科。我以爲
> 十四經中，如《易》、《論語》、《孟子》等已入哲學系；《詩》、《爾雅》已
> 入文學系；《尚書》、三禮、《大戴禮》、春秋三傳已入史學系；無再設經科
> 的必要，廢止之。〔註8〕

因此一九一二年蔡元培和嚴復（1853～1921），決定取消京師大學堂所設的經科，將儒家經典的學習分攤到各系。〔註9〕關於經學的分科思考，除了教育層次外，在研究層面，以西方現代的學術類目，來部勒整理古書中的材料，幾乎是民初「整理國故」的共識，所以北大國學門標舉的創立宗旨是：

> 吾國學術向來缺少分科觀念，在未經整理以前，不易遽行分科而治，
> 故本學門設立宗旨，即在整理舊學，爲將來分科之預備。〔註10〕

另外由於民初「直接探求先秦典籍」的訴求，經學研究的目的，不再是證成某一學派的理論，而是還原古史的手段，所以顧頡剛說：

> 我們要打破舊說甚易，而要建立新的解釋則大難。這因爲該破壞的有
> 堅強的錯誤的證據存在，而該建設的則一個小問題往往牽涉到無數大問題
> 上，在古文字學、古文法學、宗教學、社會學、民俗學……沒有甚發達的

〔註6〕據 1902 年張百熙擬定的《欽定京師大學堂章程》規定分科大學共設 7 科 35 門，經學隸屬文學科下。1903 年重新修訂時，張之洞的意見起了決定的作用，主要精神在於吸收日本的教育模式，將儒家思想道德和先進學科揉合在一起，因此突出了經學的地位。《奏定大學堂章程》見〈京師大學堂給外務部咨呈〉（北大檔案室藏），轉引自蕭超然《北京大學與五四運動》（北京：北京大學出版社，1995 年）頁 14。另 1902 年《欽定京師大學堂章程》見同書，頁 9。

〔註7〕見《王國維遺書》第五冊《靜安文集續編》（上海：上海古籍書店，1983 年）頁 36B。

〔註8〕見蔡元培〈自寫年譜〉，《蔡元培全集》第 7 卷（北京：中華書局，1984 年）頁 311～312。

〔註9〕上述變革見 1912 年 10 月頒佈的《大學令》，時蔡元培已辭去教育總長職務，嚴復則於同年 2 月任京師大學堂總監督。參見《北京大學與中國政治文化》同注 2，頁 60～61。

〔註10〕見〈研究所國學門啓事〉，《北京大學日刊》第 8 冊（北京：人民出版社影印，1981年）1922 年 2 月 22 日，頁 1。

今日，竟不能作得好。(《古史辨》第三冊〈自序〉，頁 2)

如此多學科背景的研究需求和努力方向，促使民初的經書研究衝破唯一的「經學」的觀點，也為新經學的發展帶來良好的契機。

3. 學術工作的組織化

追求「本國學術之獨立」，是民初學者對於傳統學術文化的另一項迫切性的思考。因為在近代歐美學術界對中國歷史文化的研究，有極多重要的發現，而中國則正在逐漸淪為歐美各國的「學術殖民地」。以北大為發源地的「整理國故」運動，部分的因素是因此自覺而起的。同時也激發了蔡元培從建制上思考，認為「在中國境內仿歐美之成制，建立研究所，是在『整理國故』的範圍內，儘快達到『學術獨立』的一條出路。」〔註11〕所以一九二〇年北大為「整理舊學」特別成立研究所國學門，這說明了國學研究在民初出現了組織化的需求，也就是說需要有「負責之機關，充分之經費，相當之人材，長久之時日」，原因是「關於東方學之參考材料，範圍廣大，搜求既非易事，整理尤費工夫」。〔註12〕而事實也證明，在國學門下設置的：歌謠研究會、風俗調查會、方言研究會、明清史料整理會、考古學會等五個學會，對於在北大推展的國故整理工作，無論在學術資源的獲得，或學術工作進行的速度上，都提供了最佳的援助。〔註13〕

本章所討論的「整理國故」的範圍，是以胡適等人所標舉的精神意義和行動綱領為主，兼及在這一概念下的三項內容：(1)《古史辨》的纂集及所帶動的疑古辨偽思潮。(2)一九二二至一九二七年間北京大學國學門下五個學會的國故整理工作。〔註14〕(3)經典普及概念影響所及的出版業。並希望能在這個架構下呈現民初在

〔註11〕這一說法見陳寅恪〈吾國學術之現狀及清華之職責〉，《金明館叢稿二編》(上海：上海古籍出版社，1982 年) 頁 317～318。另外胡適於 1947 年發表的〈爭取學術獨立的十年計劃〉建議「集中國家的最大力量，培植五個到十個成績最好的大學」，他相信唯有「集中人才，集中設備」才能使國家走上「學術獨立的路」，而這樣的意見在 1914 年發表的〈非留學篇〉已見雛型。參見〈遺文新刊－胡適的〈非留學篇〉〉，《胡適叢論》(臺北：三民書局，1992 年) 頁 253～282。

〔註12〕見沈兼士〈籌劃北京大學研究所國學門經費建議書〉，《沈兼士學術論文集》(北京：中華書局，1986 年) 頁 354～362。

〔註13〕有關國學門各學會的創立與活動，詳見陳以愛《中國現代學術研究機構的興起——以北京大學國學門為中心的探討 (1922～1927)》(臺北：政治大學歷史學系，1999 年) 頁 148～176。

〔註14〕除了北大國學門外，1925 年成立的清華國學研究院，其設立的基本觀念，「是想用現代科學的方法整理國故」。見李濟〈回憶中的蔣廷黻〉，《傳記文學》第 8 卷第 1 期。但只收四屆學生便停辦，因維持時間太短，又沒有定期出版的刊物，所以除了在響應整理國故號召下成立的意義之外，較難考察其他方面的成績。另外以整理國故為

《詩經》研究上的成果。民初對《詩經》的研究在新文化運動的引導下,提出了一些新的見解,也完成了一些考據整理的工作。整體而言,可說是在「國故整理」的架構下,幾項學科工作的完成;在方法論上,「歷史的方法」和「科學的精神」的提出,也一定程度的改變了二千多年來《詩經》研究的面貌。雖然其內容龐雜,一如聶崇歧所說:

> 晚近以來,樸學以受新思潮之激盪而益盛,於是《詩》之研究,遂轉趨新的方面:或用以考證古代史實,或用以解釋春秋以前之社會風俗,或旁徵博引以改舊日說《詩》之謬,或綜合排比以求一字一詞之義,其精到之處,每有非昔儒所能幾及者。此類著作之發表於民國二十年以前者,顧頡剛先生《古史辨》第三冊下編大致皆已收入;其以後發表者,如黎錦熙先生〈三百篇之之〉,吳世昌先生〈釋詩書之誕〉、〈詩三百篇言字新解〉,張壽林先生〈三百篇聯綿字之研究〉之類,多散見於報章雜誌,其數量則非一時所能統計。〔註15〕

但從時代的思潮著眼,仍不難爬梳出其中異於傳統的根本變化。美國學者恆慕義(Arthur W.Hummel)在一九二八年發表的〈中國史學家研究中國古史的成績〉一文中,〔註16〕以為民初的《詩經》研究,已經成為中國文學的一種全新的旨趣,其中有幾項線索如:辨偽的、歌謠的、文學的、史料的,可以看出民初《詩經》學與時代的緊密關係,他說:

> 通常所有關於孔子和《詩經》的傳說現在已經被人推翻。我們現在讀《詩》,或孔子自己的語錄……並不能尋出司馬遷所謂孔子刪詩這種事體的痕跡;……歷代學者都把這些詩解釋做孔子的經典——不管牠們大部分都是歌謠,表達民間最深的情感和願望這種事實,……現在中國人已經求出這些意義,並不是由於研究一個一個的字,卻是由於研究全首的情調和

目的的大學國學研究院,仿照北大、清華的方式,於各地紛紛成立,格局與宗旨大體不變,至中山大學語言歷史研究所成立之後才有較大的突破。參見劉龍心《史料學派與現代中國史學之科學化》(政治大學歷史研究所碩士論文,1992 年),頁 69～70。

〔註15〕見聶崇歧《毛詩引得——附標注經文》序,哈佛燕京學社引得編纂處編(北平:燕京大學圖書館,1934 年)頁 1～2。

〔註16〕據譯者王師韜的附言:本文原名〈What Chinese Historians Are Doing in Their Own History〉,是去年(1928)十二月三十一日美國史學聯合會(American Historical Association)在印第安那坡里開會時宣讀的一篇論文;原文見《美國史學評論》第三十四卷第四期,今年七月出版。譯文始載於國立中山大學《語言歷史學研究所週刊》第九集第 101 期,1929 年 10 月 16 日。

節奏。現在的研究已經直接驅向於了解那在周初……因此已爲這些詩歌求
出完全新的一種歷史的意義。(《古史辨》第二冊，頁 450)

所以要了解民初《詩經》學的特質，便不能不了解「整理國故」運動，釐清二者間
的淵源脈絡，將有助於對民初《詩經》學的定位。

第一節　新經學範式的建立：經學傳統的變革與再造

一、「整理國故」與傳統學術

　　開始於一九一九年的「整理國故」運動，從運動發展的過程看，始終呈現定義
上的模糊，其間的原因，除了「先後從事整理國故的學者甚多，但其所抱宗旨與所
用方法不盡相同，因此所發生的影響與意義也不盡相同」〔註17〕外，主要倡導者胡
適本人在理論和實踐之間，也存在著情感與理智、價值判斷與歷史判斷的種種矛盾。
其中引人疑慮的「保存＼整理」、「復古＼進化」、「批判＼重建」三組概念，使得屬
於反傳統的新文化運動一支的「整理國故」運動，始終處境尷尬，最後只能被賦予
「化神奇爲臭腐，化玄妙爲平常」(〈整理國故與打鬼──給浩徐先生信〉，《胡適文
存》第三集，頁 126) 的消極意涵，而宣告「這條故紙堆的路是死路」。(〈治學的方
法與材料〉同上，頁 121) 但如果從民初新經學範式的建立──也就是中國學術從
傳統向現代的轉化著眼，則這樣的結果實在有再作詮釋的必要，以說明整個運動的
局限、時代必要性，和所完成的積極性成績。

（一）保存＼整理──對晚清國故運動的接軌

　　一九一九年初以劉師培爲首的「國故社」成立，主張「昌明中國故有之學術」，
向宣傳新文化的「新潮社」挑戰，造成新文化運動與國故整理必須同步展開的趨勢。
也造成整個運動需要釐清、區隔的，甚至竭力抵抗的對象，始終不是主張新文化運

〔註17〕見耿雲志〈胡適整理國故平議〉，《現代學術史上的胡適》(北京：三聯書店，1996
年) 頁 121。另外陳獨秀在 1923 年說：「國學是什麼？我們實在不太明白，當今所
謂國學大家，胡適之所長是哲學史，章太炎所長是歷史和文字音韻學，羅叔蘊所長
是金石考古學，王靜庵所長是文學，除這些學問外，我們實在不明白什麼是國學。」
是從學科內容對國故整理的範圍提出質疑。見氏著〈國學〉，《陳獨秀著作選》中冊，
頁 516～517。又伍啓元《中國新文化運動概觀》(現代書局，1934 年) 頁 57。也說
除了胡適「同時梁啓超氏等 (如研究院系的一班人)，和許多國文教師和許多學者，
都舍棄了其他的事業，而鑽到舊紙堆裏。」則是從參與者的多元性著眼，甚至立場
對立的《國故月刊》和《新潮》同時都提出整理國故的口號，更顯運動在意義上的
複雜性。

動的反對者，而是趁勢復活的「國故家」，所以傅斯年在運動之初，便區分研究國故的兩種手段「一是整理國故，二是追摹國故」，宣稱「當創造國粹，不當保存國粹」，用意在凸顯「保存」和「整理」的不同意涵。〔註18〕同年十一月胡適在〈新思潮的意義〉也說：

> 現在有許多人自己不懂得國粹是什麼東西，卻偏要高談「保存國粹」。林琴南先生做文章論古文之不當廢，他說，「吾知其理而不能言其所以然！」現在許多國粹黨，有幾個不是這樣糊塗懵懂的？這種人如何配談國粹？若要知道什麼是國粹，什麼是國渣，先須要用評判的態度，科學的精神，去做一番整理國故的工夫。（〈新思潮的意義〉，《胡適文存》第一集，頁735）

然而這個自別於國故家「抱殘守缺」的運動，卻在開始之初，即有走回乾嘉老路的傾向。雖然「用科學的方法整理國故」在當時被視爲是具備「貫通中西」意義的事業。但在系統化的方法下，依舊是與傳統接軌的內在理路，所以恆慕義（Arthur‧W‧Hummel）說：

> 中國這種運動的目標是以文學和史學的批評方法，從新構成一個過去：這實在是一種舊的運動，他的開始一直要回溯到十七、十八兩世紀間極爲興盛的漢學家，……可惜的是，西曆一千八百年後……這種批評的運動隨即停止。……不過到了最近，他又開始復活，這是因爲康有爲的《新學僞經考》和《孔子改制考》出版，從新提出那爲十八世紀所擱起的關於史學的批評的種種問題。（〈中國史學家研究中國古史成績（What Chinese Historians Are Doing In Their Own History〉，《古史辨》第二冊，頁444）

更明確的說，其實是「晚清今古文之爭」那個舊運動的延續。從胡適、錢玄同、顧頡剛疑古辨僞的工作上看，許多反傳統的議論，甚至結論，是源自康有爲、章太炎的，已見本論文第一章所述。從專爲「整理國故」而設的第一個研究所北京大學國學門看，〔註19〕則處處可見章太炎的影響，幾篇關於「整理國故」的文章，主要撰

〔註18〕見毛子水〈國故和科學的精神〉，《新潮》第一卷第五號，1919年5月，傅斯年附識，頁744～745。

〔註19〕1921年11月，北京大學評議會通過〈北大研究所組織大綱提案〉，1922年1月國學門首先成立，據沈兼士〈籌劃北京大學研究所國學門經費建議書〉指出專對中國過去的文化歷史作有系統的研究，非以專門機構爲之不可。另外國學門也是「整理國故」口號提出後，第一個以國學研究爲範圍而成立的學術團體。1922～1927年間國學門同仁所推動的各種學術事業，可視爲是「國故整理」運動逐漸組織化之後的具體成果。詳見陳以愛《中國現代學術研究機構的興起～以北京大學研究所國學門爲中心的探討》（臺北：政治大學出版社，1999年）

稿人都是章門弟子。〔註 20〕所以顧頡剛說:「整理國故的呼聲始於太炎先生,而上軌道的進行,則發軔於適之先生的具體計劃。」(《古史辨》第一冊〈自序〉,頁 79)恰是「國故整理」在北大國學門推展的最佳寫照。

只是民國以後康、章二人就都已落在時代的後面,章太炎對自己「妄疑聖哲」表示懺悔,並責備胡適整理國故的目的在「抹殺歷史」,便是一例。〔註 21〕而且隨著學科視野的開展、新材料的發現,「國故」的內容迅速擴充,無論方法或內容都已超出清學所能涵蓋的範圍。顧頡剛對此曾有清楚的闡述說:

> 現在我們所處的時代和他們不同了:我們已不把經書當作萬世常道;
> 我們解起經來,已知道用考古學和社會學上的材料作比較,我們已無需依靠舊日的家派作讀書治學的指導。(《古史辨》第五冊〈自序〉,頁 3)

這樣的區隔,在民初的「整理國故」運動中一直是自覺的,但在實際的工作上卻沒有能夠超越清人文籍考辨的範圍,例如:當大家認識到地下材料和社會分析的重要性時,顧頡剛選擇了「馬上縮短陣線,把精力集中在幾部古書上。」(〈戰國秦漢間人的造偽與辨偽〉,《古史辨》第七冊,頁 64)另外在「整理國故」聲中所設立的研究團體,雖然刺激了學界在方法上力求創新,在材料上廣事徵求,但所發表的論文大多只是乾嘉考據學的變相復興而已,真正應用新材料從事研究的人畢竟是少數,所以胡適說:

> 從梅鷟的《古文尚書考異》到顧頡剛的《古史辨》,從陳第的《毛詩古音考》到章炳麟的《文始》,方法雖是科學的,材料卻始終是文字的。科學的方法居然能使故紙堆裏大放光明,然而故紙的材料終久限死了科學的方法,故這三百年的學術也只不過是文字的學術,三百年的光明也只不過是故紙堆的火燄而已!(〈治學的方法與材料〉,《胡適文存》第三集,頁 111)

傅斯年則對「國學」提出定義上的質疑,以為將來「擴充材料,擴充工具,勢必至於弄到不國了,或不故了,或且不國不故了」。〔註 22〕兩人分別從材料和學科的角

〔註 20〕 以上三文分別刊載於北大文科主要刊物:〈整理中國最古書籍之方法論〉,《北大月刊》1919 年 3 月,〈國立北京大學研究所整理國學計劃書〉《北大日刊》1920 年 10 月 19 日,〈整理國故的幾個題目〉,《北大日刊》1922 年 2 月 18 日。三名撰稿人是北大文科教授,同時也是 1912 年發起「國學會」的章門弟子。見〈國學緣起〉轉引自《章太炎年譜長編》(北京:中華書局,1977 年)上冊,頁 391。

〔註 21〕 見章太炎〈章太炎致柳教授書〉,《史地學報》第 1 卷第 4 期。

〔註 22〕 見傅斯年〈歷史語言研究所工作之旨趣〉,《國立中央研究院歷史語言研究所集刊》第一本第一分,1928 年,頁 8。

度，提出超越國學的思考，說明民初「整理國故」運動的局限，也宣告運動在跨入新的材料和思維的同時結束了它階段性的任務。〔註23〕

（二）復古＼進化——與「文學革命」的歧義

　　根據對歷史發展的觀察，文學革命後，其中領袖人物「不是努力於創作，和翻譯新文學，就是回頭向所謂『國學』方面去努力。」〔註24〕似乎「國故整理」的一路人，從此向新文化運動的反對面而去。所以造成這樣的印象，是「整理國故」的對象是歷史的「遺形物」，〔註25〕而且在理論和實踐上並存著「進化」與「復古」相互矛盾的雙重特性。反對者所擔心的正是好不容易發生的一點革命效果，還不夠主張「古學昌明」的人消滅。〔註26〕而支持者，在方法上也有前瞻／回顧不同的思維，如吳文祺說：

　　　　文學作品，只要讓各人自由去欣賞，個人主觀的評註，無論對於作品，對於讀者，都是有害無益的東西。《水滸傳》、《紅樓夢》之所以要刪去評註的原因就是在此。《詩經》是文學作品，後人要研究牠，只要把訓詁音韻……等弄明白就是了，至於前人的見解——無論是附會的，或訂正附會

〔註23〕以上所引胡適、傅斯年二文均發表於1928年，這一年原則上可視爲是「國故整理」運動的結束。原因有二：1. 是中央研究院歷史語言研究所的成立，象徵國學研究在學科範疇和材料運用上的超越，這與「國故整理」運動，不僅在工作內容上有明顯的區隔，更是「精神的差異之表顯」。2. 是來自自己人的批評。施耐德（Laurence A Schneider）即以傅斯年〈歷史語言研究所工作之旨趣〉一文做爲國學運動結束的標誌。見氏著，梅寅生譯《顧頡剛與中國新史學》（臺北：華世出版社，1984年）頁90。羅志田則從後一項原因著眼說：「到1929年，曾支持整理國故的《小説月報》再次討論國學問題，這次鄭振鐸的態度有了根本的轉變，完全站在反對國學一方，而該刊所發表的也幾乎都是反對意見。北伐結束後不久，國學終於在一片反對聲中不得不基本退出中國的思想言説。」見氏著〈走向國學與史學的賽先生〉，《近代史研究》2000年第3期，頁78～79。

〔註24〕見同上注，《中國新文化概觀》頁57。

〔註25〕據胡適〈文學進化觀念與戲劇改良〉，《胡適文存》第一集，頁148～149。認爲：「一種文學的進化，每經過一個時代，往往帶著前一個時代留下的許多無用的紀念品……在社會學上，這種紀念品叫做『遺形物』」。在經學研究而言，歷代流傳的傳注箋疏，亦可視爲是經學的遺形物。對此胡適提出研究國學的第一步是「各還他一個本來面目」。見〈新思潮的意義〉，《胡適文存》第一集，頁735。

〔註26〕見吳稚暉〈箴洋八股化之理學〉，《科學與人生觀》（臺北：問學出版社，1977年）頁449。以魯迅爲例便是「畢生保持著一種『中國的學問，待重新整理者甚多』而又『洞知弊病』的理性態度，既鄙薄盲目的『國粹家』和『做戲的虛無黨』，也與『爲學術而學術』『爲考據而考據』的學院派學者們相徑庭，對繼承傳統文化始終保持一種客觀冷靜，認眞揚棄的批判精神。」見弘征〈國學大師的魯迅〉，《魯迅國學文選》（長沙：岳麓書社，1999年）頁5。

的——儘可以不睬。……但這篇宣言於研究《詩經》的方法上，有「結前
人的見解的總賬」的主張，真是大錯特錯了！〔註27〕

但是一切新的文學運動，本不能不理會「整理舊的」，所以魯迅、茅盾（1896～1981）、
郭沫若（1892～1978）等反對國故的學者，也先後對古代小說、神話、社會狀況從
事專門研究，做了不少「整理國故」的工作。誠如顧頡剛（1893～1980）所說：

> 新文學與國故並不是冤讎對壘的兩處軍隊，乃是一種學問上的兩個階
> 段。生在現在的人，要說現在的話，所以要有新文學運動。生在現在的人，
> 要知道過去的生活狀況，與現在各種境界的由來，所以要有整理國故的要
> 求。〔註28〕

而「文學革命」原不只是白話取代文言，更牽涉到對整個中國傳統文化的評價。一
九二三年十四卷一號的《小說月報》上刊載了一組「整理國故與新文學運動」的專
題討論，著意梳理兩者間的矛盾，以凸顯「整理國故」的現代意涵。〔註29〕內容主
要闡述：歷史進化的觀點是「國故整理」對於文學遺產進行價值判斷的主要尺度，
也是「新文學運動」得以建立現代精神的主要內容，（王伯祥〈國故的地位〉頁8）
所以整理國故不妨是新文化運動中的一種任務。〔註30〕胡適（1891～1962）則以杜
威實驗主義做為二者的聯繫說：

> 其實我寫《先秦名學史》、《中國哲學史》都是受那一派思想（按：指
> 實驗主義）的指導。我的文學革命主張也是實驗主義的一種表現，《嘗試
> 集》的題名就是一個證據。〔註31〕

又說：

〔註27〕見吳文祺〈重新估定國故學之價值〉，《國故學討論集》第一集（《民國叢書》初編，
　　　　據1927年群學社本影印）頁30。

〔註28〕見顧頡剛〈我們對國故應取的態度〉，《小說月報》14卷第1號，頁4。

〔註29〕據鄭振鐸的按語：「那幾位持反對論調的——便是主張整理國故是對於新文學的一種反
　　　　動的人，都未曾把把他們的意見寫下來。」故所發表的七篇都是偏於主張國故整理
　　　　對於新文學運動很有利益一方面的論調。其中包括：鄭振鐸〈新文學之建設與國故
　　　　之新研究〉；顧頡剛〈我們對於國故應取的態度〉；王伯祥〈國故的地位〉；余祥森〈整
　　　　理國故與新文學運動〉；嚴既澄〈韻文及詩歌之整理〉；玄珠〈心理上的障礙〉。

〔註30〕連持反對意見的茅盾都說：「我也知道『整理舊的』也是新文學運動題內應有之事，
　　　　但是當白話文尚未在全社會內成為一類信仰的時候，我們必須十分頑固發誓不看古
　　　　書……。」見茅盾〈進一步退兩步〉，《茅盾全集》（北京：人民文學出版社，1989
　　　　年）頁445。因此陳平原以為「正因為只是策略考慮，魯迅等人與胡適在整理國故
　　　　問題上的衝突，其實不像後世想像的那麼尖銳。」見氏著《中國現代學術之建立——
　　　　——以章太炎、胡適為中心》（北京：北京大學出版社，1998年）頁222。

〔註31〕見胡適《留學日記·自序》（海口：海南出版社，1994年）頁3～4。

　　但是我們認定文學革命須有先後的程序：先要做到文字體裁的大解
放，方才可以用來做新思想新精神的運輸品。我們認定白話實在有文學的
可能，實在是新文學唯一的利器。但是國內大多數人都不肯承認這話，……
我們對於這種懷疑，這種反對，沒有別的法子可以對付，只有一個法子，
就是科學家的試驗方法。(〈嘗試集自序〉，《胡適文存》第一集，頁 202)

可見就運動的精神和方法上說，二者有著相同的學理背景。歷史也證明，文學革命
的進化觀和提倡白話文，打破儒學一尊的地位，創造了傳統學術的更新。尤其在歌
謠和民間文學的整理和研究，其理論基礎本源自文學革命的一個假設：「白話文學之
爲中國文學之正宗，又爲將來文學必用之利器。」(〈文學改良芻議〉，《胡適文存》
第一集，頁 17) 而成爲五四學人「從白話文運動的文化批判，轉爲學術研究」的自
我調整中，一項突破正統觀念局限的成果。〔註 32〕

（三）批判＼重建──方法與材料觀念的遞嬗

　　「科學的方法」做爲整理國故的主要方法論，明顯地受實驗主義哲學的影響，而
嚴於實證的要求，對執意「探求聖人本意」的經學研究，所產生的振盪，可說是整個
運動最積極的一面。雖然所謂「科學的方法」，經常只是一個模糊的概念，且推衍至
極，往往架空內容，而成爲只是示人以學問方法的工具。〔註 33〕但胡適把杜威實驗主
義，和清代考據學成功的結合所謂的「科學的方法」，實際上，有效地成爲「整理國
故」中被普遍認同的理論基礎。只是在學理轉換的過程中，杜威「重假設」的思考，
首先被刻意強調爲一切理想學說在未經驗證之前，「都只是待證的假設」，而突出其中
「尊疑」的批判性。與清代考據學接軌後，除了「大膽假設」外，還重視「小心求證」，
因此胡適對科學方法的理解愈來愈偏向實證，〔註 34〕而「整理國故」的推展，也呈現

〔註 32〕龔鵬程〈傳統與反傳統〉，《近代思想史散論》（臺北：東大圖書公司，1991 年）頁
　　　　33～37。以傳統中主流和非主流的變動和遷移，來解釋文化變遷，認爲：「整理國故
　　　　從外表看，似乎是走反傳統回歸到傳統的回頭路，但究其內在發展的邏輯，則可說
　　　　是在非主流批判主流的脈絡中進行。」所以國故整理的積極意義在提出一個突出正
　　　　統的觀察點，作爲面對國故的新判準，而民初通俗文學盛出的意義也在此。至於提
　　　　倡白話文，可視爲是胡適整理國故的首功，是提倡新文化的開山工具。見顏非〈胡
　　　　適與整理國故〉，《胡適與現代中國文化轉型》（香港：中文大學出版社，1994 年）
　　　　頁 430。
〔註 33〕如顧頡剛說：我常說我們要用科學方法去整理國故，人家也就稱許我用了科學方法
　　　　而整理國故。倘使問我科學方法究竟怎樣，恐怕我所實知的遠不及我所標榜的。(《古
　　　　史辨》第一冊〈自序〉頁 94～9)
〔註 34〕余英時根據胡適〈杜威先生與中國〉一文分析說：「在胡適心中，實驗主義的基本意
　　　　義，僅在其方法論的一面，而不在其是一種學說或哲理。」原因是胡適心中先存有
　　　　早年從清代考據學訓練中累積的觀念。再則杜威的思想對胡適而言，具有將傳統零

出由「尊疑」偏向「重據」，也就是從批判到重建的階段性路向調整。

一九二一年《新潮》停刊，但其中所提倡的批判態度，卻在同年胡適發起的《努力週報》增刊——《讀書雜誌》中得到延伸。據一九二一年七月三十一日胡適在東南大學主講〈研究國故的方法〉，〔註34〕特別強調疑古辨偽的方面，內容偏於破壞方面，在建設方面，則多未提及。至一九二三年顧頡剛接手主編《讀書雜誌》，在給錢玄同的信中說：

> 我很希望先生把辨偽的見解多多在《努力》上發表……我們說起了辨偽已有三年了，卻沒有什麼成績出來，這大原故由於沒什麼發表，可以引起外界的辯論，和自己的勉勵。如能由我這一封信做一個開頭，繼續的討論下去，引起讀者的注意，則以後的三年比過去的三年成績好了。〔註36〕

當〈與錢玄同先生論古史書〉在《讀書雜誌》發表後，引起熱烈的討論，連同日後七大冊《古史辨》的陸續編纂出版，《古史辨》運動帶動的疑古辨偽思潮，成爲「整理國故」運動中重要的一環，可見「重新估定一切價值」的精神，在這個階段被具體表現爲，以存疑的態度對傳統作理性的審查，進而跨越了儒學一尊的思維框架。〔註37〕

但正值疑古風氣盛行的同時，「整理國故」重鎮之一：北大國學門的知名學者除了胡適、錢玄同外，無人加入疑古陣營。一九二三年由胡適撰寫代表國學門立場〈國學季刊發刊宣言〉，一面肯定清儒的成就，再則淡化了疑古的態度。〔註38〕另外在

碎的觀念予以系統化的作用，因此杜威的思想在一定程度上被化約成一種方法。詳見氏著〈中國近代思想史上的胡適〉，《中國思想傳統的現代詮釋》（臺北：聯經出版事業公司，1995 年）頁 548～557。另外陳平原從〈實驗主義〉、〈少年中國之精神〉、〈論國故學〉、〈清代學者的治學方法〉四文分析：胡適將杜威思維術和清代考據學做了成功的嫁接，不僅借助清儒家法來引進杜威和赫胥黎，也使胡適的科學方法偏向實證。見同注 30，頁 189～190。

〔註34〕見胡適〈研究國故的方法〉，收入蔣大椿主編《史學探淵——中國近代史學理論文編》頁 683～685。提出研究國故的四個方法：第一，必須具備「歷史的觀念」；第二，看書要持一種「疑古的態度」，「寧可疑而錯，不可信而錯」；第三，要從事「系統的研究」；第四，必須做「整理」的工夫，「要使從前少數人懂得的，現在變爲人人能解的」。

〔註36〕見顧頡剛〈致錢玄同函〉（1923・4・28）轉引自顧潮編《顧頡剛年譜》（北京：中國社會科學出版社，1993 年）頁 82。

〔註37〕參見楊國榮《從嚴復到金岳霖——實證論與中國哲學》（北京：高等教育出版社，1996年）頁 68～71。據楊氏的觀察以爲：胡適結合了赫胥黎的存疑主義，從認識論上拒斥獨斷的神學信條，和尼采從價值觀上對傳統價值的合理性提出質疑。不僅克服了樸學所內含的「尊疑」與「關疑」的矛盾，而且相應的揚棄了傳統的經學獨斷論。

〔註38〕陳以愛分析了〈發刊宣言〉及《國學季刊》所載 37 篇文章，以爲國學門不走疑古辨

研究國故的方法上，強調「(1) 擴大研究的範圍。(2) 注意系統的整理。(3) 博採參考比較的資料。」尤其在學術平等的眼光下，以爲「過去種種，上自思想學術之大，下至一個字，一隻山歌之細，都是歷史，都屬於國學研究的範圍」，明顯地突出新材料的重要，後來顧頡剛在《國學門週刊・一九二六年始刊詞》也說：

> 國學方面的材料是極豐富的……從前人的研究又極窄隘，留下許多未發現的富源，現在用了新的眼光去看，眞不知道可以開闢出多少新天地來，眞不知道我們有多少新工作可做。〔註39〕

因此歌謠的徵集和民俗方言的調查，成爲這個階段的重要工作。可惜的是新材料沒有被充分的發揮，更多的論文仍局限在文獻考證上。而胡適更是將傳統文化的反省和整理轉向微觀的考證，細節性的考據幾乎成了整理國故的主要內容，「再造文明」成了僅是對舊文化的修補。〔註40〕而眞正古史重建觀的建立，則要等到一九二八年安陽殷墟發掘之後，所以一九三〇年十二月六日胡適在中央研究院歷史語言研究所演講時說：

> 在整理國故方面，我看見近年研究所的成績，我眞十分高興。如我在六、七年前根據澠池發掘的報告，認商代爲在銅器之前，今安陽發掘的成績，足以糾正我的錯誤。〔註41〕

在這裏胡適承認了自己的錯誤，似乎「疑古」的胡適突然轉向「信古」，對此錢玄同曾說：「眞想不到適之的思想如此退步」。〔註42〕事實上，對照一九二一年胡適在〈自述古史觀〉的說法：

> 大概我的古史觀是：現在先把古史縮短二、三千年，從《詩》三百篇做起。將來等到金石學、考古學發達，上了科學軌道以後，然後用地底下掘出的史料，慢慢拉長東周以前。(《古史辨》第一冊，頁22)

其中相應的地方，只能說新材料的出現，促使整理國故的工作，由疑古到重建有了階段性的改變，在概念上也提高了「材料」對學術研究影響，「不但材料規定了學術的範圍，材料並且可以大大地影響方法的本身」。(〈治學的方法與材料〉，《胡適文存》

偏的路，而偏於民俗研究和考古發掘的提倡，可能是國學門同仁對是否需要馬上對傳統文化展開批判，尚未達成共識。同注19。頁247～249，273～293。

〔註39〕見《北京大學國學門週刊》(上海：開明書店，1926年) 頁10。

〔註40〕見楊國榮〈中國近代思想史上的胡適〉，《胡適與現代中國文化轉型》(香港：中文大學出版社，1994年)，頁375。

〔註41〕見《胡適的日記》(臺北：遠流出版社，1989年) 民國19年12月6日條。

〔註42〕據1951年顧頡剛在批判胡適座談會上的發言，轉引自劉起釪《顧頡剛先生學述》(北京：中華書局，1986年) 頁263。

第三集，頁117）

二、《詩經》議題在「整理國故」中的意義

　　「中國古籍未經整理，不適于用」，是民初發起「整理國故」運動最初的念頭。
〔註43〕而國故所以需要被整理，除了材料太紛繁外，更因爲過去的古學研究，「實
在還有許多缺點」，胡適總結清儒的工作，認爲「這三百年誠然可算是古學昌明時
代」，但是估算他們的成績，實在「不過如此」，原因全在一個「狹陋的門戶之見」，
而這個現象在經學傳統中尤其顯著，關於「狹」，胡適舉例說：

> 　　況且在這個狹小的範圍裏，還有許多更狹小的門戶界限。有漢學和宋
> 學的分家，有今文和古文的分家；甚至於治一部《詩經》還要捨棄東漢的
> 《鄭箋》，而專取西漢的《毛傳》。（〈國學季刊發刊宣言〉，《胡適文存》第
> 二集，頁4）

至於「陋」，是因爲缺乏參考比較的材料，宋明理學家因爲有了比較的材料，就像近
視眼的人戴了近視眼鏡，清儒因深知戴眼鏡的流弊，決意不配眼鏡，結果是：

> 　　近視而不戴眼鏡，同瞎子相差有限。說《詩》的回到《詩序》，說《易》
> 的回到「方士易」，說《春秋》的回到《公羊》，可謂「陋」之至了。（同
> 上，頁6）

《詩經》作爲經學傳統的一支，它需要被整理的迫切性，早在民國之初，已經引起
學者的注意，如據胡適《留學日記》一九一一年四月十三日的記載：

> 　　讀《召南》《邶風》。漢儒解經之謬，未有如《詩經》之甚者矣。……
> 漢儒尋章摘句，天趣盡湮，安可言《詩》？而數千年來，率因其說，坐令
> 千古至文盡成糟粕，可不痛哉？故余讀《詩》，推翻《毛傳》，唾棄《鄭箋》，
> 土苴《孔疏》，一以己意爲造《今箋新注》。自信此箋果成，當令《三百篇》
> 放大光明，永永不朽，非自誇也。（《留學日記》頁12）

後來顧頡剛受胡適影響，也以研究《詩經》作爲從事學問的開頭，以爲宋儒的見解
比漢儒強得多，但仍不徹底，問題的癥結在於《詩》三百篇與聖經的合併上。（〈重

〔註43〕據胡適《留學日記》（海口：海南出版社，1994年）卷17，1917年7月6日記載：
　　　　「舟中讀《新青年》三卷第三號，有日人桑原騭藏博士之〈中國學研究者之任務〉
　　　　一文，其大旨以爲，治中國學宜用科學的方法，其言極是……末段言中國籍未經整
　　　　理，不適于用。『整理』即英文之 Systematize……。」至1919年胡適與新潮社同仁，
　　　　主張要用科學的方法整理國故，有思考上的聯貫性。所以胡適在返國途中受桑原騭
　　　　藏的啓發，特別是「整理」概念上的啓發，可視爲是整個理論架構成型之前最初的
　　　　念頭。

刻詩疑序），《古史辨》第三冊，頁406～407）然而《詩經》的議題，在與「整理國故」相關的理論和實踐中，不斷地被援引爲範例，如：

陳獨秀倡文學革命，標舉「推倒貴族文學，建設民間文學；推倒古典文學，建設寫實文學；推倒山林文學，建設社會文學」三大主義，而以《詩經》爲中國文學進化的源頭說：「《國風》多里巷猥辭，《楚辭》盛用土語方物，非不斐然可觀」。（〈文學革命論〉，《胡適文存》第一集附錄，頁18）胡適〈談新詩〉：「我們若用歷史進化的眼光來看中國詩的變遷，方可看出自《三百篇》到現在，詩的進化沒有一回不是跟著詩體的進化來的」。（《胡適文存》第一集，頁69）傅斯年更明白的說：「現在我們想在四、五、七言，詩、詞、曲等類以外，新造一種自由體的白話詩，很有借重《詩經》的地方」。〔註44〕《小說月報》在「整理國故與新文學運動」的討論中，以爲要打翻舊的文藝觀念，「必須根本把《毛詩序》打倒，或把後儒傳經的性質剖白出來，使他們失了根據地。」〔註45〕

再有做爲「整理國故」範式的《中國哲學史大綱卷上》，因爲「從前第八世紀，到前第七世紀，這兩百年的思潮，除了一部《詩經》別無可考」，因此以「詩人時代」爲中國哲學史開端的結胎期。〔註46〕〈國學季刊發刊宣言〉以《詩經》爲例說明整理國故的主要方法論：結賬式整理。（《胡適文存》第二集，頁12～13）《古史辨》的經書辨僞工作，則導因於輯錄《詩辨妄》，及有關《詩經》與歌謠的比較研究。〔註47〕又對古史最早的懷疑「是由〈堯典〉中的古史事實與《詩經》中的古史觀念相衝突而來」，（顧頡剛〈答柳翼謀先生〉，《古史辨》第一冊，頁223）甚而在「整理國故」口號喊出的十年餘後，顧頡剛覺悟到「古書是古史材料的一部分，必須把古書的本身問題弄明白，始可把這一部分的材料，供古史的採用而無謬誤」，因此《古史辨》第三冊下編主要是討論《詩經》的材料，希望借此「使古書問題的解決得以促使古史問題的解決」。（《古史辨》第三冊〈自序〉，頁4～5）〔註48〕如此多面向的徵引和

〔註44〕見傅斯年〈故書新評──宋朱熹的《詩經集傳》和《詩序辯》〉，《新潮》第1卷第4期，1919年4月，頁693。

〔註45〕見鄭振鐸〈新文學之建設與國故之新研究〉，《小說月報》第14卷1期，1923年1月，頁1～2。

〔註46〕見胡適《中國古代哲學史》（臺北：臺灣商務印書館，1979年）頁32～39。

〔註47〕有關《古史辨》經書辨僞工作的發展及主要內容。詳見拙著〈顧頡剛疑古辨僞的思考與方法〉，《經學研究論叢》第六輯（臺北：臺灣學生書局，1999年）頁28～31。

〔註48〕關於《詩經》在提倡「整理國故」中的特別意義，前人多有提及，然多集中於胡適身上。如吳鳴〈五四時期的民歌採集與《詩經》研究〉，《五四文學與文化變遷》頁15，說「胡適所以看重《詩經》，有兩層意義，其一是他相信《詩經》是古代史料中比較可信的，其二是他認爲《詩經》裏有許多白話文學，可以爲他的白話文運動做

討論，其間的意義和內容，顯然要比最初「經典需要被整理」的概念複雜的多。整體而言，可說是民初「整理國故」一派的學者，基於相同的歷史關懷、文化意識和學術背景，爲舊的學術傳統找尋出路，而《詩經》正好提供了適切的素材，影響所及也促成了《詩經》研究新典範的建立。這個新經學的成果，與「整理國故」的概念相結合，具有幾項時代性的意義：

（一）傳箋傳統的崩潰和經典的史料化

傳統經學的研究，發展到清末民初，正如章學誠的斷言：「經之流變必入於史」。乾嘉考據學者，在回歸原典的訴求下，以經史爲研究的對象或材料，作考證、訂補、輯佚的工作，雖言「治經」，實爲「考史」。「整理國故」運動，承襲這個精神，進一步跨越漢儒，直探先秦典籍的原貌。《詩經》研究在這樣的思考下，就目的而言，只是一種還原古史的手段，所以顧頡剛將兩漢到民初的詩學分作三期，以爲：第一期是漢，那時只有倫理觀念，沒有歷史觀念。第二期是宋，雖然兼有兩種觀念，但「在歷史觀念上不肯不指出它在古代社會的眞相，而在倫理觀念上，又不忍不維持孔子在經書上的權威」。至於第三期的民初，則是：

> 我們把歷史觀念和倫理的觀念分開了，我們讀《詩經》時，並不希望自己在這部古書上增進道德（因爲我們應守的道德，自有現時代的道德觀念指示我們），而只想在這部古書裏增進自己的歷史智識（周代的文學史，周代的風俗制度史，周代的道德觀念史……）。（顧頡剛〈重刻《詩疑》序〉，《古史辨》第三冊，頁 411）

周予同也說：「中國經學研究的現階段，是在用正確的史學統一經學」。〔註49〕就材料的審定而言，在民初那個疑古的時代裏，古史研究最大的困難，在於取材的膽怯。（顧頡剛〈詩經在春秋戰國間的地位〉，《古史辨》第三冊，頁 311）胡適以《小雅》「十月之交，朔日辛卯，日有食之」，合於史實，乃科學上的鐵證，不僅肯定「《詩經》中所說的國政、民情、風俗、思想，一一都有史料價值」，並且立下了：「古代的書，只有一部《詩經》可算是中國最古的史料」，〔註50〕一個在「整理國故」時被普遍使用的判準。爲何民初學者如此強調《詩經》的史料性？目的在於：

張本」。又王靜芳列舉四項胡適在文化活動中引用《詩經》的例子，以爲胡適所以不憚其煩的引用《詩經》爲例，不能單純的以舉例習慣視之。詳見《胡適《詩經》論著研究》（中正大學中文研究所碩士論文，1994 年），頁 2～3。實則在「整理國故」的材料中，學者引《詩經》爲例，幾乎是普遍現象，不僅只有胡適爲然。

〔註49〕見〈治經與治史〉，《周予同經學史論著選集》（上海：上海人民出版社，1996 年）頁 622。

〔註50〕見同註46，頁 22。

1. 凸顯批判經學權威的精神

　　所謂整理是在「重新估定一切價值」的態度下，對經學權威的消解，所以錢玄同說：「一切國故要研究它們，總以辨偽爲第一步」，（〈論今古文經學及辨偽叢書書〉，《古史辨》第一冊，頁 29）胡適則以「爲《詩經》算總賬」的構想作爲「整理國故」的範例，對此吳文祺以《詩序》爲例說：

> 我們若是加一番疏證的工夫，還出《詩經》、《史記》的本來面目來給他們看，他們就不得不信了。如鄭振鐸的〈讀毛詩序〉，他何嘗不知道《詩序》之無價值？但他要打破眾人的迷信，不得不加一番研究。〔註51〕

錢玄同則將批判明顯地表現在對漢儒的不信任上，他說：

> 二千年中底學者對於「六經」的研究，以漢儒爲最糟，他們不但沒有把眞偽辨別清楚，他們自己還作偽……毛亨（？）底文理最不通，鄭玄底學問最蕪雜，他倆注《詩經》鬧的笑話眞是不少。（〈答顧頡剛先生書〉，《古史辨》第一冊，頁 80）

藉由對漢人經說的批判，進一步促使傳箋傳統的全面崩潰，而達到「我們要整理出一個《詩經》的原來的地位，便不能不極端的攻擊，使他退出《詩經》的範圍之外」的目標。〔註52〕也唯有經學傳統的終結，才有還原經書中古史的可能。

2. 呈現還原史料的工夫

　　胡適說「整理」就是從亂七八糟裏面，尋出一個條理脈絡來，其間的步驟有四：第一步是條理系統的整理，第二步是要尋出每種學術思想怎樣發生，發生之後有什麼影響效果，第三步是要用科學的方法，作精確的考證。第四步是綜合前三步的研究，各家都還他一個本來眞面目。（〈新思潮的意義〉，《胡適文存》第一集，頁 735）因此在文學方面主張「應該把《三百篇》還給西周、東周之間的無名詩人」，（〈國學季刊發刊宣言〉，《胡適文存》第二集，頁 8）顧頡剛的整理《詩辨妄》工作中，有「漢儒的詩學和《詩經》的眞相」一種，其中的前五項：刪詩問題、三家、《毛傳》、《詩序》、《鄭箋》，是辨漢儒的偽；末二項：漢代歌謠書的失傳、歌謠的《詩經》，是求《詩經》的眞相。可見《詩經》的還原工作，在民初又經常與歌謠的解釋觀點相結合，這不僅在呈現《詩經》的本質，也與「整理國故」主要方法論之一的「歷史的方法」，所標舉的「學術平等」的觀點相契合。因此胡適說：

〔註51〕見同注 27，頁 40。
〔註52〕見《顧頡剛讀書筆記》（一）「保存與整理」（臺北：聯經出版社，1990 年）頁 386。

　　　　從前的人，把這部《詩經》看得非常神聖，說它是一部經典，我們現在要打破這個觀念……因爲《詩經》並不是一部聖經，確實是一部古代歌謠總集，可以做社會史的材料，可以做文化史的材料。（〈談談詩經〉，《胡適文存》第四集，頁 557）

雖然「歌謠總集」的說法並不恰切，〔註53〕但是這個新的研究觀點，卻標示著經學傳統的終結，與《詩經》現代研究的開端。

（二）經書與民眾文化的結合

　　把《詩經》從聖賢文化傳統營救出來，用嚴謹的態度加以整理，使之成爲民歌的始祖。是民初知識分子在歌謠採集和民俗研究的具體行動中，一項重要的成果。雖然這樣的思維，仍較多地承襲宋鄭樵以來反《序》學者的觀點，和晚清「文士解經」的方法。但無疑地，更成熟的民俗學理論基礎，和具體的田野工作，都爲歌謠觀點的《詩經》研究，能在民初突破以往的成績，提供了必需的支援。如果從整個民俗研究的視角來觀察這個《詩經》學上的問題，將發現有豐富而複雜的時代性，影響的來源除了傳統的，還有西方的。〔註54〕其中「聖書與民間文學結合」的詮釋觀點，在近代西方是普遍的。美國神學專家謨爾（George F Moore）便主張：「這《舊約》在猶太及基督教會的宗教的價值之外，又便是國民文學的殘餘，蓋有獨立研究

〔註53〕關於「歌謠總集」的說法，《詩經》研究者多有修正，夏傳才說：「當時胡適提出《詩經》『是一部古代歌謠的總集』，是學術界流行至今的概念。這個不確切的概念，既勾消了《詩經》刪選編集的政治傾向和實用目的，也不區分它包括的各部分不同體裁和內容。」所以夏氏以爲魯迅「中國的最古的詩選」較切近事實。見氏著《詩經研究史概要》（臺北：萬卷樓圖書有限公司，1993 年）頁 246。

〔註54〕據鍾敬文的觀察：晚清時期不少有識之士，他們大多受過西洋文化的教育、影響，和具有一定的國家、民族的意識，他們開始認識到民眾文化的意義、價值，或加以評論，或加以利用。同時也有些舊式的學者出於對鄉土的感情，收集、整理了家鄉的歌謠、諺語。並說：「五四運動前一年，也是新文學運動的後一年，北大歌謠徵集處的搜集和發表歌謠，是關於民俗文化這門新科學的真正發端……歐洲一些國家的近代民俗學活動，最初大都是從搜集歌謠或民間故事等開始的；其次歌謠是以活語言表達和傳播的口承文學，同時又是別的許多民俗事象的載體。北大研究所國學門在歌謠研究會成立後，特別是《歌謠》周刊刊行後。所以接著要成立方言調查會和風俗調查會，都跟這種道理有一定關係。」見氏著〈五四時期民俗文化學的興起——呈現於顧頡剛、董作賓諸故人之靈〉，《北京師範大學學報》1989 年，第 3 期，頁 17。另外這個時期民俗學者如：周作人、顧頡剛、董作賓、林語堂、朱自清、鍾敬文……等，或西方相關學科背景，或採西方研究方法，一如朱自清所說的：「我們對於歌謠有正確的認識，是在民國七年北京大學開始徵集歌謠的時候，這件事有多少『外國的影響』，我不敢說；但我們研究的時候，參考些外國的材料，我想是有益的。」參見氏著《中國歌謠研究》（臺北：盤庚出版社，據 1931 年本排印）頁 5。

的價值。」對於西方逐步建立的基礎，周作人以為：

> 現今歐洲的聖書之文學的考據的研究，也有許多地方可以作中國整理
> 國故的方法的參考。……《詩篇》《哀歌》《雅歌》與《詩經》，都有類似的
> 地方；但歐洲對於聖書，不僅是神學的，還有史學與文學的研究，成了實
> 證的有統系的批評，不像是中國的經學不大能夠離開了微言大義的。〔註55〕

這段話中，文學的和史學的研究，正是《詩經》在歌謠概念下的兩個主要的研究方向。大體而言，北大歌謠研究會的中心人物（如劉復、沈兼士、周作人），都是文學興趣大於科學興趣，他們主要的是為了白話文運動，要在本國文化裏找出它的傳統來，於是注意到歌謠。認為根於歌謠和人民真的感情，新的一種國民的詩或者可以產生。〔註56〕沈兼士則在分析歌謠作為提倡白話文運動的必要性時說：

> 「國語的文學」和「文學的國語」，固然是我們大家熱心要提倡的，
> 但這個決不是單靠著少數新文學家做幾首白話詩文可以奏凱：也不是國語
> 統一會規定幾句標準語就算成功的。我以為最需要的參考材料，就是具有
> 歷史性和民族性，而與文學和國語本身都有關係的歌謠。〔註57〕

《詩經》作為歌謠的始祖，正好符合為白話詩文的正統性，尋找遠古傳統的需求。所以胡適自述他對於白話文學史的見解，是從《國風》說起。〔註58〕而「將《詩經》舊說訂正，把《國風》當作一部古代民謠去讀，於現在的歌謠研究或新詩創作上一定很有效用」，〔註59〕是這個研究路向的普遍見解。影響所及是將《詩經》，特別是《國風》部分，當作文學作品，甚至是好的情詩來閱讀。其中最顯著的成績是對《國風》的新解和白話選譯工作。郭沫若自許這個工作是「向這化石吹噓些生命進去」「把這木乃伊的死象甦活轉來」；〔註60〕陳漱琴則想「借這些古代男女的情詩，給他們換上時髦的衣裳」，以「鼓盪民眾的熱情，燃著民眾的慾火，才好把他們引到藝

〔註55〕 見周作人〈聖書與中國文學〉，《周作人民俗學論集》（上海：文藝出版社，1999 年）頁 207。

〔註56〕 參見周作人〈《歌謠》周刊發刊詞〉〈歌謠〉，《周作人民俗學論集》同上注，頁 97～98、104～107。

〔註57〕 見沈兼士《吳歌甲集》〈序二〉，《國立北京大學中國民俗學會民俗叢書》第一輯第一冊（臺北：東方文化出版社，1970 年）〈序二〉頁 1。

〔註58〕 《白話文學史》原是胡適在 1921 年為第三屆國語講習所編的講義。1922 年重新修定綱目，從《國風》說起，胡適以為這個計劃很可以代表他對白話文學史的見解。唯 1928 年出版時，因手邊無書，不敢做這段很難的研究，所以仍不曾從《三百篇》做起。見〈白話文學史自序〉，《胡適學術文集》（北京：中華書局，1998 年）頁 136～144。

〔註59〕 見周作人〈古文學〉，《周作人民俗學論集》同注 55，頁 300。

〔註60〕 見郭沫若《卷耳集》自序（上海：泰東圖書局，1924 年）頁 5。

術和文學一條路去」，〔註61〕都明顯地在文學美感，和民眾文化的關懷間，做了一定程度的聯繫。

　　史學方向的研究，以顧頡剛爲主，特別是他在廣州中山大學所開展的民俗運動，原是一種新史學運動，相較於北大時期已有不同。早在一九二六年《古史辨》第一冊出版時，顧頡剛已將考古學、辨證僞古史、民俗學做爲古史研究的三方面（《古史辨》第一冊〈自序〉，頁57～77），並且說：

> 以前我愛聽戲，又曾搜集過歌謠，又曾從戲劇和歌謠中得到研究古史的方法，這都已在上面說過。但我原本單想用了民俗學的材料去印證古史，并不希望即向這一方面著手研究。（《古史辨》第一冊〈自序〉，頁67）

到了一九二八年在〈民俗周刊發刊辭〉，則提出要「打破以聖賢爲中心的歷史，建設全民眾的歷史」，又進一步分析作爲貴族護身符的聖賢文化的核心是：聖道、王功、經典。就《詩經》研究而言，打破聖人本意光環的方法，是以歌謠回復《詩經》的眞相，也就是借歌謠研究《詩經》，一方面將《詩經》從六經的寶座上拉下來，另一方面則拓展庶民文化意識，擴大民俗研究視野。相較於胡適將《詩經》視做「社會史的材料」、「政治史的材料」、「文化史的材料」，（〈談談詩經〉，《古史辨》第三冊，頁577）顯然更重視《詩經》的庶民文化意涵。詩原本與文化同源，所以詩所負載的文化影響大於文學影響，如果二千年《詩經》經典化的歷史，是《詩經》的聖賢文化史，則不妨將民初歌謠的《詩經》研究，視爲是對歷史文化的重新整合，是將《詩經》「還給西周、東周之間的無名詩人」。（〈國學季刊發刊宣言〉，《胡適文存》第二集，頁8）

　　在上述《詩經》與歌謠的對話裏，可以看見民初兩個重要的社會運動，對學術傳統的影響，一是知識份子的「走向民間」，一是白話文運動從教育民眾的普及工作，轉變爲與經典研究相合的提高。基本上，這是一個對民歌的價值極端信仰與尊重的時期，就《詩經》研究而言，則出現了文化意識操控論題和方法的情形。所以到了一九三○年周作人便提出對於歌謠「不要離開了文學史的根據，而過份地估價」的呼籲，他說：

> 從前創造社的一位先生說過，中國近來的新文學運動等等，都只是浪漫主義的發揮，歌謠亦是其一。大家當時大爲民眾、民族等觀念所陶醉，故對這一方面的東西，以感情作用而竭力表揚，或因反抗舊說而反撥地發揮，一切價值就自然難免有些過當。不過這在過程上恐怕也是不得已的

〔註61〕見陳漱琴《詩經情詩今譯》自序（臺北：新文豐出版社，1982年）頁7。

事，或者可以說是當然的初步，到了現在似乎應該更進一步，多少加重一點客觀的態度，冷靜地來探討或賞玩這些事情了。〔註62〕

（三）國學教育和經典整理的普及化

一九二〇年胡適在〈中學國文的教授〉一文，暫定中學國文的理想標準為：「（1）人人能用國語（白話）自由發表思想，（2）人人能看平易的古文書籍，如二十四史、資治通鑑之類，（3）人人能作文法通順的古文，（4）人人有懂得一點古文文學的機會。」並且主張古文部分用看書來代講讀，所以又開列了「自修古文書」，其中《詩經》是文學類不可不看的。（〈中學國文的教授〉，《胡適文存》第一集，頁218～228）書單取消了經部，而將《詩經》視為文學著作，也大抵是民初學者的共識，只是文學解《詩》的新方法尚未開拓，「整理國故」運動下的《詩經》整理，仍舊是經學傳統的清理工作。到一九二二年〈再論中學的國文教學〉時，又進一步提出整理《中學國故叢書》的主張，因為「沒有相當的設備」，導致三年前的理想標準「到現在看來，很象是完全失敗了」，他舉《詩經》為例說：

> 二百年來，學者專想推翻朱熹的《詩集傳》，但《朱傳》仍舊是社會上最通行的本子。現在有幾個中學教員能用胡承珙、馬瑞辰、陳奐一班漢學家的箋疏呢？有幾個能用姚際恆或龔橙的見解呢？……這一部書，經過朱熹的整理，又經過無數學者的整理，然而至今還只是一筆糊塗賬；專門研究的人還弄不清楚，何況中學學生呢？（〈再論中學的國文教學〉，《胡適文存》第二集，頁491）

既然古書不經重新整理，不利於教學，在包括：「加標點符號、分段、刪去繁重的，迂謬的，不必有的舊注、酌量加入必不可少的新注、校勘、考定其假、作介紹及批評的序跋」等七項要件下的整理工夫，事實上是一項輔助教學的工程。

雖然「整理國故」運動的反對者認為「國學是腐敗的，它是葬送青年生命的陷阱。」〔註63〕主張將國故丟在毛廁三十年的吳稚暉便說：國故「不過是世界一種古董，應該保存罷了」。「是世界上人公共有維護之責的東西，是各國最高學院應該抽幾個古董高級學者出來作不斷的整理。這如何還可以化青年腦力，作為現世界的教育品呢？」〔註64〕事實上，當胡適在北大提出「整理國故」的口號時，他本希望同

〔註62〕見周作人〈重刻《霓裳續譜》序〉，《周作人民俗學論集》同注55，頁124～126。
〔註63〕見顧頡剛〈1926年始刊詞〉，《北京大學研究所國學門周刊》2：13，1926年1月6日，頁3。
〔註64〕見吳稚暉〈箴洋八股之理學〉，《科學與人生觀》（臺北：問學出版社，1977年）頁451。

人能往「提高」的方向努力。〔註65〕只是從教育上看，卻又有一個文化普及的立場，他說：

> 我們研究國故，非但爲學識起見，並爲諸君起見，更爲諸君的兄弟姊妹起見。國故研究，於教育上實有很大的需要。我們雖不能做到創造者，我們亦當作運輸人——這是我們底責任，這種人是不可少的。（〈研究國故的方法〉，《胡適演講集三》頁14）

說明「整理國故」具有「使從前少數人懂得的，現在變爲人人能解的」一方面的目的。與顧頡剛計劃將辨僞叢刊作爲《國故叢書》的一部分，〔註66〕分別屬於整理國故中提高和普及的兩個內涵。

只是風潮所趨，二○年代末期「整理國故」已經擴大成全國性的學術文化運動，陳西瀅形容當時的情形說：「國立大學拿『整理國故』做入學試題；副刊雜誌看國故文字爲最時髦的題目。結果線裝書的價錢，十年以來漲了二、三倍。」（〈整理國故與打鬼·西瀅跋語〉，《胡適文存》第三集，頁128）加上三○年代出版業的運作下，各種「國學叢書」和國學入門讀物的發行到達高峰期，因此當學者教授開始檢討「整理國故」的得失的同時，眾多青年學子卻仍在學校開設的「國學」課程中學習通俗化、普及化後的國學知識。於是在北京學者充滿「歷史癖和考據癖」的文字外，還有一種「概論的」、「白話注譯的」、「應考大全的」書籍，《詩經》作爲「整理國故」運動中的熱門典籍，拜風會所賜，在大量的出版著作中，也無法避免的良莠互見，成爲「整理國故」事業的歧路發展。〔註67〕

綜觀「整理國故」在普及一方面概念的完成與實踐，其間包含了兩個重要的思考：

1. 「新經學」觀念的延伸：經典所以需要整理，是因未經整理的經典讀起來特

〔註65〕見胡適〈提高和普及〉，《胡適演講集（二）》（臺北：遠流出版事業公司，1994年）頁77～80。

〔註66〕有關《國故叢書》的計劃，最早見於胡適1920年給顧頡剛的〈囑點讀僞書考書〉，後來在胡適、錢玄同、顧頡剛一系列討論辨僞工作的信函中曾一再被提及，1921年顧頡剛初步完成《辨僞叢刊》的擬目錄，在致王伯祥的〈自述整理中國歷史意見書〉中說：「我日來在家裏做《辨僞叢刊》的事情。這是《國故叢書》的一部分。」這構想日後因種種原故，終究未實現，顧頡剛等人的辨僞書整理工作，則由樸社出版《辨僞叢刊》兩輯共11種。詳見拙著〈顧頡剛疑古辨僞的思考與方法〉，《經學研究論叢》第六輯頁24～26。

〔註67〕有關國學書籍在20年代末到30年代間，因上海出版業的運作，所造成的「速成化」、「大眾化」、「通俗化」，詳見陳以愛〈「整理國故」運動的普及化〉，《五四運動八十週年學術研討會論文集》（臺北：國立政治大學文學院，1999年）頁51～59。

別難，令人望而生畏。於此傅斯年曾說：「六經在專門家手中，也是半懂半不懂的東西」。〔註68〕這樣的見解被胡適視為是「最新的經學」，它和古經學不同處，在於「古經學不曾走上科學的路」，因為漢、魏以來諸大師都不肯承認古經難懂，都要「強為之說」。所以等：「二、三十年後，新經學的成績聚積的多了，也許可以稍稍減低那不可懂的部分，也許可以使幾部重要的經典都翻譯成人人可以懂的白話，充作一般成人的讀物。」（〈我們今日還不配讀經〉，《胡適文存》第四集，頁 529）後來朱自清在理想的經典讀本上，又有進一步更周全的構想：

> 我們理想中一般人的經典讀本——有些該是全書，有些只該是選本、節本——應該儘可能的採用他們的（清代漢學家的校勘和訓詁）結論：一面將本文分段、仔細標點，並用白話文作簡要的注釋。每種讀本還得有一篇切實而淺白的白話文導言。（〈經典常談序〉，《朱自清古典文學論文集》下，頁 596）

使用淺白的導言啟發興趣，引導大家往經典的大路上去，正是國文教育改革的要務。事實上，在提出以白話文為主體的文學革命之前，胡適已開始運用現代文法學的方法整理古籍，如〈詩三百篇言字解〉〈爾汝篇〉〈吾我篇〉等，並且初步提出現代文法學對於國文教育普及的關鍵性作用。顯見國文教育改革、白話文運動和經典普及，在思考上的一貫性。

2. 擴大研究範圍及普遍化：朱自清以為經典訓練的價值不在實用，而在文化，因此經典的範圍便涵蓋一切文化，包括：群經、先秦諸子、幾種史書、一些集部，以及讀懂這些書的文字學。至於參考資料則儘可能採用清人在經典校勘，和訓詁上的結論，及「近人新說」。如此便可掃去傳統「尊經重史」的偏見。進一步將新的學科角度如：社會學、民俗學、歷史語言學、文學批評……等，帶入經典研究的範疇。（〈經典常談序〉，《朱自清古典文學論文集》下，頁 595～597）另外採白話行文，在經典整理亦有其特殊的意義，誠如胡適所言：

> 滿清的末年，民國的初年，也有提倡白話報的，也有提倡白話書的，也有提倡官話字母的，也有提倡簡字字母的。他們的失敗在於他們根本就瞧不起他們提倡的白話，他們自己作八股策論，卻想提倡一種簡易文字給老百姓和小孩子用。（〈所謂中小學文言文運動〉，《胡適文存》第四集，頁 521）

一九一六年以來的白話文運動，是要將白話從引車賣漿者言，提升到文學創作，甚

〔註68〕見傅斯年：〈論學校讀經〉，《獨立評論》第 146 號，1935 年。

至教學研究的工具，而將白話文用在中等以上教育的經典訓練，正是「白話文運動的提高」〔註69〕，和「經典訓練的普及」的結合。

第二節　關於《詩序》的討論

一、反《詩序》觀點的提出與商榷

民初學者將「救《詩》于漢宋腐儒之手，剝下它喬裝的聖賢面具，歸還它原來的文學真相」，作爲整理《詩經》很重要的工作。（錢玄同〈論《詩》說及群經辨僞書〉，《古史辨》第一冊，頁50）有關《詩序》的討論，在上述課題裏，包含兩個層面的思考：首先是文化批判的立場，《詩序》作爲解詩的系統，經歷代學者的附會引申和思辨反省，在「尊序」、「廢序」反覆更替的過程中，已經成爲一種文化傳統的積澱，其間負載著許多聖賢思想的原型。所以鄭振鐸說：「我們要研究《詩經》，便非先把這一切壓蓋在《詩經》上面的重重疊疊的註疏的瓦礫爬掃開來，而另起爐灶不可」。其中「最沉重，最難掃除，而又必須最先掃除的」，正是《毛詩序》，因爲過去的討論，大概都在擁護或反對《毛詩序》的主張下，行「探求聖人本意」的目的，「許多人都是出主入奴；從毛者便攻朱，從三家者便攻毛。他們輾轉相非，終不能脫註疏之範圍；而所謂註疏，又差不多都是曲說附會，離《詩經》本義千里以外的。」（鄭振鐸〈讀《毛詩序》〉，《古史辨》第三冊，頁 384～385）所以唯有將他們辯論的中心《毛詩序》打翻，才有突破「尊經」格局的可能。

再則由於《三百篇》的經典化，詩意被一再的扭曲，使人們只知《詩》之爲經，而不知《詩》之爲詩。如何找回失落的文學性？顧頡剛說：

> 我們要說「《詩經》是一部文學書」一句話很容易，而要實做批評和
> 注釋的事卻難之又難。這爲什麼？因爲二千年來的《詩》學專家鬧得太不

〔註69〕1920 年元月北京政府教育部，接受全國教育聯合會和國語統一籌備會的建議，訓令各省區：改小學國文爲國語（即語體文），規定自本年秋季起先改一、二年級。三年級允許到 1920 年。1922 年冬季以後，凡國民小學各種用文言所編的教科書一律廢止，改用語體文，以收言文一致之效。但這個被胡適視爲：把中國的教育改革至少提早 20 年的命令。卻在 1934 年出現了「中小學文言文運動」。其原因是一切報章公文，中學、大學入學試驗，仍舊使用文言文，使青年無所適從。所以白話文運動發展至此，必需朝繼長增高的發展。《經典常談》將白話文視爲必要工具，便是有鑑於此。以上內容參見胡適：〈國語講習所同學錄序〉，《胡適文存》第 1 集，頁 234。〈所謂「中學生文言文運動」〉，《胡適文存》第 4 集，頁 523。吳二特：〈胡適與傳統國文教育改革〉，《現代學術史上的胡適》（北京：三聯書店，1993 年）頁 328。

　　成樣子了，牠的眞相全給這一輩人弄糊塗了。譬如一座高碑，矗立在野裏，

　　日子久了，蔓草和葛藤盤滿了。（〈詩經在春秋戰國間的地位〉，《古史辨》

　　第三冊，頁 309）

這一切附會的源頭，都起因於漢代經師，爲使《詩經》在不相容的時代精神中，不
失其大經大法的地位。而把這個曲解說得最周全的，「便是衛宏的《詩序》」，「因爲
這是有組織的曲解，所以能騙住許多人，使他們相信，《詩序》的說話即是孔子刪詩
的本義。」（顧頡剛〈重刻《詩疑》序〉，《古史辨》第三冊，頁 408）並且造成的錯
誤文藝觀念，對一般文學的影響也很大，所以「《詩序》如不打翻，則這種附會的文
藝解釋，也是不能打翻的。」（鄭振鐸〈讀《毛詩序》〉，《古史辨》第三冊，頁 387）
也唯有廓清了《詩序》的眞正內涵，才有還原它做爲先秦以來儒家詩文評材料的可
能，尤其〈詩大序〉是古代文藝理論的一篇重要文獻，具保存和研究的價值，並得
在急於拓展新學科的民初，顯出材料支援上的價值。在上述的思考背景，自一九二
二年起，許多人加入考辨《詩序》的行列，形成一股反《詩序》的運動，這個運動
「基本上是挽救《詩經》運動的一環。而挽救《詩經》的工作，正是民初國故整理
運動的一部分任務」。〔註70〕

（一）辨偽與《詩序》辨說

　　從學術發展的內在理路看，民初對於《詩序》的批判，正當晚清今古文之爭的
餘波，是對古文經學「六經皆史」，和今文學家經書辨偽工作的雙重承繼與更新。（有
關晚清今古文《詩》說與近代《詩經》研究的接軌，詳見本論文第一章。）所以反
《序》的結果，是導致傳箋傳統的崩潰和經典的史料化，而與宋儒在義理上的反漢
學顯然不同。其中最大的表徵是在突出辨偽型態的呈現上。對此，錢玄同自述的學
術歷程，可作爲民初反《序》學者，在這個問題思考上的典型，他說：「我對于『經』
從一九○九至一九一七，頗宗今文家言」。「但那時惟對於《春秋》一經排斥左氏而
已，此外如《書》之馬，《詩》之毛，雖皆古文，卻不在排斥之列，而魯恭王得壁經
一事，並不疑其爲子虛烏有」，「自從一九一七以來，思想改變，打破『家法』觀念，
覺得『今文家』什九都不足信，但古文之爲劉歆偽作，則至今仍依康、崔之說，我
總覺他們關于這一點的考證是極精當的」。（〈論今古文經學及《辨偽叢書》書〉，《古
史辨》第一冊，頁 30）因爲漢儒最大的毛病是「他們不但沒有把眞偽辨別清楚，他

〔註70〕　參見林慶彰師〈民國初年的反《詩序》運動〉，《第三屆詩經國際學術研討會文集》
　　　　（香港：天馬圖書有限公司，1998 年）頁 268。林師以爲「晚清今文家已揭開批判
　　　　《詩序》的序幕。而正式上演類似宋代的反《詩序》運動，則是民國 11 年（1922）
　　　　以後的事」。

們自己還要作偽」，對於《毛詩》，錢氏說：

> 清儒以爲漢儒去先秦未遠，其說必有所受，於是專心來給他們考證疏
> 解，想出種種方法來替他們圓謊，其實是上了他們底當了！毛亨（？）底
> 文理最不通，鄭玄底學問最蕪雜，他倆注《詩經》鬧的笑話眞是不少。（〈答
> 顧頡剛先生書〉，《古史辨》第一冊，頁 80）

鄭振鐸則明白地將《詩序》考辨與辨偽結合說：

> 《毛詩序》是沒有根據的，是後漢的人雜采經傳，以附會詩文的；與
> 明豐坊之偽作《子貢詩傳》，以己意釋詩是一樣的（〈讀《毛詩序》〉，《古
> 史辨》第三冊，頁 400～401）

只是《子貢詩傳》的偽作人都知道，獨於《詩序》，自漢以來沒人敢完全擺脫它，即
攻序極力的人也不敢毅然說它完全無據，所以鄭氏希望有人出來做《詩序》辨偽的
工作。最後將這工作有系統地組織起來，作成一番成績的是顧頡剛。他的工作主要
是將歷代反《詩序》的論著，納入辨偽的範疇內思考，並加以整理出版。

　　從一九二〇年十一月至一九二三年二月，顧頡剛與胡適、錢玄同三人討論編輯
《辨偽叢刊》的三十五封往返書札中，可見前人的反《序》著作被納入《辨偽叢刊》
的始末，及顧氏在《詩序》疑偽思考上的脈絡。至於這樣的整理工夫，在民初反《序》
運動中的意義，顧頡剛引歐陽修的話說：「經非一世之書；傳之謬非一人之失；刊正
補緝非一人之能也。學者各極其所見而明者擇焉，以俟聖人之復生也。」因爲聖人
不是超人，乃是承受一代一代層積起來的智慧的人，（顧頡剛〈重刻《詩疑》序〉，《古
史辨》第三冊，頁 419）民初的反《序》工作，正是要照了前人的方法再向前走。

　　早在一九一四年顧氏鈔錄姚際恆《古今偽書考》時，對於姚氏「於《詩序》既
從《後漢書》證爲衛宏所作，又曰：非偽書而時亦同於偽書也」，表示疑議，主張《詩
序》「本非偽書，而後人妄託其人之名」而已。（〈附《古今偽書考》跋〉，《古史辨》
第一冊，頁 8～9）但隨著《辨偽叢刊》的進行，顧氏的辨偽觀點逐步修正，首先是
傾向認同胡適「寧可疑而過，不可信而過」的主張。（同上，頁 12）再則是錢玄同
屢屢說起經書本身和注解，也有許多應辨的地方，而啓發他注意經書辨偽，實際的
工作，則緣於《詩辨妄》的輯錄，和在《詩經》上的研究，他說：

> 在《詩經》上用力了半年多，灼然知道從前人所作的經解，眞是昏亂
> 割裂到了萬分。在現在時候決不能再讓這班經學上的偶像占據著地位和威
> 權，因此，我立志要澄清謬妄的經說。（《古史辨》第一冊〈自序〉，頁 50）

而在一九二一年的《辨偽叢刊》擬目錄中，顧氏列了幾種反《序》著作，包括：朱
熹《詩序辨說》、鄭樵《詩辨妄》、王柏《詩疑》、姚際恆《古今偽書考》《九經通論》，

（顧頡剛〈答編錄《辨偽叢刊》書〉,《古史辨》第一冊,頁 34）其中《詩疑》《詩辨妄》收在《辨偽叢刊》第一輯,分別於三〇年代由樸社出版;顧氏點校的《詩經通論》,則到一九五八年十二月才由北京中華書局出版。以下說明三書的校編情形,並在反《序》觀點上對後人的啓發。

（1）據一九二二年顧頡剛給胡適的〈告編著《詩辨妄》等三書書〉,預計將《詩辨妄》的整理分做三種書:《鄭樵》、《詩辨妄》、《漢儒的詩學和詩經的眞相》。（《古史辨》第一冊,頁 47～49）後來鄭樵的部分完成了〈鄭樵傳〉和〈鄭樵著述考〉;1933 年樸社出版的《詩辨妄》輯本,也加上了:〈周孚非詩辨妄〉、〈通志中的詩說〉、〈六經奧論選錄〉、〈歷代對於鄭樵詩說之評論〉等四個附錄。大抵與顧氏原有的計劃相符。至於第三部分,雖然並未隨《辨偽叢刊》第一輯的出版而完成,卻能幫助我們理解顧氏想從文獻整理的心得中,發展出自己的《詩經》考辨學的企圖,尤其是列舉的七個細目:刪詩問題、三家、《毛詩》、《詩序》、《鄭箋》、漢代歌謠書的失傳、歌謠的《詩經》,已經有系統地呈現考辨的程序,及將辨漢儒的偽妄,視爲求《詩經》眞相的重要途徑的想法。

（2）《詩疑》收在《辨偽叢刊》的原因,據顧氏說,是要使得大家知道:「宋代人的傳道,其是非雖不可知,但宋代人的治學,其方向確沒有錯」。（〈重刻《詩疑》序〉,《古史辨》第三冊,頁 419）這個方向是指,王柏用了朱熹的方法,作比朱熹進一步的研究。朱熹《詩》學的成就原在「敢于擯去《詩序》而直接求之於本經,於是許多久被漢人遮飾的淫詩又被他揭破了眞相」。所以一九二二年顧氏初讀《詩疑》,便受了一個強烈的刺戟,以爲:

> 王柏這一部著作,不信毛、鄭的《傳》《箋》,不信衛宏的《詩序》,
> 也不信《左傳》的記事（如吳季札觀樂說）,甚至連他的太老師朱熹的話
> 也不服從（如〈揚之水〉、〈伐檀〉等篇說）,而單就《詩經》的白文致力,
> 這是在過去的學術界中很不易見到的。（同上,頁 412）

並且從顧氏的歸納中見出,王柏用以改定《詩經》的方法,與民初反《序》學者的精神相契,並被充分地使用於考辨《序》說的偽誤。例如方法之一是,把經中各篇相互比較,尋出變遷和脫落的痕跡,如〈泉水〉、〈竹竿〉語意相近,疑出于一婦人之手,卻分爲兩國之《風》;〈下泉〉末章與前三章不類,而與〈黍苗〉相似,疑是錯簡。也就是從比較上,見出相類的詩的分化,或相類的文句的誤入。後來顧頡剛把《詩經》中,意思相同,且詞句相近的詩,做了幾個表,比對出《序》說在詩篇解釋上的矛盾。鄭振鐸更將這些矛盾仔細分析後發現:

《詩序》之所美所刺，是沒有一定的標準的。譬如有兩篇同樣意思，甚至於詞句也很相似的詩，在《周南》裏是美，在《鄭風》裏卻會變成是刺，或是有兩篇同在《衛風》或《小雅》裏的同樣的詩，歸之武公或宣王則爲美，歸之幽王、厲王則爲刺。而我們讀這些詩的本文時卻決不見牠們有什麼不同的地方。〔註71〕

或是得了王柏在方法上的啓發，對於這種回到原典上比較的方法，顧頡剛肯定地說：「《詩經》雖不至像《尚書》一樣地破碎，但也絕不會和漢以前的《詩三百篇》毫無出入，所以若有人超出于經師所定的章句之外，從文字中推測其原有狀態，也是學術界中應有的一件事」。（〈重刻《詩疑》序〉，《古史辨》第三冊，頁413）只是顧氏不能滿意王柏「一方面雖然不信《詩序》，一方面還是提倡正變之說，以《正風》、《正雅》爲周公時詩，《變風》、《變雅》爲周公以後之詩，甚至《詩序》中還沒有分正變的《頌》，他也分起正變來了」。（同上，頁416）相較於鄭振鐸將王柏的成法，運用在《詩序》問題上所得的結論說：

《詩序》的精神在美刺；而不料他的美刺卻是如此的無標準，如此的互相矛盾，如此的不顧詩文，隨意亂說！他的立足點已根本動搖了！（〈讀《毛詩序》〉，《古史辨》第三冊，頁396）

顯見民初學者在「憑著自己的理性，對于《詩經》的本文作直接的研究」上，較宋代反《序》學者更進了一步。

　　（3）姚際恆《詩經通論》是另一本對民初反《序》運動具重要啓示作用的著作。不但「他敢於提出『古今僞書』一個名目，敢於把以前人不敢說的經書（《易傳》《孝經》《爾雅》等）一起放在僞書裏」。（顧頡剛〈點校古今僞書考序〉，《姚際恆研究論集》上冊，頁251～271）啓發了顧頡剛不但「傳」「記」不可信，連「經」也不可信。（〈我是怎樣編寫《古史辨》的？〉，《中國哲學》第二輯）並且因胡適、錢玄同、顧頡剛等人大力尋求他的《九經通論》，使他的觀點在民初重新受到重視與討論。〔註72〕

〔註71〕見鄭振鐸〈讀《毛詩序》〉，《古史辨》第三冊，頁390。並從文末作者的附注得知，本文中有關《詩序》在美刺上的矛盾，其作爲立論基礎的三個表是顧頡剛做的。

〔註72〕據1920年胡適給顧頡剛的〈囑點讀《僞書考》書〉，《古史辨》第一冊，頁5～6。說：「我已叫北京隆福寺和琉璃廠兩處的書店『大索』此書（《九經通論》了）」。日後九經中的《詩經通論》、《禮記通論》、《儀禮通論》、《春秋通論》，經民初學者的努力完成了大部分鈔輯校理的工作。詳細內容參見林慶彰師〈姚際恆與顧頡剛〉，《中國文哲研究集刊》第15期，1999年9月，頁440～441。另外關於《詩經通論》，除了顧頡剛的點校工作，還有陳柱作〈姚際恆《詩經通論》述評〉，《東方雜誌》24：7，1927年4月10日，頁51～59；何定生作〈關於《詩經通論》及詩的起興〉，《國立中山大學語言歷史研究所週刊》9：97，1929年9月4日，頁1～12。民初學者對姚

尤其是顧頡剛對於《詩經通論》的整理工作，從一九二二年持續至一九五八年，大抵分作四個階段完成，一是一九二二年向吳虞借到《詩經通論》，並在蘇州請人鈔錄；二是一九二三年三月到八月間標點《詩經通論》；三是一九四四年爲北泉圖書館刊印的《詩經通論》作序；四是一九五七年顧氏寓居青島，閱讀《詩經通論》，並作了大量筆記收在《湯山小記》中，至一九五八年顧氏標點的《詩經通論》出版。可見時間之長，用力之深。

另外何定生從「從新估價」、「尊疑」兩個方面肯定《詩經通論》在詩學史，在《詩經》研究上，都是難得的重要著作，更有其時代性的意涵。因爲「姚氏的冀圖，不但要推翻《詩序》，還想推翻反《詩序》的《集傳》」，倒朱原是清代學風，但姚氏卻是各派混戰中超然的一派，何氏說：

> 他想自己披荊斬棘，去敲《詩經》的門。《詩經》被埋久了，大家又都在傳統裏翻筋斗，所以姚氏的這種精神，的確是難能而可貴。將來的崔述同方玉潤，會有那樣有價值的新著作，我們可以說是繼姚氏的風氣。（〈關于《詩經通論》〉，《古史辨》第三冊，頁 420）

所以儘管《詩經通論》的內容，仍有令人不能滿意的地方，但「他的嚴刻的不輕易相信」的精神，在民初疑古的氛圍下，卻被視爲可貴的。何定生舉他對《大雅・皇矣》「鮮原」一詞的解釋，先是駁了毛、鄭，自定爲地名，後又疑《竹書紀年》定爲地名的提法說：

> 這看來好像會叫人好笑；但我們可以承認這正是治學問的最高精神。因爲《竹書紀年》可以是僞書；像他常常必推翻鄭玄的巧合的證詩，因爲鄭所據的是《周禮》《儀禮》；而《周禮》《儀禮》是僞書（姚氏的話）一樣。（同上，頁 423～424）

大抵姚氏以一個辨僞者的態度來面對漢以來的詩經學，他對於傳統《詩》說之所以必兼反漢宋，原因也在於此。「三《禮》所建構的《詩經》關係，差不多都被姚氏推翻」，因爲他既認爲《周禮》是僞書，《儀禮》中許多東西根本是從《詩經》中脫胎而來，《禮記》根本是漢人著作，更不足論。同時「《詩序》中若干禮制的憑藉，也連帶被摧毀了。又《詩序》有許多故實皆襲取《左傳》，也被姚氏一一揭穿，這是《詩經通論》在辨僞觀點上最鮮明的表現」。〔註73〕如此更明確了《詩經通論》在「整理國故」運動中的意義，至於姚氏主張〈小序〉（《詩序》首句）是謝曼卿作，〈大序〉（申述語）衛宏作，又與民初學者普遍認爲《詩序》是衛宏作，有著思考上的必然

氏著作的重視可見一斑。

〔註73〕參見何定生《詩經今論》（臺北：臺灣商務印書館，1968 年）頁 141。

聯繫。

（二）《詩序》詮釋觀點辨正

《詩序》是解釋詩篇的，它所以在《詩經》的詮釋史上占著重要的位置，是因為自來人們以為「詩意深邃不易知，而《序》由來已久，其所說必有根據」。對此，鄭振鐸站在理性的觀點認為：

> 我們自當以詩文為主：不能據《序》以誤詩。《詩序》如與詩意相合，
> 我們便當遵牠；如大背詩意，則不問其古不古，不問其作者之為孔子抑他
> 人，皆非排斥不可。何況《詩序》之絕非古呢？且《詩經》本甚明白，廢
> 《序》而說詩較據《序》以言詩且更明瞭。（〈讀《毛詩序》〉，《古史辨》
> 第三冊，頁 397）

《序》說所以背離詩篇，最大的毛病是「穿鑿附會」，誠如朱熹所說：「大率古人作詩與今人作詩一般。其間亦自有感物道情，吟詠情性。幾時盡是譏刺他人。只緣序者立例，篇篇要作美刺說，將詩人意思盡穿鑿壞了。」（《朱子語類》卷 80）同樣的道理胡適也說：

> 蓋詩之為物，本乎天性，發乎情之不容已。詩者，天趣也。漢儒尋章
> 摘句，天趣盡湮，安可言詩？而數千年來率因其說，坐令千古至文，盡成
> 糟粕，可不痛哉？[註74]

因此民初考辨《詩序》的重點，放在揭出它附會的真面目。

1. 新方法的提出

從整理前人反《序》著作出發，顧頡剛很快就察覺到前人反《序》的不徹底，例如，王柏不信《序》，卻提倡正變之說；姚際恆的本意在倒朱，所以主張「《詩序》固當存，《集傳》直可廢也」。（何定生〈關于《詩經通論》引篇首論旨〉，《古史辨》第三冊，頁 423）解詩仍不免用《序》。所以顧氏一面吸取前人成果，一面推出自己的新方法。

（1）歌謠的比較：顧頡剛考辨《詩序》的構想，最早是因《詩辨妄》的整理工作。在給錢玄同的信中提及「歌謠的轉變」的意思說：

> 我想做一篇〈歌謠的轉變〉，說明《唐風》中的〈杕杜〉和〈有杕之
> 杜〉同是一首乞人之歌，《邶風》中的〈谷風〉和《小雅》中的〈谷風〉
> 同是一首棄婦之歌，《小雅》中的〈白駒〉和《周頌》中的〈有客〉同是
> 一首留客之歌，只是一首的分化，不是各別的兩首。（〈論《詩經》歌詞轉

[註74] 見胡適《留學日記》（海口：海南出版社，1994 年）頁 12。

變書〉,《古史辨》第一冊,頁 46)

同時又在給胡適的信中提到預備做「漢儒的詩學和《詩經》的眞相」,(〈告編著《詩辨妄》等三書書〉,《古史辨》第三冊,頁 49)大約此時「辨漢儒的僞」、「《詩經》眞相」、和「歌謠」一體的思考,已在顧氏心中成型,也就是日後他在《古史辨》第一冊〈自序〉說的:

> 因爲輯集《詩辨妄》,所以翻以後人的經解很多,對於漢儒的壞處也見到了不少。接著又點讀漢儒的《詩》說和《詩經》的本文。到了這個時候再讀漢儒的《詩》說,自然觸處感到他們的誤謬,我更敢作大膽的批抹了。(《古史辨》第一冊〈自序〉頁 48)

關於這個「歌謠分化」觀念的實際操作,顧氏舉了兩個例說明:一是向來說是「夫婦失道」的《邶風·谷風》,和向來說是「朋友道絕」的《小雅·谷風》,二詩遣詞命意十分相同,當是一首的分化,分在兩處「乃是由於聲調的不同而分列,正如玉堂春的歌曲,京腔中既有,秦腔中也有,大鼓書中也有」(同上);另一是《小雅·白駒》和《周頌·有客》,都是留客詩,分在兩處「或是由于一首的分化,或由于習用留客的照例話」。既然辨清其中詩旨,再回看《序》說,就眞是「閉著眼的胡說」,大抵道破了《序》說附會的源頭。至於方法上的突破又得力於胡適提倡的「參考比較材料」,所以顧氏說:

> 這些東西若沒歌謠和樂曲作比較時,便很不易看出它們的實際來,很容易給善作曲解的儒者瞞過了。(同上,頁 49)

(2)還原古史的方法:「《詩經》中的古史」,是顧頡剛破解《序》說的另一個法門,因爲:

> 《詩序》者,確定《詩三百篇》之時代,使其可合于史事者也。以詩證史,本無不可;特如《詩序》之以詩證史之方法則大不可耳。(顧頡剛《毛詩序》之背景與旨趣》,《古史辨》第三冊,頁 402)

所以還原《詩經》中古史的目的,在考據和論證《詩序》的各詩解題,是用比附書史、穿鑿附會的方法,嚴重歪曲詩篇的本義。但漢儒所以能如此的割裂時代,又有其歷史的淵源,首先是「戰國時《詩》失其樂,大家沒有歷史的知識,而強要把《詩經》亂講到歷史上去,使得《詩經》的外部蒙著一部不自然的歷史」(顧頡剛〈論《詩經》經歷及《老子》與道家書〉,《古史辨》第一冊,頁 53)再則是「孟子說詩」原已有了歷史的態度,但「一部《詩經》大部分是東周的詩,他卻說『王者之迹熄而《詩》亡』,『戎狄是膺,荊舒是懲』明明是魯僖公的詩,他卻說成周公的事」。(同上,頁 55)尤其《詩經》本不是聖人之作,經孟子將詩句牽引到王道上去,就處處

與聖人發生關係。(顧頡剛〈《詩經》在春秋戰國間的地位〉,《古史辨》第三冊,頁359)經上述兩層的積累,《詩序》中的美刺、正變,都成了牢不可破的僞古史,所以顧氏說:

> 漢代人最無歷史常識,最敢以己意改變歷史,而其受後世之信仰乃獨深,凡今所傳之古史無不雜有漢人成分者。(〈《毛詩序》之背景與旨趣〉,《古史辨》第三冊,頁403)

《詩序》以詩證史的方式,是將「政治盛衰」、「道德優劣」、「時代早晚」、「篇第先後」四事納於一軌,所以詩旨的善惡不繫於《詩》的本文,而繫於詩篇的位置。因與聖人的王道教化相涉,又有如鄭玄爲作《毛詩譜》,何楷爲作《詩經世本古義》,以《序》所定悉爲實錄,使得《詩序》德化的故事,深植於上古歷史中,眞僞難辨。所以辨證僞古史,成爲考辨《詩序》的必要步驟。也就是顧頡剛說的研究《詩經》的第三期任務,是把歷史觀念和倫理觀念分開。〔註75〕而且「既有了研究歷史的需求,便應該對於歷史作一番深切的研究,然後再去引詩」(顧頡剛〈《詩經》在春秋戰國間的地位〉,《古史辨》第三冊,頁366)如此離了《序》說的附會,再看《詩經》本文,就成了證史的最佳材料。顧氏辨僞古史的工作,便是由「《堯典》中的古史事實,與《詩經》中的古史觀念相衝突而來」,尤其是「看了《詩經》上稀疏的史,更那得不懷疑商以前的史呢?」(〈與錢玄同先生論古史書〉,《古史辨》第一冊,頁65)可見在民初正因剝去《序》說,《詩經》的史料價值才得凸顯出來。

2. 駁《序》說的附會

有關《詩序》在詩旨闡釋上的問題,張西堂總結地提出十大缺點,包括:雜取《傳》《記》、傅會書史、不合情理、妄生美刺、強立分別、自相矛盾、曲解詩意、誤用傳說、望文生義、疊見重複。〔註76〕而這種種的不合理,大抵都導因於「偏離《詩經》本文,妄加附會」的詮釋系統,其中製造曲解的兩大主軸:一是附會聖人,一是附會史事。如何駁正這兩層的附會?是民初學者重要的思考:

《序》說所以難破解,是因爲自來漢、宋學者,無論主張尊《序》或廢《序》,都相信詩篇中有聖人刪述的本意,所以總繞不出美刺的圈子。美刺說的來歷,原起於〈大序〉將孔子「溫柔敦厚」的詩教具體化,以「上以風化下,下以風刺上」作

〔註75〕顧頡剛將自漢至近代的詩學分爲三期,第三期指的就是顧氏自己的時代,這個時期讀《詩經》並不希望自己在這部古書上增進道德,而只想在這部古書中增進歷史智識。所以當將漢、宋儒所受的時代影響,及其在經書上所發生的影響一一抉出,而加入漢、宋的歷史裏。見〈重刻《詩疑》序〉,《古史辨》第三冊,頁411。

〔註76〕見顧頡剛輯點,鄭樵《詩辨妄》(北平:樸社,1933年)卷首〈張西堂先生序〉。

為詩歌發生社會作用的形式。並在這個理論基礎上,〈小序〉就給各篇詩都定出美刺,使《詩經》離了文學的本質變成一部神聖的經典,因此胡適說:

> 後世一孔腐儒,不知天下固有無所為之文學,以為孔子大聖,其取鄭、衛之詩,必有深意,于是強為穿鑿傅會,以〈關雎〉為后妃之詞,以〈狡童〉為刺鄭忽之作,以〈著〉為刺不親迎之詩,以〈將仲子〉為刺鄭莊之辭,而詩之佳處盡失矣。(胡適《留學日記》頁 125)

鄭振鐸則將《序》說編造美刺的手法,作了更完整的陳述:

> 大概做《詩序》的人,誤認《詩經》是一部諫書,誤認《詩經》裏許多詩都是對帝王而發的,所以他所解說的詩意,不是美某王,便是刺某公!又誤認詩歌是貴族的專有品,所以他便把許多詩都歸到某夫人或某公,某大夫所做的。又誤認一國的風俗美惡,與王公的舉動極有關係,所以他又把許多詩都解說是受某王之化,是受某公之化。因為他有了這幾個成見在心,於是一部很好的搜集古代詩歌很完備的《詩經》,被他一解釋便變成一部毫無意義而艱深若〈盤〉〈誥〉的懸戒之書了。(〈讀《毛詩序》〉,《古史辨》第三冊,頁 389~390)

然而不僅孔子與《詩經》的關係受到質疑,聖人刪詩之說不可信,是胡適、錢玄同、顧頡剛、張壽林等人的共識;〔註77〕美刺的說法,還有個根本的問題,就是「自相矛盾」,對此顧頡剛分析原因說:

> 夫惟彼之善惡不繫于詩之本文而繫于詩篇之位置,故《二南》,彼以為文王、周、召時詩,文王、周、召則聖人也,是以雖有〈行露〉之獄訟而亦說為「貞信之教興」,雖有〈野有死麕〉之男女相誘而亦說為「被文王之化而惡無禮」。《小雅》之後半,彼以為幽王時詩,幽王則暴主也,故雖有「以饗以祀」之〈楚茨〉而亦說為「祭祀不饗」,雖有「兄弟具來」之〈頍弁〉而亦說為「不能宴樂同姓」。(顧頡剛〈《毛詩序》之背景與旨趣〉,《古史辨》第三冊,頁 402)

拿「王道」與「史事」結合編造詩旨,最早可追溯到「孟子說詩」,因為他主張讀《詩》當「尚友論世」、「以意逆志」;卻將時代的好壞截然地說:「文武則民好善;幽厲則民好暴」。(《孟子·告子上》)將《詩經》的時代認定在「王者之跡熄而《詩》亡,《詩》亡然後《春秋》作」(《孟子·離婁下》)這話後來成了《詩》學的根本大義,「雖然

〔註77〕參見胡適〈談談詩經〉,《胡適文存》第四集,頁 557。顧頡剛〈論孔子刪述六經說及戰國著作偽書書〉,《古史辨》第一冊,頁 42。張壽林〈《詩經》是不是孔子所刪定的?〉,《古史辨》第三冊,頁 376~379

遮不住牽強附會的痕跡，而《詩經》上一首一首的時代，就因了這句話而劃出界限來了」。（顧頡剛〈《詩經》在春秋戰國間的地位〉，《古史辨》第三冊，頁361）所以顧頡剛說他：

> 而至於亂說〈閟宮〉所頌的人，亂說《詩經》亡了的年代，造出春秋時人所未有的附會，下開漢人「信口開河」與「割裂時代」的先聲。（同上，頁366）

最後將這套方法，發展成完整解詩系統的是《毛詩序》，因為〈大序〉將詩歌與時代政治作了進一步的結合，提出了《詩經》「風雅正變」說。〈小序〉為將《詩經》全書拍合歷史，就把前列諸篇放在文武時，而定為「正」，後列諸篇放在幽厲時，而定為「變」，但詩篇次序原不能這樣整齊，《序》說只得一味曲解朦混，可見「美刺」與「正變」的結合，是成就一切矛盾的根源，鄭振鐸抓住了問題的核心，歸納了幾個例子，如《小雅‧楚茨》、《大雅‧鳧鷖》同是祭祀的歌：

> 而因〈楚茨〉不幸是在《小雅》裏，更不幸而被作《詩序》的人硬派作幽王時的詩，於是遂被說成：「刺幽王也。政煩賦重，田萊多荒，饑饉降喪，民卒流亡，祭祀不饗，故君子思古焉」了。（〈讀《毛詩序》〉，《古史辨》第三冊，頁391）

《周南‧關雎》、《陳風‧月出》、《陳風‧澤陂》都是情詩：

> 〈關雎〉幸而為在《周南》，遂被附會成「后妃之德也」；〈月出〉、〈澤陂〉不幸而在《陳風》，遂不得不被說成刺好色，刺淫亂了。（同上，頁396）

《召南‧草蟲》、《王風‧采葛》、《鄭風‧風雨》、《秦風‧晨風》、《小雅‧菁菁者莪》、《小雅‧裳裳者華》、《小雅‧都人士》、《小雅‧隰桑》等八首是字句相似的詩：

> 因為〈草蟲〉是在《召南》裏，所以便以為是美，〈風雨〉在《鄭風》裏，所以不得不硬派給他一個刺；〈隰桑〉、〈裳裳者華〉，因為已派定是幽王時詩，所以便也不得不以他為刺詩作。（同上，頁395～396）

這樣的矛盾原是極淺顯易見的，而前人卻不願正視，是因為「《詩序》至今有人信為孔子所作，乃至詩人所自作的呢」！（顧頡剛〈論《詩序》附會史事的方法書〉，《古史辨》第三冊，頁405）為此顧頡剛又拿《唐詩三百首》也造作詩序，只為了要證明《詩序》的靠不住，要打破他們的附會，「須得拿附會的法子傳示給別人看」。

（三）《詩序》作者的考辨

《詩序》作者在歷代《詩經》研究中，說法不下十數種，是個論說極為紛歧的課題，因為《毛詩序》形成的早晚及作者，直接影響了《毛詩》在傳承孔門詩學上

的正統性。民初在這個論題上曾有熱烈的檢討，雖然並沒有突破性的成績，卻呈現了屬於時代的特質。

首先，大部分的著作不是爲了要提出創見，或積極的證成某一種論點，而是著力於清理舊說；將前人成說分類歸納，再加以考辨分析，幾乎是民初論述《詩序》作者時的基礎模式。如鄭振鐸的三說（〈讀《毛詩序》〉）、黃優仕的六說（〈詩序作者考證〉）、呂思勉的四說（《經子解題》）、蔣善國的八說（《三百篇演論》）、胡樸安的十三家八說（《詩經學》）、蘇維嶽的六說（〈論詩序〉）、徐英的二十四家十一說（《詩經學纂要》），大抵導因於當日「整理國故」的氛圍，想一舉對此訟案完成總結，可惜既沒有新材料出現，也沒有突破性的論點，其功只在整齊故說而已。（上述各著作的詳細出版資料，參見本論文附表 2：1 民初學者對《詩序》作者的意見表，頁 132 ～133）

再則，大家雖然學派的淵源互異，整理國故的主張，乃至守《序》、廢《序》的態度，各有堅持，但在「《詩序》作者」的問題上，幾乎一致主張衛宏所作，或至少與衛宏相關，如（1）反傳統的疑古派學者顧頡剛、鄭振鐸，以爲衛宏之作，強調《詩序》是「後漢的產物，是非古的」（〈讀《毛詩序》〉，《古史辨》第三冊，頁 400）；（2）尊重國故，以今本《詩經》是孔子的刪本，堅持《三百篇》詩教傳統的謝无量，辨明衛宏作《序》的目的，是爲免「學者倘誤認爲子夏、毛公之作，不加攻擊，豈不眞令《詩經》聲價大減」（《詩經學》頁 28）；（3）謹守其鄉前輩常州今文家之緒論，主張「古文經爲劉歆所僞造」，「二千年來『考信于六藝』的審查史料標準，和儒家披在『經書』上的神聖外衣，都必須推翻和剝掉」的呂思勉，在一九三四年間撰〈毛詩傳授之誣〉、〈毛詩訓詁之誤〉、〈詩序〉，皆從辨僞出發反古文《毛詩》學。〔註78〕以衛宏作《序》，因「《序》語多不可信，決非眞有傳授，鄭樵謂其採掇古書而成，最爲近」（《經子解題》頁 15）；（4）主張「《毛傳》之說信而有徵，而三家所傳不可信也」的古文經學家徐英，從文字章法認定《詩序》「其文則衛宏之所纂也」，因爲儘管文字出於漢儒「而淵源有自，亦何可遽廢。況其（朱熹）所謂牴牾之跡，尚在擬議之間乎」（《詩經學纂要》頁 27）；（5）以「《毛序》之委曲遷就，穿鑿傅會，使《詩》之本意隱蔽不彰者」，而主張廢《序》言詩的陳延傑，認爲《毛序》是「衛宏所附益者」，因爲「辭平衍，又多支蔓，絕不類三代之文」（《詩序解》敘言）；（6）還有強調「《毛詩》之序，具有淵源」，斷不可廢的胡樸安，斷定《毛序》之文是「敘

〔註78〕有關呂思勉今文經學的淵源與主張，參見鄔兆琦〈呂思勉先生與古代史料辨僞〉、錢穆〈回憶我的老師呂誠之先生〉、呂思勉〈答程鷺干論國文教學書〉、方德修〈呂思勉先生著述繫年〉，《蒿廬問學記》（北京：三聯書店，1996 年）。

錄於毛公，增益於衛宏等」，因為「鄭康成《詩譜》、王肅《家語》注、《後漢書·儒林傳》之說，皆有可信」（《詩經學》頁20～21）另外幾篇相關的期刊論文，如黃優仕〈《詩序》作者考證〉、李繁闓〈《詩序》考原〉、李淼〈《詩序》作者考〉，都主張《詩序》為衛宏所作。民初學者所以重視這條資料的原因，一如顧頡剛所說：「《詩序》者東漢初衛宏所作，明著于《後漢書》」（〈《毛詩序》之背景與旨趣〉，《古史辨》第三冊，頁402～404）後來顧氏還對此加以申述說：

> 《史記》不載有《毛詩》，遑論《毛詩序》。《漢書·藝文志》於向、
> 歆《七略》有《毛詩》及《毛詩故訓傳》矣，亦不謂有《毛詩序》，是西
> 漢時《毛詩》無序之證也。《後漢書·衛宏傳》曰：「九江謝曼卿善《毛詩》……」
> 謂為作「《毛詩序》」，是《序》固作於衛宏也。謂為「於今傳於世」，是宏
> 《序》即東漢以來共見共讀之《序》也。漢代史文不謂有他人作《毛詩序》，
> 而獨指為衛宏作，且謂衛宏即傳世之本，其言明白如此，顧皆不肯信，而
> 必索之於冥茫之中，是歷代經師之蔽也。〔註79〕

可見在民初強調科學方法的學風裏，學術的客觀性得到較多的重視，既有的證據顯然不容刻意輕忽。

民初反《序》學者基於「若《詩序》為衛宏所作，便非聖人本意」的邏輯，極力想證成此說。除了《後漢書》明白記載的文字外，鄭振鐸、謝无量、顧頡剛、黃優仕……等人，相繼提出一些輔助的論證，雖然主要是申述宋代反《序》學者的意見，仍具文籍考辨的功夫，非無根空話，略述重要內容如下：

（1）《序》文淺弱，不類三代之文。鄭振鐸引鄭樵說：「據六亡詩，明言有其義而亡其辭，何得是秦以前人語」；謝无量據程大昌云：「今《序》因名其篇以蕩。乃曰：天下蕩無綱紀。又曰：旻，閔也，閔天下無如召公之臣也。此皆不可通者」。因知《詩序》決非出於秦以前。

（2）《毛傳》不釋《序》，且《序》、《傳》往往不合。鄭振鐸舉〈靜女序〉、〈東方之日序〉為例，定《序》出毛公之後。

（3）鄭振鐸以《詩序》所舉事實皆鈔襲《左傳》、《國語》諸書；謝无量則舉《序》語出〈樂記〉、〈金縢〉、《國語》、《公孫尼子》。顧頡剛更詳述《序》說附會史事的淵源說：「當東漢之時，《左傳》已行矣，故〈碩人〉、〈載馳〉、〈清人〉、〈新臺〉諸篇之義，悉取《左傳》。《史記》亦已行矣，故秦、陳、曹諸國風詩得以《史記》所載之世系立說。《檜》《魏》等風，無復可以依傍者，遂惟有懸空立說，而不指實其詩

〔註79〕見顧頡剛的讀者來函案語，《責善半月刊》2：11，「學術通訊」欄，1941年8月。

中之人」。故《序》之出必在諸書流行之後，必漢時人作。

（4）鄭振鐸引鄭樵語，說《序》言誤用《三統曆》，故《序》作當在劉歆以後。

（5）鄭振鐸、黃優仕均引何楷語，說「漢世文字，未有引《詩序》者」，以爲《詩序》後出的證明。

（6）黃優仕據《毛序》與三家義大相背馳，定《毛序》必出於毛派經師傳授之義，藉托爲聖賢所傳，以自推尊其學派出。

上述諸說大抵道出對《毛詩序》的疑慮，部分地達到駁《序》的目的，但若要據以證明《序》說的晚出，則又未必皆可成立。尤其《詩序》流行時間既久，難免後人妄入，僅以一、二事例，就斷定出於後人之手僞造，既不具說服力，且不合辨僞規範。再則許多論點的基礎，並非援自對三百篇全面的分析歸納，顯然非民初強調的科學的精神，甚且可能造作出與事實相反的結論。正如當日諸多反傳統的議題一樣，學者們企圖用學識來矯正被扭曲的事實，然而在摧毀和重建之間，雖然許多原本被視爲理所當然，卻問題重重的系統，因被打破而開啓更多新的可能，但同時也可能因粗糙的推論，而失落許多可貴的資料。

在民初，對「衛宏作《詩序》」這個結論提出反思的並不多。有黃節〈《詩序》非衛宏所作說〉，可惜內容過於簡略，且爲舊學所囿，難以撼動民初的反《序》思潮。（有關黃節的《詩序》觀點，詳見本論文第一章第二節四、以《詩序》爲依歸的詩旨闡述，頁 69～79），另外論說較爲齊備的有蘇維嶽〈論詩序〉一文，他的貢獻主要在三方面：

（1）是對鄭振鐸等人的論點提出反證，如舉司馬相如、桓寬、董仲舒、劉熙、班固、楊震……等兩漢名儒多引《詩序》，而「說者猶謂《詩序》至魏黃初時始行。據爲宏作之證」，以爲誣亦甚矣；又據朱彝尊《經義考》云：「蔡邕石經全本《魯詩》，《獨斷》載《周頌》自〈清廟〉至〈般〉三十一篇，與毛相同者十之八九」，及《儀禮・鄉飲酒禮注》，說明三家詩義多與《序》合。所舉例證雖仍待商榷，卻已凸顯出鄭氏諸人在舉證上以偏概全的缺失。

（2）論證《序》在《傳》前，主要根據《漢志》云：「《詩經》二十八卷，齊魯韓三家亡，《毛詩》二十九卷存」，又「《毛詩故訓傳》三十卷」，知《毛詩》經與三家同，外多《序》一卷。另據王引之說：「毛公作《傳》，分《周頌》爲三卷，以《序》置諸篇之首，是以云三十卷」。以爲《序》在《傳》前一說，實爲有據。

（3）考辨衛宏《序》非古序，主要從《後漢書・儒林傳》著眼，以爲傳文本陸璣《草木疏》敘《毛詩》傳授源流，取下截而略其上截。並說：

> 《陸疏》於上文已言卜商爲《序》，故下謂宏作《毛詩序》，文自可明。

《范史》斷章取之，此其所以誤人也。曰：「《范史》何以如此斷章耶？」

曰：「此亦不能咎范，范爲〈儒林傳〉，徒欲采摭群言以傳其人，與《陸疏》
專述詩學源流不同，故祇就其善《毛詩》言之而不溯及其源」。

可說是對「衛宏作《序》」說的釜底抽薪之法。

以上觀點，雖然在民初並未造成太大的注意，卻對後來的學者有所啓發，得以
在「《衛序》非古序」、「《序》在《傳》前」等思考上，提出許多論證，使《詩序》
非衛宏所作的可能，得到更周全的說明。〔註80〕

二、一部整理《序》說的專著：《詩序解》

《詩序解》完成於一九三二年，作者陳延傑（1888～1970）針對《序》說逐條
進行檢討，是民初反《序》運動的一部分，卻也是極少數從反《序》觀點出發，全
面探討《詩序》及歷代《詩序》學說的專著。因爲，儘管在見解上「總結《詩序》、
《詩辨妄》、《詩集傳》、《僞詩傳》、姚際恆、崔述、龔橙、方玉潤……等二千年猜謎
的賬」，（胡適〈國學季刊發刊宣言〉，《胡適文存》第二集，頁 13）是整理國故的重
點工作。但學者們的討論，往往偏重在對《詩序》進行重點批判，普遍地將《序》
說視作遮蔽《詩經》眞相的藤蔓，甚至認爲：

> 舊解的腐爛值不得我們去迷戀，也值不得我們去批評。我們當今的
> 急務是在古詩中直接去感受牠的眞美，不在與迂腐的古儒作無聊的訟
> 辯。〔註81〕

並且在胡適：「自己去細細涵詠原文」和「多備參考比較的材料」（〈談談詩經〉，《胡
適文存》第四集，頁 566）的方法指導下，許多的工作被放在更積極的提出新說上。
（有關民初學者在這方面的成績，參見本論文第二章：第二節一、反《詩序》觀點
的提出和商榷；第三節二、《國風》婚戀詩的新解與翻譯（二）反傳統的《詩序》新
解；第四節一、《詩經》通讀體系的相關著作（二）《詩經》的淺釋與講解）相對地，

〔註80〕相關内容如：李家樹〈漢《毛詩序》的存廢問題〉，《詩經的歷史公案》（臺北：長安
出版社，1990 年）頁 27～36，根據對《國風》統計的結果是，《詩序》和《毛傳》
相同者 135 篇，占 84.38%，相異者僅 5 篇。馮浩菲〈論《毛詩序》的形成及其作者〉，
《第三屆詩經國際學術研討會論文集》（香港：天馬圖書公司，1998 年）頁 144～147，
主要從《後漢書‧儒林傳》和《陸疏》的比對，論述衛宏序非古序，《詩序》成於毛
亨之前。王承略〈從《傳》《序》的關係論《詩序》的寫作年代〉，《第四屆詩經國際
學術研討會論文集》（北京：學苑出版社，2000 年）頁 302～311，利用對三百篇中
《序》《傳》關係的歸納，說明 90%以上的詩篇肯定先有《序》後有《傳》。上述諸
文較民初學者的論述更周密，而思考的方向卻大抵不出蘇文以外。

〔註81〕見郭沫若《卷耳集》（上海：泰東圖書局，1923 年）自跋，頁 2。

陳延傑的工作在民初反《序》運動中，較具胡適所謂學術上結賬的用處，也就是把學術裏已經不成問題的部分整理出來，交給社會；把不能解決的部分特別提出來，引起學者的注意。〔註82〕從《毛詩序》作為寫定本流傳的歷史而言，《序》說與反《序》說的問題同樣沉重，都有待一番清理的功夫，陳氏站在以詩言《詩》的立場，一面批駁《毛序》謬誤，一面梳理各家反《序》論點，是為解讀《詩》旨所做的預備工作。

（一）駁《毛詩序》的謬誤

　　隋代以前《詩》三家說絕，《毛詩》獨行，因此說《三百篇》詩義者，大都根本於《毛序》。《序》之有害於《詩》，就在讀者知有《序》而不知有《詩》，誠如章如愚所說：

> 《詩序》之作，既無學三家者以攻之，又無先儒以言之。俗學相傳，以為出於子夏，妄者又直以為聖人。知求其義，又只就《序》中求之。學者自兒童時讀《詩》，即先讀《序》，已入肌骨矣。〔註83〕

陳延傑對《毛詩序》的基本態度是：一《毛序》辭平衍，又多支蔓，絕不類三代之文，其不出子夏、毛公，而為衛宏所附益者。二《詩》緣情，而世人往往不能涵泳其言外之趣，原因是「厄於《詩序》」。（《詩序解‧敘》）明顯的想將《序》說與聖人的詩教分離，並以駁《序》作為回復詩篇本意的必要手段。總計《詩序解》中對各篇詩旨的闡釋：《風》詩駁《序》者一三三篇，採《序》說者二十七篇；二《雅》駁《序》者九十六篇，採《序》說者十五篇；三《頌》駁《序》者二十二篇，採《序》說者十八篇。可見陳氏對《序》說的絕大部分內容都提出了批駁。如綜論《周南》詩十一篇說：

> 《小序》章章多歸美后妃，似《周南》諸篇皆為后妃作。信方玉潤所謂直可曰周頌，曰太姒頌者也。《集傳》以為首五詩皆言后妃之德，以〈桃夭〉以下諸詩，皆言文王風化之事，是《周南》又一似專美文王后妃也者，其亦誤矣。（卷上頁5）

是並《詩集傳》的附會一併駁之。至於《序》說的附會是一切詩旨扭曲的源頭，散見各詩篇〈小序〉中，斑斑可指。《周南》各篇牽涉文王后妃，所以往往有窒礙難通者；《召南》則「章章多牽合諸侯夫人及大夫妻，殊近附會」。（卷上頁7）另外有附

〔註82〕胡適在〈國學季刊發刊宣言〉提出三種系統整理國故的方法：索引式的整理、結賬式的整理、專史式的整理。並認為學術上結賬的用處有兩層：一是結束從前的成績，二是預備將來努力的新方向。見《胡適文存》第二集，頁9～14。

〔註83〕轉引自蔣善國《三百篇演論》（臺北：臺灣商務印書館，1980年）頁84。

會史實者，如〈式微〉〈旄丘〉，《序》說皆以爲黎侯寓于衛時事，陳氏據崔述以《左傳》宣十五年傳文證《序》說的謬誤，並說：

> 余細玩二詩之旨，當如崔氏所謂或有鄰國之君寓于衛者，其寫一種流離顛沛之狀，頗悽愴動人，不必傅會黎侯以曲全《序》說也。（卷上頁15）

至於史事的牽合，又往往與美刺、正變之說相關。對此，陳氏說：

> 世人論詩者，以爲《風》有《正風》、《變風》，又以爲《雅》有《正雅》、《變雅》。《正雅》止及文武成宣之世，《變雅》則止及幽厲，至幽厲之世無干涉者，則以爲思古，思古不思文王而專思武王，不思康王而專思成王，此皆王質所謂不可曉者也。（卷中頁80）

既然正變的說法裏充斥著不自然的穿鑿，所以有關《詩》旨的探求，陳氏以《小雅》詩爲例說：

> 《雅》有寫周世之盛者，有寫其衰者，無所謂正變也。至于時世多疑不可考，不得彊以爲某世某王之詩，是在讀詩者反覆涵泳之斯可耳。（卷中頁81）

另外陳氏對〈小序〉首句以下文字，亦有批駁，以爲多是講師望文生義、空衍文字，如說《大雅·既醉》：「講師言醉酒飽德，止是首章二語，又言人有士君子之行，非詩意矣」。（卷中頁86）〈行葦〉詩下案曰：

> 《呂記》曰：自周家忠厚以下，論成周盛德至治，則得之，然非此詩之義也。意者講師見《序》有忠厚之語而附益之歟？其疑《後序》甚當，故朱子亦譏其隨文生義，無復倫理者也。（卷中頁85）

《周頌·酌》原是與〈賚〉、〈般〉一體，是〈大武〉篇中的一章，〈小序〉說：「言能酌先祖之道以養天下也」。陳氏據嚴粲說，以爲是：講師見此《頌》名〈酌〉，攙入之。（卷下頁101）《序》說的空衍文字可見一般。

除了駁《序》說謬誤外，對於《序》說不詳備處，陳氏亦據諸家說予以補正。如《周頌·豐年》，〈序〉僅說：「秋冬報也」。陳氏據蘇轍說「秋祭四方，冬祭八蜡」；陳啓源說「宗廟之祭以展孝思，非報田功」，定〈豐年〉詩爲：「蜡祭樂章，寫收入之多，可以供祭，其辭甚簡而有味」。（卷下頁98）《大雅·鳧鷖》，〈序〉說：「守成也」。朱子以爲：「此祭之明日繹而賓尸之樂」，陳氏據以申述說：

> 是詩敘燕飲頗欣欣至樂，然亦嚴且肅矣。詩人措詞，何其工也。王質說，有尸必有祝，凡此稱酒殽及福祿者，皆嘏辭，亦善說詩者。（卷中頁86）

《三百篇》在戰國以後已逐漸喪失了音樂上的作用，所以《詩序》只能在主觀的意義上立說，如顧頡剛所說：

一二儒者極力擁護古樂詩，卻只會講古詩的意義，不會講古詩的聲律。因為古詩離開了實用，大家對牠有一點歷史的態度。但不幸大家沒有歷史的智識可以幫著研究，所以結果只造成了許多附會。(〈詩經在春秋戰國間的地位〉，《古史辨》第三冊，頁 366～367)

宋以後學者如：鄭樵、朱熹、馬瑞辰、魏源……等，才又開始觸及《詩經》與禮、樂的客觀關係。陳氏據諸家的研究成果，補《序》說的不足，不僅是洞悉《序》說問題的本質，更對《詩經》時代禮、樂、詩三者關係的重建，具積極的意義。

(二)「詩緣情」與探求詩人之志

陳延傑十八歲（1906 年）入兩江師範學堂，從李瑞清習文學及經學，又從近代同光體詩壇領袖陳三立學詩，畢生在經學、古典文學，特別是古典詩學用力甚深。並在一九二五年完成鍾嶸《詩品》的注釋，嫻於魏晉詩論。〔註84〕對於《三百篇》主張「詩緣情」，以為探求詩旨當「涵泳其言外之趣」，則顯然是受陸機《文賦》「詩緣情而綺靡」的影響，「緣情」說的特點大抵在：一強調詩歌抒情的功能與作用，二強調多樣化的感情因素，不局限于符合道德禮義的情態，是對「詩言志」傳統詩教的一種挑戰。〔註85〕但據《詩序解・敘》說：

余以詩言《詩》，不假《序》說，每治一篇，則朝夕隱几反誦，如讀唐宋人詩然者，必直尋其歸趣而後已。雖暑雨祈寒，未或稍輟，亦實有感於心也。每有欣會，輒筆之於紙，又集諸家之說為《詩序解》三卷，冀可得風雅餘味，而悠然見詩人之志焉。

可知纂述的宗旨在求作詩人之志，所謂「志」，陳氏從詩歌創作的角度解釋說：「人稟七情，應物斯感，感物吟志，莫非自然，故志即情也」。〔註86〕又進而將情與志結合，並且強調「情、事、景」是作詩的三條件，因此他在「以意逆志」的方法運用上，常是從景物、事件，求詩人的深情，如說《周南・葛覃》：

首章寫景物，蓋即感物思親焉。次言婦功既成，可以歸矣。末敘歸寧。全篇意旨，宛然在目，此真民間詩也。（卷上頁 1）

直接從詩句解讀，三章疊進，得人情之常，益見《詩序》、《詩集傳》附會后妃的愚妄。又說《唐風・杕杜》：「此獨行野樹之間，無比庇者，故詩人興憐，語意可悲，其感事深矣」。（卷上頁 41）《唐風・葛生》：「蓋此詩寫征婦之怨，悽愴動人，角枕

〔註84〕 參見史筆〈陳延傑生平述略〉，《文教資料》1986 年 6 期，頁 91～92。

〔註85〕 參見張啓成〈論魏晉南北朝詩學觀的新突破〉，《第三屆詩經國際學術研討會論文集》（香港：天馬圖書公司，1998 年）頁 158。

〔註86〕 見陳延傑〈論以一部《論語》入詩〉，《斯文》2 卷 21 期，1942 年。

錦衾之燦爛，夏日冬夜之懷思，其情亦大可哀矣」。（卷上頁 42）如此凸顯詩歌創作是一種「物我交感」的歷程，是將《詩》旨的闡釋，從儒家倫理教化的附屬地位，提昇到審美的範疇。

再則陳氏說《詩》強調《風》詩的民間性，如說《周南‧關雎》：「此詩為陝以東之風，殆一初昏時抒情之俚謠，而率直醇樸，自不可及」。（卷上頁 1）說《鄘風‧定之方中》：「是詩寫卜築勸農情景，宛然入畫，蓋故都遺民隨徙渡河者所作，真所謂民風者矣」。（卷上頁 19）因此地理風情成為解讀《詩》篇的重要依據，一方面據以說明《風》詩的地理性特質，如說《周南》：

> 周地濱雍州岐山之陽，且及乎江漢之間，其氣蔽塞，故其為詩也，多含蓄演迤和平中正之音，不涉于侈靡，季札謂勤而不怨者，庶幾近之。（卷上頁 5）

又說《衛風》：

> 衛地濱大河，其俗輕慢，故民風頗有邪僻者，然其音靡靡者，亦不過〈桑中〉數篇焉耳。其他各什多沉鬱頓挫，古直悲涼，使人讀之，輒感慨唏噓而不已。（卷上頁 23）

另一方面，則因此顯示風俗對詩歌創作的影響，如說《鄭風》：

> 魏源謂婦人九篇，則〈遵大路〉〈女曰雞鳴〉〈有女同車〉〈丰〉〈東門之墠〉〈子衿〉〈出其東門〉〈野有蔓草〉〈溱洧〉，其詩非必皆淫詩，而風聲習氣所漸靡，雖思賢諷政之詩，亦有不自知其然者矣，以是知風俗之移人心情有如是者。（卷上頁 33）

（三）反《序》派詩說商榷

《詩序解》在《詩》三百十一篇各篇題下：首列〈小序〉文，次述作者案語。案語的內容有：陳氏對每篇詩「朝夕隱几反誦，如讀唐宋人詩然者，必直尋其歸趣而後已」（《詩序解‧敘》頁 1）的心得；另外又集諸家《詩》說，特別是以三家之說，和宋代以來學者駁《序》的論說為主。據書前〈敘〉言：

> 洎宋蘇轍起，始黜《序》，鄭樵著《詩辨妄》、朱子著《集傳》詆之尤甚，其後若呂祖謙、嚴粲、王質等，咸相與附和，大都擺落舊說，爭出新意。繼而清儒崔述、方玉潤、魏源輩，又掊擊《序》不遺力。凡此諸家說《詩》，類多能以意逆志，頗見詩人趣味。雖百代以下難以情測，然以視夫《毛序》之委曲遷就，穿鑿傅會，隱蔽不彰者，倜乎遠矣。

可見作者蒐集反《序》派詩說的用意，其中去取除「以意逆志」的主張外，又頗斟酌於史料、禮制、風俗傳說……等相應的比較參考材料，如《邶風‧柏舟》案曰：

至若仁不逢時，退隱窮居者絕無此口吻，《毛詩》說誤。而韓、魯詩指爲宣姜者，亦恐未然也。《集傳》云：「婦人不得于其夫，故以柏舟自比」。且考其辭氣卑順柔弱，定以爲莊姜詩。朱子解此詩，頗得其旨，特指爲莊姜作，又不免欺罔者矣。（卷上頁11）

是從附會史事，卻無可憑據的角度，對《毛序》、魯韓詩說、《詩集傳》皆有批駁，並以爲「〈柏舟〉詩寫婦人煩冤壹鬱之情頗沉著，且志節凜然有不可犯之概，或繫不得志于其夫者所作」。對於《鄭風・揚之水》則說：

魏源說：「〈丰〉以後，皆民俗之詩，不爲國事」，其言頗明快，足以破眾惑矣。《朱傳》謂此男女要結之詞。王質以爲兄弟爲人所間而不協者。崔述又謂施諸朋友之間，亦無不可。蓋皆不從《序》說，而能發詩旨者。（卷上頁31）

駁《序》說的立場明確。對魏源、王質、崔述諸家說，雖言「能發詩旨」，但對顯然不同的說法並列而不論斷，或以爲亦皆有不甚愜詩意處，所以錄存以待來者？另外如說《邶風・靜女》：

余玩其詩旨，覺毛鄭之說拘，而歐朱之說肆，皆非也。《文選・思玄賦注》引《韓詩故》曰：靜，貞也。既言貞女，其非淫奔可知。《韓詩外傳》以是詩爲陳情義歌道義之作。《說苑》略同。則此爲懷昏姻之詩，蓋里巷歌之，所以抒情者。（卷上頁16）

陳氏解《詩》力主「詩緣情」。〈靜女〉一詩，毛鄭的美刺說固然拘牽而不合理，但歐陽脩、朱熹的淫奔期會之說太肆，直例〈溱洧〉之類，顯然也不能令人滿意，所以皆非之，別采魯韓詩說，回歸一般「抒情」詩歌的素樸本相。

從上述可見陳延傑的說詩原則有三：一是駁《毛詩序》的牽強附會；二是主張三百篇皆緣情之作，當「以意逆志」，涵泳言外之趣；三是取歷代反《序》論點，斟酌情理、史事，以推求最接近作詩者情意爲依歸。又將《風》詩的大半回歸民間，如說《周南》：「皆周人自詠其里巷歌謠之作」。（卷上頁6）對鄭地風土稱說：「其人物美秀而文，文采風流，掩映一時，故鄭國善言情，又風教使然歟？」（卷上頁33）於秦則地理迫近戎狄，所以「修習戰備，高上氣力，以射獵爲先」，「及〈車鄰〉、〈駟鐵〉、〈小戎〉之篇，皆言車馬田狩之事，此寫秦人窮兵黷武之狀頗明晰，蓋風氣使然焉。」（卷上頁46）較歷代經說多歸王朝政事，更切近詩篇原貌。

惟《詩序解》幾乎完全不取民初學者的新說，而仍是傳統經史文學的思考架構，對詩篇具體內容的討論，經常落入現實主義傳統的影響，也就是強調詩歌「用」的意涵，較明顯的例子有：

（1）〈敘〉取太史公曰：「詩三百篇大抵聖賢發憤之所爲作也」。史遷的這段論述，原是強調詩人情感鬱結與創作間的關係，但三百篇經漢儒之手，已經沒有詩人自由的意志，只有組織結構下的共同規範。陳延傑解說詩篇，重視《詩》在社會教化上的諷諫作用，如說《周南・汝墳》：「是篇寫婦人離思之深，猶能勉其君子以忠孝，信所謂〈北門〉大夫之妻，不及〈汝墳〉之婦人者矣。」（卷上頁 5）說《鄭風・將仲子》：「此詩當是仲氏逞橫，婉爲拒辭，而能申禮防以自持者。」（卷上頁 27）皆儼然是漢儒詩教的口吻。對《唐風・椒聊》取魏源說：「無刺昭公而美曲沃之義」，明白標舉「魏說本《韓詩》，意亦甚切，信可以發明詩教矣。」（卷上頁 40）大抵《詩序解》探三家義更甚於歷代反《序》詩說，自有其在教化觀點上不可分割的關聯性。

（2）誤以「用詩之意」爲「作詩之意」，如說《鄭風・羔裘》：「朱子所謂美其大夫之辭者是也。昭十六年，鄭六卿餞韓宣子，子產賦鄭之〈羔裘〉，蓋藉以美韓宣子可證焉。」（卷上頁 29）〈羔裘〉作意如何？尚無定論，但以春秋時人賦詩斷章的用意，作爲詩旨的論證，顯然有觀念上的模糊。更甚者如說〈子衿〉：「毛大可說，〈子衿〉一詩原屬風刺，未嘗眾薄，且亦漢唐以來行文之甚有據者。如北魏獻文詔高允曰：道肆陵遲，學業遂廢，子衿之歎，復見于今。《北史》大寧中，徵虞喜爲博士，詔曰：喪亂以來，儒軌陵夷，每覽〈子衿〉之詩，未嘗不慨然，如此引用不一而足。朱子作〈白鹿洞賦〉亦云：廣青衿之疑問，則又從《序》說矣，此平允之論」（卷上頁 31）說者皆後世引《詩》懸教的事例，實在無關作詩人之志。

三、關於〈詩大序〉詩學內涵及影響的闡述

〈詩大序〉以概括三百篇創作經驗爲中心，是先秦至漢代儒家詩論的總結，也是中國詩學形成完整理論體系的源頭，而探尋其間術語的發生和演變，很接近語義學上研究詞語意義的歷史和變化，是建構文學批評史觀的一個方法，也是了解《詩序》對中國古代詩論影響的線索，朱自清解釋說：

> 現在我們固然願意有些人去試寫中國文學批評史，但更願意有許多人
> 分頭來搜集材料，尋出各個批評的意念如何發生，如何演變──尋出它們
> 的史跡。這個得認眞的仔細的考辨，一個字不放鬆，像漢學家考辨經史子
> 書。〔註87〕

《詩言志辨》正是朱自清這個方法的示範，旨在通過對中國文學史中幾個批評意念的考辨，以奠定文學史或文學批評史的基礎，因此李少雍肯定他的貢獻說：

> 先生的考辨，絕不是架空的分析，而是以大量的「用例」作依據，以

〔註87〕見〈詩言志辨序〉，《朱自清古典文學論文集》（臺北：宏業書局，1983 年）頁 189。

探幽索隱的考據工夫為助力的。這不同于一般的語義分析法，也不是單一
的死板的考證。如他對「詩言志」等一系列詩論術語的辨析，既不是純客
觀的「徵實」，又不是純主觀的「發揮」，而是二者的結合。〔註88〕

在內容上包含源自〈詩大序〉的四條詩論：「詩言志」、「詩教」是兩個綱領，告訴人
如何理解詩、如何受用詩；「比興」、「正變」是這兩個綱領的方法論。從《詩經》學
的角度看，是漢人的經說系統，從詩文評的角度看，則是中國詩論的源頭。因此《詩
言志辨》既是朱自清對《序》說的釐清，也是建立古代詩論史的實踐。

（一）詩、樂關係與教化觀點的《詩經》詮釋史

　　春秋時，《詩》被記載下來，是因為音樂的因素。當時，詩與樂合一，樂與禮合
一。音樂的作用往往不脫政治教化，所以詩句的諷諫意義，是用詩人之意，而非作
詩人之意。也就是勞孝輿所說的：

　　　　蓋當時只有詩，無詩人。古人所作，今人可援為己詩，彼人之詩，此
　　人可廣為自作，期於「言志」而止。人無定詩，詩無定指，以故可名不名，
　　不作而作。〔註89〕

故雖取斷章，而無損於《詩》之本義。詩樂分離後，主義不主聲，又經孔門詩教，
運用於修身致知之上，所以「言志」便引申而具「表德」的含義。漢人又進而將溫
柔敦厚的詩教，與「知人論世」的方法相結合，於是原屬於「用詩」的教化綱領，
遂一變而為解詩的系統，說《詩》變成了「證史」，《詩》義的附會扭曲也自此開始。

　　上述詩樂的歷史，大抵為朱自清及五四時期學者所認同。〔註90〕所以一方面從
樂歌角度看《詩經》，契合了《詩》當初因樂被記載下來的特質。但另一方面，著重
於反《序》說的學者，也在《毛詩序》是「壓蓋在《詩經》上的注疏的瓦礫裏，最
沉重、最難掃除，而又必須最先掃除的一堆」（鄭振鐸〈讀毛詩序〉，《古史辨》第三
冊，頁385）的認定下，徹底否定漢人詩教的價值，而僅以附會鄙之。

　　朱自清利用歷史的方法，將「用詩」的歷史分為四部分陳述：「獻詩陳志」、「賦
詩言志」，都是詩、樂沒有分家以前，所以時間以春秋為斷限，舉的例證以《詩經》
為主；「教詩明志」、「作詩言志」，則在詩、樂分家以後，所以在時間上就從《詩經》
時代，一直伸展到近代，討論範圍亦推廣到歷代的作家、作品。如此分析歸納，便

〔註88〕見李少雍〈朱自清先生對古典文學研究的貢獻（代序）〉，《朱自清說詩》（上海：上
　　　　海古籍出版社，1998年）頁19～20。
〔註89〕見勞孝輿：《春秋詩話》（廣東：廣東高等教育出版社，1997年）卷一，頁1。
〔註90〕此一觀點在顧頡剛：〈《詩經》在春秋戰國間的地位〉，《古史辨》第三冊，頁 309～
　　　　366。及朱自清《詩言志辨》中均有詳細的論述。

呈現兩個結論：一是中國詩和詩論的源頭都是《詩經》。二是詩教這個實用主義的觀點，從「溫柔敦厚」到「思無邪」到「文以載道」，始終是中國文學的主流。至於論述的過程，亦釐清若干概念的糾纏，如：

（1）「詩言志」的兩層含義：「言志」和「載道」是現代用以標明中國文學史的兩個主流，朱自清卻以爲：「言志的本義和載道差不多，二者並不衝突」，且「《詩經》裏，一半是緣情之作，樂工保存它們，卻只爲了它們的聲調，爲了它們可以供歌唱，那時代還沒有『詩緣情』的自覺」。可以見出「樂以言志、歌以言志、詩以言志是傳統的一貫，以樂歌相語，該是初民的生活方式之一」。明白了這種樂語，才能明白獻詩和賦詩，這時代人們還都能歌，樂歌還是生活裏重要節目。獻詩和賦詩正從生活的必要，和自然的需求而來，說只是周代重文的表現，不免是隔靴搔癢的解釋。這說明了中國最早的詩觀是原始主義，其中又包含著部分的實用概念。〔註91〕

他並從文字上考察，以爲「詩」字的造成很晚，大約到周代才有。《說文》直接以志訓詩，聞一多在〈歌與詩〉中，進一步考證「志與詩原來是一個字」，至於戰國文獻中，「詩言志」的志，已經指「懷抱」了，且這種懷抱是與「禮」分不開的，也就是與政治、教化分不開的。也說明了，把「言志」與「載道」對立起來，以爲是文學史上「互爲起伏」的兩大潮流的說法，是沒有根據的。

（2）詩樂分家與詩教：「詩言志」到了〈詩大序〉，得到更大的引申，其中較大的轉變是：獻詩、賦詩著重的是聽歌者，〈詩大序〉卻從作詩的角度看。《詩》義的解說，自此進入重義不重聲的時代。這期間經歷了一段歷程，其中較顯著的兩次轉變，一是孔門詩教：孔子時由於雅樂敝壞，一般只將《詩》用於言語中，孔門更將之用在修身致知上，其方法仍是斷章取義，其內容則在事君事父，在多識草木鳥獸之名。一是孟子知人論世：孟子提出「以意逆志」的說詩方法，所謂「志」是全篇之義，而非斷章取義。這原是客觀的方法，後世卻誤將「以意逆志」，看作「以詩合意」，於是穿鑿傅會，以詩證史，《詩序》便是如此。

另外朱自清又從詩、樂分家的角度，解說所謂「淫詩」問題。因爲詩、樂分家後，如〈野有蔓草〉一類的男女私情之作，既非諷與頌，也無教化作用，便不是「言

〔註91〕 劉若愚在《中國文學理論》中引用陳世驤和周策縱的說法論證說：「已故陳世驤認爲這個『同反義字』（Syno-antonym）『之』，具有『往』和『止』兩種意思，在此義指舞蹈和節奏；周策縱在其他許多見解之外，認爲『寺人』是殘廢的侍從，可能跟『詩人』一樣，在典禮中執行吟詩和舞蹈這種職責。……假如我們接受第一種見解，中國最早的詩觀似乎是原始主義的詩觀，……假如我們接受第二種，那麼似乎含有部分的實用概念」。這與朱自清對詩、樂關係的理解，有相似的結論。見《中國文學理論》（臺北：聯經出版事業公司，1981 年），頁 136～137。

志」的詩，在賦詩流行的時候，因合樂而存在，詩樂分家賦詩不行，這些詩便失去存在的理由，但事實上又存在。於是便有了「陳詩觀風」之說，此說源自《禮記・王制》。〈王制〉出自漢儒之手，本是理想，原非信史，再以漢代有樂府採歌謠之制，受此暗示而創採詩說是可能的。〔註92〕所以「陳詩觀風」當可視爲，漢儒爲這類詩的存在所編造的理由。到了宋代，這個理由失去了說服力，宋儒乃提出「淫詩」說以代之。

（二）方法論

「比興」、「正變」是在《詩經》政教的詮釋觀中的兩個方法。原只是解析詩篇的工具，但在教化的終極目標下，亦是製造經說傅會糟粕的大幫凶。就方法而論方法，二者仍有其在詮釋學上的地位；就穿鑿的結果而言，又與說詩的目的和時代背景相關。朱自清從文學批評的角度觀察，便是要看出其附會的背景，以及作爲方法論，在中國文學批評史的發展。

1. 說「比興」

作爲修辭的方法，與「主文譎諫」的功能，朱自清對「比興」主要有兩點論述：

（1）《毛傳》、《鄭箋》解詩支離的原因：鄭眾對「比興」的解釋是：「比者，比方於物也。興者，託事於物也」。此說接近借物象而進行藝術構思，實際上已掌握了形象思維的特點。〔註93〕鄭玄注《周禮・大宗師》則引申說：「比見今日之失，不敢斥言，取比類以言之。興見今之美，嫌於媚諛，取善事以喻勸之。」又根本於美刺。「美刺」之說，源自《春秋》家，其特質在「斷章取義」，取其能明己意而止。漢人用以解詩，故以用詩人之意爲作詩人之意，以斷章之義爲全章之義。毛、鄭所說的興詩喻義，便都遠出常人想象之外，也就是黃侃《文心雕龍札記・比興篇》所說的：「自非受之師說，焉得以意推尋」，《鄭箋》力求系統化，想泯去斷章的痕跡，但根本態度與《毛傳》同，所以不免無中生有，其中又以《風》詩及《小雅》的一部分，因入樂較晚，支離情形尤爲嚴重。誠如勞孝輿所說：

〔註92〕王官採詩說，清人崔述已不相信，他在《讀風偶識》中提出三點質疑：1、爲什麼西周詩少東周詩多？2、爲什麼邶、鄘等國有詩，而別國無詩？3、爲什麼《春秋》、《左傳》都未記載王官採詩？近人高亨又補充兩點：1、先秦古書都未記載此事。2、漢人舉「採詩官」的例證，眾說紛紜。故以爲王官採詩之制恐不可信，但王朝樂官確有搜集詩歌之事。詳見高亨：〈《詩經》引論〉，《詩經學論叢》（臺北：崧高書社，1985年）頁3〜9。

〔註93〕羅立乾：〈經學家比興論述評〉中，便以爲：「最早把比興作爲《詩經》藝術方法，加以解說或論述的，就是這些把詩作爲儒家經書來訓釋的經學家」。並以爲在這些訓釋中：「有些好見解，實際上初步論述了，『比興』作爲形象思維方法的某些特點和規律。」詳見江磯編：《詩經學論叢》（臺北：崧高書社，1985年）頁381。

春秋至僖二十四年，爲八十年矣，至此始引用列國之風。前所引者皆《雅》、《頌》，可知風詩皆隨時所作，如〈碩人〉、〈清人〉之類是也。而左氏不悉標出者，大抵風詩未必有切指之題，〈小序〉之附會，可盡信哉？（《春秋詩話》卷二，頁23）

大約當時以聲爲用，入樂後才得廣傳，因此《風》詩的引用也便晚了。又《雅》、《頌》本多諷頌之作，斷章取義與原義不致相去太遠，《風》詩卻少諷頌之作，斷章取義往往與原義差得很遠，這是毛、鄭解詩，在《風》詩更支離的原因。

（2）比興在歷代詩論的發展：比興用在詩文評上，最初懷疑其作用的是鍾嶸，其〈詩品序〉云：「若專用比興，則患在意深，意深則詞躓」。所以《傳》、《箋》雖爲經學家所尊奉，但自建安以來卻沒有人用《傳》、《箋》式的比興作詩。於此朱自清引用黃侃論「興義罕用」的話說：「固緣詩道下衰，亦由文詞之作，趣以喻人。苟覽者恍忽難明，則感動之功不顯，用比忘興，勢使之然」。以爲最爲明通。然而後世詩論用比興者仍不少。朱自清從說《詩》、論《詩》兩項著眼，在說《詩》方面，有受毛、鄭影響，而更加支離者，如唐、宋人詩格一類的書；有系統的使用比興說《詩》者，如朱熹《楚辭集註》、陳沆《詩比興箋》、張惠言《詞選》等。至於論詩方面，自唐以來，比興一直是重要觀念之一。但論《詩》的人所重的不是「比興」本身，而是詩的作用，其中又以白居易爲重要代表。觀其詩論可說是實用主義的詩觀，詩歌的作用在於明道，所以上以「補察時政」，下以「洩導人情」。至於興詩的體裁關係不大，故他的「諷喻詩」裏，只有一小部分是後世所謂的比興，大多數還是賦體。

2. 說正變

「風雅正變」之說，在以《詩序》爲中心的《詩經》詮釋系統裏，具有質變的作用。其方法是利用王道盛衰，政教得失，作爲「以史證詩」的詮釋法，以建構完整的歷史背景，並且落實正變與美刺間的因果關係。《詩經》便在這樣的詮釋下，從歌謠文學，蛻變成諷喻諫書。可見正變說在漢代原只是解《詩》，不是評《詩》，這與六朝以後逐漸成形的「詩體正變」說，又兼及作者，是不相同的。大抵而言，「詩體正變」說是從「風雅正變」說而來，卻不是直線發展，而是「旁逸斜出」的發展，朱自清的「正變說」便涵蓋這兩部分。

（1）風雅正變：「風雅正變說是鄭玄的創見，並在他手上集大成」，是朱自清在這個主題的議論重心，所以他說：

「達於事變而懷其舊俗」，「變風變雅」原義只是如此。「變風變雅」的「變」，就是「達於事變」的「變」。只是常識的看法，並無微言大義在內。《孔疏》以「變改正法」爲「變」，「正」、「變」對舉，卻已是鄭氏的

影響。鄭氏將「風雅正經」和「變風變雅」對立起來，劃期論世，分國作譜，顯明禍福，「作後王之鑒」，所謂風雅正變說是他的創見。(〈詩言志辨〉，《朱自清古典文學論文集》上冊，頁 320)

並且認為「以史證詩」，雖是〈小序〉的任務，可是〈小序〉也還是泛說的多、確指的少。到了鄭玄才按《詩經》中的國別和篇次，系統的附會史料，編成《詩譜》，《箋》中更大量發揮作為各詩的歷史背景。〔註 94〕雖然仔細分析，此說仍有疏略處，而鄭玄正變說原出《毛傳》亦有跡可尋。〔註 95〕但這一套完整的系統完成於鄭玄之手，卻是肯定的。且有其立說的背景，依朱自清的分析，它至少與漢儒的幾項理論有關，他說：

> 借了「詩妖」說的光，他去理會〈詩大序〉中「變風變雅」的所謂「變」；他說「弘福如彼」、「大禍如此」，將禍福強調，顯然見出陰陽五行的色彩，他又根據天文和氣象的正變，禮的正變及樂的正淫，將那表見舊俗——舊時美俗，的風詩、雅詩定為「風雅正經」，來和「變風變雅」配對兒，這樣構成了他的風雅正變說。(〈詩言志辨〉，《朱自清古典文學論文集》上冊，頁 330)

並且認為其中最直接有力的影響是五行家所說的「詩妖」。妖，兆也。〈五行志〉引劉向云：「怨謗之氣發於歌謠，故有詩妖」，「詩妖」既指民間歌謠，則詩便有了發洩「怨謗之氣」的作用。

（2）詩體正變：在後世詩文評中，「正」、「變」的意思，便逐漸與鄭玄所指不同，而是用以指文學的正統和變革，如此便不再與文學的決定概念有關，而是屬於文學史的概念。〔註 96〕如果從六朝以後的詩文論加以分析，則「變」，又有「趨時」和「復古」兩個意涵，於此朱自清以為：

> 復古也罷，求新也罷，「變」的總是新的。「變」能成體，這新的就是好的。「變則通，通則久」，「變」是可喜的，明白了通變的道理，便不至一味隆古賤今，也不至一味競今疏古，便能公平的看歷代，各各還它一副本來的面目。(〈詩言志辨〉，《朱自清古典文學論文集》上冊，頁 347)

如此「變」中又隱含「正」義，正是六朝以至宋代論變的特質，明清以來詩論則明顯標舉「正」名，乃是因為「正變」之說在漢以後不用來解詩，而是用來評詩，並

〔註 94〕見朱自清：《經典常談》(臺北：同光出版社，1981 年) 頁 30。
〔註 95〕關於正變說原出《毛傳》的論證，詳見劉約翰、何天杰〈《毛詩·大序》析論〉，《1993年詩經國際學術研討會論文集》(保定：河北大學出版社，1994 年) 頁 569。
〔註 96〕此為劉若愚借由朱自清所臚列的資料，加以分析所得的結果。詳見同註 91，頁 133。

且指示作詩的門徑。

通過上述論述，明白的呈現影響中國古代詩論的，正是通過《序》說所闡釋的現實主義精神，朱自清從「重估一切價值」的角度出發，〔註97〕卻沒有導向廢《序》的結論，原因在於善用歷史的方法，胡適曾說：「歷史的方法」是一切帶有評判（Gritical）精神的運動的一個重要武器。而這個方法的應用有「很忠厚寬恕」的一面，也有「最嚴厲、帶革命性質」的一面。（〈杜威先生與中國〉，《胡適文存》第一集，頁381）朱自清在文學的研究方法上，特別重視分析，以爲「只有分析，才可以得到透澈的了解」，而「欣賞是在透澈的了解裏」。〔註98〕因爲分析的功夫作得紮實，因此在背景的呈現上，便容易得其客觀。能「處處指出一個制度或學說所以發生的原因」；因爲指出它的歷史的背景，故能了解他在歷史上占的地位與價值，所以朱自清所得於「歷史的方法」者，正是善用忠厚寬恕的一面。

附表2：1　民初學者對《詩序》作者的意見表

作　者	意　　見	備　　注
鄭振鐸	衛宏作。即使說《詩序》不是衛宏作，而其作者也決不會在毛公、衛宏以前。是後漢的產物，是非古的。	〈讀毛詩序〉，《小說月報》14：1，1923年1月10日。
謝无量	衛宏作。	《詩經研究》（上海：商務印書館，1923年）。
黃優仕	衛宏集錄師說而爲之者。	〈詩序作者考證〉，《國學月報彙刊》第一集，1926年頁33～39。篇末署年1924年10月20日舊稿。
呂思勉	・衛宏作。 ・實古學家采綴古書所爲，不惟非子夏，亦必不出毛公也。又引鄭樵說：「漢世文章，未有引《詩序》者」。爲《詩序》晚出之確證。	・《經子解題》（上海：商務印書館，1926年），頁13～22。 ・《詩序》《光華大學半月刊》2：10，1934年6月。
蔣善國	《後漢書》所載較可據，然衛宏所作的《序》，是否就是現在所傳的〈小序〉，尚難確說。我們只由正史中觀察，確定〈小序〉是漢代的作品，至於〈大序〉是否是漢人所作，尚不能找出實證。	《三百篇演論》（上海：商務印書館，1931年）書前敘言署年1927年8月20日。

〔註97〕見朱自清〈詩文評的發展〉，《朱自清古典文學專集》（臺北：宏業書局，1983年）上冊，頁544。
〔註98〕見朱自清：〈古詩十九首釋〉同上注，下冊，頁217。

胡樸安	淵源於子夏，敘錄於毛公，增益於衛宏等。	《詩經學》（上海：商務印書館，1928年）。
顧頡剛	衛宏作。	〈毛詩序之背景與旨趣〉，《國立中山大學語言歷史學研究所週刊》第10集，1930年2月16日。
黃　節	《詩序》非衛宏所作。	〈詩序非衛宏所作說〉，《清華中國文學會月刊》1：2，1931年，頁5～17。
陳延傑	不出子夏毛公而為衛宏所附益者	《詩序解》（上海：開明書店，1932年）。
李繁閨	衛宏作	〈詩序考原〉《勵學》4期，1935年6月，頁69～83。
蘇維嶽	子夏作《序》，《衛宏序》非古序。	〈論詩序〉，《國風月刊》7：4，1935年11月。
徐　英	其義為子夏以來相授之義，其文則衛宏所纂也。	《詩經學纂要》（上海：中華書局，1936年）。
李　淼	衛宏作。	〈詩序作者考〉，《國專月刊》5：5，1937年6月，頁68～69。

第三節　歌謠的《詩經》

　　民初歌謠觀點的《詩經》研究，是在反傳統思潮下，對於《詩經》詮釋的重建工作。在這個新的解釋系統裏，明白地呈現了新文化運動學者的文學觀點和文化意識。大體而言，整理國故和推行白話文兩項工作，使學者對大眾文化的研究產生積極的態度，並且企圖重新安排過去，為新文化找尋一個有活力的民間傳統，較明顯的例子如：胡適把白話小說提高到與「經學」同高的地位，顧頡剛將依附於「六經」的古代歷史結構降低到與戲曲故事同位格的歷史演進法之解釋，〔註99〕皆促使平民文化與貴族文化間進行對話，〔註100〕歌謠的《詩經》便是這個對話機制下的產物。

〔註99〕見彭明輝《疑古思想與現代中國史學的發展》（臺北：臺灣商務印書館，1991年）頁170。作者借此說明「《古史辨》運動超越儒學權威性之外所作的努力。」如果將同樣的議題放入白話文運動，或新文化運動下思考，則亦不妨是民初學者的文學觀點與文化意識。

〔註100〕根據陳平原的觀察：最早提醒胡適注意民間文學的革命意義的，是日後的論敵梅光迪。在〈五十年來中國之文學〉中，胡適開始建構「平民文學」與「貴族文學」對峙的研究框架，《中古文學概論·序》，由注重二者的對抗轉為注重二者的對話，直到1926年《詞選·自序》才得到完整的表述。見氏著《中國現代學術之建立》（北京：北京大學出版社，1998年）頁200～201。

一九一八年胡適在〈文學改良芻議〉一文中，以西方為例說：「今日歐洲諸國之文學，在當日皆為俚語。」而「以今世歷史進化的眼光觀之，則白話文學之為中國文學之正宗，又為將來文學必用之利器，可斷言也」（〈文學改良芻議〉，《胡適文存》第一集頁 16～17）所以在胡適的中國文學史觀裏，白話文學「是有很長又光榮的歷史的」，並在一九二二年提出的《國語文學史》新綱目中，將「從《國風》說起」列為最重要的一點見解。〔註101〕此外更視《國風》和《小雅》的一部分是從民間來的歌唱，他說：

> 我們若用歷史進化的眼光來看中國詩的變遷，方可看出自《三百篇》到現在，詩的進化沒有一回不是跟著詩體的進化來的。《三百篇》中雖然也有幾篇組織很好的詩如「訑之螢螢」「七月流火」之類；又有幾篇很好的長短句，如「坎坎發檀兮」「園有桃」之類，但是《三百篇》究竟還不曾完全脫去「風謠體」（Ballad）的簡單組織。（〈談新詩〉，《胡適文存》第一集，頁 169～170）

從《詩經》為白話文學的認定，到以歌謠解釋《詩經》，胡適在白話文運動中提出的文學觀點，深刻地影響民初的《詩經》研究：一方面是，過去以文學說《詩》的著作，又重新受到重視，如顧頡剛說：「有了《詩辨妄》，然後《詩經》的真面目露出來了，原來是民間傳唱的歌和士大夫的詩，正和後世的樂府一樣。」〔註102〕又說姚際恆的《詩經通論》，「其以文學說《詩》，置經文於平易近人之境，尤為直探詩人之深情，開創批評之新徑。」〔註103〕另方面卻是，新的解釋系統並沒有被導入文學鑑賞的路向，這固然有民間文學與民俗研究間不可分割的關聯性，一如胡適說的：

> 因為《詩經》並不是一部聖經，確實是一部古代歌謠的總集，可以做社會史的材料，可以做政治史的材料，可以做文化史的材料。（〈談談詩經〉，《胡適文存》第四集，頁 557）

明顯地將歌謠史料化，顧頡剛也說：「我也不能在文學上有所主張，使得歌謠在文學的領土裏占得它應有的地位，我只想把歌謠作我的歷史的研究的輔助。」（《古史辨》

〔註101〕見〈白話文學史自序〉，《胡適學術文集》上冊（北京：中華書局，1998 年）頁 136～138。《國語文學史》原是 1921 年第三屆國語講習所講稿，胡氏曾於 1922 年重新擬定新的綱目，在漢朝以前加入「二千五百年前的白話文學—《國風》」、「春秋戰國時代的文學是白話的嗎」兩項。1928 年增修定名為《白話文學史》由新月出版社出版，雖然由於手頭無書，所以仍不曾從《三百篇》作起，胡氏依然以此做為重要的見解。

〔註102〕見顧潮編《顧頡剛年譜》（北京：中國社科院，1993 年）頁 68，1922 年 1～4 月條下。

〔註103〕見顧頡剛《詩經通論》序，《姚際恆研究論集》（中）（臺北：中央研究院中國文哲所籌備處，1996 年）頁 372。

第一冊〈自序〉，頁 77）再則這大部分的工作，被納入整理國故和《古史辨》疑古史學的框架下進行，《詩經》的文學性質被賦予不同的界定，顧頡剛說：

> 予嘗謂孟子說《春秋》有其事、其文、其義三端，惟《詩》亦然，詩中之名物、制度其事也，當由歷史家主之；詩之型式、文辭及其與音樂之關係，其文也，當由文學史家及文學批評家主之；作詩之背景，及其與社會之關係，其義也，當由社會史家主之。〔註104〕

就《古史辨》中相關的討論篇章看，其實將更多的重點放在作詩的背景及其社會性上，正是涵蓋了「其事、其文、其義」三端。周作人曾對民初的歌謠研究有一番觀察說：

> 有些有考據癖的朋友，把歌謠傳說的抄本堆在書桌上，拉長了面孔一篇篇地推究，要在裏邊尋出高尚雅潔的文章的祖宗，或是找出吃人妻、獸拜樹、迎蛇等荒唐的跡象，寫成一篇文論，於文化史的研究上放一道光明，這是一種辦法，是我所極尊重的。或者有人拿去當《詩經》讀，說這是上好的情詩，並且看出許多好處來。我雖然未必是屬於這一派，但覺得這種辦法也是別有意思。在這二者之外，或不如說二者之間，還有一種折中的方法，從歌謠這文藝品中看出社會的意義來，實益與趣味兩面都能顧到，在中國此刻歌謠研究剛才開始的時候，這類通俗的辦法似乎是最爲適當而且切要。〔註105〕

其間「文化史、文學、社會學」的研究路向，正是民初歌謠的《詩經》研究的諸多面相，因爲一旦將《詩經》視同上古歌謠，便是民俗研究的資料，不是純粹的抒情詩或教訓詩。

一、庶民文化意識的《詩經》再詮釋

胡適在《白話文學史》中引用楊惲對當日（漢代）民間文學的陳述後說，「這裏面寫的環境，是和廟堂文學不相宜的」，所以：

> 廟堂的文學可以取功名富貴，但表達不出小百姓的悲歡哀怨；不但不能引出小百姓的一滴眼淚，竟不能引起普通人的開口一笑。因此廟堂文學儘管時髦，儘管勝利，終究沒有「生氣」，終究沒有「人的意味」。

〔註104〕 見顧頡剛《顧頡剛讀書筆記》（七下）「牛運震以歷代文學作品比較《詩經》」（臺北：聯經出版事業公司，1990 年）頁 5705。

〔註105〕 見〈歌謠與婦女〉，《周作人民俗學論集》（上海：上海文藝出版社，1999 年）頁 122。此文爲周作人爲劉經庵《歌謠與婦女》作的序，原載《燕大周刊》第 82 期，1925 年 10 月 7 日。

　　從文學史觀上文言／白話的二元發展，而導出「廟堂文學終壓不住田野的文學，貴族的文學終打不死平民文學」，〔註106〕「自從《三百篇》到於今，中國的文學凡是有一些價值，有一些兒生命的，都是白話的，或是近於白話的」結論，（〈建設的文學革命論〉，《胡適文存》第一冊，頁57）其實更接近文化批判語言，同樣的提法，顧頡剛在〈《詩經》在春秋戰國間的地位〉一文中說：

　　　　作詩的方面，大別有兩種：一種是平民唱出來的，一種是貴族做出來的。平民唱出來，只要發洩自己的感情，不管牠的用處；貴族做出來，是為了各種方面的應用。《國風》大部分，都是采取平民的歌謠。……在《大、小雅》裏，采的民謠是少數（如〈我行其野〉〈谷風〉等），而為了應用去做的占多數（如〈鹿鳴〉〈文王〉等）。《頌》裏便沒有民謠。（《古史辨》第三冊，頁320～321）

顯見將《詩經》與白話文學、民俗文化做積極的結合，和民初知識份子的文化意識，乃至自身地位的反省有關。從時代背景看：

　　一方面，整個二○年代的中國學界，充滿了俄國式民粹思想的影響。〔註107〕運用於古代中國文化研究，最典型的例子是，一九二八年郭沫若繼承恩格斯《家庭私有制和國家的起源》的觀點和方法，〔註108〕以《詩》、《書》為材料分析批判殷周的社會結構和意識形態的發展變化，利用周詩裏專詠農事的詩，證明當時的農夫就是奴隸，「他們不僅作農夫，還要做工事，供徭役。」並且「奴隸一經久了，便成為所謂庶民。庶民和百姓在當時是有分別的。百姓是貴族，又叫作君子」，「和這君子相對的庶民又稱小人」，所以當時存在貴族和庶民兩個階級。〔註109〕這個推想，在日後促使郭氏進一步用二分對立的語言來表述對《詩經》的評價，他說：在今天看來

〔註106〕見同注99，頁154～155。

〔註107〕相關內容參見施耐德《顧頡剛與中國新史學》（臺北：華世出版社，1984年）第四章「民俗研究運動及其環境」，頁135～162。作者引用1987年代俄國小說家的話：「我們把老百姓掛在嘴上，但我們並不了解他們，我想過老百姓的生活，並為他們受苦。」來說明俄國式民粹思想，並以李大釗的青年下鄉運動、五四以後的種種民粹派學生組織、1918年起北大的歌謠采集工作，來說明民初學者對俄國民粹主義者的經驗的著迷。至於馬克思主義在中國的傳佈，對文化的衝擊起於五四運動，1919年《新青年》第6卷第5號刊行馬克思研究專號，首先有系統的介紹馬克思學說。其中李大釗在〈我的馬克思主義觀上〉中，引用〈哲學的貧困〉、〈共產者宣言〉、〈經濟學批評序文〉說明馬克思的唯物史觀，簡單說就是「凡是精神上的構造，都是隨著經濟的構造變化而變化」，這樣的歷史唯物主義，對傳統史學產生重大的挑戰，同時也衝擊了與上古史學關係密切的經學研究。

〔註108〕見郭沫若《中國古代社會研究》自序（石家莊：河北教育出版社，2001年）頁9。

〔註109〕見同上注，頁107～116。

「最有文學價值的是《國風》」，它主要是搜集民間歌謠的民間文學，「在內容和形式上都保留相當素樸的人民風格」；《雅》《頌》主要是採自宗廟朝廷的貴族文學，雖然「多是抒情的贊頌或詛咒」，卻缺乏自然和生動的情趣。結論是：「民間文藝的生命，比貴族文藝或宮廷文藝的生命更豐富，更活潑」。〔註110〕明白地延續了二○年代自俄國傳入的文藝觀點，利用凸顯「藝術上的人民性」的模式，推演出對《詩經》文學的評價。

再則，迫於當日的民族危機，「到民間去」的呼聲高張，知識份子開始反省自身地位和學術傳統，許多民俗調查工作，就在這樣的氛圍下進行，顧頡剛〈《妙峰山》自序〉說：

> 這是民眾藝術的表現；這是民眾信仰力和組織力的表現。如果你們想要把中華民族從根救起，對於這種事實，無論是贊成或反對，都必須先了解了才可以走第二步呵！〔註111〕

就像他在《古史辨》第一冊〈自序〉說的：「中國民族的衰老，似乎早已成為公認的事實。戰國時，我國的文化固然為了許多民族的新結合而非常壯健，但到了漢以後便因為君主的專制，和儒教的壟斷，把它弄得死氣沉沉了。」（《古史辨》第一冊〈自序〉，頁89）所以中國文化衰微的問題，源自因史料偏畸所形成的聖賢文化，〔註112〕據顧頡剛自述他研究《詩經》的經驗說：

> 到這時，在《詩經》上用力了半年多，灼然知道從前人所作的經解，真是昏亂割裂到了萬分。在現在時候決不能再讓這班經學上的偶像占據著地位和權威。因此，我立志要澄清謬妄的經說。（《古史辨》第一冊〈自序〉，頁50）

原本，智識分子只是貴族的寄生者，經書都是國君及卿大夫士們的日常應用的東西，但經漢人編排之後，經學成了學術的權威，「裏面不知包含了多少違背人性和事實的說話。」（《古史辨》第四冊〈自序〉，頁11～12）綜合整個《古史辨》的辨偽工作，正是企圖逐步瓦解這個以聖賢為中心的歷史。〔註113〕

〔註110〕 上述內容見郭沫若〈簡單地談談《詩經》〉，《奴隸時代》（上海：新文藝出版社，1952年）

〔註111〕 見《顧頡剛民俗學論集》（上海：上海文藝出版社，1998年）頁427。原載顧頡剛編《妙峰山》廣州中山大學民俗叢書，1928年。

〔註112〕 見顧頡剛1928年在嶺南大學的演講〈聖賢文化與民眾文化〉，轉引自《顧頡剛民俗學論集》同上注，頁470。

〔註113〕 有關《古史辨》的辨偽工作，參見拙著〈顧頡剛疑古辨偽的思考與方法〉，《經學研究論叢》第六輯（臺北：臺灣學生書局，1999年）頁24～37。

在打破儒學權威的同時，「整理國故」運動的另一個重心是，找尋替代的文化，對此胡適說：「在歷史的眼光裏，今日民間小兒女的歌謠，和《詩三百篇》有同等的位置；民間流傳的小說，和高文典冊有同等的位置。」（〈國學季刊發刊宣言〉，《胡適文存》第二冊，頁 8）就學術平等的眼光看，貴族文化和民間文化有同樣的研究價值；就文化的活力看，漢族文化的正統聖賢文化是衰老的，但是如顧頡剛所說：

託了專制時代「禮不下庶人」的福，教育沒有普及，這衰老的文化並沒有和民眾發生多大的關係。（《古史辨》第一冊〈自序〉，頁 90）

顯然民眾文化是極合適的替代方案，但儒學一尊的見解，在當日仍未被打破，究其原因，「只因打破一尊的話是空的，實際上加入的新材料并不多，造不起一般人的新見解。」〔註114〕增加新材料的工作：一是親自蒐集風俗民情的實際材料。一是利用科學的方法，對材料進行研究，以建構出可能的文化取代方案。從歌謠採集到《詩經》研究，正是一種重建庶民文化的實際操作。也就胡適說的：「國學的方法是要用歷史的眼光來整理一切過去文化的歷史。國學的目的是要做成中國文化史。」（〈國學季刊發刊宣言〉，《胡適文存》第二集，頁 13）在「整理國故」運動期間，便出現了幾種對於上古歷史的重新解讀，如：

詩人時代

1919 年	胡適：中國哲學發生的時代	《中國哲學史大綱卷上》，頁 32～42。
1929 年	張壽林：《三百篇》所表現之時代背景及思想	《論詩六稿》，頁 123～165。

樂歌應用的時代

1923 年	顧頡剛：《詩經》在春秋戰國間的地位	《古史辨》第三冊，頁 309～366。
1923 年	顧頡剛：從《詩經》中整理出歌謠的意見	《古史辨》第三冊，頁 589～592。
1925 年	顧頡剛：論《詩經》所錄全為樂歌	《古史辨》第三冊，頁 608～657。

奴隸制時代

1928 年	郭沫若：《詩》《書》時代的社會變革與其思想上之反映	《中國古代社會研究》，頁 87～178。〔註 115〕

它們原則上以《詩經》為材料，採用重新釋義的方式，呈現一個不同於儒學正統的歷史觀，而其間又有兩個相同的特點：一是截斷眾流，打破理想古代的迷思，

〔註 114〕見同注 111，頁 456。
〔註 115〕上列各書本節所用版本分別為：《中國哲學史大綱卷上》（臺北：臺灣商務印書館，1979 年）；《論詩六稿》（北平：文化學社，1929 年）；《古史辨》（臺北：明倫出版社，1970 年）；《中國古代社會研究》（石家莊：河北教育出版社，2001 年）。

據顧頡剛回憶胡適在北大講授中國哲學史的情形說：

> 他不管以前的課業，重編講義，闢頭一章是「中國哲學結胎的時代」，
> 用《詩經》作時代說明，丟開唐虞夏商，逕從周宣王以後講起。（《古史辨》
> 第一冊〈自序〉，頁 36）

對此胡適從材料的眞僞著眼說：「《尙書》或是儒家造出的『託古改制』的書，或是古代歌功頌德的官書，無論如何沒有史料價值。」（《中國哲學史大綱卷上》頁 22）張壽林以爲向來爲一般所根據的《尙書》、《儀禮》、《春秋》、《左傳》等書，除了多數爲晚出作品外，而且都不免後儒「託古改制」。（《論詩六稿》頁 124）郭沫若則明確分析：「儒家的理想是哲人政治，就是物質上的貴族階級要是精神上的貴族階級，一國的王侯天子要就是那一國的賢人聖人。」「於是堯、舜、禹便成爲儒家理想的聖人，唐、虞、夏便成爲儒家的理想時代。」（《中國古代社會研究》頁 94）因此上古信史，都只能從殷代說起。

　　二是，直接回到可靠的史料，視《詩經》爲唯一安全的上古史材料，這個概念最早由胡適提出，（《中國哲學史大綱卷上》頁 22）後來顧頡剛說：「除了《詩經》本身外，凡要取來證成《詩經》的差不多沒有一部書籍完全可靠。」「我們要找春秋時人，以至西周時人作品，只有牠是比較的最完全，而且最可靠。」（《古史辨》第三冊，頁 309～311）郭沫若也說：「《詩經》是我國文獻中的一部可靠的古書，這差不多沒有可以懷疑的餘地。」（《中國古代社會研究》頁 87）雖然在日後的研究中，學者們都做了更謹愼的判讀，例如郭沫若提出「眞僞難分」「時代混沌」都不能作爲眞正的科學研究的素材，而「《詩三百篇》的時代性尤其混沌。」〔註116〕所以他說：

> 《詩經》儘管「從來無人懷疑」，但問題實在很多。材料的純粹性有
> 問題，每一詩的時代有問題，每一詩的解釋，甚至一句一字的解釋都可以
> 有問題。我們不是要全部否定《詩經》，而是不同意對《詩經》的全部肯
> 定與隨意解釋。〔註117〕

但《詩經》的可靠性，仍是民初時期的普遍共識。

（一）詩人時代

　　胡適以西元前八至六世紀（周宣王 28 年～周敬王 20 年）爲中國哲學的懷胎時代，也稱爲「詩人時代」，因爲這兩百年的思潮，除了《詩經》別無可考。張壽林則著重於「文學是準據於當時的生活及思想的」，所以可以借此考見一個時代的政教風

〔註116〕見郭沫若《十批判書》（上海：群益出版社，1948 年）頁 3。
〔註117〕見郭沫若〈關於周代社會的討論〉，《奴隸制時代》（北京：北京人民出版社，1954
　　　　年）頁 86～87。

尚，並且引用章實齋的話：「後世竹帛之功，勝於口耳；而古人聲音之傳，勝於文字」，說明以聲音為重的詩歌，比其他史料更重要，強調文藝的詩歌是「時代精神的正確的解釋」。

為了說明思想的產生與時代背景間的因果，胡適首先利用《詩經》材料，解讀當時的社會現象，其間對詩句的詮釋，頗異於傳統經說，對《詩經》重新釋義的意圖明顯。在方法上，卻又難免過當，如以今例古，尤有甚者，往往套用當日流行術語，說《魏風・伐檀》「竟是近時社會黨攻擊資本家不該安享別人辛苦得來的利益的話了！」便是一例。又利用參考比較材料時過度的想像，如說《小雅・大東》、《魏風・葛屨》兩篇竟像英國虎德（Thomas Hood）《縫衣歌》的節本，「寫的是那時代的資本家，僱用女工，把那『摻摻女手』的血汗工夫，來做發財的門徑」，「葛屨本是夏天穿的，如今這些窮工人到了下霜下雪的時候，也還穿著葛屨。怪不得那些慈悲的詩人忍不過要痛罵了。」相較之下，張壽林展佈大量詩篇原文，來建構社會現象，對詩句的引申顯得相對的保守謹慎。經排比分析兩人對《詩經》那個時代，分別作出以下的結論，胡適說：

> （一）戰禍連年，百姓痛苦；（二）社會階級漸漸銷滅；（三）生計現
> 象貧富不均；（四）政治黑暗，百姓愁怨。這四種現狀，大約可以算得那
> 時代的大概情形了。（《中國哲學史大綱卷上》頁 39）

張壽林在上述四項基礎上，加進一項「人民的生計大部分已經由牧畜而變為耕織了，並且當成康兩代，都是度著很完美的農家生活的」，並將胡適列舉的現象，設定在康王以後。比較細心地處理了《詩經》所涵蓋的極為漫長的時代，而著重於人民生計的視角卻是一致的。

在時代思想上，胡適分為：憂時派、厭世派、樂天安命派、縱慾自恣派、憤世派五種，以為這些思潮，沒有一派不是消極的。唯並列陳述，「徒謂經世亂而學術以興，則不能抉出此一時代背景之特點，即不能指出此一時代學術思想之真源也。」〔註118〕張壽林在瑣細的派別間尋出一個思想的源頭，也就是古代人類共同的中心思想——素樸的天道觀，並從《詩經》材料中見出這個天道觀念具有三個特質：（1）天是有意識的人格神，如《大雅・皇矣》的天能「監觀四方」，《大雅・大明》的天會「降罰於世」。（2）崇信陰陽災異的說法，這在《三百篇》中不勝枚舉。（3）由於天的權威逐漸形成政教合一的社會，《大雅・皇矣》中「不知不識，順帝之則」的政治哲學。這樣的天命觀，自然產生消極思想。而積極的想法，則

〔註118〕見錢穆《國學概論》（臺北：臺灣商務印書館，1998 年）頁 324。

有待成康以後，因長期紛亂，一般人對天的信仰產生了動搖，所以「天道觀念的差異」，是造成兩派思想，也是社會進化的主因。(《論詩六稿》頁 151～160) 這一點人文思想的脈動是胡適特別重視的，所以說直到〈伐檀〉〈碩鼠〉的詩人，才有了一點勃勃獨立的精神。認為這是思想界中種下的革命的種子，是為中國真正的哲學時代所結的胎。(《中國哲學史大綱卷上》頁 42)

由於《詩經》著成的時代從西周初年到春秋中葉，正好反映周代天神權威和人文思想興起的一段歷程，有其在中國古代思想史的重要地位，胡適取來置於中國哲學史的前編，雖然內容顯得粗略，卻為《詩經》研究起了一個典型示範。

（二）樂歌應用的時代

顧頡剛研究歌謠最初的動機之一，是想藉比較的方法，窺見「《詩經》是否有一部分確為民間流行的徒歌。」(《古史辨》第一冊〈自序〉，頁 75) 也就是通過大眾文化將現在和過去連接起來，因為他始終相信，中國文化所以會衰敗的原因，是漢以後的君主專制和儒家壟斷。(《古史辨》第一冊〈自序〉，頁 89) 如果能證明《詩經》中含有真正的歌謠，便能跨越貴族文化傳統，直接大眾文化的源頭。但顧氏研究的結論卻是：「《詩經》所錄全為樂歌」，並且想從《詩經》中離析出歌謠的原始真相幾乎是不可能的，原因是：「一首詩文只要傳誦得普遍了，對於作者和本事的傳說一定失了真相。」所以我們對於《詩經》的作者和本事決不能要求知道得清楚。(〈《詩經》在春秋戰國間的地位〉，《古史辨》第三冊，頁 309) 他還說：「我們固然知道《詩經》中有若干篇是富有歌謠成份的詩，但原始歌謠的本相如何，我們已經見不到了，我們已無從把它理析出來了。」(〈論《詩經》所錄全為樂歌〉，《古史辨》第三冊，頁 631) 那麼《詩經》的真相究竟如何？對此顧氏充分的運用了所謂故事的方法與概念，也就是《詩經》的真相固然不可得，但可以求得一個在漢代以前《詩經》中詩樂關係演進的歷史，他說：

> 我因為想要解答這一類問題，就想把《詩經》在牠的發生時代——周代——中的位置考查一下，看出：
>
> 沒有《詩經》以前，這些詩是怎麼樣的？
>
> 那時人對於牠們的態度是怎麼樣的？
>
> 漢代經學家的荒謬思想的來源是在何處？
>
> 為什麼會有這種荒謬思想的來源？
>
> 因此，我把春秋戰國時關於「詩」與「樂」的記載鈔出了多少條，比較看來，果然得一個近理的解釋。

在一些相關的研究中，顧頡剛以《左傳》、《國語》、《儀禮》、《禮記》、《論語》等

戰國乃至漢代的材料。〔註119〕加上實際采歌觀戲的心得,獲得一個周人用詩的大約狀況:

1. 《詩經》在周代的應用

顧氏以為《詩經》有「為了應用而作的詩」和「采來的詩而應用牠的」兩種,所以全部都是應用的樂詩。周人對於《詩經》的用法主要有四類:一是典禮,二是諷諫,三是賦詩,四是語言。(〈《詩經》在春秋戰國間的地位〉,《古史辨》第三冊,頁 322)就詩句的內容看:

《小雅·楚茨》、《周頌·有瞽》、《商頌·那》大約是依照祭祀手續的時間逐次奏的。尤其是《頌》詩的兩首,不僅奏樂完備,且樂、歌、舞三事合作,可見《頌》是樂詩中用得最鄭重的。

《魏風·葛屨》、《小雅·節南山》、《小雅·何人斯》的宗旨是「為了要去譏刺好人的褊心,要去窮究國王昏亂的緣故,要去窮究他人的反側之心」,都具有諷諫的痕跡。雖然《左傳》二百六十年不曾見過「師箴、瞍賦、矇誦」的記載,但如《小雅》中的〈正月〉、〈雨无正〉卻都很長,很有組織,完全為了警戒與規勸,可以斷定是士大夫為了諷諫而做的,顧氏以為這類詩都在《大小雅》,是王朝的詩,《左傳》不注意王朝的事,所以沒有記載,但這類風氣在東周是還未歇絕的。

「斷章取義」是賦詩的慣例,左氏引用《左傳》襄二十八年:「賦詩斷章,余取所求焉;惡識宗!」定九年:「苟有可加於國家者,棄其邪可也。」說明:「『惡識宗』就是不管作者的本義;『棄其邪』就是棄掉不可用的而取牠可用的。所以那時候的賦詩,很可稱作象徵主義。」至於用詩,在《左傳》中常用的不過百句,大抵用在讚美、罵詈、悲歡。用諺語雖不及詩多,但可見二者形式很相似,且有詩句用久了會變成諺語的現象。

整體而言,《三百篇》在春秋時流傳很廣,而且有個重要的特質:

> 一國都有了各國的樂詩,一階級都有了各階級的樂詩,所以這三百多篇詩更為一般人──至少是貴族的全體──所熟習,覺得真是人生的日用品了。(〈《詩經》在春秋戰國間的地位〉,《古史辨》第三冊,頁 344)

又:

〔註119〕 顧頡剛對這樣的取材是膽怯的,他說:「我們要研究春秋時人對《詩經》的態度,卻不得不取材於戰國時,乃至漢代的記載,這確實的程度已經打了折扣;何況春秋時人對於《詩》有種種應用,而戰國時人只有說話中偶爾引到,別的地方就用不著了。我們能保證他們的記載沒有隔膜與錯誤嗎?」所以顧氏對於這些材料的態度是「不看作固定的某一事,而看作流動的某一類事的動作狀況。」見《古史辨》第三冊,頁 311。

他們對於詩的態度只是一個爲自己享用的態度；要怎麼用就怎麼
用。……正如現在一般人看演戲，只爲了酬賓，酬神，和自己的行樂，並
不想依據了戲中的事去論古代，也不想推考編戲的人是誰。(同上，頁 345)
這正是顧頡剛對故事的概念，是流動的，也是日用的。於是曾經神聖的儒家經典，
剝去了前人「只記得了聖人，而忘卻了人生」的態度，(《顧頡剛讀書筆記》卷一，
頁 363) 便只是日用品，是戲台上的戲目，是人們口中的諺語。

2. 詩樂歷史的演進

顧頡剛從「周代人的用詩」、「孔子對於詩樂的態度」、「戰國時的詩樂」、「孟子
說詩」，見出詩樂關係的轉變，正是一部《詩經》附會的歷史，其間大約可分爲三期：

第一期是從西周到春秋中葉，詩和樂合一，樂和禮合一。這時雖是亂用詩，卻
沒有損傷《詩經》的眞相。

第二期是春秋末葉，具獨立性的新聲興起，音樂不再附會歌詞，也脫離了禮節
的束縛。從《論語》中看出當時的詩樂情形有三個趨向：「僭越」、「新聲流行」、「雅
樂的敗壞」，所以孔子要「正樂」，卻已是不能維持詩樂的地位了。

第三期是戰國時，「雅樂成了古樂，更加衰微得不成樣子。一二儒者極力擁護
古樂詩，卻只會講古詩的意義，不曾講古樂的聲律。」全部《孟子》除了講詩義，
沒有一回講到詩的音樂，便是明顯的例子。因此《詩經》除了考古證今以外，便
沒有別的應用，只是有了研究歷史的需求，卻沒有歷史智識，尤其孟子「以意逆
志」，結果卻造出春秋時人所沒有的附會，下開漢人「信口開河」，與「割裂時代」
的先河。

3. 「樂歌」、「徒歌」之辨

主張《詩經》中有一部分爲徒歌的有南宋程大昌、清初顧炎武，他們的意見主
要是，程大昌說：「然後知《南》《雅》《頌》之爲樂詩而諸國之爲徒詩也。」顧炎武
以爲：《二南》、《豳》之〈七月〉、《正小雅》、《正大雅》、《頌》爲入樂之詩；《邶》
以下十二國，《豳》〈鴟鴞〉以下，《變小雅》、《變大雅》爲不入樂之詩。顧頡剛的反
駁主要有二點：一是取《左傳》賦詩和《儀禮》所記的典禮內的樂詩爲例說明，春
秋賦詩除了《南》、《雅》、《頌》，也取諸國的詩，既然賦詩皆爲樂歌，賦諸國詩沒有
止樂的道理。至於典禮中所用的樂歌有三種：正樂、無算樂、鄉樂，顧氏以爲「他
們二人生於春秋後千六百年至二千年，在斷簡殘篇中找到了幾篇鄉飲、鄉射的禮單，
看到他們行禮時所奏的樂歌總是《風》和《雅》的頭幾篇，遂以爲《二南》與《正
雅》是樂歌，其他是徒歌，他們的理由實在太不充分了！」(〈論《詩經》所錄全爲

樂歌〉,《古史辨》第三冊,頁651)

　　二是,正變之說乃漢儒以「政治盛衰」、「道德優劣」、「時代早晚」、「詩篇先後」四者合一,所編造的詩教綱領,原是絕對不能成立的分類,顧炎武不相信世次說,卻主張依正變的篇第分別樂歌與徒歌,其間矛盾顯然可見。

　　回應顧頡剛研究歌謠最初的動機,經過以上關於樂歌的論述,顧氏肯定《詩經》中沒有徒詩,可見他的《詩經》研究,固然有一定的文化關懷,正如所有新文化運動者一樣,迫切地想在《詩經》中找尋大眾文化的傳統。但文籍考辨的嚴格訓練,使他在取材上、詮釋上更趨向謹慎。他的結論,一部分地切近反對者對於「《國風》雖曰里巷男女之所作,何能知其不出智識階級之乎?」的疑問。〔註120〕也比較能體現白話文學史觀的完整性,因為據胡適說:

> 文學的新方式都是出於民間的。久而久之,文人學士受了民間文學的影響,採用這種新體裁來做他們的文藝作品。文人的參加自有他的好處:淺薄的內容變豐富了,幼稚的技術變高明了,平凡的意境變高超了。但文人把這種新體裁學到手之後,劣等文人便來模做……於是這種文學方式的命運便完結了,文學的生命又須另向民間去尋新方向發展了。(〈詞選自序〉,《胡適文存》第三集,頁634)

更突出了知識階層在文學進化過程中的角色。也唯有「平民文學」和「貴族文學」間是對話的關係,而非對立的關係,才有文學進化的可能。

(三)奴隸制時代

　　《中國古代社會研究》是郭沫若以唯物史觀的方法為導向,對中國上古社會進行的研究。完成於一九二八至一九三○年間,全書在當時「整理國故」運動,和「中國社會史性質論戰」的背景下,具有強烈的時代性。〔註121〕首先是對「整理國故」運動的批判,他說:

〔註120〕見曹慕管〈論文學無新舊之異〉,《國故新知論》(北京:中國廣播電視出版社,1995年)頁206。原載《學衡》1924年8月第32期。《學衡》派學者對於胡適的白話文學史觀曾提出諸多質疑,其中文學的新舊之分、貴族平民之分,是主要的論題。

〔註121〕夏傳才說:「當時學術界展開中國社會史性質問題的大論戰,郭沫若以馬克思主義理論為指標,把古文字學、歷史學、考古學結合在一起,貫徹到中國古代史的研究去。」見《詩經研究史概要》(臺北:萬卷樓圖書公司,1993年)頁290。黃烈也說:「勿庸諱言,郭沫若寫出《中國古代社會研究》一書是有既定的政治目的的。」見《中國古代社會研究》前言,頁5。但謝保成根據《中國古代社會研究》中五篇文章先後完成的時間,認為「郭沫若寫成該書并不是要進行社會史論戰,只是想用唯物史觀來進行國學研究、總結、推廣其研究成果。」見謝保成《郭沫若學術思想評傳》(北京:北京圖書館出版社,1999年)頁112。

　　　　我們的「批評」有異于他們的「整理」。

　　　　「整理」的究極目標是在「實事求是」，我們的「批判」精神是要在「實事之中求其所以是」。

　　　　「整理」的方法所能做到的是「知其然」，我們的「批判」精神是要「知其所以然」。

　　　　「整理」自是「批判」過程所必經的一步，然而它不能成爲我們所應該局限的一步。（《中國古代社會研究・自序》頁7）

所以主張用「人的觀點」和「近代科學的方法」，來跳出一切成見的圈子，也就是用另一種史觀，取代二千多年來被歷代御用學者所扭曲的中國歷史。因爲要跳出「國學」的範圍，才能認清「國學」的眞相，「飽讀戴東原、王念孫、章學誠」，在郭氏看來，「對於中國古代的實際情形，何嘗摸著一些兒邊際？」（同上，頁9）相較於一九二四年在〈整理國故的評價〉中說：「但一般經史子集的整理，充其量只是一種報告，是一種舊價值的重新估評，并不是一種新價值的創造。」《中國古代社會研究》對國故的理解有一些新的發展，不僅將「國故」推展到地下出土實物，並引用唯物史觀來建構新的古史系統。所以郭沫若對「國故」的認識，雖一面與胡適的整理國故劃清界限，卻又表現出對以王國維爲代表的「考古證史」一派的直接繼承。同時在一九三〇年的〈追論與補遺〉中，對《古史辨》的文籍考辨也給予肯定說：「我發現了好些自以爲新穎的見解，卻早已在此書中由別人道破了。」（《中國古代社會研究》頁290）〔註122〕

　　再則是爲「馬克思主義是否符合中國國情？」這個核心問題，從中國歷史發展的史實上尋求解答。〔註123〕在郭氏的研究中，主要的發現是：中國上古社會經歷過兩次變革：由原始公社制變成奴隸制，和由奴隸制變成封建制。其中《詩》《書》時代的社會變革與其思想上之反映〉一文中，利用《詩》、《書》材料和彝銘互證互補，使西周奴隸制的完成，得到合理的說明。據《家庭、私有制和國家的起源》一書對奴隸制的解釋說：

　　　　現代家庭在初萌芽時，不僅包含著奴隸制（Serviettes），而且也包含

〔註122〕郭沫若對「國學」的思考幾經轉變，詳見謝保成《郭沫若學術思想評傳》同上注，頁103～106。

〔註123〕另外郭沫若在1928年〈跨著東海〉一文中說：「我主要是想用辯證唯物論來研究中國思想的發展，中國社會的發展，自然也就是中國歷史的發展。反過來說，我也正是想就中國的思想，中國的社會，中國的歷史，來考驗辯證唯物論的適應度。」把這項意圖表達得更爲明確。見《革命春秋》（臺北：古楓出版社，1986年）頁311～312。

著農奴制，因爲它從一開始就同田野耕作的勞役有關的。它以縮影的形式
包含了一切後來在社會及其國家中廣泛發展起來的對立。〔註124〕

所以奴隸制的完成代表：農業生產、母系社會向父系社會轉換、私有財產制成立、
帝王和國家出現，是人類文明進化的第一步。儘管恩格斯在《家庭、私有制和國家
的起源》沒有一句說到中國社會的範圍，郭氏卻著力證實中國古代有過奴隸制時期，
其主要目的，是爲了論證中國歷史符合馬克思「五種社會經濟形態發展」的普遍規
律，〔註125〕以便爲中國的未來找尋出路，因爲他相信：

一切的社會現象，沒有一成不變的東西，瞻往可以察來，這是一切科
學的預言的根本。社會科學也必然地能夠預言社會將來的進行。（《中國古
代社會研究·導論》頁17）

從《詩經》研究的角度看，郭氏在《中國古代社會研究》中利用《詩經》中豐富的
史料，依照時代的演變分門別類，創出一個理論體系，在這個系統裏，以政治爲中
心的三代歷史，被重新建構成社會變革的發達階段：

殷（西周以前）　　　　原始公社制

殷周之際　　　　　　　原始公社制向奴隸制轉換

西周　　　　　　　　　奴隸制

西、東周之際　　　　　奴隸制向封建制轉換

春秋以後　　　　　　　封建制〔註127〕

在上列的取代方案裏，結論雖仍待商榷，卻包含了幾個《詩經》研究上的獨創
見解：

〔註124〕見恩格斯著《家庭、私有制和國家的起源》（北京：北京人民出版社，1999年）頁
58。引用馬克思的話。

〔註125〕據馬克思《政治經濟學批判·序言》說：「亞細亞的、古典的、封建的和近代資產
階級的生產方法，大體上可以作爲經濟的社會形成之發展。」郭沫若以爲「亞細亞
的」指原始公社制，「古典的」指奴隸制，「封建的」指歐洲中世紀經濟上的行幫制、
政治上表現上的封建諸侯，「近世資產階級的」指資本制度。這樣的進化階段在中
國的歷史上是很正確的存在的。見〈《詩》《書》時代的社會變革與其思想上之反映〉，
《中國古代社會研究》頁147～148。

〔註127〕有關中國歷史的分期，西周爲奴隸制社會，是郭氏終身未變的觀點，至於奴隸制的
上下限，則在日後的研究中，如《十批判書》、《青銅時代》中均有所修正，最後在
1952年出版的《奴隸制時代》完成中國古代歷史分期的學說，結論是：殷代是奴
隸制社會，周代也是奴隸社會，奴隸社會與封建社會的交替在春秋戰國之際，並具
體確定西元前475年爲封建社會開始的年代。見《奴隸制社會》（北京：北京人民
出版社，1954年。）

1. 傳說時代的真相

為了證明「唐、虞、夏」三代只是儒家的理想時代，首先要破解的就是儒家託古改制下的「禪讓傳說」。郭氏以為堯的帝位不能傳給丹朱，舜的帝位不能傳給商均，禹的位置也不能傳給啟，並非堯、舜、禹是大公無私的聖人，而是摩爾根（Morgan）《古代社會》中所稱的「彭那魯亞家族」（Punaluan family，Punaluafamile），郭氏據《爾雅》「兩婿相謂曰亞」譯為「亞血族群婚」。（《中國古代社會研究‧導論》頁 15）所謂「亞血族群婚」，是指母系中心的氏族社會裏，姊妹共夫、兄弟共妻的典型婚姻，在這樣的結構裏，兒子長大了，要整個地出嫁他族，所以不可能父子相承。至於酋長的產生，如帝堯要「明揚側陋」時，四岳群牧都來會議，帝舜讓位時，要通咨四岳群牧，原都是氏族社會的評議制度，只是後來被儒家神聖化罷了！

另一個重點是中國氏族崩潰於何時？郭氏引用《大雅‧綿》的一、二章說明在古公亶父的時候，周室還是母系社會；《大雅‧思齊》「太姒嗣徽音，則百斯男」，文王多子，又「十三生伯邑考，十五生武王」，應當就是亞血族群婚；再有殷代行兄終弟及，所以氏族制向奴隸制轉換，不在虞、夏之際，而在殷代末年。（《中國古代社會研究》頁 94～99）

2. 從周代農事詩看西周為奴隸制

農業的發達代表奴隸制的完成，周詩裏專詠農事的詩有：

《豳風》：〈七月〉

《豳雅》：〈楚茨〉、〈信南山〉、〈甫田〉、〈大田〉

《豳頌》：〈思文〉、〈臣工〉、〈噫嘻〉、〈丰年〉、〈載芟〉、〈良耜〉

郭氏解讀這些詩裏所描繪的農夫生活，如〈大田〉：「彼有不穫穉，此有不斂穧；彼有遺秉，此有滯穗：伊寡婦之利。」並非朱熹所說的：「此見其丰盛有餘而不盡取，又與鰥寡共之。」而是鰥寡者的乞丐現象，並說「《國風》中採草卉的女人屢見不鮮，恐怕多半是這類無告的寡婦罷？」至於其他的十一首詩，都是「當時的公子把農夫的收成搾取來供祭祀享樂。」所以農夫都是當時的奴隸，從許多詩句中，可以看出這些農人在平時作農；有土木工事便供徭役，在征戰時則當兵或伕役。（《中國古代社會研究》頁 118）

他又從五篇農事時中看到奴隸的生產關係：從《大雅》〈既醉〉、〈桑柔〉等詩看到世襲的農奴；從《豳風》〈東山〉、〈破斧〉看到在鞏固奴隸制的戰爭中奴隸的怨恨；從《邶風‧擊鼓》《唐風‧鴇羽》中看到農奴與士兵合一。因而論定：奴隸制社會組織完成於周初。

3. 《雅》《頌》裏的宗教觀

原始社會的宗教是多神的庶物崇拜,奴隸制成立後,宗教觀有了很大的變化,因為「地上權力統於一尊,於是天上的神祕便也不能不歸於一統。」郭氏以為:

> 《尚書》和《詩經》的《雅》、《頌》,可以說完全是宗教的典籍,它們的性質完全和猶太人的宗教的《舊約》一樣,《雅》《頌》就是那《舊約》裏面的〈雅歌〉〈詩篇〉了。

所以他從《詩》《書》中散見的文句,歸納出一個宗教思想的系統,並將這個系統與《尚書・洪範》的內容結合分析,結論是:

人格神的存在	不准有絲毫的懷疑,且人對天的恭順是沒有止境的。
神權政治(Theocracy)的主張	政權、教權合於一尊
以折衷主義來消滅辯證式的進化	使天子的位置可以子子孫孫繼繼承承

這個思想內容貫穿《正雅》和《頌》詩的全部,呈現的正是西周奴隸制下支配者的根本思想,它以地上的權力做後盾,地上的權力也靠它做護符。

4. 《變風》、《變雅》所表現的社會變革

《詩經》中《變風》、《變雅》的制作,存在一個明顯的「變異」特質,郭氏以為「那實質上是表明著當時的經濟基礎的變革、社會關係的動搖、革命思想的勃發。」(《中國古代社會研究・導論》頁 26)也是奴隸制變為封建制的證明。

在思想上,尤為重要的是「人的發現」,奴隸制昌盛的時候,人失去了獨立的存在,但從《小雅・何草不黃》中看到了「被否定的人,否定自己的被否定」,在《小雅・十月之交》中,看到人不再消極的只歸罪於天,《秦風・黃鳥》寫的是殉葬問題,殉葬是奴隸制社會的特徵,普遍存在各國,到了秦穆公時卻成了問題,人們痛悼三良,正是人的獨立性的發現,也是新舊時代轉換時衝突的象徵。

在社會上,明顯的表徵是「階級的消長」,其中《魏風・伐檀》等九首詩,表現出被壓迫者階級意識的覺醒;《秦風・權輿》等十二首詩,寫的是貴族階級的沒落;《小雅・節南山》等九首詩,是破落貴族對有錢的「庶民」或取得權勢的「小人」的譏諷和不滿,反映出「新有產者」的興起。其中《小雅・大東》:

> 東人之子,職勞不賚。西人之子,粲粲衣服。舟人之子,熊羆是裘。
> 私人之子,百僚是試。

可見最大的榨取階級是周皇室,是西人,一切被榨取的土地,都是東國。西人東人便是貴族、平民的兩個階級,周室東遷便是階級消長的關鍵。

社會發生重大變革，原因何在？郭沫若基於唯物史觀的立場，企圖從生產力的發展上說明。首先是許多詩篇中，可以看見工商業的專業化。又從《大雅・韓奕》等五首詩中，看到周宣王四方征戰的同時，也將自己的產業方法向外推廣。產業的發展使農人得到解放的機會、手工業逐漸獨立、商人階級逐漸抬頭，再加上征戰造成各方異民族的參雜混處，於是純粹的奴隸制，隨周室東遷而逐漸潰敗。

郭沫若因為「對於未來社會的待望逼迫著我們不能不生出清算過去社會的要求。」（《中國古代社會研究・自序》頁 6）創立了一套用馬克思主義研究《詩經》的科學體系，企圖清算出中國實際的社會，論其間得失，夏傳才說：

> 由於這時還未能準確判斷某些詩篇的時代性，解釋詩篇雜有臆斷，用來說明社會形態，在史學上就難免產生某些缺乏科學性的結論，對於某些詩篇的譯述解說，也有待於商榷。但是，郭沫若為中國古代史，也為《詩經》提出了一個科學的研究體系，啟發我們在上古兩個重大社會變革的歷史背景上來考察《詩經》所反映的社會生活與社會意識形態，這對於揭示《詩經》的全部思想內容，把《詩經》研究建立在科學的基礎上，確實是重大的貢獻。（《詩經研究史概要》頁 294～295）

其中一個本質上的問題是，與方法論上的創見並存的是理論上的盲目性，未經審慎考辯便驟下斷語，往往失之片面性和簡單化，誠如恩格斯對於使用唯物主義處理問題的嘗試說：

> 如果不把唯物主義方法當作研究歷史的指南，而把它當作現成的公式，按照它來剪裁各種歷史事實，那麼它就轉變為自己的對立物。〔註128〕

郭沫若也不得不在日後一再總結失誤說「其實都是由於演繹的錯」，「我自己要承認我的冒昧，一開始便把路引錯了」（《十批判書》頁 5）「由於材料的時代性未能劃分清楚，卻輕率地提出了好些錯誤的結論」。（《中國古代社會研究》1954 年〈新版引言〉）

二、《國風》婚戀詩的新解與翻譯

《詩經》情詩研究在民初進入新的階段，其中一個主要因素，是胡適以白話文學史觀解答傳統《詩經》詮釋上難以跨越的藩籬。他以為：「一切新文學的來源都在民間。民間的小兒女、村夫農婦、癡男怨女、歌童舞妓、彈唱的、說書的，都是文學上的新形式與新風格的創造者。」〔註129〕而三百篇中的《國風》和《小雅》的一

〔註128〕見《馬克思、恩格斯全集》（北京：北京人民出版社）第 37 卷，頁 410。
〔註129〕見胡適《白話文學史》，《胡適學術文集》（北京：中華書局，1998 年）頁 155。

部分，正是從民間來的歌唱。但這個文學傾向的解詩觀點，一開始便面臨到來自傳統的挑戰，顧頡剛形容它「譬如一座高碑矗在野裏，日子久了蔓草和葛藤盤滿了」，他說：

> 我們要說「《詩經》是一部文學書」一句話很容易，而要實做批評和注釋的事，卻難之又難。這爲什麼？因爲二千年來的詩學專家鬧得太不成樣子了，牠的眞相全給這一輩人弄糊塗了。（〈詩經在春秋戰國間的地位〉，《古史辨》第三冊下，頁 309）

另外民初學者的戀愛觀，特別著重於對婦女地位和家庭制度的反省，就像吳虞對「吾國終顚頓於宗法社會之中而不能前進，推原其故，實家族制度爲之梗也」的感嘆一般，〔註130〕顧頡剛對幾千年來禮教桎梏，扼殺了中國民族最眞實的情感，歷歷指陳說：

> 中國第一部樂詩集——《詩經》——裏包含的詩情很多……：不料秦漢以降，爲圖家族制度的確立，怕異姓的亂宗，嚴禁妻妾不得外淫，寢假而獎勵寡婦的不嫁，以至於願嫁而不得。寢假而剝奪處女行動自由，以至於超過了罪犯的監視。他們既在男女之間築起了一座鐵的障壁，於是大家弄得耳無聞、目無見，而唱情歌、作情詩的機會就大大地減少了。〔註131〕

所以在當時，對《國風》婚戀詩的詮釋，幾乎是與詩教的批評和打破宗法家族制度同時進行。當「美刺」神話和「淫奔」之說被徹底反省之餘，許多的工作就在「舊解的腐爛値不得我們去迷戀，也値不得我們去批評。我們當今的急務是在古詩中直接去感受牠的眞美，不在與迂腐的古儒作無聊的訟辯。」〔註132〕的認知基礎上進行。他們大多以白話文注解或選譯《風》詩的方式呈現，主要的主張有：

（1）強調平民詩歌「極自由，極優美」的精神

　　也就是以重新釋義的方法，創造貴族文化傳統可能的取代方案。不僅認定白話文爲中國文學的正宗，更提出方言文學的主張；從體會「國語的文學從方言的文學出來，

〔註130〕見吳虞〈家族制度爲專制主義之根據論〉《新青年》第 2 卷第 6 號，1917 年 2 月，頁 1。文中闡明孔教和家庭制度間的關係，以爲家長制是專制政治的根源，而提倡孝道使人習慣於盲從，家長作風，增加婦女受壓迫的程度，形成一系列荒唐的性戒律。其中婦女的社會地位問題，在五四前後一直是重要的話題。五四運動前，至少出現了 100 種討論婦女問題的期刊雜誌。參見白佩蘭〈危急中的家庭：1920－1940〉，《性別與中國》（香港：三聯書店，1994 年）頁 46。作爲新文化運動主要思想陣地的《新青年》，則將婦女放在十分突出的輿論宣傳位置。該刊的最初三卷，有關婦女問題的文章多達 11 篇。

〔註131〕見陳漱琴編著《詩經情詩今譯》（上海：女子書店，1932 年）〈顧序〉，頁 1。

〔註132〕見郭沫若《卷耳集》（上海：泰東圖書局，1923 年）自跋，頁 2。

仍須向方言的文學裏去尋他的新材料、新血液、新生命」，進而承認「原始的詩與歌謠不分」的事實，「打破看不起鄉下人的成見」，去感受詩和歌的原始意味。〔註133〕尤其「《國風》本係諸國民謠，不但不得當作經典讀，且亦不得當為高等詩歌讀，直當作好的歌謠讀可耳。」〔註134〕另外從社會學角度的研究，顧頡剛以為「『男女有別』在戰國以前，只是上層貴族間所守的禮教；至於中等以下階級，滿沒有這回事。」並且從《詩經》中看出春秋時中等以下階級的男女間的關係。〔註135〕謝晉青則在《詩經之女性的研究》中分析一六〇篇《風》詩，發現戀愛詩占最大的數目，並且因此肯定《國風》的價值說：

> 兩性問題……在其他古書，如《書》《易》等，並不多見，即有亦不似《詩經》這般地多；這可見得愈是真摯普遍的文藝作品，才愈能描寫真摯普遍的人生，那些純官文的《書》，扭歪了鼻子的《易》，摧殘人性的《禮》，政客偏見的《春秋》等，當然是沒有這般價值了。〔註136〕

這個結合兩性關係、《國風》、平民文學為一組的架構，正是民初重新詮釋《國風》婚戀詩重要的思想基礎。

（2）要求從作品本身去求生命

對此郭沫若敘述他在《卷耳集》所用的方法說：

> 我對於各詩的解譯，是很大膽的。所有一切古代的傳統解釋，除略供參考之外，我是純依我一人的直觀，直接在各詩中去追求他的生命。我不要擺渡的船，我僅憑我的能力所及，在這詩海中游泳；我在此戲逐波瀾，我自己感受著無限的愉快。（《卷耳集》序，頁3～4）

顧頡剛也說明：「《國風》中的詩篇所以值得翻譯，為的是有真性情」，「這些吐露真性情的詩篇，使人讀了發生共鳴，感到其可寶貴，從而想到自己性情的可寶貴」。〔註137〕因此這類著作，往往是詩人涵泳文學、感悟生命的特質，高過學者研究學問的特質。借此也為《國風》戀愛詩的白話詮釋，與以啟蒙教育為目的的《詩經》白話注譯做出區隔。（上述兩種不同精神訴求的《詩經》白話注解、翻譯工作，是

〔註133〕以上內容參見顧頡剛主編《吳歌甲集》《國立北京大學中國民俗學會民俗叢書》第一輯第一冊（臺北：東方文化出版社，1970年）〈胡適序〉，頁1～2；〈俞平伯序〉，頁1～3。
〔註134〕見俞平伯〈讀詩札記〉，《論詩詞曲雜著》（臺北：長安出版社，1986年）頁57。
〔註135〕見顧頡剛〈春秋時的男女關係與婚姻習慣〉《學術》第四期，1940年5月，頁5－10。
〔註136〕參見謝晉青《詩經之女性的研究》（上海：商務印書館，1923年）頁107～108。
〔註137〕見同註131，〈顧序〉頁4。

民初《詩經》學的特色之一，成績亦頗斐然，相關的出版、發表情形，詳見附表 2：2，頁 174～175）

（一）反傳統的《詩》旨新解

在上述的思考路向下，民初詮釋《國風》婚戀詩歌有一個具體的工作是解題，這個方法是胡適在「整理國故」架構下提出的，最初的概念起於一九一一年，讀《召南‧邶風》感嘆「漢儒解經之謬，未有如《詩》箋之甚者矣！」〔註138〕因而想「一以己意為造《今箋新注》」，一九二三年提出為《詩經》算總賬時，包括：異文的校勘、古韻的考究、訓詁、見解四項內容，（〈國學季刊發刊宣言〉，《胡適文存》第二集，頁 12～13）到一九二五年在武昌大學演講〈談談詩經〉才化約規劃出兩條道路：

> （一）訓詁：用小心的精密的科學的方法，來做一種新的訓詁功夫，對於《詩經》的文字和文法上都從新下註解。
>
> （二）解題：大膽地推翻二千年來的附會的見解；完全用社會學的，歷史的，文學的眼光從新給每一首詩下個解釋。

所謂「社會學的，歷史的，文學的眼光」，胡適的理解是：「你要懂得《三百篇》中每一首的題旨，必須撇開一切《毛傳》、《鄭箋》、《朱傳》等等，自己去細細涵泳原文。但你必須多備一些參考比較的材料：你必須多研究民俗學，社會學，文學，史學。你的比較材料越多，你就會覺得《詩經》越有趣味了」。所以他用「意大利、西班牙有幾個地方，至今男子在女子的窗下彈琴唱歌，取歡於女子。至今中國的苗民還保存這種風俗」，來解說〈關雎〉；用蠻族求婚獻野獸的風俗，解說〈野有死麕〉；用《老殘遊記》中妓女送鋪蓋上店陪客人的情形，解說〈小星〉；用唐朱慶餘〈近試上張籍水部〉的詩句，解說〈著〉。（見胡適〈談談詩經〉，《胡適文存》第四集，頁 559～560）這樣的新解，馬上引來周作人的批評說：「有些地方太新了，正同太舊了一樣的有點不自然，這是很可惜的。」（見周作人〈談〈談談詩經〉〉，《古史辨》第三冊下編，頁 587）儘管如此用不相應的文化模式框套，對作品的傷害是明顯的，但民初學者對《國風》情詩詩旨的討論也在這樣的氛圍下展開，主要的有：《古史辨》第三冊收錄對〈野有死麕〉、〈靜女〉二詩的討論共二十三篇；另外給《詩經》情詩做翻譯的專著，如郭沫若《卷耳集》「為讀者的便利起見，把原詩附錄在後方，更加了些註解上去」，「註」是訓詁，「解」即是解題；陳漱琴編譯的《詩經情詩今譯》，每首詩後都有按語，其作用也就是胡適的「解題」。綜合這個時期對《國風》婚戀詩

〔註138〕見胡適《胡適留學日記》（海口：海南出版社，1994 年）頁 12。

的新解,打破舊有的附會,回復民間戀歌的本相,是普遍的共識,但在各自涵泳原文,與多備參考比較材料的實際操作中,學者往往各騁想像,以今例古,製造另一種新的附會。(關於民初對《國風》婚戀詩的解題,詳見附表2:3:《國風》婚戀詩新解,頁175～177)誠如周作人對胡適〈野有死麕〉新解的嘲諷說:

> 我們要指實一點,也只能說這是獵人家的女兒,其實已經稍穿鑿,似乎不能說真有白茅包裹一隻鹿,是男子親自抗來送給他的情人的。……至於使「那個懷春的女子對吉士附耳輕輕細語」,叫他慢慢能來攄,則老頭子之不答應已極了然。倘若男子抗了一隻鹿來,那只好讓她藏在繡房裏獨自啃了喫。喔,雖說是初民社會,這也未免不大雅觀吧?(周作人〈談〈談談詩經〉〉,《古史辨》第三冊下編,頁587～588)

俞平伯也對胡適、顧頡剛在〈野有死麕〉末章關於「帨」的討論,不理解的說:

> 我很奇怪,以您倆篤信《詩經》為歌謠為文學的人,何以還如此拘執?鄭玄朱熹以為那個貞女見了強暴,必是凜乎不可犯也;而您倆以為懷春之女一見吉士,便已全身入抱,絕不許有若迎若拒之姿態了。您倆真還是樸學家的嫡派呀!(俞平伯〈關于〈野有死麕〉之卒章〉,《古史辨》第三冊下編,頁445)

問題的癥結在於離了傳統經說,又需於一時間將詩篇通讀,因而難免強不知為知了。有鑑於此,周作人提出了「讀詩也不一定要篇篇咬實這是講什麼」的態度,以為最理想的方法是:

> 胡先生很明白的說,《國風》中多數可以說「是男女愛情中流出來的結晶」這就好了;其餘有些詩意不妨由讀者自己去領會,只要有一本很精確的《詩經註釋》出世,給他們做幫助。「不求甚解」四字,在讀文學作品有時倒還很適用的,因為甚解多不免是穿鑿!(〈談〈談談詩經〉〉,《古史辨》第三冊下編,頁588)

只是「闕疑」的方法,顯然無法滿足民初急於建立新說的潮流,炫奇者搭了「比較參考材料」的方法,固然造出些時髦的新解,如郭沫若用拜物戀的變態心理解釋〈靜女〉。(《卷耳集》頁99)顧頡剛說〈野有死麕〉的第三章是「一個女子為了要得到性滿足,對於異性說出的懇摯的叮囑」。(〈野有死麕〉,《古史辨》第三冊下編,頁440)深思者也多方推敲,以求事理之真,如俞平伯提出「考辨與鑑賞並重」的想法,他說:

> 吾人苟誠能涵泳咀味其趣味神思,則密察之考辨不妨姑置為第二義。無奈有些所在,若不明其人其事之若何,則情思之大齊雖可了知,而眇微

之處終覺閡阻而不通。〔註 139〕

《詩經》新解原是捨棄經旨與白話文求通下的產物，但時空相隔悠杳，許多人事物本難以今情度之，以今律古的結果，徒然造成許多解釋上的矛盾，尤其在刻意突出「離經叛道」、「疑古惑經」的精神前提下，往往是「守舊的固然是武斷，過於求新也容易流為別的武斷」。所以部分學者在對《詩經》進行新解時，也不排除參酌經旨，如〈小星〉一詩大義，四家說悉同，俞平伯採《韓詩》「勞人行役」之說，顯然比胡適「妓女星夜求歡」的解釋，更貼近詩的本意。

（二）甦活古書生命的翻譯工作

古書今譯是民初整理國故的工作之一，目的在「使有用的古書普及，使多數的人得以接近」。一九二四年郭沫若在〈古書今譯的問題〉中說：

> 我覺得古文今譯一事也不可忽略……古書所用文字與文法，與現代已相懸殊，將來通用字數限定或者漢字徹底革命時，則古書雖經考證研究，仍只能限於少數博識的學者，而一般人終難接近。于此今譯一法實足以濟諸法之窮。〔註 140〕

就時代背景而言，「古書今譯」和漢字革命、白話文運動有不可分割的關係。至於經典的翻譯工作，則是在「整理國故」的架構下，又多了一層對晚清經學的繼承和轉化。其中主要的脈絡有二：一是胡適在文法學上的思考，銜接上漢學派如王念孫、王引之父子及馬建忠的研究成果，開拓了審詞氣的方法。一是《古史辨》思潮對經說的批判，及捨棄經旨、涵泳本文的基本態度，承繼了宋學派「由文章家轉而釋經」的風格。〔註 141〕民初對《詩經》情詩的翻譯，就在上述多重的思考上進行，陳漱琴詳述其間的歷程說：

> 我國譯《詩經》的，最早是蘇曼殊把〈關雎〉等篇譯成英文，譯成中文詩的，在胡適之先生的《詩經新解》裏有〈葛覃〉的末章，和〈麟之趾〉的一章。至於譯全首的，第一要推顧頡剛先生，在民國十年的時候譯了〈靜

〔註 139〕見俞平伯〈讀詩札記〉，《論詩詞曲雜著》（臺北：長安出版社，1986 年）頁 70。

〔註 140〕見郭沫若〈古書今譯的問題〉，轉載《古籍整理研究學刊》，1989 年 5 期，頁 48。

〔註 141〕有關「文士解經」的風格，最早見於朱熹對陳鵬飛《詩解》、《書解》的批評說：「陳少南於經旨既疏略，不通點檢處極多，不足據。」（《經義考》卷 105 引言）至於《古史辨》對經典注疏淺易化的要求，林登昱在以《尚書》為主的研究中，指出其「與晚清宋學派或有淵源，卻是經歷了文籍考訂學與白話文思潮等雙重影響下的產物」，並且認為顧頡剛解《書》真正的危險，恐怕還在不理會經旨的問題。詳見氏著《尚書學在古史辨思潮中的新發展》（中正大學博士論文，1999 年 6 月），頁 325～335。

　　女〉，第二是郭沫若先生，在民國十二年出版——《卷耳集》。

至於《古史辨》第三冊下編收錄有關〈靜女〉譯文的討論共十三篇，可說是《詩經》情詩翻譯上的一樁盛事，其中的原委經過是：民國十五年二月，顧頡剛在《現代評論》（3 卷 63 期）上發表〈瞎子斷扁的一例——〈靜女〉〉，接著有魏建功譯的〈靜女〉、〈伐檀〉登在《語絲》八十三期上。同年上海《民國日報》附刊〈黎明〉刊載黃某的〈古詩臆譯〉，不久鍾敬文發表〈幾首國風的今譯〉，民國十八年劉大白再譯〈靜女〉，和顧、魏二人的譯文不同。〔註 142〕

　　此後又有以標舉《國風》情詩為主的譯本出現，如：陳漱琴《詩經情詩今譯》、呂曼云《三十六鴛鴦（《國風》的戀詩）》、縱宗踪《關雎集》、張子青《野有死麕》等。其中陳漱琴編譯的《詩經情詩今譯》，共收譯文三十三篇，吸納參酌了胡適以下，至《古史辨》學者的討論成果，呈現了民初《國風》情詩翻譯的總和面貌。

1. 郭沫若《卷耳集》

　　《卷耳集》是民初時期，第一本選譯《詩經》的專著，總共譯注了四十首《風》詩，內容大體限於男女間相戀的情歌，從作者自序的幾個基本態度，如：

　　（1）採用選譯的方式，是「因為有些是不能譯，有些是譯不好的緣故，所以我便多所割愛了」。

　　（2）對於古代傳統的解釋，除了略供參考外，純依個人的直觀，直接在各詩中去追求他的生命。

　　（3）最終的目的是，「可憐我最古的優美的平民文學，也早變成了化石，我要向這化石中吹噓些生命進去」。也就是要在故紙堆中發掘資料，使「青年人士對於古代文學改變了從前一概唾棄的弊風，漸漸發生了研究的趣味」。

　　可以看出與胡適提倡的「新經學」運動中：舍棄傳統注釋，直接涵泳白文，及承認古經的難懂，拋棄注釋全經的野心，〔註 143〕有精神上相通的地方。〔註 144〕但純就郭氏的譯文看，卻有較多的屬於詩人再創作的風格，原因在於譯述的方法，他

〔註 142〕見同注 131，〈自序〉，頁 3。

〔註 143〕所謂「新經學」的概念，胡適引傅斯年說：「六經雖在專家手中，也是半懂半不懂的東西」，認為這是最新的經學，最新的治經方法。至於古經學為何沒有走上科學的路，是漢、魏以來諸大師不肯承認古經難懂，都要強為之說，且往往不肯拋棄注釋全經的野心。見胡適〈我們今日還不配讀經〉，《胡適文存》第四集，頁 526～527。

〔註 144〕除上述在主張上有相契合處。另據汪靜之說：「我便寫信告訴胡先生（適）說我想譯《國風》，請他提示普通的本子《詩經集傳》、《毛詩》以外的參考書……1922 年暑假在吳淞中國公學開始譯了 14 首……就是那一年暑假中，有一天達夫、沫若二兄來遊吳淞海濱……我把 14 首拙劣的國風譯稿給沫若看，他看了發生興趣，說也要回去譯一些，後來他便譯成了一冊《卷耳集》。」見同注 131，〈汪序〉，頁 9～10。

說：

> 我譯述的方法，不是純粹逐字逐句的直譯。我譯得非常自由，我也不相信譯詩定要限於直譯。太戈兒把他自己的詩從本加兒語譯成英文，在他《園丁集》的短序上說過：「這些譯品不必是字字直譯——原文有時有被省略處，有時有被義釋處。」他這種譯法，我覺得是譯詩的正宗。（《卷耳集》序，頁4）

則郭沫若在方法上，自覺地提高了詩與文在譯法上的區隔，也給予譯者較自由的揮灑空間，實質上更接近詩歌的再創作，對於《詩經》的本相也就不可避免的造成一些損傷，其中較明顯的有：

（1）自鑄新意，扭曲詩篇原貌：「語句的增減」原是郭沫若在自序中已明說的，但簡省字句會使詩失落掉一些內容，過度引申則可能扭曲了詩的本意。如《鄭風‧野有死麕》首段譯文：

> 有位勇士打了一隻鹿子回來，用白色的茅草把牠包好，
>
> 搭在左邊的肩上；他右手拿著弓和箭。
>
> 背後有隻獵犬跟著。（《卷耳集》頁8）

胡適用「獻獸求婚」新解這首詩，尚且惹來「似乎真有白茅包裹一隻鹿」的嘲諷，若以郭氏的譯文看來，則不僅真有一隻鹿，且還搭在獵人的左肩上，尨犬兒是自家帶來的，且還跟在背後。實在難辭「強詩以就我」的嫌疑。再如《鄭風‧女曰雞鳴》的首段譯文：「獵夫同他的愛人，在一座獵莊裏過夜；他們說了通宵的情話，醒忪忪地沒有些兒睡眠。」（《卷耳集》頁33）《齊風‧雞鳴》首段譯文：「一位國王和他的王妃，在深宮之中貪著春睡。雞已叫了，日已高了，他們還在貪著春睡。」（《卷耳集》頁60）《陳風‧衡門》首段譯文：「我們的住家是淺淺的茅屋，我們的門外有活活的流泉。我在這兒儘可以自得優遊，我就受些饑寒也是心甘情願。」（《卷耳集》頁82）都是在原詩的首章之前另增的內容，而造成譯文不得不在這與原詩不儘相干的前提下進行。

信度原是古書今譯的根本，而郭沫若的《詩經》今譯，恐怕最為不信，李思樂指出三點值得商榷的地方：一是，〈卷耳〉原詩十六句，譯了四十八句，增加了許多原詩沒有的內容，全是想像出來的。譯詩的最後，竟硬加上去一個「尾聲」，如果這是一首創作詩，讀來可能令人玩味無窮，作為〈卷耳〉的今譯，則是畫蛇添足。二是，《衛風‧伯兮》第一章「伯也執殳」，譯作「他手裏提著長矛」，殳與矛是兩種不同的兵器，個別詞句的忽略，容易造成理解上的誤會。三是，「靜女其姝」譯作「她是又幽嫻又美麗的一位牧羊女子」，「牧羊女子」是憑空增加的。所

以他說：

> 今人譯《詩》，始自郭沫若，他的開拓精神，自然不能泯滅。但他的
> 那些《女神》風格的《詩經》今譯，恐怕最爲不信。他主張古書今譯可以
> 「另鑄新詞」，而他的一些譯《詩》，已經超出了「另鑄新詞」的範圍，簡
> 直是「另鑄新意」了。〔註145〕

（2）失卻興詩的意味：三百篇中的「興」，是《詩經》學史上一樁複雜的公案，民初因得了歌謠比較研究的方法，釐清了起興在詩篇中至少有兩層意義：一是押韻上的作用，一是象徵的意義。〔註146〕《卷耳集》因爲在方法上舍棄直譯改採意譯，所以將起興的內容，根據字面的意義，譯成了實有的情事，遂都成了「比」或「賦」。再則將詩篇譯成不押韻的白話詩後，又失去了韻腳上的聯繫，所以鍾敬文說：

> 近人郭沫若君採取《詩經》中四十首情歌繙成國語的詩歌，這是一件
> 很有意義的工作。但他把許多搖曳生姿的興詩多改成了質率鮮味的賦詩，
> 這是很可惋惜的。假若他明白了興詩的意義，那麼，他的成功不更佳嗎？
>
> （〈談談興詩〉，《古史辨》第三冊下編，頁683）

另外如〈君子于役〉、〈葛生〉、〈蒹葭〉、〈衡門〉、〈東門之池〉、〈澤陂〉都出現因爲意義相同，只譯其中一章的現象，不僅抹殺《詩經》重章複沓的特色，也減少了反覆涵泳的情韻。又如將〈狡童〉「不與我食兮」譯成：「他始終不喜歡我做的飲食」，是在訓詁名物上亦有不甚措意的地方，造成譯文牽強。所以到了三〇年代中期郭氏對〈離騷〉進行今譯時，就提出將譯文視爲「韻語注疏」，應將今譯同古語注疏相聯繫的主張。〔註147〕可見對古韻文「實多勉強而難于討好」，《卷耳集》的譯文雖有不盡準確的地方，卻是一種創造性的嘗試，並且反映五四時期青年爭取個性解放和婚姻自由的理想，有不可磨滅的歷史意義。〔註148〕

2. 對於〈靜女〉的討論與翻譯

有關〈靜女〉的解釋，在一九二六至一九三一年間，引起熱烈討論，發表的文字

〔註145〕 見李思樂〈小議《詩經》注譯的幾個問題〉，《古籍整理研究學刊》1989年第5期，頁61～62。

〔註146〕 有關民初對興的討論，詳見《古史辨》第三冊下編，頁672～690。共收錄顧頡剛〈起興〉、鍾敬文〈談談詩經〉、朱自清〈關于興詩的意見〉、劉大白〈六義〉等文。

〔註147〕 郭沫若對於古書今譯的工作，從《卷耳集》到《屈原賦今譯》共歷30年，不僅提出理論，且具體實踐，是古籍整理工作的一項成就。詳見謝保成《郭沫若學術思想評傳》（北京：北京圖書館出版社，1999年）頁176～178。

〔註148〕 夏傳才肯定《卷耳集》的時代價值，除了反封建和思想解放的時代脈搏外，還代表了五四時期對民族文化遺產的一種正確態度。詳見氏著〈郭沫若對《詩經》研究的貢獻〉，《詩經研究史概要》（臺北：萬卷樓圖書公司，1993年）頁285～290。

極多，且分散在不同的刊物，後來有了幾種不同的輯本：一九二六年杜子勁《靜女論集》作為開封一師的講義，未刊行；一九二九年劉大白《白屋說詩》，收文章十一篇；一九三一年《古史辨》第三冊，收文章十三篇。這些討論的特點之一，是各自依了論述的結果，修改〈靜女〉的譯文，對《詩經》的翻譯工作具有指標性的意義。

最早的一篇是顧頡剛〈瞎子斷匾的一例——〈靜女〉〉，文中強調詩並不古奧，「所以難懂的，只是『彤管』和『荑』兩件東西」。(《古史辨》第三冊，頁 512)兩件東西卻成了讀詩的障礙，其中更深一層的用意在凸顯漢人解《詩》的荒謬，因為《毛詩》將一首很明白的情詩，放在社會禮俗的環境中理解，所以「城隅」是高不可踰的道德象徵；「彤管」是女史彤管之法，有赤心正人的作用；「荑」有始有終，可供祭祀。在漢人的解《詩》系統裏，〈靜女〉是一首「貞女在窈窕之處，媒氏達之，可以配人君」(《鄭箋》)的教化詩。這樣的成見壓服了歷代學者固有的理性，更可見考信工作的重要，因為不去除信古的成見，「純粹的科學研究是提倡不起來的了」。為了要對照《傳》《箋》的糾纏可笑，顧頡剛將《詩》譯成了通順明白的白話。

一九一六年四月廣東大學《學藝》第一期，刊載張履珍〈誰俟於城隅？〉一文，比較了顧頡剛、郭沫若兩篇譯文，發現打倒《序》說的共識雖然容易取得，但各人對《詩》的理解仍有出入，所以有進一步討論的必要。(《古史辨》第三冊，頁 519～521)後來魏建功〈邶風靜女的討論〉提出：「要解決古書中問題，我想最好用兩條辦法，自然可以表示得清清楚楚：第一各人依自己的見解加以標點，第二各人依自己的見解譯成今言」。(《古史辨》第三冊，頁 529)因而逐漸形成將討論落實為譯文，及因譯文差異而重新討論雙軌進行的脈絡。綜觀全部內容，討論的範圍包括：詩旨、名物、字詞訓詁、韻律形式、章法結構、標點、意象情境……等，也因為種種的局部修正，總共完成了 11 種不同的譯文，〔註149〕其中幾組重要的討論為：

（1）對「彤管」和「荑」的理解：這個問題最先由顧頡剛提出，目的在駁斥《序》說的謬誤，因此他採用了朱熹《詩集傳》：「未詳何物，蓋相贈以結殷勤之意耳」的說法，將彤管譯為「硃漆的管子」，荑譯為「荑草」。魏建功的看法與顧氏相似，但將管解釋為笙簫管笛的管，彤是硃漆一類塗料的顏色，彤管是塗紅了

─────────────────

〔註149〕根據《古史辨》第三冊輯錄的內容，除了顧頡剛原譯的一篇，及據劉大白意見修改的一篇外，另有郭沫若（頁 519）、謝祖瓊（頁 522）、魏建功（頁 539）、董作賓（頁 511）、房儒林（頁 552）、劉化棠（頁 553）、王經邦（頁 554）、湯傳斌（頁 555）、劉大白（頁 565）的譯文各一篇。

的樂器。(《古史辨》第三冊,頁 537)劉大白則就顧氏的見解提出異議說:

> 我以為與其把彤管和荑解成兩物,不如把他們解成一物。你把彤字
> 說成丹漆,還難免拘泥於古訓。我以為彤是紅色,彤管就是紅色的管子。
> 這個紅色的管子,就是第三章「自牧歸荑」的荑。(〈關于瞎子斷扁的一
> 例——〈靜女〉的異議〉,《古史辨》第三冊,頁 523)

後來又有董作賓依了自己兒時的回憶,證明「荑」是一種可吃的茅芽,而且荑就是
彤管。這樣的爭論終究沒有定論,直到當代,學者不再為此爭論,但各自表述,意
見卻很不相同。〔註150〕誠如劉復說的:

> 這種猜謎子,只要是誰猜得可通,就算誰猜得好;考據功夫是無所施
> 其技的——因為要考據必須要有實物,現在並無實物,只是對著字裏行間
> 的空檔子做工夫而已。(〈瞎嚼嚼蛆的說《詩》〉,《古史辨》第三冊,頁 539
> ～540)

道盡民國以來《詩經》重建工作的困境。

(2)標點與韻律章法的討論:魏建功提出標點和對譯是解決古書問題,唯一無
二的土法,因為「標點不同,則文法組織不同,然後解說也就跟著定下了」。(《古史
辨》第三冊,頁 530)所以他先將〈靜女〉標點出來:

> 靜女其姝,俟我于城隅;
> ——愛而不見,搔首踟躕!
> 靜女其孌,貽我彤管,
> 彤管有煒;說懌女美。
> 自牧歸荑,洵美且異;
> ——「匪女之為美,——美人之貽!」

劉大白則質疑魏氏「不曾記得詩是有律聲的」,因此提出四項不同的意見,重點在強
調「詩篇底標點和節奏有密切的關係」,以為如果照魏氏點法,「就把原詩所用的韻
反復律的律聲破壞了」。另外在章法上魏氏將二、三章打成兩橛,造成明明是相同的
兩個「女」字,解作兩種解釋。〔註151〕

這一組的討論中,呈現出:新方法固然是解決傳統困境的重要法門,但若僅依
了自己的直觀,而忽略深層的功夫,仍不免出錯。

〔註150〕有關當代學者對彤管和荑的說法,參見韓明安《詩經研究概觀》(哈爾濱:黑龍江
　　　　教育出版社,1988 年)頁 49～50。
〔註151〕關於劉大白的四項意見,詳見〈三談〈靜女〉——對于《語絲》83 期魏建功先生
　　　　〈邶風靜女的討論〉〉,《古史辨》第三冊下編,頁 556～559。

（3）情境的分析——寫實？追憶？：從文學觀點解詩是民初《詩經》研究的新眼光，雖然這樣的態度自有其歷史上的淵源。如顧頡剛盛讚姚際恆「以文學說《詩》，置經文於平易近人之境，尤爲直探詩人之深情，開創批評之新徑」。〔註152〕但就對〈靜女〉的賞析而言，卻延伸到更多方面的文學層次，特別是在意象情境上的解讀。〈靜女〉的情境鋪陳原有些戲劇的趣味，最初的譯文多採「直陳其事」的解讀，將詩的內容視爲實境。魏建功首先提出〈靜女〉三章，首章是寫「赴約想見往而不遇的心情」，二章便是「因物思人的描寫」，（《古史辨》第三冊下編，頁 533）劉復也以爲這是一首追憶的詩。不管寫實，或虛境都帶有將《詩》提到文學創作的層次來欣賞的意味。

一九三一年杜子勁〈《詩經·靜女》討論的起漚與剝洗〉，則從歌謠的角度著眼，以爲：

> 《詩經》大部分雖然不是「徒歌」了，是「樂工化」的歌謠，但樂工的改編徒歌，也只求便於演奏，簡短的展爲冗長，或使之迴環複沓，也不過邊音就節，納聲順譜，隨隨便便改換一下而已，決不像現在「詩人」般的絞腦汁，捻著鬍子做推敲的笨功夫。……〈靜女〉也是如此……你說他是「追憶詩」也好，你說他是「紀實詩」也好，我們只不要忘記他是經過隨便改編的歌謠，前後連貫的「詩歌作法」，歌謠創作者不懂這個，樂工也不曾把牠放在眼裏！（《古史辨》第三冊下編，頁 569）

3. 陳漱琴《詩經情詩今譯》

在民初，《詩經》需要翻譯是無容討論的，但作這種工作者雖頗不少，而印成專書的卻不多。（陸侃如《詩經情詩今譯》序四，頁 1）陳漱琴編譯的《詩經情詩新譯》一九三二年由女子書店刊行，後來收入女子文庫和文藝指導叢書中，屬於民初那個時代的社會意涵極爲明顯。若從內容著眼：根據作者〈自序〉，翻譯《詩經》的工作起於兩個啓發，一是胡適在〈談談詩經〉中所提出的方法，和《詩經新解》對這個方法的實驗。一是顧頡剛〈詩經的厄運與幸運〉中所做的斬除附會的工作，以還原「《詩經》是一部文學書」的眞相，則更屬於「整理國故」的實際操作。所以書中容納了胡適、顧頡剛，乃至民初許多學者的研究成果，如在名物釋義上，「間或採取《毛傳》《鄭箋》。其餘大半根據胡適之先生的《詩經新解》，劉大白先生的《白屋說詩》，馮沅君、陸侃如先生的《中國詩史》等書并參酌自己

〔註152〕見顧頡剛《《詩經通論》序》，《姚際恆研究論集》（中）（臺北：中央研究院中國文哲所籌備處，1996 年）頁 371～372。

的一點意見」（〈詩經情詩今譯自序〉頁5）。在譯文上，〈葛覃〉末章取胡適的《詩經新解》（《詩經情詩今譯》頁9），〈蝃蝀〉末章取郭沫若的《卷耳集》（《詩經情詩今譯》頁29）〈靜女〉摘取《古史辨》中多位學者譯文（《詩經情詩今譯》頁17～24），另外還有許多篇章取自劉大白的《白屋說詩》。

就譯詩的方法而言，編譯者特別關注《詩》的藝術思想和文學觀念，強調譯文不僅是對內容的詮釋，或用白話對詩句的再創作，更在於呈現《詩經》屬於歌謠的優美韻味，所以她說：

> 我壓根兒不喜歡「臆譯」的詩歌，憑空添上許多廢話。我更不喜歡毫無韻味的詩，竟直和散文沒有分別。同時我對於郭沫若先生的《卷耳集》，也還有些不滿意的地方：（一）語句間的增減，如〈女曰雞鳴〉〈雞鳴〉〈東方之日〉之類。雖然他〈自序〉說過不是純粹逐字句的直譯。（二）把些搖曳生姿的「興」詩，改譯成質直的，索然寡味的「賦」詩，如〈野有死麕〉之類。因此，我的譯法是尊重直譯的，除非萬不得已時，採取一點意譯。（三）韻律本是詩歌的要素，自詩體解放以後，韻律的形式完全打破了，在我譯詩的句尾，大半還保留一點自然的音節。（〈詩經情詩今譯自序〉頁4）

因此在幾首詩的翻譯上，呈現編譯者對詩歌體裁的敏銳關照，如〈雞鳴〉一詩，陸侃如《中國詩史》以為：「這是一首絕妙的私奔的詩。一個提心吊膽。一個留戀不去，神情真是逼肖。」譯者在這個基礎上採用儲皖峰的說法：「〈雞鳴〉全篇為對話體，在中國詩歌中實不多見，這種體裁是開後世〈竹枝詞〉〈採蓮子〉的先河。如皇甫松的〈竹枝詞〉：『木棉花盡（竹枝）荔枝垂（女兒），千花萬花（竹枝）待郎歸（女兒）。』殆其一例。『竹枝』與『女兒』對話，『竹枝』當為男性。〈雞鳴〉詩的對話，發端的係女性。齊女的放浪膽大，即此可見一斑。」將詩標上「男說」、「女說」，成為對話體。（《詩經情詩今譯》頁60）再如〈狡童〉，原本譯作：

> 那姣好而滑頭的人兒喲！為什麼不把相思和我細說？我為了渴慕你的原故，連吃飯都不能下咽！
>
> 那姣好而滑頭的人兒喲！為什麼不到這裏和我共食？我為了渴慕你的原故，我的心兒不能安息！（《詩經情詩今譯》頁51）

譯者因為「總嫌牠太散文氣了，後來見著一位先生，他把前段改了一下，變成民歌的聲口，頗覺圓熟而有趣。」所以將譯文改成：

> 一個小滑頭，不和我說話：都是為了你，使我飯也吃不下！
>
> 一個小滑頭，不陪我吃飯：都是為了你，使我睡也睡不安！（《詩經

情詩今譯》頁 49～50）

可見《詩經》情詩的翻譯對陳漱琴而言，不僅在解決古書不容易讀的問題，更在明白呈現《詩經》屬於詩歌藝術的本質，好「借這些古代男女的情詩，給他們換上時髦的衣裳」，進而鼓盪民眾的熱情，燃著民眾的慾火，把他們引到文學和藝術的路上。

三、《詩經》研究與中國歌謠理論的構成

《詩經》中是否保存真正的歌謠，是二○年代民俗研究者所關切的問題，因此學者們在不同程度上討論《詩經》的歌謠屬性，如研究兒歌的周作人說：

> 《隋書》童謠云：「黃斑青驄馬，發自壽陽涘，來時冬氣末，去日春風始。」有《三百篇》遺意。故依民俗學，以童歌與民歌比量，而得探知詩之起源，與藝術之在人生相維若何，猶從童話而知小說原始，為文史家所不廢。〔註153〕

研究孟姜女故事演變的顧頡剛說：

> 十年冬間，我輯集鄭樵的《詩》說，在《通志‧樂略》中讀到論〈琴操〉的一段話：「……虞舜之父，杞梁之妻，於經傳所言者不過數十言耳，彼則演成萬千言……」……我讀了這一段，使我對於她的故事起了一回注意。過了一年多，點讀姚際恆的《詩經通論》在《鄭風‧有女同車》篇下，見他的一段注釋：「〈序〉……謂『孟姜』為文姜。……詩人之辭有相同者，如〈采唐〉曰『美孟姜矣』，豈亦文姜乎！是必當時齊國有長女美而賢，故詩人多以『孟姜』稱之耳。」……我驚訝其歷年的久遠，引動了蒐輯這件故事的好奇心。（《古史辨》第一冊〈自序〉，頁 67）

在民初許多看似不相干的民俗議題，往往以《詩經》為中樞而聯繫起來，主要的原因在於：《詩經》為中國文學傳統之中心，猶如荷馬史詩一直是西方文學傳統之中心一樣。在起源和注釋的問題上，《詩經》也和荷馬的詩篇一樣，各家說法不一，聚訟紛紜。對那些當時正在闡述大眾文化傳統的人來講，這本古詩集成了不可或缺的憑藉。〔註154〕而論證《詩經》是中國歌謠的源頭，是《詩經》研究與歌謠結合的開端，既然《詩經》是最早的詩歌總集，也可說是最早的唱本，那麼講歌謠的歷史，便只好從《詩經》開始。

〔註153〕 見周作人〈兒歌之研究〉，《周作人民俗學論集》（上海：上海文藝出版社，1999年）頁136。原載《紹興縣教育會月刊》第4號，1914年1月20日。

〔註154〕 見施耐德《顧頡剛與中國新史學》（臺北：華世出版社，1984年）第五章作為傳統文化取代方案的大眾文化，頁190。

　　做爲中國歌謠可能的始祖，《詩經》在新經學運動和歌謠採集工作的結合下，除了作爲幾個反傳統議題的辯證外，在文化重建的意義上，更著重於釐清它的樂歌性質，以利從中整理出眞正的歌謠；另方面也在將歌謠角度的《詩經》研究成果，納入對歌謠歷史的解讀，以建構中國歌謠的專科研究。

（一）《詩經》樂歌文學地位的重建

　　《古史辨》第三冊的編纂次序，以破壞的居前，建設的居後。就《詩經》而言，則在「破壞其文武周公的聖經地位，而建設其樂歌的地位。」（《古史辨》第三冊〈自序〉，頁 1）在這個破與立相對的思考裏，實質上，關涉著整個《詩經》詮釋傳統中主義和主聲的分野。春秋時，因爲音樂的因素，《詩》被記載下來，當時詩與樂合一，樂與禮合一。詩樂分離後，主義不主聲，漢儒進而將溫柔敦厚的詩教，與「知人論世」的方法相結合，造成原屬於「用詩」的教化綱領，一變而爲解詩的系統，詩義的附會扭曲也因此產生。〔註155〕在這樣的認知前提下，五四時期反傳統學者，普遍認爲從樂歌角度看《詩經》，最契合《詩》被記載下來最初的本質。因此《詩經》研究的積極意義，是恢復其樂歌文學的眞相。首先開闢這一路向的是顧頡剛，他提出新的理論，釐清了一些糾纏，也引起不少的爭議，《古史辨》中圍繞著詩樂問題的討論，便在顧氏的理論基礎，和魏建功、鍾敬文、張天廬、朱自清等學者的論辯中，初步地構築了《詩經》樂歌文學的基本面貌。

　　在方法上，顧頡剛從採詩觀戲的實際經驗中得知「歌謠也和小說戲劇中的故事一樣，會得隨時隨地變化。」（《古史辨》第一冊〈自序〉，頁 37）至於《詩經》中同一母題而分置的詩篇，「乃是由於聲調的不同而分列，正如《玉堂春》的歌曲，京腔中既有，秦腔中也有，大鼓書中也有。」（同上，頁 48）因此用來辨證僞古史的歷史演進法，也可以用來推論《詩經》的各種樂歌。另外在詩樂詮釋上，他說：

> 因爲輯集《詩辨妄》，所以翻讀宋以後人的經解很多，對於漢儒的壞處也見到了不少。接著又點讀漢儒的《詩》說和《詩經》的本文。……到了這個時候再讀《詩經》的本文，我也敢用了數年來在歌謠中得到的見解作比較的研究了。（《古史辨》第一冊〈自序〉，頁 48）

同時他也注意到鄭樵《樂略‧正聲序論》上「詩在於聲，不在於義」的理論，而「擬

〔註155〕上述詩樂的歷史，大抵爲五四時期反傳統學者所認同。詳細內容見顧頡剛〈《詩經》在春秋戰國間的地位〉，《古史辨》第三冊，頁 309～366。後來朱自清在 1947 年完成的〈詩言志辨〉中更進一步從詩樂關係剖析《詩經》詮釋史。詳見《朱自清古典文學論文集》上冊（臺北：宏業書局，1983 年）頁 193～218。

以歌謠比《詩經》」。〔註156〕並受「繼〈雅〉之作者，樂府也」的啓發，一面擬將歷代《樂志》及論樂之書仔細研讀，一面則以《楚辭》、樂府詩、歌謠及漢以下名家詩篇與《詩經》相較。〔註157〕可見在顧頡剛《詩經》樂歌文學的重建工程裏，所依賴的仍是「整理國故」中「歷史演進法」和「參考比較材料」兩項利器。

在具體成果上，一九二二年在給錢玄同的〈論詩經歌詞轉變書〉中，顧頡剛第一次提到從「歌謠的轉變」看《詩經》風、雅、頌分體的想法，此後逐步建立起他的《詩經》樂歌文學理論。其間早期的論著，後來多收在《古史辨》第三冊，包括：

1923 年	《詩經》在春秋戰國間的地位	原題〈詩經的厄運與幸運〉，載《小說月報》14 卷 3～5 號
1923 年	從《詩經》中整理出歌謠的意見	《歌謠周刊》第 39 號
1925 年	論《詩經》所錄全爲樂歌	《北京大學研究所國學門週刊》，第 10～12 期。
1925 年	起興	《歌謠周刊》第 94 號

這些篇章，不僅具有五四時期整理國故、走向民間的批判意識，也大抵完成了《詩經》樂歌文學的觀念架構。

1. 從「母題分化」看《詩經》分體和詩篇次第

從主聲的詮釋系統看風、雅、頌分體，前人多主張是歌謠與非歌謠的分野，此說雖大抵不錯，卻不確當。顧氏以爲「《國風》中固然有不少的歌謠，但非歌謠的部分也實在不少」，「《小雅》中非歌謠的部分固然多，但歌謠也是不少」（〈從《詩經》中整理出歌謠的意見〉，《古史辨》第三冊，頁 589～591）原因是《三百篇》和歌謠一樣存在母題分化的現象，如「《唐風》中的〈杕杜〉和〈有杕之杜〉同是一首乞人之歌，《邶風》中的〈谷風〉和《小雅》中的〈谷風〉同是一首棄婦之歌，《小雅》中的白駒和《周頌》中的〈有客〉同是一首留客之歌」。因此可以證明「《風》和《雅》、《頌》只是大致的分配，並沒有嚴密的界限」。（〈論《詩經》歌詞轉變書〉，《古史辨》第一冊，頁 46）

用同樣的現象看詩篇分佈的次第，董作賓據四十五首同母題（隔著帘子看見

〔註156〕見《顧頡剛讀書筆記》（一）「鄭樵以歌比《詩》」，（臺北：聯經出版事業公司，1990 年）頁 379。直到 1957 年顧氏仍然確信可以從樂中求得《詩經》眞相。並亟盼作出有系統的研究。見《讀書筆記》「從樂中求詩」頁 4953。

〔註157〕以上內容均據《顧頡剛讀書筆記》（七下）的記載，見「從樂中求詩」，頁 4953；「牛運震以歷代文學作品比較《詩經》」，頁 5701。

她）的歌謠作分地整理的結果得知：「語言的變遷與歌謠有同樣的關係」，「一山相隔，歌謠便自不同，一水相通，歌謠便可傳佈。」〔註158〕顧頡剛〈廣州兒歌甲集序〉也說：「從上面這些證據看來，我們可以知道歌謠是會走路的：它會從江蘇浮南海而至廣東，也會從廣東超東海而至江蘇。」〔註159〕則《風》詩的分佈不妨是歌謠傳唱的地域。其次第則「《國風》所以先《邶》、《鄘》、《衛》，次之以《檜》、《鄭》者，即以《鄭》《衛》之樂在全國中最發達之故，正如今日編集各地樂曲必以北京、上海列首耳。」（《顧頡剛讀書筆記》「國風次序」，頁 2406）這樣的界說雖仍待商榷，卻相較出程大昌、顧炎武誤認「諸國徒詩不入樂」的偏頗，及《詩序》正變世次說的附會。更明示顧頡剛恢復《詩經》樂歌原始的意識，所以他說：「我始終以爲詩的分爲風、雅、頌是聲音上的關係，態度上的關係，而不是意義上的關係。」（〈從《詩經》整理出歌謠的意見〉，《古史辨》第三冊，頁 590）

2. 從歌謠通例看《詩經》的來源

顧頡剛推想古人比現在人喜歡唱歌，所以唱在口裏的歌詩，一定比現在人多。這些有的是因爲各種應用做出來的樂歌；有些則是平民隨口唱出來的徒歌，《詩經》中一半是這類徒歌，樂工替牠們譜上樂章，久了便也能應用。所以《詩經》是爲了種種的應用而產生的一部入樂的詩集。（〈《詩經》在春秋戰國間的地位〉，《古史辨》第三冊，頁 312～345）

既然《詩經》裏許多詩篇原是唱在口裏的歌詩，這些篇的來源便無法回答，因爲「一首詩文只要傳誦得普遍了，對於作者和本事的傳說一定失了眞相。《詩經》是一部古代極流行的詩歌，當然逃不了這個公例。」〔註160〕而漢儒將《三百篇》的故事製造齊備，也只是徒然鬧了許多笑話。

這類歌謠的公例還被顧頡剛運用在「刪詩」問題上，他說：「刪《詩》問題，其中心不在某一個人上，而在人群之自然選擇上。無論何種樂曲，作者必甚多；而人群選擇之結果，終必淘汰其不佳妙者，甚或喪失其甚佳妙者；而僅存若干，此皆不

〔註158〕見董作賓〈一首歌謠整理研究的嘗試〉，《歌謠周刊》第 63 號，1924 年 10 月 12 日。
〔註159〕轉引自朱自清《中國歌謠研究》（臺北：盤庚出版社，1978 年）頁 31。
〔註160〕關於歌謠的界說，周作人、朱自清都引用英人吉特生（Kidson）《英國民國論》（English Folk—Song）的說法：「民歌是一種歌曲，生於民間，爲民間所用以表現情緒，或爲抒情的敘述者。他又大抵是傳說的，而且正如一切的傳說一樣，易於傳訛或改變，它的起源不能確實知道，關於它的時代也只能約略知道一個大概。」這個說法與顧氏的理解相似，可見爲五四時期被普遍認同的概念。參見周作人〈歌謠〉，《周作人民俗學論集》同注 153，頁 104～107。朱自清《中國歌謠研究》同注 159，頁 6。

可抗拒之勢也。」〔註161〕

3. 從「重章複沓」看《詩經》所錄全是樂歌

　　《詩經》常有一篇中好幾章的意義相同，章數的不同只是換去幾個字。也就是「重章複沓」的現象，顧頡剛據此以爲「《詩經》裏的歌謠都是已經成爲樂章的歌謠，不是歌謠的本相。」(〈從《詩經》中整理出歌謠的意見〉，《古史辨》第三冊，頁 591）他的推論有三：一是「凡歌謠只要唱完就算，無取乎往復重沓」，主要的依據是他所蒐集的「今日的成人抒情之歌極少複沓」，又從文籍考辨上知道「古代的成人抒情之歌極少複沓」，所以《詩經》一大部分是爲奏樂而創作的樂歌，一小部分是由徒歌變成樂歌。二是對於複沓的詩篇，假定其中一章是原來的歌謠，其他數章是樂師申述的樂章，這些複沓之章是否有深淺遠近的分別，是無關重要的，因爲樂工「看樂譜的規律比內心的情緒更重要；他爲聽者計，所以需要整齊的歌詞而奏複沓的樂調。」(〈論《詩經》所錄全爲樂歌〉，《古史辨》第三冊，頁 624～625) 三是自人類始有文化以來，直到十九世紀的初葉，徒歌沒有一天間斷，但人類對於牠卻是一例不注意，《詩經》是二千年前的東西，當時的人決不會想到搜集和保存徒歌，所以《詩經》所錄全是樂歌。(同上，頁 642)

4. 從歌謠起勢論興詩的「趁韻無義」

　　「趁韻無義」是顧頡剛對於興詩最早的解釋，起因於「當時在北大編輯《歌謠周刊》，輒見歌謠開首一二語皆寫景物，而所寫之景卻與其所述之事杳無關聯，取校《三百篇》之文，知毛公所謂『興詩』實亦猶是。」〔註162〕而具體立論是從所輯的吳歌和樂府古詩，悟出興詩的意義和需要在於：一、起首的一句和承接的一句是無意義的聯合，其中最重要的意義只在協韻，如此看待「關關雎鳩」所以興起淑女與君子，便只在「洲」與「逑」的協韻，雎鳩的情摯有別，君子淑女的和樂恭敬原是詩人沒想到的。二、歌謠中起興的需要，是爲了解決歌者「山歌好唱起頭難，起仔頭來便不難」的苦悶。

　　上述顧頡剛詩樂理論的核心，是論證《三百篇》全部入樂，這個結論爲五四時

〔註161〕見《顧頡剛讀書筆記》「刪詩說之非」頁 2409～2410。對此江永川引崔述《讀風偶識》：「美斯愛，愛斯傳，乃天下之常理。」說明顧頡剛是順著崔述議論，自覺地將歌謠公例運用在刪詩問題上，同時賦予新的意義。詳見氏著《顧頡剛《詩經》樂歌文學史觀》(中正大學碩士論文，1994 年) 頁 129～130。

〔註162〕見顧頡剛〈論興詩〉，《史林雜識新編》(出版項不詳) 頁 259。內容爲答張思維〈論六詩之興義〉中回顧〈起興〉一文的寫作緣起。

期學者普遍認同。〔註163〕只是他過份拘執「入樂」這些樂詩唯一得讀法，又立論的基礎──「重章複沓爲樂工申述」說，及「興詩趁韻無義」說，都顯得太系統、簡單化，因此引起了一些討論。

關於重章複沓的：

1924 年	魏建功	歌謠表現法之最要緊者──重章複沓	《歌謠週刊》41 號
1926 年	張天廬	古代的歌謠與舞蹈	《世界日報副刊》，9～14 號。
1927 年	鍾敬文	關於《詩經》中章段複疊之詩篇的一點意見	《文學週報》5 卷，10 號。
1931 年	朱自清	歌謠的結構	《中國歌謠研究》，頁 164～198
1932 年	俞平伯	詩的歌與誦	《東方雜誌》30 卷，1 期

關於起興的：

1926 年	劉大白	六義	《復旦大學黎明週刊》
1927 年	鍾敬文	談談興詩	《文學週報》第 5 卷第 8 號
1929 年	何定生	關於《詩》的起興	《中山大學語言歷史研究所週刊》第 9 集
1929 年	張壽林	釋賦比興	《論詩六稿》，頁 61～90
1931 年	朱自清	關於興詩的意見	《致顧頡剛書函》
		歌謠的修辭	《中國歌謠研究》，頁 199～212
1937 年	朱自清	賦比興說	《清華學報》12 卷 3 期，頁 567～609
1937～1947 年	朱自清	比興	《詩言志辨》頁 49～106

大抵而言，顧氏雖然重視《詩經》的文學特質，及與歌謠的關係，但在上列的兩個問題，則主要在考其原始，而非文學技巧。所以儘管魏建功列舉許多例子，說

〔註163〕五四學者在反傳統的思維下，主樂的詮釋角度，自有其時代的需求。再則顧氏的論述充暢，故眾人雖各有修正，卻基本上認同《三百篇》全部入樂。如魏建功說：「這句話自然有可以成立的道理。」見〈歌謠表現法之最要緊者──重奏複沓〉，《古史辨》第三冊，頁 593。俞平伯說：「樂歌的區分雖頗不易確指，而三百篇本全部可以被絃管，及它們以樂歌而得保存，這總是不容易推翻的事實。」見〈詩的歌與誦〉，《論詩詞曲雜著》（臺北：長安出版社，1986 年）頁 131。

明《詩經》中的複沓「總有程度的深淺，或次序的進退，就是沒有分別，而作者以聲改換的複奏，不能不說是他內心非再三詠歎不足以寫懷的緣故。」（〈歌謠表現法之最要緊者——重奏複沓〉，《古史辨》第三冊，頁 594）俞平伯也說：「像《詩經》這般整齊調協的句度，說當時除掉樂歌以外就沒有別的唱法了，證據且丟開，以常識觀，我也不信。」（〈詩的歌與誦〉，《論詩詞曲雜著》頁 140）顧氏卻認爲這是「無理由的要把《詩經》歸到徒歌下」，至於有無深淺遠近的分別是無關重要的，重要的是「不要這樣的深文周納，繼漢代經師的步武。」（〈論《詩經》所錄全爲樂歌〉，《古史辨》第三冊，頁 623）對於興詩，鍾敬文以爲「起興與雙關語（或廋語）等，乃古今民歌中所特有，而價值極大的表現法。」（〈談談興詩〉，《古史辨》第三冊，頁 682）顧頡剛卻看重其間押韻的作用，以爲用了「趁韻無義」的眼光去看古人說《詩》的文字，「就覺得他們的說話，眞是支離滅裂到了極點」，並舉《邶風‧雄雉》爲例說：「可憐雄雉的作者，隨便起了一個興，累得衛宣公到漢朝時又加添了『整其衣服』的一重罪案。」（〈起興〉，《古史辨》第三冊，頁 676～677）可見顧氏過度化約的推論，是民初反《詩序》運動思辨背景下，有目的的思考，時代的意義大於立論周延的價值。只是這一系列的篇章中，《古史辨》學者也在與歌謠的比較研究中，提供了一些比《詩經》成篇時期更早的思考，進一步凸顯《詩經》的文類特質。

1. 原始歌謠中的重章複沓

顧頡剛一方面企圖從現代歌謠和古代文獻中，呈現古今成人的抒情歌謠極少複沓的事實。另方面也說：

> 去年適之先生也曾告我：「外國歌謠大都是迴環複沓的，中國歌謠中頗少此例，也是一個特異的現象。」這個問題當然不是我的學力所可討論。
>
> （〈論《詩經》所錄全爲樂歌〉，《古史辨》第三冊，頁 624）

凸顯了他在歌謠專科學理上的不足。《古史辨》其他的學者，卻在魏建功：「重奏複沓是歌謠的表現的最要緊的方法之一」的基本認知上，著力於探究原始歌謠中存在重章複沓的可能成因，張天廬從歌與舞的關係上說：

> 「舞」與歌一樣均是內心情緒不得已之要求，故也只係一種隨興的自然的跳動，不外乎腳步之踏起，身姿的的轉動。……於是口中所唱的歌聲也因舞的節奏起落而迴環複沓，迴環的歌章或有前後意思深淺不同，或把前章換上幾個不同音的字以便迴環響應舞的節奏。
>
> 在一本英國書裏，我曾見到有論英國歌謠與舞蹈的關係的話。他說英

國徒歌裏每章的 Refrian 就是保留古代歌聲協合舞的腳步的痕跡。(〈古代的歌謠與舞蹈〉,《古史辨》第三冊,頁 661)

鍾敬文從「對歌合唱」是原人或文化半開的民族所必有的風俗,思考《詩經》中章段複疊也是民間多人合唱而成的歌詞說:

> 1. 《詩經》一部分的歌詞,是當時採風的使者從民間把它收集了來的,其時民間文化的程度正和現在客家、蛋族等差不多,那末,這個事實是很有成立的可能的。
>
> 2. 說《詩經》中全部複疊的歌謠,每首除了一章爲原作外,其餘都是樂工加上的,這話微有點近於牽強。因爲有許多複沓的章段中是很有意思和藝術的,與其說是樂工隨意所增益,似不如說是多人興高采烈時所唱和而成的,更來得比較確當點。(〈關於《詩經》中章段複疊之詩篇的一點意見〉,《古史辨》第三冊,頁 671)

朱自清則列舉古今歌謠中呈現的重疊格式,說明《詩經》中的重章複沓是歌謠殘存的遺跡,其形式用法是繁複多變的,不僅非樂工所能強加,甚且不是後代詩人創作所能企及。

2. 興義溯源

顧頡剛在鄭樵〈讀詩易法〉的啓示下,將興詩的意涵化約爲「趁韻無義」,《古史辨》裏相關的討論文章,雖也大抵取材粗略,而不免以偏概全。〔註164〕但在追溯興的原始意義上,卻頗有切近初民歌唱特質的說法。劉大白說:「這個借來起頭的事物是詩人底一個實感,而曾打動詩人的心靈。」(〈六義〉,《古史辨》第三冊,頁 686)鍾敬文以爲興體中「純興」及「興而略帶比意」的表現法,在民歌中非常流行,在詩人詞客的作品裏卻無跡可尋,原因是:

> 民間歌者,他純迫於感興而創作,詩人們則不免太講理解和有事於飾作了。且口唱的文學與紙寫的文學的區別,也是一個很有關係的原因。(〈談談興詩〉,《古史辨》第三冊,頁 683)

清楚呈現「興」起於情感的不得已,而從感官自然流露出來的事實。在形式上有兩個特色:一是韻腳的大量使用,何定生說:「這完全是在取聲音上的旋律,要聲

〔註164〕趙制陽將興詩大別分爲兩類:一是音節起興,一是情景起興。以此看近世學者,因過份看重鄭樵的話,都把興義說偏了。文中對顧頡剛、鍾敬文、朱自清、何定生的說法均有所剖析,總結說:「討論《詩經》裏的問題,取材亦須適當;舉例的時候,還須顧及其涵概性,只是抱著鄭樵的幾句話來演述,這是絕對不夠的。」見〈古史辨詩經論文評介〉,《詩經名著評介》(臺北:五南圖書出版公司,1993 年) 頁 597～603。

新，聲新是歌謠的一個重大條件，換句話說，是歌謠的個性。」（〈關於《詩》的起興〉，《古史辨》第三冊，頁 700）一是非意義的聯結，朱自清稱這種現象是「因為初民心理簡單，不重思想的聯繫，而重感覺的聯繫。」且這種起興句子多了，漸漸會變成套句，《詩經》中常有相同的起興的句子，便是這個道理。（〈關于興詩的意見〉，《古史辨》第三冊，頁 683～684）雖然所有的說詞都只是簡單的想法，而非深入研究的結果，卻為《三百篇》與原始歌謠找到進一步可能的聯繫，具有擴大興義內涵的積極性。

（二）中國歌謠的專科研究

近代對歌謠有正確認識，是一九一八年北京大學開始徵集歌謠的時候。然不可否認的，最初的研究者，卻是因為研究《詩經》而作的附帶研究。〔註165〕所以對討論的核心：歌謠，未有完整的理論，對歌謠的定義、分類，也不見清楚的辨析，朱自清的歌謠研究，較明顯的回歸到歌謠的本題，所以他引用常惠的話說：「我們研究歌謠，要就歌謠來論歌謠」。（《中國歌謠研究》，頁 163）而他編寫《歌謠研究》講義時，所關心的是「我們在十一年前，雖已有了正確的歌謠的認識，但直到現在，似乎還沒有正確的歌謠的界說」，以及「現在我們的材料不多，整理出來的更少」，至於有關《詩經》的討論，則成為他建構理論及陳述歷史的基礎資料。

朱自清有關《詩經》研究的論著，始見於一九一二年發表的《詩名著箋》，至一九四七年《詩言志辨》的完成，實際包含著幾個主題的進行：（1）是對詩篇的訓詁和解題。（2）是從《詩經》的相關資料中，尋出中國詩論的源頭，再分別從《詩經》學和詩文評的角度觀其流變。（3）是歌謠角度的《詩經》研究。綜合這三項成果，正與民初新文化運動者的《詩經》研究相合，甚而是胡適「國故整理」計劃的逐項完成，而這樣的契合，於朱自清而言是自覺的。他在一九二八年發表的〈那里走——呈萍、郢、火、粟四君〉中，強調「國學是我的職業，文學是我的娛樂」，並且說：

> 他（胡適）前年在北大研究所國學門懇親會的席上，曾說研究國學，只是要知道「此路不通」，并不是要找出新出路；而一般青年丟了要緊的工夫不做，都來擁擠在這條死路上，真是可惜的。但直到現在，我們知道，研究學術原不必計較什麼死活的；所以胡先生雖是不以為然，風氣還是一直推移下去。這種新國學運動的方向，我想可以胡先生的「歷史癖與考據癖」一語括之。不過現在這種「歷史癖與考據癖」，要用在一切國故上，

〔註165〕顧頡剛在《古史辨》第一冊〈自序〉說：「我的搜集歌謠的動機，是由於養病的消遣，其後作了些研究，是為了讀《詩經》的比較」（頁 75），而《古史辨》第三冊所錄是關心《詩經》的民俗家的討論。

決不容許前人尊經重史的偏見。〔註 166〕

則朱自清所謂的國學，是「國故整理」概念下的新國學運動，而更著重「要重新估定一切價值，就得認識傳統裏的種種價值，以及種種評價的標準」。〔註 167〕在歌謠角度的《詩經》研究上，另有其在國學系統整理上的文化重建的意義，及拓展新學科時材料支援上的價值。

朱自清自一九二九年起，在清華大學講授「歌謠」課程，當時發給學生四章講義，題名「歌謠發凡」，包括〈歌謠釋名〉、〈歌謠的起源與發展〉、〈歌謠的歷史〉、〈歌謠的分類〉四部分。到一九三一年又增補〈歌謠的結構〉、〈歌謠的修辭〉兩章，並將題名改為《中國歌謠》。觀其用心，無疑是想為民初剛萌芽的歌謠研究，找尋一種精要的研究方法。〔註 168〕其中主要內容著重在中國歌謠歷史的陳述，及歌謠理論的建立。而二者溯其源流，又都需從《詩經》談起。所以朱自清的歌謠研究，除了參考西方的研究成果外，其基礎大抵根植於自一九一八年以來的歌謠採集工作，及新文化運動者的《詩經》研究成果。其中幾項藉《詩經》而完成的理論有：

1. 中國歌謠歷史的源頭

朱自清引用 Louise Pound《詩的起源和敘事歌》說：

> 在文學史家看來，無論那種歌，只要滿足下列兩個條件的，便都是民歌。第一，民眾必得喜歡這些歌，必得唱這些歌；——它們必得「在民眾口裏活著」——第二，這些歌必得經過多年的口傳而能留存。（《中國歌謠研究》頁 6）

然後這些歌謠為了音樂或占驗的關係，被著錄下來，雖然著錄的同時，不免被改變而不能保全真相，卻部分地保存古代歌謠的材料，成為研究歌謠歷史的依據。對於中國歌謠的歷史，朱自清認為：《詩經》以前，雖還有些歌謠，都靠不住，所以「我們現在講歌謠的歷史，簡直就從《詩經》起頭好了」。（《中國歌謠研究・三歌謠的歷史》頁 65）

雖然顧頡剛說：「要從樂章中指實某一章是原始的歌謠，固是不可能，但要知道那一篇樂章是把歌謠作底子的，這便不妨從意義上著眼而加以推測。」（〈從《詩經》中整理出歌謠的意見〉，《古史辨》第三冊，頁 591～592）但如何從意義上做出區隔卻未說明。朱自清則更著重論證《詩經》具有是中國歌謠源頭的必要屬性，首先是，

〔註 166〕此文原載《一般》4 卷 3 期，1928 年。此處轉引自朱金順編：《朱自清研究資料》（北京：北京師範大學出版社，1981 年）頁 330～333。

〔註 167〕見朱自清：〈詩文評的發展〉，同上註，頁 544。

〔註 168〕以上內容見〈中國歌謠研究出版序〉，同註 159。

與歌謠起源有關的第一身敘述,他說:

> 《詩經》裏第一身敘述及第一身代名詞很多,差不多開卷即是——這
> 是就《國風》《小雅》而論;《大雅》與《頌》裏,可以說沒有歌謠。……
> 可是《古謠諺》所錄……是歷史的歌謠或占驗的歌謠;這些都是客觀的,
> 當然沒有第一身可見,這是歌謠的支流;《詩經》、《玉臺新詠》、《樂府詩
> 集》所錄才是歌謠的本流,那是抒情的。(《中國歌謠研究·二,歌謠的起
> 源與發展》頁 28~29)

再則,就《國風》和《小雅》的內容看:朱自清據〈漢書地理志〉說明各國風詩各
有特點,且都與風俗民情有關;又據謝晉青《詩經之女性的研究》的統計說明有關
婦女的詩,竟佔了《國風》和《二南》的一半,具明顯的歌謠特質。至於《小雅》
的內容,據陸侃如《詩經研究》分為祭祀詩、燕飲詩、祝頌詩、諷刺詩、抒情詩、
史詩諸種,顧頡剛以為凡關於典禮的詩,都是為應用而做的,所以不能算作歌謠。
朱自清則認為當分別論之,他說:

> 現在的歌謠裏,儀式歌不少;古代比現在看重儀式得多,一定說歌
> 謠裏不能有儀式歌,怕也不甚妥當。例如〈白駒〉自然不是歌謠,但〈斯
> 干〉就很像民間作品。……大致諷刺詩裏可以說沒有歌謠,其餘就都難
> 論定;自然,抒情詩裏,歌謠應該多些。(《中國歌謠研究·三、歌謠的
> 歷史》頁 71~72)

2. 從《詩經》所錄全為樂歌看歌謠的結構

《詩經》中「徒歌」、「樂歌」的討論,最早有南宋程大昌「論〈南〉、〈雅〉、〈頌〉
為樂詩,諸國為徒詩」,其論證的方法,是視詩的「應用」與否而定。凡典禮中所用
的便入樂,其餘則為「徒歌」,經顧頡剛梳理後,發現其中存在兩個疑點,一是「應
用」的範圍,一是樂歌的種類,他說:

> 在斷簡殘篇中,找到了幾篇鄉飲、鄉射的禮節,單看到他們行禮時所
> 奏的樂歌,總是《風》和《雅》的頭幾篇,遂以為二《南》與正《雅》為
> 樂歌,其他是徒歌,他們的理由實在太不充分了。(〈論《詩經》所錄全為
> 樂歌〉,《古史辨》第三冊,頁 651)

經重新舉證資料,顧氏作成「《詩經》所錄全為樂歌」的結論。朱自清雖然同意這些
都是已經成為樂章的歌謠,不是歌謠的本相,但對顧頡剛堅持「那些整齊的歌詞、
複沓的篇章,是樂工為了職業而編製的」。(〈論《詩經》所錄全為樂歌〉,《古史辨》
第三冊,頁 624)卻認為未必為實際狀況,他綜合中外學者對歌謠中重疊表現法的
研究,共有三說:一個人創作,二合唱的結果,三樂工的編製。其中一、二說都言

之有理，第三說則很難相信，原因在於顧氏推論上的疏漏，於此朱自清舉出兩點加以修正補充。

（1）主要觀點皆「以今例古」，有欠妥當。顧文中引吳歌〈跳槽〉和〈玉美針〉的樂歌及徒歌，證明徒歌簡而樂歌繁，又引五更調和十二月唱春調，證明樂歌的迴環複沓是「樂調的不得已」。朱自清以為今古遙不相接，究竟難以此例彼。並引用 witham 的「進化」觀點，說和聲是「群眾的證據」，後來敘事詩中沒有疊句，是因為「合唱衰微，單獨的歌者得勢時，合唱的要素——合曲，就漸漸失去效用……後來記載盛而口傳衰……疊句因妨礙故事的發展，漸漸地淘汰了」。（《中國歌謠研究·五，歌謠的結構》頁 165）所以重章只留在兒歌和對山歌中，抒情歌中沒有重章是「進化」的原故，不能據以證明在古代，凡重章的抒情歌必是樂歌。至於「樂調的不得已」，也只能證明徒歌不分章，樂歌分章，及樂歌中添了「襯字、疊字、擬聲」而已，不能證明整齊的歌詞、複沓的篇章是樂歌的特色。

（2）將編製的方法說得太呆板了，顧頡剛相信「樂歌是樂工為了職業而編製的，他看樂譜的規律，比內心的情緒更重要；他為聽者計，所以需要整齊的歌詞，而去奏複沓的樂調」〔註169〕至於職業樂工的存在，並將《詩經》中部分徒歌變成樂歌，顧頡剛所引用的證據，是〈王制〉說「命太師陳詩以觀民風」。《漢書·食貨志》說「孟春之月，群居者將散，行人振木鐸，徇于路以采詩，獻之太師，比其音律，以聞於天子」，顧氏既不相信漢儒，又採漢人之說以證成己說，是對資料產生了：有目的的選擇，及過度的解釋。有關「采詩觀風」說，朱自清從詩、樂分家的角度說：因為詩、樂分家後，如〈野有蔓草〉一類的男女私情之作，既非諷與頌，也無教化作用，便不是「言志」的詩，在賦詩流行的時候，因合樂而存在，詩樂分家賦詩不行，這些詩便失去存在的理由，但事實上又存在。於是便有了「陳詩觀風」之說，此說源自漢儒之手，本是理想，原非信史，再以漢代有樂府採歌謠之制，受此暗示而創採詩說是可能的。〔註170〕所以「陳詩觀風」是漢儒為這類詩的存在所編造的理

〔註169〕見朱自清〈古文學的欣賞〉，《朱自清古典文學專集》（臺北：宏業書局，1983 年）下冊，頁 624。另外關於顧頡剛「重章複沓為樂師申述」說的質疑，近人又有從「重章互足」，可能為《詩經》藝術手法之事實論證者。知顧氏之說不可信，或此類形式較具音樂性，宜施用為樂章，非樂章因「奏樂時的不得已」而必出之以此形式。詳參夏傳才：《詩經語言藝術·重章疊唱》（北京：語文出版社，1985 年）。馮浩菲：《毛詩訓詁研究》下冊第二編（武昌：華中師範大學出版社，1988 年）。洪國樑：〈「重章互足」與《詩》義詮釋〉，《清華學報》新 28 卷 2 期，1988 年 6 月，頁 97～141。

〔註170〕王官採詩說，清人崔述已不相信，他在《讀風偶識》中提出三點質疑：1、為什麼西周詩少東周詩多？2、為什麼邶、鄘等國有詩，而別國無詩？3、為什麼《春秋》、《左傳》都未記載王官採詩？近人高亨又補充兩點：1、先秦古書都未記載此事。2、

由。在宋代，這個理由失去了說服力，宋儒乃提出「淫詩」說以代之。

重疊的形式既然是歌謠的原始結構，那麼《詩經》中所保留的重章複沓，便具備更多民歌語言和表現手法上的意義。朱自清列舉六種歌謠中重疊的格式，其中《詩經》裏常見的表現手法有：（1）重章疊句：有複沓格，「完全是聲的關係，爲重疊而重疊，別無指趣可言，《詩》三百篇中，此類甚多」，例如《鄘風‧桑中》、《鄘風‧鶉之奔奔》、《召南‧何彼襛矣》、《邶風‧擊鼓》都屬這類，只是複沓的章句、方式又各不相同。（《中國歌謠研究‧三、歌謠的結構》頁 167～168）有遞進格，「遞進是指程度的深淺，次序的進退而言」，「只這一式重疊到末一次，必有一個極點或轉機」，例如《鄭風‧將仲子》、《周南‧關雎》、《衛風‧氓》屬這類。（同上，頁 169～170）（2）和聲：是各別合唱或眾人合唱的句子，如《豳風‧東山》、《周南‧漢廣》都保留和聲的痕跡，顯然古代的和聲是有辭的。（同上，頁 177）

另外《鄭風‧蘀兮》、《邶風‧式微》是保存最古的倡和歌。再有《王風‧揚之水》、《唐風‧有杕之杜》都是同一起句的詩，是歌謠中常見的套句手法。上述內容可見《詩經》不僅保有最古歌謠的豐富材料，也爲古典詩歌的創作，提供更多形式上的可能。

3. 從「起興」談歌謠的修辭

顧頡剛因從歌謠中悟得興詩的意義，以爲興的作用有二：一是從韻腳上引起下文。一是從語勢上引起下文，所以是不取義的，是即事的。此說似乎斬除了一些纏夾，卻不免將結果簡單化了。朱自清在比興意義的思考要複雜得多，所以他說：

> 〈詩大序〉及《毛傳》所謂「興」，似皆本於《論語》中「詩可以興」一語。其意殆與我門們所謂「聯想」相似；周豈明先生《談龍集》裡以爲是一種象徵，頗爲近理。《毛詩傳》裡說興詩，太確切，太沾滯，簡直與比無異，或是爲開示來學之故；《鄭箋》卻未免變本加屬了。其實照〈大序〉及《毛傳》所指明，興確是比的一種，不過涵義較爲深廣罷了。……
> 早期的歌謠若有藝術可言，兄所說的「起興」必是最主要的。說「起興」一名可借以說明，古今歌謠的起句的確切的價值與地位則可，說所謂興詩的本義應該如此也可，說「興」之一名原義應該如此，那就還待商榷了。（〈關於興詩的意見〉，《古史辨》第三冊，頁 684）

如此看待，才能理解，何以興體詩在六朝以後已不多見，而歷代論詩者，仍推尊

漢人舉「採詩官」的例證，眾說紛紜。故以爲王官採詩之制恐不可信，但王朝樂官確有搜集詩歌之事。詳見高亨：〈《詩經》引論〉，《詩經學論叢》（臺北：崧高書社，1985 年）頁 3～9。

比興，以為詩體正宗，這一方面固然因為傳統的勢力，另一方面則是後人所謂的興，其實是一種比，即所謂「象徵」。甚且比興原都是賦，以《左傳》為例，賦詩顯用喻義的九篇，有七篇興詩，引詩顯用喻義的十篇，有五篇興詩，因都是即景生情，所以親切易曉，《毛傳》說詩因失了背景，所以無中生有。〔註171〕後人求賦、比、興的絕對分別，所以產生夾纏。以「興」作為修辭的一種，張壽林也說：《詩經》中「包納各種體裁的樂歌」，「所謂風雅頌者，是用了音樂做立腳點」，「而所謂賦比興者，則是用了修辭的方法做立腳點」，張氏以為起興雖大體無意義，但也有不少變例，他說：

> 所謂興者，用了現在的話來講，就是一種象徵。有時又和修辭學中的「隱比」（Metaphor）很相近。我們對於一種物象有了感懷，因此引起別的情緒，但是這情緒，也許和物象本身離得很遠，使我們看不出其間的關連，不過設使沒有那物象，則我們的詩人也許根本寫不出這首詩來。〔註172〕

至於顧頡剛從民歌中找到的那種起興，朱自清亦有兩點補充：

（1）顧頡剛雖然陳述了歌謠中起興的現象，卻未能說明何以這樣的起興在歌謠中具有迫切和普遍的需要。朱自清以為這跟歌謠「以聲為用」，及一般民眾「思想境域小」有關。因為以聲為用，所以從韻腳起下文，以集中人的注意；因為思想境域小，所以從眼前事物指點，引起較遠的事物的歌詠，是較容意下手的路子。（《中國歌謠研究‧六、歌謠的修辭》頁201）並且這種起興的句子多了，漸漸會變成套句，如此正可以解釋，何以在《詩經》和古今歌謠中，常出現相同起興句子的現象。

（2）顧頡剛用蘇州唱本的：「山歌好唱起頭難，起仔頭來便不難」，來說明歌者的苦悶和起興的需要。（〈起興〉，《古史辨》第三冊，頁677）朱自清借這種作始困難的普遍性，證明一般民眾思想力薄弱，其在藝術上是很幼稚的。所以後來詩歌裏漸少了此種：六朝以來，除了擬樂府外，簡直可以說沒有興，可見藝術漸進步，粗疏的興體，便漸就淘汰了。

又雖在〈關于興詩的意見〉一文中，朱自清考察《周禮》六詩與〈詩大序〉六義間的關聯，對《周禮》的態度是謹慎保守的，但在日後撰成的《詩言志辨》中則進一步說明：

> 風、賦、比、興、雅、頌，似乎原都是樂歌的名稱，合言「六詩」正

〔註171〕見《詩言志辨》，同註155，頁250～254。
〔註172〕見張壽林〈釋賦比興〉，《論詩六稿》（北平：文化學社，1929年）頁61～81。

是以聲爲用。〈詩大序〉改爲「六義」便是以義爲用了。

並根據文獻的記載推測：大概「賦」原是合唱，「比」是變舊調唱新辭，「興」是合樂開始的新歌。〔註173〕著意去除《序》說所造成的觀念扭曲，還原「興」爲樂歌修辭的一種。

附表2：2　民初《詩經》白話注譯類著作（1923～1938年間發表、出版〔註174〕）

出版年	題　名	編譯者	出　版　者	備　注
1923〔註175〕	卷耳集	郭沫若	上海：泰東圖書局	語譯《國風》40首。辛夷小叢書第二種。創造社叢書。
1923	葺芷繚衡室讀詩札記	俞平伯	北平：樸社 上海大學講義	討論《國風》6首，2首附故訓淺釋。 1934年北平：人文書店再版改題《讀詩札記》收筆記17篇。
1926	詩經	繆天綬	上海：商務印書館	1937年改名《詩經選讀》出版。學生國學叢書。萬有文庫第一集。
1926	（新注）詩經白話解	洪子良（編纂）	上海：中原書局	據書前序文，1926年先成《國風》一卷出版。1941年刊行八卷本。
1926	（新式標點）詩經	許嘯天（整理）	上海：群學社	卷首頁題作：「言文對照、白話注解、新式整理分類《詩經》」。
1928	詩經選註	汪靜之	暨南大學講義	參見《詩經情詩今譯》〈汪序〉。
1929	詩名著箋	朱自清	清華大學講義	對15首風詩的訓詁、講解、翻譯。
1930	詩經通解	林義光	作者自印本	
1931	周南新解	胡適		青年界1：4頁13～42
1932	詩經情詩今譯	陳漱琴（編譯）	上海：女子書店	琴畫室叢書。女子文庫。文藝指導叢書。
1933	三十六鴛鴦（國風的戀詩）	呂曼云	上海：黎明書局	黎明小叢書。選譯《國風》36首。
1934	（國語注解）詩經	江陰香	上海：廣益書局	

〔註173〕同注155，頁262～269。

〔註174〕本表資料以《民國時期總書目》《經學研究論著目錄（1912～1987）》爲主，凡其中著錄錯誤，及漏列資料，依筆者所見予以補正。

〔註175〕本表依各該書初版年代爲序。《卷耳集》序於1922年，唯遲至1923年8月才出版。

？	詩經（詳注白話文學讀本）	鍾際華（校正）	上海：大文書局	本書內容與上書相同，卷首及中縫書名均爲《詩經白話解》。
1934	詩經語譯（卷上）	陳子展	上海：太平洋書店	
1936	詩經白話注解	唐笑我	上海：啓智書局	
1936	關雎集	縱宗踪	上海：經緯書局	經緯百科叢書，選譯《國風》37 首。
1937	野有死麕	張小青	上海：上海雜誌公司	選譯《國風》40 首爲現代白話詩。
1937	詩經選讀	王雲五	上海：商務印書館	
？	詩經研究	羅汝榮	廣東國民大學講義	含注釋、詩說、今說等
？	詩經大義	唐文治	民國間刊本	葩廬叢書

附表 2：3　民初學者對《國風》婚戀詩的新解〔註176〕

作者 詩篇名	胡　適	顧頡剛	郭沫若	俞平伯	陳　槃	陳漱琴
關雎	1. 求愛詩，描寫他的相思苦情,他用了種種勾引女子的手段，友以琴瑟，樂以鐘鼓，這完全是初民時代的社會風俗。 2. 寫一個男子思念一個女子,睡夢裏想他,用音樂來挑動他。				此詩爲黃河沿岸之人描寫其本地風光之作。……玩味原詩,不過是一篇抒寫相思很深刻的情詩。	男子片戀的戀歌。

〔註176〕 本表所列爲民初（1915－1940）有關《國風》婚戀詩詩旨的新解，以見其中異同。引用資料如下：

胡　適　《胡適留學日記》1915 年 8 月 18 日。
　　　　〈論野有死麕書〉，《古史辨》第三冊下編，頁 442～443。
　　　　〈談談詩經〉，《古史辨》第三冊下編，頁 576～586。
　　　　〈周南新解〉，《青年界》1 卷 4 期，頁 13～42。
顧頡剛　〈詩經在春秋戰國間的地位〉，《古史辨》第三冊下編，頁 309～358。
　　　　〈野有死麕〉，《古史辨》第三冊下編，頁 439～441。
　　　　〈瞎子斷扁的一例－靜女〉，《古史辨》第三冊下編，頁 510～518。
　　　　〈春秋時的男女關係與婚姻習慣〉，《學術》第四期，頁 5～10。
郭沫若　《卷耳集》
俞平伯　〈讀詩札記〉，《論詩詞曲雜著》，頁 39～130。
陳　槃　〈周召二南與文王之化〉，《古史辨》第三冊下編，頁 424～434。
陳漱琴　《詩經情詩今譯》

漢廣	方玉潤最大膽，也最有理。方玉潤：其詞大抵男女相贈答，私心愛慕之情，有近乎淫者，亦有以禮自持者。			細玩全篇之意，似是極言男子思女之苦，大概詩人先約好了他的愛人在某處幽會，她竟因事不來，或者竟另嫁別家郎去了。	
摽有梅		女子們很需待男子來求婚……看她這樣的迫不及待！		女子求婚的詩。	
小星	妓女星夜求歡的描寫。			取韓詩說：勞人行役之詩。	以胡適的意思最爲新穎可喜。
野有死麕	男子勾引女子的詩；求婚獻野獸的風俗。	是一首情歌。第一章說吉士誘懷春之女，第二章說「有女如玉」，第三章是一個女子爲了要得到性滿足，對於異性說出的懇摯的叮囑。	獵人與少女相戀愛之詩。末節是女子的談話。	第一章「吉士誘之」則非正式締姻可知。前兩章寫林中景象及士女之丰姿，三章則述爲婚時女之密語，神情宛爾，絕妙好詞。	這是一篇情歌。
靜女		很明白的是一首情詩。	幽會之詩，末尾兩節中敘出男女相戀中，一種通有的變態心理Fetichism（拜物戀）來。	男子候所歡不至之詞。	男子想念情人的詩。
新臺		女子們自由求配偶的戲謔詩歌。	普通的對於媒妁結婚的怨詩。		
褰裳		一個潑辣婦，對付她的無情男子的痛罵。	自由戀愛，自由離婚之習。		女子和她的情人開頑笑的詩。從這首詩的語氣看來，可見當時鄭國女子的膽子很大。

野有蔓草		一首私情詩。男女二人在野裏碰見，到隱僻的地方藏著，成就他們的好事，這個意思是很顯明的。			是敘述野合，男子心滿意足的情詩。《詩史》謂這篇頗與《唐風·綢繆》相似。實則篇敘男女情事雖同，論時地則完全不同。
還	此女子之語氣。子，謂所歡，蓋獵者也。此寫其初相見時，目挑心許之狀，極綺旎之致。				
著	新婚女子出來的時候叫男子暫候，看看她自己裝飾好了沒有，顯出了一種很豔麗細膩的情景。				

第四節 《詩經》的通讀與概說

一、《詩經》通讀體系的相關著作

從近代經說的發展看，「簡易清晰」的解經風格，起於乾嘉以後漢宋融合的學風，尤其是深受樸學影響，而與漢學家立異的宋學桐城派文士解經。其中方苞所提「漢劉歆偽竄古經說以翼莽簒」的論點，先有今文學派自劉逢祿至康有為莫不據以抨擊古文經，及民國年間，經學與政治脫節，又有《古史辨》學派用此說以治經史。〔註177〕顧頡剛說：「桐城派承朱熹之緒，其讀古籍，每能涵泳經文，擺脫經師塵霧。」(〈郊居雜記〉,《顧頡剛讀書筆記》頁1712) 大抵用簡要的文筆，對經書本文分章分句析文辨義，是桐城文章家轉而釋經的方法，而在反漢學精神和經書淺易化上，給予新經學一定的啟發。因此民初就在清代宋學派「詁釋明白，句讀通暢」的風格演進下，加上文籍考訂學和白話文思潮的兩大助力，形成經書通讀的趨勢。

一九三五年胡適提出「新經學」的概念，是企圖在清人的基礎上，透過新材料、新方法，解決經書難懂的問題。王國維以為古經所以難懂在於「底本」和「訓詁」，對此清代樸學家雖已做出很大的貢獻，但限於工具和方法，未能盡善。現代

〔註177〕參見楊向奎〈方苞《望溪學案》〉,《清儒學案新編》第三冊（山東：齊魯書社，1994年）頁32～33。

學者有了文法學的知識、銅器文字的研究、甲骨文字的認識，正可彌補缺陷，所以胡適說：

> 二、三十年後，新經學的成績積聚的多了，也許可以稍稍減低那不可懂的部分，也許可以使幾部重要的經典都翻譯成人人可解的白話，充作一般成人的讀物。（〈我們今日還不配讀經〉，《胡適文存》第四集，頁530）

可見民初經書整理工作，出現了朝淺易通讀路向發展的一支，間接促使新經學概念的成形，表現在《詩經》研究的相關著作約有三類：

一是《詩經》文法學上的研究，主要有胡適在文字和文法訓詁方面的實踐，如對《三百篇》中「言」字、「于」「以」字、「維」字的解析，其間又有楊樹達、黎錦熙、吳世昌、丁樹聲等人的相關討論。

二是《詩經》的訓詁淺釋，較重要的是幾本爲大學授課所編的講義，如：俞平伯《茸芷繚衡室讀詩雜記》（1923年上海大學講義）、汪靜之《詩經選註》（1928年暨南大學講義）、朱自清《詩名著箋》（1929年清華大學講義）、羅汝榮《詩經研究》（？廣東國民大學講義）等。

三是《詩經》白話新解，以上海地區出版業爲因應「整理國故」運動所出版的各類國故叢書爲主，如：繆天綬《詩經》、洪子良《（新注）詩經白話解》、許嘯天《（新式標點）詩經》、呂曼云《三十六鴛鴦（國風的戀詩）》、江陰香《（國語注解）詩經》、陳子展《詩經語譯卷上》、唐笑我《詩經白話注解》、縱宗踪《關雎集》、張小青《野有死麕》……等。（上述各書的出版項詳見：附表2：2《詩經》白話注譯類著作，頁174～175）

（一）《詩經》文法學上的研究

古籍通讀首要講求的是「明訓詁、通文法」——訓詁治其實，文法求其虛。中國訓詁之學，經清儒的疏通，已大抵完備；文法之學，雖有清代劉淇《助字辨略》、王引之《經傳釋詞》的草創之功，又有馬建忠《文通》初步建構語法體系，民初的古籍文法學研究，仍然還在萌發階段。〔註178〕一九一一年胡適作〈《詩經》言字解〉說：「《三百篇》中如式字、孔字、斯字、載字，其用法皆與尋常迥異」，故而提出《詩經》「新箋今詁」的構想，作爲以新文法讀吾國舊籍的起點，並且意識到現代文法對於普及國學教育的關鍵作用，他說：

> 是在今日吾國青年之通曉歐西文法者，能以西方文法施諸吾國古籍，審思明辨，以成一成文之法，俾後之學子能以文法讀書，以文法作

〔註178〕參見王力《中國語言學史》（臺北：谷風出版社，1987年）頁204～212。

　　文，則神州之古學庶有昌大之一日。(〈詩三百篇言字解〉,《胡適文存》

　　第一集，頁 242)

這個文法學之於古籍研究的迫切性需要，是胡適在《詩經》研究上始終關懷的議
題。例如：一九二一年起著力從聲音、訓詁、文法中，求《三百篇》真意，以作
爲《詩》的「新序」。〔註179〕一九二二年試圖完成《詩經新解》，以爲「注《詩經》
絕對的不可不注意文法上的異點。古人從沒有這樣下手的。」〔註180〕後來又在《詩
經》「維」字的整理中，發憤想先把《詩經》中的虛字——關係詞、區別詞、助詞
——一齊都歸納出來，寫成《詩經》虛字分類表。〔註181〕雖然胡適的工作終究沒
有完成，卻使虛字研究成爲民初《詩經》學上一個突出的論題，引起語言學者普
遍的注意，黎錦熙在〈《三百篇》之「之」〉一文中肯定這樣的工作，可以達成三
個終極的目標：一是可以發現某時代語言中特別的文法。二是可以作爲辨別古書
真偽的幫助。三是可以得到一個鈴鍵，用來解釋本書文學上的作風和修辭等。〔註
182〕黎氏並且進一步說明：

　　　　這簡直要把整理國故底工作做到「結帳式的整理」，把一部書一句話
　　算完了兩千多年底總帳，才能著手。

　　　　同樣，要從古文繙成現代的國語，寫成拼音的新文學，作爲本國國民
　　要了解本國歷史文化和文學的普通讀物，像這樣對於「之」字的研究，實
　　在是先決問題。〔註183〕

上述內容可以說是對《詩經》虛字研究，在民初那個時代的定位，更明顯地是對胡
適理念的一種回應。

1. 方法的提出及在《詩經》研究上的試驗

　　在方法上，胡適最初主張的「西方歸納論理之法」,(〈詩三百篇言字解〉,《胡適
文存》第一集，頁 293)一直是主要的研究模式。只是這個理論從模糊到清晰，經
過多位學者，就實際操作的心得，一方面在方法論上呈現更周密的思考；另方面在
研究的深度上，對胡適的結論提出質疑，並作出進一步的解釋。

　　由於對漢儒經說的不滿，及對《爾雅》的不信任，胡適悟得一個「以經解經」

〔註179〕相關內容是 1921 年 4 月 27 日，胡適爲梁思永等人的讀書會講演唱「《詩經》研究」
　　　　後的日記所載。見《胡適日記》(北京：中華書局，1985 年)上冊，頁 24～25。
〔註180〕同上注，下冊，頁 431～433。
〔註181〕同上注，下冊，頁 445、449。
〔註182〕參見黎錦熙〈《三百篇》之「之」〉,《燕京學報》第 6 期，1929 年，頁 1021。
〔註183〕參見黎錦熙〈《三百篇》之「之」〉,《燕京學報》第 8 期，1930 年，頁 1561。

的入門法則。〔註 184〕後因《馬氏文通》啓發了系統性文法分析的概念。〔註 185〕又讀王氏父子及段（玉裁）、孫（仲容）諸人之書，始知「以經說經」，雖已得途徑，猶需小學之助。〔註 186〕因上述基礎，一九二○年胡適在〈國語文法的研究法〉一文中，完成了包括：歸納的研究法、比較的研究法、歷史的研究法三個要項的方法論，並立下初步的歸範說：

> 歸納法是基本方法；比較法是幫助歸納法的，是供給我們假設的材料的；歷史法是糾正歸納法的，是用時代的變遷，一面來限制歸納法，一面又推廣歸納法的效用，使他組成歷史的系統。（〈國語文法概論〉，《胡適文存》第一集，頁 499）

在這個系統裏，比較的方法是爲了補強，過去的訓詁學者因爲沒有比較，故不曾發生文法學的觀念。如王引之《經傳釋詞》用歸納的方法來研究古書中「詞」的用法，卻無法使讀者了解那些「詞」在文法上的意義和作用。歷史的方法是爲了修正馬建忠、劉復因缺乏歷史進化的觀念，而認爲文法條例是「一成之律，歷千古而無或少變」的錯謬。作爲基本法的歸納法，則是取自耶芳斯（Jevons）「歸納法其實只是演繹法的一種用法」的概念，這個方法的主要精神在於：假設性通則的提出，和用演繹的方法來證明或否證這個假設。〔註 187〕疏漏處在於過度依賴假設，誠如胡適所說：「假設的用處就是能使歸納法實用時格外經濟，格外省力。」（〈清代學者的治學方法〉，《胡適文存》第一集，頁 401）而爲研究者開了方便之門，造成在取材上有目的的選擇，以及缺乏全面的歸納分析，這也正是胡適在「虛詞」解釋上疏略和武斷的源頭，所以何蟠飛說胡適的〈言字解〉「這種治學方法並非小心求證，只是大膽假設而已。」〔註 188〕

黎錦熙和吳世昌在這個方法的運用上，都更強調統計和綜合研究的重要性，因爲例子的多少「不但可以看出本文證據的強弱，還可以因而發現有無傳寫的僞誤，

〔註 184〕見《胡適留學日記》（海口：海南出版社，1994 年）頁 12、17。1911 年 4 月 13 日、5 月 11 日兩條，記載了讀《詩》的心得及〈言字解〉的寫作。

〔註 185〕同上注，頁 23，1911 年 6 月 12 日條，知胡適讀《文通》始於此時。

〔註 186〕以上是胡適 1911～1916 年間對文法學初步的構想，相關內容參見〈詩三百篇言字解〉，《胡適文存》第一集，頁 239。〈論訓詁之學〉，《胡適學術文集·語言文字研究》（北京：中華書局，1993 年）頁 132。

〔註 187〕上述內容見胡適 1920 年 12 月作的〈國語文法的研究法〉。該文內容共有 4 篇，後來《胡適文存》第一集〈國語文法概論〉將該文納入。以首篇的〈導言〉作爲第一篇，標題「國語與國語文法」；以末三篇合併作第三篇，標題「文法的研究法」。詳細內容見《胡適文存》第一集，頁 443～499。

〔註 188〕見何蟠飛〈詩經「言」字辯釋〉，《大陸雜誌》26 卷 5 期，1963 年 3 月，頁 18。

以作校勘上的幫助」。另外也由於前輩學者因舉例不全而啓人疑問的殷鑒，凸顯出將統計分析做得透澈的必要性。〔註189〕對此黎錦熙提出歸納統計工作的三條件：一是在文法上先要假定一個較爲正確而精密的體系，不可輕下判斷，也不可漫無統系，且需有個文法上的標準。二是要把時代音弄明瞭，順著聲韻轉變底軌道去解釋辭意。三是本書考證上的異說，須參考齊全。〔註190〕黎氏以《三百篇》中的「之」字作爲範式，費時一年半，共整理出「之」字凡一千零二十三，「爲代名詞者四百；爲動詞者四；爲形容詞者五十五；爲介詞者五百三十四；爲助詞者三十」。另外他還引介丹麥言語學者 Otto Yespersen 的《Language（its Nature, Development and Origin）》對於「之」字的精當解說；以及 James Legge 譯注的《The Chinese Classics（with a translation, critical and exegetical notes, prolegomena, and copious indexes）》將《詩經》全書的「之」字分成七個用法，雖然文法上錯誤的地方不少，但因爲是將甲種文字繙譯成乙種文字，非把句義和文法澈底弄明白不可，所以終究較以前的經學家不含糊。可見民初語言學研究的視野已有進一步的拓展，黎氏不僅嫻於英語語法，兼具良好的漢語修養，又經長時間搜集豐富的材料，〈《三百篇》之「之」〉一文細針密縷，展現了謹守規範的硬工夫。

一九三〇年吳世昌的〈釋《詩》《書》之「誕」〉，是另一個文法學運用在《詩經》研究上的典型。在用圖解法分析古代句法的工作中，吳氏發現一般經師將「誕」釋爲副詞的「大」，固然說不過去，但是依王引之《經傳釋詞》解釋爲「發語詞」，也大有問題，因爲：

> 在文法的圖解中，即使是一個標點，也得給它一個地位，依王氏說，
> 這個「誕」字，就沒有圖解的地位了。〔註191〕

所以王氏雖然完成了破壞的工作，卻因忽略了「誕」字在句法上的重要位置，而無力做建設的工作。吳世昌首先在聲韻的基礎上，提出「誕，其也，當也」的假設，並將這個假設放在《詩經》中總共十例的「誕」字上，除《邶風・旄丘》：「旄丘之葛兮，何「誕」之節兮」外，〔註192〕其餘各例均適用。又將「誕」字在文法上的表示，如「時間的關係、語氣的緩急……」等，對《詩經》的「誕」字進行分析，呈

〔註189〕見吳世昌〈詩三百篇「言」字新解〉，《燕京學報》13 期，1933 年，頁 154～155。

〔註190〕同注 182，頁 1021。

〔註191〕見吳世昌〈釋《書》《詩》之「誕」〉，《燕京學報》第 8 期，1930 年，頁 1563。

〔註192〕這個字《毛傳》解爲「閭」，顧頡剛曾提出反駁。吳世昌據俞樾「誕，延古通用」，說：「漢儒所以訓誕爲大，大概也是從「延」字衍化出來的。」同上注，頁 1572，附注 18。

現三種結果：一是時間副詞，相當於今語的「於是」、「然後」，用以解釋上、下句舉事的次序，如《大雅・生民》「實覃實訏，厥聲載路，誕實匍匐，克岐克嶷，以就口食。」又「誕降嘉種，維秬維秠，維穈維芑」。二是命令式的句子，如《大雅・皇矣》「誕先登于岸」。三是表示時間，同時有連絡子句於主句的作用，《詩經》「誕」字共有六例屬此，如《大雅・生民》「誕寘之隘巷，牛羊腓字之」等。對此胡適說：

> 如《詩》《書》裏常用的「誕」字，古訓作「大」，固是荒謬；世俗用作「誕生」解，固是更荒謬；然而王引之《經傳釋詞》裏解作「發語詞」，也還不能叫人明白這個字的文法作用。燕京大學吳世昌先生釋「誕」為「當」，然後我們懂得「誕彌厥月」就是當懷胎足月之時；「誕寘之隘巷」「誕寘之平林」就是當把他放在隘巷平林之時。這樣說去，才可以算是認得這個字了。（〈我們今日還不配讀經〉，《胡適文存》第四集，頁529）

又在對《詩經》「言」字的解釋中，特別強調：我最不贊成「某字無義，不過用以足句」之說；凡有文法上的作用的，皆可說是有義。可見民初的虛字研究，已經明確體悟到，清代樸學的主要局限，在於缺乏文法學的概念和方法。

2. 對胡適〈《詩經》言字解〉的再商榷

據《胡適留學日記》「言字解」作於一九一一年五月十一日，文中尋繹《三百篇》中的言字，共得三說：一是挈合詞（嚴譯），又名連字（馬建忠所定名），其用與「而」字相似。二作「乃」字解，用以狀動作之時。三作代名詞之「之」。並以為「除第三說尚未能自信，其他二說，則自信為不易之論也。」（〈詩三百篇言字解〉，《胡適文存》第一集，頁239～242）對此結論胡適始終自信，不僅一九一六年檢閱舊稿時說：「自視絕非今日所能為也。去國以後之文，獨此篇可存」。〔註193〕日後與劉大白、楊樹達討論古書虛字時，仍一再以此文為說。〔註194〕雖然如此，民初學者對其中的結論卻頗多商榷，主要有：

1925 年	胡樸安	〈詩經言字釋〉	《國學彙編》第三集，頁1～5
1933 年	吳世昌	〈詩三百篇言字新解〉	《燕京學報》13 期，頁153～169
1934 年	沈昌直	〈詩經言字解駁胡〉	《國學論衡》3 期，頁1～3

〔註193〕關於〈言字解〉的寫作原委見《胡適留學日記》1911 年 5 月 11 日、1916 年 2 月 24 日兩條，頁 17、198。

〔註194〕詳見〈論詩經答劉大白〉，《胡適文存》第四集，頁 568。楊樹達〈與人論《詩經》言字書〉，《積微居小學述林》（臺北：大通書局，1971 年）頁 303。

1937 年　　楊樹達　　〈與人論詩經言字書〉　　《積微居小學述林》，頁 303～305

楊樹達從胡文的內在理路著眼，共提出六點疑問，主要內容可歸納爲三個方面：一、舉例不全，造成結論上的以偏概全。這個問題的源頭在於，胡適沒有將《詩經》中的言字，作全面的歸納分析；另外作爲結論前提的假設，也沒有照應全部可能的解釋，因此形成許多如楊文所舉，易啓人疑竇的例外。二、對於例外的彌縫牽補，楊文舉「寤言不寐，願言則嚏」爲例，胡適因解「願而則嚏」，文不可通，所以別設第三解，而又明言第三解尚不能自信，不僅造成上下句「言」異訓，也令《三百篇》中他處的「願言」也當異釋，立說終究未圓滿。三、上下文「言」字異訓，致行文不貫注。對胡適主張的上下文同一虛字不必同義說，楊氏始終不能贊同。以「言告師氏，言告言歸」爲例，胡適原意所有「言」字皆作「乃」，又因第三言字介兩動字間，符合第一解，所以改訓作「而」，造成三言字作二解，實不免左支右屈之嫌。上述楊文雖均以結論上的疑義爲說，詳究之，則是更本質地對方法和實踐上的質疑。

吳世昌對《詩經》言字的研究是全面性的，一面對胡文提出疑難，一面對「言」字作出新解。主要認爲胡適的問題有二：一是沒有統計《三百篇》中所有用作「虛詞」——不是名詞或動詞——的「言」字，並舉出《邶風・二子乘舟》等四個例外，說明胡文還不是最澈透的說法。二是認爲胡適的講法，只是一種極聰明的假設，我們不能替他在音韻學上，形義學上，或者訓詁學上找出有力的證據來。

在新解上，吳氏首先統計了《詩經》的言字共一七七個，分爲十類，除去作爲本義的動詞，又專有名詞、形容詞外，共得虛字部分凡九十二字。再從聲韻上的關係，求得與「言」音近的「以」作爲假設，用以檢測《詩經》中的「言」字，結論是：作爲虛詞的九二個言字，皆可訓作「以」。然而這個嚴於落實方法原則，且看似具普適性的解釋，很快引來胡適的疑慮說：「『言樹之背』、『駕言出遊』等處『以』字都很好，『受以藏之』已不很自然」。吳氏則以「『而』字不能拿來解《詩》中任何『言』字。我的『以』字卻可以解《詩》中一切『言』字之用作虛詞者」作爲回應。〔註195〕爲求普適性而勉強牽合，顯然是吳文的大問題。不過「以」字的提出，連胡適都不否認是一種好的假設。

3. 關於「于、以」字的討論

〔註195〕見吳世昌 1932 年元月 5 日的後記，並說：「假使『受以藏之』，我們覺得不很自然，上面所舉的許多例子只怕要更不自然了。」顯見吳氏在這個問題上，對「勉強牽合」有一定的寬容。詳見〈詩三百篇「言」字新解〉同注 189，頁 169。

對《詩經》「于以」字義的釐清，最早是胡適作《詩經新解》時的心得，以為：「于以」連用，等於疑問副詞的「焉」，作「那兒？」解；「于」字單用，等於副詞的「焉」，作「于是」解。〔註196〕楊樹達對胡適將「于以」連用視作複詞，提出五項質疑。〔註197〕並在一封給錢玄同的信中提出：「『于』依然還是『在』字的意思」。至於「以」字，則引《史記》、《法言》解「如台」為「奈何」，台字從「目」得聲，因此證「以」字當有「何」字的意思。這個說法後來也得到錢玄同和胡適原則上的認可。〔註198〕但直到八○年代，對於這個問題的討論仍舊持續著，也進行了更多全面的歸納分析。其中一九三七年吳世昌〈釋《詩經》之于〉一文，可說是，胡、楊二人「提出假設性解釋」的模式，向全面深入研究過渡的轉折，誠如吳氏說：

> 以「焉」釋「于」，胡適之雖曾試過一下，但只有一個假設，並沒有收集證據來加以闡明，所以後來楊遇夫先生主張對「于以」一語中的「于」字不作問詞解，他也同意了。但楊先生證據也沒有收齊，並且已收的也不可靠，疑實滋多。〔註199〕

因此有提出作為研究課題再討論的必要，吳世昌的工作主要有兩方面：

一是破楊說的疑誤：首先提出容庚從金文考證「如台」連詞，釋「如辝」為「此」，動搖楊氏立論的基礎。進而提出五點質疑，說明楊氏將「以」釋為「何」有太多例外，且所做的文法分析存在邏輯推論上的問題。〔註200〕

二是對「于」字建立新解：吳氏整理出《詩經》中的「于」字共三六五條，並將解釋分為通常和非通常兩類。其中非通常的部分：有作為疑問副詞的「焉」字解者，包括以「名詞主語＋于＋內動」句式呈現的三九例，和以「于＋以（介）＋外動＋代名詞賓語」句式呈現的十例；有作為非問詞的「焉」字解者，包括表空間的副詞七例，和表時間的副詞十六例，算是對胡適的「焉」字說補強證據。至於文中

〔註196〕以上內容記載於 1922 年 8 月 19 日的《胡適日記》，雖然胡適對此大為高興，且認為無可疑，但因所舉二解，各僅以四個例句說明，只能是個初步的說法，而非嚴密的研究結論。詳見〈《詩經》中的于以字〉，《胡適學術文集・語言文字研究》同註186，頁 138～139。

〔註197〕同上註，頁 141～142。

〔註198〕據錢玄同給胡適的信，雖然認為其中尚有疑義，但「台」「以」二字互通，卻可從聲韻和金文中得證。見同上註，頁 140。至於胡適在 1925 年的〈談談詩經〉和 1935 年的〈我們今日還不配讀經〉中對「以」的解釋均採楊說，可見一般。詳見《胡適文存》第 4 集，頁 529、563。

〔註199〕見〈釋《詩經》之于〉，《燕京學報》第 21 期，1937 年 6 月，頁 279。

〔註200〕見同上註，頁 240～244。其中 5 點質疑中的第 1、2、5 是例外的提出，第 2、3 是不合邏輯的類推。

占大量篇幅的常義，就是《爾雅》：「于，於也」，王引之說：「常語也」的部分，這類句子在《詩經》中共二六一例，自古以來均無疑義，吳氏利用十類不同的文法公式，分析例句中的各種用法，因爲這些句子看起來都極貌似，而實際上卻很不相同。吳氏說：

> 只有這一部分，我曾易稿四、五次方能寫定。這類的分析不但對於本文很重要，並且可以作相類句例的文法型式，可以作研究古代語法——特別是韻文的銘辭之類——的衡量。〔註201〕

雖然吳文對《詩經》「于以」字的解釋，仍有未逮處。尤其是拘執於「焉」字說，造成許多明顯的牽合，連作者都承認說：「這樣用『焉』字來代入詩句，也許有人覺得不順眼不習見」，又說：「有一點仍須說明的即在這類的句子中，『于』字還是有『焉』的意義，只是不甚明顯罷了」。但經全面的篩選也確實釐清了部分夾纏，更重要的是「利用文法公式分析用法」的嘗試，讓《詩經》虛詞研究的模式，拓展到文法研究的領域。

　　上述《詩經》虛詞研究大要，顯見胡適所提出的分析模式，雖然因爲沒能貫徹執行研究法則，而留下爭議性的判斷，但在研究方法和觀念的開展上，卻具有時代性的意義。同時也因爲吸引許多語言學的專門學者，投入《詩經》虛字的解讀工作，開拓了《詩經》學上的一項專科領域，主要成果除以見於上述者，另外如丁聲樹〈《詩經》式字說〉，胡適曾贊許說：

> 你注意到此類「式」字句只見於《雅》《頌》，而不見於《國風》，這是最有益的區別。我嘗說古代語言大別有二：一爲東土語，即夏殷民族語；一爲西土語，即周民族語。十五《國風》皆東土語也……《雅》《頌》中多西土語，統治階級之語也。〔註202〕

足見《詩經》虛字的歸納分析，不僅有助於解決《詩經》通讀的問題，也是輔助文學欣賞，及上古歷史語言學研究的珍貴材料。

（二）《詩經》的淺釋與講解

　　在推廣國學教育普及化的思考上，胡適特別繫念於所謂「國學設備」的問題。因爲「那幾本薄薄的古文讀本是決不會教出什麼成績來的。」（〈再論中學的國文教學〉，《胡適文存》第二集，頁 490）唯有經過一番整理，不僅教授沒有困難了，也才有自修的可能，以《詩經》爲例：

〔註201〕見同上註，頁 280。
〔註202〕見丁聲樹〈《詩經》式字說〉附〈適之先生來書〉，《國立中央研究院歷史語言研究所集刊》第六本第四分，1936 年，頁 494〜495。

　　　　《詩經》在今日所以漸漸無人過問，是少年人的罪過呢？還是《詩經》
　　　的專家的罪過呢？我們以爲，我們若想少年學者研究《詩經》，我們應該
　　　把《詩經》這筆爛賬結算一遍，造成一筆總賬。(〈國學季刊發刊宣言〉，《胡
　　　適文存》第二集，頁 12)

所謂的「總賬」，就是一種便於自修的「集說」。就詩的教學而言，這個辦法特別便
當。例如俞平伯認爲「注」是比較客觀的「釋」，並且只有「匯」才能「釋」，才便
於讀者觸類旁通，自己領會。〔註203〕朱自清從「詩多義」的角度著眼，主張要細分
析，「可不要死心眼兒，想著每字每句每篇只有一個正解」，並進一步說明：

　　　　多義也並非有義必收：搜尋不妨廣，取捨卻須嚴；不然，就容易犯我
　　　們歷來解詩諸家「斷章取義」的毛病。斷章取義是不顧上下文，不顧全篇，
　　　只就一章、一句甚至一字推想開去，往往支離破碎，不可究詰。我們廣求
　　　多義，卻全以「切合」爲準；必須親切，必須貫通上下文或全篇才算數。
　　　〔註204〕

至於在以「集說」爲主要方法的整理中，胡適以爲應該包括「異文的校勘、古韻的
考究、訓詁、見解（序說）」(〈國學季刊發刊宣言〉，《胡適文存》第二集，頁 12～
13）俞平伯則大別爲識字、講解兩部分，並說：

　　　　天下至難讀的莫過於文字；至難纏的莫過於聲音訓詁；至難懂的莫過
　　　於大義微言；……而媒介之障礙固非此能盡，還得加上兩句：天下至難定
　　　的莫過於名物典章；最難得設身處地替他想一想的，莫過於與我們遠隔的
　　　社會的氛圍和其間之反應。這已涉及作者和讀者的關係上面去了。〔註205〕

其中主要的思考，已較大幅度地跳脫傳統《詩經》研究的範疇，強調「《三百篇》裏
鳥獸草木之名盡夠麻煩了，無怪聖人要特別單提。」但「把捉這些名物的氛圍，難
於考證它們的實質」，所以必須能夠「以心會意，以意會心」地體會作者甘苦，方才
可以說熟悉詩中的材料。朱自清則把古文學欣賞的難關放在語言文字，認爲要接受
古代作家文學遺產，可從「翻譯、講解、白話注釋、擬作」四條路去接近。(〈古文

〔註203〕見俞平伯《唐宋詞選釋‧前言》。蓋俞氏在古代詩詞戲曲的研究功力深厚，傳世的
　　　　專著，則大半是他在大家授課的講義整理而成，内容特別注重在疏通章句的基礎
　　　　上，把原作的神髓進行作品分析。參見鮑晶、孫玉蓉〈俞平伯〉，《中國現代作家評
　　　　傳》（濟南：山東教育出版社，1986 年）第一卷，頁 345～349。
〔註204〕見〈詩多義舉例〉，《朱自清古典文學專集》（臺北：宏業書局，1983 年）上冊，頁
　　　　61。
〔註205〕見俞平伯〈雜拌兒‧詩的神祕〉，《俞平伯全集》（石家莊：花山文藝出版社，1997
　　　　年）第三卷，頁 246。

學的欣賞〉,《朱自清古典文學專集》上冊,頁28～30)大抵民初各大學裏爲授課所編訂的《詩經》講義,多具上述思考特質,而以「淺釋」、「講解」爲主要內容。目的在「可以使大多數的學子容易踏進《詩經》研究之門:這是普及。入門之後,方才可以希望他們之中,有些人出來繼續研究那總賬裏未曾解決的懸賬:這是提高。」(胡適〈國學季刊發刊宣言〉,《胡適文存》第二集,頁13)

1. 「以心會意、以意會心」的講解——俞平伯:《讀詩札記》

《讀詩札記》是俞平伯一九二三年任教上海大學時爲講授《詩經》編寫的講義,共有九篇,最早的一篇釋《周南・卷耳》,發表於《文學周報》;另外釋《召南》的〈行露〉、〈野有死麕〉、〈小星〉,及《邶風》的〈柏舟〉、〈谷風〉分別發表於《小說月報》、《燕京學報》。〔註205〕完整的九篇,直到一九三四年才由北平人文書店作爲「文藝小叢書之二」出版。〔註206〕

其中前六篇札記(含〈柏舟〉、〈谷風〉兩篇訓詁淺釋)收錄在《古史辨》第三冊,因此一定程度地反映了《古史辨》派關於《詩經》的基本觀點,如視《詩經》爲歌謠,說「《國風》本係諸國民謠,不但不得當作經典讀,且亦不得當爲高等的詩歌讀,直當作好的歌謠讀可耳。」(〈讀詩札記〉,《論詩詞曲雜著》頁57)又據顧頡剛的編輯體例,這幾篇文字屬「破壞」性質,目的在「辨明齊魯韓毛鄭諸家《詩》說,及《詩序》的不合於《三百篇》。」(《古史辨》第三冊〈自序〉,頁1～2)依俞平伯的看法,舊說固然多謬,其中又有一種區別不可不辨,他說:

> 有些詩大義本晦,或篇簡有錯,則曲說盲論之繁殖尚不足怪。有些詩
> 意本分明,無勞箋注者,乃亦強爲比附,甚至故作曲說,使原詩之意由明
> 而晦,由通而塞,則誠不知其是何用意也。(〈讀詩札記〉,《論詩詞曲雜著》
> 頁60)

作爲「比附」、「曲說」根本的,自然是漢儒經說,但俞氏以爲「世所謂《毛詩》說,半皆衛、鄭之說耳,毛公冤矣!毛公病在多烘愚拙,然其妄卻小遜於二氏」,所以駁〈小序〉、《鄭箋》尤力。例如說〈野有死麕〉,以爲「毛公僅說『凶荒』,衛宏便說『亂世』,到了鄭玄竟一口咬定爲『紂之世』。不知他何以知之?」又譏鄭玄箋此詩,三章用八「禮」字,是治禮而遠乎禮。(〈讀詩札記〉,《論詩詞曲雜著》頁60)說〈小

〔註205〕據俞氏〈自序〉,以此稿「在我文稿中運氣最劣,而我之於它也如父母之庇護其不肖子」,文中列述賣稿始末,竟至壓迫成夢,可見出版多舛之情狀。見〈讀詩札記自序〉,《論詩詞曲雜著》(臺北:長安出版社,1986年)頁36～37。

〔註206〕參見孫玉蓉〈俞平伯年譜(簡編)〉,《俞平伯全集》第十卷,頁454～478,1923年、1934年條。

星〉，以為四家說大義悉同，至「東漢初年衛宏作《毛詩》偽序，特創謬論；而鄭玄因以作《箋》，推波助瀾，愈說愈遠」，因此造就後人以〈小星〉一詩為納妾之口實，「衛、鄭兩家安得逃其責耶？」（〈讀詩札記〉，《論詩詞曲雜著》頁 55）對於朱子，則一面肯定他是廓清掃除的功臣，一面檢討他的工作卻大半是失敗的，原因是他「有疑古之識，而無疑古之膽」，所以說「朱子之病不在於疑古，乃在疑古之不徹底」。

　　然而俞平伯終究不同於疑古派的一意攻詰漢儒，他的《詩》說，更接近詩人本色，也頗參酌經旨。對於《詩》三百篇的態度是：「非必全是文藝，但能以文藝之眼光讀《詩》，方有是處。」且強調讀《詩》「當以虛明無滓之心臨之，斯為第一義；考證和論辨反是第二義也。」（〈讀詩札記〉，《論詩詞曲雜著》頁 58）面對疑古派《詩》說，也有多一層的反省，例如對〈靜女〉一詩，《古史辨》竟費六二頁的篇幅在「捫管」，以為如此「拉拉扯扯糾纏不清，正是漢代經師的大病，我們豈可尤而效之。」並且進一步釐析說：

> 《左傳》上明說彤管之美原非本義，但毛、鄭卻把古人斷章之義作為此詩本義，更引申附會之，揆之情理，絕不可通，終於惹起疑古的運動來，而一種新的反動，又很容易矯枉過正，於是只把彤管說作情人的餽贈，好像只許有一種用法。……新的解釋（而亦最老）只否定《靜女》篇中彤管的舊詁，而未嘗完全否定它。要否定它，又須另下一番功夫，單靠《靜女》為證還是不夠的。（〈讀詩札記〉，《論詩詞曲雜著》頁 120～121）

大抵《讀詩札記》一面在文字音韻、名物制度、經說大義上，匯集諸家說解，而詳加考訂，明辨析論；一面主張唯有「以心會意、以意會心」才是真正熟悉詩中材料。是以內容雖止涉及部分詩篇，但在性質上卻屬綜合性的研究著作，在說《詩》的態度與方法上，又有以下幾項特質：

　　（1）標舉新的研究方法論：五四以後，傳統《詩》說的局限性，已不能滿足人們重新認識和評價《詩經》的要求，因此有識之士，往往著力於新方法的推求，《讀詩札記》在對作品的分析中，常附帶這方面的論述，可見俞氏在建立新的說《詩》原則和方法上的努力。〔註 207〕《讀詩札記》的內容安排，在每首詩下均有解說和訓故淺釋兩部分。誠如文中所言：「文詞之解析原有三步：一字之訓詁聲音，二物類制度之訂定，三文義之審度。」（〈讀詩札記〉，《論詩詞曲雜著》頁 88）解說部分大抵從這三方面綜合立論；訓故淺釋則由「字詞訓故」和「篇章結構分析」組成，因此「文

〔註 207〕參見趙沛霖《詩經研究反思》（天津：天津教育出版社，1989 年）頁 387～388。趙氏肯定俞平伯在建立新的研究方法論上的努力，並認為將這些零碎分散的論述匯總起來，不難看出俞氏在這方面的努力。

字音韻、名物制度、篇章結構、經說大義」四位一體的《詩》說是俞平伯解讀詩篇的基礎，其中又以「詩義與訓詁」、「考辨與鑑賞」的關係，作爲兩條思考的主軸。

俞氏曾祖俞樾，以治小學通經，往往尋章摘句，因一字之詁而通解全章。俞平伯因家學淵源，攻駁宋人《詩》說「其膽大遠勝前人，而終少明通之論著，由於訓故之學太疏，以致謬妄叢出」。故以爲治《詩》仍當先從訓故入手。（〈讀詩札記〉，《論詩詞曲雜著》頁104）《讀詩札記》中除屢引《群經平議》、《茶香室經說》外，於訓詁紛紜之字句，每列諸家說，條分縷析，清理眉目，再斷以己意，由於主張「先求自身立說之明通」，鄙薄「引經據典以講說破碎支離淆混駁雜之名物訓詁」（〈讀詩札記〉，《論詩詞曲雜著》頁81）故多平實暢達的見解。

再則俞氏也善於使用現代文法學的常識，解決訓詁紛歧之苦，如釋《周南‧卷耳》中的六個「彼」字說：

> 按六「彼」字只一釋，今言那個也。惟「寘彼」之「彼」爲代名詞，以外諸「彼」字爲指示形容詞，其區別如是而已。何以第一「彼」字獨爲代名詞？因「周行」既非可寘之物，若以「彼周行」三字通讀，則於文義當曰「寘之彼周行」。今既不增字作釋，則「寘彼」之「彼」當然是指「不盈頃筐」之卷耳。（〈讀詩札記〉，《論詩詞曲雜著》頁40）

後來因回答朝曹聚仁的質疑，〈再說卷耳〉裏，特別著眼於「寘彼」一句文法的關係和「寘」字的訓詁說：

> 大凡外動詞下必有客詞，這是通例。如以「彼」連「周行」讀，而釋爲那條大路，則「寘」詞下便無客詞，不合通例。曹訓「寘」爲在，不知亦有所本否？以我所知，「寘」即「置」字，訓實訓滿，今所謂安置、棄置皆是，卻無訓在之說。「寘」既不訓在，則曰安放，必有可安放之物。若曰「安放那條路」，實爲不辭。故我說：「當然指不盈頃筐之卷耳」。（同上，頁43）

如此才算將因前賢曲解「周行」爲周之列位，所造成的「彼」字異說，回復到原本就很明白的文義。

對於大義晦滯的詩篇，既要掃除舊說的夾纏，還須費一番考訂的功夫。以《召南‧行露》爲例：二、三章，雖三家自成一說，毛、鄭自成一說。然而造成異說紛紜的，還在於首章與二、三章迥異其趣。對此俞氏引用王柏「首章本係亂入」說，及王質、顧頡剛的「首章有缺文」說，以爲此詩爲殘篇確然，所以造成前後相睽，「大可不必妄解」。（〈讀詩札記〉，《論詩詞曲雜著》頁50～53）

像這樣對於每首詩均就文字、名物、大義之晦滯難通者，下一番清理考辨的功

夫，再一一分析其章法結構，是將「考辨與批評並用」，然後方可言整理，方可言陶寫。（〈讀詩札記〉，《論詩詞曲雜著》頁76）只是「訓故聲音、名物制度古今不同，經師授受未必得古人之眞；篇章呢，自孔子以下，歷戰國之紛擾，秦火之焚摧，漢儒之竄亂，三家之亡佚，其中間錯亂亦不知其幾何矣；至於微言大義不傳者多矣，臆造者亦多矣，不起作者於九京，誰與定其是非哉！」（〈讀詩札記〉，《論詩詞曲雜著》頁111）故而又特別標舉回歸人情物理的根本，利用「情理」以統攝諸端。

（2）愼守闕疑的態度：闕疑的態度本是「新經學」的根本精神，就《詩經》研究而言，俞平伯說：「下知曰愚，強不知以爲知曰誣；寧愚勿誣，是爲善說《詩》者。」因此釋《召南・行露》說：

> 毛公不說興訟之故，最爲謹愼。因年陳事湮，風雅寢聲；在千載以下，觀千載之上，循其文義，繹其音聲，雖感興之跡彷彿猶有可尋，而感興之故茫昧不可復得。在毛公時已不免如此，更無論於吾儕矣。（〈讀詩札記〉，
> 《論詩詞雜著》頁51）

又《三百篇》中，地理、名物尤非專門學者不能及，更當謹守闕疑原則，俞氏有感於「歷來群經之注，凡講到鳥獸草木之名，愈講愈不清楚。中國儒者本缺乏博物之知識，而又無圖繪以資考核，專就文字上打官司，終古亦無宣判之日。」所以釋《邶風・谷風》「采葑采菲，無以下體」兩句義，本當以葑菲之根莖究可食與否爲斷，終究以葑菲當今之何種植物已不可斷言，故於諸家說俱不引錄，以待有志治《詩》而富於博物知識者。說〈靜女〉彤管，也以朱子曰「未詳何物，深合闕疑之意，其見最卓。」

俞氏更從缺疑的原則看歷代經說之妄，如《序》說的鄉壁虛造之談，「既託之毛公，又託之子夏，甚而託之周之太師，宜乎於《詩》之大義必了了然無所不知矣；而其技竟止於此，可笑孰甚焉。」至於歷代迂儒，喜強不知以爲知，先把事情看得太容易，把希望又投得太大，等酒沒了，便攙水進去矇混一下的辦法，自然是新一代《詩經》研究者「不肯、不能、且不屑幹的。」

（3）以「審度情思」爲依歸的鑑賞工作：對於《詩》三百篇的研治，俞平伯的心得是：「眞相未知而謬思欣賞，愚矣；未曾欣賞而自命已然，誣也。」（〈讀詩札記〉，《論詩詞雜著》頁76）儘管他看考證論辨之事，在文壇只是一種打掃工夫，但有些詩篇「若不明其人其事之若何，則情思之大齊雖可了知，而眇微之處終覺閡阻而不通」。所以即使他自己無意或無力去做考證論辨之事，也不菲薄他人做這項工作。然而所謂考辨如果是「昂首閉目作扣槃捫籥盲瞽之談，而謂天下之是盡在於我，天下之非盡在於他人，其胸襟見解已自絕於文藝之陶冶。」因此對於《詩經》中，一往

情深，百讀不厭的佳篇，主張如能涵泳咀味其趣味神思，則「密察之考辨不妨姑置第二義」，如釋《邶風·柏舟》，以為「綜讀全詩，怨思之深溢於詞表，初不必考證論辨後方始了了也。」（〈讀詩札記〉，《論詩詞雜著》頁 70）便是一例。

　　視《詩經》為文藝、為歌謠，本是民初反傳統學者的共識，但由於其中障翳重重，學者們不免忙於打掃而無力他顧。對這些千古難解的懸案，俞氏提出「審度情思」的辦法，以為「明乎古今雖遠而情感不殊，則迂曲悠謬之見不消而亦自消矣。」（〈讀詩札記〉，《論詩詞雜著》頁 57）正因為《詩》中充滿人情物理，所以終較讀他經容易，如〈靜女〉一詩，以情理審度之，則昔人的糾紛根本是不存在的，他說：

> 此詩一片空靈，近而遠，有餘而不盡，儒生茫然，亦固其所。姍姍來乎？將終於不見乎？彤管有輝，素荑在握，懷人睹物無可如何，千載以下何惑之有？（〈讀詩札記〉，《論詩詞雜著》頁 111）

以同樣的角度看〈野有死麕〉卒章三句，則：「舒而脫脫兮」是一層意思；「無感我帨兮」是一層意思；「無使尨也吠」又是一層意思，一層逼進一層方有情致。至於胡適、顧頡剛有關「帨」的討論，既未中的，反而造成疑惑叢生，何況文義昭然的篇章，正不必別求訓詁之歧義，對於二人的討論，也就不免感嘆：「以您倆篤信《詩經》為歌謠文學的人，何以還如此拘執？」（〈讀詩札記〉，《論詩詞雜著》頁 68）

　　大抵俞氏著重從文學欣賞的角度著眼，以為「內外相符的了知，只存在於創作時的一剎了」，對於解《詩經》者，「決不求其別具神通，生千載之下逆千載以上人之志，只求其立說不遠乎人情物理，而又能首尾貫串，自圓其說，即為善說《詩》者」。（〈讀詩札記〉，《論詩詞雜著》頁 88～89）所以《讀詩札記》在說明題旨、闡述內容之外，更注意作品的藝術鑑賞和情感分析。

2. 一本結賬式的《詩經》講義——朱自清：《詩名著箋》

　　一九二九年朱自清在清華大學開設「古今詩選」的課程，當時所用的教材包括：對十三篇古逸歌謠集說的《詩名著箋前集》，和對十五首《風》詩箋釋講解的《詩名著箋》。〔註208〕作為上古詩歌講義的編纂，朱自清的工作，仍不脫胡適「結賬式的整理」。此一方法的概念是強調以總整理的方式，重新檢視前人所遺留下來的研究資料，作為研究的背景基礎。其用處有兩層：一是結束從前的成績。二是預備將來努力的新方向。前者是預備普及的，後者是預備繼長增高的。《詩名著箋》是朱自清對

〔註208〕見〈古逸歌謠集說〉王瑤跋語，《朱自清古典文學專集》（臺北：宏業書局，1983年），下冊，頁66。

十五首〈風〉詩，所作的結賬式整理，內容主要有：訓詁、講解、翻譯三部分：

（1）訓詁：探隨句附注的方式，臚列〈毛傳〉、〈鄭箋〉、《詩集傳》至馬瑞辰《毛詩傳箋通釋》、陳奐《詩毛詩傳疏》等二千多年訓詁的成果。是肯定集解式的整理，對釐清經義的幫助。另外大量引用《經傳釋詞》、《經義述聞》、〈詩三百篇言字解〉、《群經平議》的結論，是在傳統的訓詁外，注意到語言學、文法學的重要性。

（2）講解：重在分析原文的意義，並加以批判。朱自清在文學研究方法上，特別重視分析，因為「只有分析，才可以得到透澈的了解」，對於青年學子，更注意的是要養成他們分析的態度，因為「只有能分析的人，才能切實欣賞」。（〈古詩十九首釋〉，《朱自清古典文學專集》下冊，頁217）單說一首詩「好」，是不夠的，人家要問怎麼個好法，便非先做分析的工夫不成，他舉例說：

> 譬如〈關雎〉詩罷，你可以引《毛傳》，說以雎鳩的「摯而有別」來比后妃之德，道理好。毛公原只是「章句之學」，並不想到好不好上去，可是他的方法是分析的，不管他的分析的結果切合原詩否。（〈詩多義舉例〉，《朱自清古典文學專集》上冊，頁59）

由於主張「詩多義」說，所以除了列舉《序》說、朱傳、三家詩說外，並多方面採用清代獨立派學者的見解，如：姚際恒、崔述、方玉潤、龔橙；及晚明《詩經》評點在字句章法上的分析；近人新說有：《古史辨》裏有關詩旨的討論、俞平伯〈葺芷繚蘅室讀詩雜記〉、陸侃如《中國古代詩史》、梁啓超《中國韻文裏所表現的情感》。內容含蓋了：詩旨的討論、內容的賞析、字句章法的分析等不同面向的解說。

（3）翻譯：朱自清以為，青年人不願意接受有些古書和古文學的第一難關還是語言文字，而要打通這一關可以用語體翻譯，並舉例說：

> 五四運動以後，整理國故引起了古書今譯，顧頡剛先生的〈盤庚今譯〉（見《古史辨》），最先引起我們的注意。他是要打破古書奧妙的氣氛，所以將《尚書》裏詰屈聱牙的這〈盤庚〉三篇，用語體譯出來，讓大家看出那「鬼治主義」的把戲。……
>
> 近來郭沫若先生在〈由周代農事詩論到周代社會〉一文（見《青銅器時代》）裏，翻譯了《詩經》的十篇詩，《風》、《雅》、《頌》都有，他是用來論周代社會的，譯文可也都是明暢的、素樸的白話散文詩。（〈古文學的欣賞〉，《朱自清古典文學專集》上冊，頁29）

在朱自清的標準裏，這種翻譯的難處，在乎譯者的修養。不僅是逐句翻譯，而是要

能夠照他所了解與批判的，譯成藝術性的或有風格的白話。在〈詩名著箋〉中轉錄了七首詩的譯文，其中〈靜女〉一詩，并錄顧頡剛、魏建功兩篇譯文，以見出譯者不同的研究心得。

　　朱自清的這番整理功夫，是在胡適的基礎上有所呈現，亦有所擴充。特別是在「經典整理」和「文學遺產」的態度上。關於學校讀經問題，及所謂「國故」的定位，在民初曾引起多方的質疑與討論，一九一二年南京臨時政府教育部，曾以行政命令的方式，規定學校不准讀經，不准祀孔。〔註209〕爾後胡適提倡「國故整理」運動亦言：「我所以要整理國故，只是要人明白這些東西原來『也不過如此』」。（〈整理國故與打鬼〉，《胡適文存》第三集，頁126）朱自清整理經典，則是爲中等以上教育作準備，所以他說：「青年人雖然不願信古，不願學古，可是給予適當的幫助，他們卻願意也能夠欣賞古文學，這也就是接受文學遺產了」。（〈古文學的欣賞〉，《朱自清古典文學專集》上冊，頁 26）但在實踐上很明顯的是：他只完成了「將不成問題的部分整理出來」，卻不曾著力於將那「不能解決的部分特別提出來，引起學者的注意」。

（三）《詩經》的白話注譯

　　在「整理國故」的發展上，二〇年代初期出現了一個轉變的契機：一九二一年夏，胡適在高夢旦〔1870～1936〕的力邀下，到商務印書館視察，當時曾對館內編譯所「整理舊書」的工作，建議於《中學國文讀本》外，應「多設法編一些中學國文參考書」〔註210〕；一九二二年王雲五〔1888～1979〕在胡適推荐下，接掌編譯所，不僅將胡適的建議列爲出版計劃，並以他所列舉的「整理舊書」七條件說，做爲工作準則。〔註211〕正式開啓商務印書館偏向通俗化與商業化的「文庫式小叢書」時代。〔註212〕

〔註209〕轉引自歐陽哲生：〈胡適與儒學〉，《胡適研究叢刊》（北京：北京大學出版社，1995年）頁66。

〔註210〕見《胡適的日記》（北京：中華書局，1985 年）上冊，1921 年 7 月 20 日條下，頁149～150。

〔註211〕見同上注，1922 年 9 月 16 日條下，收錄王雲五〈致胡適函〉，下冊，頁457～458。其中所謂七條件說，詳見兩年後，胡適撰就的〈再論中學國文教學〉，《胡適文存》第二集，頁484。

〔註212〕商務印書館編譯所的出書計劃，早期在張元濟主持下，以學術性爲重。據王雲五自述說：「我接任編譯所伊始，以商務印書館最初之出版物，主要爲中小學教科書，次則編印參考用的工具書，如《辭源》、《新字典》等；稍後更影印古籍之四部叢刊等。至於其他有關新學之書籍，雖零零星星間有出版，卻鮮系統，即以尚無整體計

事實上，在新文化運動的進程裏，能「繼續其工作，而於無形中收效最宏者，當推彼時開始的各學術團體或出版家所編譯的各種新叢書。」所謂新叢書，以編譯新著爲主，另有整理過的國學書籍。其中又以白話解說，加上新式標點者，各出版家多有印行。〔註213〕而規模較大、整理較透澈的仍推商務印書館編印的三套國學叢書：《國學小叢書》、《學生國學叢書》、《國學基本叢書》，其分別依不同層次讀者的需求來選目、選版本，目的在以整理國故的新眼光，重新確立傳統文化在當代文化生活中的位置。當中又以《學生國學叢書》最好，其體例爲：

> 即就我國古籍，每一種各選其精要，詳加闡釋，並於導言中說明全書大要，使嚐其一臠者，除細嚼其一部分外，並得窺全豹之外形與內涵。其中屬於經學部分，爲融通脈絡起見，間或分類改編其順序，仍大體說明全書之輪廓。（《岫廬八十自述》頁80）

並在選題上明顯呈現系統性、和突破傳統的思維，由名家選注，對入選各書篩取精華。無論是整理古書的方法，或叢書的內容，都可說是胡適「中學國故叢書」理想的實踐。〔註214〕

經過有意識的把胡適「整理國故」的理念，與商務印書館「扶助教育、輸導新知」的出版宗旨〔註215〕、及出版商業利益，作巧妙的結合，促使國故整理的工作，在幾個學術機構的研究外，又擴大爲一場由出版業主導，以文化普及爲特色的運動。尤其從二○年代後期開始，幾家大書店均策劃了大型的出版計劃，帶動國學書籍的出版往「大眾化」、「通俗化」、「速成化」的方向發展。〔註216〕《詩經》的相關著作中，也在胡適基於「中學國文教學」的思考路向上，出現了各種不同

劃之故。我爲補此缺憾，首先擬從治學門徑著手，換句話說，就是編印各科入門之小叢書。大體言之，計有《百科小叢書》、《學生國學叢書》、《國學小叢書》、《新時代史地叢書》……擬於三四年內陸續編印各百數十種，務期各科各類具備。」見王雲五《岫廬八十自述》（臺北：臺灣商務印書館，1967年）頁79。大抵商務籌編新知小叢書的計劃起於1920年，但「終因難得編輯人才，屢編屢輟。」1922年王雲五接掌編譯所，由於「整理國故」風潮和1925年的圖書館館運動，造就了商務的小叢書時代。參見韓錦勤《王雲五與臺灣商務印書館（1964～1979）》師範大學歷史研究所碩士論文，頁33～35。

〔註213〕參見王雲五〈五十年來的出版趨勢〉，《岫廬論學》（臺北：臺灣商務印書館，1965年）頁442～443。

〔註214〕有關胡適「中學國故叢書」的構想，參見〈再論中學的國文教學〉，《胡適文存》第二集，頁492～493。

〔註215〕此一宗旨是1902年張元濟進入商務，並設立編譯所時定的。見張榮華《張元濟評傳》（南昌：百花洲文藝出版社，1997年）頁92。

〔註216〕參見陳以愛〈「整理國故」運動的普及〉，《五四運動八十週年學術研討會論文集》（臺北：國立政治大學文學院，1999年）頁49～51。

版本的「白話注譯」《詩經》，這些注本雖在學術上的創新與發明不足，但仍不乏示人以治學門徑，助益於文化知識傳承的好書。

1. 繆天綬：《詩經》

繆天綬選注的《詩經》是《學生國學叢書》的第一種，一九三七年更名為《詩經選讀》，根據書前的編例，主要的宗旨是：輔助中學以上國文功課的課外閱讀，所以諸書都採選輯篇章的方式，以能「表見其書、其作家之思想精神，文學技術者為準」，凡「無關宏旨者概從刪削」；在典籍的整理上，包括於卷首置〈新序〉提示學生研究的門徑，及對文本作分段、句讀、注釋、注音的工作。

對於《詩經》的選注在上述架構下，頗呈現一些新意：（1）新序部分：首先是界定孔子與《詩經》的關係，以為孔子「一定不肯動手刪詩的。他嘗說鄭聲是淫的，還不肯輕易刪去，別的更不必說了。不過說孔子沒有刪詩是可以的，若說詩是祇有這許多，卻不見得可靠」，所以「詩仍舊是詩，什麼經不經是沒有相干的」。對歷代《詩》說，則重在釐清守《序》的傳統派，與反《序》的非傳統派的分野。另外還提出「在詩本身上解詩」的新方法，其間主要的思考有二，一是關於《三百篇》的分類，由於今日看風雅頌的分類不十分嚴密，若不是原來的謬誤，至少是後來傳本的竄亂，所以主張：

> 還不如在詩的本身上分牠的類，似覺爽快些。抒寫情緒的就是抒情詩，描寫事物的就是描寫詩，陳說道理的就是陳說詩。《衛風》的〈伯分〉，《小雅》的〈杕杜〉，都是思婦之詞，不管牠是《風》是《雅》，一言以蔽之，抒情詩就是了。《豳風》的〈七月〉，《小雅》的〈無羊〉，一是描寫農功的，一是描寫牧羊的，不管牠是《風》是《雅》，我們稱牠描寫詩就是了。（《詩經選讀》序言，頁10～11）

一是在詩篇的分析上，以為單用比興賦去分析詩的用詞，是不能滿足的，並舉〈大東〉為例說：「我們此時不能拘真的和他說比說興，他只是一個浪漫的詩人，一往情深，利用他離奇的空想，發洩他奔放的熱情。」因此對詩的分析，進一步以 Bliss Perry 說的「詩的將來固是無限量的，詩的過去也未嘗不可無限量」，說明：

> 偉大的詩人，他的作品，也許是浪漫的，也許是象徵的，他不受批評的豫示，他祇是自己努力，他積儲的豐富，含蓄的繁複，惹我們注意，使我們稱許，偉大的詩人，永久的詩人！（同上，頁14）

（2）詩篇選注部分：依時代的代表性，和文藝上的價值，共選注抒情詩四十六首、描寫詩十四首、諷刺詩四首、陳說詩三首。白文部分採新式標點；注釋部分，刪去傳統傳注的繁複糾纏，擇其中較長者，施以眉目清楚的白話新注，並於詩中協

韻處，參考顧炎武《詩本音》、戚學標《毛詩證讀》，注出古音。至於古器物有可稽考者，均用圖樣表明，以助詮釋的不足。

2. 洪子良：《詩經白話新解》

據一九二六年書前〈序言〉說：「值中原書局聯合江左書林、崇文、崇新三家為大規模之發展……子良亦為中原書局編輯《詩經白話解》。」〔註217〕足見這又是一個二○年代後期，新的出版工作與「整理國故」風潮相結合的典型。然而此書第一卷（《周南》《召南》《邶》）作於一九二六年，至一九四一年才完成全書八卷的出版，又與學者眼中「為名利而撰作」，成書速、費力少的通俗著作顯然不同。〔註218〕書中對《詩經》三百十一篇的詮解，除詩句下標賦比興之體、加注反切音讀外；白話新解包括：「注」—字詞訓詁、「義」——句義講解、「序」——詩旨闡述三部分。雖然書本採傳統古籍版式印刷，內文均為雙行夾注，又不施以新式標點，造成閱讀上的困難，但是白話行文通達條暢，在突破閱讀古籍時的文字障礙，多有助益，誠如序文所說：「昔漢儒說《詩》，惟匡衡能解人頤，子良所疏十五《國風》，輕輕焉，較量其輕重，參差其得失，而以己意新之，是有合匡衡之義，讀詩者當如讀白樂天詩，無不通之病」。大抵「義主通俗，不必強執古訓」，是著述的宗旨。

（1）不為古訓所縛：洪氏對於古訓的反省，是與時代思潮相結合的，主要的工作有三個層次：一是對《序》說和《朱傳》的批駁，如從物理人情上說〈螽斯〉：「〈大序〉又說因螽斯不忌妒，所以子孫眾多，但螽斯不忌妒，並沒有引證事實質……這詩是借物作比的，並不是稱頌君妃的，又何必定說后妃能不妒忌呢？」說〈桃夭〉：「（《集傳》）……至於引說《周禮》仲春令會男女，以證桃夭之時，就是女子于歸之期，又說古時的婚娶，多在仲春二月，未免太泥。」另外又從牽合泥古上看，如說〈汝墳〉：「〈大序〉以為婦人作的，《集傳》因之，並用〈小序〉說，汝傍之國，先被文王之化，故婦人喜其君子行役而歸。但婦人喜他的君子回家，也說被了文王的教化，難道不被文王的教化，那就不念他的君子嗎？這樣的解詩，不但泥古，並且與下文的王室如燬，文義亦不連貫。」說〈江有汜〉：「（《序》說）他的解《詩》弊病，就是處處都要牽涉后妃，所以弄到結果自己縛束自己。這篇詩的意義，無非詩人借棄婦寫他自己的一生際遇淪落不偶的情形，寓於言外

〔註217〕見洪子良《詩經白話新解》（台南：西北出版社，1979年），據1941年上海中原書局本影印。〈序言〉，頁1。

〔註218〕為了應付市場的需求，20年代以後國學書籍的發行，不僅成為上海「書賈射利」之業，也是部分讀書人稻梁資斧之謀，頗引來北方學者的非議。朱自清便說其中不乏「為名利而撰作」，見〈論學術的風氣〉，《朱自清全集》（南京：江蘇教育出版社，1993年）頁490。

也悔、也處、也歌，不失忠厚和平」。

二是將《風》詩看作歌謠，如〈芣苢〉一詩，《毛傳》說芣苢是車前草，姚際恆說車前草不是宜男草，都未得詩旨，以為「這篇詩的妙處，就是無所實指，要是平心靜氣，細細的涵泳，好像田家婦女，三三五五的在那平原繡野的地方，風和日麗的中間，婉轉清歌，互相謳唱，那一片裊裊的餘音，怎不令人情移神曠呀！」又說〈漢廣〉：「好像樵夫採樵的山歌」。都能原本民情，得歌謠本色。

三是從文藝的角度鑒賞詩篇，如以詠物詩的體裁看〈麟之趾〉說：「大抵詩人的詠物，一意分作數層，他的體裁是這個樣子，不必定要指實的」。又說〈溱洧〉是「在《三百篇》中，別為一種冶遊的豔體」。

（2）淺近易解：《三百篇》中凡有涉及古代禮制的內容，往往「蘊義深而博物難」，以《秦風·小戎》為例，陳說古兵車繁複的型制，博古之士尚且不知其所適，洪氏去除古奧艱深的考據，採深入淺出的講解，如說「小戎俴收」一句：「小戎是兵車，俴當作淺，收是車軫，車後的橫板，連左右三方，成正方形，就是車座的一定樣式」。簡易清晰，有助於破除《詩》篇通讀上的困難。又如《豳風·七月》歷述周代月令；《邶風·谷風》寫涇、渭二水的地理，皆關係詩篇宏旨，又都時空悠隔，難以確指。洪氏的解說，雖不具專題研究的學術性，卻是淺近易解的《詩經》讀本。

《詩經白話新解》在訓詁上亦有可商榷處，如疏「有齊季女」，為女子將嫁而祭於宗廟者，其義甚新穎，然不合於古也。又「誰其尸之」，為代神飲胙的人，書中釋為主祭，義有未安。〔註219〕另外說〈摽有梅〉：「這篇詩雖是賦摽梅的感想，實在諷人君訪賢的意思。因為鹽梅和羹是《尚書》中喻賢才的話，當商周交替的時候，山林隱逸的賢士，若不及早的訪求，必定老死巖阿，好像〈摽有梅〉頃筐塈之一樣了」。說〈靜女〉：「城隅就是新臺，靜女就是宣姜，宣姜初來的時候未嘗不靜且姝，亦未嘗不執彤管以自戒，不料事變中生，宣公做了無恥的事，靜女雖欲守彤管之戒，已是不能了」，實在是拘於詩教，以為其中必有孔子的大義。又因為有了「孔子編詩，原是存亡繼絕的用意」的成見，所以認為孔子將〈柏舟〉「序在邶國的首篇，就是存忠良於灰燼的意思」，都是廓清了古人的附會，卻又落入另一種附會。

2. 江陰香：《詩經譯注》

關於此書的撰修，是在上海廣益書局的規劃下，以一年的時間編譯完成。據編譯者自序，因民國以來，學校繁興，五經棄置不讀，即使有自修之士，也不過採讀

〔註219〕參見《詩經白話新解》序，頁1。

數篇,摘錄數語,以備參考而已。究其原因在於「經旨深晦,詞句難明,非惟教授乏材,又難引起讀者之興趣」;再則有鑒於《詩經》即古代歌謠,當時各學校中又兼重唱歌一科,烏可以不讀《詩經》,不考察中國古代歌謠。〔註220〕基於上述原因,書中題義、音注及注解均用白話,以破除畏難心理,啓發讀者興趣。又對三百五篇完整譯注,目的在求得《詩經》全貌。

　　從內容看,書中不乏進步的地方,如採「白話注解,於言文對照中貫通線索」,並用新式標點以分句讀。但更有明顯保守處,特別是拘執於傳統經說,因此在凡例中列:「《詩》有風雅頌之分,暗排次序,未便擅自更動,即以《風》論,各國自有風俗人情,豈可併作一談,設強分門類,猶恐有乖經旨,騰笑於經學大家」一條。也正因爲這層顧忌,往往在各詩篇下闡述詩旨的「題義」裏自縛手腳,如說〈鵲巢〉「是一首新婚詩」,已是恰當的解釋,卻又加上《詩集傳》的意思說:「彷彿《周南》的有〈關雎〉,也受過文王和后妃等教化的」;說〈靜女〉則乾脆並列〈小序〉、《詩集傳》說:「這是譏刺衛宣公好色,偷娶子婦。一說:是淫奔期會的詩」。連篇累牘的「題義」,不過是《序》說、朱傳的白話翻譯。而全書最好的部分是「白話解」,那是對詩篇的白話翻譯,幾乎完全不受經旨的束縛,用白話文呈現詩句的本色,流利而優美。民國以來其實不乏名家爲《詩經》作翻譯,但多限於《風》詩,本書對《風》《雅》《頌》全數翻譯,確是頗具匠心的巨構。

　　大抵自一九一九年,教育部成立「國語統一籌備會」,胡適即爲成員之一,會中提出〈新式標點符號議案〉。一九二○年傅嶽芬代理教育部,根據「國語統一進行方法」的決議,明令將國小一、二年級的「國文」課程,改爲「國語」課程,並將國文教科書的使用年限,定在一九二二年。〔註221〕因此白話文成爲教育正宗,並結束了傳統的讀經教育。至於「整理國故」運動,原是文學革命的進程之一,並且與教育革新相結合,誠如曹聚仁說:

> 國故一經整理,則分家之勢即成。他日由整理國故而組成之哲學、教育學、人生哲學、政治學、文學……必自成一系統,而與所謂「國故」者完全脫離。〔註222〕

到一九三六年讀經問題論爭時,周予同更明確的說:

〔註220〕參見江陰香《詩經譯注》(臺北:明文書局,1987年)據1934年上海廣益書局本影印,序,頁1～2。
〔註221〕以上教育變革,參見《政府公報》(臺北:文海出版社)第33冊,頁333,教育部訓令第12號。
〔註222〕見曹聚仁〈國故學之意義與價值〉,《國故學討論集》上冊,頁74。

　　　　經學只是中國學術分類法沒有發達以前之一部分學術綜合的名稱。因
　　中國社會組織的演變，經學成立於前漢，動搖於民國八年五四運動以後，
　　而將消滅於最近的將來。〔註223〕

可見「整理國故」的目的，原是要打破「經」的概念，以形成一套新的知識體系。
但是三〇年代以後「整理古書」在上海出版業的普及化發展，原則上已遠離二〇年
代起由北京學界所主導的思維，而是在出版利益和國民政府政策的配合下，將所謂
「國學」的影響力，繼續伸展到知識界的中下層。〔註224〕特別是一九三五年起關於
讀經問題的論爭，社會上逐漸形成的共識是，將經學分為專家研究和普通閱讀兩部
分，〔註225〕這和新文化運動者主張「經是可以讓國內最少數的學者去研究」，但是
「絕對不可以讓國內大多數民眾，尤其是青年的學生去崇拜」，〔註226〕有明顯的差
距。而出版界大量發行的，由當時人為古書所作的標點、分段、注釋的國學讀本，
雖然也有部分屬於科學的整理，引進新的思維和研究成果，但通常是普及化的考量，
重在裨益於德育，而多不具學術的批判性和文化上深層的思考。

二、《詩經》概論性著述

　　民初，由於《臨時約法》畀人民以言論、著作、刊行的自由，造就了出版事業
的發展。據王雲五的觀察，自民國成立迄抗戰前的出版趨勢，曾經：革新運動、新
文化運動、圖書館運動、學術獨立運動等四個時期。〔註227〕當革新運動的後期，出
版社主要負擔中小學教科書的出版，和新知識的介紹。又因教科書的間接影響與新
書刊的直接提倡，由革新運動而演進為新文化運動。

〔註223〕見周予同〈怎樣研究經學〉，《周予同經學史論著選集》（上海：上海人民出版社，
　　　　1996年）頁627。
〔註224〕國民政府奠都南京後，取得中央的正統地位，不僅以恢復民族精神為號召，更確立
　　　　了三民主義的教育宗旨。其後的新生活運動、恢復祀孔，大抵皆源於此，尤其是
　　　　1934年的決議祀孔，更引發教育界讀經問題的討論。上述內容參見陳美錦《反孔
　　　　廢經運動的興起（1894～1937）》（臺灣大學歷史研究所碩士論文）1991年，頁262
　　　　～273。
〔註225〕關於讀經問題的論爭，起於1935年4月7日傅斯年在天津《大公報》上發表的〈論
　　　　學校讀經〉，至1935年5月，主持《教育雜誌》的何炳松，匯集各方意見，出版〈讀
　　　　經問題〉專號，目的在為讀經問題作一總結，其中參與撰文的70餘人，以調和折
　　　　衷的意見居多。參見林麗容《民初讀經問題初探（1912～1937）》（師範大學歷史研
　　　　究所碩士論文）1985年，頁149～214。
〔註226〕見周予同〈殭屍出祟──異哉所謂學校讀經問題〉，《周予同經學史論著選集》同注
　　　　223，頁603。
〔註227〕參見王雲五〈五十年來的出版趨勢〉，《岫廬論學集》（臺北：臺灣商務印書館，1965
　　　　年）頁441。

　　二○年代，新文化運動的中心，出現南移的傾向，促成學界與出版界結合，其間的原因：一方面是南北政治、經濟及文化格局的變動和差異，加上北洋政府對新文化人士的政治迫害與保守的文化政策，造成大批學者離京南下。〔註228〕另一方面是城市化的進程，使上海具有足夠的空間和功能，完成文化事業的近代化。這個時期主要是新叢書的大量編印，內容包括編譯新著和古籍的整理，如商務印書館的《世界叢書》、《共學社叢書》、《北京大學叢書》；中華書局的《新文化叢書》等。接著同時並起的是圖書館運動〔註229〕和學術獨立運動。為了供應新設圖書館的需求，商務印書館於一九二九年首先推出《萬有文庫》的編印計劃，同時如中華、正中、世界、開明等出版社也開始從事大部叢書的編印。至於為求大學術獨立之宗旨，由出版界與國內各學術機構及各學者合作，從事於高深著作之譯撰，則進一步促成各類大學叢書的出版。〔註230〕由於出版型態的變革，加強了學界和出版界的聯繫，並逐漸匯集成為文化運動普及化的主要動力。

　　在上述出版環境，和「整理國故」風潮下各中等以上學校陸續開設相關課程，有關國學的「概論性」著述大量刊行。〔註231〕以《詩經》為例，二○至四○年代出版的相關著作就有十四種之多。（見附表2：4《詩經》概論性著述，頁229～230）其中謝无量《詩經研究》、胡樸安《詩經學》、蔣善國《三百篇演論》、朱東潤《讀詩四論》，及日人兒島獻吉郎《毛詩楚辭考》均屬商務印書館的《國學小叢書》。商務

〔註228〕 1920年春，陳獨秀定居上海漁陽里，是新文化運動中心南移的開端。日後有胡適、顧頡剛、鄭振鐸、周予同、魯迅等相繼南下定居或訪問。同時重要的刊物和主要論戰，也陸續南遷上海。參見楊揚〈商務印書館與20年代新文學中心的南移〉，《商務印書館一百年》（北京：商務印書館，1998年）頁459～461。

〔註229〕 圖書館運動的發生約在1925年。首先是中華教育改進社圖書教育委員會的建議，擬將美國退還庚款的1/3建設圖書館八所。1928年教育會議又通過由大學院通令全國各學校均設置圖書館，並於每年經常費中提出百分之五以上為購書費。參見王雲五〈五十年來的出版趨勢〉同註227，頁444。

〔註230〕 據王雲五《商務印書館與新教育年譜》（臺北：臺灣商務印書館，1973年）頁133～134。民國12年（1923）條下記載：自本年起與各大學及學術團體，先後訂定出版叢書合約多件，分別題以各該機構之名為叢書名義，如《北京大學叢書》《東南大學叢書》《尚志學會叢書》，後來即就此等叢書三四十種，精選為大學叢書，即大學教本，完成於1932年10月。另如中華、正中等出版家亦有若干種大學叢書出版。參見王雲五〈五十年來的出版趨勢〉同註227，頁445。

〔註231〕 據《民國時期總書目》30～40年代這類「概論性」著述約有20種之多。另外在這一類圖書充斥市場的情況下，部分書籍還一再重印，如章太炎演講曹聚仁筆錄的《國學概論》，1922～1937年間便發行了21版。因為全國各大中學多用此書為教本。大抵而言，這類圖書的編寫多以大學、師範、中學學生為對象。參見陳以愛〈「整理國故」運動的普及化〉同註216，頁56～57。

印書館籌編「文庫式小叢書」，原始於一九二○年高夢旦的提議，但因「難得編輯人才，屢編屢輟」。一九二一年王雲五接掌編譯所，才將編印各科小叢書納入工作重點，五、六年間陸續出版《百科小叢書》、《國學小叢書》、《學生國學叢書》、《新時代史地叢書》，以及農工商師範算學醫學體育各科小叢書，約三、四百種。〔註232〕適值圖書館運動盛起，而成績不彰，因有感肇因於圖書難致，「以言舊書，則精刻本為值甚昂，縮印本或竟模糊不可卒讀；以言新書，則種類既駁雜不純，系統亦殘闕難完備」，所以又在各科小叢書的基礎上，彙編《萬有文庫》，至一九三七年分別刊行一、二集，共一七○○種，分裝四千冊。〔註233〕一時間帶動起各出版社編印小叢書風潮，國學類著作亦往往在列，如金公亮《詩經學ABC》屬於世界書局的ABC叢書，張壽林《論詩六稿》為《徒然社叢書》，顧頡剛《詩經的厄運與幸運》則屬於商務印書館與文學研究會合作的《小說月報叢刊》。〔註234〕以上《詩經》概論性著作，從編印的目的上看，都以深入淺出，指示治學門徑為宗旨；從內容上看，則在學術體系、思考路向上，屬於民初《詩經》研究的另一蹊徑。

（一）《詩經》學與《詩經》學史

隨著民初「整理國故」運動的推行，儒家經典不僅失去一尊的地位，所謂「五經」、「十三經」也成分家趨勢，甚且各專經的研究也因學科調整而有新思維。以《詩經》為例，胡樸安說：

> 《詩經》學一名詞在學術上不能成立。蓋學術上只有詩學，屬於文章學類之範圍，而無所謂《詩經》學。《詩經》一書，溯其原始祇是文章，但經歷代學者之研究，《詩經》之範圍日愈擴大……：《詩經》既包有各類之學術，已非詩之一字所能該。況吾人研究《詩經》之目的，不僅在於文章一方面，而歷代研究《詩經》者，亦皆不由文章一方面發展。〔註235〕

即便「詩經學」的說法還可商榷，但以《三百篇》為綱領，從學科分類和歷史脈絡爬梳成一有系統的內容，由於眉目清楚，便利於學子自修，乃成為二○至三○年代

〔註232〕見王雲五《岫廬八十自述》（臺北：臺灣商務印書館，1967年）頁79～80。第十三章初長商務印書館編譯所與初步整頓計劃，將改組編譯所、創編各科小叢書及擴充函授學社，作為三項主要工作計劃。

〔註233〕見王雲五〈創編萬有文庫的動機與經過〉，《岫廬論學》同注227，頁153～156。

〔註234〕文學研究會是我國最早成立的新文學社團，成立於1921年元月4日，在會章中規定將「編輯叢書」作為一項重要事業，並在成立一個多月的時間內與商務印書館達成編印《文學研究會叢書》的協議。此外商務還為文學研究會出版了《小說月報叢刊》，五個月內共出版五集十三冊。有關文學研究會與商務合作的關係，參見張榮華《張元濟評傳》（南昌：百花洲文藝出版社，1997年）頁111～117。

〔註235〕見胡樸安《詩經學》（臺北：臺灣商務印書館，1970年）〈緒論〉，頁1。

《詩經》概論性著作的主要思考之一。

從所謂「詩經學」的範圍上看，胡樸安以爲是「關於《詩經》之本身，及歷代治《詩經》者之派別，並據各家之著作，研究其分類，而成一有系統之學也」。所以應該包括三個方面：（1）是一種「學」，凡關於《詩經》之種種問題，以廣博之徵引，詳愼之思審，明確之辨別，然後下的當的判斷。（2）是《詩經》一切之學的思想研究，一爲研究《詩經》時代之思想，一爲研究治《詩經》者各時代之思想，並求其思想變遷之跡。（3）是一種整理《詩經》的方法，將《詩經》一切之學，按學術之分類而求其有統系之學也。徐英則說：

> 《詩經》者，經之本文而已。《詩經》學則內涵至廣，舉凡歷代治《詩》者之學說胥屬焉，陸璣有草木蟲魚之疏，是爲《詩經》博物之學，王應麟有《詩地理考》是爲《詩經》史地之學……其餘作者，不可勝數。而六義、四始、大小序諸說，尤家殊而人異，必條分而件繫之，始可得其梗概。〔註236〕

大抵而言，一是對過去《詩經》研究的種種問題之清理，胡樸安《詩經學》從〈命名〉到〈三家〉的九節，及蔣善國《三百篇演論》、徐英《詩經學纂要》的大部分內容，屬於這一類；一是在新的科學架構下，依類分析《詩經》，《詩經學》從〈詩經之文字學〉到〈詩經之博物學〉的五節，屬於這一類。

關於「《詩經》學史」的董理，則是一門舊材料的新學科命題，誠如周予同說：

> 就《詩經》研究的現階段說，《詩經》只能用文學或史料的眼光去研究；但這《詩經》研究的現階段，仍從《詩經》之「經典的研究」的的前一階段發生。如果了解《詩經》之經典的研究，第一，須先明白《詩經》的學派；第二，須先知道《詩經》各學派的代表作；第三，須將《詩經》各學派的代表作對比的研究，明白他們的異與同；第四，將《詩經》各學派代表作的異同歸納爲幾個原則或體系，作爲《詩經》各學派的特徵。最後，第五，能夠根據自己客觀的研究的見地加以評判或選擇，而能達到圓融不自相矛盾的境界。（〈怎樣研究經學〉，《周予同經學史論著選集》頁631）

所以「五四以後『經學』退出了歷史舞台，但『經學史』的研究卻急待開展」（〈中國經學史的研究任務〉同上，頁 661）一九二四年《國學月報》「《詩經》專號」刊出〈詩經學史目錄說明書〉，雖然只是粗具綱目，卻是關於《詩經》學史的一個完整的思考，其敘述的方法，因時代而不同，漢以前以傳授派別爲尚，漢以後因學者多

〔註236〕見徐澄宇《詩經學纂要》（臺北：廣文書局，1981 年）頁 2。

所著述,故就著述詳加解剖。在精神宗旨上,則從史家的觀點,對經學的研究有所區隔,因此主張《詩經》學史的內容應包含幾個方面:

> 凡於《詩經》經一番研究者,皆得在本書佔一位置。故分之,可察各家各派《詩經》學之詳情;合之,則可得歷代《詩經》之變遷,及研究者所得之成績。自來研究經學者,習以能守家法爲貴。然治史非說經比也,若守一家之遺說,而卑視其他之議論,則必落於成見之謬誤,非治史之良法也。故於此篇,只以詳述各家、各派之《詩》學爲務,兼以明其眞象爲目的,毫無入主出奴之漏遺。……況史家之職志,於有功,有成就之學說,固當述之,而於離亂失散之學說,亦當述明其情況。

至於民初的幾本「詩經學」相關著作,也都不同程度地涵蓋了《詩經》學史的整理工作,只是思考的路向略有差異:一是以時代、學派爲系統,著重時代特質、學術淵源及代表性的著述,如《詩經學》從〈春秋時之賦詩及群籍之引詩〉到〈清代詩經學〉的五節,敘述歷代《詩經》研究變遷的梗概。《詩經學纂要》則舉漢學、宋學、清學三個綱目,而將時代含納其中,如「漢學」下,有魯、齊、韓、毛四家詩傳授、兩漢今古文的盛衰、三國《詩經》學、南朝《詩經》學、北朝《詩經》學、唐代《詩經》學。既有學術上「正名」的意義,又兼及學派流衍。二是依《詩經》學範疇下各相關問題,給予歷史的整理,重點在於對每個子題的歷史演變的客觀呈現,如《三百篇演論》的宗旨,是將歷代研究《詩經》的相關問題,如《詩經》的時代、四家詩、《詩序》……等,「給予歷史和客觀的序述」。

1. 胡樸安:《詩經學》

《詩經學》的內容總共二十一節,依胡樸安對「詩經學」的界定,分別隸屬於:《詩經》本書研究、歷代《詩經》學的變遷、《詩經》的分類整理等三大範疇。全書的編纂宗旨在:「爲學者自修時,得一研究《詩經》學的方法」。因爲從《詩經》研究的近代化過程看,胡氏以爲:

> 今日爲學問,斷不能爲古人所範圍;不過古人之書,皆可爲吾人參考之資料;所以今日對《詩經》一書,不當以不刊之經典視之,當以已往之歷史觀之。據此而論,古人讀《詩》之法,已不適用於今日。今日讀《詩》之法,當以分析綜合以爲條理有系統之研究,不可籠統散漫,僅抽一二事而演繹以說之也。(〈讀詩法〉,《詩經學》頁 78)

《詩經》研究就在科學的研究方法論,和新的學術分類架構上被統整爲:文字學、文章學、禮教學、史地學、博物學五類,原則上突破經典研究的思維,並且回復《詩經》作爲歌謠文學和上古史料的特質。以〈詩經之禮教學〉爲例,不僅認識到能從

詩句中考見周代的典章制度，並且肯定《詩經》中豐富的材料，可補中國歷史關於社會一方面記載的漏略，舉凡古代中國的國家之組織、社會之維持、家庭之集合、個人之修養，均可從詩篇的分析歸納中得之。只是編者昧於詩教說，以爲：「《詩經》一書以禮爲質，以教爲用」，所以認定「中國之國家、社會、家庭、個人者，決非現今之所謂政治學、法律學、倫理學、教育學可以造成也。禮教造成中國之國家、社會、家庭、個人，不僅《詩經》中有之；而《詩經》中禮教之效力，尤爲顯見。」（〈詩經之禮教學〉，《詩經學》頁 141）對於詩篇的解釋又過度尊《序》，因此將人倫教化的詩教傳統，視爲上古人民的第二性，顯然不符合學術研究的客觀性標準。

另外各學科基礎知識的支援不足，如以考求《詩經》博物學的方法有二：一據《詩經》本書求命名所由起。二據歷代注疏，求命名變遷之跡。則不免讓許多工作又淪爲文籍考辨之學。

胡樸安的《詩經》研究，在關於《詩經》本身的各類問題上，本源於古文《毛詩》學，只是其間也偶有能與時代相契的見解，如：

（1）論詩樂關係，主張「詩樂並起，詩禮同生」，以爲「若由心理學一方面推論，則詩直與人類並起，其發生之時代，稍後於語言」，並且「有歌當即有詩」。（〈原始〉，《詩經學》頁 8〜9）因此說〈關雎〉一詩，「非爲文王而作，亦非爲康王而作；或亦民俗歌謠之餘」，至於「君子求淑女，未得而寤寐反側，已得而琴瑟鐘鼓者，此作詩人之義也；不必確指爲何人而作，因爲房中之樂者，此采詩人之義也；爲當時婚禮用樂之制度，定爲《國風》之始者，此刪詩人之義也」。（〈作詩、采詩、刪詩〉，《詩經學》頁 15）後世因昧於詩義演變，才造成疑義紛起。若說《詩經》之用，則主張「三百五篇之詩，古人皆協以聲律，入之於樂」，只是以爲「至於今日已失樂詩之用。樂詩之名，雖不可廢；若據樂以論詩則不可也」，（〈詩樂〉，《詩經學》頁 56〜57）則又拘執於歷代《詩》說主義的傳統。

（2）說《詩序》，歷來《序》說存廢的爭論，主要集中在《詩序》的作者和體制。關於作《序》人，胡氏列十三家總括爲八說，其中除詩人自作、孔子作《序》、國史作《序》，三說悉後出不足信外，鄭康成《詩譜》、王肅《家語注》、《後漢書儒林傳》之說，皆有可信，不過各舉其一，所以合而言之，主張「《毛詩》之序，淵源於子夏，敘錄於毛公，增益於衛宏等。」（〈大序小序〉，《詩經學》頁 20）至於《詩序》的存廢，舉朱子廢《序》說，以爲「即朱子亦承認《詩序》爲漢人之作」，儘管「《毛詩》果否能得詩之本義，此事誠難斷言；因說《詩》之本義者，除毛氏以外，無他可以參證也」。然因基於對漢學的信任，認爲「漢人去古較近，當比後世憑空臆想者較爲有據」。（〈春秋時之賦詩及群籍之引詩〉，《詩經學》頁 86〜87）其說在民

初反《詩序》運動浪潮下，顯得保守，但於諸說間裁判，仍不失中肯持平。

2. 蔣善國：《三百篇演論》

　　根據書前敘言，《三百篇演論》的架構，其實是一部《詩經》研究史論，全書以《詩經》所關屬的問題為綱領，分成：《三百篇》的時代、四家詩、《序》說、逸詩的蒐集、詩篇義例、四始六義、《詩經》的藝術、《詩經》的特質等八篇，並且用歷史的方法給予整理。從內容上看，蔣氏特別著力於《詩經》性質的釐清，和「整理古籍」概念的實踐，而二者也都有突出的成績。

　　首先在書名的命義上，蔣善國說：

> 《三百篇》所以流傳於今的，由於德政化；《三百篇》所以把文學的價值埋沒的，也由於德政化。所以我把「詩經」這個名字取消，采取「三百篇」這個名字，使研究他的人一看見這個名字，如同看見《唐詩三百首》一樣，慢慢的就把《三百篇》本來的面目——詩——，收復回來；那蒙蔽《三百篇》的觀念——經——，漸漸的也就可以歸化於無何有之鄉。（《三百篇演論》頁 2）

視《詩經》為文學，甚且是「中國群眾文學的第一部書」，不僅有助於清楚地闡述《詩經》至少具備樂舞性、政教性、群眾性和普通性等三種特質。（《三百篇演論》頁 322）並且在《詩經》文學藝術的分析上，也更容易納入歌謠文學的多重視角，對此蔣善國有意識的利用實際的分析，取代過去抽象、籠統的說法，更明確顯現《詩經》文學的豐富性和藝術成就。如在形式方面，特別強調自然創造的特色，並引沈德潛說：「《三百篇》短以取動，長以取妍，疏密錯綜，為文章最妙的境界」。以為《三百篇》後，只有歌謠禽言能當這個名稱。在聲韻方面，魏晉以來研究《毛詩》音韻的共有九家，儘管方法縝密，而歷代名師大儒仍多有誤讀，原因在於《詩經》的韻多屬天籟，誠如甄士林說：「其難讀處往往諸法並用，令人不可端倪」。在情意方面，說《三百篇》多以象徵表具體的事物，然而其所用以比興的，及所比興的，皆人生日常所見的事物，因此由方法方面看，是近於象徵，而由詩的性質看，卻完全為寫實，為抒情，不盡同於近世歐洲的象徵主義。

　　再則《三百篇演論》既是針對《詩經》所屬問題的清理，而《詩》在周代已政教化，「後世學者遂為之訓詁、為之箋注、為之正義、為之集傳，自有詩以來，也沒有像關於《三百篇》著述這麼多的。」（《三百篇演論》頁 2）蔣善國的方法是「給以歷史和客觀的序述」，其間除涉及《詩經》研究史的客觀陳述，和各問題中經學糟粕的總結外，還有新命題的提出與解答。以《三百篇》的時代為例，蔣氏先著手整理：孔子刪詩問題？何以後世子史所載，沒有多少古詩？何以周代的詩不全？何以

有商朝詩？何以有逸詩？等複雜的糾纏，歷述從《論語》到王國維〈說商頌〉，種種相關的記載，刪除枝蔓，再回歸《漢志》「孔子純取周詩，上采殷，下取魯」，重新解讀，而得到《三百篇》皆是周詩的結論。並且將這一套方法，徹底落實在處理每個由《詩經》而衍生的問題上，可算是一部引證詳審、思慮周密的《詩經》問題學史。雖然其中仍存在一些不足之處，如全書沒有目錄，造成閱讀上的困難；又部分觀點較爲陳舊，有些重要問題，雖有觸及而發掘不深。但就同時期出版的《詩經》概論性著作而言，仍是比較可取的一家。

3. 徐英：《詩經學纂要》

據作者〈序恉〉說：「《三百篇》爲中國文學之淵海，自七十子之徒傳之，而詩教日廣。漢宋經說，甘辛互忌，流派既繁，口說紛起，於是而有所謂《詩經學》焉」。全書乃就歷代經說纂其大要，以備學者爲治《詩》的津梁。只是從《詩》說的立場上看，徐氏宗古文《毛詩》學，論說間往往有明顯的家派色彩如：

（1）從詩教看孔子與《詩經》的關係，承襲漢儒對於「經」的概念，認爲是不易之稱，「非聖人之作，不足以當之」，所以徐氏取孔子詩教的言論，定「《三百篇》皆載道之文也，故謂之經。」（〈序恉〉，《詩經學纂要》頁1）既在《詩》、孔子、詩教三位一體的基礎上，論證孔子刪詩的事實，又闡述刪詩的義例說：「蓋自王者之熄迹，而詩之謬亂繁複，不可勝數，孔子始定著爲三百五篇，而一言以蔽之曰詩無邪，則史公所謂取可施于禮義者是也。多聞闕疑，則馬端臨所謂其人可考，其意可尋者，夫子錄焉，其人不可考，其意不可尋者，夫子刪焉是也。蓋其義例之所存，有不容偶然者。」（〈采刪〉，《詩經學纂要》頁14）所以儘管確指《詩經》有作詩、采詩、刪詩之義，仍舊主張「《毛傳》承孔子之緒，於詩人之本義爲近矣。」（同上，頁19）

（2）申毛鄭、黜三家，對於漢儒《詩》說，徐氏又嚴分今古文學，說「《毛傳》悉本聖訓，勿背前修，《鄭箋》尤能兼取眾長，以暢毛義」。申毛鄭的意圖明顯，對於三家詩則說：「西漢今文所以盛者，班固所謂利祿之涂然耳，東漢今文所以息者，方士之邪說，不足以亂聖人之大道也。」（〈毛鄭〉，《詩經學纂要》頁115～116）甚而斥今文爲異端，視三家詩輯佚工作爲「足供好異者把玩之資而已」，（〈三家〉，《詩經學纂要》頁101～109）實不免昧於家派而爲過激的言論。

在內容上則包括三個方面：一是歷代《詩》說議題，有正名、原始、采刪、詩序、六義、四始、正變、詩譜、詩樂、詩教、徵引、三家、毛鄭。二是《詩經》的分科研究，有訓詁、聲韻、詞章、史地、博物、制作。三是《詩經》學的流派，有漢學、宋學、清學。總共二十二個綱目，主要宗旨在整理舊說，而條分件繫，便學者觀覽，如說〈毛鄭〉，有「主毛而斥鄭」、「從鄭以窺毛」、「別申己意，并議

毛鄭」三派衍變大略;說〈聲韻〉,則別為「《毛詩》古音」、「《毛詩》正音」、「《毛詩》今古正俗音讀流變之跡」三說;說〈宋學〉,又分述「宋學之發端」、「蘇轍至王柏一派」、「陳傅良、呂祖謙一派」、「陸佃、蔡卞一派」、「程大昌一派」、「元代詩經學」、「明代詩經學之四派」,眉目清楚,每能得諸說梗概,但可惜未能容納新的研究方法和成果,即如《詩經》的分科研究,亦僅就前代著述而排比之,如述史地,列舉《詩譜》、《小序》中事有可徵者以說民俗風土;對於山川疆域的劃分,則就王應麟《詩地理考》、朱右曾《詩地理徵》比而觀之,大抵仍是舊學格局。

(二)關於《詩經》的專題討論

自從胡適提出「應該把《三百篇》還給西周、東周間的無名詩人」。(〈國學季刊發刊宣言〉,《胡適文存》第二集,頁 8)顧頡剛進一步希望「做一番斬除的工作,把戰國以來對於《詩經》的亂說都肅清」。(〈詩經在春秋戰國間的地位〉,《古史辨》第三冊,頁 309)部分學者開始針對一些糾纏不清不清的《詩經》議題,作逐一的清理,因此出現了一種匯集幾個專題討論而成的概論性著作,如:謝无量《詩經研究》、顧頡剛《詩經的幸運與厄運》、張壽林《論詩六稿》、朱東潤《讀詩四論》等。(以上著作的相關資料,參見附表 2:4《詩經》概論性著述,頁 229～230)這些著作中有兩個顯著的特質:

一是視《詩經》為一部文學書,就像顧頡剛說的,對於《詩經》應該「用文學的眼光去批評牠,用文學書的慣例去注釋牠,才是正辦」。(《古史辨》第三冊,頁 309)所以各書均有獨立的章節討論《詩經》的文學特質,如《詩經研究》的第五章〈詩經的文藝觀〉;《論詩六稿》之五〈三百篇之文學觀〉;《讀詩四論》之二〈詩心發凡〉。

二是藉由釐清春秋戰國以後人與《詩經》的關係,洗刷出《詩經》的真相,例如顧頡剛《詩經的幸運與厄運》前五章的計劃,是「把春秋戰國時,關於『詩』與『樂』的記載,鈔出多少條」,比較後,得到一近理的解釋。(《古史辨》第三冊,頁311)也就是張壽林所謂「整齊故說」的方法,目的在利於重新考察周代的歷史背景與思想。

1. 謝无量:《詩經研究》

謝无量屬於尊重國故的一派,他的《詩經研究》一書,〔註237〕往往在遵循《詩》

〔註237〕《詩經研究》一書最早收錄在 1923 年上海商務印書館出版的「國學小叢書」中,但與日本學者諸橋轍次的《詩經研究》(東京:目黑書店,1912 年),不僅書名相同,各章節文字,亦大約同於諸橋轍次的第 3、(1+2)、5、4、6 的內容。大抵 20年代後期,大量國學叢書的編印,不僅是「書賈射利」之業,也是部分讀書人的稻

教傳統的大原則上立說，所以主張古時本有一種詩教，並引《文史通義》說：「後世的文體，都出於戰國，而戰國的文體又多半出於詩教」。（《詩經研究》頁 133）自然也就認定《詩經》是經孔子刪定後貽留下來的。至於《鄭風》內的淫詩，是孔子「美刺兼收，貞淫並錄」的體例，是儒家慎重男女夫婦之道，並用以見其影響於國運盛衰的法則。（《詩經研究》頁 93～94）在第四章〈詩經的道德觀〉中，謝氏考察古代的道德信仰說：

> 關於天的春夏秋冬，寒來暑往，莫非一種自然的現象。他就應用這種自然的法則，來做人事道德的標準。所以說「有天地然後有萬物，有萬物然後有男女」……他們把這自然發生的次序，做道德的系統，定道德的範圍。祇要種子下得好，不怕他不會變成根荄，發生枝葉，這就叫做「一本萬殊」，「一貫之道」。（《詩經研究》頁 115）

上述的道德觀，正如《大雅》裏頌文王之德說：「刑于寡妻，至於兄弟，以御于家邦」的次第結構，詩篇因此成爲闡述古代道德信仰的主要素材，並且彷彿眞有一套完整的關於「家庭的」、「個人的」、「國家的」道德。事實上，有一大部分是作者在利用《詩序》解讀詩句時，不小心將漢儒「天人合一」的想法，過渡擴張成上古人民固有的思想。所以看到詩篇中對於天和祖宗的崇拜，便說這「就是當時道德上一種根本的原理」，「因爲天有理想上最完全的人格，又有理想上最偉大的權力，人也是萬物之一，自然也是天所生的，所以又講一種天人合一的道理」，（《詩經研究》頁 52）竟忽略了大部分的詩篇可能只是來自民間的歌唱，而像「天人合一」這麼龐大的思想系統，要到漢代才完成。〔註238〕儘管如此，在某些具體問題的解釋上，謝氏仍有他獨到的看法，足以廓清歷代以來的疑慮，〔註239〕如：

（1）主張《詩序》的作者當以衛宏所作爲近。主要的論證有三：一是「《詩序》每有不了詩意，文解支離，決非接近詩人時代之人所作」，且「序文淺弱不類三代之文，故決定其人不惟去作詩者之時代已遠，即去刪詩之時代亦甚遠」。二是《序》言

〔註238〕 梁資斧之謀，在「速成化」的壓力下，因此有將譯作，竊爲自己的創作出版的可能。
「天人合一」幾乎是謝无量用以解讀《詩經》所呈現的時代的中心思想，其中又以〈第二章《詩經》與當時社會之情勢〉、〈第三章《詩經》的歷史上考證〉、〈第四章《詩經》的道德觀〉三部分最爲明顯。參見謝无量《詩經研究》（臺北：臺灣商務印書館，1967 年）頁 52～132。

〔註239〕 韓明安將謝无量、朱自清並列爲，民初《詩經》研究者中「尊重國故」的一派。原因是：謝无量堅信《詩序》《毛傳》，而朱自清未能擺脫「溫柔敦厚」的傳統詩說。見韓明安《詩經研究概觀》（哈爾濱：黑龍江教育出版社，1988 年）頁 22。事實上謝氏對於詩教傳統有更明顯的堅持，反而在《序》說和《毛傳》上則頗有斟酌。

有語出〈樂記〉、〈金縢〉、《國語》、《公孫尼子》者，且與《魯詩》意多不合。三是《詩序》「詞調體格，首尾完密」，斷非二人以上之作。因此據《後漢書‧儒林傳》定為衛宏所作，並說：「《詩序》紕漏百出，往往失去古詩本意。學者倘誤認為子夏、毛公之作，不加攻擊，豈不真令《詩經》聲價大減嗎？」（《詩經研究》頁26～28）可見並非盲目信守《小序》者。

（2）視《詩經》為史料。謝氏引《文中子》的話說明「詩本是史的一種」，且「周代采詩本用史官，詩就是一種史料」。只是他用以研究周室史事的方法是，「單用歷史的根據，來證明《詩經》的說話」，而非就詩篇分析歸納成「詩經的時代」，因此造成立說時對詩篇作選擇性的取材。再則論述史事，兼取鄭玄《詩譜》、《詩序》、《史記》，難免落入漢儒的上古史觀。唯其間也有批駁成說誤謬的地方，如說《二南》，駁鄭玄《詩譜》據《毛詩》遺說定為文王之時，以為其中「恐怕有許多是東遷以後的詩」。說《鄭風》，駁《詩序》附會《春秋》經傳的事實來解釋鄭詩，以為「《鄭風》二十一篇祇有〈緇衣〉一篇，與史事適合，其他都不敢深信」。又說「《曹風》祇有四篇。曹國史事無徵，我們也不必再為附會」。則對於漢代《詩》說的附會也有不滿意的地方。

2. 張壽林：《論詩六稿》

《論詩六稿》是一九二六年間，張壽林因著「自己一向是喜歡做著古文藝的探討的，父親對於《毛詩》也有著特殊的愛好」。（《論詩六稿》自序頁3）而在伴著病中的父親讀《毛詩》時所做的札記。全書涵括：《詩經》的傳出、《三百篇》是不是孔子所刪定的、釋四詩、釋賦比興、《三百篇》之文學觀、《三百篇》所表現之時代背景及思想等六個子題。雖然〈自序〉說目的只在「整齊故說」，但內容卻與民初反傳統學者所關切的《詩經》議題，有明顯的呼應。例如述〈詩經的傳出〉，目的是要「得到《詩經》真的面目」，方法是「非有一番斬除的工作不可」，內容則是對顧頡剛〈詩經的厄運與幸運〉的回應與補充。〔註240〕又如〈三百篇所表現的時代背景及思想〉中，以為「文學是準據於當時的生活及思想的」，並且文學的目的之一，是對「時代精神的正確的解釋」，因此肯定把《詩》中的敘述，看作流動的某一事的表現，是可靠的。並進而將詩篇歸納整理出：《三百篇》產生的大部分時代，也就是「詩的

〔註240〕據張壽林〈詩經的傳出〉，《論詩六稿》（北平：文化學社，1929年）頁3～4。以為查尋《詩經》的來源，以精博的考證，肅清詩說，是得到《詩經》真面目的方法，顯然與顧頡剛〈詩經的厄運與幸運〉中斬除藤蘿的想法一致的。只是文中提到顧頡剛沒有專書印行，可見看到的是《小說月報》上的文字，而不知道1925年上海商務印書館刊行的《小說月報叢刊》曾收錄此書。

時代」，這樣的提法與胡適《中國哲學史大綱卷上》將中國哲學結胎時代，稱爲「詩人時代」，在思考的路向上是一致的。(有關這一部分的詳細內容，參見本論文第二章第三節一、庶民文化意識的《詩經》再詮釋）所以從書本的結構看，是《詩經》的概論，著重於對幾個基礎課題的釐析；從思考的脈絡看，更是民初反傳統《詩》說的一支。

（1）關於《詩經》的傳出：在民初，「《詩經》的傳出」所以成爲大問題，是由於《三百篇》做爲文學材料，有其無可替代的歷史價值。張氏列舉典籍中所載西元前二五至二三世紀的作品，發現這些早於《詩經》的詩篇「或空存其名（如〈駕辯〉〈繕罟〉之類），或出於僞託（如〈康衢〉之類），或出於追寫（如〈彈歌〉之類），都不足徵信」。(〈詩經的傳出〉，《論詩六稿》頁 6）唯有《詩經》「它的時代，大約是西周末年，到陳靈公的時候。並且它並非隻言片語，而都是極完整的詩歌」。但是這部先民的寶藏，「卻被歷來許多虛僞而有精神病的僞儒附會了不堪了，他們把《詩經》用道德的眼光來玩弄，藏蔽了它的眞情，而加些美刺的花頭」，如此便完全扭曲了《詩經》作爲古代歌謠選集的本質，因此弄清楚《詩經》傳出的每個環節，成爲「了解詩義，肅清詩說」的必要步驟。

「孔子刪詩」是《三百篇》成爲儒經的源頭，對此張氏的主張有二，一是確立孔子刪詩的不可信，他綜集了漢以後學者懷疑刪詩說的論點六種，其中特別是崔述說：「孔子刪詩，孰言之？孔子未嘗自言之，《史記》言之耳」。葉適說：「《論語》稱詩三百，本謂古人已具」，且如《莊子》、《墨子》、《荀子》都稱「詩三百」，未有言三千者。朱彝尊說：「而季札觀樂於魯，所歌風詩無出十三國以外者」都是確切的論點。(〈詩經是不是孔子所刪定的？〉，《論詩六稿》頁 36～39）二是支持胡適主張的：孔子的時候，古詩便只有三百多篇。並且反駁崔述說《三百篇》是由於人民的愛好而流傳的。原因在於文藝的愛好是不一致的，而口頭的流傳是否能久遠，也甚可疑。所以主張從樂歌的角度著眼，既可說明《三百篇》的集聚在孔子之前，且可說明何以《三百篇》之外還有逸詩，進一步回應了顧頡剛〈詩經所錄全爲樂歌〉的論點。(同上，頁 42）

（2）從音樂文學的觀點界定《三百篇》的「六義」：張氏解釋「六義」的原則是，「所謂風、雅、頌者，是用了音樂做立腳點，歸納出來的名稱。而所謂賦、比、興者，則是用了修辭的方法做立腳點，歸納出來的名稱」。(〈釋賦比興〉，《論詩六稿》頁 64）所以引梁啓超說：「《周禮》旄人鄭注，《公羊》昭二十五年何注皆云：『南方之樂曰任』，南任同音，當本一字」，定「南」爲楚樂。又據章太炎解風爲「口中所謳唱」，說雅爲「秦聲」，也就是西周之聲。至於「頌」則據《左傳》、《儀禮》，懷疑

是古代的一種樂器。可見對於「四詩」的界說，在「整齊舊說」之餘，大抵採信近代學者的研究成果。

另一方面，對於「故說」的不合理，更多有批駁，如說：「司馬遷〈孔子世家〉、衛宏僞《毛詩序》，不得南字的意義，遂以《二南》僑於《邶》《鄘》諸風，於是四詩只餘其三，不得已乃析大小雅以足之，這是極不合理而且牽強的主張」。（〈釋四詩〉，《論詩六稿》頁52）又如雅字的意義，後人多以「正」字釋之，說法出於《毛詩序》，張氏予以駁正說：「這種解釋頗含混而不易明白，但它在學術界的權威極大，直到最近，梁任公先生在他的〈釋四詩名義〉中仍然信從其說，且舉《儀禮・鄉飲酒》以證之。但我以爲《雅》或者曾爲周代通行的『正樂』，但那已是後起的解釋，而《雅》最初的合理的意義，仍當從音樂上下手」。（同上，頁57）對於《序》說的含混，確實盡了一番肅清的工夫。

至於張氏釋「賦比興」的工作，則純在釐清修辭學上的意涵。以爲賦是「用了素樸的文字，表現自己內心感懷的樂歌」，是修辭學中的一種直敘法。比是「一種根於類似的修辭法，在修辭學中稱作顯比 Simile」，《三百篇》中的比詩，有兩種最普通的方式，一是把本事同比喻做成平行的句法；一是把全詩只用一個比喻寫出，而把詩意含蓄不放。興則引據顧頡剛的「趁韻無義」說，以爲《三百篇》中像這樣的興詩很多，所以興大體是沒有意義的，但也有不少變例，所以更確切的說法，興是「一種象徵，有時又和修辭學中的隱比 Metaphor 很相近」。「賦比興」既然是修辭學上的條例，固然有助於體玩詩意，卻不能將條例看得太死。所以張氏又強調「我們欣賞《三百篇》除了審度它所蘊蓄的情思，而加以涵泳咀味之外，一切的考辨和用了含義不清的賦、比、興去分類的事，本來都可以不要」。也就是主張用純文學的眼光去欣賞、品鑑，要把作品「所給與我們的美感或快感的特殊印象的價值，識別並且分析出來」。（〈三百篇之文學觀〉，《論詩六稿》頁 93）但是有鑑於「修辭是一般文學作品所賴以成立者」，如果「沒有生動靈活的方法，美妙勻稱的辭句，則作者中心所鬱結的情緒亦無由傳達」，所以又就《三百篇》的修辭方法，和它所蘊蓄的情感，撰爲〈三百篇之文學觀〉。

3. 朱東潤：《讀詩四論》

《讀詩四論》是一九二九年以後，朱東潤在武漢大學從外語講師轉任中文系時的讀《詩》心得。據朱氏〈自傳〉說：

> 我從〈關雎〉開始，把齊、魯、韓、毛四家的《詩》說一一讀過，而后再就《鄭箋》《孔疏》以及宋儒和近代儒家的說法加以一番的比較。蘇雪林聽到以後，她說：「啊喲，那麼那一年可以讀完呢！」不過我究竟還

是讀完了。當然，我的讀書一向只是粗通大義，至於一般學者的章句之學，

我沒有這個本領，也沒有這個興趣。〔註241〕

可見朱氏《詩》說的態度與學科基礎。其中的四篇專論：〈國風出於民間論質疑〉、〈詩心論發凡〉、〈古詩說摭遺〉、〈詩大小雅說臆〉，曾先後在一九三五至一九三七年間，發表於《武漢大學文哲季刊》，而附錄的《詩三百篇成書中的時代精神》，則當是一九四○年商務印書館收入《國學小叢書》刊行時加上的。從寫作時間，對照書中內容，可以發現兩個較顯著的脈絡：

（1）是在「整理國故」運動的後期，肅清《詩》說的概念已趨成熟，許多曾經反覆討論的議題，在科學的辯證下，有了較明確的結論。朱氏一方面有效靈活地利用部分成果，同時也開始對一些在反傳統氛圍下的主觀提法，進行反思，所以其中不乏作者自認的「非常可怪之論」。

「《國風》不出於民間」是朱氏的一個大膽推論。自漢儒有采詩之說，有太師陳詩以觀民風之說，《國風》多出里巷歌謠之作，幾成定見。到了民初，論證《風》詩的歌謠特質，更成為時代的課題，朱氏對此卻提出三項質疑：一是《三百篇》以前或同時的著作，凡見於鐘鼎簡策者，皆王侯士大夫之作品，何以民間之作，止見於此而不見於彼？二是從名物制度看，如鐘鼓、師氏的不可期於民間。三就文化的紬繹而言，後代殆高於前代，以《三百篇》的偉大創作，何以三千年後的民間，猶輾轉於五更調、四季相思的窠臼？在這個問題上，顧頡剛也曾謹慎的估量說：「我們固然知道《詩經》中有若干篇是富有歌謠成份的詩，但原始歌謠的本相如何，我們已經見不到了，我們已無從把它理析出來」。（〈論《詩經》所錄全為樂歌〉，《古史辨》第三冊，頁 631）所以顧氏只在漢以前，求得一個《詩經》中詩樂關係演進的歷史。但朱氏並未運用這項研究成果，而想直接從作者和本事傳說中求取答案。

在方法的思考上，朱氏以為：「假定《詩》三百五篇不出於小夫賤婦，及塗巷蠢蠢之夫之手，而考諸故籍、求之本文、推之人情，以證明之，似亦未始非解紛之道也」。（《讀詩四論》頁 6）在實際操作上，首先就《序》說可考見作者的 69 篇，列為〈毛詩序國風作者表〉，逐一推闡的結論是「凡此六十九篇得其主名之詩，要皆出自統治階級，可無疑也」。再則「舉《國風》百六十篇，其由名物章句而確知其為統治階級之詩者，凡八十篇」。經過全面的比對整理，無疑為《風》詩真相的釐清，提供一個相對客觀的取樣。可惜的是，在解讀上，作者過度依賴《序》說，難免失之附會；又在名物、人情上使用太寬泛的類推，如說：「要之百姓與萬民對

〔註241〕關於朱東潤應聞一多之聘，在武漢大學任職的原委，及為備課撰就《中國文學批評論集》、《讀詩四論》的經過。參見《中國當代社會科學家》第一輯，頁 49～51。

舉，其爲統治階級亦無疑義」、「就詩之本文，以證君子二字爲統治階級通稱」，甚至《序》言國人所作者二十七篇，朱氏舉其四例說明「國人實與國之君子，國之士大夫同義，亦爲統治階級之通稱」，幾至無處不可通的地步。在人情則每先存一個「在階級制度較嚴，身份相去懸絕之時，彼采荼食陳之農夫，不至詠歌委蛇窈窕之士，固可知也」。(《讀詩四論》頁 30) 的前提，甚至以此而言男女悅慕之情，以爲「及文化愈深，生事愈裕，則求愛之方法必愈複雜，其求愛之期必愈長久。《野有死麕》之詩：『野有死麕，白茅包之』，『野有死麕，白茅純束』，此求愛之吉士，方法已不甚單純；三章『舒而脫脫兮，無感我帨兮，無使尨也吠』，此懷春之女子，態度亦極其從容，固非三家村中所能想像」。這樣推論所得的結果，實在有邏輯上「丐辭」的嫌疑。

儘管有推論上的瑕疵，但朱氏「《國風》未必出於民間」的質疑，卻是對民初白話文運動，過份誇大《國風》的庶民色彩，以便論證「一切文學出於民間」的偏離現象，提出反省，並且引用丹麥學者 T.F.Henderson 說：

> 在丹麥國中，往者民歌嘗爲上流社會所愛護，遂以滋長，數百年間，迄爲該國文學上及文化上之主要媒介物，此固可確信者。及至民歌大部僅殘存於一般民眾傳說之中，此則殊難認爲民歌應有或應當之命運。與其謂爲佳事，無寧謂爲不幸也。

說明西方學者已多有放棄「民歌出於民間」說者。至於找尋民間文學之立足點，則「在將來而不在過去」，「與其爭不可必信之傳說，何如作前途無限之展望？吾人果能溯以往以衡來今，則知今後之民間文學，其發展乃正無窮」。(《論詩四論》頁 62) 爲白話文學的發展提出另一種思維，也是歌謠角度《詩經》研究的一種轉折。

（2）是正當抗日戰爭的前夕，因此對《三百篇》成書的背景分析，傾向「內諸夏而外夷狄」的民族主義思維。在詩篇的解讀上，強調先民的不樂遠征，以〈采薇〉〈出車〉二詩爲例，爲周室全盛期的出征詩，而「詩人之怨，已充滿於行間」，至於尋繹《三百篇》作者的用心，又大抵「憂怨之詩特多於歡愉之詩者」，直欲從《三百篇》概括出中國苦難而堅強的民族性。無怪乎，連作者都要自覺地說，其中的意境太粗獷些，「既不是搞經學，也不是搞文學史的坯料」。〔註 242〕

探求三百五篇的詩心，是《讀詩四論》的主要宗之一。朱氏以爲後人多以美刺、正變言《詩》，「其蔽發於漢儒而徵於《毛傳》」，所以讀《詩》者，必先盡置諸家詩說，再探求古代詩人的情性。就詩的三大主題：自然、戀愛、戰爭，以求

〔註 242〕見同上注，頁 52。

諸本文，朱氏每有獨到的觀察。如言自然之詩，「高爾基《文學論》謂詩人既習於阿諛自然，于是對於自然之暴行，如地震、洪水、颶風旱魃之類，往往守口如瓶」。（《讀詩四論》頁 78）《三百篇》則不然，「其言皆切於人事，有及日月山川草木蟲魚者，無往而不融景入情」，如〈瞻卬〉、〈召旻〉、〈雨无正〉之詩，「雖蒼蒼之天，窅然在上，詩人悲憤填膺，終已無可奈何，然敢于敵視，敢于詈責，此種反抗君上，反抗自然之精神」。足見先民剛毅倔強之氣。又言戀愛之詩，對於朱熹說《鄭》詩皆爲女惑男之語，「幾於蕩然無復羞愧悔悟之心，是則鄭聲之淫，有甚於衛矣」。認爲是以男性中心社會確立後的禮教觀，以論周代未可謂當。並說：「所幸者詩三百五篇中，猶有此殘跡，斯知在吾先代社會，女子之地位絕不遜於男子，有所歆羨，有所戀慕，自可發爲詩歌，矢口而出」。（《讀詩四論》頁 85）

在大、小《雅》界說，及《三百篇》成書時代精神的推闡上，主要論證三百五篇皆夏民族的作品；至於《三百篇》的成書，則據《左傳》昭公十六年的記載，論定成書的時間在韓宣子聘鄭以後，約當孔子的中、壯年，恰是「嚴夷狄之界」的民族主義精神彌漫的時期。這樣的說法，固然不乏客觀的論據，但因此而假定「詩三百篇是諸夏民族，在對外奮鬥中收集的一部樂歌集」，並說「《詩經》有《秦風》和《商頌》，正和《尚書》有〈商書〉和〈秦誓〉一樣，都是諸夏民族在外奮鬥中收集成書的集體著作」。（《讀詩四論》頁 190～192）則不免失於主觀的比附。

4. 張西堂：《詩經六論》

《詩經六論》包括：〈詩經是中國古代的樂歌總集〉、〈詩經的思想內容〉、〈詩經的藝術表現〉、〈詩經的編訂〉、〈詩經的體制〉、〈關於毛詩序的一些問題〉等六大主題。另外張氏有〈詩三百篇之詩的意義及其與樂的關係〉、〈樂本無經補證見〉、《詩經選注》等著作，可見對《詩經》基礎課題的關注。〔註243〕據書前〈自序〉說：

> 這裏搜集的六篇論文，有的是我一九三一年到一九三三年在武漢大學
> 講授《詩經》時寫的，有的是我一九五三年到一九五六年在西北大學講授
> 《詩經》時寫的。〔註244〕

又以首篇爲例，是一九五五年就一九三四年的〈詩三百篇之詩的意義及其與樂的關係〉刪去前半改寫而成，知書中許多論述主要源自民初時期的思考，全書改定稿則

〔註243〕張氏相關的著作，在 30 年代有〈詩三百篇之詩的意義及其與樂的關係〉，《師大月刊》14 期，1934 年；〈樂本無經補證見〉北平《晨報》1936 年 10 月；50 年代有〈毛詩序略說〉，《人文雜誌》1957 年 1 期；〈周頌時邁大武樂章首篇說〉，《人文雜誌》1959 年 6 期，另有《詩經選注》。

〔註244〕見張西堂《詩經六論》（香港：文昌書店）自序頁 1。

完成於五〇年代，逐隱然可見一條屬於社會主義思考的脈絡，從三〇年代起已被普遍討論的中國社會史分期概念，到唯物論的文藝觀點，書中大量引用西方學者的文藝理論，如：湯姆生《論詩歌源流》、普列哈諾夫《藝術論》、畢達可夫《文藝學引論》、高爾基《兒童文學主題論》等，對《詩經》的發生（《詩經六論》頁 5、48）、古代社會分期（《詩經六論》頁 3）、《詩經》的思想內容（《詩經六論》頁 27～41），及《詩經》的藝術表現（《詩經六論》頁 52）進行分析研究，是將民初已經萌芽的《詩經》民間文學屬性論述，向唯物論的文學史觀進一步推進。此外有關歷代以來夾纏不清的《詩經》基礎論題，張氏也常能突破成說，提出創見，其中屬於民初新材料、新視野、新方法的啟發，斑斑可見：

（1）《詩經》爲樂歌總集的論述：《詩經》的樂歌屬性是張氏用以貫穿全書的根本論點，其思考幾乎涵蓋了書中全部的討論，誠如張氏所說：

> 明瞭了《詩經》全是樂歌，我們對於《詩經》的起源、《詩經》的編訂、《詩經》的體制等等問題，都可以有個深刻的明了。就是關於《詩經》的篇數上的問題，《詩經》的年代的問題，這在現在看來，本無多大爭論，也可以獲得一個比較深刻的了解。（《詩經六論》頁 1～2）

首先張氏在顧頡剛〈論詩經所錄全爲樂歌〉的基礎上，提出由「詩三百篇的搜集」、「風詩之決非徒歌」、「古代歌舞的關係」、「古代詩、樂的關係」四項理由，證明《詩經》所錄全爲樂歌（《詩經六論》頁 12～18）；再則在此結論上，解讀《詩經》的相關問題，如《詩經》的藝術表現，歷來學者都糾纏於賦、比、興的區分，張氏利用樂歌概念解釋「興」的內涵，他引述宋代以來諸家說法論述：

> 「山歌好唱起頭難」，有的詩歌的開始一、二句不直接地說出那件事情，也不用個比喻引起，只是即興的唱出而與下文無關，既不是賦，又不是比，而只是個起頭。（《詩經六論》頁 53）

因此主張不要專從賦比興的區分來談《詩經》的藝術表現，而將詩歌看成一個藝術的完整體，從民間文學和音樂性兩大特質，說明《詩經》的藝術表現有：概括的抒寫、層疊的鋪敘、比擬的摹繪、形象的刻劃、想像的虛擬、生動的描寫、完整的結構、藝術的語言。正如舊說，一篇之中可以有賦有比有興，《詩經》的藝術表現不當孤立從某一點來看。（《詩經六論》頁 53～77）

（2）甲骨文、金文材料的使用：民初由於甲骨文材料的出現，對於商周文字的解讀，有了重大的突破。張氏因有效的運用甲骨文材料，頗提出一些新穎的見解，如分析詩、樂、舞的關係說：

> 詩歌在殷代應已經產生，在甲骨文中已有樂字出現，那是象形，象絲

附在木上。甲骨文中也有舞字，象人執犛牛尾而舞之形。可見當時是有了
樂器，有了舞蹈，到了周代，文化進步，這時有了精細的樂器，有了專門
職業的樂師，則徒歌之變爲樂歌，在當時實是可能的。(《詩經六論》頁 17)

又在采詩問題上，利用金文材料說明：

> 因爲詩之始作，未必就在克商以後，近代出土的宗周彝器，不下數千，
> (見王國維《金文著錄表》)，但在這些銘文中，並無一個詩字(參見容庚
> 《金文編》)。而且《大雅》《周頌》都是西周時詩，但是文詞佶屈，不及
> 《周誥》，顯見得詩并不一定都作於克商以後。(《詩經六論》頁 81)

若再輔以古籍所載采詩並無定制，則所謂周太師采詩觀風說，乃漢以來經師揣度之
詞。至於《詩經》的體制，主張「因爲伴奏的樂器與歌唱的聲調的不同，在《詩》
三百篇中分列著有《南》《風》《雅》《頌》四樣的詩歌」，不僅強調《二南》應當獨
立，並且「嚴格地要認《南》《風》《雅》《頌》這四詩的區分是從樂器或聲調來區分」
(《詩經六論》頁 100)。其間論證的依據多採古文字學上的材料，如「南爲樂器」
說，一方面引述郭沫若〈釋南〉斷定「南」字，「本鐘鎛之象形，更變而爲鈴」，一
方面以《詩經》本文「以雅以南，以籥不僭」，說明籥既爲樂器，雅南亦當屬樂器無
疑；說《頌》，以王國維「頌之聲較《風》《雅》爲緩」，只片面從韻句一方面看問題，
而忽略了從樂器一方面看問題，進而提出：

> 依我看來，《頌》的得名，應當也如《南》《雅》一樣，是由於樂器。

(《詩經六論》頁 113)

並在文字通假、《頌》詩本文、歌舞用鐘及祭神用鐘上，論證鏞鐘是《頌》的主要樂
器。

三、治學的門徑：書目和索引

一九二三年胡適應清華學校胡敦元等四人的邀請，爲「將要往外國留學的少年，
很想在短時期中得著國故學的常識」，擬定〈一個最低限度的國學書目〉。〔註 245〕
隨即引起關於「國學書目」的討論，不僅《清華週刊》的記者不滿意，以爲範圍太
窄、內容太深，而且沒有考慮「教育家對於一般留學生，要求一個什麼樣的國學程
度」。(〈附錄一《清華週刊》記者來書〉，《國故學討論集》第三集，頁 216～218)
梁啓超、李笠、徐劍緣更相繼提出批駁和新的書單。〔註 246〕一九二五年二月《京報

〔註 245〕見胡適〈對於國學書的討論〉，《國故學討論集》(《民國叢書》初編，據 1927 年群
　　　　學社本影印) 第三集，頁 202。該書目最初刊登於《努力週報》增刊〈讀書雜誌〉
　　　　第七期。
〔註 246〕上述三人的意見參見梁啓超〈國學入門書及其讀法〉、〈評胡適之一個最低限度的國

副刊》還發出表格，邀學術界、教育界名人推荐青年必讀書。〔註247〕這麼多的討論，始終是擬目者自信為系統周全的法門，商榷者覺得各有疏漏，仍待改進，而終究沒有得到一個大家能平心接受的「國學書目」，但有兩個路向卻是大家共有的思考：

一是體認到基礎的國學常識，是青年知識分子的需要與責任，如胡適在對《清華記者》的答書裏說道：

> 正因爲當代教育家不非難留學生的國學程度，所以留學生也太自菲薄，不肯多讀點國學書，所以他們在國外，既不能代表中國，回國後也沒有多大影響。(〈附錄二答書〉，《國故學討論集》第三集，頁219～220)

對此梁啓超也有一致的看法，所以專對清華同學說：

> 我希望諸君對於國學的修養比旁的學校學生格外加功。諸君受社會恩惠，是比別人獨優的。諸君將來在全社會上一定占勢力，是眼看得見的。諸君回國之後，對於中國文化有無貢獻，便是諸君功罪的標準。(〈治國學雜話〉，《國故學討論集》第三集，頁249)

事實上，早在一九一四年胡適已痛切陳述，「今日留學界之大病，在數典忘祖」，留學生而不講習祖國文字，不知祖國文明，是既無自尊心，又不能輸入文明，「故即有飽學淵博之士，而無能自傳其學於國人，僅能作一外國文教員以終身耳，於祖國之學術文化何所裨益哉」。因此主張以國學、文學、史學三門中學以上學生所應具的知識，爲留學生的考試資格。並在國內增設大學，因爲「今國學荒廢極矣，有大學在，設爲專科，有志者有所肄習，或尚有國學昌明之一日」。〔註248〕而當日胡適提出「爲神州造一新舊混合之新文明，此過渡時代人物之天職也」的深刻體察，也正是一九二三年來一切「國學書目」討論的思考基礎。

二以提示門徑爲「整理國故」運動的前期作業，中國書沒有整理過，十分難讀，是大家公認的，所以胡適說：「國學在今日還沒有門徑可說；那些國學有成績的人，大都是下死工夫笨幹出來的。死工夫固是重要，但究竟不是初學的門徑。」(〈對於國學書的討論〉，《國故學討論集》第三集，頁203)而「國學書目」便是整理國故工作尚未完備之時，方便下手治國學的法門，以《詩經》研究爲例，鄭

學書目〉《國故學討論集》第三集，頁221～256。徐劍緣〈評胡、梁二先生所擬國學書目〉，《國故學討論集》第三集，頁256～263。李笠《三訂國學用書撰要》附錄一〈評胡適書目〉(《書目類編》第94冊，據1927年北平樸社排印本影印)。

〔註247〕見俞平伯〈青年必讀書〉，《俞平伯全集》(石家莊：花山文藝出版社，1997年)卷二，頁558。

〔註248〕以上內容參見胡適〈非留學篇〉，該文原載1914年第三季《留美學生季報》，此處轉引自《胡適論叢》(臺北：三民書局，1992年)附錄一〈遺文新刊〉，頁256～282。

振鐸說：

> 總之，我們現在研究《詩經》，正如開始向大沙漠中旅行去一樣，什
> 麼東西都要自己預備，明知這種預備是費工夫，是非一朝一夕所能做的，
> 但如要研究的成功，這種預備的工作，卻又是非做不可的，我很希望能夠
> 早些有人把《詩經》整理好了，成一部較完備較精密的書，省得我們以後
> 再費許多力量，去做這種辛苦的工作成。（〈關於《詩經》研究的重要書籍
> 介紹〉，《小說月報》14：3，頁 1）

這段話說明了「國學書目」的作用，也提示了開列書單的困境，因為「昔人讀書之
弊在於不甚講門徑，今人則又失之太講門徑。」〔註249〕面對浩瀚的國故材料，胡適
開列了一個「不單是為私人用的，還可以供一切中小學校圖書館，及地方公共圖書
館之用」的書單，顯然與青年學子「想在短時期中得著國故學常識」的期盼不符。
徐劍緣也對梁啟超的書目提出意見說：「我以為在這個龐雜零亂而急待整理的國學界
中，應該實行分工主義」，「我們要是能夠從梁先生所謂礦苗豐富的礦穴中，開出一
個礦苗來，比『淹博』這個雅號光榮得多了。」（《國故學討論集》第三集頁 256～
263）再則以胡、梁等人的文史專長，實在難免主觀的毛病，誠如李笠所說：

> 梁氏評胡適云：「胡君致誤之由，第一在不顧客觀的事實，專憑自己
> 主觀為立腳點。胡君正在做中國哲學史、中國文學史，這個書目正是表示
> 他自己思想的路徑，和所憑藉的資料。」梁先生此言，卻亦正中他自己之
> 病。（《三訂國學用書撰要》附錄二〈梁啟超書目〉頁 138）

難怪《清華週刊》記者要胡適另擬一個「實在最低的國學書目」，書目中的書無論學
機械工程的、學應用化學的、學哲學文學、學政治經濟的，都應該念，且希望讀過
那書目中所列的書籍以後，對於中國文化能粗知大略。（以上內容參見〈《清華週刊》
記者來書〉，《國故學討論集》第三集，頁 218）而俞平伯則在〈青年必讀書〉的推
荐表格上留了空白，只在附注上說：「我又不敢冒充名流學者，輕易填這張表，以己
之愛讀為人之必讀，我覺得有點兒『難為情』」。〔註250〕可見指示門徑的工作，在「整
理國故」運動的必要與難為。

（一）研究《詩經》的參考書目

民初在「整理國故」的氛圍下，出現了多種《詩經》研究的專科書目。（詳見附
表 2：5 民初學者開列的《詩經》研究參考書目，頁 230）這些書目一則視經書為國

〔註249〕見呂思勉《經子解題》序（高雄：復文圖書出版社，1983 年）頁 1。
〔註250〕見同註247。

故，加以整理，如呂思勉《經子解題》大抵爲此而發，以爲「此法先須於所治之學，深造有得；再加以整理古書之能，乃克有濟。」（《經子解題》頁 10）一則做爲《詩經》研究涉徑的指導，也就是章學誠所說的「辨章學術，考鏡源流」。

在編纂的方法上，據李笠《三訂國學用書撰要》將目錄的種類分爲三科：一「簿記式」的目錄，以一時一地爲標準，不辨良窳，悉爲網羅。二「索引式」的目錄，以一問題或一學科爲標準，依類捃摭。三「配劑式」的目錄，不限時間空間，不專一類，採擷精純，去其繁複。（參見《三訂國學用書撰要‧敘例》頁 3）專科書目既爲著作家所急，又可備修學之士，作爲治學涉徑的指導，因此多爲解題目錄，是以索引的精神，行乎「配劑式」之間，只是詳略互異，對學術源流的解讀也各不相同。

1. 鄭振鐸：〈關於《詩經》研究的重要書籍介紹〉

在欠缺一個完善的本子，可做爲研究基礎的困難下，鄭氏的書目主要是作爲研究《詩經》的一種預備，是爲結賬式的整理工作備下的書單，並粗具《詩經》學史的架構。在這書目裏，將歷代重要的《詩經》研究著作，分爲注釋及見解的、音韻名物及異文校勘的、輯佚的、附錄的四大類。其中第一類最繁複夾纏，「大概他們互相攻駁的話，都是很有理由的；講到他們對於《詩經》本身的建設的研究，卻沒有一個人是成功的」，所以主張「只可以把他們的書當作一種參考」。對此鄭氏依時爲序，將重要的著作採著述考的方式臚列，一面呈現各該著作的版本、作者，乃至內容評述；另方面在各斷代下均有小序，條別學術的源流及得失。至於音韻、訓詁、名物、校勘、輯佚方面的著作，爲《詩經》的專題研究，除一一分類部次外，並各有小序，以明專門性研究的成績與流變。附錄一類，是爲研究《詩經》常備的工具書。

雖然編者自云：「各書下面所附的幾句說明，極簡單，目的衹在略略表明此書的性質而已。」（〈關於《詩經》研究的重要書籍介紹〉，《小說月報》2：4 頁 14）仍可見出鄭氏在《詩經》研究上的心得，及對圖書涉獵的廣博，如在楊簡《慈湖詩傳》下說：

> 此書四庫著錄，涵芬樓有鈔本。楊簡疑古的勇氣不讓鄭樵與程大昌諸人，他攻《詩序》，攻鄭康成、陸德明，且以〈大學〉釋〈淇澳〉一詩爲附會，詆子夏爲小人儒，以《左傳》爲不足據，這是很可注意的。（〈關於《詩經》研究的重要書籍介紹〉頁 3）

對豐坊《端木賜詩傳》、《魯申培詩說》兩本僞書，則肯定他在疑古上的特見，以爲元明兩代《詩》說，都不能超出《毛序》、《朱傳》之外，只有異軍突起的豐坊

能稍跳出他們的範圍，算是明代《詩經》研究中的一支別派。又如牟庭《詩篇義》
下說：

> 此書爲牟庭自作之詩序，傳本極少，現已在北京大學印刷，錢玄同先
> 生言他的精義很多，極可注意。(〈關於《詩經》研究的重要書籍介紹〉頁 7)

都是深入淺出的說明，能達提示門徑的成效法。另外在《詩經》研究史上，幾個重
要的運動，如漢學運動、反《詩序》運動、輯佚運動……等的爬梳，是書目中很精
闢的部分。如在第一類宋人著作中，凡對《毛序》的主張均明白標示，故而可見一
條守《序》、廢《序》之爭的脈絡，並在類目後的小序裏說道：

> 宋以前，無對《毛傳》致疑者，韓愈、成伯璵雖略有辨詰，而無甚影
> 響，到了北宋歐陽修、蘇轍才對他發生疑義。鄭樵、程大昌、王質、朱熹、
> 楊簡、王柏繼之，大倡廢《序》說詩之論，而所收的結果始大，在《詩經》
> 研究上竟開闢了一條光明之路。(〈關於《詩經》研究的重要書籍介紹〉頁 4)

在清人的著作中，則特別提示了：毛奇齡對豐坊僞《詩傳》《詩說》的攻擊，及陳啓
源、朱鶴齡、閻若璩、諸錦對《朱傳》的攻擊，對清代《詩經》學中漢學運動的興
起的貢獻。並將此漢學運動的進化分作三級，以爲：

> 當時的說《詩》者，差不多都不能自外於這個潮流的。只有最可注意
> 的，姚際恆、崔述、方玉潤三人未被捲入旋渦，但在這個潮流中，他們的
> 見解，都是沒有人肯注意的。(〈關於《詩經》研究的重要書籍介紹〉頁 8)

上述內容，不僅爲《詩經》學史的整理，提供了重要的線索，更部分地代表民初反
傳統《詩》說的觀點，具有一定的時代意義。

2. 陸侃如：《詩經》參考書提要

本文刊載於《國學月報》1 卷 1 期「詩經號」。這個刊物的創辦，是由於「近來
整理國故的呼聲雖是很高，但是整理的成績卻還不多。二十年來的種種刊物，如《國
粹學報》、《中國學報》、《船山學報》、《國故》等等，都先後停刊了。所以我們不自
量力的來辦這個《月報》，想貢其一得之愚于讀者諸君之前」〔註 251〕而「詩經號」
正是整理國故思惟下《詩經》研究的成績。

根據篇題下的標注，可知這是一個包括一二〇種《詩經》研究著作的解題書錄，
可惜只刊出七種，所以不易看出編著者的整體思考。〔註 252〕再則篇前有兩條編者注

〔註 251〕見《國學月報彙刊》第一集（臺北：文海出版社，據 1924 年北平述學社本影印）
〈引言〉頁 1。

〔註 252〕據 1987 年出版的《陸侃如古典文學論文集》（上海：上海古籍出版社，1987 年）
頁 207～224。收錄此文也僅七種提要，可見日後不曾續補。

記：「本文隨讀隨記，次序很凌亂，將來發行單行本時，再以時代先後來排比」；「所注版本，是指我所用的而言，並非說這是最佳之本，也非說除此以外無別的本子」。依解題書錄的標準，則在完整性、系統性，和嚴謹的要求上，均有欠缺。但就各書提要的內容上看，又屢陳創見，與傳統書錄往往彙集成說以爲定論者不同。

（1）是肯定前人能自立新解，往往有高於舊《序》的地方，如對豐坊《子貢詩傳》重新編定《三百篇》次序，不能贊成，以爲「這部《詩傳》的價值不在這種『立異以爲高』的次序，是在他能自立新解」。並舉〈小星〉、〈谷風〉……等十二條新序爲例說：

> 此書在明代頗盛行，至清初毛朱諸人力攻其僞，便無人顧問了，但這十二條確是很超越的見解。此外如以《鄘》《邶》二風爲周公弟作，以〈騶虞〉之虞爲國名，以〈簡兮〉之簡（作柬）爲伶人名，以〈扶蘇〉之狂爲靈公臣狂狡，也可備一說待考。大約豐坊的學問是很陋的，但亦偶有可取之處，我們不以人廢言可也。（〈詩經參考書提要〉，《國學月報》頁45）

對戴溪《續呂氏讀詩記》則是肯定他攻擊《毛序》較呂祖謙尤爲明顯，並以〈芣苢〉、〈摽有梅〉、〈擊鼓〉……等十四條新解爲例說：

> 諸如此類，毫無傅會的嫌疑，其中有許多地方是後來豐坊、方玉潤等人所抄取的，所以在宋代說《詩》家中，朱熹外唯戴溪最高明；只因他的書沒有易得的板本，竟無人提起他，是很很可惜。（〈詩經參考書提要〉，《國學月報》頁58）

（2）是返求原書，重新思考《詩經》學史上的定位。最突出的例子是呂祖謙《呂氏家塾讀詩記》，因爲自來論者都以朱（熹）、呂（祖謙）在《序》說的立場是極端相反的。陸氏提出「呂祖謙卻是一個力攻毛氏的人」，並舉出三項力證來說明，首先是呂氏對《序》文不通處，多直言批駁，如〈氓〉、〈伯兮〉、〈君子于役〉等；再則他承認蘇轍的說法，以爲《序》說是經師所附益，非一人之辭，其中有毛公所已見者，有毛公所不見的，而後者爲「毛學者如衛宏之徒所附益之耳」；另外他不但懷疑《毛詩》的序，並且反對《毛序》的編次，在訓詁方面也不拘於毛氏。因此可以證明：

> 東萊並不尊毛。但東萊老成持重，不像朱熹之旗幟鮮明，易惹人家的注意，故八百來年，竟無人提起他攻擊毛氏之處。（〈詩經參考書提要〉，《國學月報》頁54～55）

（3）是強調對《毛序》的反省，如在陸璣《毛詩草木鳥獸蟲魚疏》的附記說：

> 他也認《毛序》爲衛宏所作，我們應該注意：「東海衛宏，從曼卿受

學，因作《毛詩》序」。(〈詩經參考書提要〉，《國學月報》頁 49)

又如對成伯璵《毛詩指說》，首先批駁第一篇〈興述〉大都據根古人所說，並無所發明，特別是對《風》詩只有十五國的解釋，指斥說：「這樣申說『聖人』刪詩之意，是很可笑的」。但卻認爲「他對《詩序》的意見是值得注意的」，尤其是成伯璵提出兩種證據，以說明「今學者以爲《大序》皆子夏所作，未能無惑」。陸氏以爲：「在現在看，這些都是很淺近的話，但在唐代是難得的，只可惜他未注意到《傳》《序》衝突之處」。

上述幾項突出的視角，不僅釐清故說，爲著作重新定位，並且有指示研究者另闢蹊徑的功用。

3. 呂思勉：《經子解題‧詩》（附治《詩》切要之書）

一九二三至一九二五年間，呂思勉在蘇州省立第一師範學校專修科教授國文、歷史，其中「群經概要」一課，有湯煥文筆記油印稿，同時呂氏還撰有〈讀諸子之法〉一篇，惟原稿已佚，此書據當時講學內容的筆錄補正而成，一九二六年上海商務印書館刊行，並收入《國學小叢書》中，[註253] 經籍部分的體例，大抵是分論諸經原流及讀法，末附治學切要書目。據呂氏序言，自信有益於初學者凡三處：

> 切實舉出應讀之書，及其讀之之先後，與泛論大要，失之膚廓，及廣羅參考之書，失之浩博，令人無從下手者不同，一也。從前書籍解題，多僅論全書大概，此多分篇論列，二也。論治學方法及書籍之作，亦頗浩繁；初學讀之，苦不知孰爲可據，此所舉皆最後最確之說，且皆持平之論，三也。(《經子解題》自序，頁 1)

對於《詩經》，呂氏的看法與民初「言文學者必首及之，幾視爲第一要書」者不同，他以爲「韻文視無韻文已覺專門；談韻文而及於《詩經》，則其專門更甚」，所以主張「除專治古代韻文者外，但略事汎覽，知其體例，或擇所好熟誦之即可」。在治《詩》方法上，以爲有：以《詩》作史讀者、以爲博物之學而治之者、用以證小學者、以爲文學而研究之者，凡四種。大抵涵蓋《詩經》研究的一切範疇，並對民初重要的《詩經》研究法，提出兩個重要的反思，一是以《詩》論證古史的方法，以爲：

> 《詩》本歌謠，託諸比、興，與質言其事者有異。後儒立說，面面皆可附會，故用之須極矜慎。近人好據《詩》言古史者甚多。其弊也。於《詩》之本文，片言隻字，皆深信不疑；幾即視爲紀事之史，不復以爲文辭；而

〔註253〕 參見〈呂思勉先生著述系年〉、〈呂思勉先生編年事輯〉，《蒿廬問學記》（北京：三聯書店，1996 年）頁 292～295，393～399。

於某詩作於何時，系因何事，則又往往偏據毛、鄭，甚者憑臆爲說，其法
實未盡善也。（《經子解題》頁 19）

再則是純以主觀臆三千年前作詩之意，他說：

詩本文學，經學家專以義理說之，誠或不免迂腐。然詩之作者，距今
幾三千年；作詩之意，斷非吾儕臆測可得。通其所可通，而闕其所不可通
者，是爲善讀書，若如今人所云：「月出皎兮，明明是一首情詩」之類，
羌無證據，而言之斷然，甚非疑事無質之義也。（《經子解題》頁 19～20）

對《詩》學源流的爬梳，及讀《詩》的要旨，以爲「第一當辨明之事即爲《詩
序》」，並進一步論析自己的觀點說：

時則有爲調停之說者，謂詩有「作義」「誦義」：三家與毛所以異同者，
毛所傳者作義，三家所傳者誦義；各有所據，而亦兩不相悖也。其激烈者，
則逕斥〈小序〉爲杜撰，毛義爲不合。二者之中，予頗袒後說。此非偏主
今文，以事理度之，固如是也。（《經子解題》頁 14～15）

所以不僅以〈小序〉不足信，並以〈大序〉亦系雜採諸書而成，故其辭頗錯亂。可
見他反《序》的立場。

在治《詩》切要書的部分，僅舉馬瑞辰《傳箋通釋》、陳奐《詩毛氏傳疏》
爲毛鄭之學；陳喬樅《三家詩遺說考》、魏源《詩古微》爲三家之學。而以陳啓源《毛
詩稽古編》概括宋學《詩經》學。雖是呂氏「所舉皆最後最確之說」的體例，仍不
免失之太略。

（二）兩種關於《毛詩》的引得

民初學者替古籍編纂專書引得，不僅是文獻整理方法的一項變革，更提示了學
術進化的程序。廣義的說，中國古代也有類似的工具書，只是數量太少，且用意或
在摭拾群藻、或在彙集典故、或在徵證訓詁；而不在專替學者減輕翻檢之勞，後來
這一類的書被科場士子用作夾帶的東西，用作鈔襲的工具，所以有許多學者竟以用
這種書爲恥。更重要的是舊式教育重記誦，向來輕忽工具的使用。乃至民國以來仍
有守舊學者，倡言反對，以爲「編爲引得，使學者檢拾餖飣爲躐等躁進之學也」。對
此胡適明白指出：「不曾整理的材料，沒有條理，不容易檢尋，最能銷磨學者有用的
精神才力，最足阻礙學術的進步。」（〈國學季刊發刊宣言〉，《胡適文存》第二集，
頁 9）洪業（1893～1980）則比較古今學術資源的差異說：

今之印術更精，雖宋元舊本可映照石印，中產之家可藏善本萬卷也。
又圖書館之設立，民國 14 年、20 年之間，自五百零二館，而增至一千四

百二十八館。生今之世，而可執以驕古人者，此爲一端。然若許書籍，何
從讀起？〔註254〕

在「童年而事記誦，白首然後通一經，何足以應今日之需要哉？」和「學問的進步
不單靠積聚材料，還需有系統的整理」的思考下，索引式的整理，被視爲是提倡國
學的第一步，胡適說〔註255〕：

這一類「索引」式的整理，乃是系統的整理的最低而最不可少的一步：
沒有這一步的預備，國學止限於少數有天才而又有閒空工夫的少數人；并
且這些少數人也要因功力的拖累而減少他們的成績。偌大的事業，應該有
許多人分擔去做的，卻落在少數人的肩膀上：這是國學所以不能發達的一
個重要原因。所以我們主張，國學的系統的整理的第一步要提倡這種索引
式的整理，把一切大部的書，或不容易檢查的書一概編成索引，使人人能
用古書。（〈國學季刊發刊宣言〉，《胡適文存》第二集，頁 11）

何炳松也說：「竊以爲整理國故，索引爲先」。〔註256〕又據洪業自述編纂引得的用心
說：「想到少時讀書不知利用學術工具之苦，眞是例不勝舉。後來教書，決意不令青
年蹈我少時的覆轍，所以處處留心學術工具的使用。」（《引得說》頁 3）另外更有
感於外國學者編纂中國古籍引得的成績，如大正十年（1921 年）經書索引刊行所出
版森木角藏編的《四書索引》，一九三〇年商務印書館印行 Everard D. H. Fraser 和
James Haldane Stewart Lockhart 編的《左傳引得》，甚且外國學者譯中國舊籍，也往
往附以引得，所以主張「引得」是「凡與學術有關之書籍皆所應用，當急圖編纂不
可緩也。」（《引得說》頁 10～12）

不僅系統整理古籍的想法，與胡適在〈發刊宣言〉所提示的「新國學的研究大
綱」相呼應。事實上，洪業自一九二九年起開始與顧頡剛在學術上的合作，據〈崔
東壁先生故里訪問記〉說：

前年（1930 年）頡剛正在整理《崔東壁遺書》的時候，得著由大名
王守眞（證）先生寄來的崔東壁太太成孺人《二餘集》的抄本。今年煨蓮

〔註254〕 見洪業《引得說》（北平：燕京大學圖書館，1934 年）哈佛燕京學社引得特刊第四
冊，頁 15。

〔註255〕 胡適在 1919 年主張整理國故，未提編輯古籍索引；1921 年胡適編《章學誠年譜》，
提到章氏在乾隆 44 年完成《校讎通義》四卷，已主張編纂古書索引。所以張錦郎以
爲胡適在 1923 年提倡編輯古籍索引，或許是受章氏影響。見張錦郎〈哈佛燕京學社
引得編纂處的引得叢刊〉，《國立中央圖書館館刊》新 17：1，1984 年 6 月，頁 4。

〔註256〕 見何炳松〈擬編中國舊籍索引例議〉，《史地學報》3：8，1925 年 10 月，頁 1～2。

又從燕京大學圖書館破書堆中找出崔東壁的《知非集》。這兩種詩集現擬
都放入新印編目標點的《崔東壁遺書》裡面。兩三月來，我們討論崔東壁
遺著，興致正濃，故趁著這一次邯鄲旅行，道過之便，要往大名調查崔東
壁故里，並希望能得點新材料。〔註257〕

則在史料的觀點和古史研究上，也傾向《古史辨》學派，可見洪業在治學上的思
考，與「整理國故」運動是密不可分的。〔註258〕一九三〇年春，洪業提議以三年
的時間作為中國書籍引得編纂的試驗，在哈佛大學和燕京大學合組的文化研究社
資助下，引得編纂處成立，顧頡剛說：「這是中西交通之後，有計劃的引用外國整
理書籍文件的方法於中國的第一次」。〔註259〕自一九三一年至一九五〇年間，共編
纂完成引得四十一直種，引得特刊二十三種。其中整理了經書中除《尚書》外的
十二經。〔註260〕

1. 《毛詩引得》（附標校經文）

《毛詩引得》是哈佛燕京學社引得特刊第九號，為「逐字索引」的一種。據書
前序言：「去冬（1933年）處中讎對事簡，因請趙肖甫先生取《毛詩》經文，校勘
標句，重為刊印，並由本處其他同人剪貼編排，逐字為引得」，《詩經》何以需要這
樣的引得，聶崇岐〔註261〕說：

〔註257〕 見〈崔東壁先生故里訪問記〉，《崔東壁遺書》（臺北：河洛出版社，1975年）頁1。
　　　　 該文由洪煨蓮（業）、顧頡剛共同署名發表。參與這次活動的還有：容庚、吳文藻、
　　　　 鄭德坤、林悅明。關於《知非集》的發現，是由於洪業在燕大開設「歷史方法」的
　　　　 課，因此請圖書館每星期天到市場買廢紙，作為學生實習之用，《知非集》便是在
　　　　 這舊紙堆中找到的。詳見陳毓賢《洪業傳》（臺北：聯經出版事業公司，1992年）
　　　　 頁176。
〔註258〕 對此余英時從洪業的治學歷程，從西洋史和神學轉向中國史，認為無論在時間上，
　　　　 或與顧頡剛的合作上，均可看出與「整理國故」的運動分不開。見氏著〈顧頡剛、
　　　　 洪業與中國現代史學〉，《史學與傳統》（臺北：時報文化出版事業公司，1982年）
　　　　 頁264。
〔註259〕 見顧頡剛〈燕京大學引得編纂處的引得〉，《圖書評論》1：9，1933年2月5日，
　　　　 頁1～2。
〔註260〕 顧頡剛的《尚書通檢》另由燕大出版。因為顧頡剛雖讚同編纂處的宗旨，但用的
　　　　 是編纂處的人，但不願用洪葉「引得」這兩個字，也不喜歡洪業的「中國度擷撿字
　　　　 法」，但他用的是引得編纂處的人，體例也按照引得編纂處的慣例。見《洪業傳》，
　　　　 同注257，頁172。
〔註261〕 據洪業給胡適的信上說：「引得之編纂則尤聶崇岐一人之功」。見《胡適手稿》（臺
　　　　 北：胡適紀念館，1970年）第六集，卷一，頁52。大抵哈佛燕京學社的引得編纂
　　　　 處的工作，由洪業總其事，而主要的負責人，編纂方面是聶崇岐，事務方面是李書
　　　　 春。參見《洪業傳》同注257，頁174。

　　　　昔人讀《詩》，皆主記誦。此在科舉時代，以儒經爲獵功名圖進取之
　　具，固無不可。今則勢異時遷，想無人再肯爲此勞神焦思之舉矣。然治學
　　之道，精博爲先；《詩》爲詞章之祖，而其中保存春秋以前社會風俗以及
　　其他史料甚多，固爲治文學、小學與史學者所必資。惟篇章既繁，材料之
　　尋檢不易，苟無方法以統攝之，則其苦不勞言喻。（《毛詩引得・序》頁2）
逐字索引的功用正在「於最短時間內，尋檢書籍內部之某辭、某文」，可見中國學術
在近代化過程中，方法意識的提高。只是這類索引「編印的時間都較晚，大都在編
了若干前一類索引（查書中重要辭彙的）之後，得到了一些經驗，再逐字索引。以
費時較久，卷帙較多，因而編得較少」。〔註262〕

2. 《毛詩注疏引書引得》

　　有關《毛詩注疏引書引得》的編纂源起，書前〈序〉說：

　　　　《鄭箋》引書無多；孔氏《正義》參證之古籍則無慮二百種。千餘年
　　來，兵燹屢經，朝代數易，隋唐以前之述作，亡者過半，孔氏引用之書，
　　雖云刪節之餘，片辭隻字難窺全豹，第一鱗一爪，究勝於無，是亦彌足珍
　　已。前既爲《毛詩引得》，今更並其箋疏而引得之，庶益可爲嗜古者之裨
　　助也。

可知這類引得，主要可以考知一代圖書存佚的情形，進而提供輯佚工作之資。並且
對學術源流之甄別、名物制度之參證，亦多所助益，是兼具輯佚、校勘及辨偽作用
的工具書。

附表2：4　民初《詩經》概論類著述

出版年	題　　名	作　者	出　版　社	備　　注
1923 〔註263〕	詩經研究	謝无量	上海：商務印書館	國學小叢書
1924	《詩經》學史目錄說明書	白之藩	《國學月報》1：1	頁39～42
1925	詩經的厄運與幸運	顧頡剛	上海：商務印書館	小說月報叢刊
1928	詩經學	胡樸安	上海：商務印書館	國學小叢書，1930年收入萬有文庫第一集

〔註262〕喬衍琯師將引得編纂處所編的60餘種索引，按內容、功用分爲六類，其中逐字索
　　　　引共計10種，都附有標校原書全文。見〈索引漫談〉，《書目季刊》2：4，1968年
　　　　6月，頁20～28。
〔註263〕本表資料以《民國時期總書目》爲主，凡有著錄錯誤，及漏列著作，依筆者所見予
　　　　以補正。並依各該書初版年爲序。

1929	詩經學ＡＢＣ	金公亮	上海：ABC 叢書社	上海：世界書局發行，ABC 叢書
1929	論詩六稿	張壽林	北平：文化學社	徒然社叢書
1929	白屋說詩	劉大白	上海：大江書局	
1930	說詩文叢	陳　柱	上海：暨南大學	
1931	三百篇演論	蔣善國	上海：商務印書館	國學小叢書 書前敘言署年 1927 年 8 月 20 日
	詩經六論	張西堂	上海：商務印書館	本論文集的前四篇是 1931～1933 年在武漢大學的講義
1936	詩經學纂要	徐澄宇	上海：中華書局	
1936	三百篇研究	張壽林	天津：百成書店	
1936	毛詩楚辭考	（日）兒島獻吉郎著 隋樹森譯	上海：商務印書館	國學小叢書
1940	讀詩四論	朱東潤	長沙：商務印書館	國學小叢書
1941	詩學指南	謝无量	上海：中華書局	
1942	經典常談——第四詩經	朱自清	重慶：國民圖書出版社	

附表 2：5　民初學者開列的研究《詩經》參考書單

日　期	作　者	題　　名	出　版　項　目
1922 年	佚　名	研究《詩經》的參考書	努力周報・讀書雜誌 3 期
1923 年	鄭振鐸	關於《詩經》研究的重要書籍介紹	小說月報 1：1
1924 年	陸侃如	《詩經》參考書提要	國學月報 1：1 頁 42～68 陸侃如古典文學論文集（上海：古籍出版社，1987 年）頁 207～224
1924 年	呂思勉	治《詩》切要之書	經子解題（上海：商務印書館，1926 年）頁 13～22。 書前〈自序〉署年 1924 年 7 月，1929 年收入國學小叢書
1928 年	胡樸安	研究《詩經》學之書目	詩經學（上海：商務印書館，1928 年）頁 158～168

1934 年	培　五	詩三百篇義旨參考書備要	中原文化 13 期
1941 年	金受申	清代《詩經》書目提要敘目	國藝 3 卷 1～2 期

第三章　新材料的出現與《詩經》考證學的更新

　　一九二八年胡適在〈治學的方法與材料〉一文中，對當時的學術界仍在爛紙堆理翻觔斗，分析說：

　　　　不但材料規定了學術的範圍，材料並且可以大大地影響方法的本身。
　　文字的材料是死的，故考證學只能跟著材料走，雖然不能不搜求材料，卻
　　不能捏造材料。從文字的校勘以至歷史的考據，都只能尊重證據，卻不能
　　創造證據。(〈治學的方法與材料〉，《胡適文存》第三集，頁116)

只是這個自覺，並沒有能讓胡適踰越文字考據的困境。因為學理上的覺悟，還有待足夠的材料出土，及使用材料的主、客觀條件的成就。僅僅知道「河南發現了一地的龜甲獸骨，便可以把古代殷商民族的歷史建立在實物的基礎上。」(同上，頁121)仍舊走不出考證三代歷史的活路。

　　同樣的，《詩經》考證學的發展，到了民初有待進一步的突破〔註1〕因此學者對材料的需求，有明顯的迫切感，這是個困境，毋寧也是個轉機。聞一多在〈匡齋尺牘〉中曾觸及這一狀態說：

　　　　現在，就空間方面看，與我血緣最近的民族，在與《詩經》時代文化
　　程度相當時期中的歌謠，是研究《詩經》上好的參考材料，試驗推論的好
　　本錢吧？但這套本錢，誰有，我不知道，反正不在我的手邊。再從時間方
　　面打算，萬一，你想，一個殷墟和一個汲冢，能將那緊接在《三百篇》前
　　后的兩分「三百篇」分別的給我們獻回來，那豈不更妙？有了《詩經》的

〔註1〕季旭昇便以為「以文獻為範圍的考據而言，大概可以做的部分被清人做完了，後人
　　　幾乎不可能再從文獻上做出超越清人的考據成績」。見氏著《詩經古義新證‧自序》
　　　(臺北：文史哲出版社，1995年) 頁9。

前身和后身作參考的資本，這研究《詩經》的企業，不更值得一做了嗎？

可是誰能夢想那筆橫財，那樣一個奇跡的實現！〔註2〕

材料意識的提高，和龜甲、鐘鼎彝器的大量出土，爲《詩經》考證學的更新提供了良好的環境。梁啓超從「證史」爲例說：

> 例如周宣王伐玁狁之役，實我民族上古時代對外一大事，其跡僅見《詩經》，而簡略不可理；及小盂鼎、虢季子白盤、不嬰敦、梁伯戈諸器出世，經學者悉心考釋，然後茲役之年月、戰線、戰略、兵數皆歷歷可推。〔註3〕

至於甲骨文的發見，更是「不獨在文字源流學上開一新生面，而其效果可及於古代史之全體」。（〈中國歷史研究法〉同上，頁102）但從材料到學術體系的完整建構，端賴研究成果的累積，以古文字學的進步而言，「正因爲《說文》之研究消滅了漢簡，阮吳諸人金文之研究識破了《說文》，近年孫詒讓、王國維等之殷文研究更能繼續金文之研究」。（傅斯年〈歷史語言研究所工作之旨趣〉，《傅斯年全集》第四冊，頁258）大抵清代學者已經有意識地將金文運用在《詩經》考釋上，不過他們多不曾目睹實物，僅僅憑藉歷代流傳的圖譜和款識記錄，其間真僞難定，並且局部的使用，難有學科的獨立性。孫詒讓、王國維算是初步地掌握了實物，也還如王國維所說：「書契文字之學，自孫比部，而羅參事，而余，所得發明者，不過十之二、三。而文字之外，若人名，若地理，若禮制，有待于考究者尤多。」（王國維〈《殷墟文字類編》序〉，《觀堂別集》卷四，頁870）但實際的操作，往往爲理論奠下基礎，王國維從考釋殷墟文字的經驗中體悟到：

> 故此新出之史料，在在與舊史料相需。故古文字、古器物之學與經史之學實相表裏。惟能達觀二者之際，不屈舊以就新，亦不絀新以從舊，然后能得古人之真，而其言乃可信于后世。（同上，頁871）

這裏所說的「新舊史料相需」，是方法論的萌芽，而「得古人之真」則是學術研究的態度。兩相結合，便出現了與民初疑古史學截然不同的徑路。到一九二五年「二重證據法」的提出，就已具備「轉移一時風氣，而示來者以軌則」〔註4〕的典範意義，誠如陳寅恪說：

> 一時代之學術，必有其新材料與新問題。取用此材料，以研求問題，

〔註2〕見聞一多〈匡齋尺牘〉的第二節。此文的前10節原載《學文月刊》第一卷第一、三期，1934年，後收在《聞一多全集》。本處引自《聞一多全集・詩經編上》（武漢：湖北人民出版社，1994年）第三冊，頁200。

〔註3〕見梁啓超〈中國歷史研究法〉，《梁啓超史學論著三種》（香港：三聯書店，1988年）頁101。

〔註4〕見陳寅恪〈王靜安先生遺書序〉，《王國維遺書》（上海：上海古籍出版社，1983年）。

則爲此時代學術之新潮流。治學之士，得預此潮流者，謂之預流。其未得預者，謂之未入流。此古今學術之通義，非彼閉門造車之徒，所能同喻者也。〔註5〕

　　直接利用實物來訂正文獻訛誤，和還原古史中的人事或制度，在「二重證據法」提出後，被大量的應用。並且因爲以發掘爲基礎的近代考古學在二〇年代中期興起，史料觀念的更新，讓學者能進一步豐富和修正經史考據學。

　　《詩經》的考證工作，在二重證據法的架構下，包含：文字考釋和還原上古社會史的兩大內容。後來的學者在歷史、語言的領域裏，〔註6〕因爲使用材料類型的不同，又分別著力於不同學科區塊的經營，或從識字入，或從考史入，主要的成績有二：

　　1. 古文字學的《詩經》考據工作：也就是從「校正文字」著手，進而含納「詮釋詞義」的內容，本是乾嘉考據的重要法門，在民初則更具有近代科學方法的意涵。由於《詩經》跨越的時代很長，牽涉的文字有：甲骨文、金文、戰國文字、小篆、隸書等，如何從古文字的解讀，到能用以訓釋《詩經》，是極不容易的事。民初學者將古文字知識應用在《詩經》研究上的專著有：林義光的《詩經通解》，聞一多的《匡齋尺牘》、《詩經新義》、《詩經通義》，于省吾的《澤螺居詩經新證》。〔註7〕從三人的學科背景看，又均有甲骨學、金文學的專著，如林義光有《文源》，以金文的知識

〔註5〕　見陳寅恪〈陳垣《敦煌劫餘錄》序〉，《金明館叢稿二編》（上海：上海古籍出版社，1980 年）頁 236～237。

〔註6〕　季旭昇以爲近代的《詩經》研究有三種觀點：經學、文學、歷史語言學。其中歷史語言學的觀點應該包括五項內容：一、深入認識古文字學，尤其是金文、戰國文字、小篆、漢隸，然後從這些材料中正確地理解《詩經》中文字。二、深入認識古聲韻學，以便在進行字詞訓詁的時候，能夠熟練地運用聲韻知識來做出正確的判斷。三、深入認識古文法學，以便正確地掌握《詩經》的文句敘述方式及其意義。四、探求《詩經》時代的歷史，以便正確地了解《詩經》各詩篇所敘述的本事。五、探求《詩經》時代的社會、禮俗，以便對《詩經》各詩篇的社會背景有正確的認識。見〈近代詩經研究觀點剖析〉，《第三屆詩經國際學術研討會論文集》頁 474。主要是從支援《詩經》考釋的學科著眼。若從材料的種類看，又可分爲文字資料和器物資料；就使用材料的態度而言，則前者重在識字，後者重在考史。

〔註7〕　林義光《詩經通解》完成於 1930 年；聞一多《詩經新義》完成於 1937 年，《詩經通義》的〈關雎〉至〈何彼襛矣〉原載《清華學報》12：1，1937 年，收入武漢大學版《聞一多全集・詩經通義甲》；于省吾《澤螺居詩經新證》卷上爲 1935 年出版的《雙劍誃詩經新證》刪定而成。季旭昇《詩經古義新證・緒論》同注 1，頁 11，以上列四書爲能夠用古文字學解釋《詩經》的專著；1998 年在〈近代詩經研究觀點的剖析〉一文又將三人的著作列爲大規模採用「歷史語言學」觀點的專著，只是少列了《詩經通義》，可見季氏將歷史語言的觀點，等同於古文字學的應用。又《匡齋尺牘》寫作於 1934 年，其中亦頗涉及古文字學的內容，故補入。

治文字學的疑義。《聞一多全集・語言文字編》中關於甲骨、金文的論著有：〈釋𡔲〉、〈釋省省〉、〈釋朱〉……〈卜辭研究〉、〈契文疏證〉等二十餘種，〔註8〕于省吾有《雙劍誃金文選》、《甲骨文字釋林》等，可見在釋《詩》上的獨到創獲，又淵源於深厚的古文字學基礎。

2. 歷史語言學的《詩經》考證工作：歷史學和語言學在中國均有悠久的歷史，並且具有一定的學科特質。傅斯年將語言學和歷史學並舉，與當時歐洲漢學及東方學居主導地位的語言學有關，其中的內容不同於以往的學術傳統。正如伯希和所說：「由於古物學和古語學的復興，改變了原來考中亞史事僅據典籍的狀況，因而取得長足的進展」。〔註9〕而所謂歷史學是「利用自然科學供給我們的一切工具，整理一切可逢著的史料」，語言學則包括：系族語學、實驗語音學、方言學，甚至「最近一世語言學所達到的地步，已經是生物發生學、環境學、生理學了」。至於民初中國歷史語言學發展的標的，是中央研究院歷史語言研究所的設立，此時學科的宗旨是：「借幾個不陳的工具，處理些新獲見的材料」。所以學術的主體在材料，實際的操作上，則又有幾個不同於傳統考據學的特質：

（1）是處置材料的手段在「證而不疏」，對材料的態度則為「存而不補」。

（2）集眾的工作為主要的研究形態，所以「有的不過是幾個人就一題目的合作，有的可就是有規模的系統研究」。

（3）最重要的是更改了「讀書就是學問」的風氣。〔註10〕所以同樣面對殷墟甲骨，傅斯年的態度是：

> 我等此次工作目的，求文字其次，求得地下知識其上也。蓋文字固極可貴，然文字未必包新知識。〔註11〕

蔡元培也說中研院的研究工作，不同於「古來研究文字者，每以注意在一字一字上，而少留意其系統性」。〔註12〕同樣地，一切三代新材料的發現，在《詩經》考釋上

〔註8〕 據季鎮淮〈聞一多先生年譜〉，《聞一多全集》第12冊，頁494～495，1936年聞氏曾至安陽調察發掘甲骨的情形，1937年發表《詩經新義》《二南》部分，同年也發表了部分金文、甲骨文的考釋，所以季氏說：這時先生興趣似集中於古文字之研究。

〔註9〕 見王國維譯、伯希和講詞〈近日東方古言語學及史學上之發明與其結論〉，《國學季刊》1：1，1923年1月。

〔註10〕 上述關於中研院史語所的立所宗旨，及近代歷史語言學的內涵，參見傅斯年〈歷史語言研究所工作之旨趣〉，《傅斯年全集》第四冊，頁252～266。

〔註11〕 傅斯年〈歷史語言研究所報告書第一期〉，《公文檔》元字第198卷，轉引自王汎森〈什麼可以成為歷史證據－近代中國新舊史料觀點的衝突〉《新史學》8：2，1997年6月，頁109。

〔註12〕 蔡元培《安陽殷墟發掘報告・序》見同上注，頁113。

也較古文字的觀點有了更寬廣的意義。可惜這類著作多是零星單篇，尚不足以成就系統的成績，只是在傅斯年的相關著作中，已經粗具揭示方法的示範性意義。

再則，二重證據法以「以分類為基礎」進行比較的方法論特質，與近代以來受西學啓發而逐漸成熟的「分科意識」結合，促使《詩經》的分析解釋，朝與專門學科統整的方向發展，是民初《詩經》學的一項關鍵性突破。

事實上，晚清以來，由於現代知識教育體系的建立，及學科的分化，「經學」的位置愈顯尷尬。〔註13〕對此困境，以古文經學研究爲主體的國粹派學者作了初步的跨越：首先在「中國科學不興，故哲學與工藝無進步」的體認下，對西學採開放的態度，並在接受和傳播西學的過程中，更新既有的知識結構。又因視六經爲史料，所以能將治經作爲一種單純的學術研究。由此使國粹派的古文經學研究，出現與現代學術分科結合的思考。以劉師培爲例，便在《易經》的研究上提出如下的標目：論《易經》與文字學之關係、論《易》學與數學之關係、論《易》學與科學之關係、論《易》學與史學之關係、論《易》學與政治學之關係、論《易》學與社會學之關係、論《易》學與倫理學之關係、論《易》學與哲學之關係、論《易》學與禮典之關係，〔註14〕原則上已粗具學科統整的雛型。至於《詩經》研究，因兼有上古史料，和「多志於草木鳥獸」的雙重特質，首先與上古的禮樂制度和動植物學結合，如王國維禮樂觀點的《詩經》研究，及《國粹學報》上刊載的：薛蟄龍〈毛詩動植物今釋〉、沈維鍾〈騶虞考〉、孫詒讓〈毛詩魯頌駉傳誌侯馬種物義〉等，（參見本論文附表1：1《國粹學報》刊載《詩經》研究著作一覽表，頁79～80）都是在乾嘉考據的框架下，突出分科的特質。

民國以後經學分科的思考更爲迫切，另方面，將各分科的專業知識用以考證分析《詩經》，特別是結合民俗學的嘗試，預示了《詩經》考證的新視野，也是考證方法論的提升，如《古史辨》有關〈靜女〉的討論中，有董作賓〈邶風靜女篇「荑」的討論〉一文，利用民俗學和植物學的角度考究「茅」的種類和功用，證明彤管、荑與茅芽爲一物；鄭振鐸〈湯禱篇〉則跳脫《古史辨》的疑古思惟，提出「我們爲

〔註13〕有關晚清現代知識教育體系的建立，以國粹學堂爲例，其課程內容包括：經學、文字學、論理學、心性學、哲學、宗教學、政法學、實業學、社會學、典制學、考古學、地輿學、歷數學、博物學、文章學、音樂學、國畫學、書法學、譯學、武事學。至於國粹派學者的新學知識系統，則主要涵蓋了西方自然科學和社會科學兩大內容，是在舊學的基礎上強調學貫中西。參見鄭師渠《國粹、國學、國魂—晚清國粹派文化思想研究》（臺北：文津出版社，1992年）頁65；146。

〔註14〕見〈經學教科書二〉，《劉申叔遺書》（南京：江蘇古籍出版社，1997年）下冊，頁2088～2116。

什麼還要常把許多古史上的重要事實，當作後人的附會和假造呢」的疑問，及找尋「古史新辨」途徑的必要。〔註15〕他套用古典人類學家弗雷澤（James George Frazer）的祭司王理論闡釋《大雅‧雲漢》的結論雖仍待商榷，論證過程卻具有方法論上的指標作用；聞一多則在「帶讀者到《詩經》的時代」的思考下，結合考古學、民俗學、語言學，提出「社會學的」《詩經》新讀法。並在方法的操作上，大量援用佛洛伊德（Sigmund Freud）的心理學分析法，將傳統國學完全迴避的「性」的問題，納入《詩經》研究的領域，主要的著作如：〈《詩經》性欲觀〉、〈《詩‧新臺》「鴻」字說〉、〈高唐神女傳說的分析〉、〈姜嫄履大人跡考〉、〈說魚〉、《詩經通義》、《詩經新義》，間接開啓人類學成爲《詩經》研究第三重證據的新思考。〔註16〕

但清末民初畢竟只是西方專門學科知識輸入的初期，將學科統整運用在經典詮釋，仍止於套用的初步嘗試階段，許多論著如：金谷春《讀詩釋名證義》，1919 年；李遵義《毛詩草名今釋》，1923 年；童士愷著、胡先驌校《毛詩植物名參》，1924 年，大抵不脫乾嘉考據的格局。又如張世祿〈詩經篇中所見之周代政治風俗〉《史地學報》四卷一期，1926 年；莫非斯〈詩經中所表現的土地關係〉《食貨》五卷七期，1937 年，還只見零星篇章。眞正匯通現代專科學術與《詩經》詮釋的工作，要到八〇年代才正式開展，有較顯著的成績。一九七九年錢鍾書的《管錐編》，在文言筆記體的著作中，大量援引西方人類學、社會學、心理學、歷史學和文藝學文獻，是傳統考據與學科統整的流暢轉換，或可視爲《詩經》研究向專科《詩經》學過渡的啓幕。

第一節　實證學風與新材料的結合

群經考據學盛起於乾、嘉年間，一般學者以經史爲研究的對象，進行考證、訂補、輯佚的工作，材料的運用主要是文獻記載的內容，是爲廣義的文籍考辨學。到了清末，正當學風變革之際，西方實證論的輸入，在一定程度上，改變了傳統經史學的視野，如一九〇二年章太炎因翻譯第一代實證主義學者斯賓塞的《社會學》，而得到啓示說：

> 頃斯賓塞爲《社會學》，往往探考異言，尋其語根，造端至小，而所
> 證明者至大。何者？上世草昧，中古帝王之行事，存于傳記者已寡，惟文

〔註15〕見鄭振鐸〈湯禱篇—古史新辨之一〉，《東方雜誌》30：1，1933 年，頁 122。
〔註16〕有關將人類學視爲研究古典文學的第三重證據的思考歷程，及困境，參見葉舒憲《詩經的文化闡釋》自序：〈人類學「三重證據法」與考據學的更新〉（武漢：湖北人民出版社，1996 年）。

字語言間留其痕跡，此與地中僵石爲無形之二種大史。〔註17〕

一九○五年時，黃節也提到：「近世西方科學發明，種界實跡，往往發現于洪積石層中，足補舊史所不逮」。〔註18〕可見古文經學的一脈，已經體認西方近代的科學方法，和對新材料的掌握，在補充舊學上的重要性。但拘於家派成法的保守心態，使章太炎已聞西方語言學方法，卻說：「中國尋審語根，誠不能繁博如歐洲，然即以禹城一隅言，所得固已多矣」。〔註19〕對甲骨資料更一意擯棄說：「近有掊得龜甲者，文如鳥蟲，又與彝器小異，其人蓋欺世豫賈之徒，國土可鬻，何有文字，然一二賢儒，信以爲質，斯亦通人之蔽」。〔註20〕如此則新的學科內容，都只能是舊學的附庸，而「轉變的路線，仍無法脫離二千年來經典中心的宗派」。〔註21〕

在中國，清末民初原是個地下材料大出現的時代，據〈最近二三十年中中國新發現之學問〉一文，王國維將近代發現之材料分作五大項，並說：

> 古來新學問起，大都由于新發現。有孔壁中書出，而后有漢以來古文家之學；有趙宋古器出，而后有宋以來古器物、古文字之學……
>
> 自漢以來，中國學問上之最大發現有三：一爲孔子壁中書，二爲汲冢書，三則今之殷墟甲骨文字、敦煌塞上及西域各處之漢晉木簡、敦煌千佛洞之六朝及唐人寫本書卷、內閣大庫之元明以來書籍檔冊。此四者之一，已足當孔壁汲冢所出，而各地零星發現之金石書籍，于學術有大關係者尚不及與焉。故今日之時代，可謂之發現時代自來未有能比者也。（〈最近二三十年中中國新發現之學問〉，《王國維學術經典集》上冊，頁 175～176）

但當日今文經學家輕疑古書，懷疑古史；古文經學家不信甲骨，墨守師說，在材料的占有和運用上，均有嚴重的主觀性與片面性。即如胡適用近代科學的方法整理國故，也以上古史不可靠爲理由，丟開唐、虞、夏、商，僅從《三百篇》算起。王國維的經史學，以對材料的充份掌握爲主要思考，而具備了「轉移一時風氣，而示來者以軌則」〔註22〕的典範作用。也因爲對上古之事，始終掛心的是「惜于古史材料未嘗爲充分之處理」。（《古史新證・總序》頁 2）其經典考據的工作，才得一舉跨越

〔註17〕章太炎素有修史之志，1902 年因翻譯斯賓塞《社會學》，乃至興緻勃發，產生新的整體構思，並致書梁啓超商討。所引爲同年七月初五致吳保初書的內容，轉引自姚奠中、董國炎《章太炎學術年譜》（太原：山西古籍出版社，1996 年）頁 73～74。

〔註18〕見黃節〈黃史・總序〉，《國粹學報》1905 年第一期。

〔註19〕見同註 17。

〔註20〕見章太炎《國故論衡・理惑篇》（臺北：廣文書局，1977 年）。

〔註21〕見周予同〈五十年來中國之新史學〉，《周予同經學史論著選集》（上海：上海人民出版社，1996 年）頁 516～517。

〔註22〕見陳寅恪〈王靜安先生遺書序〉，《王國維遺書》（上海：上海古籍出版社，1983 年）。

二千年學術傳統總是周旋於文字材料的盲點。正如王國華所說：

> 先兄以史治經，不輕疑古，亦不欲以墨守自封，必求其眞。故六經皆史之論，雖發于前人，而與之地下材料相互印證，立今后新史學之骨幹者，謂之始于先兄可也。（王國華〈海寧王靜安先生遺書序〉，《王國維遺書》卷首）

郭沫若也說：「殷墟的發現是新史學的開端，王國維的業績是新史學的開山」。〔註23〕雖然王國維所謂的地下資料，仍是傳統金石銘文的繼續，既無正規的考古發掘，也不是實物形制研究，但他的成績，卻遠非金石學或乾嘉考據學所能範圍，主要原因，除去新出材料的支援，「二重證據法」做爲新史學的重要方法論，更有其來自西方實證科學的背景。

一、實證科學的考據方法論

西方的實測內籀之學在清末被有系統的輸入中國，促使中國近代學術，從思辨的構造，轉向實證的概念。尤其西方實證主義理論，一開始便較爲關注與實驗科學相關的「邏輯」和「科學方法」，使得近代中國學術轉化，帶有濃厚的實證科學方法論色彩。同樣的，王國維所理解的「實證論」，〔註24〕也與其中所涉及的科學方法相聯繫。所以他說：「故今日所最亟者，在授世界最進步之學問之大略，使知研究之方法」。（〈奏定經科大學文科大學章程書后〉，《王國維學術經典集》上冊，頁160）並且在「從事甲骨文、金文等實證研究的同時，又從理論上對西方近代科學方法，與乾嘉學派的傳統方法作了多重溝通，並以此作爲中西二學的具體結合點」。〔註25〕所以王國維的經史考據之學，正如郭沫若所說的：「外觀雖然穿的是一件舊式的花衣

〔註23〕見郭沫若〈古代研究的自我批判〉，《十批判書》（上海：群益出版社，1948年）頁4。
〔註24〕據王國維〈靜安文集自序〉，《王國維學術經典集》（南昌：江西人民出版社，1997年）頁3～4。自述爲學之大略，自1901年歸國後，始決從事於哲學；1902年春，「始讀翻爾彭之《社會學》，及文之《名學》，海甫定《心理學》之半」，又讀「巴爾善之《哲學概論》、文特爾彭之《哲學史》」，1903年始讀汗德《純理批評》及叔本華《意志及表象之世界》，並時涉獵及洛克、休蒙之書，可見王國維深契於德國哲學。誠如楊國榮說：「在系統研究哲學的時期，王國維儘管把主要精力放在康德、叔本華等人的著作上，但對英國經驗論者如洛克、休謨的著作，同樣有所涉獵，并因此兼及實證主義者斯賓塞等人的思想，這一治學背景，對后來王國維思想的變化，顯然也有不可忽視的影響」。見氏著《從嚴復到金岳霖－實證論與中國哲學》（北京：高等教育出版社，1996年）頁25。
〔註25〕見同上注。楊氏並以此和嚴復的「對西方科學方法的介紹和引入，帶有某種游離於中國傳統的特點」，及章太炎「反對運用地下考古實物以証史」相較，認爲正是通過上述的結合與溝通，使王國維在史學研究中取得了世所公認的成就。

補掛，然而所包含的卻多是近代的科學內容」。〔註26〕

（一）從事實材料出發

　　關於科學的定義，王國維以爲：「凡記述事物而求其原因，定其理法者，謂之科學」；「凡事物必盡其眞，而道理必求其是，此科學之所有事也」。〔註27〕在這個論述裏，包含兩個主要內容：事物的本身及邏輯思維的作用。也就是他在〈釋理〉一文中說的「所謂『理』者，不過謂吾心分析之作用，及物之可分析者而已矣」。（〈釋理〉，《王國維學術經典集》上冊，頁20）只是理的根本在求其是，而古今東西言「理」者，又往往附以概念的意義，因而造成人類知識中種種的誤謬。

　　因爲概念雖然最初也是自實物中抽象而得，但使用既久，遂忘其所自出，對此王國維舉例說：

> 古今東西之哲學，往往以「有」爲有一種實在性。在我中國，則謂之曰「太極」，曰「玄」，曰「道」，在西洋則謂之曰「神」。及傳衍愈久，遂以爲一自證之事實，而若無待根究者，此正柏庚（培根）所謂「種落之偶像」，汗德（康德）所謂「先天之幻影」。人而不求眞理則已，人而唯眞理之是求，則此等謬誤，不可不深察而明辨之也。（〈釋理〉，《王國維學術經典集》上冊，頁28）

則科學考訂工作的要求，自當從事實材料出發，務在「不悖不惑，當于理而已」。爲避免概念的誤謬，王氏明白的指出「吾儕當以事實決事實，而不當以後世之理論決事實」。（〈再與林博士論《洛誥》書〉，《觀堂集林》上冊，頁 25）在這個思考前提下，對於材料的甄別取舍，自然不以聖賢所言爲信，因爲：

> 聖賢所以別眞僞也，眞僞非由聖賢出也；所以明是非也，是非非由聖賢立也。自史學上觀之，則不獨事理之眞與事者足資研究而已，則今日所視爲不眞之學說、不是之制度風俗，必有所以成立之由，與其所以適于一時之故，其因存于邃古而其果及于方來。故材料之足資參考者，雖至纖悉不敢棄焉。（〈國學叢刊序〉，《觀堂集林》下冊，頁876）

　　這樣的史料態度，相較於同時代學者對新出材料的疑懼，更具開展的視野，許多經史考據的創獲，實皆導因於此。以他的考證名篇〈殷卜辭中所見先公先王考〉爲例，不僅「抉發了三千年來所久被埋沒的秘密」，（郭沫若〈古代研究的自我批判〉，《十批判書》頁 4）並如傅斯年所說的：

〔註26〕見郭沫若《中國古代社會研究》自序（石家莊：河北教育出版社，2001 年）頁 7～8。
〔註27〕見〈國學叢刊序〉，《觀堂集林》（石家莊：河北教育出版社，2001 年）下冊，頁875。

即以《史記・殷本紀》的世系本是死的，乃至《山海經》的王亥，《天問》的恆和季，不特是死的，並且如鬼，如無殷墟文字之出土，和海寧王君之發明，則敢去用這些材料的，是沒有清楚頭腦的人。然而一經安陽之出土，王君之考釋，則《史記》、《山海經》、《天問》，及其聯類的此一般材料，登時變活了。(〈新獲卜辭寫本后記跋〉，《傅斯年全集》第一冊，頁961)

除了眼見為憑，雖至纖悉不敢棄的原則外，對於材料，王國維又受叔本華「重經驗不重書籍」的教育哲學的影響，以為文字與語言的宗旨，「在使讀者反于作者所得之具體的知識」，並且強調：

一切眞理唯存于具體的物中，與黃金之唯存于礦石中無異。其難只在搜尋之所以……故書籍不能代經驗，猶博學之不能代天才，其根本存于抽象的知識，不能取具體的知識而代之也。書籍上之知識，抽象的知識也，死也；經驗的知識，具體的知識也，則常有生氣。(〈叔本華之哲學及其教育學說〉，《王國維學術經典集》上冊，頁45)

這與嚴復引赫胥黎的話說：「能觀物觀心者，讀大地原本書，徒向書冊記載中求者，為讀第二手書矣」。(嚴復〈西學門徑功用〉)是相同的道理，王氏並進一步將這個哲學範疇的思考貫徹到經史考證上，但不同於當日「不讀書而專找材料」的學術偏鋒，王氏的主張是「宜由細心苦讀以發現問題，不宜懸問題以覓材料」〔註28〕。也就是陳寅恪說的：「群經諸史乃古史資料多數之所匯集，金文石刻則少數脫離之片斷，未有不了解多數匯集之資料，而能考釋少數脫離之片斷不誤者」。(〈積微居小學金石論叢續稿序〉，《金明館叢稿二編》頁332) 一九二三年王氏到北京，因「離南方之卑濕，樂北土之爽塏，九、十月之交，天高日晶，木葉盡脫」，有所體悟而作〈肅霜滌場說〉。利用語言文字學的考證方法，證明肅霜、滌場，乃古之聯綿字，不容分別釋之，而《毛傳》說：「肅，縮也。霜降而收縮，萬物滌埽也，場工畢入也」，顯然不符實況，便是一例。

(二)二重材料的比較——間接實驗法

經史研究一般無法像自然科學那樣進行實驗研究，但如果將出於不同觀察的實物材料，或文字記載進行比較，則容易把握歷史的眞相，並且避免主觀的偏見，而具科學性，因此被近代歷史學者稱為「間接實驗法」。〔註29〕在中國直接利用實物

〔註28〕見周光午〈我所知之王國維先生—敬答郭沫若先生〉，《追憶王國維》(北京：中國廣播電視出版社，1997年) 頁165。

〔註29〕這個說法最早是 1899 年俄國史學家久爾克蓋依在內《社會學研究方法》一書中提

研究的時代很晚，最初也僅限於器物上的銘刻文字，清末民初在西方科學方法的輸入，和地下文物大量出土的雙重條件下，讓這個方法在經史研究上的實踐，有了更大的空間。對此王國維無論在實踐或理論建構上均居關鍵地位，在他最後的講義《古史新證》中，概括地提出「二重證據法」的方法綱領說：

> 吾輩生於今日，幸於紙上之材料外，更得地下之新材料。由此種材料，我輩固得據以補正紙上之材料，亦得證明古書之某部分全爲實錄。即百家不雅馴之言，亦不無表示一面之事實。此二重證據法惟在今日始得爲之。雖古書之未得證明者，不能加以否定，而其已得證明者，不能不加以肯定，可斷言也。

> 所謂紙上之史料，茲從時代先後述之：（一）《尚書》、（二）《詩》、（三）《易》、（四）〈五帝德〉及〈帝繫姓〉、（五）《春秋》、（六）《左氏傳》、《國語》、（七）《世本》、（八）《竹書紀年》、（九）《戰國策》及周秦諸子、（十）《史記》。

> 地下之材料僅有二種：（一）甲骨文字、（二）金文。

這段內容說得簡略，做爲方法論而言，可能並不周全，但仍有助於我們較準確地掌握王氏「二重證據法」的主要精神：

（1）利用材料的「可比性」，補正既有的文獻記載：所謂「可比性」，是指互證的材料必須出自不同的觀察，這是取得科學的考證的結果的前提。雖然王氏將二重證據定位爲：地下材料和紙上材料，但就材料的範圍而言，實際上留下可延展的空間。〔註30〕因爲文獻材料的互證，前人已初步使用，而「更得地下之新材料」，「惟在今日始得爲之」，凸顯了在舊學突破上，對新材料的殷切期待；在王氏不同領域的著作裏，對這理念的闡述，雖然零星不成系統，卻始終以材料的可比性，作爲能否創造新知識的基礎。如〈國學叢刊序〉中對中西方材料的運用說：

> 治《毛詩》、《爾雅》者，不能不通天文、博物諸學，而治博物學者，苟質以《詩》、《騷》草木之名狀而不知焉，則于此學固未爲善。必如西人

出。參見周一平、沈茶英《中西文化交匯與王國維學術成就》（上海：學林出版社，1999 年）頁 243～244。

〔註30〕關於這個方法是概括的說法就產生了幾種引申，如吳其昌說「物質與經籍證成一片」〈王觀堂先生學述〉，《國學論叢》1：3。陳寅恪〈王靜安先生遺書序〉說：「取地下之實物與紙上遺文互證法」。傅斯年說：「直接間接材料之互相爲用法」〈史學方法導論〉，《傅斯年全集》第二冊。另外自 1930 年起，大量結合古物和文獻研究古史的論著出現，也一定程度的將方法的內容加以擴充。參見沃興華〈論王國維二重證據法〉，《王國維學術研究論集》（上海：華東師範出版社，1987 年）頁 264。

之推算日蝕證梁虞鄺、唐一行之說，以明《竹書紀年》之非偽，由《大唐西域記》以發現釋迦之支墓，斯爲得矣。（〈國學叢刊序〉，《觀堂集林》下冊，頁 877）

〈毛公鼎考釋序〉則就古文字的考釋，宜從多種材料參互求之，舉例說明：

　　苟考之史事與制度文物，以知其時代之情狀；本之《詩》《書》，以求其文之義例；考之古音，以通其義之假借；參之彝器，以驗其文字之變化。由此而之彼，即甲以推乙，則于字之不可釋，義之不可通者，必間有獲焉。

　　（〈毛公鼎考釋序〉，《觀堂集林》上冊，頁 179）

又在一九二二年給沈兼士的信中，提及「《詩》《書》中成語之研究」、「古字母之研究」、「古文學中聯綿字之研究」、「共和以前代之研究」等四個研究題目，大抵皆皖派經史小學的沿續，材料也是傳統的文獻記載，命義卻有突破前人處，如就「成語」一題說：

　　今之成語，我輩得求之于元明以上之言語中；漢魏六朝之成語，我輩得求之于三代言語中。若夫《詩》《書》爲三代言語，其中必有三代以上之成語，然今日所存言語，無更古于三代者，其源既不可求，其語亦遂不可解，然猶可參互求之。（〈致沈兼士〉，《王國維經典集》下冊，頁 458）

至於在材料使用的跨度上，除了金石學傳統的範疇外，更有其屬於新時代的視野，他說：

　　金石之出于邱隴窟穴者，既數十倍于往昔。此外如洹陰之甲骨，燕齊之陶器，西域之簡牘，巴蜀齊魯之封泥，皆出于近數十年間，而金石之名乃不足以該之矣。之數者，其數量之多，年代之古，與金石同；其足以考經證史，亦與金石同，皆古人所不及見也。（〈齊魯封泥集存序〉，《觀堂集林》下冊，頁 570）

此所以陳寅恪將王氏的學術內容和治學方法，概括爲三目說：一曰取地下之實物與紙上之遺文互相釋證，凡屬于考古學及上古史之作。二曰取異族之故書與吾國之舊籍互相補正，凡屬于遼金元史事及邊疆地理之作。三曰取外來之觀念，與固有之材料互相參證，凡屬于文藝批評及小說戲曲之作。（〈王靜安先生遺書序〉，《王國維學術經典集》下冊，頁 501～502）可見儘管研究的領域不同，但比較方法的運用幾乎聯絡了全部內容。

　　（2）歷史主義的態度：胡適在介紹杜威「實驗主義」哲學時，曾將歷史的方法的應用，分爲「很忠厚寬恕的」和「最嚴厲的，最帶有革命性質的」兩方面。（胡適〈杜威先生與中國〉，《胡適文存》第二集，頁 380）如果民初的疑古史學是帶有評

判精神的運動；則王國維據地下材料補正紙上材料，以證明古書的某部分全爲實錄，當是符合忠厚寬恕的原則。由於歷史進化論和實證科學的影響，王氏以爲歷史所有之事在，「欲求知識之眞與道理之是者，不可不知事物道理之所以存在之由與其變遷之故」，（〈國學叢刊序〉，《觀堂集林》下冊，頁 875）並且引用汗德（康德）的話說：

　　　　在現象之世界中，一切事物，必有他事物以爲其原因，而此原因復有他原因以爲之原因，如此遞衍，以至於無窮，無往而不發見因果之關係。

　　（〈原命〉，《王國維學術經典集》上冊，頁 116）

至於如何把握歷史演化的規律，才能當於「理」，王氏說：「吾人對此原因，但爲其所決定，而不能加以選擇」。（同上，頁 118）所以在使用材料參互相求時，應該「但順材以求合，而不爲合以驗材」。（〈致沈兼士書〉，《王國維學術經典集》下冊，頁 460）如此則可以理解二重證據法，爲何在材料上主張「即百家不雅馴之言，亦不無表示一面之事實」，在歷史的解釋上，則強調「雖古書之未得證明者，不能加以否定」。正因爲看出實證科學的限度，所以在歷史與科學間，王氏有較深刻的思考，期能將歷史進化和對因果關係的認識貫穿到考據之中，他說：

　　　　然治科學者必有待于史學上之材料，而治史學者亦不可無科學上之知識。今之君子，非一切蔑古即一切尚古。蔑古者，出於科學上之見地而不知有史學；尚古者，出於史學上之見地而不知有科學。即爲調停之說者，亦未能知取舍之所以然，此所以有古今新舊之說也。（〈國學叢刊序〉，《觀堂集林》下冊，頁 876）

但也因爲這種超出實證科學的傾向，削弱了他在方法論上的科學性，並且將某種人文道德精神，涉入科學考證的領域。〔註31〕造成他在「歷史考證和中觀層次上常常有十分精到的成就，但一涉及大的理論問題，他所發的議論就往往顯得疏闊」。〔註32〕

（三）分類專題研究與抽象思維能力

　　中國傳統學術本有其極精微的部分，只是不在抽象思辨的理論上著力，缺乏形式邏輯的架構，所以不能達到眞正科學的型態。對此王國維說：

　　　　故我中國有辯論而無名學，有文學而無文法，足以見抽象與分類二

〔註31〕關於王國維在事實考證中滲入形而上的關懷，楊國榮以爲：「一方面，他從形而上學出發，而又比較自覺地意識到了形而上學之局限，從而突破了近代人本主義的眼界；另一方面，儘管他由推崇科學而接受了實證論的立場，並從理論與實踐上展開了帶有實證論印記的科學方法，但同時又承認人具有終極關懷之類的形而上需要，並相當清醒地注意到了實證論在這方面的限度，從而多少越出了科學主意的視域。」見同註 24，頁 36。
〔註32〕見袁英光《王國維評傳》（上海：上海人民出版社，1999 年）頁 225。

者，皆我國人所不長，而我國學術尚未達自覺（Selfconsciousness ）之地位。（〈論新學語的輸入〉，《王國維學術經典集》上冊，頁 102）

這樣的批判，固然得力於早期對西方哲學的鑽研；而其中的心得，卻頗助益於王氏後期的考證工作，不僅可掌握住乾嘉考據學的科學成份，且稍能突破微觀考證上繁瑣、不成系統的局限。

皖派考據學「由文字聲韻以考古代之制度文物」，這種方法重在搜集許多同類的例，進行比較研究，以尋出當於理的通則，屬於形式邏輯中的歸納法，而又特別強調證據的羅列，以做窄而深的研究，據王國維自述甲寅（1914 年）從事古文字之學的情形說：

> 長夏酷暑，墨本堆案，或一器而數名，或一文而數器，其間比勘一器，往往檢書至十餘種，閱拓本至若干冊，窮日之力，不過盡數十器而已。（〈國朝金文著錄表序〉，《觀堂集林》上冊，頁 181～182）

綜觀王氏的許多考釋工作，多數是這種分類的研究，也就是羅振玉說的：

> 本朝經史考證之學，冠于列代。大抵國初以來，多治全經，博大而精密略遜；乾嘉以來，多分類考究，故較密于前人。予在海東與忠慤論今日修學，宜用分類法。故忠慤撰〈釋幣〉、〈胡服考〉、〈簡牘檢署考〉，皆用此法。（羅振玉《集蓼編》）

二重證據法基本上是以分類為基礎的比較研究法，只是王氏在這個方法的使用上，又有超越清儒的地方：一是在材料的掌握更勝前代，除盡閱羅氏的收藏外，又與歐洲學者沙畹、伯希和；日本學者內藤湖南、狩野直喜、藤田丰八的往來論學，使王氏自信能補前人所不足，以古韻研究為例，他說：

> 惟昔人於有周一代韻文，除群經、諸子、楚辭外，所見無多，余更搜其見金石刻者得四十餘篇，其時代則自宗周以訖戰國之初，其國別如杞、鄅、邾、婁、徐、許等，并出《國風》十五之外，然求其用韻與《三百篇》無乎不合。（〈周代金石文韻讀序〉，《觀堂集林》上冊，頁 251）

二是西方實證主義哲學在理論概括能力上的輔助，中國的實學，由於缺乏抽象思維能力，所以造成「用其實而不知其名，其實亦遂漠然無所依，而不能為吾人研究之對象」，對此王國維曾比較中西方思維方式的不同說：

> 抑我國人之特質，實際的也、通俗的也；西洋人之特質，思辨的也、科學的也，長於抽象而精於分類，對世界一切有形無形之事物，無往而不用綜括（Generalization）及分析（Specification）之二法，故言語之多，自然之理也。吾國人之所長，寧在於實踐之方面，而於理論之方面則以具體

的知識爲滿足，至於分類之事，則除迫於實際之需要外，殆不欲窮究之也。

（〈論新學語的輸入〉，《王國維學術經典集》上冊，頁 101～102）

可見在傳統學術缺乏對研究對象嚴密的實證性分析，及作高層次的理論概括上，王氏都有較自覺的反省。〔註33〕也因此在日後的考證工作上，雖然仍是乾嘉之學的繼續，卻明顯具有提出假設性通則的能力，如作《史籀篇證》提出二疑三斷，以爲關係全書宏旨，並作成「戰國時秦用籀文，六國用古文」的假設性通則〔註34〕；及見當日出土之六國兵器、貨幣、璽印、陶器，「四種文字爲一系，又與昔人所傳壁中書爲一系，」而這種文字「上不合殷周古文，下不合小篆，不能以六書求之，而同時秦文字，則頗與之異」。（〈桐鄉徐氏印譜序〉，《觀堂集林》上冊，頁 182）不僅證實了許慎以「《史籀》篇周宣王時書，壁中古文爲殷周古文」的疏失，並且提出關於古文字的普遍通則說：

> 故古文、籀文者，乃戰國時東、西二土文字之異名，其源皆出於殷周古文。而秦居宗周故地，其文字猶有丰鎬之遺，故籀文與自籀文出之篆文，其去殷周反較東方文字（即漢世所謂古文）爲近。（〈戰國時秦用籀文六國用古文說〉，《觀堂集林》上冊，頁 187）

這與他在《殷周制度論》裏提出，「中國政治與文化之變革，莫劇於殷、周之際」的說法一樣，均是中國學術史中具啓發性的創獲，而其間所用的方法，正是抽象與分類二者並濟的方法。

二、二重證據法在《詩經》研究上的應用

　　王國維與《詩經》相關的研究著作有：一九一五年的〈鬼方昆夷玁狁考〉、〈古禮器略說〉；一九一六年的〈樂詩考略〉；一九一七年的〈書《毛詩詁訓傳》後〉、〈玉谿生詩年譜會箋序〉；一九一八年的〈經學概論講義〉（第四章《詩》）、〈說玨朋〉；一九二○年〈詩《齊風》豈弟釋義〉；一九二一年的〈與友人論《詩》《書》中成語〉；一九二三年的〈肅霜滌場說〉。〔註35〕都完成於辛亥（1911 年）王氏寓居京都以後，

〔註33〕張豈之以爲王國維對傳統學術缺乏分析、和理論概括能力的批判，與章太炎早年的認識相通。參見氏著《中國近代史學學術史》（北京：中國社會科學出版社，1996 年）頁 121。

〔註34〕這是王氏在文字學上的重要主張，錢玄同曾作〈論《說文》及壁中古文經書〉，《古史辨》第一冊，頁 231～243。以爲王氏因不敢疑壁中書爲僞物，才這般曲爲解釋。唯錢氏對金石考據的論證，都僅據「籠統話」，且未就王氏對六國器物的歸納結論提出反證，較之王說更不具説服力。

〔註35〕上述諸文除〈經學概論講義〉，爲王國維擔任倉聖明智大學教授時講義，有商務印書館本（無年月），另有北京圖書館藏《經學講義》手稿，較商務本多一章，又末附參

據狩野直喜（1868～1947）的回憶說：

> 從來京都開始，王君在學問的傾向，似有所改變，這是說，王君似乎
> 想更新中國經學的研究，有志於創立新見解〔註36〕

至於王國維學術轉變期的治學內容，羅振玉也有一段陳述說：

> 公既居東海，乃盡棄所學而寢饋於往歲予所贈諸家書（按指：戴震、
> 程瑤田、錢大昕、汪中、段玉裁及高郵二王等諸家書）予復盡出大云書庫
> 藏書五十萬卷，古器物銘識拓本數千通，古彝器及他古器物千餘品，恣公
> 搜討，復與海內外學者移書論學。國內則沈乙庵尚書、柯蓼園學士；歐洲
> 則沙畹及伯希和博士；海東則內藤湖南、狩野子溫、藤田劍峰諸博士，及
> 東西京大學諸教授。（羅振玉〈海寧王忠愨公傳〉，《王國維學術經典集》
> 下，頁510）

從上述內容可見王氏學術視野的國際性，並且因與羅氏在古文字學上的切磋，進而
成就的經史學，被認為也許是後來構成他的《觀堂集林》中可見的論文的淵源，也
是所謂「更新中國經學研究」的學問基礎。從王氏的經學論著中，解讀其間有別於
傳統的新元素，或者說作為「新經學」典範的主要內涵，大約有幾項特質：

（1）王氏之學雖淵源自皖派，但是當乾嘉考據學全盛時，學者多數一人治一經，
主要的成就是為各經傳注作「新疏」。（梁啟超《清代學術概論》頁36）而王氏的著
作則多分類專題研究，通常僅就一個主題論述創見，更不乏類似札記的短文。這樣
的治經型態，其實根源於一個對傳統經學反省的背景，對此王氏曾以《詩》、《書》
為例說：

> 《詩》、《書》為人人誦習之書，然於六藝中最難讀。以弟之愚闇，於
> 《書》所不能解者殆十之五，於《詩》亦十之一二。此非獨弟所不能解也，
> 漢魏以來諸大師未嘗不強為之說，然其說終不可通，以是知先儒亦不能解
> 也。（〈與友人論《詩》《書》中成語書〉，《觀堂集林》上，頁40）

承認古經的難懂，正是更新經學的第一步，因為「科學的起點在於求知，而求知的
動機，必須出於誠懇的承認自己知識的缺乏。古經學所以不曾走上科學的路，完全
由於漢魏以來諸大師都不肯承認古經的難懂，都要強為之說」，至於「顧炎武以下，

考書目。參見《中西文化交匯與王國維學術成就》同注29，頁438。又有王氏弟子
整理王國維遺書時，在東北發現的《經學概論》，撰於1925年，內容略同於〈經學
概論講義〉，見《經學研究論叢》第二輯（臺北：聖環圖書公司，1994年）頁1～10。
其餘各文均收入《觀堂集林》中。

〔註36〕見狩野直喜〈回憶王靜安君〉，《追憶王國維》（北京：中國廣播電視出版社，1997
年）頁343～344。

少數學者走上了聲音文字訓詁的道路，稍稍能補救宋、明經學的臆解空疏。然而他們也還不肯公然承認他們只能懂得古經的一部分，他們往往不肯拋棄注釋全經的野心」。所以胡適稱王國維是「始創新經學的大師」。（〈我們今日還不配讀經〉，《胡適文存》第四集，頁 526～527）

（2）王氏在〈奏定經學科大學文學科大學章程書後〉認爲經科大學的授課，最急需者「在授世界最進步之學問之大略，使知研究之方法」，至於授課內容則包括：哲學概論、中國哲學史、西洋哲學史、心理學、倫理學、名學、美學、社會學、教育學、外國文等十科。（《王國維學術經典集》上，頁 160）如此則使得經學的講授，逐漸歸到專門學者的手裏，而非傳統村學究的辦法，並且以「不通諸經，不能解一經」，爲古人至精之言，期於諸經研究的相互支援，而有了突破「經學」概念的可能，使經學研究得以因應新的學科架構。此外在材料的使用上，王氏強調「古來新學問起，大都由於新發現」（〈最近二三十年中中國新發現之學問〉，《王國維學術經典集》上，頁 175）特別是龜版等新出文字，不僅「有裨於國邑、姓氏、制度、文物之學者，不勝枚舉；其有益於釋經，固不下木簡之有益於史也」。（王國維 1914 年 7 月 17 日〈致繆荃孫〉，《王國維學術經典集》下，頁 396～397）

上述是新經學的內涵，也是二重證據法在經書研究上的重要意義，王國維的《詩經》研究在這樣的新思考下，頗創立了一些新見解。雖然部分結論仍有可討論的空間，許多的錯誤也已經後人指出，但就文字器物的考釋，和新學科觀點的《詩經》闡釋而言，仍舊深具啓導後學的作用。

（一）禮樂觀點的《詩經》研究

《樂詩考略》（含〈釋樂次〉、〈周大武樂章考〉、〈說勺舞、象舞〉、〈說周頌〉、〈說商頌上下〉、〈漢以後所傳周樂考〉）是一組關於《詩經》中歌、樂、舞成份的考釋文字，發表於一九一六年七月的《學術叢編》第三冊。〔註37〕根據王氏大約同時期完成的文章，多有關乎禮制者，如〈古禮器略說〉、〈殷禮徵文〉；又一九一三年致繆荃孫的信中說：「今年發溫經之興，將《三禮注疏》圈點一通」，大抵王氏選擇《三禮》做爲系統讀經的開始，〔註38〕不僅爲日後從事古代禮制、官制、文化、地理等的考

〔註37〕據 1916 年 5 月 17 日給羅振玉的信中說：「乙老言及，古樂家所傳《詩》與詩家所傳《詩》次序不同，考之古書，其說甚是，因申其說爲一文入《樂詩考略》中」。見《王國維學術經典集》下，頁 402。可知末篇的〈漢以後所傳周樂〉，是因沈曾植的啓發而補入。

〔註38〕王氏 1913 年初完成《宋元戲曲史》，可說是文學史研究的結束，此後開始研讀古經，從禮經入手，先《周禮》而《儀禮》、《禮記》。參見袁英光《王國維評傳》（上海：上海人民出版社，1999 年）頁 40。

證奠立基礎，更當有他對於古代禮樂文化深刻的關懷。而從樂詩的角度研究《詩經》，乃至許多關於禮制、器物的微觀考據工作，大多是在這一背景下完成的，也是民初《詩經》研究中首先較自覺地從理論上、實踐上概括出：《詩經》做爲禮樂文化重建工程中的一環，應當有的研究內容包括：

1. 藝術型態的還原

作爲周代的樂章，《詩經》的原始功能和禮樂是不可分割的，所以顧頡剛說：

> 我們要看出《詩經》的眞相，最應該研究的就是周代人對於《詩》的態度。……這許多詩爲什麼會聚集在一處？這許多詩如何會流傳下來？這許多詩何以周代人很看重牠？要解釋這種問題，就不得不研究那時人所以「用詩」的是怎樣。（〈詩經在春秋戰國間的地位〉，《古史辨》第三冊，頁320）

只是顧氏仍從詩篇本身的文字意義上著手，未能觸及樂詩的藝術型態，王國維在二重證據的思考上，將《三百篇》與禮經參互比較，結論是：

> 古人作詩，直紀當時制度風俗，無凌獵無加減，非苟而已也。如《小雅·瓠葉》一篇詠燕飲食。首章云：「酌言嘗之」，此泛言也，次章則云：「酌言獻之」，三章云：「酌言酢之」，四章云：「酌言酬之」。古人飲酒之禮，主人獻賓，賓酢主人，人人酬賓，獻酢酬一爵而禮成。禮經所紀，無不如是，此詩次序亦同。又〈行葦〉及〈賓之初筵〉二篇，序燕射事次序，與〈燕禮〉及〈大射禮〉合。《楚辭》序祭祀事，與〈特牲饋食〉、〈少牢饋食禮〉略同，惟尊卑有殊，而節目不異。可知古人用語，無一字虛設也。
> 〔註39〕

原本文獻的描寫，和來自實際禮儀過程的出土遺物，已經提供了部分古禮型態的片斷，又既然詩篇內容皆爲實錄，在學理上，三者的結合，將有復原上古禮樂的可能，對此，王國維做了許多還原的功夫，如制度的還原、器物的還原、乃至背景的還原。以《詩·大武》樂章爲例，這種古典的、貴族的「雅樂」，到了漢代幾乎完全失傳了。王國維從文獻中排比樂次，發現「凡有管則有舞，舞之詩，諸侯《勺》，天子《大武》、《大夏》也」。（〈釋樂次〉，《觀堂集林》上，頁57）可見周代典禮用樂以舞爲重，《大武》樂章是以周初歷史爲背景的一組史詩，又在藝術型態上，爲兼具歌、樂、舞，結構完整的雅樂典型，但由於《左傳》與《毛詩》、《禮記》所載次第不同，篇名又

〔註39〕見〈東山雜記〉，《王國維學術隨筆》（北京：社會科學文獻出版社，2000 年）卷一「詩紀制度風俗」，頁 10。

都不全，歷來莫知其詳，王氏從文獻的比對中，考訂史事、舞容、舞詩的大略如下：

	一　成	再　成	三　成	四　成	五　成	六　成
所象之事	北出	滅商		南國是疆	分周公左、召公右	復綴以崇
舞　　容	總干立山	發揚蹈厲			分夾而進	武亂皆坐
舞詩篇名	武宿夜	武	酌	桓	賚	般

　　以上〈周《大武》樂章考〉是王國維重建雅樂演出實況的一個嘗試。〔註40〕

　　王氏既考訂《周頌》中，〈維清〉為《象舞》之詩，（〈說《勺》舞《象》舞〉《觀堂集林》上，頁62～64），〈昊天有成命〉、〈武〉、〈酌〉、〈桓〉、〈賚〉、〈般〉為《武》舞之詩。又企圖從聲音上求《風》、《雅》、《頌》的區別，以為「《頌》之聲較《風》、《雅》為緩」，所以《頌》之異於《風》、《雅》在聲不在容，以改阮元《釋頌》「三《頌》各章皆是舞容」的說法。（〈說《周頌》〉，《觀堂集林》上，頁64～65）他的理由是《頌》詩多無韻、不分章、簡短，並且以〈肆夏〉八句，要容納禮儀凡三十四節，所以聲緩可知。只是這樣的敘述並未得《周頌》三十一篇的全部事實，從《周頌》篇章的語言形式看：有些詩「詩行沒有一定的長度，也沒有固定的韻律」，具有原始詩歌的特點；有些詩部分用韻，韻的位置有較大的隨意性，呈現從原始詩歌向古典詩歌過渡的痕跡；有些詩在押韻的同時，更以疊文表現樂器發聲的擬音法，並且有意識的運用對偶、排比、疊句等修辭法。如此複雜的型態，說明了禮儀表演本身的演化，及詩歌從原始藝術到古典藝術的完成，王氏所提的型態，其實「都是達到體式較完善前的過渡現象，而與是否聲緩無涉」。〔註41〕同樣的「聲緩」與舞容本不相涉，由聲緩實不能斷定《周頌》諸章不屬於舞詩，誠如傅斯年所說：

　　　　阮君把頌皆看作舞詩，我們現在雖不能篇篇找到它是舞詩之證據，但

〔註40〕　關於《大武》樂章的考定，王氏之後有高亨〈周代《大武》樂的考釋〉，《山東大學學報》2：2，1955年，頁50～68。孫作雲〈周初《大武》樂章考實〉，《詩經與周代社會研究》（北京：中華書局，1966年），頁239～272。對於王氏的考訂結果均有修正，其中較重要的疑難：1、王氏以〈昊天有成命〉為《大武》一成，顯然是將「成王祭天」的詩誤植為「武王伐紂」之詩。2、王氏舍《左傳》而採《毛詩》次第，卻未對《毛詩》於《大武》諸詩多不詳其本義，及六篇分居三處的失次情形有所說明。

〔註41〕　（美）夏含夷〈從西周禮制改革看《詩經·周頌》的演變〉，《第二屆詩經國際學術研討會論文集》（北京：語文出版社，1996年）頁91～107。從《周頌》篇章的語言形式，探究周代禮制的演變，發現《周頌》是從結構鬆散並缺乏韻律的最早詩歌，向結構嚴整韻律規則的詩歌發展。另外周錫馥〈也說《周頌》～讀《觀堂集林·說周頌》〉，《紀念王國維先生誕辰120周年學術論文集》（廣州：廣東教育出版社，1999年）也得到大抵相同的結論。

以阮君解釋之透澈，我們得不到相反證據時，我們不便不從他。〔註42〕

上述王國維關於舞詩的研究，雖然結論都只是不穩定的雛型，但在禮樂觀點的《詩經》研究上，仍有一定的代表性。

就器物的還原而言，禮器的變化通常暗示禮儀表現方式的重大變革，所以《詩經》器物的考釋，其實兼具文化標誌的意義。「以禮詁經」，原是《毛傳》的通例，但所依據的是漢代通行的禮經，其間文字的訛誤、記錄的失真、人為的竄偽，都增加了解讀的困難度。王氏本來善長從文字聲韻以通經，又加上對出土遺物的有效掌握，如《邶風·簡兮》：「赫如渥赭，公言錫爵」，《傳》曰：「祭有畀煇胞翟閽者，惠下之道，見惠不過一散」，經曰爵傳言散，王氏以卜辭斝字作𢼫，又古散字作𢿒，字形相近，而疑經文本作斝，訛為散，後人又改散為爵，證明散本非器名。（〈說斝〉，《觀堂集林》上，頁 86）乃藉古器物的還原，以助《詩經》的解讀，其餘如〈說觥〉、〈說珏朋〉，大抵類此。

2. 文化功能的闡釋

王國維〈殷周制度論〉以「中國政治與文化之變革莫劇於殷、周之際」，並且從歷史因果的思考上說：

> 殷、周間之大變革，自其表言之，不過一姓一家之興亡與都邑之轉移；自其裏言之，則舊制度廢而新制度興、舊文化廢而新文化興。又自其表言之，則古聖人之所以取天下及所以守之者，若無以異於後世之帝王；而自其裏言之，則其制度文物與其立制之本意，乃出於萬世治安之大計，其心術與規模，迥非后世帝王所能夢見也。（〈殷周制度論〉，《觀堂集林》上，頁 288）

明顯地將政治上的理想，寄託在一個遠古的禮樂教化中，相信周初大一統規模，「實與其大居正之制度相待而成」。而典禮乃由制度而生，在西周時，詩、禮、樂作為社會藝術文化的整體，與周文化具有同形關係。〔註43〕所以解讀周代禮樂制度，自有完成文化自我意識的功用，王國維在〈釋樂次〉（《觀堂集林》上，頁 47）一文中，考訂樂詩在典禮進行的大略情形如下：

（1）凡樂，以金奏始，以金奏終。

（2）升歌之詩以《雅》、《頌》，大夫、士用《小雅》。諸侯燕其臣及他國之臣，

〔註42〕見〈周頌說〉，《傅斯年全集》（臺北：聯經出版公司，1980 年）第一冊，頁 206～207。

〔註43〕參見陳元鋒〈《詩經》：樂官文化的範本〉，《第三屆詩經國際學術研討會論文集》（香港：天馬圖書有限公司，1998 年），頁 102～115。陳氏以為藝術與文化的關係是：「它不是片面地，而是完整地代表文化」，所以視《詩經》為樂官文化的範本。

亦用《小雅》。兩君相見則用《大雅》。或用《頌》。天子則用《頌》焉。

（3）升歌畢，則笙入。笙之詩，〈南陔〉、〈白華〉、〈華黍〉也。諸侯以上，禮之盛者以管易笙。

（4）歌者在上，匏竹在下，於是有間、有合。間之詩，歌則《周南》〈魚麗〉、〈南有嘉魚〉、〈葛覃〉、〈卷耳〉；《召南》〈鵲巢〉、〈采蘩〉、〈采蘋〉也。

可見周人用樂仍是「歌者在上，匏竹在下」的貴人聲型態，大致維持詩樂重於器樂的傳統，但其間又存在歌、樂、舞可以偏舉、互相替代的情形，顯見《詩經》正處在歌樂舞整體藝術結構初步分裂的狀態，並且一定程度地體現了周王朝的禮樂制度中明顯的階級性。從〈天子諸侯大夫士用樂表〉（〈釋樂次〉，《觀堂集林》上頁58）可見「上自天子、諸侯，下至大夫、士止，民無與焉」，正是所謂「禮不下庶人」。（〈殷周制度論〉，《觀堂集林》上，頁300）關於這個文化現象的解讀，王國維說：

> 且古之所謂國家者，非徒政治之樞機，亦道德之樞機也。使天子、諸侯、大夫、士各奉其制度、典禮，以親親、尊尊、賢賢，明男女之別於上，而民風化於下，此之謂治。反是，則謂之亂。是故，天子、諸侯、卿、大夫、士者，民之表也；制度、典禮者，道德之器也。周人為政之精髓，實存於此。（同上，頁301）

如此將周之制度、典禮視為道德的器械，「而尊尊、親親、賢賢、男女有別四者之結體也，此之謂民彝」。是王國維對周代德治、禮治的致太平藍圖，存在過度樂觀的迷思。但也正好呈現出《詩經》的禮樂型態：一方面，歸附於西周以禮制為核心的宗法倫理文化；一方面，又創造周禮文化的藝術典型，深刻地反映周人「尊禮尚施」的文化特質。因此禮樂觀點的《詩經》闡釋，實具有解讀文化功能的意義。

由於對周代禮制的關懷，王氏也注意到「《毛詩故訓》多本《爾雅》，而《傳》之專言典制義理者，則多用《周官》」。並對今本《毛詩詁訓傳》的作者，提出「《故訓》者，大毛公所作，而《傳》則小毛公所增益」的說法，（〈書《毛詩故訓傳》後〉，《觀堂集林》下，頁762）對此趙沛霖說：

> 此說為王國維〈書《毛詩故訓傳》後〉一文提出，其根據有：齊、魯、韓三家之學《故》與《傳》皆各自為書；《詩故訓傳》注詩出《周禮》二十七條。「《毛詩故訓》多本《爾雅》，而《傳》之專言典制義理者，則多用《周官》……」王氏之論足以破千年謬說。〔註44〕

王氏仔細地整理出《毛詩》中用《周禮》者二十七條，《毛序》中有五條，〔註45〕

〔註44〕見趙沛霖《詩經研究反思》（天津：天津教育出版社，1989年）頁335～336。
〔註45〕宗靜航〈《毛詩》與《周禮》互見資料考〉考得《毛傳》與《周禮》互見42次，《詩

以爲皆小毛公所增益。因爲小毛公爲河間獻王博士，得見《周官》；大毛公，魯人，又親受《詩》於荀子，是生於周秦間，當無緣見《周官》而引之。雖然王氏的結論仍有待商榷，如洪誠說：「《毛傳詁訓》與《傳》同見之處，語意連貫，不似兩人之作。如果截去與《詁訓》相連之《傳》，則詩義不明，不能割裂爲兩人作」。又《序》引《周官》，正是毛亨得見《周官》的確證，必以爲毛萇所增益，有進退失據之嫌。〔註46〕宗靜航則以蔡邕《獨斷》所引《魯詩序》與《毛序》相較，證明王國維「今本《毛傳》和《毛序》引《周禮》者，爲小毛公所增益」的說法並不可信。〔註47〕但是王氏注重《毛傳》「以禮詁詩」的特質，及多引《周禮》的事實，均對後代學者研究《詩經》禮制有所啓發。

（二）《詩經》器制、成詞的考釋

　　利用經學和文字訓詁之學互相證發，從精究文字學到疏通《十三經》，是清代樸學家治學的路徑，而甲骨文字學，則大抵建立在金文研究的基礎上，與皖南經學的體系也有血肉相連的關係。王國維對經書中器制、文字考釋的思考基本上淵源於此，他說：

　　　　故古文字、古器物之學與經史之學相表裏。惟能達觀二者之際，不屈舊以就新，亦不絀新以從舊，然後能得古人之眞，而其言乃可信於後世。
　　　　（〈《殷墟文字類編》序〉，《觀堂集林》下，頁 871）

古文字與經書的溝通，就在深於經術的學者，原本熟悉訓詁通經的法則，所以非通經無以釋金文，金文石刻則所以補少數脫離之片斷，對此王氏嘗恨「以段君（玉裁）之邃於文字，而不及多見古文」。（〈《殷墟書契考釋》後序〉，《觀堂集林》下，頁 712）可見金石遺物在通經中的關鍵性作用。至於解讀《詩》、《書》、彝器等通行文字，王氏的法則是：

　　　　苟考之史事與制度文物，以知其時代之情狀；本之《詩》、《書》，以求其文之義例；考之古音，以通其義之假借；參之彝器，以驗其文字之變化。由此而之彼，即甲以推乙，則於字之不可釋、義之不可通，必間有獲焉。（〈毛公鼎考釋序〉，《觀堂集林》上，頁 179）

這其中的內容，包括：字形、字音、字義的推求，及典籍的參互比較。在運用上則視各別議題的需要而異，如〈說珏朋〉（《觀堂集林》上，頁 96～97）：舊說以「二

〔註46〕　見洪誠《訓詁學》（南京：江蘇古籍出版社，1984 年）頁 6。
　　　　序》則有 6 次，較王氏所考更爲周備。見氏著〈王國維「大毛公《故訓》小毛公作《傳》」說辨〉，《新國學》第三卷（成都：巴蜀書社，2001 年）頁 81。
〔註47〕　見同注45，頁 70～75。

玉爲珏，五貝爲朋」（《小雅·菁菁者莪》），王氏從字形上證「古繫貝之法與繫玉之
法同」，所以珏字卜辭作♯，朋字卜辭作♯♯，金文作♯，甚似珏字。從字音上證，珏
讀古岳反，與瑊同讀，《詩》、〈士喪禮〉皆作服，服在之部，朋在蒸部，二部陰陽對
轉，故音變爲朋，其本爲一字。另外從古制貝、玉皆五枚爲一系，合二系爲一珏，
若一朋，並目驗古貝，長不過寸許，以爲五貝一系，二系一朋，乃成制度。關於「朋」
字歷來說法分歧，陳夢家《卜辭綜述》支持王國維的推測；季旭昇從後岡殺殉坑中
貝的數目都是五的倍數，且「朋」字象二系之形，因此朋的數應該是偶數，將二者
結合，也傾向王國維的解釋。〔註48〕可見王氏從古文字學考證古制，有一定的示範
性。至於《詩經》中其他器物、成詞考釋的情形，大約如下：

1. 以音求義

　　孫詒讓曾說諟正文字譌舛的方法，「或求之於本書，或旁證之它籍，及援引之類
書」，「而以聲類通轉爲之錧鍵」，（孫詒讓《札迻·序》）王國維的古文字學雖然貫徹
了形、聲、義三方面的方法，但最豐碩的成果，還是在「同聲通假」。戴家祥舉例說：
吳大澂以〈齊子仲姜鎛〉「保膚兄弟」的「膚」字，即《詩》「眉壽保魯」之「魯」，
是古文字考釋上權威的說法。王國維卻從聲音的角度上說：

> 古魚、吾同音，故往往假膚、歔爲吾。〈齊子仲姜鎛〉云：「保膚兄
> 弟，保膚子姓」，即保吾兄弟，保吾子姓也。〈沈儿鐘〉云：「歔以宴以喜」，
> 即「吾以宴以喜」也。敦煌本隸古定《商書》「魚家旄孫於荒」，日本古
> 寫本《周書》「魚有民有命」，皆假魚爲吾。（〈鬼方昆夷獫狁考〉，《觀堂
> 集林》上，頁 378～379）

而早在一九○三年孫詒讓已考訂「膚」即「虞」字的或體，又從近代考古發掘中，
可以證實「魚、吾同音，吾從五聲，五、午通假」，所以「保膚兄弟」、「保膚子姓」、
「歔以宴以喜」，非讀膚爲吾不可。〔註49〕

　　又在成語的考訂上，如《大雅·文王》「文王陟降，在帝左右」的解釋，王氏說：

> 故陟降者，古之成語也。陟降亦作「陟降」亦作「陟各」，《左·昭七
> 年傳》：「叔父陟恪，在我先王之左右」。正用《大雅》語。恪者，各之借

〔註48〕見季旭昇〈《詩經》「百朋」古義新證〉，《詩經古義新證》（臺北：文史哲出版社，1994
　　　年）頁 301～307。「錫我百朋」語見《小雅·菁菁者莪》季氏以爲此詩詩旨說不清
　　　楚，導因於對「錫貝」情形的不了解。王國維〈說珏朋〉之作，用意亦當在此。又
　　　據季氏排比商周銅器賞賜銘文，賜貝百朋以上才四件，因此認爲〈菁菁者莪〉一賜
　　　就百朋，應該是有大勤勞。
〔註49〕參見戴家祥〈王靜安先生與甲骨文字的發展〉，《王國維學術研究論集》（一）（上海：
　　　華東師範大學出版社，1983 年）頁 3～5。

字，是陟各即陟降也。古陟、登聲相近，各、格假字又相通，故陟各又作
「登假」。(〈與友人論《詩》、《書》中成語書〉，《觀堂集林》上，頁 41)

而登遐，後世用爲崩薨之專語，而通語之陟降，別以登降、升降二語代之。因此證
明《大雅》陟降不當分釋爲上、下。這類成語在《詩》、《書》中很多，王氏說：「知
古代已有成語，則讀古書者可無以文害辭，以辭害志之失矣」。(同上，頁 421) 首
先提出了解成語對閱讀古書的重要性。事實上，從甲骨文、金文的具體材料與先秦
典籍來看，上古已存在不少的雙音詞，而這些又多有語音上相連繫的內在規律，並
且存在一定的不穩定性，所以一個詞成爲習慣性的用語後，一大串和它發生語音關
係的詞，也很容易進入成語的行列，「同聲通假」的現象自然普遍存在。〔註50〕王
國維從音讀入手，是有效地掌握解讀古代成語的關鍵。

另外一九一六年王國維就《爾雅》中草木虫魚鳥獸諸篇進行釋例，提出了「古
雙聲明而後詁訓明」的想法，並說：

> 因思由陸氏《釋文》上溯諸徐邈、李軌、呂忱、孫炎，以求魏晉間之
> 字母；更溯諸漢人讀爲、讀若之字，與經典異文，以求兩漢之字母；更溯
> 諸經傳之轉注、假借與篆文古文之形聲，以爲如此，則三代之字母雖不可
> 確知，庶可得而擬議也。(〈《爾雅草木虫魚鳥獸釋例》自序〉，《觀堂集林》
> 下，頁 878)

這個想法在一九二二年致沈兼士的信中，將古字母的研究條列爲：經傳異文、漢人
音讀、音訓、雙聲字、反切等五端。並且就第四條「雙聲字」的法則，以《詩經》
爲材料，作成〈蕭霜滌場說〉，說明古人因蔽於沒有雙聲聯綿字的概念，造成對經書
的誤讀。又一九二一年曾按照雙聲字的原則，將《詩》、《書》中的聯綿字編纂在一
起，成《聯綿字譜》手稿，〔註51〕讓大批客觀的材料說話，不僅有助於古字母的研
究，也爲《詩經》文字的解讀，提供有用的工具。

2. 典籍的參互比較

王國維在〈與友人論《詩》《書》中成語書〉中，提及探求古代成語的方法說：

> 唐、宋之成語，吾得由漢、魏、六朝人書解之；漢、魏之成語，吾得
> 由周、秦書解之。至於《詩》、《書》，則書無更古於是者。其成語之數數

〔註50〕 參見姜昆武《詩書成詞考釋》(濟南：齊魯書社，1989 年) 頁 6～13。姜氏利用現代
語法學、修辭學的基礎，創「成詞」一名代王國維「成語」的說法，使定義更爲明
確。並在理論的闡述上，就王氏的基礎作了更周全的延伸。

〔註51〕 此手稿是王氏弟子在整理王國維遺作時發現的，趙萬里《王靜安先生年譜》：1921
年，「是歲先生摘出經典中聯綿字，爲《聯綿字譜》，草稿粗具，計分三卷」。儲皖峰
《王靜安先生著述表》：「此稿原無名稱，今名係羅氏所訂」。

見者，得比校之而求其相沿之意義，否則不能贊一辭。(《觀堂集林》上，
頁 40）

在這段敘述中，包含了對語文發展的古今界限，和內部的雅俗區別的思考，運用在
實際的操作中，則有二個法則：一是可由《詩》、《書》本文比較知之者，這個方法
源自孫詒讓說：「《國風》方言也，故易通；《雅》、《頌》雅辭也，則難讀，故命誥之
辭與《雅》、《頌》多同」。(《尚書駢枝》序）因爲古典雅辭皆有「詭名奧誼不越厥宗」
的共同特點，所以才有比照證發的可能，王國維就是用這一方法解釋《詩》、《書》
成語，及《爾雅》中的名物，而有發明古語之處甚多，〔註52〕如：

　　　　《詩·大雅》：「王配於京，世德作求」。求者，仇之假借字。仇，匹
　　　　也。「作求」猶《書》言「作匹」、「作配」，《詩》言「作對」也。《康誥》
　　　　言與殷先王之德能安治民者爲仇匹，《大雅》言與先世之有德者爲仇匹，
　　　　故同用此語。《鄭箋》訓「求」爲「終」者，亦失之。(〈與友人論《詩》、
　　　　《書》中成語書〉，《觀堂集林》上，頁 42）

二是《詩》、《書》中語，不經見於本書，而旁見彝器者，亦得比校而定其意義。文
中舉了《詩經》中的八個例子加以說明，如：

　　　　《詩·羔裘》云：「舍命不渝」，《箋》云：「是子處命不變，謂守死善
　　　　道，見危授命之等」。案：克鼎云：「王使善夫克舍命於成周」。毛公鼎云：
　　　　「厥非先告父厝，父厝舍命，毋有敢蠢，尃命於外」，是「舍命」與「尃
　　　　命」同意，舍命不渝，謂如晉解揚之致其君命，非處命之謂也。(同上，
　　　　頁 44）

正是「二重證據法」用在經典考釋中的典型。上述王國維有效地掌握《詩經》通讀
問題的關鍵，從器制的還原，和古今音讀的推求，掃除《詩經》通讀上的障礙。

（三）還原詩篇的時代

　　甲骨學在孫詒讓、羅振玉的時代，僅止於識字，還無法掌握它的史料價值。到了
王國維才使甲骨成爲研究商周史的直接史料，如〈殷卜辭中所見先公先王考〉，就補
足了正史的缺文，進而建立可信的古史體系。此外在金文與《詩經》的互證下，對於
詩篇時代的還原，也常能獲致關鍵性的突破，如《小雅》〈十月之交〉、〈雨无正〉、〈小
旻〉、〈小宛〉四篇，《毛傳》以爲刺幽王之詩，鄭玄據《國語》、《緯候》以爲刺厲王
之詩。王國維據同治間關中出土的〈函皇父敦〉釐正了一些糾纏，他說：

〔註52〕參見周予同、胡奇光〈孫詒讓與中國近代語文學〉，《孫詒讓研究》(杭州：杭州大學
　　　語言文學研究室內部發行，1963 年）頁 6。

敦銘云：函皇父作周娸盨盉尊器敦鼎，自豕鼎降十又兩罍兩壺，周娸其萬年子子孫孫永寶用。〔註53〕周娸猶言周姜，即函皇父之女歸於周，而皇父爲作媵器者。〈十月之交〉豔妻，《魯詩》本作閻妻，皆此敦「函」之假借字。函者其國氏，氏娸者其姓，而幽王之后則爲姜爲姒，均非娸姓，鄭長於毛，即此可證。(〈《玉谿生詩年譜會箋》序〉，《觀堂集林》下，頁717)

根據上述內容，則對於〈十月之交〉的解讀，至少有兩處重要的啓發：一是「皇父卿士」的皇父即函皇父。二是「豔妻煽方處」的豔妻即閻妻，也就是敦銘中「函」的假借字，是幽王之后的「國或氏」，娸是她的「姓」。再加上王氏考訂「有扈即有易，亦即有狄，處即扈，姒姓，亦狄屬」。所以西周姒姓之繒、與戎狄之西夷、犬戎，被稱方處。已經非常接近詩篇所載史事，即《史記・周本紀》所載的：幽王欲廢后申侯女，「申侯怒，與繒、西夷、犬戎攻幽王」，「遂殺幽王驪山下，虜褒姒」。只是王氏蔽於認定幽王之后「爲姜爲姒，均非娸姓」，從而對「豔妻煽方處」一句，避而不論。事實上，根據《世本》：大岳之後的函氏同屬妘(娸)、姜，所以函皇父是姜、娸之後，函皇父嫁女配幽王，稱「周娸」或「周姜」。如此則可以訂正《毛傳》釋「美色曰豔」，以豔妻爲褒姒的錯誤。

另外在卜辭的研究上，王國維也提出一些不同於前人的思考，爲詩篇時代的研究，提供可依循的方向，如說：「都邑，政治與文化之標徵也」，而都邑的產生，又源於滅國俘獲的行爲，並據此解釋殷周間制度變革的歷史因素說：

周之克殷，滅國五十。又其遺民，或遷之雒邑，或分之魯、衛諸國。

而殷人所伐，不過韋、顧、昆吾，且豕韋之後仍爲商伯。昆吾雖亡，而己姓之國仍存於商、周之世。(〈殷周制度論〉，《觀堂集林》上，頁287)

又王氏從金文中發現，周器中始出「城」字，並以〈召伯虎簋〉：「余考止公僕墉土田」，證之《魯頌・閟宮》：「錫之山川，土田附庸」，說：

〈召伯虎簋〉之僕墉土田，即《詩・魯頌》之「土田附庸」，《左氏傳》之「土田陪敦」(古、僕、陪三字同音，附作僕作陪者，聲之通，庸作敦者，字之誤也)。(《毛公鼎銘考釋》)

郭沫若在王氏的基礎上，解釋「僕墉土田」當是附墉垣於土田周圍，是後世城垣的

〔註53〕關於函皇父諸器的銘文，除了函皇父盤完整外(現藏陝西省博物館)，其餘均有漏鑄。盤銘原文：「函皇父作琱娸盨盉尊器，鼎簋一具，自豕鼎降十又一，簋八，兩罍兩壺。琱娸其萬年子子孫孫永寶用」。參見吳澤〈王國維周史研究綜論〉，《王國維學術研究論集》(一) 頁31。

雛型，是周代殖民制度的結果，並舉《大雅・崧高》：「王命申伯，式是南都，因是謝人，以作爾庸。王命召伯，徹申伯土田，王命傅御，遷其私人」。《大雅・韓奕》：「實墉實壑，實畝實藉」。《大雅・江漢》：「錫山土田」。說明殖民制度屢見於《詩經》，而「春秋初年之所謂封建，猶不過築城垣建宮室之移民運動而已。春秋初年猶如此，則周代初年更可知」。〔註 54〕後來侯外廬據王氏解釋周初「城」字，從庸從成。推論庸與成合字，「即建城而封略城市，與農村的原始意義」。〔註 55〕從上述可知王國維的古文字學在古史重建上的意義，所以羅振玉說：「君之學實由文字聲韻，以考古代之制度文物，並其立制之所以然」。王氏也自述說：「由文字音韻而定其是非，非僅關音韻學，實關史學也」。

第二節　古文字學與《詩經》訓詁的創發

金石文字之學發端於宋代，盛起於清初，有顧炎武、錢大昕專以金石爲考證經史之資料；道咸以後，收藏浸富，名家輩出，遂爲小學的大進展，而有功於經史訓詁，對此梁啓超說：

> 自金文學興，而小學起一革命，前此尊《說文》若六經，祔孔子以許慎，至是援古文、籀文以難許者紛作，若莊述祖之《說文古籀疏證》；孫詒讓之《古籀拾遺》，其著也，諸器文字既可讀，其事蹟出古經以外者甚多，因此增無數史料……最近復有龜甲文之學，龜甲文者，光緒己亥在河南湯陰縣出土，殆數萬片，而文字不可識，共不審爲何時物。後羅振玉考定爲殷文，著《貞卜文字》、《殷虛書契考釋》、《殷虛書契待問篇》，而孫詒讓著《原名》，亦多根據甲文。（《清代學術概論》頁 42～43）

原本漢語語言學在乾嘉學者手上，已形成系統的研究；自一八九九年甲文、金文的大量發現以來，又在漢字字形研究上，得以突破《說文》的格局，不僅能就字形辭例進行探索，還可按其完成時代的先後次第指出其堆積的層次，求出本義，再從本義探尋字源和語源。〔註 56〕這套考釋古文字的規律，對於經書訓詁上的創發提供更

〔註 54〕見郭沫若〈附庸土田之另一解〉，《中國古代社會研究》上冊（石家莊：河北教育出版社，2001 年）附錄：追論及補遺，頁 271～274。

〔註 55〕見侯外廬《近代中國思想學說史》（上海：生活書店，1947 年）第三編，第十七章〈古史學家王國維〉頁 981～982。

〔註 56〕參見徐中舒〈怎樣考釋古文字〉，《徐中舒歷史論文選輯》（北京：中華書局，1998 年）下冊，頁 1433～1442。徐氏以爲許慎根據的形體是輾轉鈔來的，「由於他根據錯誤的形體進行解釋，所以有許多望文生義的地方，這不能怪他，他沒有見過甲骨

多元的材料。

　　《詩經》的難懂，向為學者所共稱，在文字上，由於《詩經》的時代久遠，許多用字保留了早期本義，這些本義到了後世，或消逝了，或因經傳的傳訛而形成誤解，所以文字辨證，不僅是字形上訛正的問題，也牽涉到義訓上的是非得失。〔註56〕民初在古文字學上的突破，正好提供了解讀義訓癥結問題的契機。以對《詩經》體制「南」的解釋為例，《說文》作「艸木至南方而有枝任，从𣎵𡴃手聲」，為《詩序》「謂南言化自北而南」，提供了字義上的說明。羅振玉據所見甲骨文，以為與古金文諸形略同，而與《說文》古文不合；郭沫若則據甲骨字的十七種異文，與金文的十二種字形，「無一从𡴃」，提出南的本義，當別為一事，並舉四項證據，說明「南」字「確係獻於祖廟之器物，由字之形象而言，余以為殆鐘鎛之類之樂器」；唐蘭從甲骨文字形比對分析，以為𢆉為「南」字的原始形，同意郭氏對於《說文》的辨證，並對郭氏的鐘鎛樂器之說提出質疑，以為「南本即𦭓，𦭓者瓦制之樂器也」，〔註57〕可見民初學者在甲骨文材料的支援下，頗有創獲，有助於釐清《詩經》研究中許多夾纏不清的解釋。只是以古文字從事《詩經》訓詁的諸家，雖然運用甲文、金文以探求古義的用心和實效是一致的，但由於學術淵源不同，立場也各異，如林義光從徵信的目的上說：

> 近時學者追趨逐嗜，輕詆古書，儕六籍於野言，造游辭為史實，以此為治學之隆軌，亦誤會之甚者矣。嘗試論之，書固不可盡信，要亦不可盡疑。近世言古事者，莫若以遺存之物為證驗，諸彝器載車服之賜詳矣，如人君則金車虎幣，大夫則職衣圜帶之類，與群經所載鮮不相符。〔註58〕

聞一多則因為在儒家道統下，漢宋學者的「深文周納」，扭曲了《詩經》的原貌，所以想利用早於漢儒之前的三代遺物，來去掉那聖人的點化。〔註59〕

　　在方法上，古文字學主要是中國原來的學問，沒有明顯地受西洋學術的影響，但在民初，以古文字學考釋《詩經》的學者，由於學科背景的差異，運用的巧妙遂亦不同。其中林義光、于省吾都以古文字學名家，是皖派漢學的流衍。據林義

　　文，沒有見過很多的『山川所得鼎彝』的古文，條件當然不夠」。甲文出土後的 80 年間，考釋古文字的條件改善了，也得出更周全的規律。

〔註56〕見于省吾《澤螺居詩經・楚辭新證》（北京：中華書局，1982 年）下冊，頁 177。

〔註57〕參見李孝定編述《甲骨文字集釋》第六（臺北：中央研究院歷史語言研究所專刊之五十），頁 2079〜2094。

〔註58〕見林義光《詩經通解》（臺北：臺灣中華書局，1986 年）〈例略〉，頁 2。

〔註59〕見聞一多〈匡齋尺牘〉，《聞一多全集》（武漢：湖北人民出版社，1994 年）第三冊，頁 199。

光《詩經通解・序》說：「古文制作之微旨，足正從來說解之違失者，既以作《文源》一書質之通學，頃所尋習，又及於《詩》，乃甄擇舊說，益以新知，次爲斯解」。採用的是王氏父子探尋同源字的方法，主要以金文貫徹一切文字，以定文字之本形本義。〔註 60〕于省吾則主張「用同一時代，或時代相近的地下所發現文字和文物，與典籍相證發」。（〈楚辭新證序言〉，《澤螺居詩經・楚辭新證》頁 234）也就是二人都主要依傍豐富的古文字研究成果，以解釋《詩經》。王國維的運用龜甲、金石材料，則有明顯的實證哲學背景，主要用以解釋《詩經》中的古史、古禮制（論見本章第一節）；聞一多在「帶讀者到《詩經》的時代」的思考下，又往往證以文化人類學，他說：「我始終沒有忘記除了我們的今天外，還有那二三千年的昨天，除了我們這角落外還有整個世界」，（〈致臧克家〉，《聞一多全集》第 12 冊，頁 381）所以對聞氏而言，訓詁的目的在於呈現對整個上古社會的文化考察，是爲《詩經》文化詮釋和文學鑑賞的鑰匙。以下敘述諸家在《詩經》訓詁上的創發，以見古文字在《詩經》古義考釋上的支援。

一、據古音、古字與三代器物通解《詩》義

　　林義光《詩經通解》三十卷，據書前〈序〉言：

　　　　秦漢以降，語言文字寖以變易，古書傳寫屢失本眞，由是《詩》無達詁董生嘆之，其中艱深之文，比之盤誥聲牙曾不少異；即其號爲淺易者，亦或狃於誤解，蘊疑義而不知，蓋《三百篇》中，傳讀而通曉者，未逮什一，自餘皆晻昧忽荒，莫與洞究；不思而學，祇爲面牆；欲有所感發興起，不亦難哉？（《詩經通解》自序，頁 1～2）

既然《詩》之本義難明因文字而起，因此想藉晚清以來所見眞古文，合以清儒所得音聲故訓之端緒，用以通解「文字孳生通假之故」，及「古書傳寫改易之跡」，然後「可得其統紀，將欲達先聖之玄意，曉其言於氓庶」。（同上）全書考釋《詩》三百五篇，各詩下除文字訓詁外，又有篇義、別義、異文，另凡字音收元音與輔音者，均以羅馬字拼音音標爲表示。

　　雖然，林氏說：「《詩》三百篇，我民族溫柔敦厚守禮行義之特性於此悉著」，可見他不僅秉承乾嘉漢學的訓詁法則，得古文家法，且以傳承孔門詩教爲職志。但又對於毛鄭《詩》說、清儒考據，仍欲有所考辨補正，如於名物訓詁，多取證於金文，而每出奇解，對於《詩》旨的闡述，往往賦予時代的新義，以駁先儒的曲解。如說

〔註60〕見《續修四庫全書總目提要》（北京：中華書局，1993 年）下冊，《文源》提要，頁 1282。

「溫柔敦厚」之旨，以爲「秦漢以後，貴君賤民之說，習於人心，儒生固於爲詩，每謬託溫柔敦厚之辭，以深泯沸羹懟斁之跡」。（同上〈例略〉頁 3）又《三百篇》中多錄婦女之作，認爲是，時俗「尊慕女子，奉之若師保，有爲意想所不及者」，但後儒說詩不悟此義，所以「於南國婦人，屢褒之日不妒忌；於鄭衛女子，概詆之日：淫；考於經文，或未有其一字，皆儒生挾其輕女之見，瞀亂本眞爾」。（同上）甚至以《序》說爲別義，而另外證發篇義，如說「雨无正」：

> 離居之謂，雨疑周字之誤，古金文周字作 𝌆，形與雨近，故誤認爲雨字也。周無正，謂周無大臣耳，《後序》云：「雨自上下者也，眾多如雨，而非所以爲政也」。說既謬迁，且亦非此詩之意矣。（《詩經通解》卷 16，頁 35）

又說《齊・載驅》「齊子豈弟」：

> 豈弟，《爾雅・釋言》云：「發也」。豈弟爲闓闓之轉音。闓闓有二義：訓爲樂易者，其本字爲愷悌，他詩之豈弟君子是也。訓爲發者，其本字爲開釋，此詩之豈弟是也。開釋與首章發釋同義，皆謂出行也。（同上，卷 6，頁 20）

上述主要爲駁鄭玄說：「闓闓爲開明以與發夕相對」。以爲豈弟是疊韻聯綿字，且爲古文常語，不可分爲二義，豈弟既非天明出行，則發夕亦非夕發。像這樣，林氏於《傳》《箋》無當於義者，每多有駁證，其間得力於文字訓詁之學與三代器物者尤其顯著。

（一）於古音、古字中求之

從古音、古字中探求《詩》義，是傳統經學家的方法，林義光認爲別有可爲，是因爲：（1）《毛傳》、《鄭箋》雖得其方法，但其用未密，所以疑滯罕宣。（2）清代經師雖然講求聲音故訓得其義例，如高郵王氏父子、德清俞樾，博辨精覈超越漢儒之上，剖析一義昭若發矇，但詮釋未及全經，蓄疑猶不可勝記。（參見《詩經通解》自序）

在古字的推求上，有取法清儒訓詁法則，而觸類旁通者，如據阮元「義同字變」的例，說〈草蟲〉「蟲讀爲蠡，《爾雅》草蠡、負蠜，草蠡即《詩》之草蟲，草蠡、阜蠡嫌其二蠡相並爲韻，即改一假借之蟲字當之」。並以此類推〈君子于役〉「曷其有佸，羊牛下括」；〈正月〉「寧或滅之，褒姒威之」；〈信南山〉「維禹甸之，曾孫田之」；〈行葦〉「四鍭既鈞，舍矢既均」；〈抑〉「四方其訓之，四國順之」（《詩經通解》卷 1，頁 11）。另有據《說文》古文，而別出新意者，如說《鄭・子衿》「挑兮達兮」：

　　　　挑達雙聲字，謂行不相遇也。《說文》㞞，滑也。泰，滑也。濯物於

　　水，因其滑而有所脫除謂之㞞泰。今字變作佻汰。人往來不相遇，與滑脫

　　之意亦近；故謂之挑達。《說文》訓㞞爲滑，訓達爲行不相遇，引《詩》

　　曰「㞞兮達兮」，是許君謂不相遇即滑脫也。（《詩經通解》卷6，頁13）

是從《說文》異文看古今字變，以求《詩》之本義。又如說《召南・采蘩》「于以

采蘩」：

　　　　《說文》烏古文作於（於），是於即烏也。此詩于以疑當作於以，傳

　　寫誤改爲于耳，烏以采蘩，何處采蘩也。（《詩經通解》卷1，頁10）

關於《詩經》的「于以」字，在二〇至三〇年代曾引起廣泛的討論，學者們主要從

文法上分析（參見本論文第二章第四節），林氏從古字上解讀，是提供了另一方面的

思考。

　　　　至於古音的運用，林氏於書前撰〈詩音韻通說〉一篇，歸納前人對《三百篇》

用韻的研究，將傳統的二十七類，以近代語言學的觀點，區別爲：收元音、收輔

音、收輔音而較短促三項。在聲類方面，清代學者並未給予應有的重視，因而造

成一定的混亂，林氏參照錢大昕、章太炎的研究，提出「古無正齒音」，將三十六

字母省併爲「k、ng、元音、h、t、ts、s、p、m、l、n」等11紐，並於各詩下列「異

文」，有助於「通假字」、「古今字」的釐析，可謂得清人「因音求義」的精神，並

往往能以此創發訓詁。如《邶・匏有苦葉》「深則厲；淺則揭」，因《爾雅》釋揭

者揭衣也。說《詩》者多本《雅》訓，以深厲淺揭爲因時制宜，林氏以愒、揭從

曷得聲，基於古文多因聲假借的原則，以爲非可望文生訓解爲揭衣，而當據《說

文》：「愒，息也」，「方水淺之時憩息不渡，俟水深而厲之，以喻禮義中自有樂地；

違宜犯禮斯爲至愚也」（《詩經通解》卷1，頁26）。但「因音求義」的方法，往往

輕易使用「一聲之轉」或「音近義同」的說法，來取代訓詁考證所必須的大量根

據和嚴格論證。林氏說《詩》雖也不能免於過度使用通轉法則，但尚不至隨意破

字，臆改古文。

（二）求之三代器物

　　　　林義光因有感清儒明古之語言，而獨未習其文字；加上民初以來，三代彝器日

顯於世，而銘辭所載，又往往與群經相符，以爲這正是近代在經書訓詁上所以能突

破前代的關鍵。林氏著有《文源》一書，利用金文的知識解決許多文字學上的疑義，

《詩經通解》在這個基礎上考釋《詩經》古義，因此每能有所創獲，如說《齊・東

方之日》「履我發兮」：

　　　　發讀爲法，諸彝器勿灋（法）朕命，皆即勿廢朕命，發與廢多相通，

是發古文亦可作法也。法圍束之意（說見《文源》）。禮我法分，以禮爲我之檢束也。詩言有佳麗者，早暮相對於房闈之中，而必以禮檢制不爲非度。（《詩經通解》卷6，頁17）

又說《小雅・雨无正》「云不可使，得罪于天子；亦云可使，怨及朋友」：

> 可使讀爲考事，〈師斄敦〉：在昔先王小學汝，汝敏可吏。〈齊侯鎛〉：是以余爲大攻，无（暨）大吏，大徒，大僕，是辝（以）可吏。〈多父盤〉：其事（使）頋多父眉壽丂事，可吏與丂事同，亦即此詩之可使也。可考雙聲，〈叔角父敦〉考字作𡥈以可爲聲，則可考古音亦相通，考成也，「云不考事，得罪于天子；亦云考事，怨及朋友，言當正大夫離居莫肯夙夜之時，不作成我事，則天子罪之；欲作成我事，則朋友怨之，故上文云維曰于仕孔棘且殆也」。（《詩經通解》卷16，頁35）

均得力於金文材料在字源上的考究。此外在名物考據上也多有證發，如說《衛・碩人》「朱幩鑣鑣」：

> 幩，毛云：「飾也」，《詩》之朱幩不言所飾，而金文則屢言㚔較（師兌敦、吳尊、毛公鼎、番生敦、彔伯戎敦），及㚔靷朱鞹㦿（吳尊、彔伯戎敦），皆惟國君之車有之，㚔爲幩之古文（說見《文源》），然則朱幩者較與鞹幬之朱飾也。（《詩經通解》卷1，頁45）

《毛傳》釋幩爲「人君以朱纏鑣扇汗且以爲飾」，由於車的朱飾在漢代已不可考，毛涉下「鑣鑣」字，因而聊以屬馬銜，實無明確根據，林氏證以金文，使「朱幩」的解釋更合乎三代車制的實況。另如說《小雅・庭燎》「鸞聲將將」：

> 鸞讀爲鑾，鑾鈴也。金文如〈無叀鼎頌敦〉、〈豆閉敦〉、〈揚敦〉皆言錫鑾旂。《說文》以旂爲旗有眾鈴，此詩三章云言觀其旂，而采菽泮水亦皆以鸞聲與旂並言，則鸞爲旗上之鸞非車上之鸞也。毛以鸞爲鸞鑣，失之。（《詩經通解》卷16，頁19）

可見林氏得以探悉諸多漢代以來已不可考的名物典制，主要在於對金文材料的有效掌握；也由於能取證三代實物，所以對《傳》《箋》訓詁中，許多含混的說法，具有釐清辨正的作用。

二、以古文字學作爲《詩經》文化詮釋與文學鑑賞的鑰匙

古文字學對《詩經》考釋的作用，在王國維手上，是以地下資料補充和匡正文獻記載的方法論原則。到了聞一多，在具體研究的形式上，大抵仍是「校定文字」和「訓釋詞義」的正統考據工作，只是考據在更明顯的方法意識下，只作爲研究的

手段，不再是終極的目的，取而代之的，是如何釐清「先作品而存在的時代背景與作者個人的意識形態」，這意味考據學的更新，也是突破二重證據法的嘗試。〔註61〕

　　關於《詩經》的讀法，聞氏在《風詩類鈔甲・序例提綱》中提到：「經學的、歷史的、文學的」是三種舊的讀法，至於新的讀法是「社會學的」，目的在縮短作品與讀者的時間距離，方法則是：

　　　　——用語體文將《詩經》移至讀者的時代，用下列方法帶讀者到《詩經》的時代

　　　　考古學　關於名物盡量以圖畫代解說

　　　　民俗學

　　　　語言學

　　　　　聲韻　摹聲字標者以聲見義（聲訓）訓正字不理借字

　　　　　文字　肖形字舉出古體以形見義（形訓）

　　　　　意義　直探本源　　　　　　（《聞一多全集》第四冊，頁 456～457）

其中考古學、民俗學是清末以來的新興學科，語言學則是傳統考據的架構，聞一多選擇了訓詁模式來呈現所謂「社會學的」《詩經》研究，因為他說：

　　　　要解決關於《詩經》的那些抽象的、概括的問題，我想，最低限度也得先把每篇的文字看懂。（〈匡齋尺牘〉，《聞一多全集》第三冊，頁 198）

可見跨越時空障礙的具體工作，仍端賴古代語言、文字……等基礎學科，也因此他的研究工作，就不得不先鑽到「故紙堆內討生活」，並且一向謹慎地走著正統道路，一九三三年聞氏致饒孟侃的信中提到自己向內發展的工作，便有《毛詩字典》一項，他的構想是：

　　　　將《詩經》拆散，編成一部字典，注明每字的古音古義古形體，說明其造字的來由，在某句中作何解，及其 parts of speech（古形體便是甲骨文，鐘鼎文，小篆等形體）（這項工作已進行了一年，全部完成的期限當

〔註61〕據聞一多〈楚辭校補引言〉，《聞一多全集》第五冊，頁 113。聞氏以為研究古代文學作品的三項課題是：說明背景、詮釋詞義、校正文字。並說這三項課題是相關連的，應當一起完成。但為時勢所限，只能將二、三項先提出，是權變的方法。而這種先著手二、三項的工作，將終極目標放在第一項的方法，正是聞氏研究一切古代文學作品慣用的程序。又二重證據法是王國維明確提出的方法論，王氏以後的學者，開始思考除了直接來自地下的甲、金文材料外，是否還有足以使考據學刮目相看的材料和旁證途徑？因此第三重證據的方法論，雖然沒有被正式提出，但這種嘗試已預示著考據學方法和視界的又一次突破性變革。參見葉舒憲〈自序一人類學三重證據與考據學的更新〉，《詩經的文化闡釋—中國詩歌的發生研究》（武漢：湖北人民出版社，1996 年）頁 1～16。

在五年以上）（〈致饒孟侃〉,《聞一多全集》第 12 冊,頁 265）
又據朱自清說:

> 他在「故紙堆內討生活」,第一步還得走正統的道路,就是語史學的
> 和歷史學的道路,也就是還得從訓詁和史料的考據下手。在青島大學任教
> 的時候,他已經開始研究唐詩;他本是個詩人,從詩到詩是很近便的路。
> 那時工作的重心在歷史的考據。後來又從唐詩擴展到《詩經》、《楚辭》也
> 還是從詩到詩,然而他得弄語史學了。他於是讀卜辭,讀銅器銘文,在這
> 些裏找訓詁的源頭。（〈開明版《聞一多全集》序〉,《聞一多全集》第 12
> 冊,頁 445～446）

可見找尋「訓詁的源頭」,正是古文字學在聞一多《詩經》研究中的主要意義。只是
方法的概念有了,但讀懂《詩經》仍是一件複雜的工程,聞氏提出其間的三層困難:
一是如何去掉那聖人點化的痕跡?因為當儒家道統面前的香火正盛時,《詩經》的面
目正因為不是真的,才更莊嚴、更神聖,但是「在今天,我們要的恐怕是真,不是
神聖」。二是如何建立客觀的閱讀標準?也就是找尋推論的根據,比較的方法——也
就是用漢後的民歌解釋周初的民歌,似乎可行,但它的危險,恐怕與它的便利一般
大。三是處在二千五百年後文明的人們,如何退回二千五百年前?因為文化既不是
一件衣裳,可以隨興緻脫下來,穿上去,那麼「如何能擺開你的主見,去悟入那完
全和你生疏的『詩人』的心理,是文學鑑賞的難關」。（參見〈匡齋尺牘〉,《聞一多
全集》第三冊,頁 199～201）則聞氏《詩經》研究工作最終的關懷,乃在於文化的
和文學的領域。

如果王國維是藉古文字學以考《詩經》中的古禮、古史。對聞氏而言,就是以
古文字學作為《詩經》文化詮釋和文學鑑賞的鑰匙。至於選擇從甲骨文、鐘鼎文的
研究入手,例如:說《召南·行露》「誰謂雀無角」,以古彝器銘識有大喙鳥■（鼎
文《續殷文存上》四）,其喙作■形,與卜辭角字作■者逼肖,與■字之角形■（《前》
七,四一,一）、■（《前》二,三一,四）、■（《前》四,四六,六）筆意亦近,
是古人造字,喙與角不分二物也。證明「《傳》、《箋》說《行露篇》皆曰『雀之穿屋
似有角』,謂雀似有角而實無,是讀角為獸角之角,失之。」（《詩經新義》,《聞一多
全集》第三冊,頁 267～268）又如:說《召南·羔羊》「羔羊之皮素絲五紽」,認為
「以絲為贈,的系古制,其證不在經典,而論其堅實可任,或百倍於經典所載。金
文《守宮尊》曰:『易（賜）守宮絲束,薴（苴）䩵（幕）五,薴（苴）蠹（羃）二,
馬匹,毳爺（布）三,敼三,鋚朋。』此其鐵證也。《曶鼎》曰『我既賈（贖）女（汝）
三□（夫）,□（效）父用匹馬束絲限話（許）曶』,此以絲為交易品,亦贈遺用絲

之旁證。」用此證明「《羔羊篇》之皮與絲爲二，《傳》合而爲一，謂絲爲裘之英飾，不知皮既非裘，絲亦非英也。《干旄篇》之絲與馬亦不相謀，《傳》又牽合〈皇皇者華〉『六轡如絲』之語，以爲絲以喻轡，亦以絲馬混爲一談，《箋》則蒙上文『干旄』、『干旟』、『干旌』之詞而以絲爲旌旗旒縿之屬，俱不可憑」。（同上，頁 269～271）都說明了他「不甘因循保守，依靠傳統注疏，以解決通讀古籍的文字問題」，而總想「自闢道路，直探本源」的用心。〔註62〕

（一）匯通文字與文化的論證法則

聞一多以爲通讀詩歌的原則是：「每讀一首詩，必須把那裏的每個字的意義都追問透徹，不許存下絲毫的疑惑」。（〈匡齋尺牘〉，《聞一多全集》第三冊，頁 202）識字所以重要，尤其在《詩經》裏的重要性，主要在於《詩》的文化屬性。也就是聞氏所說的：

> 須知道在《詩經》裏，「名」不僅是「實」的標籤，還是「義」的符號，「名」是表業的，也是表德的，所以識名必須包括「課名責實」與「顧名思義」兩種涵義，對於讀《詩》的人，才有用處。（同上，頁 204）

這一層的關聯，在只把文字當文字研究的傳統語言學裏，是不曾被察覺的；而在聞氏嫁接西方文學人類學的《詩經》考據中，卻始終是鮮明的自覺。正如同陳寅恪說：「凡解釋一字即是作一部文化史」。〔註63〕一九四三年聞氏在給臧克家的信，關於匯通考據與文化有明確的表述說：「因爲經過十餘年故紙堆中的生活，我有了把握，看清了我們這民族，這文化的病症，我敢於開方了」。（〈致臧克家〉，《聞一多全集》第十二冊，頁 380）至於運用的方法思維大抵有二：

1. 喚起遠古傳說的聯想

以《周南・芣苢》爲例，看似單調，完全不像詩。聞一多從「芣苢」這個既是植物，又是一種品性，一個 allegory（象徵）的字眼，分兩個層次著手解讀：

（1）從古聲韻學的角度看，「芣」從「不」聲，「胚」字從「丕」聲，「不」、「丕」本是一字。「苢」從「㠯」聲，「胎」字從「台」聲，「台」又從「㠯」聲（《王孫鐘》、《歸父盤》等器，「以」字皆從「口」作「台」）「芣苢」和「胚胎」古音既不分，從植物的「芣苢」到用在人身上的「胚胎」，是文字孳乳分化的結果，所以古人根據類似律（聲音類近）之魔術觀念，以爲食芣苢即能受胎生子，用在詩中這兩個字便是雙關的隱語（pun），是中國民歌中極古舊的一個傳統。（〈匡齋尺牘〉；

〔註62〕參見季鎭淮〈聞一多先生的學術途徑及其基本精神〉，《聞一多研究叢刊》（武漢：武漢大學出版社，1984 年）頁 181。

〔註63〕見陳寅恪〈致沈兼士書〉，《沈兼士學術論文集》（北京：中華書局，1986 年）頁 202。

〈詩經通義〉,《聞一多全集》第三冊,頁 204;308)

（2）據漢人傳說「禹母吞薏苡而生禹」。「薏」當作「薔」,又「菖」字篆文作 菖,
聞氏以為「許慎說从言从中,純是附會。其實字形當作 菖,从 宋,下二「〇」,與「音」
篆下一「〇」,相差有限了。宋即 宋上加「●」(《王孫鐘》「不」作「宋」,《齊陳曼簠》
作「宋」),宋即「鄂（萼）不韡韡」及「華（花）不注（柱）山」之「不」,後世稱
為「花跗」「花趺」,今人稱為「花萼」,到結子時,萼又托著子,又可以稱為蒂了。
(宋亦从宋,字又通作「啻」,下有口,與「薔」「菩」亦同意。)這裏「薔」「菩」
兩字所从的「宋」應專指蒂言,「〇」是代表花子的,兩個「〇」自然表示子多的意
思。又夏人姒姓,則吞苤苢而懷妊風俗,實源自夏人祖先的故事。(〈匡齋尺牘〉,《聞
一多全集》第三冊,頁 211～213)

同樣的方法,用以解釋《鄘風·蝃蝀》《曹風·候人》,聞氏從「隮」字著手。
以為《周禮》故書隮作資,資字从次。「古文茨作 菖,則古文次必有作 菖的,正象
虹蜺的采色相比次之形」,就字的形、義上說,資（隮）與虹便有了密切的關係。
(〈高唐神女傳說之分析〉,《聞一多全集》第三冊,頁 11)至於「虹」字,「商代
晚期彝器銘識中有蚳、虹字,都是形聲字,△△（前 7,43,2）△△（前 7,7,2）
△△（菁 4,1）,其原始象形文,據于省吾的考釋,見於武丁時的卜辭,如上圖」。
卜辭說虹「歓（飲）於河」,可知在古人的觀念中,虹是一種生物,聞氏從字形上
說「實是二只背立的鹿形的簡化」,是「兩鹿交尾之狀」。(〈朝云考〉,《聞一多全
集》第三冊,頁 44～45)並說「既然古虹字从二鹿」,所以「依弧形則讀若虹,依
鹿形則讀若霓（麑）或隮（麌）是一樣合理的」。(據聞氏殘稿,見〈朝云考〉附
注,同上,頁 49)再就「美人化虹」的傳說,聞氏考得「由《蝃蝀》《候人》二詩
而〈高唐賦〉,而漢人的災異論,而劉熙、郭璞、劉敬叔等所記的方俗語,而《窮
怪錄》中的故事,這顯然是一脈相承的」。如此則〈蝃蝀〉「朝隮於西,崇朝其雨」;
〈候人〉「薈兮蔚兮,南山朝隮」的讀法,不僅《序》曰:「〈候人〉刺近小人也,
共公遠君子,近小人焉」,有明顯的錯誤,且兩個「朝隮」原是一回事,同時具有
複雜的文化意涵。

誠如上述的兩例,「文字簡單,意義不一定簡單,甚至愈是簡單的文字,力量愈
大」,是聞一多從文字到文化的思考,所以他說:

> 癥結不在簡單不簡單,只看你懂不懂每個字的意義,那意義是你的新
> 交還是故舊。如果是故舊,聯想就多了,只須提一提它的名字,你全身的
> 纖維都會震動,只叫一聲你的眼淚就淌。(〈匡齋尺牘〉,《聞一多全集》第
> 三冊,頁 210)

2. 歸納文化的普遍性內涵

　　傳統的《詩經》訓詁，多對文字的形、音、義作微觀的考證和索隱，往往忽略了整體。聞一多開始有意識的結合語言學和系統思維，企圖通過訓詁來揭示詩篇中的文化意涵。誠如趙沛霖所說：

　　　　由於聞氏善於全方位多角度地從發展和整體的規模上考察《詩經》，所以除了得出很多具體的個別的結論之外，還在概括很多個別例證的基礎上，得出了很多具有一定普遍性的結論，諸如「擲人果實，即寓貽人嗣胤之意，故女欲事人者，即以果實擲之其人以表誠」；「《國風》中言魚，皆兩性間互稱其對方的廋語」；「《國風》中凡婦人之詩而言日月者，皆以喻其夫」等等。〔註64〕

另一方面，從思維科學的普遍模式解讀文字的本始意義，每有助於破解傳統考據學上聚訟紛紜的古文字難題。在《詩經新義》和《詩經通義》中便常見這兩種法則的搭配使用。以解說《召南・小星》「寔命不同」、《鄭・羔裘》「舍命不渝」為例，聞氏從「命」字著眼說：

　　　　《詩》中命字凡數十見，自來於《國風》中一部分之命字，誤解最深，即《雅》、《頌》中諸命字，雖多屬天道之命，然核其涵義，亦與後世微異。今先取《國風》中諸命字，最而論之，去其氛障，求其通誼，以備治先秦思想者采焉。（〈詩經新義〉，《聞一多全集》第三冊，頁281）

遂取《國風》中《召南・小星》、《鄘・定之方中》、《鄘・蝃蝀》、《鄭・羔裘》、《唐・揚之水》等共六例句，歸納出：「用為名詞者五，用為動詞者一，要皆謂人事中上施於下之命令，而非天道中天授於人之命數，如修短之期，窮達之分，諸抽象觀念」。（同上）再就金文令、命同字，經傳每通用上立說：

　　　　金文《令彝》曰「明公朝至成周，【作冊令】出令，舍三事令，……舍四方令」，《小克鼎》曰「王命膳夫克舍令於成周遹征八師之年」，《毛公鼎》曰「父厝舍命，毋有敢蠢，敷命於外」。令命同字，而古書多施舍連文，「舍命」猶言發號施令也。（〈詩經通義〉，《聞一多全集》第三冊，頁332）

〈羔裘〉「舍命不渝」，林義光、吳闓生、于省吾都以為「舍命」即金文「舍令」；聞氏又將〈小星〉「寔命不同」，寔讀為寘，說因舍棄之舍亦謂之寘，「施令謂之舍命，亦謂之寘命」，所以「寔命不同」、「寔命不猶」、「舍命不渝」，皆古之成語，是「奉職不苟」的意思，是利用文化的普遍律，推證傳統以外的另一種說法的典型例子。

〔註64〕見趙沛霖《詩經研究反思》（天津：天津教育出版社，1989年）頁392。

（二）破譯「初期文藝之慣技」的訓詁工作

關於《詩經》的文藝屬性，在歷代《詩經》學中所以長期的被忽略，和傳統的訓詁方式有密切的關係。聞一多在要求革新傳箋傳統的同時，特別注意到傳統訓詁所以妨礙文藝欣賞的原因：首先，他分析歷史的實際說：

> 漢人功利觀念太深，把《三百篇》做了政治的課本；宋人稍好點，又拉著道學不放手——一股頭巾氣；清人較爲客觀，但訓詁學不是詩；近人囊中滿是科學方法，眞屬害。無奈歷史——唯物史觀的與非唯物史觀的，離詩還是很遠。明明一部歌謠集，爲什麼沒人認眞的把它當文藝看呢！（〈匡齋尺牘〉，《聞一多全集》第三冊，頁 214）

並且探究其間潛藏的原因，他以爲「在某種心理狀態下，人們喜歡從一個對象中——例如一部古書——發現一點意義來灌漑自己的良心，甚至曲解了對象，也顧不得」。（同上）所以舊時代中有理想的政客，和忠於聖教的學者，自然各個地從《詩經》中發現，甚至捏造一種合乎他們「心理衛生」的條件的意義。

再則，過去的訓詁，其根本目的的既是爲了講經，所以儘管在文字、音韻、名物……上，探得不少重要的發現，但離了文學的本體，考據只是考據，無益於解讀作品本身的文藝特質，對此聞氏在解釋〈何彼襛矣〉「唐棣之華」時，以古代文藝慣用的諧聲技巧舉例說：

> 然《詩》以「唐棣」「常棣」爲「裳帷」，乃諧聲廋語，與尋常所謂假借者不同。「裳帷」之聲本似「唐棣」「常棣」，其以車服爲花樹，初或由於聽覺之誤會，繼而覺以花樹擬車服，不失爲美妙之聯想，因復有意加深其誤會，以增強其聯想，而直呼之爲「唐棣之花」。晉宋民間樂府，此例最多，不煩枚舉。（〈詩經通義〉，《聞一多全集》第三冊，頁 342）

這種從文藝技巧切入解釋文字的假借，在過去的訓詁鮮見採用。基本上，聞氏是詩人讀《詩》，希望以訓詁學的方法，達到欣賞詩歌藝術的手段，因此他說：

> 我，也有我的良心，而灌漑的方法也不見得只限於一種。如果與那求善的古人相對照，你便說我這希求用「《詩經》時代」的眼光讀《詩經》，其用「詩」的眼光讀《詩經》，是求眞求美，亦無不可。（〈匡齋尺牘〉，《聞一多全集》第三冊，頁 215）

而有鑑於前人不悟古代社會生活、地域習俗、宗教觀念對於詩歌創作的巨大影響，又不理會《詩經》作爲「初期文藝」的文字技巧，「但以字面解之，於是《詩》之所以爲詩者益晦矣」。（〈詩經通義〉，《聞一多全集》第三冊，頁 343）所以《匡齋尺牘》《詩經新義》《詩經通義》特別從文字訓詁入手，將同類、同義的語詞列舉比較，並

參照西方文學人類學的方法，廣博地徵引考據，以實踐一種適於文學欣賞的《詩經》新訓詁學。〔註65〕

以《豳‧狼跋》「狼跋其胡，載疐其尾，公孫碩膚，赤舄几几」爲例，《毛傳》以狼興周公，公孫指成王，《序》言「美周公也」。聞一多則作了一個文學性的假設說：「〈終南〉和〈狼跋〉同是就丰采的描繪上來贊美一位貴族，區別只在〈終南〉是一幅素描，〈狼跋〉是一幅 caricature（漫畫）而已」。（〈匡齋尺牘〉，《聞一多全集》第三冊，頁 216）也就是〈狼跋〉的詩人對公孫取一種善意的調弄態度，全詩的氛圍是幽默的，是古代文藝中一種「隔離式的思維習慣」，就像「領如蝤蠐」、「卷髮如蠆」，以狼比公孫的步態，不會因牽涉到狼的德性，而污蔑了公孫的人格。只是要證成這樣的假設，聞氏仍是借重文字訓詁的方法，他說：

> 據《說文》，「膚」是「臚」的籀文，而金文中「臚」作「膚」，「鑪」作「鐪」，盧國之「盧」作「𥷚」、「𥸸」，這是「臚」「膚」同字的鐵證。《藝文類聚》四九引《釋名》曰：〔鴻臚〕：腹前肥者曰臚，此主王侯及蕃國，言以京師爲心體，王侯外國爲腹臚以養之也。《詩》中「膚」字的意義，與「鴻臚」之「臚」正是一樣。「碩膚」也與「鴻臚」一樣，譯作近代語，便是「大腹」。《易林》中還有佐證。《震之恒》曰：老狼白臚，長尾大胡，前顛從躓，岐人悅喜。……

> 凡獸類無論背上的毛色是什麼，項下與腹部總是白的，「老狼白臚」，「青牛白咽」，正是作者觀察周密的地方。這也是《易林》的「臚」當作「臚」的旁證。（《易林》的作者是學《齊詩》的，《齊詩》作「臚」，而《毛詩》作「膚」，毛用「古文」，這裡又添一個證據了。）（〈匡齋尺牘〉，《聞一多全集》第三冊，頁 216～217）

又說：

> 我在研究《狼跋》的歷程中，把《詩經》當作「臆想的戲院」的嫌疑容或有之，但萬萬沒有借它爲我的「惰性的遁逃藪」，因爲在擬定假設之後，我仍是極樂意耐煩的，小心的，客觀的搜羅證據。（同上，頁 223～224）

結合文藝手法與古文字的話訓詁方法，聞氏曾屢次地使用在《詩經》的考釋上，他周密的推論，固然得出許多出人意表的結論；但也時時涉於過度解釋的危險之中，

〔註65〕「《詩經》新訓詁學」一詞，爲夏傳才所提出的，以突出聞一多的《詩經》研究中，特別注重訓詁，又有別於傳統訓詁的特點。見〈聞一多──現代《詩經》研究大師〉，《詩經研究史概要》（臺北：萬卷樓圖書公司，1993 年）頁 318。

特別是「隱語」概念的使用，由於聞氏存有「隱語應用的範圍，在古人生活中幾乎是難以想像的廣泛」，及「隱語的作用，不僅是消極的解決困難，而且是積極的增加興趣，困難愈大，活動愈秘密，興趣愈濃厚，這裡便是隱語的，也便是《易》與《詩》的魔力的泉源」（〈說魚〉，《聞一多全集》第三冊，頁 232）的成見，爲了證成方法論上的推理，對於「古今形變」、「諧聲假借」……等許多訓詁上的方便法門，就不免有過度使用的地方。

如上述各例，在聞一多的《詩經》訓詁工作中，古文字學的運用始終居關鍵的位置，甚至是刻意地大量使用古文字材料進行論證，這不僅反映了民初學術發展的背景，也凸顯了聞氏的學術性格，據朱自清在〈開明版《聞一多全集》編後記〉中說：

> 他（聞一多）在《詩經》和《楚辭》上用功最久，差不多有了二十年。……古文字的研究可以說是和《詩經》《楚辭》同時開始的。他研究古文字，常像來不及似的；說甲骨文金文的材料究竟不太多，一鬆勁兒就會落在人家後邊了。（《聞一多全集》第十二冊，頁457）

「銳意求新」的元素，放在綿密的考證工夫裡，確實讓聞氏突破許多舊說的夾纏，爲《詩經》的詮釋找到更多出路。但對材料的貪多務得，兼又無暇照應「大膽假設，小心求證」的實證法則，卻也使得他的詮釋架構充滿漏洞，其中主要的缺點如：

（1）推求太過：例如說《召南·摽有梅》，《秦·終南》「有條有梅」的「梅」字，爲了說明梅是「爲人妻爲人母之果」，聞氏特別從字形上推求說：

> 諸果屬誠皆女子所有，然梅與女子之關係尤深。梅字從每，每母古同字，而古妻字亦從每從又。梅一作楳（《中山經》郭注），从敏，古作敏，亦从每从又，與妻本屬同字。本篇梅字，《釋文》引《韓詩》作楳，《說文》梅之重文亦作楳。《說文》又曰「某，酸果也」，古文作楳。案某楳皆古無字之省變，卜辭金文，或以無爲母，而經典亦無母通用，母即母字。是梅楳某楳仍爲一字。（〈詩經通義甲〉，《聞一多全集》第三冊，頁328）

原本「每、母古同字」，「古妻字亦从每从又」，已大致說明了梅字的母性特質，而「每、母、妻、敏」的關係密切，亦爲古文字學者所認同。聞氏又從字形上牽合《說文》重文的「楳」，不免蛇足之嫌，對此季旭昇分析說：

> 甲骨文未見「梅」字，金文有「梅」字作 ![字]（見《金文編》第 0909號），依形當作楳，與《釋文》引《韓詩》同。是先秦「梅」字从「某」不从「每」，在古文字字形上「梅」和「母」可以說毫無關係。

又：

聞氏說「某槑皆古無字之省變」，不知有什麼根據，恐怕是不可信的。
卜辭誠有以母爲母的用法，但並沒有以無爲母的用法。聞氏要說梅是爲
人妻、爲人母之果，只消從梅母同音上去談即可，不必從字形上去牽合。

〔註66〕

類似情形，在聞氏的考釋中屢見不鮮，如說〈羔羊〉中的「皮、革、縫」，從字形、字音上的「一語之轉」、「字雖三變」，繞著大彎牽合三字同源，只爲證明三字同義（〈詩經新義〉，《聞一多全集》第三冊，頁273）；又如說〈苤苢〉，爲了說明夏民族與《周南》的關係，從字形上推求「薏苡」、「苤苢」的關聯，雖然聞氏解釋說「彎子不能不繞大點，否則結論不結實」，但也如他自己說的「事實太顯著，證據舉得太多了，反現著滑稽」（〈匡齋尺牘〉，《聞一多全集》第三冊，頁212），聞氏所以明知故犯，大抵仍是「炫博」的心理，對新出材料貪多務得，捨不得不用。

（2）甲骨文知識不足：較明顯的例子，是他解釋〈關雎〉、〈兔罝〉中的「好」字說：

考卜辭辰巳之巳作 ，與子孫之子同，亦或作 ，又與巳然之巳同，是子巳巳古爲一字。（子巳同源，篆書形復近似，故在後世，其用雖分，而字猶有時相混。……）子巳一字，則好妃亦本一字（《大戴禮記‧保傅篇》「及太子少長，知妃色」，《新書‧保傅篇》作「好色」，此又好妃相混之例），因之，《詩》之「好仇」字雖作好，義則或當爲妃。（〈詩經新義〉，《聞一多全集》第三冊，頁255）

季旭昇從現代甲骨學上的解讀說：「甲骨文中根本不存在『子』、『巳』同字的問題。其次，好和妃在商代甲骨文中的寫法也各不相同。降及周代，金文中好和妃的字形是絕不相似。聞氏由『子巳同字』的錯誤看法推出『好妃同字』，因而解『好』爲匹儔，在古文字學上是站不住腳的。」〔註67〕大抵聞氏的時代，甲骨文研究還不成熟，所以引甲骨文論證時，錯誤也較多。

三、援引金文材料爲基礎的《詩經》新證

于省吾是近代重要的古文字學學者，他據金文材料考釋先秦典籍，完成了許多突破性的工作，主要的著作包括：《尚書新證》、《詩經新證》、《易經新證》、《論語新證》、《諸子新證》、《楚辭新證》等。其中一九八二年出版的《詩經新證》，上卷是由

〔註66〕見季旭昇〈評聞一多詩經論著中的古文字運用〉，《經學研究論叢》第二輯（中壢：聖環圖書公司，1994年）頁230。
〔註67〕見同上注，頁214。

一九三五年出版的《雙劍誃詩經新證》刪訂而成，中卷是一九六二年發表的《澤螺居詩經札記》、《澤螺居詩義解結》，下卷是一九六二至一九七六年間發表的有關《詩經》考證的單篇論文。以上三個部分的研究，在思考上具有一貫性，在論證也往往可見前後照應的脈絡。本節以上卷爲主要討論範圍，目的在見出于氏的研究成果對民初《詩經》考證學萌芽階段的貢獻。

（一）利用金文中常見的成詞語例釋《詩》

民初關於《詩經》中成語的研究，最早是一九二二年王國維替北大國學門擬定研究題目時，提出「《詩》《書》中成語之研究」一題（見〈致沈兼士〉，《王國維學術經典集》下卷，頁458），並在日後的文章中說明兩個主要的研究法則：一是由《詩》《書》本文比較得之；二是不經見於本書，而旁見彝器者，亦得比較而定其意義（〈與友人論《詩》《書》中成語二〉，《觀堂集林》上冊，頁42～43）。于氏基於他對金文研究的心得，及對彝器銘文的掌握，往往臚列金文中的成詞，以見《詩經》中沿用三代語例的情形，較明顯的例子如下：

詩經篇名	成 詞	彝 器 銘 文
麟 之 趾	振振「公族」	〈中尊〉：王大省公族；〈番生段〉：王命鞻嗣公族；〈毛公鼎〉：命女鞻嗣公族。
摽 有 梅	求我「庶士」	〈沈兒鐘〉：及我父躛庶士。
綠 衣	俾「無訧」兮	甲骨文：「亡尤」習見；〈大豐段〉〈獻段〉均作「亡尤」。
日 月 既 醉	報我「不述」 孝子「不匱」	〈邾公華鐘〉：恕穆不㒼于氒身；〈師𡲰段〉：師𡲰虔不㒼；〈彔伯致段〉：女肇不㒼。
大叔于田	獻于「公所」	〈庚壺〉：獻于霝公之所；〈叔公鎛〉：又共于公所。
羔 裘	「舍命」不渝	〈毛公鼎〉：父厝舍命；〈克鼎〉：王命善夫克舍命于成周；〈矢命段〉：舍三事命，舍四方命。
天 保	受天「百祿」	〈史白碩父鼎〉：用𢆝百祿。
天 保	群黎「百姓」	〈沈兒鐘〉：穌會百生；〈辰盉〉：替百生豚。
采 薇 采 芑	象弭「魚服」 簟茀「魚服」	〈師湯父鼎〉：□弓象弭；〈毛公鼎〉：魚葡 〈毛公鼎〉：金簟弻魚葡；〈番生段〉：金簟弻魚葡。
出 車	「執訊」獲醜	〈虢季盤〉：執噝五十；〈不娶段〉：女多折首執；〈兮伯盤〉：兮甲從王，折首執噝。噝、訊古今字。
蓼 蕭	「鞗革」沖沖	〈毛公鼎〉〈頌鼎〉〈吳段〉「鞗革」並作攸勒
采 芑	約軝「錯衡」	〈毛公鼎〉〈番生段〉「錯衡」作遳衡。

采　芑	「朱芾」斯皇	〈毛公鼎〉〈番生段〉「朱芾」作朱市。
采　芑	有瑲「蔥珩」	〈毛公鼎〉：赤市悤黃；〈番生段〉：錫朱市悤黃；悤本作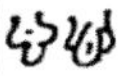。 《禮記・玉藻》：三命赤韍蔥衡；《周禮・玉府》鄭注引詩傳作「蔥衡」。
鴻　雁 烝　民	哀此「鰥寡」 不侮「矜寡」	〈毛公鼎〉：迺敄鰥寡；〈作冊卣〉：勿犾鰥寡。
車　舝	式「歌」且「舞」	〈儔兒鐘〉：歓飤訶遯；「訶遯」乃歌舞之初文。
文　王	殷之未「喪師」	〈盂鼎〉：唯殷邊侯甸雩殷正百辟，率肆于酒，故喪師。
皇　矣	帝「作邦」作對	〈盂鼎〉：在珷王嗣玟作邦。
既　醉	高明「令終」	〈史顯鼎〉：永命靈冬；〈殳季良父壺〉：其萬年靁冬難老； 〈追段〉：畯臣天子，靁冬；〈遣盨〉：壽孀冬。
板	「大宗」「維翰」	〈戲鐘〉：用亯大宗；〈晉邦盦〉：晉邦唯雗；雗即翰之古文。
板	「宗子」維城	〈善鼎〉：余其用格我宗子雩百生。
蕩	曾是在位曾是「在服」	〈毛公鼎〉：余一人在位；〈臣卣〉：亡競在服；〈酒誥〉：越在內服；越在外服。

內容雖不全備，且多未有進一步的訓釋說明，但跨越漢儒，直接呈現《詩經》形成時代的語例，具有還原《詩經》原貌的意涵，又對同時代古文學學者，如王國維、林義光……等的研究成果有所補充。

另外，因爲這些成詞到了漢代，「已多類非而是，又多類是而非」，所以造成經義的紛歧，于氏利用周代語例釋《詩》，除在探求《詩經》的原始本義外，並得以釐清漢儒釋《詩》的淆亂，如說〈日月〉「報我不述」，《毛傳》訓「述，循也」。《鄭箋》解爲「不循禮也」。于氏從金文中屢見「不墜」，認爲是周人語例，據此修正《傳》《箋》的解釋說：

> 按述、墜音近字通。《書・酒誥》「今惟殷墜厥命」，盂鼎「我聞殷述命」。《書・君奭》「乃其墜命」之墜，魏石經古文作述。金文墜作㒸，述乃假字。邾公華鐘「慭穆不㒸于厥身」，師寰段「師寰虔不㒸」，彔伯𢦏段「女肇不㒸」，是不㒸乃周人語例。《廣雅・釋詁》：「墜，失也。」報我不失，言必須報我也。與上「寧不我報」及「俾也可忘」意正相同。若云報我不循禮則疏矣。（《澤螺居詩經新證》卷上，頁11）

同樣據「不墜」的語例，解釋〈既醉〉「孝子不匱」，于氏用以辨正《傳》《箋》望文生訓，以匱爲竭，他說：

按匱本應作遺。《禮記・祭義》「而老窮不遺」,釋文:「遺,一本作匱。」
《廣雅・釋詁》:「匱,加也。」王念孫云:「匱當作遺,字之誤也。〈北門〉
篇,政事一埤遺我。《毛傳》云:「遺,加也。」王說是也。遺、墜音近古
通。孝子不匱,遺應讀墜……言孝子奮勉不廢墜,則永錫爾善也。(《澤螺
居詩經新證》卷上,頁55～56)

（二）援金文訂正因字形訛變造成《詩》義的誤解

先秦典籍中文字的偽誤,最初是由於漢代學者譯釋古文時不能盡識,導致字形
訛變。又因為致誤的時代久遠,後世口耳授受、輾轉傳鈔,本形、本義湮滅幾乎至
不可回復。近代大量的遺物出土,提供了豐富的比對材對,于氏以《詩經》為例說:

例如〈無羊〉的「矜矜兢兢」,本應作「矜矜兢兢」,係形容羊之繁多,
和群羊之來爭先恐後;〈抑〉的「不僭不賊」,賊本應作貳(忒),「僭貳」
乃古人成語;〈維天之命〉的「駿惠我文王」,據秦公鐘和秦公簋則「駿惠」
本應作「眹寴」,眹與駿係古今字,惠乃寴的形訛。(〈《詩經》中「止」字
的辨釋〉,《澤螺居詩經新證》卷下,頁177)

誠如于氏所言,這不僅是字形訛正的問題,更牽涉到義訓的是非得失。在《詩經新
證》卷上有個明顯的例子:〈七月〉「三之日于耜,四之日舉趾」,《毛傳》說:「四之
日,周四月也。民無不舉足而耕矣」。于氏從後世「止、止不分」看,以「《說文》
無趾字。金文之作止,足趾之趾作止」,「此詩止即之字。之、茲音近古字通」,因而
對《詩》義有新的解析說:

《傳》以于耜為修耒耜,舉趾為舉足而耕,皆望文演訓,非經旨也。
敕耕者豈應但曰舉趾,且三月已往耜之,未嘗不舉趾,豈應四月始舉趾
邪?蓋傅會《左傳》「舉趾高」一語,不知止、茲、之通假,而改止為趾,
以遷就之耳。耕者先側土而後鉏草,故曰:「三之日于耜,四之日舉茲」。
(《澤螺居詩經新證》卷上,頁22)

同樣的訛誤,〈公劉〉「止基逎理」、「止旅乃密」,《鄭箋》作「止基,作宮室之功
止,而後疆理其田野」,于氏說:

按止即之字。金文之字作ㄓ,與ㄓ易混。之猶茲也。史頵簋「其于
之朝夕監」,之應讀茲,之基逎理,茲基逎理也。之旅乃密,茲眾乃安也。
《箋》讀止如字,失之。(同上,頁59)

因此在一九六三年發表的〈《詩經》中「止」字的辨釋〉一文中,于氏將「止」、「止」
二字演化的原委,及《詩經》止字在歷代傳本中的異同,作全面的分析,提出《詩
經》中的止字當有三種情形:(1)止字本應作止訓作容止或止息。(2)「止」字應

釋作「之」係指示代詞。（3）「止」字應釋作「之」係語末助詞。將《詩經》中凡一百二十二見的止字分別加以考證，改止為止者共五十三字，釋止為之者共六十九字。誠如于氏所說：「凡《詩經》中用作容止和止息之止，後世有的傳本均訛作止，這一點，清代的一些《說文》學家無不知之；凡《詩經》中用作指示代詞和語末助詞之止，即古文之字，後世有的傳本均訛作『止』，這一點，二千年來的說《詩》者卻無人知之」，經過如此從字形上的改正，也釐清了許多義訓上的混淆。（參見〈《詩經》中「止」字的辨釋〉，《澤螺居詩經新證》卷下，頁 177～192）

　　另外于氏從金石文字的書寫例，說明〈君子偕老〉「委委佗佗」當作「委佗委佗」，因為「金文、石鼓文及古鈔本周秦舊籍，凡遇重文不復書，皆作二以代之。如「式微式微」作「式二微二」，「碩鼠碩鼠」作「碩二鼠二」，此篇「委二佗二」當作「委佗委佗」是相同的例子。又據近代所習見之列國車器形制，及出土器物多鈿金或銀，說明〈小戎〉「陰靷鋈續」為「陰靷繫著之處，其環與鼻鈿以白金也。古人車馬所用革縢，其所著處，未有不用環者，此通制也。《傳》《箋》以續為續靷，誤矣」（《澤螺居詩經新證》卷上，頁 18）。可見于氏利用金文所作的《詩經》新證，具不同層面的視野，也完成了不少的成果。

第三節　歷史語言學的《詩經》研究

一、方法的提出與運用

　　語言學和歷史學在中國發端甚早，且成績豐富。至於「歷史語言學」作為新史學的方法論，在民初被提出，則又有其超越傳統的歷史契機。誠如傅斯年所說：「我們要能得到前人得不到的史料，然後可以超越前人；我們要能使用新材料於遺傳材料上，然後可以超越同見這些材料的同時人」。（〈史學方法導論〉，《傅斯年全集》第二冊）其要件在於新材料的發現與跨學科的應用。一九二八年三月中央研究院歷史語言研究所籌備處成立，傅斯年、顧頡剛、楊振聲為常務籌備員。中研院是以研究自然科學為主的機構，史語所的設置正標誌著「以自然科學看待歷史語言之學」，傅斯年闡釋其中的理念說：

> 即擴充材料，擴充工具，以工具之施用，成材料之整理，乃得問題之解決，並因問題之解決，引出新問題，更要求材料與工具之擴充。如是伸張，乃向科學成就之路。〔註68〕

〔註68〕見傅斯年，中央研究院 1928 年〈年度報告書〉。轉引自董作賓〈歷史語言研究所在

正由於自一九二八年起史語所在安陽殷墟，及山東城子崖遺址的考古發掘，新材料的陸續出土，使《詩經》研究在還原古史和古代社會、思想的探討上，呈現從「疑古」到「重建」的發展歷程：首先是擯棄一切經說，主張直接涵泳經文的文學觀點《詩經》研究，因爲說法紛歧，又對詩篇的語言、歷史掌握不足，可信度開始受到質疑。再則以二重證據法爲基礎的延伸，加上西方統計學、歷史語言學……等學科理論的支援，「歷史語言學」的《詩經》研究觀念，在二〇年代末期被初步地提出。其中較完整的理念陳述，是傅斯年在《詩經講義稿・泛論詩經學・五、我們怎樣研究詩經》中說：

> 我們去研究《詩經》，應當有三個態度：一、欣賞它的文辭；二、拿它當一堆極有價值的歷史材料去整理；三、拿它當一部極有價值的古代語言學材料書。但欣賞文辭之先，總要先去搜尋它究竟是怎樣一部書，所以語言學考証學的工夫乃是基本工夫。我們承受近代大師給我們訓詁學上的解決，充分的用朱文公等就本文以求本義之態度，于《毛序》、《毛傳》、《鄭箋》中尋求今本《詩經》之原始，于三家詩之遺說遺文中得知早年《詩經》學之面目，探出些有價值的早年傳說來，而一切以本文爲斷，只拿它當古代遺留的文詞，既不涉倫理，也不談政治，這樣似乎才可以濟事。（〈詩經講義稿〉，《傅斯年全集》第一冊，頁 199～203）

這段話裏，除了揭示語言學、考據學是欣賞文辭的基本工夫外，更在三大方向下，將《詩經》研究的視域涵蓋了：文學的、史料學的、歷史地理學的、語言學的、民俗學的……等龐大的學科範疇，這與傅氏的治學歷程有關，﹝註69﹞另外從《新潮》時期的文章可見他受到胡適重視邏輯、講求方法的治學路徑所影響。加上留歐七年的科學訓練，及返國後的十年間，帶領中央研究院史語所的研究工作，提出「上窮碧落，下黃泉，動手動腳找資料」的研究方法，使他成爲擅長建構理論基礎，及宣講史料方法的理論家。這一特質表現在《詩經》的研究上，也可看出在方法論上清晰的理路。

學術上的貢獻〉，《大陸雜誌》2：1，1951 年 1 月。

﹝註69﹞ 王汎森說：「而他去英、德兩國並未專修歷史；傅斯年在英、德的求學生涯，主要的精力是了解西方學術整體發展的情形，所以他的藏書幾乎包括當時西方學術的每一個方面，這使他不曾得到任何學位，但也使他可運用各種工具治史」。見〈什麼可以成爲歷史證據—近代中國新舊史料觀念的衝突〉，《新史學》8：2，1997 年 6 月，頁 94。另外有關傅斯年的治學歷程，參見岳玉璽、李泉、馬亮寬《傅斯年》（天津：天津人民出版社，1994 年）頁 1～75；拙著〈傅斯年的詩經學〉，《第三屆詩經國際學術研討會論文集》（香港：天馬圖書有限公司，1998 年）頁 294～297。

（一）史料比較法——間接材料與直接材料的相互參會

視經書為史料，是民初疑古派學者一貫的治經態度。傅氏早期也和《古史辨》學者一樣，對以經書為主體的中國上古史，抱持著「與其過而信之也，毋寧過而疑之」的態度，所以在民國一九二四年至一九二六年間，陸續寫成的〈與顧頡剛論古史書〉中，基本上贊同「層累的造成中國古史觀」是結構完整的古史系統，並說：「你這古史論無待於後來的掘地，而後來的掘地卻有待於你這古史論」。（〈與顧頡剛論古史書〉，《傅斯年全集》第四冊，頁 1502～1543）到了一九三〇年的〈戰國文籍中之篇式書體——一個短記〉，已發展出一些足以破解疑古思想的論述；〈新獲卜辭寫本后記跋〉更以「命周侯」一段甲骨文，推斷〈魯頌〉「實維大王」、「實始翦商」皆誇大之詞，進而明白的對顧頡剛所相信的「商周不相屬」之說，提出質疑。其間轉變的機摟是史語所的發掘工作證明了「考古資料對典籍資料（死資料）具有點活的功用」。此時期的傅斯年，修正過疑的態度，使證史的焦點逐漸擺在「以整個文化為對象」的考古工作，（〈考古學的新方法〉，《傅斯年全集》第四冊，頁 298）而「掘地工作」與「文籍整理」便居同等重要的地位。

基於上述的思考脈絡，傅氏進一步對材料如何運用在研究工作，提出了「史學便是史料學，而史料學便是比較方法之運用」。這個方法在中國經史學的傳統裡有著悠久的歷史，最遲在司馬光的《通鑑考異》一書中，便已具備方法的成熟和整理史料的標準，至乾嘉間樸學考據興起始蔚為大觀，民初學者則更出新意，如王國維的「二重證據法」，陳寅恪的「文史互證法」，然較諸二人，傅斯年的史料比較方法，內容範圍廣泛得多，理論也較細密完備。其方法詳見《史學方法導論・史料論略》，文中提到八種不同史料的對應性，其中針對直接材料與間接材料的相對價值說：

> 必于舊史料有工夫，然後可以運用新史料；必於新史料能了解，然後可以糾正舊史料。新史料的發見與應用，實是史學進步的最要件，然而但持新材料，而與遺傳者接不上氣，亦每每是枉然。（〈史學方法導論〉，《傅斯年全集》第二冊）

可見這一方法的運用須靠敏銳的識見，和同時駕馭新舊材料的能力。所謂史料比較法在《詩經》研究上的運用，就是以《詩經》為間接材料，以殷墟發掘、彝器銘文為直接材料。如傅氏在看到董作賓所得兩塊甲骨殘片後，推知楚先世及殷周關係；又〈夷夏東西說〉一文，列五事以證成「商代發跡於東北渤海，與古兗州是其建業之地」，其中《詩經》三條，王國維據卜辭考訂殷先王世系一條，《山海經・大荒經》一條，（〈夷夏東西説〉，《傅斯年全集》第三冊 87～103）都是對新材料的有效運用。

〈大東小東說〉則是利用，《小雅·大東序》曰：「東國困于役而傷于財，譚大夫作是詩以告病焉」，及《魯頌·閟宮》「奄有龜蒙，遂荒大東」，推論大東小東的所在說：

> 大東所在，即泰山山脈迤南各地，今山東境，濟南泰安以南，或兼及泰山東部，是也。譚之地望在今濟南。譚大夫奔馳大東小東間，大東既知，小東當亦可得推知其地望。吾比校周初事蹟，而知小東當今山東濮縣河北濮陽大名一帶，自秦漢以來所謂東郡者也。（〈大東小東說〉，《傅斯年全集》第三冊，頁 9）

這個推論正可與，城子崖遺址上留有長方形版築夯土圍牆遺跡為「周代的譚城遺存」的考古報告，〔註70〕相互印證。並且據此駁《鄭箋》：「小也大也，謂賦斂之多少也。小亦于東，大亦于東，言其政偏，失砥矢之道也」的說法，是「此真求其說不得而敷衍其辭者」。可見對舊材料的新研究，與反傳統《詩》說全然拋棄《詩序》者相較，更發揮了舊材料的新價值，及使用材料的能力。

（二）語言學的分析歸納法

對語言學的重視，是傅氏一貫的治學主張。在創辦《新潮》時期，就認為「言語本為思想之利器。」更溯其源，毛子水曾說：「他（傅斯年）那時的志願，實在是要通當時國學的全體，惟以語言文字，為讀一切書的門徑，所以托身中國文學系。」〔註71〕留德期間，見語言考據派學者說：「哲學不是抽象的思辨體系，而是一種具體的語言分析活動，所有知識的實質都是語言問題」，與他想以語言文字通解國學的思想，不謀而合。所以一九三六年完成的《性命古訓辨證》一書中，便正式提出「以語言學的觀點解釋一個思想史的問題」的方法。這個方法明顯是承阮元《性命古訓》而來。胡適曾說：

> 阮元的性論的重要貢獻，還在他的方法，而不靠他的結論。他用舉例的方法，搜羅論性的話，略依時代的先後，排列比較，使我們容易看出字義的變遷沿革。〔註72〕

比較歸納正是阮元所擅長的方法，而作為立論的前提是：「訓詁明則古經明，古經明，則聖人賢人之義理明」。從訓詁以通義理，本傳統治經的方法，其淵源可溯至西漢公羊家「以一字定褒貶」。然成為架構完整的方法論，則有待戴震以經學作為

〔註70〕參見馬金科、洪京陵《中國近代史學發展敘論》（北京：中國人民大學出版社，1994年）頁 347，轉引 1934 年的《中國考古報告集之一，城子崖》。
〔註71〕見毛子水〈傅孟真先生傳略〉，《自由中國》4：1，頁 16～17。
〔註72〕見胡適《戴東原的哲學》（臺北：遠流出版事業公司，1986 年）頁 114。

反宋學形式的新理學,如他〈與是仲明論學書〉說:「經之至者道也。所以明道者,其詞也。所以成詞者,字也。由字以通其詞,由詞以通其道,必有漸」。〔註73〕闡明文字聲音及訓詁,往往因時代而有不同,所以欲求古義,必先「空所依傍」。所以傅氏以先秦儒家典籍爲基礎,探求周代思想面貌的方法,明白的說就是:以語言文字爲工具,采比較歸納的方法,再將數據納入歷史演進的角度析論,以求客觀的結論。語言與思維經此一聯繫,便超越了語言文字改革的專家,而貼近整個民族思考的演變。如《鄭風・羔裘》「舍命不渝」,《鄭箋》作:「處命不變,謂守死善道,見危授命之等」。王國維據克鼎和毛公鼎中「舍命與專命同意」,因此「舍命不渝」的舍命當解釋爲「敷陳君命」。(〈與友人論《詩》《書》中成語書二〉,《觀堂集林》上,頁43~44)傅氏〈性命古訓辨證〉則對甲骨文、金文中的「令」字分析說:令和命字的用意不出王令(命)和天令(命)二端。又當時人的天帝觀實富有神人同形化的色彩,所以殷末周初時期「所謂天命當與王命無殊」,而「《詩經》中命字之字義,以關於天命者爲最多,其命定一義,則後來儒墨爭鬥之對象」。(〈性命古訓辨證〉,《傅斯年全集》第二冊,頁507~559)

　　除了論證古代民族的思想,傅氏在〈姜原〉一文中提出:

> 又詩《大雅・生民》,「厥初生民,時維姜嫄。」詩《魯頌・閟宮》,「赫赫姜嫄,其德不回。」周以姬姓而用姜之神話,則姬周當是姜姓的一個支族,或者是一更大之族之兩支。(〈姜原〉,《傅斯年全集》第三冊,頁25)

更利用文字上「一名之異流」的現象,解釋古民族的分化,如殷墟文字中姜、羌本爲一字,以說明「姜之一部分在殷周之際,爲中國侯伯,而其又一部分到後漢一直是戎狄,這情形並不奇怪」。(〈姜原〉,《傅斯年全集》第三冊,頁32~33)因此而建立的民族史觀,再與神話研究相結合,相較於顧頡剛神話史觀的結論:「古史傳說,到了戰國,受民族混合和交通便利的鼓盪,不同系統併合爲一個系統」。〔註74〕更能解釋關於古史傳說的分化併合。

(三)以文學爲本質的比較詮釋法

　　一九一九年傅斯年發表第一篇關於《詩經》的文章〈宋朱熹的《詩集傳》和《詩序辯》〉,以「《詩》是文學」作爲立論的主旨,這個觀點的形成,主要受兩層影響:

〔註73〕見戴震〈與是仲明論學書〉,《戴震全書》(合肥:黃山書社,1995年)頁370。
〔註74〕顧頡剛關於古史系統併合的說法,見〈讀李、崔二先生文書後〉。又關於姜嫄傳說的討論,收錄在《古史辨》第二冊的文章有四篇:李子祥〈游稷山感后稷之功德記事〉(1926);崔盈科〈姜嫄之傳說和事略及其墓地的假定〉(1926、10、8);顧頡剛〈讀李、崔二先生文書后〉(1927、3、30);楊筠如〈姜姓民族和姜太公的故事〉(1929)。傅斯年〈姜原〉一文發表於1930年,時間最晚。

一是胡適《中國哲學史大綱》說：「孔子是個有文學眼光的人；他選那部《詩經》，替人類保存了三百篇極古的絕妙文章。這部書有無上的文學價值，沒有絲毫別的用意」。一是接受今文經學家以《詩》爲孔子托古改制之作的觀念，故列舉《論語》爲證，以爲《詩》是文學，可用孔子的話證明，可就《詩》的本文考得。（〈宋朱熹的《詩經集傳》和《詩序辯》〉，《傅斯年全集》第四冊，頁 416～419）雖其日後治學的眼光已超出舊國學的範疇，治學的方法亦有所轉移，但視《三百篇》爲一代文學之盛的立點，卻是一貫的。〔註75〕

　　至於所謂「文學本質」的內涵，又與民初「走向民間」的文化思考有關。胡適所以看重《詩經》的原因：「其一是，他相信《詩經》是古代史料中比較可信的；其二是，他認爲《詩經》裏有許多白話文學，可以爲他的白話文運動作張本」。〔註76〕傅氏雖然未及參與《古史辨》中的《詩經》討論，也不曾實際參加歌謠採集工作，卻始終相信《詩經》文學的本質是來自民間的。所以主張在欣賞文辭之前，必須先破除兩個主觀：「一是以詞人之詩評析《三百篇》，二是把後人詩中之細密，去遮沒了詩三百中摯情之直敘」。這與他說《詩經》裏的四條教訓：眞實、樸素無飾、體裁簡當、音節自然調合，（〈宋朱熹的《詩經集傳》和《詩序辯》〉，《傅斯年全集》第四冊，頁 419～425）正好前後呼應。

　　至於如何爲每一首詩詮釋解題？在古今治《詩》學者中傅氏獨深責於魏源，原因是：

> 今文經學者之治《詩》者，不幸不是那位學博識銳的劉申受，而是那位志大學疏的魏默深。魏氏根本是個文士，好談功名，考證之學不合他的性質，他做《詩古微》，只是發揮他所見的齊、魯、韓詩論而已，這去客觀《詩》學還遠著多呢！（〈詩經講義稿〉，《傅斯年全集》第一冊，頁 199～203）

所謂「客觀《詩》學」，在方法上雖有取於胡適「多元的詮釋角度」及「博採參考比較的材料」；在實踐上，則眼光更開闊，結論也多中肯。至於胡適指出的參考材料：「民俗學、社會學、文學、史學」，正是傅氏所謂「輔助歷史的科學」，其中被傅氏運用在《詩經》研究的，除史料學、語言學如上述外，還有：

1. 民歌：顧頡剛以民歌解釋《詩經》中的「起興」，是比較詮釋法的一個典型。

〔註75〕1928 年完成的《詩經講義稿》雖然明白提出，講習《詩經》最宜用力者爲文字語言之事，但仍未否定《詩經》的文學本質。

〔註76〕見吳鳴〈五四時期民歌採集與《詩經》研究〉，《五四文學與文化變遷》（臺北：臺灣學生書局，1990 年）頁 415。

傅氏不僅取其結論，更用此方法解釋《詩》旨、賞析文辭，如釋〈漢廣〉說：「……這樣民歌往往沒有整齊的邏輯，遂心所適而言，所以不可固求其意」。說〈簡兮〉、〈大叔于田〉以為以俗見趣，是詩三百中一個勝格。〈菁菁者莪〉下則按說：「《雅》中有這樣的詩，猶之《風》中有〈芣苢〉，此處但為相見之樂，以短辭作容止之莊，彼處是山謠野謳，以短辭成眾唱之和」。

　　2. 發生學：「以發生學觀點治文學史」的想法，早在一九二六年傅氏便曾向胡適提及。後來在《詩經講義稿》、《中國古代文學史講義》中均用以解釋詩體的演變。他說：「我們看，若干文體的生命彷彿有機體。所謂有機的生命，乃是由生而少、而壯、而老、而死……這誠是文學史中的大問題，這層道理明白了，文學史或者可和生物史有同樣的大節目可觀。把發生學引進文學史來！是我們工作中的口號」。以此觀之，則文學無所謂進步，一詩之美可以超脫時間，並非後來居上；而一體之成，由少而壯，既壯則老，文學亦不免此形役也。所以「《詩經》之辭，有可以奕年永世者，《詩經》之體，乃不若五言七言之盛，則亦時代為之耳」。

　　此外，被胡適一概拋棄的《毛傳》、《鄭箋》、《朱傳》，也被傅氏有效的運用，如〈式微〉下說：「《列女傳》（劉向傳《魯詩》），以為是黎庄夫人與其傅之辭。《毛詩序》以為黎侯失國，久寓於衛，其臣勸之歸。毛說較通」。〈載馳〉下說：「解此詩最善者無過朱子」。〈碩人〉下說：「自《魯詩》以來，相傳以為庄姜作，以詩本文論，此說是也。」知於四家詩說各有取捨。至若胡適頗引爭議的「以今證古」，說〈小星〉：「妓女星夜求歡的描寫」；說〈葛覃〉：「女工人放假急忙要歸的情景」，傅氏皆不取，改說〈小星〉是「仕宦者夙夜在公，感其勞苦而歌」，說〈葛覃〉是「女子之辭」，實較中肯而切合詩意。

二、歷史語言學在《詩經》研究上的實踐

　　傅斯年說《詩》，從史料考證的觀點出發，相信考古的成果，以取代對神話傳說的推演，發展出不同於顧頡剛「古史神話」的「民族史說」。是從推論的邏輯性，和史料與史事的對應性批判疑古派，所以能在《古史辨》關於《詩經》討論的基礎上，別出一格，使《詩經》研究在借重歌謠採集、傳說推演、疑古辨偽之餘，還加入了語言學的分析歸納，和考古學的史料重建。

　　為凸顯傅斯年《詩經》研究的整體面貌，所以在取材上包含兩大部分，一是關於《詩經》本文的詮釋，及對《詩經》基礎課題的闡發。二是以《詩經》為材料，對上古史和三代思想進行的析論。以利更完全的呈現「歷史語言學」觀點的《詩經》研究成果。

（一）有關《詩經》的著述

傅氏關於《詩經》的著述，大抵可分爲兩類：（一）以《詩經》爲史料，論證古史及周代思想。（二）關於《詩經》基礎課題的闡發。茲將相關著述，依時間次序，臚列於下：

宋朱熹的《詩經集傳》和《詩序辯》，新潮，1：4，1919 年 4 月

周頌說（附魯南兩地與《詩》、《書》之來源），史語所集刊，1：1，1928 年

詩經講義稿，授課講義，1928 年

大東小東說，史語所集刊，2：1，1930 年 5 月

姜原，史語所集刊，2：1，1930 年 5 月

新獲卜辭寫本后記跋，安陽發掘報告，第 2 期，1930 年，頁 384～385，

中國古代文學史講義・詩部類說，授課講義，1928 年（書前敘語標注日期爲一九二八年十月，唯詩部類說文中有，「說詳拙著〈新獲卜辭本後記跋〉」則此部分當是一九三〇年以後補入。）

夷夏東西說，慶祝蔡元培先生六十五歲論文集（中央研究院史語所集刊外編），1933 年

性命古訓辨證（上卷第四章《詩經》中之性命字，中卷釋義），上海商務印書館，1938 年

綜觀所列，除〈宋朱熹的《詩經集傳》和《詩序辯》〉一文外，均作於推展史語所研究工作期間，據其在《中山大學語言歷史研究所周刊・發刊詞》云：

> 語言學和歷史學在中國發端甚早，中國所有的學問，比較成績最豐富的，也應該是這兩樣，……我們要實地搜羅材料，到民眾中尋方言，到古文化遺址去發掘，到各種人間社會去采風問俗，建設許多新的學問。〔註77〕

又〈史語所研究工作之旨趣〉云：

> 歷史學和語言學發展到現在，已經不容易由個人作孤立的研究了，他既要靠圖書館或學會供給他材料，靠團體爲他尋材料，並且須得在一個研究的環境中，才能互相補其所不能，互相引會，互相訂正。於是孤立的製作漸漸的難，漸漸的無意謂，集眾的工作漸漸的成一切工作的樣式了。（《傅斯年全集》第四冊，頁 265）

〔註77〕1927 年秋，顧頡剛與傅斯年在廣州中山大學創立語言歷史研究所，並出版《研究所周刊》，後來中央研究院史語所便是在此基礎上籌立。〈發刊詞〉轉引自董作賓〈歷史語言研究所在學術上的貢獻〉，《大陸雜誌》2：1，頁 294。

所以這些文章可以說是在史語所考古發掘，和方言采集的研究環境中成形的。

（二）《詩經》基礎課題的闡發

傅氏對於《詩經》各項問題，較具體而完整的論述，主要見諸《詩經講義稿》、《中國古代文學史講義》二書，他在《詩經講義稿‧泛論詩經‧五、我們怎樣研究詩經》，將研究《詩經》的工作化約爲綱目如下：

一、先在詩本文中求詩義。

二、一切傳說，自《左傳》、《論語》起，不管三家、毛詩，或宋儒、近儒說，均須以本文析之，其與本文合者從之；不合者舍之，若不相干者，暫存之。

三、聲音、訓詁、語詞、名物之學，繼近儒之工作而努力，以求奠《詩經》學之眞根基。

四、禮樂制度，因《儀禮》、《禮記》、《周禮》等書，現在全未以科學方法整理過。諸子傳說亦未分析清楚，此等題目下少談爲妙，留待後來。

這段文字雖爲詆勵後學，實爲傅氏《詩經》研究的大方向。至其所訂研究題目十事，從輯佚、地理、語言、史料……等，更是其在《詩經》研究上的創發。茲就二書中對《詩經》基礎課題的闡發，略舉於下：

1. 《詩經》的部類與次序

《詩經》部類與三百篇次序的固定，始見於《史記‧孔子世家》的四始之說：

古者詩三千餘篇，及至孔子去其重，取可施於禮義，上采契后稷，中述殷周之盛，至幽厲之缺，始於衽席。故曰：「〈關雎〉之亂以爲風始，〈鹿鳴〉爲《小雅》始，〈文王〉爲《大雅》始，〈清廟〉爲《頌》始。」三百五篇孔子皆弦歌之，以求合韶武雅頌之音。禮樂自此可得而述，以備王道，成六藝。

傅氏以爲如此完整嚴謹的系統，是戰國末年說《詩》者所創，是後來的哲學系統，將一總集化成一個終始五德論的辦法。想破此迷思，應當先證明《詩經》的部類，本不爲風、大雅、小雅、頌四類。打破了四始之說，便打破了孔子爲「備王道，成六藝」而刪詩的說法，同時也端正了漢儒因三百篇次序不可移動，而扭曲詩篇時代的誤謬。

至於三百篇的部類、次序爲何，傅氏首先以《左傳》襄公二十九年季札觀樂於魯所載詩篇，與今大致相同，唯無「風」字。並以《論語》、《孟子》、《荀子》書中，均《雅》、《頌》並舉，而無「風」，證明「風」之義是後起的。並說：

> 有一現象不可忽略，即除周詩外，一國無兩種之詩，魯、宋有《頌》，
> 乃無《風》，則全部《詩經》部類，皆以地理爲別也。

並以《呂氏春秋》所載關於四方之音起源的神話傳說，與《國風》中系統有若干符合，證成「是以地望之別，成樂系之不同，以樂系之不同，成三百篇之分類」。

2. 釋風、雅、頌

由先秦典籍引詩，均《雅》、《頌》並舉，而不提及「風」，以證「國風」或「風」乃後起的名詞。至於演變的情形，他說：「風者，本泛稱歌詞而言，入戰國成爲一種詭辭之稱，至漢初乃演化爲枚、馬之體。」則《國風》之成爲政論諫書，乃漢儒附會而成。

雅，漢人訓爲「正」，《詩序》說：「言王政之所由廢興也，政有小大，故有《小雅》焉，有《大雅》焉」。朱熹《詩集傳》則說：「以今考之，正《小雅》燕饗之樂也，正《大雅》，朝會之樂也。受釐陳戒之辭也」。傅氏則以爲，大小雅皆周王朝及其士民之詩。成周（雒邑）、宗周（鎬京）本皆夏地，周室王朝之詩，自「地理的」及「文化的」系統言之，固宜曰夏聲，音樂本以地理爲別，自古皆然。至於《雅》分小大，乃樂之不同，用之不同使然。

關於《頌》的討論則有：〈周頌說〉、〈魯頌、商頌述〉、〈商頌非考父作〉三文。以爲〈周頌〉不同於《詩經》各篇者有二：一、不盡用韻。二、不分章。其中無韻的一類，文辭體裁和有韻的截然不同，大約是《詩經》最早的成分。而《周頌》的不分章，乃舊章已亂，難以還原，現存三十一章，零亂的現象有三：一、錯亂。即句中錯亂，及不同在一章之句的錯亂；二、次序顛倒；三：章節亡失。其所以在三百篇中獨遭此厄運，乃因《頌》藏金櫃石室之中，逢政治動亂，便只剩些用舊名而更以新體的舞樂流行於民間。如此便不難了解西周亡時的狀況，及《風》、《雅》、《頌》中關於「南」的比例何以如此大？至於《商頌》，引據王國維所述三證：一、景山在宋；二、《商頌》稱謂與殷卜辭同；三、《商頌》中詞句與宗周中葉以後詩之詞句同。以爲二、三證斷無可疑，足證《商頌》爲宋詩。唯以《商頌》旨在頌揚宋襄公，非正考父所作明矣！王國維爲求合〈魯語〉正考父校於周太史，以爲宗周中葉之詩，不免有所蔽。

3. 敘十五《國風》詩旨

傅氏以三百篇，概以地區分，十五國所繫時、地不同，故詩旨亦呈明顯區域特色。南國本諸夏之域，於西周末年最繁盛，一般士大夫之家「鼓鐘欽欽，鼓瑟鼓琴，笙磬同音，以雅以南，以籥不僭」，故《二南》，文采不豔，頗涉禮樂，猶是西周遺風；《王風》則是東遷後王畿百姓之詩，故全是亂離之辭；《鄭風》起桑間濮上，故

多言男女。至若唐、魏相校，魏詩悲憫，唐詩言及時行樂，容非一體。秦、周同地，故《秦風》詞句每有似《小雅》者。《豳風》多涉周公事蹟，恐口傳二、三百年，乃遞變成文，故辭多曉暢，不同於《周頌》之簡直。

至若各詩之詩旨，誠如文中說：「限於時間和篇幅，考證不詳，又不能申長敘論，所以只舉大義。」觀其言皆從詩中求之，不受漢、宋儒《詩》說所限，於義不詳處，又能存「闕疑」之例，不加妄解，皆較前人高明之處。〔註78〕

4. 關於《詩經》的時代

關於《詩經》之時代，以為最難斷的是《風》，但《國風》中除《豳風》以外，所舉人名，都是春秋時人。若列國之分，乃反用些殷代、周初的名稱。則辭雖甚後，而各國之自為其風，必有甚早的歷史了！至於《雅》《頌》總有不少是西周的東西，所以約而言之：「《詩三百》的時代，一半在西周下半，一部分在東周之初、中期。」

至於各篇時代的考訂，文中則提出下列幾條道路：

一、先把那些可以確定時代者，考定清楚，以為標準。

二、那些時代不能確定者，應折衷於時代能確定者，以名的同異，語法之演進，章法之差別，定它對於能確定時代之若干篇之時代的關係。

三、凡是泛泛關涉禮樂的文詞，在最初創始及歷次變化中，每可經甚長的時候，故只能夠斷定其大致，不能確指為何時。

四、在一切民間的歌謠中，每有糾纏不清的關係……在這種情形之下，一個歌謠可以有數百年歷史，絕不宜指定其為何期者。故由此看去，不特我們現在已經不能為《詩》三百篇篇篇認定時代，且正亦不可如此作，如此作則不免於鑿。康成《詩譜》為每一篇中找好了一個時代，既誣且愚也。

（三）與《詩經》相關的古史論證

傅氏就學北大之初，一度崇信中國傳統的歷史考據學，后來雖然批評章太炎之學，然其重視史料整理的觀念，卻是源於章氏。〔註79〕留德期間依循歷史語言考據學派的思考方向，以為利用西方自然、社會各學科的理論和方法，清理中國的學科材料，便可建構「科學的東方學」。實則抱持「歷史事實能被完全還原」的觀念，為了論證自己的觀點，更進一步援引了顧炎武、閻若璩的樸學方法。以為「有幾種事

〔註78〕詳見《詩經講義稿・國風分敘》，述十五《國風》詩旨存疑者有：〈漢廣〉、〈行露〉、〈匏有苦葉〉、〈式微〉、〈新臺〉、〈蝃蝀〉、〈干旄〉、〈芄蘭〉、〈緇衣〉、〈羔裘〉等。
〔註79〕關於傅斯年的學術思想與章太炎的淵源，參見岳玉璽、李泉、馬亮寬《傅斯年》（天津：天津人民出版社，1994 年）頁 16～21。

業非借樸學家的方法和精神去作不可」，〔註80〕而考古發掘和先秦典籍，遂成爲其論證古史的主要材料。《詩經》即在此一思考下，一方面被當作推論的材料，另一方面則藉古史的還原，呈現《詩經》的時代面貌。與《詩經》有關的古史論證，大抵集中在三方面的討論：

　　1. 商族的起源：〈夷夏東西說〉

　　2. 周族的起源與商周關係：〈與顧頡剛論古史書〉、〈姜原〉、〈新獲卜辭寫本后記跋〉

　　3. 周初的分封：〈大東小東說〉、〈論所謂五等爵〉

　　經上述三方面的探討，所呈現的商周古史，釐清了長期以來的疑誤，有助解讀《雅》、《頌》中大部分的詩篇。試就其所言略述如下：

1. 商族起源於東北

　　一九三一年傅氏提出了「商代發跡於東北，渤海及古兗州，是其建業之地」。其推論是取《詩經‧商頌》中「宅殷土芒芒」、「相土烈烈，海外有截」、「天命玄鳥，降而生商」三條主要證據，輔以王國維對殷先世的考證，及《山海經》的神怪傳說……等。此說破除了古代學者，以爲「商是起於西方的民族」的觀點，而爲近世學者所認定。〔註81〕

2. 商周同源

　　一九二五年在給顧頡剛的長信中提出了：

> 周之號稱出於后稷，一如匈奴之號稱生於夏，與其信周之先世，曾竄於戎狄之間，毋寧謂周之先世本出於戎狄之間。姬、姜容或是一支兩系，特一在西一在東耳。

此一概念後來在〈姜原〉一文中，利用《大雅‧生民》、《魯頌‧閟宮》的詩句，推見周人用姜姓神話。又在〈新獲卜辭寫本后記跋〉中，利用《史記》、《詩經》所載周先世之名多單音，推見周、姜同爲羌族一支，是利用神話和語言學的基礎，證明了最初的概念。

3. 周之疆域、功業，非一世完成

　　《大雅‧大東》「小東大東，杼軸其空」，《鄭箋》說：「小也，大也，謂賦斂之多少也」。傅氏在〈大東小東說〉一文中，斥鄭說乃「不得其說而敷衍其辭」。進而

〔註80〕見傅斯年〈清代學問的門徑書幾種〉，《新潮》1：4。
〔註81〕近來不少學者將紅山文化，與殷商考古文化相較，認爲二者存在某些內在聯系，使殷人源於東北說，有了明確證據。見同注77，頁167。

引《魯頌・閟宮》「奄有龜蒙，遂荒大東」，以明大東所在，又比校周初事蹟，而知小東之地。則小東、大東皆地名。而所謂的東方封國——魯、燕、齊，初封時皆在成周都東南，南不逾陳、蔡，而後東遷至今山東、河北一帶，此一推論證明了，《詩》、《書》中所載的周代功業，是周太王至宣王數百年經營的結果，其步驟有七，始於平定密、阮、共，終於營成周。所以文、武二代化行江漢，奠定東夷，乃戰國之臆說，漢儒之拘論也。此一史地背景的闡明，實有助於詩義之釐清。

　　傅氏於先秦史事的討論，誠如上述，思考敏銳，常有驚人之語。然於細微處不免粗疏，而有臆測之嫌。此一因「在證據不足時好作推測，這種情況，在本世紀二〇至三〇年代的許多學術著作中，均不同程度地存在著。」〔註82〕再則其寫文章「有時只憑記憶，當然疏忽的地方，也是不可能免的。」〔註83〕

（四）《詩經》中「性」、「命」觀的探索

　　傅氏於《詩經講義稿・敘語》說：「故講習《詩經》最宜致力者，為文字語言之事」。觀其所列《詩經》研究題目十事，有「《詩經》中語詞研究」、「《詩經》中成語研究」，可惜茲編未及完成，不知其詳。而《性命古訓辯證》一書，是以語言學之立點，解決哲學史問題的代表作。全書分為三卷，其中的上、中卷對古籍中「性」、「命」二字的統計和推論，有助於重建《詩經》所在時代的天命觀。其概念乃是利用文字歷來的變化，去觀察思想的源流和變遷，其方法則在結合語言學和歷史進化的觀點，此一邏輯推理的結合，適足以補救因史料的不足性所產生的盲點，其在《性命古訓辨證》一文中說：

　　　古史者，劫灰中之爐餘，若干輪廓有時可以推知，然其不可知者亦多
　矣。以不知為不有，以或然為必然，既違邏輯之戒律，又蔽事實之概觀，
　誠不可以為術也。

這是對顧頡剛以《詩經》、《尚書》有禹，沒有堯舜，遂謂禹的傳說先起，堯舜後起的層累說法、痛下針砭。以下僅就書中與《詩經》有關的部分，觀其語言學的《詩經》研究。

1. 架構的形成

　　以統計的結果作為推論的架構，是書中立論的基礎。是以上卷重在統計，而不涉及思想的推論，其中第四章《詩經》中之性、命字，統計所得結果有二：

〔註82〕見同注79，李泉按語。
〔註83〕見陳槃〈懷故恩師傅孟真先生有述〉，《新時代》3：3，1963年3月。

（1）《詩經》中無「性」字：《詩經》中所有的「生」字，皆生的本意，「性」字僅一見，「俾爾彌爾性，似先公酋也」（《大雅·卷阿》），證之金文，作「彌爾生」，彌生，長生也，可知《三百篇》中不特無論及「性」之哲學，即性之一字亦無之。

（2）《詩經》中之「令」、「命」字，以關於天命的三十七例爲最多，訓爲「王命」者有十一例。至於與天命無關，而訓爲「善」者有十七例。

2. 釋　義

以《詩經》爲對象、經過對特定語詞的抽離統計，包括「性」、「命」及掌握天命的「帝」，推演出周人的天命觀，據有三個特點：

（1）「帝」字神性的轉化

詩云：

　　　有娀方將，帝立子生商。《商頌·長發》

　　　　履帝武敏，攸介攸止，載震載夙，載生載育，時維后稷。《大雅·生民》

據《詩經》中有關商周二代祖先傳說的詩句，尤其是「帝」字的屬性，輔以《魯語》、《世本》、《史記》的記載。可知周人在接受殷化的過程中，把殷人的祖先，認作自己的祖先。因爲此一轉變，使原本屬於宗神性質的「帝」，轉化爲普遍的天神，因此周人視這位祖先是「無黨無偏」、「其命無常」的。

（2）天命無常，當以人道致之

詩云：

　　　惟此文王，小心翼翼，昭事上帝，聿懷多福，表德不回，以受方國。

　　《大雅·大明》

詩中闡明文王因畏天恤民，而受大命。可見天非常眷於一個宗族，人事乃天命之基礎，故告殷之遺民「王之藎臣，無念爾祖」《大雅·文王》。則殷、周之際的大變化，即在人道主義的萌芽，此處傅氏更以殷墟發掘大規模人殉爲佐證，知周之物質文明並不比殷商高，周代殷命，乃人道勝殷人之用刑嚴峻。

（3）敬天畏神

周人雖知人事決定天命，仍不妨其敬天事神，這類的思想在《大雅》的詩篇中表現最明顯，如〈大明〉、〈蕩〉的首章均言「天命匪諶」，而《周頌·敬之》則言固守天眷不易，這樣的觀念與〈周誥〉相應，而皆源自「殷周易命」。

這樣的結論雖不免粗疏，卻是傳統考據學外的另一種思考。亦即在王國維「二重證據法」的基礎上，進一步作語言學、民俗學的探究。較諸顧頡剛：「西周人的古史觀念，實在只是神道觀念……又知道那時候所說的『帝』都指上帝。〈呂刑〉中的『皇帝』即是『上帝』的互文。」的概念，更見清楚的演變脈絡。論其精要處，一

如屈萬里先生所云：「在能以客觀之態度，據眞實之材料，以演化論之觀點作歷史研究，故其結論多正確可據。如阮氏……以爲性命說之起源遠在西周。然就傅氏研究之結果，知金文中有「生」字無「性」字，從而推定《詩》、《書》中性字，皆後人傳寫之誤。」〔註84〕

傅氏說《詩》究其思路是從「疑古」入，而確立於「重建」的功夫。胡適在《傅斯年全集‧序》說：

> 孟眞是人間一個最希有的天才，他的記憶力最強，理解力也最強。他能作最細密的繡花針功夫，他又有最大膽的大刀闊斧本領。

誠如胡氏所說，傅氏的《詩經》研究有一定的成果，然因囿於俗務，終難周延，且不免爲時代所蔽，略述其缺失如下：

（1）雖有創言，惜多支離，如他在《詩經講義稿‧敍語》說：

> 其中頗有新義，深愧語焉不詳，此實初稿，將隨時刪定，一年之後，此時面貌最好無一存也。此爲經論之上卷，所敷陳諸題，多爲敍錄《詩經》而設。中卷將專論語言文字中事，下卷則談《詩經》牽涉所及之問題。均非今年所能寫完。

又觀乎所擬《詩經》研究題目十事，知其構思繁複，欲成大事。惜乎！庶事繁瑣，終未竟業。所著散篇論文，考訂史地堪稱精詳，唯失之零散。

（2）依委眾說，頗生矛盾，如《詩經講義稿》說「起興」，先引章太炎說：「賦比興本爲詩體」，以爲「其說不可易」。又引顧頡剛說：「興體即後人所謂起興，據原有歌首句或首兩句，下文乃是自己的，故毛公所據興體，每每上兩句與後來若干句，若不相干」，又說此論至不可易。二說，一爲體一爲用，皆不可易，則自生矛盾矣。唯以起興之用，「有時若是標調，所起同者，若有多少關繫」。並舉例說：「《邶》之習習谷風和《小雅》之習習谷風，長短有別，皆是棄婦之詞。關關雎鳩和雝雝鳴雁相類，皆是結婚詞。燕燕于飛，泄泄其羽和雄雄于飛，泄泄其羽相等，皆是傷別詞，即《呂氏春秋》所記燕燕往飛也是傷別，破斧之音也是人事艱屯。」認爲起興同而辭異，是一調之變化，頗見創發。

（3）傅氏對古文經原則上采不信任態度，以爲皆漢儒「向壁虛造」，但他在討論《詩經》中人、事時，又多引《左傳》爲證，誠如他說：

> 那麼，如果春秋時遺文尚多可見者，則這些事不難考定，可惜記春秋時事只有《國語》一部寶貝，而這寶貝不幸又到漢末爲人割裂成兩部書，

〔註84〕見〈性命古訓辨證〉，《圖書月刊》1：1，1941 年 1 月 31 日，頁 16～17。該文屈萬里先生以筆名「鵬」發表。

　　添了許多有意僞的東西，以致我們現在不得隨便使用，但我們現在若求詩
　　在春秋時的作用，還不能不靠這部書，只是用它的時候要留心罷了

至於可用、不可用，援引之際全憑主觀，未見取舍的標準。蓋傅斯年處學風轉變之
際，實有創發之功，至若矛盾、碎亂之處，綜觀歷代學術研究，凡當變動、改革之
學者，皆難免，不當因此而掩其功。

結 論

　　通過二十多萬字的論述，本論文從康有爲的《毛詩》辨僞學，到傅斯年歷史語言學觀點的《詩經》研究，總共討論了五十五位學者在一八八八至一九三八年的五十年間，所寫成的一三二種《詩經》研究著作。〔註 1〕其中包含：文獻上的清理，和對這一斷代《詩經》學在歷史意義上的探究，從文獻逐一的考察，約可梳理出以下幾項脈絡：

一、實證科學方法論對《詩經》研究中「經學」組成部分的分解

　　實證主義的歷史根據內在於近代西方科學的發展。在中國，清末學者開始思考將傳統方法論和近代科學方法作溝通，而這一轉化又大體沿續乾嘉漢學而來。只是嚴於實證的要求，必然對經學權威造成衝擊，其境況十分符合西方詮釋學者以下的陳述：

> 這些非歐洲文化已經並且還將不得不接受歐洲的技術工業生活方式及科學基礎，它們被迫與自身造成間距，被迫與它們的傳統疏遠，其徹底程度遠勝於我們。它們絕不能期望僅僅通過詮釋學的反思來補償已經出現的與過去的斷裂。對它們來說，從一開始就有必要去獲得一個與對它們自身的和外來的傳統的詮釋學反思同時並存的准客觀的歷史哲學的參照系。（阿佩爾（Karl-Otto Apel）〈科學主義、詮釋學和意識形態批判〉，《理解與解釋》頁 373）

在這時的《詩經》研究中，也可以見到一個經學傳統在科學上被中介的過程，主要的特徵是「經學」觀點的《詩經》學被徹底的審查，而瀕臨崩解，但在無法完全擺脫傳統的制約下，使得轉化的過程呈現複雜的面相，並且無可避免的打上深層文化

〔註 1〕相關的內容詳見本論文附錄：清末民初《詩經》研究著作一覽，頁 295～301。

傳統的烙印，以幾位代表性學者爲例：

1. 康有爲斥乾嘉漢學「專尚考據」、「瑣碎破道」，但《新學僞經考》辨《毛詩》的僞，卻環遶在《毛詩》傳授淵源、篇章次第、《毛序》作者及《詩經》說義四大議題反復考辨，主要是假「考證」的形式，達到「辨僞」的目的。錢玄同說這是科學的方法，並以爲「康氏之辨《毛詩》，議論最爲透徹」，由於《毛傳》、《毛序》是經學觀點《詩經》研究中最主要，也是最難突破的部分，康有爲利用原始經典的權威，質疑歷代詮釋系統，釐清了部分《毛傳》的不合理性，爲打破「經學」結構的《詩經》研究，立下一個心理的和理論的基礎。只是他又進一步比附孔子刪述的微言大旨，則落入經師之見，既模糊了考證的客觀要求，也造成方法論上的另一種獨斷。

2. 章太炎的《詩經》研究，較少時代的批判，卻從第一代實證主義學者斯賓塞（H・Spencer）那裏得到啓示說：「惟文字語言間留其痕跡，此與地中僵石爲無形之二種大史」。除了從文字音韻學對《詩經》訓詁方法的推求與系統化外，他以歷史學、邏輯學而治經學的努力，不僅超出古文經學的格局，甚至逼進動搖傳統經學，表現在《詩經》研究上則主要有兩項思維：一是以《詩經》爲史料，還原上古社會的實況；一是援史以證經，還原經典的原始面貌。只是他低估了西方近代文化，將更多注意力放在傳統的文獻考辨上，而拒絕實物材料。

3. 王國維的經史學以對材料的充分掌握爲重點，並以「二重證據法」做爲基礎方法論，這中間有來自西方實證科學的背景，所以在傳統學術缺乏對研究對象嚴密的實證分析，和作高層次的理論概括上，王國維有較自覺的反省。以禮樂觀點的《詩經》研究爲例，原本文獻的描寫和來自實際禮儀過程的出土遺物，已經提供了部份古禮型態的片斷，王國維又將《三百篇》納入古禮樂重建工程的一環，〈周《大武》樂章考〉便是再現上古雅樂演出實況的嘗試，此外還有制度的還原、器物的還原，乃至歷史背景的還原；只是又將歷史進化論，和對因果關係的認識貫穿到考證中，不僅削弱了方法論上的科學性，並且有將人文道德精神涉入科學考證領域的嫌疑，使得對周代禮樂制度的破讀，一變而爲自我文化意識的完成。

4. 胡適把杜威的實驗主義，和清代考據學成功地結合成所謂的「科學的方法」。其內容一面突出「尊疑」的批判性，一面則是強調「小心求證」的「重據」。《詩經》作爲國故的一支，它需要被整理的迫切性，很早就引起胡適的注意，並且以「爲《詩經》算總賬」的構想作爲整理國故的範例。其中「批判的態度」是指「重新估定一切價值」，也就是以歷史的眼光，掃去歷代經說的種種糾纏，把《三百篇》還給西周、東周間的無名詩人。所謂「重據」，是指對材料的觀念，從傳統的「尊重證據」走向現代的「創造證據」，可惜在胡適的《詩經》研究中，新材料沒有被充分發揮，無論

是《詩經》語法的研究、《序》說的考辨、歌謠觀點的《詩》旨闡釋，可以說胡適用科學的方法整理《詩經》，在突破儒學一尊的思考與方法，確實具有示範的作用，但在具體的研究內容，所完成的僅是對舊文化的修補。

二、《詩經》文學性質的確認

歌謠的解釋觀點，自宋代以來，即被反《序》學者視為是：將《詩經》從美刺正變的詩教傳統中解救出來的途徑之一。在民初則幾乎取代「經學」觀點成為學術主流，這一現象的形成、演變及主要內容，所呈現的是新文化運動學者文學觀點和文化意識。也就是，一方面企圖瓦解以聖賢為中心的歷史，重新安排過去；一方面尋求找回《詩經》歌謠文學活力的方法。其思考與成績均有複雜而豐富的意涵，特別是能擺脫「經學」桎梏，是《詩經》學史上的質變。只是新的解釋系統並沒有被導入文學鑑賞的路向，這又與學者的學術性格相關，所以在民初只有確認《詩經》文學性質的問題，至於《詩經》文學研究的深入，則有待來者。

1. 維新派學者的文學主張為桐城的流衍，是清末文學改革的一支，由於時代的需要，他們將更多的關注投向民間，主要見解：一是梁啓超著眼於民間的新史學觀，牽動了神話傳說與古史關係的議題；一是「詩界革命」趨向對民間口頭文學的認識與嚮往，尤其是肯定歌謠的價值，直接等同於《風》詩。上述兩點，雖不必然與民初文學觀點的《詩經》闡釋直接相關，卻呈現極為相似的文化關懷，和文學史觀。

2. 在民初，使《詩經》成為民間文學的始祖，主要有幾項背景的支援，包括：白話文運動為白話詩文的正統性，尋找遠古傳統的需求；西方「聖書與民間文學結合」的詮釋觀點；俄國式民粹思想及馬克思主義在中國的傳佈；知識分子在歌謠採集和民俗研究的具體行動；《古史辨》用故事的方法解釋「六經」中的上古歷史……，都促使平民文化與貴族文化間進行對話，歌謠的《詩經》就是這個對話機制下的產物。

3. 從《詩經》為白話文學的認定，到以歌謠解釋《詩經》，民初學者作了不同面相的努力：（1）庶民文化意識的《詩經》詮釋，其間包括了由《詩經》出發的幾種對於上古歷史的重新解讀，如詩人時代、樂歌應用的時代、奴隸制時代等不同的提法。（2）建立《詩經》歌謠性質的理論基礎，如「興詩」的討論、「樂歌」「徒歌」之辨、從《詩經》整理出歌謠的意見、從「母題分化」看《詩經》分體和詩篇次第。（3）《國風》婚戀詩的新解與翻譯，這類著作，一方面與民初學者追求婚姻自由、特別著重婦女地位和對家庭制度的反省有關；一方面又往往充滿詩人涵泳文學、感悟生命的特質。（4）從文學角度對《詩》篇重新分類，主要有聞一多主張將《國風》

按婚姻、家庭、社會三大類編次；鄭振鐸提出依詩人的創作、民間的歌謠、貴族的樂歌分類，每大類下再分若干小類；繆天綬選注《詩經》則以抒情詩、描寫詩、諷刺詩、陳說詩分類，強調《詩經》文藝上的價值。另外聞一多從初期文藝技巧切入，解釋《詩經》文字的假借，是參照西方文學人類學的一種適於文學欣賞的《詩經》新訓詁學。俞平伯以「審度情思」爲依歸的鑑賞工作，強調直接涵泳《詩》篇的趣味神思，都對疑古學者以歌謠說《詩》，逐漸落入繁瑣考據窠臼的反省和跨越。

三、以白話文作爲通譯的媒介與《詩經》研究的普遍性發展

　　一九〇八年錢國榮著《詩經白話注》，是最早用白話注譯的《詩經》讀本，其目的在啓發童蒙，而「五四」的批判精神，和白話文運動的成功，則將《詩經》研究的普遍性發展推向更多元且深化的意義。尤其《詩經》做爲經典和古典文學作品的雙重性，在通譯上最大的難關是語言文字，朱自清說其中的難處是「在乎譯者的修養，不僅是逐字翻譯，而是要照他所了解與批判的，譯成藝術性或有風格的白話」，其精神類似西方詮釋學所強調的過去與現在的中介，作者視域和解釋者視域的融合，因此活動的範疇「不僅存在於科學的聯繫之中，更存在於實際生活過程之中」。（迦達默爾《眞理與生活》台北：時報出版社，1995年，頁320～321）體現在民初《詩經》學的實踐上，是拿「整理國故」的新眼光、新方法，重新確立傳統文化在當代文化生活中的位置，其中又有幾項基礎的思考作爲指導。

　　1. 胡適在一九三五年提出「新經學」的概念，企圖在清人文獻考訂的基礎上，透過新的材料、方法，解決經書難懂的問題，主要的訴求是愼守闕疑的態度，及朝淺易通讀的路向發展，最終目標則是要將幾部重要經典翻譯成人人可解的白話。表現在《詩經》研究的相關著作約有三類：（1）《詩經》文法學上的研究，主要有胡適對《三百篇》虛字的解析，和學者們的討論；（2）《詩經》的訓詁淺釋，較重要的是幾本爲大學授課所編的講義；（3）《詩經》白話新解，以出版業者爲因應「整理國故」運動，所出版的各類國故叢書爲主。

　　2. 由於新文化運動中心的南移，以及出版型態的變革，促使學界和出版界結合；另方面在「整理國故」的氛圍下，各中等以上學校陸續開設相關課程，有關的「概論性」著述大量刊行，以《詩經》爲例，二〇至四〇年代出版的相關著述就有十四種之多，其中不乏是爲舊材料賦予的新命題，例如：（1）《詩經》學與《詩經》學史的研究，就是將《三百篇》重新統整在科學的研究方法論和新的學術分類架構上。（2）《詩經》的專題討論，目的是爲一些糾纏不清的議題，作逐一的清理，主要的成績是確立《詩經》的文學特質，和春秋以後人與《詩經》的關係，以利重新考

察周代的歷史與思想。因此這些著作，從結構上看是《詩經》的概論，從內容上看是民初反傳統的思考，從著述目的上看，又大多以深入淺出、指示門徑爲宗旨。

3. 二○年代後期開始，由學術團體或出版家所編譯的各類「白話注譯」《詩經》，主要是在胡適關於「中學國文教學」的思路上，結合出版業「扶助教育，輸導新知」的一項趨勢。而通常以「注譯」型態呈現的原因，正如俞平伯所說：「注」是比較客觀的「釋」，並且只有「匯」才能「釋」，才便於讀者的觸類旁通。如此看待所謂「爲《詩經》算總賬」，其實就是一種便於自修的「集說」，特別是在一九三五年讀經問題的論爭之後，經學逐漸形成專家研究和普通閱讀兩部份。這類大量出版的讀本，固然也有屬於科學的整理，但通常是「普及化」的考量，重在裨益德育，而較不具學術的批判性和文化上深層的思考。

4. 所謂提示門徑的思考，在民初也有重大突破，由於舊式教育重記誦，向來輕忽工具的使用，甚至以使用工具書爲恥，對此胡適以爲：不曾經過整理的材料，不容易檢尋，最能銷磨學者有用的精神才力，亦最足以阻礙學術的進步。而「索引式的整理」也是民初多數學者公認的急務，其中又以哈佛燕京學社爲《尚書》以外的十二經編纂的「逐字引得」和「引書引得」，是最有組織的試驗。另外在「提示門徑是整理國故的前期作業」，和「基礎國學常識是青年知識份子的需要與責任」的雙重體認下，在民初曾引起關於「國學書目」的討論，同時也出現幾種《詩經》研究的專科書目，主要在釐清故說，爲著作重新定位，並且有指示研究者在傳統思維外另闢蹊徑的功用。

四、從研究觀點的提出向多元學科《詩經》詮釋的過渡

過去二千年的《詩經》研究，大多屬於解經的範疇，通常以傳、箋、注、疏的形態出現。清末以來，許多溢出經學思維的觀點被提出，主要是受近代西方學術分科架構的衝擊，啓發了知識分子對傳統學術的省思。如傅斯年便說中國學術存在基本誤謬，其中之最者是「中國學術以學爲單位者至少，以人爲單位者轉多，前者謂之科學，後者謂之家學」，而「西洋近代學術，全以學科爲單位，苟中國人本其『學人』之成心以習之，必若柄鑿之不相容也」。（〈中國學術界之基本誤謬〉，《新青年》4：4，頁 328～329）特別是《詩經》在近代學術分科下，是經典、古典文學作品，也是上古史料，研究者據此開展出多角度的解釋觀點，如歌謠的觀點、史料的觀點、禮樂的觀點、社會學的觀點、歷史唯物論的觀點……等。由於各項成績的累積，及各大學分科教學的專門化、一八九九年以來各種新材料的大量出土，使得《詩經》研究在各專門學科方法論的引導下，逐步向專門領域系統之學的路上深入發展，因

此在當代有《詩經》歷史學研究、《詩經》語言學研究、《詩經》博物學研究、《詩經》史料學研究、《詩經》文化人類學研究……等。可見民初學者借鑒於西方近代學科的思考，確實是使傳統經史考據，向系統的人文科學轉化的重要過渡。

1. 聞一多從古文字學證入，在「帶讀者到《詩經》的時代」的思考下，又往往輔以文學人類學的視域。所以在《風詩類鈔甲》中，聞氏提出關於《詩經》新的讀法是「社會學的」，這個結合考古學、民俗學、語言學的新法則，使《詩經》研究的關懷始終落在文化的和文學的領域。如此則考據只是研究的手段，訓詁的目的是要釐清「先作品而存在的時代背景與作者個人的意識形態」。利用匯通文字與文化的論證法則，和破譯初期文藝之慣技的訓詁工作，正是聞氏進一步嫁接西方文學人類學，乃至弗洛伊德的分析方法的鋪墊。另外鄭振鐸〈湯禱篇〉套用古典人類學家弗雷澤（James George Frazer）的祭司王理論闡釋《大雅·雲漢》，被鄭氏認爲是《古史辨》時代的結束，是爲了使今人明瞭古代社會真實情形的一條必要的路。（〈湯禱篇——古史新辨之一〉《東方雜誌》30：1，頁 122～137）這種援西套中的研究模式，在民初《詩經》學中的嘗試，固然非常粗糙，卻也是人類學視野引進過程中，不可缺少的階段。

2. 在西方，十八世紀出現一門新的學科，是一種新的方法學意識，它試圖成爲一種客觀的、受對象制約的，和擺脫一切主觀意願的方法，其中既有語法方面的要求，又有歷史方面的要求，這一發展，使經典的注釋走向更廣義的語文學詮釋學。在中國，漢語語言學在乾嘉學者手上，已形成系統的研究。自近代以來，鐘鼎、龜甲的大量出土，又在漢字字形研究上，得以突破《說文》的格局。一九二八年中央研究院歷史語言研究所籌備處成立，標誌著進入「以自然科學看待歷史語言之學」的階段。傅斯年也在二重證據法的基礎上，利用西方相關學科的支援，提出「歷史語言學」的《詩經》研究觀點，主張一切以《詩經》本文爲斷，將語言學、考據學視爲欣賞文辭的基本工夫，也就是從史料考證出發，相信考古成果，以取代對神話傳說的推演，並且援用史料比較法、語言學的分析歸納法，和以文學爲本質的比較詮釋法，使《詩經》研究得以突破疑古的格局，這也是當代《詩經》研究繼續深入開發的主要課題之一。

附錄：清末民初間《詩經》研究著作一覽

丁樹聲	《詩經》式字說（附適之先生來書），中央研究院歷史語言研究所集刊第 6 本第 4 分，1936 年。
于省吾	詩綿篇「來朝走馬」解，禹貢半月刊，4 卷 2 期，1935 年。
	《周頌》「彼徂矣，岐有夷之行」解，禹貢半月刊，5 卷 1 期，1936 年。
	雙劍誃詩經新證，北平，撰者刊行，1936 年。
王國維	樂詩考略，學術叢編第三冊，1916 年 6 月。
	書《毛詩故訓傳》後，觀堂別集，1917 年。
	《詩·齊風》豈弟釋義，觀堂別集，1920 年。
	與友人論《詩》《書》中成語書，學術論叢，1 卷 3 期，1921 年。
	肅霜滌場說，學衡，41 期，1925 年。
	（以上五文收入觀堂集林，石家莊：河北教育出版社，2001 年）
白之藩	《詩經》學史目錄說明書，國學月報，1 卷 1 期，1924 年
江陰香	（國語注解）詩經，上海：廣益書局，1934 年。
朱自清	關於興詩的意見，與顧頡剛書，1931 年 8 月。（收入古史辨第三冊，北平：樸社，1931 年）
	賦比興說，清華學報，12 卷 3 期，1937 年 7 月。
	詩言志辨，語言與文學，上海：中華書局，1937 年。
	詩名著箋，清華大學講義，1929 年。（收入朱自清古典文學專集，台北：宏業書局，1983 年）
朱東潤	詩教，珞珈月刊，2 卷 4 期，1934 年。
	讀詩四論，長沙：商務印書館，1940 年。
杜子勁	《詩經·靜女》討論的起漚與剝洗，天河雜誌 11 期。（收入古史辨第三冊）

李　淼	《詩序》作者考，國專月刊 5 卷 5 期，1937 年 6 月。
李繁閨	《詩序》考原，勵學 4 期，1935 年 6 月。
吳世昌	釋《詩》《書》之「誕」，燕京學報 8 期，1930 年。
	詩三百篇「言」字新解，燕京學報 13 期，1933 年。
	釋《詩經》之于，燕京學報 21 期，1937 年。
何定生	《詩經》之在今日，廣州民國日報副刊，1928 年 7 月。
	關於《詩經通論》及詩的起興，中山大學語言歷史研究所週刊，9 卷 97 期，1929 年 9 月。
	（以上二文收入古史辨第三冊）
林義光註解	詩經通解，著者鉛印本，1930 年。
	「三事大夫說」，國學叢編，1 卷 1 期，1931 年 5 月。
金公亮	詩經學 ABC，上海：ABC 叢書社，1929 年。
周作人	談〈談談詩經〉，京報副刊 1925 年 12 月。（收入古史辨第三冊）
洪子良編纂	（新注）詩經白話解，上海：中原書局，1926 年。
胡　適	論漢宋說《詩》之家及今日治《詩》之法，留美學生年報，第三年本，1914 年。（收入胡適早年文存，台北：遠流出版事業公司，1995 年）
	詩三百篇言字解，留美學生年報，2 期，1913 年。
	談談《詩經》，北平晨報，藝林旬刊，20 期，1925 年。
	論《詩經》答劉大白。（附錄劉大白先生來書）
	（以上三文收入胡適文存，上海：亞東圖書館第十三版，1930 年）
	論〈野有死麕〉書，歌謠週刊，1925 年 6 月。（收入古史辨第三冊）
	周南新解，青年界，1 卷 4 期，1931 年 6 月。
胡樸安	詩經學，上海：商務印書館，1928 年。
哈佛燕京學社引得編纂處編	毛詩注疏引書引得，北平：燕京大學圖書館，1934 年。
	毛詩引得（附標注經文）北平：燕京大學圖書館，1934 年。
俞平伯	關於〈野有死麕〉之卒章，語絲第 31 期，1925 年 6 月。
	論《商頌》的年代，雜拌兒，1925 年。
	（以上二文收入古史辨第三冊）
	詩的歌與誦，東方雜誌，30 卷 1 期，1932 年。

讀詩札記，上海大學講義。（前六篇以茸芷繚衡室讀詩札記爲題收入古史辨第三冊）

（以上二文收入論詩詞曲雜著，台北：長安出版社 1986 年）

徐　英　　詩經學纂要，上海：中華書局，1936 年。

詩經救亡論，安徽大學月刊，2 卷 7 期，1935 年。

章太炎　　六詩說・小疋大疋說・毛公說字述，國粹學報，總 51 期，1908 年 2 月。

〈關雎〉故言・詩終始論，檢論，1915 年。

毛詩正韻序。

（以上六文收入章氏叢書，上海：上海書店，1992 年）

《大雅・韓奕》義，華國，1 卷 11 期，1924 年 7 月。（收入太炎文錄續編，台北：新興書局，1956 年）

答楊立三毛詩言字義，制言半月刊，19 期，1936 年 6 月。

許嘯天　　（新式標點）詩經，上海：群學社，1926 年。

郭全和　　讀《邶風・靜女》的討論，語絲第 82 期，1926 年 4 月。（收入古史辨第三冊）

郭沫若　　卷耳集，上海：泰東圖書局，1924 年。

我對於〈卷耳〉一詩的解釋

釋「玄黃」

（以上二文收入文藝論集，上海：光華書局，1925 年）

〈關雎〉的翻譯，恢復，上海：創造社，1928 年。

《詩》《書》時代的社會變革與其思想上之反映，東方雜誌，26 卷 8、9、11、12 期，1929 年 4～6 月。

康有爲　　毛詩禮徵，手稿本，1888 年。（收入康有爲全集，第一集，上海：上海古籍出版社，1990 年）

新學僞經考，廣州：萬木草堂初刊本，1891 年。

詩經說義，未刊手稿。

（收入蔣貴麟編，康南海先生未刊遺稿——詩經說義，台北：文史哲出版社，1979 年）

黃　節　　詩旨纂辭，北京大學鉛印本，1936 年。

《詩序》非衛宏所作說，清華中國文學月刊，1 卷 2 期，1931 年 5 月。

變雅，北京大學排印本，1932 年。

黃優仕　　《詩序》作者考證，國學月報彙刊第一集，1926 年。

張天廬	古代的歌謠與舞蹈,世界日報 1 卷 9～14 期,1926 年 7 月。(收入古史辨第三冊)
張西堂	詩經六論,上海:商務印書館,1957 年。
張壽林	論詩六稿,北平:文化學社,1929 年。
	關雎,(北平)華北日報,徒然副刊,1929 年 4 月。
	樛木,燕大月刊 6 卷 1 期,1930 年。
	《商頌》考,睿湖 2 期,1930 年 10 月。
	論三百篇中的兩篇合歌(〈式微〉、〈雞鳴〉),北平晨報學園 9、10、11 期,1930 年。
	休寧戴氏《詩經補注》題記,燕京大學圖書館報,39 期,1932 年。
	三百篇聯綿字研究,燕京學報,13 期,1933 年。
	周南新探,民大中國文學系叢刊,1 卷 1 期,1934 年。
	三百篇助詞釋例——釋思釋哉,女師學院期刊 2 卷 2 期,1934 年。
	清代《詩經》著述考,女師學院期刊 3 卷 1 期,1935 年。
	論三百篇之篇名,女師學院期刊 3 卷 2 期,1935 年。
	三百篇聯綿字考釋,女師學院期刊 4 卷 1～2 期,1936 年。
	三百篇研究,天津:百成書店,1936 年。
張履珍	誰俟於城隅?,廣東大學學藝第一期,1926 年 3 月。(收入古史辨第三冊)
陸侃如	寄胡適之書(論風雅頌的音樂性),國學月報彙刊,第 1 集,1926 年。
	《詩經》參考書提要,國學月報彙刊,第 1 集,1926 年
	二南研究,國學論叢,1 卷 1 期,1927 年 6 月。
	就〈周南、召南說〉寄胡適之書,國學月報彙刊,第 1 集,1926 年。
	《風》《雅》韻例,燕京學報 20 期,1936 年 12 月。
	讀騷樓偶識,吳淞月刊,1929 年 2 期。
	(以上五文收入陸侃如古典文學論文集,上海:上海古籍出版社,1987 年)
陳延傑	《詩序》解,上海:開明書店,1932 年。
陳　柱	姚際恆《詩經通論》述評,東方雜誌,24 卷 7 期,1927 年 4 月。

陳漱琴	《詩經》情詩今譯，上海：女子書店，1932 年。
陳　槃	周召二南與文王之化，中山大學語言歷史學研究所週刊第四集第 37 期，1928 年。（收入古史辨第三冊）
傅斯年	故書新評——宋朱熹的《詩經集傳》和《詩序辯》，新潮，1 卷 4 期，1919 年 4 月。
	詩經講義稿，授課講義。
	周頌說（附魯南兩地與《詩》《書》之來源），史語所集刊，1 卷 1 期，1928 年 5 月。
	中國古代文學史講義：詩部類說，授課講義。
	大東小東說，史語所集刊，2 卷 1 期，1930 年 5 月。
	姜原，史語所集刊，2 卷 1 期，1930 年 5 月。
	夷夏東西說，慶祝蔡元培先生 65 歲論文集，1933 年。
	性命古訓辨證（上卷第四章《詩經》之性命字）上海：商務印書館，1938 年。
	（以上七文收入傅斯年全集，台北：聯經出版事業公司，1980 年）
楊樹達	討論《詩經》（于以）的兩封信，（上海）時事新報，學燈，1922 年 11 月 5 日。
	與人論《詩經》言字書，考古學社社刊，6 期，1937 年 6 月。
董作賓	一首歌謠整理研究的嘗試，歌謠周刊，第 63 號，1924 年 10 月。
	《邶風・靜女》篇「薆」的討論，現代評論，4 卷 85 期，1926 年 7 月（收入古史辨第三冊）。
萬　曼	《詩經》底史的研究，文史，1 卷 2～3 期，1934 年 6～8 月。
聞一多	高唐神女傳說之分析，清華學報，10 卷 4 期，1935 年。
	朝云考，據手稿復製整理。
	姜嫄履大人跡考，中央日報・史學，第 72 期。
	《詩經》的性慾觀，時事新報・學燈，1927 年。
	詩新臺鴻字說，清華學報，10 卷 3 期，1935 年 7 月。
	匡齋尺牘，學文月刊，1 卷 1、3 期，1934 年。
	說魚，邊疆人文，2 卷 3、4 期，1945 年 5 月。
	詩經新義，清華學報，12 卷 1 期，1937 年 1 月。
	詩經通義甲，清華學報，12 卷 1 期，1937 年。
	（以上九文收入孫黨伯、袁謇正主編，聞一多全集，武漢：湖北人民出版社，1994 年）

鄭振鐸　　讀《毛詩序》，小說月報，14 卷 1 期，1923 年 1 月。

關於《詩經》研究的重要書籍介紹，小說月報，14 卷 3 期，1923 年 3 月。

詩經與楚辭，小說月報，15 卷 6 期，1924 年 6 月。

湯禱篇──古史新辨之一，東方雜誌，30 卷 1 期，1932 年。

蔣善國　　三百篇演論，上海：商務印書館，1931 年。

黎錦熙　　三百篇之「之」，燕京學報，第 6、8 期，1929、1930 年。

劉大白　　關於瞎子斷扁的一例──〈靜女〉的異議，語絲第 74 期，1926 年 3 月。

再談〈靜女〉，黎明第 25 期，1926 年 4 月。

三談〈靜女〉──對於《語絲》83 期魏建功〈邶風靜女的討論〉的討論，黎明第 36 期，1926 年 7 月。

四談〈靜女〉，白屋說詩，1929 年 4 月。

六義，上海復旦大學黎明週刊，1926 年。

（以上五文收入古史辨第三冊）

劉師培　　毛詩札記、群經大義相通論、毛詩詞例舉要（詳本）、毛詩詞例舉要（略本）。

詩分四家說、廣釋頌、《韓詩外傳》書後。

邶鄘衛考、《齊詩‧國風》分主八節說、《齊詩‧大小雅》分主八節說。

經學教科書。

（以上 11 文收入劉申叔遺書，南京：江蘇古籍出版社，1997 年）

錢玄同　　論《詩經》真相書，與顧頡剛書，1923 年 2 月。

論詩說及群經辨偽書，與顧頡剛書，1923 年 2 月。

（以上二文收入古史辨第一冊）

謝无量　　詩經研究，上海：商務印書館，1923 年。

謝晉青　　詩經之女性研究，上海：商務印書館，1923 年。

謝祖瓊　　〈靜女〉的討論，廣東大學學藝第三期，1926 年 4 月。（收入古史辨第三冊）

鍾敬文　　關於《詩經》中章段複疊之詩篇的一點意見，文學週報，5 卷 10 期，1927 年 5 月。

談談興詩，文學週報，5 卷 8 期，1927 年 5 月。

（以上二文收入古史辨第三冊）

繆天綬選注　詩經，上海：商務印書館，1926 年。

魏建功　　《邶風‧靜女》的討論，語絲第 83 期，1926 年 5 月。

歌謠表現法之最要緊者——重奏復沓，歌謠週刊第 41 號，1924 年 1 月。

（以上二文收入古史辨第三冊）

蘇維嶽　　　　論《詩序》，國風月刊，7 卷 4 期，1935 年。

顧頡剛　　　　論《詩經》歌詞轉變書，與錢玄同書，1922 年 2 月。

告編著《詩辨妄》等三書書，與胡適書，1922 年 3 月。

論《詩經》經歷及老子與道家書，與錢玄同書，1923 年 2 月。

（以上三文收入古史辨第一冊）

《詩經》在春秋戰國間的地位，小說月報，14 卷 3～5 期，1923 年 1 月。

〈碩人〉是憫莊姜美而無子嗎？，小說月報，14 卷 4 期，1923 年 4 月。

讀《詩》隨筆，小說月報，14 卷 1～3 期，1922 年。

《毛詩序》之背景與旨趣，中山大學語言歷史學研究所週刊第 10 集第 120 期，1928 年 7 月。

論《詩序》附會史事的方法書，與胡適書，1922 年 3 月。

野有死麕，歌謠週刊第 91 號，1925 年 5 月。

瞎子斷扁的一例——〈靜女〉，現代評論第 3 卷 63 期，1926 年 2 月。

從《詩經》中整理出歌謠的意見，歌謠週刊第 39 號，1923 年 12 月。

論《詩經》所錄全為歌謠，北京大學研究所國學門週刊第 10～12 期，1925 年 11 月。

起興，歌謠週刊第 94 號，1925 年 6 月。

（以上 10 文收入古史辨第三冊）

古詩與樂歌（讀書雜記），小說月報，14 卷 8 期，1923 年 8 月。

（宋）鄭樵著　　詩辨妄一卷（附錄四種），北平：樸社，1933 年。
顧頡剛輯點

（宋）王柏著　　詩疑（附錄九種），北平：樸社，1930 年。
顧頡剛校點

參考書目

壹、專　書

一、經學類

（一）《詩經》研究著作

1. 《詩經研究》，謝无量（上海：商務印書館，1923 年）。
2. 《詩經之女性研究》，謝晉青（上海：商務印書館，1923 年）。
3. 《卷耳集》，郭沫若（上海：泰東圖書局，1924 年）。
4. 《詩經》，繆天綬選注（上海：商務印書館，1926 年）。
5. 《（新式標點）詩經》，許嘯天整理（上海：群學社，1926 年）。
6. 《（新注）詩經白話解》，洪子良編纂（上海：中原書局，1926 年）。
7. 《論詩六稿》，張壽林（北平：文化學社，1929 年）。
8. 《詩序解》，陳延傑（上海：開明書店，1932 年）。
9. 《詩辨妄一卷　附錄四種》，（宋）鄭樵著，顧頡剛輯點（北平：樸社，1933 年）。
10. 《毛詩引得——附標注經文》，哈佛燕京學社引得編纂處編（北平：燕京大學圖書館，1934 年）。
11. 《毛詩注疏引書引得》，哈佛燕京學社引得編纂處編（北平：燕京大學圖書，1934 年）。
12. 《（國語注解）詩經》，江陰香（上海：廣益書局，1934 年）。
13. 《三百篇研究》，張壽林（天津：百成書店，1936 年）。
14. 《詩旨纂辭》，黃節（北平：北京大學鉛印本，1936 年）。
15. 《詩經學纂要》，徐英（上海：中華書局，1936 年）。
16. 《讀詩四論》，朱東潤（長沙：商務印書館，1940 年）。
17. 《詩言志辨》，朱自清（上海：開明書店，1947 年）。
18. 《詩疑　附錄九種》，（宋）王柏著，顧頡剛校點（北京：中華書局，1955 年）。

19. 《詩經六論》，張西堂（上海：商務印書館，1957 年）。

20. 《詩經與周代社會研究》，孫作云（北京：中華書局，1966 年）。

21. 《詩經今論》，何定生（臺北：臺灣商務印書館，1968 年）。

22. 《敦煌詩經卷子研究論文集》，潘重規（香港：新亞研究所，1970 年）。

23. 《詩經學》，胡樸安（臺北：臺灣商務印書館，1978 年）。

24. 《康南海先生未刊遺稿——詩經說義》，康有為著，蔣貴麟編（臺北：文史哲出版社，1979 年）。

25. 《三百篇演論》，蔣善國（臺北：臺灣商務印書館，1980 年）。

26. 《詩經研究》，黃振民（臺北：正中書局，1981 年）。

27. 《澤螺居詩經・楚辭新證》，于省吾（北京：中華書局，1982 年）。

28. 《詩經情詩今譯》，陳漱琴（臺北：新文豐出版社，1982 年）。

29. 《詩經研究論集（一）（二）》，林慶彰師編（臺北：台灣學生書局，1982 年；1987 年）。

30. 《詩經詮釋》，屈萬里（臺北：聯經出版事業公司，1983 年）。

31. 《詩三百篇探詁》，朱東潤（臺北：漢京文化事業有限公司，1984 年）。

32. 《詩經語言藝術》，夏傳才（北京：語文出版社，1985 年）。

33. 《毛詩訓詁研究》，馮浩菲（武昌：華中師範大學出版社，1985 年）。

34. 《詩經學論叢》，江磯編（臺北：崧高出版社，1985 年）。

35. 《詩經通解》，林義光注解（臺北：台灣中華書局據民初本影印，1986 年）。

36. 《詩經研究反思》，趙沛霖（天津：天津教育出版社，1987 年）。

37. 《興的起源——歷史積澱與詩歌藝術》，趙沛霖（北京：中國社會科學出版社，1987 年）。

38. 《詩經語言研究》，向熹（成都：四川人民出版社，1987 年）。

39. 《詩經研究概觀》，韓明安（哈爾濱：黑龍江教育出版社，1988 年）。

40. 《先秦儒家詩教思想研究》，康曉成（臺北：文史哲出版社，1988 年）。

41. 《詩古微》，（清）魏源著，何慎怡校點，湯志鈞審訂（長沙：嶽麓書社，1989 年）。

42. 《詩經毛傳鄭箋辨異》，文幸福（臺北：文史哲出版社，1989 年）。

43. 《詩書成詞考釋》，姜昆武（濟南：齊魯書社，1989 年）。

44. 《先秦儒家詩教研究》，林耀潾（臺北：天工書局，1990 年）。

45. 《詩經的歷史公案》，李家樹（臺北：長安出版社，1990 年）。

46. 《讀風偶識》，（清）崔述（臺北：學海書局，1992 年）。

47. 《詩經研究史概要》，夏傳才（臺北：萬卷樓圖書公司，1993 年）。

48. 《詩經名著評介（第二集）》，趙制陽（臺北：五南圖書有限公司，1993 年）。

49. 《胡適詩經論著研究》，王靜芳（嘉義：中正大學中研所碩士論文，1994 年）。

50. 《顧頡剛詩經樂歌文學史觀》，江永川（嘉義：中正大學中研所碩士論文，1994 年）。

51. 《1993 詩經國際學術研討會論文集》，中國詩經學會編（保定：河北大學出版社，1994 年）。

52. 《詩經古義新證》，季旭昇（臺北：文史哲出版社，1995 年）。

53. 《聞一多詩經學研究》，侯美珍（臺北：政治大學中研所碩士論文，1995 年）。

54. 《詩經的文化闡釋——中國詩歌的發生研究》，葉舒憲（武漢：湖北人民出版社，1996 年）。

55. 《第二屆詩經國際學術研討會論文集》，中國詩經學會編（北京：語文出版，1996 年）。

56. 《春秋詩話》，（清）勞孝輿（廣東：廣東高等教育出版社，1997 年）。

57. 《第三屆詩經國際學術研討會論文集》，中國詩經學會編（香港：天馬圖書有限公司，1998 年）。

58. 《詩經名著評介（第三集）》，趙制陽（臺北：萬卷樓圖書有限公司，1999 年）。

59. 《史記與詩經》，陳桐生（北京：人民出版社，2000 年）。

60. 《詩經論略》，許志剛（瀋陽：遼寧大學出版社，2000 年）。

61. 《顧頡剛詮釋詩經的淵源及其意義之研究》，胡幸玟（暨南國際大學中國語文學系碩士論文，2000 年）。

62. 《第四屆詩經國際學術研討會論文集》，中國詩經學會編（北京：學苑出版社，2000 年）。

63. 《詩經的世界》，白川靜著，杜正勝譯（臺北：東大圖書公司，2001 年）。

64. 《詩經學史》，洪湛侯（北京：中華書局，2002 年）。

65. 《第五屆詩經國際學術研討會論文集》，中國詩經學會編（北京：學苑出版社，2002 年）。

（二）其他經學類著作

1. 《經子解題》，呂思勉（上海：商務印書館，1926 年）。

2. 《經典常談》，朱自清（重慶：國民圖書出版社，1942 年）。

3. 《餘杭章氏之經學》，袁乃瑛（臺北：師範大學國文研究所碩士論文，1961 年）。

4. 《新學偽經考》，康有為（臺北：世界書局，1979 年）。

5. 《中國經學史》，馬宗霍（臺北：臺灣商務印書館，1979 年）。

6. 《經學通論》，皮錫瑞（臺北：臺灣商務印書館，1980 年）。

7. 《王國維之詩書學》，洪國樑（臺北：台灣大學中研所碩士論文，1981 年）。

8. 《經今古文學問題新論》，黃彰健（臺北：中央研究院歷史語言研究所，1982 年）。

9. 《劉申叔先生之經學》，陳慶煌（臺北：政治大學中研所博士論文，1982 年）。

10. 《民初讀經問題初探（1912～1937）》，林麗容（臺北：師範大學史研所碩士論文，1985 年）。

11. 《王國維之經史學》，洪國樑（臺北：台灣大學中研所博士論文，1987 年）。

12. 《尚書源流及傳本》，劉起釪（瀋陽：遼寧大學出版社，1987 年）。

13. 《兩漢經學今古文平議》，錢穆（臺北：東大圖書股份有限公司，1989 年）。

14. 《清初群經辨偽學》，林慶彰師（臺北：文津出版社，1990 年）。

15. 《反孔廢經運動之興起》，陳美錦（臺北：台灣大學史研所碩士論文，1991 年）。

16. 《康有為經學述評》，丁亞傑（中壢：中央大學中研所碩士論文，1992 年）。

17. 《中國經學史論文選集》，林慶彰師編（臺北：文史哲出版社，1992 年）。

18. 《近代經學與政治》，湯志鈞（北京：中華書局，1995 年）。

19. 《經學史論集》，湯志鈞（臺北：大安出版社，1995 年）。

20. 《周予同經學史論著選集（增訂本）》，周予同著，朱維錚編（上海：人民出版社，1996 年）。

21. 《劉師培春秋左傳學研究》，宋惠如（中壢：中央大學中研所碩士論文，1996 年）。

22. 《今古文經學新論》，王葆玹（北京：中國社會科學出版社，1997 年）。

23. 《乾嘉考據學研究》，漆永祥（北京：中國社會科學出版社，1998 年）。

24. 《尚書學在古史辨思潮中的新發展》，林登昱（嘉義：中正大學中研所博士論文，1999 年）。

25. 《清代經學史通論》，吳雁南主編（昆明：雲南大學出版社，2001 年）。

二、史學類

（一）史　料

1. 《國故月刊》，劉師培、陳漢章、馬敘倫等主編（北平：北京大學文科國故月刊社，1919 年）。

2. 《北京大學國學門週刊》，北大國學門編（上海：開明書店，1926 年）。

3. 《翼教叢編》，蘇輿編，（收入《沈雲龍編近代中國史料叢刊》第五、六輯，臺北：文海出版社，1966 年）。

4. 《北京大學國學季刊》，北大國學門編（臺北：台灣學生書局影印本，1967 年）。

5. 《國粹學報（1～82）》，國學保存會編（臺北：文海出版社，1970 年）。

6. 《國學月報彙刊》第一、二集，述學社編（臺北：文海出版社據，1924 年述學社本影印，1971 年）。

7. 《新潮》，新潮社編（臺北：東方文化書局影印本，1972 年）。

8. 《科學與人生觀》，亞東圖書館編（臺北：問學出版社，1977 年）。

9. 《北京大學日刊》，北大國學門編（北京：人民出版社影印本，1981 年）。

10. 《新青年》，青年雜誌社編（上海：上海書店影印本，1988 年）。

11. 《國故學討論集》（一、二、三集），許嘯天輯（收入《民國叢書初編》第 37、38 冊，上海：上海書店據，1927 年群學社本影印，1991 年）。

（二）傳記、年譜、日記

1. 《康南海自編年譜》，康有為編（收入《戊戌變法史料叢刊》，神州國光社，1953 年）。

2. 《岫廬八十自述》，王雲五（臺北：臺灣商務印書館，1967 年）。

3. 《朱自清研究資料》，朱金順編（北京：北京師範大學出版社，1981 年）。

4. 《廖季平年譜》，廖幼平編（成都：巴蜀書社，1985 年）。

5. 《胡適日記》，胡適（北京：中華書局，1985 年）。

6. 《顧頡剛先生學述》，劉起釪（北京：中華書局，1986 年）。

7. 《三松堂自序》，馮友蘭（臺北：谷風出版社，1987 年）。

8. 《胡適的日記（手稿本）》，胡適（臺北：遠流出版社，1989 年）。

9. 《胡適之先生年譜長編初稿》，胡頌平編著（臺北：聯經出版事業公司，1990 年）。

10. 《清儒學記》，張舜徽（濟南：齊魯書社，1991 年）。

11. 《洪業傳》，陳毓賢（臺北：聯經出版事業公司，1992 年）。

12. 《胡適評傳》，章清（南昌：百花洲文藝出版社，1992 年）。

13. 《郭沫若的史學生涯（1892～1913）》，謝保成、葉桂生（北京：社會科學文獻出版社，1992 年）。

14. 《顧頡剛年譜》，顧潮編（北京：社會科學文獻出版社，1993 年）。

15. 《清儒學案新編》，楊向奎（濟南：齊魯書社，1994 年）。

16. 《留學日記》，胡適（海口：海南出版社，1994 年）。

17. 《傅斯年》，李泉、岳玉璽、馬亮寬著（天津：人民出版社，1994 年）。

18. 《劉師培評傳》，方光華（南昌：百花洲文藝出版社，1996 年）。

19. 《章太炎學術年譜》，姚奠中、董國炎（太原：山西古籍出版社，1996 年）。

20. 《康有為評傳》，董士偉（南昌：百花洲文藝出版社，1997 年）。

21. 《歷劫終教志不灰——我的父親顧頡剛》，顧潮（上海：華東師範大學出版社，1997 年）。

22. 《張元濟評傳》，張榮華（南昌：百花洲文藝出版社，1997 年）。

23. 《清代樸學大師列傳》，支偉成（湖南：岳麓書社，1998 年）。

24. 《人類的祥瑞士人——呂思勉傳》，張耕華（上海：華東師範大學出版社，1998 年）。

25. 《王國維評傳》，袁英光（上海：人民出版社，1999 年）。

26. 《郭沫若學術思想評傳》，謝保成（北京：北京圖書館，1999 年）。

27. 《周作人傳》，錢理群（北京：北京十月文藝出版社，2001 年）。

（三）學術思想史

1. 《近代中國思想學說史》，侯外廬（上海：生活書店，1947 年）。

2. 《孫詒讓研究》，杭州大學語言文學研究室編（上海：中華書局，1963 年）。

3. 《中國文化史》，柳詒徵（臺北：正中書局，1970 年）。

4. 《中國古代哲學史》，胡適（臺北：臺灣商務印書館，1979 年）。

5. 《中國民俗學發展史》，王文寶（瀋陽：遼寧大學出版社，1987 年）。

6. 《中國語言學史》，王力（臺北：谷風出版社，1987 年）。

7. 《清代學術概論》，梁啓超（臺北：台灣中華書局，1989 年）。

8. 《中國近三百年學術史》，梁啓超（臺北：台灣中華書局，1989 年）。

9. 《五十年來的中國哲學》，賀麟（瀋陽：遼寧教育出版社，1989 年）。

10. 《國語運動史綱》，黎錦熙（上海：上海書店影印本，1990 年）。

11. 《五四新文化的源流》，陳萬雄（香港：三聯書店，1992 年）。

12. 《中國現代思想史論集》，李澤厚（合肥：安徽文藝出版社，1994 年）。

13. 《中國近代史學發展敘論》，馬金科、洪京陵（北京：中國人民大學出版社，1994 年）。

14. 《中國近三百年學術史》，錢穆（臺北：臺灣商務印書館，1996 年）。

15. 《中國近代思想史論》，李澤厚（臺北：三民書局，1996 年）。

16. 《中國近代史學學術史》，張豈之（北京：中國社會科學出版社，1996 年）。

17. 《從嚴復到金岳霖——實證論與中國哲學》，楊國榮（北京：高等教育出版社，1996 年）。

18. 《求索真文明——晚清學術史論》，朱維錚（上海：上海古籍出版社，1997 年）。

19. 《中國近百年文學理論批評史（1895～1990）》，黃曼君主編（武漢：湖北教育出版社，1997 年）。

20. 《國學概論》，章太炎講，曹聚仁整理（上海：上海古籍出版社，1998 年）。

21. 《國學概論》，錢穆（臺北：臺灣商務印書館，1998 年）。

22. 《中國現代學術之建立——以章太炎、胡適爲中心》，陳平原（北京：北京大學出版社，1998 年）。

23. 《中國近代哲學的革命進程》，馮契（上海：人民出版社，1999 年）。

24. 《晚清民國的國學研究》，桑兵（上海：上海古籍出版社，2001 年）。

（四）其他史學類著作

1. 《十批判書》，郭沫若（上海：群益出版社，1948 年）。

2. 《古史辨》（1～7 冊），顧頡剛等編著（臺北：明倫出版社，1970 年）。

3. 《史學與傳統》，余英時（臺北：時報文化出版事業有限公司，1982 年）。

4. 《顧頡剛與中國新史學》，（美）施耐德（Laurence, A, Schneider）著，梅寅生譯（臺北：華世出版社，1984 年）。

5. 《章太炎的思想（1868～1919）及其對儒學傳統的衝擊》，王汎森（臺北：時報文化出版事業有限公司，1985 年）。

6. 《中國思想傳統的現代詮釋》，余英時（臺北：聯經出版事業公司，1987 年）。

7. 《古史辨運動的興起》，王汎森（臺北：允晨文化公司，1987 年）。

8. 《王國維學術研究論集》，吳澤主編（上海：華東師範大學出版社，1987 年）。

9. 《梁啓超史學論著三種（新史學‧中國歷史研究法‧清代學術概論)》，梁啓超（香港：三聯書店，1988 年）。

10. 《聞一多研究叢刊第一集》，武漢大學聞一多研究室主編（武昌：武漢大學出版社，1989 年）。

11. 《紀念顧頡剛學術論文集》，尹達等主編（成都：巴蜀書社，1990 年）。

12. 《郭沫若與中國馬克思主義史學的發展——以《中國古代社會研究》爲中心的討論》，潘光哲（臺北：政治大學史研所碩士論文，1990 年）。

13. 《疑古思想與現代中國史學的發展》，彭明輝（臺北：臺灣商務印書館，1991 年）。

14. 《胡適叢論》，周質平（臺北：三民書局，1992 年）。

15. 《儒學的危機與嬗變造——康有爲與近代儒學》，房德鄰（臺北：文津出版社，1992 年）。

16. 《國粹‧國學‧國魂——晚清國粹派文化思想研究》，鄭師渠（台北：文津出版社，1992 年）。

17. 《史料學派與現代中國史學之科學化》，劉龍心（臺北：政治大學史研所碩士論文，1992 年）。

18. 《傳統文化研究（一）（二)》，蘇州市傳統文化研究會主編（蘇州：古吳軒出版社，1992 年）。

19. 《到民間去：1918～1937 年的中國知識份子與民間文學運動》，洪長泰（上海：上海文藝出版社，1993 年）。

20. 《顧頡剛的疑古史學》，陳志明（臺北：商鼎文化出版社，1993 年）。

21. 《胡適與現代中國文化轉型》，劉青峰編（香港：中文大學出版社，1994 年）。

22. 《秦漢的方士與儒生》，顧頡剛（臺北：里仁書局，1995 年）。

23. 《清末民初國粹思想研究——以《國粹學報》爲中心》，蕭瓊瑤（新竹：清華大學史研所碩士論文，1995 年）。

24. 《清末新知識界的社團與活動》，桑兵（北京：三聯書店，1995 年）。

25. 《北京大學與五四運動》，蕭超然（北京：北京大學出版社，1995 年）。

26. 《古史新證——王國維最後的講義》，王國維（北京：清華大學出版社，1996 年）。

27. 《蒿廬問學記》，呂思勉、湯志鈞等著（北京：三聯書店，1996 年）。

28. 《現代學術史上的胡適》，耿雲志，聞黎明編（北京：三聯書店，1996 年）。

29. 《整理國故運動之研究：以章太炎、胡適、顧頡剛爲例》，張中雲（臺北：東吳大學中研所碩士論文，1996 年）。

30. 《王國維對「京都學派」的影響》，何培齊（台北：文化大學史研所碩士論文，1997 年）。

31. 《民族主義與近代中國思想》，羅志田（臺北：東大圖書股份有限公司，1998 年）。

32. 《徐中舒歷史論文選輯》，徐中舒（北京：中華書局，1998 年）。

33. 《中國現代學術研究機構的興起——以北京大學研究所國學門爲中心的探討（1922～1927）》，陳以愛（臺北：政治大學歷史系，1999 年）。

34. 《五四新論——「五四」八十週年紀念論文集》，余英時等著（臺北：聯經出版事業公司，1999 年）。

35. 《國學與漢學——近代中外學界交往錄》，桑兵（杭州：浙江人民出版社，1999 年）。

36. 《中西文化交匯與王國維學術成就》，周一平、沈茶英（上海：學林出版社，1999 年）。

37. 《中國古代社會研究》，郭沫若（石家莊：河北教育出版社，2001 年）。

38. 《五四運動與二十世紀的中國——北京大學紀念五四運動 80 週年國際學術研討會論文》，歐陽哲生，郝斌編（北京：社會科學文獻出版社，2001 年）。

三、社會類

1. 《吳歌甲集》，顧頡剛搜錄（收入《國立北京大學、中國民俗學會民俗叢書》第一輯，臺北：東方文化圖書公司，1970 年）。

2. 《歌謠與婦女》，劉經庵（收入《國立北京大學、中國民俗學會民俗叢書》第二輯，臺北：東方文化圖書公司，1971 年）。

3. 《商務印書館與新教育年譜》，王雲五（臺北：臺灣商務印書館，1973 年）。

4. 《中國歌謠研究》，朱自清（臺北：盤庚出版社據，1931 年本影印，1978 年）。

5. 《歌謠與詩》，朱自清（收入《中國地方歌謠集成 6》，臺北：渤海堂文化公司，1989 年）。

6. 《性別與中國》，李小江、朱虹、董秀玉主編（香港：三聯書店，1994 年）。

7. 《商務印書館一百年（1897～1997）》，北京商務印書館編印（北京：商務印書館，1998 年）。

8. 《王雲五與台灣商務印書館（1964～1979）》，韓錦勤（臺北：師範大學史研所碩士論文，1998 年）。

9. 《維新派與近代報刊》，徐松榮（太原：山西古籍出版社，1998 年）。

10. 《中國近代社會思潮（1840～1949）》，吳雁南、馮祖貽、蘇中立、郭漢民主編（湖南：湖南教育出版社，1998 年）。

11. 《北京大學與中國政治文化》，（美）魏定熙（Tim, Weston）著，金安平、張毅譯（北京：北京大學出版社，1998 年）。

12. 《顧頡剛民俗學論集》，顧頡剛著，錢小柏編（上海：上海文藝出版社，1998 年）。

13. 《家庭‧私有制和國家的起源》，（德）恩格斯著，馬克思‧恩格斯‧列寧‧史大林著作編譯局譯（北京：人民出版社，1999 年）。

14. 《周作人民俗學論集》，周作人著，吳平、邱明一編（上海：上海文藝出版社，1999 年）。

四、文學類

（一）文　集

1. 《劉禮部集》，（清）劉逢祿，清刊本（台大文學院圖書館藏）。

2. 《胡適文存》，胡適（上海：亞東圖書館第十三版，1930 年）。

3. 《太炎文錄續編》，章太炎（臺北：新興書局，1956 年）。

4. 《岫廬論集》，王雲五（臺北：臺灣商務印書館，1965 年）。

5. 《羅雪堂先生全集》，羅振玉（臺北：文華出版公司，1968 年）。

6. 《崔東壁遺書》，（清）崔述著，顧頡剛編纂（臺北：河洛出版社，1975 年）。

7. 《傅斯年全集》，傅斯年（臺北：聯經出版事業公司，1980 年）。

8. 《書傭論學集》，屈萬里（臺北：台灣開明書店，1980 年）。

9. 《金明館叢稿二編》，陳寅恪（上海：上海古籍出版社，1982 年）。

10. 《王國維遺書》，王國維（上海：古籍書店影印本，1983 年）。

11. 《朱自清古典文學專集》，朱自清（臺北：宏業書局，1983 年）。

12. 《蔡元培全集》，蔡元培（北京：中華書局，1984 年）。

13. 《論詩詞曲雜著》，俞平伯（臺北：長安出版社，1986 年）。

14. 《沈兼士學術論文集》，沈兼士（北京：中華書局，1986 年）。

15. 《管錐編》，錢鍾書（北京：中華書局，1986 年）。

16. 《陸侃如古典文學論文集》，陸侃如（上海：上海古籍出版社，1987 年）。

17. 《康有為全集》，康有為著，姜義華‧吳根樑編（上海：上海古籍出版社，1990 年）。

18. 《顧頡剛讀書筆記》，顧頡剛著，顧洪編（臺北：聯經出版事業公司，1990 年）。

19. 《章氏叢書》，章太炎（上海：上海書店，1992 年）。

20. 《胡適學術文集（語言文字研究）》，胡適著，姜義華主編（北京：中華書局，1993 年）。

21. 《聞一多全集》，聞一多著，孫黨伯、袁謇正主編（武漢：湖北人民出版社，1994 年）。

22. 《胡適早年文存》，胡適著，周質平編（臺北：遠流出版社，1995 年）。

23. 《魯迅國學文選》，弘征選編（長沙：岳麓書社，1999 年）。

24. 《劉申叔遺書》，劉師培（南京：江蘇古籍出版社，1997 年）。

25. 《王國維學術經典集》，王國維著，于春松、孟彥弘主編（南昌：江西人民出版社，1997 年）。

26. 《俞平伯全集》，俞平伯（石家莊：花山文藝出版社，1997 年）。

27. 《胡適學術文集》（中國文學史），胡適著，姜義華主編（北京：中華書局，1998 年）。

28. 《王國維學術隨筆》（東山雜記‧二牖軒隨錄‧閱古漫錄），王國維著，趙利棟輯校（北京：社會科學文獻出版社，2000 年）。

29. 《觀堂集林》（外二種），王國維著，彭林整理（石家莊：河北教育出版社，2001 年）。

（二）文　論

1. 《詩學》，黃節（臺北：學海出版社，1974 年）。

2. 《中國文學理論》，劉若愚（臺北：聯經出版事業公司，1981 年）。

3. 《中國新文學的源流》，周作人（上海：華東師範大學出版社，1994 年）。

4. 《詮釋與創造》，沈清松主編（臺北：聯合報系文化基金會，1995 年）。

5. 《理解與解釋——詮釋學經典文選》，洪漢鼎主編（北京：東方出版社，2001 年）。

五、文獻學類

1. 《引得說》，洪業（《哈佛燕京學社引得特刊》第 4 冊，北平：燕京大學圖書館，1934 年）。

2. 《三訂國學用書撰要》，李笠（收入《書目類編》第 94 冊，臺北：成文出版社，1978 年）。

3. 《中國圖書文獻學論集》，王國良、王秋桂合編（臺北：明文書局，1986 年）。

4. 《民國時期總書目》，北京圖書館編（北京：書目文獻出版社，1991 年）。

5. 《續修四庫全書總目提要》，中國科學院圖書館整理（北京：中華書局，1993 年）。

6. 《經學研究論著目錄（1912～1987）》，林慶彰師主編（臺北：漢學研究中心，1994 年）。

7. 《經學研究論著目錄（1988～1992）》，林慶彰師主編（臺北：漢學研究中心，1995 年）。

8. 《胡適著譯繫年目錄》，季維龍編（合肥：安徽教育出版社，1995 年）。

9. 《二十世紀詩經文獻目錄》，寇淑慧主編（北京：學苑出版社，2001 年）。

貳、單篇論文

一、經學類

1. 〈故書新評——宋朱熹的詩經集傳和詩序辯〉，傅斯年（《新潮》，1 卷 4 期，1919 年 4 月）。

2. 〈討論詩經（于以）的兩封信〉，楊樹達（（上海）時事新報，《學燈》，1922 年 11 月 5 日）。

3. 〈關於詩經研究的重要書籍介紹〉，鄭振鐸（《小說月報》，14 卷 3 期，1923 年 3 月）。

4. 〈詩經學史目錄說明書〉，白之藩（《國學月報》，1 卷 1 期，1924 年）。

5. 〈詩經與楚辭〉，鄭振鐸（《小說月報》，15 卷 6 期，1924 年 6 月）。

6. 〈一首歌謠整理研究的嘗試〉，董作賓（《歌謠周刊》，第 63 號，1924 年 10 月 12 日）。

7. 〈詩序作者考證〉，黃優仕（《國學月報彙刊》，第一集，1926 年）。

8. 〈姚際恆詩經通論述評〉，陳柱（《東方雜誌》，24 卷 7 期，1927 年 4 月）。

9. 〈三百篇之「之」〉，黎錦熙（《燕京學報》，第 6、8 期，1929 年；1930 年）。

10. 〈釋詩書之「誕」〉，吳世昌（《燕京學報》，第 8 期，1930 年）。

11. 〈詩序非衛宏所作說〉，黃節（《清華中國文學月刊》，1 卷 2 期，1931 年 5 月）。

12. 〈周南新解〉，胡適（《青年界》，1 卷 4 期，1931 年 6 月）。

13. 〈湯禱篇：古史新辨之一〉（《東方雜誌》，30 卷 1 期，1932 年）。

14. 〈詩三百篇「言」字新解〉，吳世昌（《燕京學報》，第 13 期，1933 年）。

15. 〈詩經底史的研究〉，萬曼（《文史》，1 卷 2～3 期，1934 年 6，8 月）。

16. 〈論學校讀經〉，傅斯年（《獨立評論》，第 146 號，1935 年）。

17. 〈詩序考原〉，李繁閬（《勵學》，4 期，1935 年 6 月）。

18. 〈論詩序〉，蘇維嶽（《國風月刊》，7 卷 4 期，1935 年）。

19. 〈詩經救亡論〉，徐英（《安徽大學月刊》，2 卷 7 期，1935 年）。

20. 〈詩經式字說（附適之先生來書）〉，丁聲樹（《中央研究院歷史語言研究所集刊》第 6 本第 4 分，1936 年）。

21. 〈詩序作者考〉，李淼（《國專月刊》，5 卷 5 期，1937 年 6 月）。

22. 〈釋詩經之于〉，吳世昌（《燕京學報》，21 期，1937 年）。

23. 〈春秋時的男女關係與婚姻習慣〉，顧頡剛（《學術》，第 4 期，1940 年 5 月）。

24. 〈論以一部論語入詩〉，陳延傑（《斯文》，2 卷 21 期，1942 年）。

25. 〈簡單地談談詩經〉，郭沫若（收入《奴隸時代》，上海：新文藝出版社，1952 年）。

26. 〈詩經「言」字辯解〉，何蟠飛（《大陸雜誌》，26 卷 5 期，1963 年）。

27. 〈朱子詩序舊說敍錄〉，潘重規（《新亞書院學術年刊》，9 期，1967 年 9 月）。

28. 〈兩宋之反對詩序運動及其影響〉，程元敏（《中山學術文化集刊》2 期，1968 年 11 月）。

29. 〈與人論詩經言字書〉，楊樹達（收入《積微居小學述林》，臺北：大通書局，1971 年）。

30. 〈六十年來之詩學〉，張學波（收入《六十年來之國學》第一冊，臺北：正中書局，1972 年）。

31. 〈原興：兼論中國文學特質〉，陳世驤（收入《中國現代文學批評選集》，臺北：聯經出版事業公司，1979 年）。

32. 〈晚清今文經學及其代表康有爲之思想〉，吳康（收入《經學研究論集》，臺北：黎明文化事業公司，1981 年）。

33. 〈二千年詩經研究的回顧〉，劉兆祐（《幼獅學誌》，17 卷 4 期，1983 年 10 月）。

34. 〈詩經研究概況〉，張啓成（《黔南民族師專學報》，1985 年第 1 期）。

35. 〈建國以來詩經情詩研究概說〉，趙沛霖（《中州學刊》，1987 年 1 期）。

36. 〈「重章互足」與詩義詮釋〉，洪國樑（《清華學報》，新 28 卷 2 期，1988 年 6 月）。

37. 〈小議詩經注譯的幾個問題〉，李思樂（《古籍整理研究學刊》，1989 年 5 期）。

38. 〈詩經譯注四十年回顧〉，程俊英（《古籍整理研究學刊》，1989 年 5 期）。

39. 〈五四時期的民歌採集與詩經研究〉，吳鳴（收入《五四文學與文化變遷》，臺北：學生書局，1990 年）。

40. 〈詩經學史研究的回顧與前瞻〉，林慶彰師（收入《中國文哲的回顧與展望論文集》，臺北：中央研究院中國文哲研究所籌備處，1992 年）。

41. 〈詩大序的文學理論與詩經解釋學的建立〉，林耀遴（《孔孟學報》，64 期，1993 年 12 月）。

42. 〈台灣近四十年詩經研究概況〉，林慶彰師（收入《1993 詩經國際學術研討會論文集》，保定：河北大學出版社，1994 年）。

43. 〈詩序存廢議〉，陳新雄（收入《1993 詩經國際學術研討會論文集》，保定：河北大學出版社，1994 年）。

44. 〈經學概論〉，王國維遺著，華東師範大學中國史學研究所整理（收入《經學研究論叢》第二輯，中壢：聖環圖書有限公司，1994 年）。

45. 〈評聞一多詩經論著中的古文字運用〉，季旭昇（收入《經學研究論叢》第二輯，

中壢：聖環圖書有限公司，1994 年）。

46. 〈詩經通論序〉，顧頡剛（收入《姚際恆研究論集》，臺北：中央研究院中國文哲研究所籌備處，1996 年）。

47. 〈現代詩經學的發展與展望〉，夏傳才（《中國文哲通訊》，6 卷 4 期＝24 期，1996 年 12 月）。

48. 〈詩經四大公案的現代進展〉，夏傳才（《中國文哲通訊》，7 卷 3 期＝27 期，1997 年 9 月）。

49. 〈傅斯年性命古訓辨證之方法學意義〉，岑溢成（《第二屆近代中國學術研討會論文》，1996 年）。

50. 〈新學僞經考的辨僞方法及其問題〉，許華峰（《第三屆近代中國學術研討會論文》，1997 年）。

51. 〈民國初年的反詩序運動〉，林慶彰師（收入《第三屆詩經國際學術研討會論文集》，香港：天馬圖書有限公司，1998 年）。

52. 〈近代詩經研究觀點的剖析〉，季旭昇（收入《第三屆詩經國際學術研討會論文集》，香港：天馬圖書有限公司，1998 年）。

53. 〈蘇輿翼教叢編與晚清今古文之爭〉，丁亞傑（《第四屆近代中國學術研討會論文》，1998 年）。

54. 〈也說周頌——讀《觀堂集林・說周頌》〉，周錫馥（收入《紀念王國維先生誕辰 120 周年學術論文集》，廣州：廣東教育出版社，1999 年）。

55. 〈姚際恆與顧頡剛〉，林慶彰師（《中國文哲研究集刊》，15 期，1999 年）。

56. 〈顧頡剛疑古辨僞的思考與方法〉，陳文采（收入《經學研究論叢》第六輯，臺北：臺灣學生書局，1999 年）。

57. 〈二十世紀詩經研究史略〉，檀作文（《天中學刊》，15 卷 1 期，2000 年 2 月）。

58. 〈歷史與倫理——古史辨詩經學的理論問題〉，部積意（《人文雜誌》，2000 年 1 期。

59. 〈台灣近五十年詩經學研究概述（1949～1998）〉，楊晉龍（《漢學研究通訊》2 卷 3 期，2001 年）。

60. 〈論俞平伯在詩經學現代化進程中的作用和功績〉，王以憲（《江西師範大學學報》（哲學社會科學版），34 卷 3 期，2001 年 8 月）。

61. 〈胡適詩經研究再評價——與夏傳才先生商榷〉，孫雪霞（《汕頭大學學報》（人文科學版），17 卷 4 期，2001 年）。

62. 〈王國維「大毛公作《故訓》小毛公《傳》」說辨〉，宗靜航（收入《新國學》（三），成都：巴蜀書社，2001 年）。

63. 〈黃節及其對三百篇詩旨的闡述〉，陳文采（收入《經學研究論叢》第九輯（臺北：台灣學生書局，2001 年）。

64. 〈出土文獻與詩經研究〉，楊朝明（收入《詩經研究叢刊》第二輯，北京：學苑

出版社，2002 年）。

65. 〈《詩經說義》與《詩古微》——論康有爲的《詩經》學（上）（下）〉，賀廣如
（《大陸雜誌》，第 104 卷 2～3 期，2002 年 2～3 月）。

66. 〈論顧頡剛詩經研究的方法與貢獻〉，王以憲（《江西師範大學學報》（哲學社會
科學版），35 卷 2 期，2002 年 5 月）。

二、史學類

1. 〈嶺學源流〉，黃節（《國粹學報》，第 4 年 3 期（40 期），1908 年）。

2. 〈整理國故與新文學運動〉，鄭振鐸等著（《小說月報》，14 卷 1 期，1923 年）。

3. 〈近日東方古言語學及史學上之發明與其結論〉，伯希和講詞，王國維譯（《國
學季刊》1 卷 1 期，1923 年）。

4. 〈悼簡竹居先生〉，吳宓（《大公報》，1933 年 10 月 30 日）。

5. 〈詩學宗師黃節先生學述〉，吳宓（《大公報》，1935 年 1 月 27～28 日）。

6. 〈歷史語言研究所在《學術》上的貢獻〉，董作賓（《大陸雜誌》，2 卷 1 期，1951
年 1 月）。

7. 〈太炎論學述〉，錢穆（收入《中央研究院成立五十週年紀念論文集》第二輯，
臺北：中央研究院，1978 年）。

8. 〈民國初年康有爲之孔教運動〉，陸寶千（《中央研究院近代史研究所集刊》，12
期，1983 年 6 月）。

9. 〈陳延傑生平述略〉，史筆（《文教資料》，1986 年 6 期）。

10. 〈五四時期民俗文化學的興起——呈現於顧頡剛、董作賓諸故人之靈〉，鍾敬
文（《北京師範大學學報》，1989 年 3 期）。

11. 〈晚清改良學者的民間文學見解〉，鍾敬文（收入《紀念顧頡剛學術論文集》，
成都：巴蜀書社，1990 年）。

12. 〈顧頡剛與俞平伯二十年代的交誼〉，王煦華（《新文學史料》，1990 年 4 期（總
49 期）。

13. 〈評胡適的提倡科學與整理國故〉，周質平（收入《胡適與近代中國》，臺北：
時報文化出版公司，1991 年）。

14. 〈《國學季刊》述評〉，張越（《史學史研究》，1994 年第 1 期）。

15. 〈王國維與郭沫若在古史研究上之關係〉，周朝民（《中國文化月刊》，180 期，
1994 年 10 月）。

16. 〈從疑古到重建——傅斯年的史學革命及其與胡適、顧頡剛的關係〉，杜正勝
（《當代》，116 期，1995 年 12 月）。

17. 〈一個歷史學家和一個文學家的選擇——中國現代民俗運動中的周作人與顧頡
剛〉（《趙世瑜學理論研究》，1996 年 4 月）。

18. 〈傅斯年對胡適《文史》觀念的影響〉，王汎森（《漢學研究》，14 卷 1 期，1996

年 6 月）。

19. 〈傅斯年與中國近代實證史學〉，李泉（《臺大歷史學報》，20 期，1996 年 11 月）。

20. 〈什麼可以成爲歷史證據——近代中國新舊史料觀點的衝突〉，王汎森（《新史學》，8 卷 2 期，1997 年 6 月）。

21. 〈清季民初經學的邊緣化與史學的走向中心〉，羅志田（《漢學研究》，15 卷 2 期，1997 年）。

22. 〈《國學季刊發刊宣言》：一份「《新國學》」的研究綱領〉，陳以愛（收入《結網編》，臺北：東大圖書股份有限公司，1998 年）。

23. 〈近代中國與漢學〉，（法）魏丕信著，劉和平、吳旻譯（收入《法國漢學》第三輯，北京：清華大學出版社，1998 年）。

24. 〈史學的科學化：從顧頡剛到傅斯年〉，楊國榮（《史林》，第三期，1998 年）。

25. 〈《國學季刊》與中國史學近代化〉，張越（《北京大學學報》（哲學社會科學版），1998 年第 4 期）。

26. 〈王國維與傅斯年——以〈殷周制度論〉與〈夷夏東西說〉爲主的討論〉，王汎森（收入《紀念王國維先生誕辰 120 周年學術論文集》，廣州：廣東教育出版社，1999 年）。

27. 〈國學保存會和清季國粹運動〉，王東杰（《四川大學學報》（哲學社會科學版），1999 年第 1 期）。

28. 〈近代中國《學術》的地緣與流派〉，桑兵（《歷史研究》，1999 年 3 期）。

29. 〈「整理國故」運動的普及化〉，陳以愛（收入《五四運動八十週年學術研討會論文集》，臺北：政治大學文學院，1999 年）。

30. 〈論錢玄同思想——以錢玄同未刊日記爲主所作的研究〉，楊天石（收入《五四運動八十週年學術研討會論文集》，臺北：政治大學文學院，1999 年）。

31. 〈走向國學與史學的賽先生〉，羅志田（《近代史研究》，2000 年第 3 期）。

32. 〈「整理國故」與五四新文化〉，羅檢秋（《教學與研究》，2000 年 1 期）。

33. 〈《國粹學報》與古學復興〉，王東杰（《四川大學學報》（哲學社會科學版），2000 年第 5 期）。

34. 〈新出土資料的發現與疑古主義的走向〉，（日）谷中信一著，張青松譯（《中國歷史博物館館刊》，2001 年 1 期）。

35. 〈論錢玄同的疑古思想〉，劉貴福（《史學理論研究》，2001 年第 3 期）。

36. 〈郭沫若對顧頡剛和《古史辨》史學的科學批判〉，杜蒸民（《史學研究》，2002 年 1 期）。

37. 〈史料學派對中國歷史學成長的貢獻〉，榮頌安（《史林》，2002 年 2 期）。

38. 〈錢穆與中國古史考辨〉，李廷勇（《西南師範大學學報》（人文社會科學版），第 28 卷 4 期，2002 年）。

三、其　他

1. 〈擬編中國舊籍索引例講〉，何炳松（《史地學報》，3 卷 8 期，1925 年）。

2. 〈燕京大學引得編纂處的引得〉，顧頡剛（《圖書評論》，1 卷 9 期，1933 年 2 月）。

3. 〈索引漫談〉，喬衍琯師（《書目季刊》，2 卷 4 期，1968 年 6 月）。

4. 〈哈佛燕京學社引得編纂處的引得叢刊〉，張錦郎（《中央圖書館館刊》，新 17 卷 1 期，1984 年 6 月）。